»Brauchen wir Ketzer?«

Marko Martin

»Brauchen wir Ketzer?« Stimmen gegen die Macht

Portraits

ARCO

Inhalt

Vorrede 7

Einer, der sich »Unikum« nannte
Ludwig Marcuse (1894–1971) 23

Ich möchte lieber nicht, sagte Alice
Alice Rühle-Gerstel (1894–1943) 53

Tropische Kassiber
Anna Seghers (1900–1983) 119

Wider die Versklavung
Hermann Broch (1886–1951) 151

»Eine entfernte Möglichkeit des Guten ...«
Primo Levi (1919–1987) 169

Willy Brandts Biograph aus Charkiw
Leo Lania (1896–1961) 199

Mein Name sei Ethan ben Hoshaja
Stefan Heym (1913–2001) 239

Der stille Ketzer
Fritz Beer (1911–2006) 293

»Welche Welt ist meine Welt?«
Hilde Spiel (1911–1990) 333

Romancier, Libertin, Soldat – und Antirassist
Hans Habe (1911–1977) 377

Jenseits der Gemütlichkeit
Friedrich Torberg (1908–1979) 433

ANHANG

FRITZ BEER
Kann Sprache schuldig sein? 473

Zum Weiterlesen – eine kleine Auswahl 478

Vorrede

»Brauchen wir Ketzer?« Die rhetorische Frage könnte mißverständlich sein. Handelt es sich hier womöglich um eine Stellenbeschreibung für Wahrheitsbewirtschaftung, um die annoncierte Gründung einer Art Gegen-Kirche?

Hermann Broch, einer der in diesem Buch Portraitierten, schreibt: *Der Intellektuelle ist innerhalb eines jeden Wahrheitskreises skeptisch, er ist sozusagen der ›Ketzer an sich‹.* Das unterscheidet ihn von »Querdenkern« und proselytenmachenden Demagogen, für die Broch schon frühzeitig einen klaren Blick hatte – der Protagonist seines Romans *Die Verzauberung* ist nämlich »einer von denen«, ein vermeintlicher Gesellschaftskritiker, der die Zerrissenheit, die er der Moderne attestiert, noch hetzend verstärkt und sich, Mordaufrufe inklusive, aufschwingt zum totalitären Gemeinschaftsapostel. Das Buch, an dem der 1938 aus Wien Geflüchtete bis zuletzt in den USA arbeitete, wäre heute durchaus lesbar als Antizipation von Gestalten wie Donald Trump, Matteo Salvini oder Björn Höcke.

Ebenso faszinierend, was Hermann Broch in seinen Essays frühzeitig als Barriere empfahl – nicht etwa apolitische Seelenschau, sondern robuste demokratische Institutionen, um das Schlimmste zu verhindern. Vor allem jedoch, worauf der Emigrant Ludwig Marcuse nach seiner Rückkehr aus den USA nach Deutschland immer wieder hinwies: Kein orakelndes Sprechen im Namen einer abstrakten »Menschheit«, kein selbstgerechtes Dekretieren und – dies vor allem an die Adresse so mancher bundesdeutscher Intellektueller: *Du sollst nicht auf Teppichen zwischen den Stühlen sitzen.*

Der 1911 in Brünn geborene und 1939 aus der besetzten Tschechoslowakei geflohene Fritz Beer (von dem auch die titelgebende Ketzer-Frage stammt), war Anfang der neunziger Jahre in seiner Autobiographie *Hast Du auf Deutsche geschossen, Grandpa?* zu einem vergleichbaren Fazit gekommen, zu seinem »minimalen Imperativ«: *Es mag unmöglich sein, eine vernünftige*

Welt zu schaffen, aber ich müßte mich verhalten, als ob sie vielleicht realisierbar wäre, um die kleine Chance ihrer Verwirklichung nicht zu verringern. Beer hatte es nicht bei Worten belassen, sondern sich, obwohl erklärtermaßen Erz-Zivilist mit dem Hang zum linkischen Eigenbrötler, 1940 aus dem vergleichsweise sichereren Exil in England aufgemacht und in Frankreich der Tschechoslowakischen Auslandsarmee angeschlossen, um Hitler Widerstand zu leisten. Ganz ähnlich Friedrich Torberg, der 1938 Zeuge davon geworden war, wie der Westen in München Verrat geübt und den Diktator damit zu weiteren Raubzügen ermuntert hatte: Aus Prag via Zürich nach Frankreich geflohen, hatte auch er sich dort sogleich zu den tschechoslowakischen Exiltruppen gemeldet. Hans Habe dagegen trat im September 1939 als Freiwilliger in die Französische Armee ein; später war er als Lieutenant der US-Army zuständig für *Psychological Warfare* – also »Psychologische Kriegsführung«, nicht zuletzt Feindpropaganda im Frontbereich – und in dieser Funktion an der Befreiung Westeuropas beteiligt. (Der Name eines seiner damaligen Mitstreiter: Sergeant Stefan Heym. Alle drei hatten bereits zu dieser Zeit Romane geschrieben, die dem verhängnisvollen Zögern der Demokratien gegenüber der nazistischen Gefahr derart spannungsreich auf den Grund gingen, daß sie noch heute eminent lesbar sind – nicht zuletzt mit Blick auf *heutige* Gefahren und sträfliche politische Versäumnisse.)

Sie alle waren säkulare Juden und Schriftsteller, politisch links stehend oder liberal, und – im Unterschied etwa zu Arthur Koestler oder Manès Sperber – keine prominenten »Exkommunisten«. Diese Portraitsammlung ist deshalb nur bedingt eine Fortsetzung meines 2019 in der Anderen Bibliothek erschienenen *Dissidentischen Denkens,* das vor allem an jene »Ehemaligen« erinnert hatte (auf die Hermann Brochs ganz spezifische Intellektuellen-Definition freilich ebenfalls zutraf). Willy Brandts späterer Biograph, der aus Charkiw stammende Leo Lania, hatte bereits Anfang der zwanziger Jahre sein kurzes Zwischenspiel bei der österreichischen KP beendet und sah danach das Naziregime wie auch den Stalinismus aus der wachsamen Distanz eines antitotalitären Sozialdemokraten. Sein Roman *Der Außenminister* über den erschütternden gewaltsamen Tod Jan Masaryks, Sohn des legendären tschechoslowakischen Gründungspräsidenten T. G. Masaryk, am 10. März 1948 entstand *nicht* aus der Perspektive eines »politisch Enttäuschten«. Während Stefan Heym trotz aller Kritik lebenslang einer etwas vage formulierten sozialistischen Utopie anhing – und gleichzeitig in Romanen wie dem *König David Bericht* literarische Brillanz mit detaillierter Machtkritik verband.

Anna Seghers, zu DDR-Zeiten als langjährige Vorsitzende des Schriftstellerverbandes durchaus eine Galionsfigur der SED-Kulturpolitik, scheint hingegen in dieser Reihe erklärungsbedürftig. Dabei hatte – wie alle anderen hier Portraitierten – auch die dank Romanen wie Das *Siebte Kreuz* und *Transit* weltberühmte Autorin fern ihres Geburtsorts Erfahrungen gemacht, die zu großer Literatur geworden waren – *und* zu vehementen Einsprüchen gegen den »gräßlichen Fatalismus der Geschichte« (Georg Büchner): in ihrem Fall in Mexiko und auf den Antillen angesiedelte konzise Geschichten über Aufbegehren und das Menschheitsverbrechen der Sklaverei. (Welche wiederum in Hermann Brochs Essays ebenso als fortdauernder ethischer Skandal beschrieben ist wie in Hans Habes großem antirassistischen Nachkriegs-Roman *Weg ins Dunkel* – überraschende Parallelen zwischen den drei Autoren, die hier sichtbar gemacht werden sollen. Ansonsten aber hätten sich Hannah Arendts Freund Broch, der vehement antikommunistische Hitlergegner Hans Habe und die zeitlebens parteitreue Anna Seghers wohl kaum etwas zu sagen gehabt. Und doch: Spuren gibt es zu entdecken, überraschende Überschneidungen und vergleichbare Sensibilitäten – literarisch fruchtbar gemachte, intellektuell *und* emotional geweitete Minderheiten-Erfahrungen im Zwanzigsten Jahrhundert.)

Und weshalb Primo Levi als einer der hier Portraitierten – und zwar *nicht* zuvörderst der Primo Levi des Auschwitz-Berichts *Ist das ein Mensch*? Die Bücher, die später entstanden sind, erzählen ja nicht allein vom Überleben, sondern sind Zeugnis, sich das Leben zurückzuholen in seiner ganzen Komplexität, aber auch Schönheit: Levi, der begeisterte Chemiker, war kein »Wissenschafts- und Technikskeptiker« und mißtraute einer hochfahrend raunenden Zivilisationskritik, für die nach dem Krieg nicht zufällig auch der einstige NS-Unterstützer Martin Heidegger die entsprechenden Stichwörter geliefert hatte. Eine große Freiheit und quecksilbrige Neugier ist zu entdecken in diesen »anderen Büchern« Levis – nicht zuletzt in seinem heute zu Unrecht fast vergessenen Weltkriegsroman *Wann, wenn nicht jetzt?*, der Geschichte einer Gruppe jüdischer Partisanen in Osteuropa, die die deutschen Besatzer bekämpfen und sich auch von sowjetischen NKWD-Kommissaren nicht einschüchtern lassen.

Im Herbst 1943 hatte sich Primo Levi der Resistenza angeschlossen, wenige Monate nach dem Freitod einer gewissen Alice Rühle-Gerstel in Mexico-City. Unwahrscheinlich, daß er späterhin jemals von ihr gehört hat – ein imaginiertes Treffen dieser zwei unabhängigen Geister ist indessen möglich. Alice Gerstel aus Prag, verheiratet mit dem charismatischen undogmatischen Linken Otto Rühle, eng befreundet mit Manès Sperber und vor allem mit Milena Jesenská. Und so wie diese hellsichtige Journalistin nie lediglich »die Freundin von Kafka« war, so ist auch Alice nicht allein zu beschreiben als Frau oder Freundin »von« – sondern zuallererst als selbstbewußte Individualpsychologin, die in Wien mit Alfred Adler diskutiert, dabei mehr soziale Wirksamkeit dieser neuen Wissenschaft einfordert und in Prag und schließlich im mexikanischen Exil mit den Infamien der Parteikommunisten konfrontiert ist, wobei sie dann wiederum auf Augenhöhe mit Leo Trotzki diskutiert, während jene, die später in der DDR Karriere machen, die faszinierend freie Romanautorin und Essayistin ängstlich schneiden. Die Freunde jedoch, versprengte, aber ebenfalls unabhängige Linke wie der Romancier Victor Serge oder die Hispanistin Mariana Frenk-Westheim, kommen im Juni 1943 zum Begräbnis dieses tapferen Ausnahme-Ehepaars, und das Lied, das sie da anstimmen unter wolkenlosem mexikanischen Himmel, ist selbstverständlich die *Internationale.*

Mariana Frenk-Westheim, die bereits 1930 nach Mexiko emigriert war, starb im Sommer 2004 im hohen Alter von 106 Jahren. Im Dezember zuvor hatte ich sie noch an zwei Nachmittagen getroffen, den oftmals sinnlosen Resolutions-Debatten bei der Jahrestagung des Internationalen PEN-Club entflutschend und hinüber in jene büchervolle Wohnung an den Campos Eliseos in der Hauptstadt. Dort war die Erinnerung an das zwanzigste Jahrhundert zwar kein elysisches Gefilde, aber blieb bewahrt im hellwachen Kopf jener Señora Mariana, die da von Anna Seghers und Trotzki sprach, von Moskauer Auftragsmorden selbst in Mexiko und Willi Münzenbergs mysteriösem Verschwinden in Südfrankreich, dessen Zeuge ihr zweiter Mann geworden war, die von Octavio Paz erzählte, von Victor Serge und dem Franco-Gegner und Antistalinisten Julián Gorkin – und natürlich von den Rühles.

Im *Dissidentischen Denken* war ihr bereits ein Kapitel gewidmet; hier nun hat sie noch einmal einen Auftritt als Chronistin jener mexikanischen Zeit vor allem von Alice Rühle-Gerstel. Im Unterschied zu jenem vorangegangenen Buch hatte ich – bis auf Stefan Heym und Fritz Beer – keinen der hier Portraitierten noch persönlich kennengelernt, doch gab es Verknüpfungen. Der US-Amerikaner Melvin Lasky, 1948 Gründer der Zeitschrift *Der Monat,* hatte mir zum Jahrtausendwechsel von Alice' beeindruckenden Tagebuchaufzeichnungen *Kein Gedicht für Trotzki* erzählt, die er in den achtziger Jahren im Londoner *Encounter* in englischer Übersetzung veröffentlicht hatte. Auch sprach er mit immenser Sympathie von Hilde Spiel und Leo Lania, dessen Autobiographie *Welt im Umbruch* eines der Bücher sei, die unverzichtbar seien zum Verständnis zerbrechender Gesellschaften und der Fragilität des vermeintlich Stabilen. (Von Hermann Broch, Hans Habe und Friedrich Torberg wurde ebenso gesprochen; sie alle, wie auch so viele andere Exil-Autoren, hatte Lasky ja einst im Westberliner *Monat* veröffentlicht – wobei im Fall von Habe und Torberg auch nicht die ironische Erwähnung des ausgeprägten Egos der zwei Eloquenten fehlen durfte.) Der 1928 geborene Schriftsteller und *Charta 77*-Mitbegründer Pavel Kohout machte bei unseren Prager Begegnungen auf die in seiner Heimatstadt angesiedelten Romane von Leo Lania und Friedrich Torberg aufmerksam – geschrieben zu einer Zeit, als er selbst noch ein gläubiger Jungkommunist war und damit Teil jenes Systems, das die beiden Exilautoren schon ganz frühzeitig in seiner ganzen Perfidie durchschaut hatten.

Jürgen Fuchs erzählte in den neunziger Jahren, wie ihm zwei Jahrzehnte zuvor in Ostberliner Stasihaft sogar die Erinnerung an *bestimmte Passagen* in den Büchern der offiziell längst entrückten Anna Seghers Kraft gegeben hatten. Hans Christoph Buchs Haiti-Romane erinnerten mich an eine frühe Jugend-Lektüre, an Seghers' kristalline Antillen-Erzählungen. Und mein Lebenspartner, gebürtig von der Insel Guadeloupe, hatte irgendwann in einem Pariser Antiquariat die französische Übersetzungen der *Wiedereinführung der Sklaverei in Guadeloupe* und der *Hochzeit von Haiti* entdeckt. Und war in Folge geradezu hingerissen, wie es einer kommunistisch-jüdischen Autorin, geboren 1900 in Mainz und nach nur ganz kurzen Flucht-Aufenthalten in der Inselwelt der Karibik, gelungen war, das Entscheidende und bis heute Virulente der sogenannten »Hautfarbensache« zu erspüren und zu beschreiben – und zwar *ohne* jenes marxistische Parteichinesisch, das heute eine Art zombihafte Wiederauferstehung findet in der lächerlich paternalistischen Rede vom »globalen Süden«.

Spannend im Laufe der Jahre und Jahrzehnte zu entdekken, was die hier Portraitierten eben *auch* geschrieben hatten, zusätzlich zu ihren bekanntesten, inzwischen hinauf- und hinunter rezipierten Büchern – Friedrich Torberg etwa jenseits der anekdoten-schrulligen *Tante Jolesch.* 1979 war er in Wien gestorben, doch zehn Jahre später lebte dort noch seine einstige Jugendfreundin Hilde Spiel, der er später – und sie ihm – in ziemlich bizarrer Feindschaft zugetan war. Doch was wiegt das vor dem Hintergrund ihrer vergleichbaren Biographien, der Flucht aus Europa, den neuen Erfahrungen in den USA oder im Vereinigten Königreich – vor allem aber angesichts der entstandenen Bücher, die nicht nur den Horizont

Nachkriegs-Österreichs geweitet hatten. Im Sommer '89, auf der ersten Auslandsreise nach meiner Übersiedlung aus der DDR, hätte ich in Wien noch die Grande Dame (die damals bereits den ersten Band ihrer ganz und gar nicht damenhaften Autobiographie veröffentlicht hatte) vielleicht sogar noch treffen können. Falls denn der damals 19jährige bereits gewußt hätte, *wer* diese Hilde Spiel war.

(Auch das: partielle Ignoranz des sehr Spätgeborenen. November 1991, auf der Fahrt nach Karlsbad/Karlovy Vary, zum ersten Mal zu einem Schriftstellertreffen eingeladen. Kurz vor der tschechischen Grenze wurde die Abteiltür geöffnet, und ein älterer Herr, das Haar sorgsam nach hinten gekämmt, trat ein mit knapper Verbeugung. Einstecktuch, Spazierstock, ledernes Reiseköfferchen, mehr als nur ein Hauch von Rasierwasser und die Hand mit dem Siegelring ausgestreckt: »Gestatten, Volkmar von Zühlsdorff.« Während der sechs Jahrzehnte Jüngere sich bereits schnell-allzu-schnell ein Urteil gebildet hatte: anachronistischer Uropa mit ebenso altfränkischem Erzähldrang. Dabei stammte der Zugestiegene aus der Gegend von Eberswalde, hatte sich als Mitglied des sozialdemokratischen *Reichsbanners Schwarz-Rot-Gold* einst im Berliner Wedding und anderswo Saalschlachten mit der SA geliefert und war danach an der Seite von Hubertus Prinz von Löwenstein und dessen Frau in die Vereinigten Staaten emigriert, wo er der Geschäftsführer der von Löwenstein gegründeten »Deutschen Akademie der Künste und Wissenschaften im Exil« geworden war – u.a. unter der Präsidentschaft von Thomas Mann. Aber derjenige, der mir da vis-à-vis gegenübersaß und nun auch noch ein gestärktes Leinendeckchen ausbreitete, um mit einem Schweizer Taschenmesser einen Apfel zu schälen, glich doch eher einem emsigen *Männlein!* Erwähnte den bei Suhrkamp erschienenen Briefwechsel mit seinem Freund Hermann Broch – der Jüngere verstand *Bloch*, verstand gar nichts –, sprach von Hilde Spiel und deren Mann Peter de Mendelssohn im Londoner Exil, erwähnte dann den Roman einer Frau aus einer deutschsprachig-jüdischen Familie in Prag, die einen seltsamen Doppelnamen trug und 1943 in Mexiko … sprach also von Alice Rühle-Gerstel, holte Namen und Bücher durch die Zeiten hinweg heran, tat es keinesfalls beifallheischend oder herablassend. Schälte den Apfel, bot mir von den akkurat geschnittenen Schnetzeln an, erwähnte seinen diplomatischen Dienst für die Nachkriegs-Bundesrepublik in Laos und Thailand, dessen Sprache er erlernt hatte und ... Und es war – zumindest in diesem Fall – dennoch nicht oder noch nicht der Moment, all das aufzunehmen. Die Fragmente, die im Gedächtnis blieben, würden sich erst später zusammenfügen: eine verpaßte Gelegenheit. Ich habe, leider, diesen mutigen und stilbewußten Volkmar von Zühlsdorff nie wieder getroffen; 2006 ist er hochbetagt in Berlin gestorben.)

Ludwig Marcuse schrieb in einem seiner Bücher: *Ich war immer interessiert an dem, was in einer Zeit ausgesperrt wurde.* Und da er, anders als sein berühmterer Namensvetter Herbert, dafür weder allein den »Verblendungszusammenhang« noch »die repressive Toleranz der spätbürgerlichen Gesellschaft« alleinverantwortlich machen wollte und monokausalen Erklärungen mißtraute, wurde der einstige Emigrant dann eben auch in der Bundesrepublik »ausgesperrt« vom Literaturbetrieb – vor allem von den nun habituell progressiven Söhnen derer, die ihn einst aus Deutschland vertrieben hatten. Während Hans Habe ab Ende der sechziger Jahre nur noch als »Springers Edelfeder« galt, was zum Teil seinen damaligen Brachial-Polemiken geschuldet war, allerdings auch beträchtlicher Wahrnehmungs-Ignoranz. Der entschiedene Antinazi, der in US-Uniform im Widerstand gegen Hitler gewesen war, hatte seinen Stempel weg. Und erblickte nun seinerseits – wie übrigens auch Jean Améry – im lautstarken Antizionismus so manch »Neuer Linker« den alten Antisemitismus in modischem Gewand.

Im Frühjahr 1991, als in den studentischen WGs die pazifistischen »Kein Blut für Öl«-Bettlaken wieder weggepackt worden waren und Saddam Hussein sein erklärtes Ziel nicht erreicht hatte, »ganz Israel in ein Krematorium zu verwandeln«, hatte ich Hans Habes Israel-Bericht *Wie einst David* von 1971 (ein Taschenbuch mit einer preisenden Kritik von Max Horkheimer) in der Bücherkiste eines Konstanzer Antiquariats entdeckt. Vermutlich hatten weder die Studenten noch ihre Profs jemals etwas von diesem 1977 verstorbenen Autor gelesen, dessen zahlreiche andere Bücher, Romane und Essays sich dann in weiteren Antiquariaten fanden: in Paris, in Tel Aviv, in Zürich. Da »ausgesperrt« zu sein in der Bundesrepublik ja nicht etwa Zensur oder Publikationssperre bedeutete (und z.B. Ludwig Marcuse zumindest bis Ende der sechziger Jahre in großen deutschen Blättern und bei Diskussionsveranstaltungen im Radio und Fernsehen präsent gewesen war und ihn einer wie Heinrich Böll sogar bis zu seinem Tode bewundert hatte).

Dennoch. Irgendwann war etwas weggebrochen, die Verbindung zwischen antinazistischem Exil und antikommunistischer Position ignoriert, Antitotalitarismus als Marotte »Ewiggestriger« verächtlich gemacht und die Lebenserfahrungen jüdischer Schriftsteller und Intellektueller ebenso abgetan worden wie deren Bücher.

Auch galt nun Israel den vermeintlich geläuterten Nachfahren der nazistischen Völkermörder als »kolonialer Unrechtsstaat«, der Ostblock hingegen wenn schon nicht als Zukunftshoffnung, so doch zumindest als »Gesprächspartner«. Wobei das Leugnen eben dieser Haltung – im Stil von »Das sind doch Vereinfachungen und Klischees« – ebenso Teil der Vernebelungsstrategie ist, gestern wie heute.

Nein, er war nicht in Harmonie mit den Herrschern, die sich bequem als Opposition niedergelassen hatten, hatte Ludwig Marcuse über jene Ton und Gesinnung Angebenden in Redaktionen und Kulturinstitutionen geschrieben. (Auch Hans Habe hatte diese – als damals noch junge Leute – genau beobachtet und deren teutonischer Forschheit nicht zu knapp Ähnlichkeit mit der Vätergeneration attestiert). Gerade deshalb aber war es für Marcuse notwendig gewesen, der Autobiographie von 1960 neun Jahre später noch einen *Nachruf auf Ludwig Marcuse* folgen zu lassen, in der er mit *seinen* Verfehlungen und Charaktermängeln ins Gericht geht – ein Ketzer auch gegen die Macht der eigenen Selbstgefälligkeit. Nahezu vergessen indes auch dieses Buch.

Fritz Beer hatte dann Mitte der neunziger Jahre – zu Besuch aus London in Berlin – über seine kurz zuvor veröffentlichte Autobiographie kaum gesprochen. Für den Präsidenten des Auslands-PEN, des früheren Exil-PEN, war anderes wichtig: Seine jüngeren westdeutschen Kollegen und Kolleginnen galt es daran zu erinnern, daß Pazifismus im Angesicht von Gewalt und Aggression diese nur noch ermutigt – und damit fallweise selbst inhuman wird. An das einstige westliche Zurückweichen vor Hitler 1938 hatte er erinnert und seinerzeit an das gegenwärtige Sich-Abwenden von den bosnischen Muslimen, die dann von Milošević' Soldateska vor den Augen der Welt abgeschlachtet wurden. Bei einer westdeutschen PEN-Tagung in Düsseldorf hatte er gesprochen (der heute erneut gültige Text findet sich im Anhang zu diesem Buch), aber nur mit Schweigen war seine Rede aufgenommen worden.

Hier in Berlin dagegen war er nun im Gespräch mit befreundeten Autoren wie Herta Müller, Günter Kunert, Hans Christoph Buch, Peter Schneider und Hans Joachim Schädlich, die jenem bundesdeutschen Verein längst den Rücken gekehrt hatten – aus eben jenen Gründen.

Die Losung »Krieg ist keine Lösung« machte die Runde, und der ehemalige Weltkriegs-Soldat Fritz Beer aus Brünn hatte zuvor bei seiner Düsseldorfer Rede den Söhnen und Töchtern jener, gegen deren Verbrechersystem er einst sein Leben riskiert hatte, vehement widersprochen. Denn nicht mit Dialog, Gesprächsfäden und Runden Tischen waren schließlich die verbliebenen KZ-Insassen und Europa von den Nazis befreit worden, sondern dank der schieren militärischen Übermacht der Alliierten. (Nahm man ihnen in Düsseldorf und anderswo vielleicht genau das unbewußt noch immer übel?)

So wie Fritz Beer hatten zuvor bereits Ludwig Marcuse, Hans Habe und Friedrich Torberg argumentiert. Wie auch Manès Sperber, Wolf Biermann, Ralph Giordano und André Glucksmann das Offensichtliche dargelegt hatten – doch ebenfalls nahezu ungehört vom Gros der sich nunmehr total friedlich gebenden Volksgemeinschaft. Dabei war Beer, der die Frage nach der Notwendigkeit von solcherart »Ketzerei« gestellt hatte, nicht etwa eifernd gewesen, sondern stattdessen mit der nötigen Selbstdistanz: Gründe nur keine neue Kirche, laß dich nicht verbittern, bewege dich nicht allein unter Gleichgesinnten. Auch wenn das skandalöse Schweigen so vieler bundesdeutscher Intellektueller damals zu Bosnien es schwergemacht hatte, weiterhin Contenance zu bewahren angesichts einer Seelenkälte, die überdies noch vermeintlich friedensbewegt und moralistisch auftrumpfte.

Eine Erfahrung, die bis in die jüngste Gegenwart reicht. In eine Zeit, in der ein bundesdeutscher PEN-Interimspräsident zusammen mit anderen seines Milieus einen »Offenen Brief« unterzeichnet hatte, in welchem der überfallenen Ukraine rigoros jegliche militärische Hilfe verweigert wird. Während sein Vorgänger Deniz Yücel, diktaturerfahren nicht erst seit der Gefängniszeit in Erdoğans Türkei, von eben jenen PEN-Funktionären der Kriegstreiberei geziehen wurde, als er für die Ukraine just diese Überlebensmöglichkeit gefordert hatte. Tagespolitische Querelen, über die die Zeit hinweggehen wird? Nichts weniger als das.

Die Konflikte sind nicht neu, nicht einmal die Argumentationslinien und deren Zurückweisung. Teil einer bundesdeutschen Mentalitätsgeschichte könnte auch die Geschichte um den Schriftsteller und Sozialpsychologen Manès Sperber sein, der 1983 den Friedenspreis des Deutschen Buchhandels erhalten und in seiner Rede auf die fortdauernde sowjetische Expansionsgefahr hingewiesen hatte. Nicht die Zerstörungskraft von Waffen – und eine sogenannte »allgemeine Abrüstung« – müßten im Fokus der Debatte stehen, sondern die fortgesetzten Versuche einer Diktatur (innerhalb derer überhaupt keine Diskussion zugelassen ist), Demokratien zu unterminieren. *Wer für die Kapitulation vor jenem bedrohlichen Imperium eintritt, das seit dem Zweiten Weltkrieg mehrere europäische Staaten in Satelliten verwandelt hat, irrt sich und führt auch andere in die Irre.* Sperber wußte, wovon er sprach. 1938 hatte er erlebt, wie der Westen die Tschechoslowakei an Hitler ausgeliefert hatte und wie es 1939 zum Hitler-Stalin-Pakt gekommen war. Jüdischer Kriegsfreiwilliger in der Französischen Armee, hatte er sich von den

Kapitulanten der damaligen Zeit geradezu umzingelt gefühlt: Rechtsnational-antisemitische Franzosen, die auf einen baldigen Frieden mit Hitler hofften, und dazu KP-Parteigänger, die in diesen Wochen noch immer der Moskauer Direktive folgten, daß Antifaschismus abzulehnen sei, da lediglich ein Kriegstreibertrick der Bourgeoisie. Nach dem Krieg dann das Schweigen der Rechten zu Franco-Spanien und den lateinamerikanischen Mörderregimes sowie die permanenten Rechtfertigungen der Untaten der Sowjetunion durch eine autoritäre Linke. Vor diesem Erfahrungshintergrund hatte Manès Sperber – der 1983 nur noch ein Jahr zu leben hatte und seine Rede schon nicht mehr direkt in der Frankfurter Paulskirche vortragen konnte – sein Resümee einer robusten Verteidigungsfähigkeit entwickelt. Davon unbeeindruckt forderte schon am nächsten Tag Bernt Engelmann, der (wie später offenbar wurde) stasi-verbandelte Vorsitzende der Schriftstellervereinigung VS, Sperber mit harschen Worten auf, den Friedenspreis »schleunigst zurückzugeben«.

So gesehen, hatte der greise Fritz Beer sogar noch Glück gehabt, daß er 1994 in Düsseldorf lediglich Schweigen geerntet hatte.

Vielleicht aber wäre es spätestens jetzt an der Zeit, einmal darüber nachzudenken, weshalb in Sachen »Krieg und Frieden« jüdische, zumal oft linke ehemalige Flüchtlinge und Überlebende zu radikal anderen Schlüssen gelangt waren als das Gros ihrer deutschsprachigen Kollegenschaft. Friedrich Torberg, Leo Lania und Hans Habe hatten immer wieder daran erinnert, daß »Frieden« nichts Unhinterfragbares war – schon gar nicht, da er auch von einer Diktatur zur Vorbereitung neuer Kriege mißbraucht werden konnte. Und Ludwig Marcuse schrieb: *Das Heil im Nicht-Widerstehen ist im Großen und Kleinen eine Illusion: jeder Verzicht auf Anwendung von Gewalt stärkt sie.* Allerdings hatten diese Autoren nicht erst in den Nachkriegs-Jahren auf diese Weise argumentiert, sondern bereits 1938, im Angesicht von »München«. (Hatte nicht auch Thomas Mann bereits im Februar '38 als Vortragsreisender in den USA klare Worte für das Offensichtliche gefunden? Die Welt müsse endlich begreifen, so Mann, »daß sie mit einem Pazifismus, der eingesteht, den

Krieg um keinen Preis zu wollen, den Krieg herbeiführt, statt ihn zu bannen.«) Mit welch kalter Herablassung damals westliche Diplomaten, Wirtschaftsleute, Politiker und Journalisten auf solch angeblich »unverantwortliche Panikmache« reagiert hatten – Hans Habe hatte es schon 1939 in seinem Völkerbund-Roman *Staub im September* beschrieben, den seinerzeit auch Joseph Goebbels als immense Gefahr eingeschätzt hatte.

Parallelen zu heutigen Talkshow-Debatten über Putins Angriffskrieg dürfte jeder selbst ziehen – der Autor dieser Portraitsammlung tut es. Schon deshalb, weil im Leben und Werk der hier Vorgestellten das Warnen – erzählerisch oder essayistisch, doch jenseits des rein Deklamatorischen – eine solch entscheidende Rolle spielt. Sie hatten Konstellationen und Weggabelungen kenntlich gemacht, Gefahren und Abwiegeleien, Beschwichtigungen angesichts von Bedrohungen, hatten nicht zuletzt auch von der Einsamkeit geschrieben, mit all dem kaum wahrgenommen zu werden. So wie es später den mutigen russischen Menschenrechtlern von *Memorial* ergehen würde, deren Berichte über die fortgesetzte Militarisierung und eliminatorische Hetze im Putin-Reich im Westen nahezu völlig verhallt waren, oder dem 2015 verstorbenen französischen Philosophen André Glucksmann, dem ob seiner fortgesetzten Warnungen vor dem KGB-Mann im Kreml hierzulande gar mitleidig ein »Kalter-Kriegs-Knacks« bescheinigt wurde. (Erinnerung an eine unserer Begegnungen in Paris, 2002 oder 2003, nachdem Grosny dem Erdboden gleichgemacht worden war und ein Satz fiel, dem damals auch der Besucher noch nicht wirklich Bedeutung beigemessen hatte: »Es könnte der Tag kommen, an dem Fragen über Details der deutschen Rentenpolitik zweitrangig werden angesichts der Tatsache, daß man seine Energiezufuhr in die Hände eines KGB-sozialisierten Massenmörders gelegt hat.« Glucksmanns leises, eindringliches Sprechen, die großen, traurig blickenden Augen – und zwei Jahrzehnte später, im Frühjahr 2022, ein amtierender deutscher Bundespräsident und ehemaliger Außenminister, der eigene und kollektive Fehleinschätzungen – womöglich auch gewollte

Manipulationen – mit der arroganten Leerformel »Ja, mit dem Wissen von heute ...« zu entsorgen trachtet. Auch in solchen Fällen nicht immer leicht, Contenance zu bewahren.)

Ebenso kritisch wie auf die »deutsche Friedensgemeinschaft« wirkt auch der Blick vieler dieser Autoren auf das, was Friedrich Torberg das »philosemitische Mißverständnis« nennt. Reichlich Tränen in den Zuschauerreihen bei einer Theateraufführung des Anne-Frank-Tagebuchs, doch schon bei Peter Weiss' *Ermittlung* die entlastende Interpretation, daß die Shoah ja vor allem eine Manifestation kapitalistischer Unterdrückung gewesen sei – Freifahrt für alle nachfolgenden Relativierungen, die inzwischen unter dem Label »Kontextualisierung von Auschwitz« firmieren. Umso leichter dann nach dem Sechstagekrieg, das zuvor so penibel gepflegte eigene Schuldgefühl in kollektive Schuldzuweisung zu transformieren: »Die Juden sind auch nicht besser« und Israel, der Staat der Überlebenden, sei ein »aggressives Projekt« – und all das geschehen bei weiterhin bestem Aufklärungsgewissen. Nichts davon ist neu, nicht einmal die Debattenmuster ändern sich, und so könnten die präzisen Einsprüche gegen solches Weg- und Zerreden vielleicht auch in der Rubrik »vergebliche Warnung« (Manès Sperber) subsumiert werden.

Doch geht es weder um Barmen noch um Rechthaben, schon gar nicht um eine »Ehrenrettung für Verkannte«, die ebenso anmaßend wie unnötig wäre. Da die hier Portraitierten ja durchaus vernehmlich gewesen waren und es nicht bei bloßen *Meinungen* belassen hatten – stattdessen nahezu jedes ihrer zahlreichen Bücher ein Augenöffner, ein Angebot, sich nicht einlullen zu lassen und die eigene Perspektive fluide zu halten. In diesem Sinne: weniger eine Mahnung als die Einladung, Bücher und Biographien neu, wieder oder vielleicht auch anders zu entdecken.

Marko Martin Berlin, Dezember 2022

Einer, der sich »Unikum« nannte
Ludwig Marcuse (1894–1971)

In den sogenannten Nuller-Jahren hatte der Westberliner Essayist Michael Rutschky in der *Taz* einen Text über Herbert Marcuse veröffentlicht. Der Entdecker der »repressiven Toleranz« und des »eindimensionalen Menschen« war im Spätherbst seines Lebens als politisch Aktivster der Frankfurter Schule zu einem besonderen Idol zahlreicher 68er-Studenten geworden, die seinerzeit sogar den Slogan »Marx, Mao, Marcuse« geprägt hatten. Rutschky, inzwischen längst ein abgeklärt-melancholischer Ironiker, wand dem Charismatiker, der seit seiner Emigration 1934 in den Vereinigten Staaten lebte und nun dank der damaligen Revolte eine Art zweite Jugend erlebt hatte, keineswegs unkritisch Kränze. Und erinnerte sich geradezu erheitert daran, wie in jenen Jahren Herbert Marcuse noch oft mit seinem Namensvetter Ludwig verwechselt worden war. Indessen, so schrieb Rutschky: *Who the fuck is Ludwig Marcuse*?

Eine launige Nebensächlichkeit aus der Fußnotenabteilung bundesdeutscher Kultur- und Mentalitätsgeschichte? Vielleicht. Womöglich aber auch symptomatisch für ein Land, in dem sich in den Jahren nach '68 noch ein ganz anderer Bruch vollzogen hatte – ein *Abbruch,* der allerdings kaum bemerkt wurde. Der Philosoph und Kulturkritiker Ludwig Marcuse – von den Nazis 1933 ebenfalls ins Exil gejagt und nach einer Zwischenstation in der südfranzösischen Schriftstellerkolonie Sanary-sur-Mer zusammen mit seiner Frau in Kalifornien lebend, ehe das Paar Mitte der sechziger Jahre nach Deutschland zurückkehrte und sich bei München ansiedelte – war im westlichen Nachkriegsdeutschland für lange Zeit tatsächlich eine feste Größe gewesen. Ähnlich wie seine Freunde und Kollegen der Weimarer und dann der Exil-Zeit – Erich Maria Remarque, Robert Neumann und Hans Habe in der Schweiz, Hermann Kesten in

Rom, Max Brod in Tel Aviv – war auch jener »andere Marcuse« in hiesigen Radiosendungen und sogar im Fernsehen präsent, in der *Zeit* und der *FAZ*, dazu in Zeitschriften wie dem *Merkur* und Melvin Laskys *Der Monat*. Eine kleine Internationale vor allem jüdischer Emigranten, die in den Bewohnern jenes Landes, aus dem sie einst vertrieben worden waren und in dem die »Endlösung« organisatorisch ins Werk gesetzt wurde, nun tatsächlich Hörende und Lesende erhoffte, vielleicht ja sogar Partner für ein neu zu beginnendes Gespräch.

Sollte freilich das bildungsbürgerliche Publikum jener »Adenauer-Jahre« geglaubt haben, es leiste mit der wieder erwachten Aufmerksamkeit für diese 1933 weggetriebenen Autoren so etwas wie »geistige Wiedergutmachung«, so wurde solch Selbstexkulpierendes so profund wie elegant unterminiert: Hier sprachen und schrieben keine Gesundbeter oder romantisch unglücklichen Deutschland-Liebhaber, sondern lebenserfahrene, politisch wache Skeptiker – skeptisch jedoch auch gegenüber jenem mit den Jahren immer mehr Raum greifenden schein-progressiven Skeptizismus, der nun *überall* lediglich Entfremdung und »Verblendungszusammenhang« zu sehen vermeinte.

Nicht, daß einer wie Ludwig Marcuse letzteren geleugnet hätte. Allerdings hatte der Mann mit den buschigen Augenbrauen und dem eindrucksvollen Charaktergesicht, geboren 1894 in Berlin und somit intellektuell erst-sozialisiert noch im Kaiserreich, inzwischen zu viele davon kennengelernt, um »Verblendungszusammenhang« allein im Singular zu buchstabieren. Auch galt es, die Frage zu stellen, ob hinter den diversen Manipulationen tatsächlich immer nur »das« System, »das« Geld, »die« Ideologie und »die« Macht stehe und nicht auch das eigene Menschsein, von dem doch seit dem biblischen Salomo, den antiken Griechen und Immanuel Kant bekannt sein müßte, daß dieses aus denkbar »krummem Holz« gemacht war. Allerdings erinnerte er – in seiner fast vierhundertseitigen Autobiographie *Mein zwanzigstes Jahrhundert*, die bei Erscheinen 1960 noch zu einem immensen Kritiker- *und* Publikumserfolg geworden war – auch daran, daß mit dem Denker aus Königsberg und mit den Mahn- und Benimm-Texten des »Weimarer Dichtergestirns« eben auch Tornister gefüllt werden konnten auf dem Rücken idealistischer Jünglinge, so wie einst er einer gewesen, gleich nach dem »humanistischen Gymnasium«. Um später, falls man das Glück gehabt hatte, den Ersten Weltkrieg überlebt zu haben, sogleich neue Fracht zu bekommen dank Hegel-Heidegger-Marx-Freud-Bloch – durchaus Horizonterweiterndes, das jedoch ebenfalls allzu leicht mißverstanden werden konnte als absolute neue Leitlinie und letztgültiger Generalschlüssel für den Weg durchs Lebens-Labyrinth: *Wo bleibt die Aufklärung über die Aufklärung, da die meisten Definitionen doch eher Konfessionen sind?*

Ohne sich über seine glaubenden und irrenden Zeitgenossen hochmütig zu überheben, war Marcuse – als Publizist und Philosophiehistoriker, Literaturkritiker und Polemiker – bis zu seinem Tod 1971 ein aufmerksamer Chronist jenes menschlich-allzu-menschlichen Haschens nach der einen, nun ganz und gar plausiblen Erklärung für unser irdisches Tohuwabohu. Klassenfrage, Triebstruktur, Dialektik, Entfremdung – heutige Leser seiner Memoiren könnten wohl mühelos die Schlagworte *unserer* Tage hinzufügen. Nicht zu vergessen jenes unsterblich hochtönende »Im Interesse der Menschen«: *Aber verschiedene Menschen haben verschiedene Interessen, und derselbe Mensch hat mehr als ein einziges Interesse.*

In jenen Jahren um 1968 interessierte freilich kaum noch einen der um 1940 Geborenen, was da ein sozialliberaler jüdischer Intellektueller, der über vier Jahrzehnte älter war als man selbst, zu sagen und zu schreiben wußte über die fortdauernden Mechanismen und grausigen Resultate gedanklicher Ungenauigkeit, Erlösungssehnsucht und rabiater Rhetorik. Ludwig Marcuse teilte damit das Schicksal vieler seiner Freunde, dazu auch jener, die wie Manès Sperber, Friedrich Torberg, Hans Habe, Hans Sahl oder Jeanne Herrsch sogar noch über ein Jahrzehnt jünger waren als er. Von der Elterngeneration der jetzigen forschen »neuen Deutschen« mit dem Tod bedroht und außer Landes und um die halbe Welt gejagt, mußten sie sich nun von den neomarxistischen Sprößlingen sagen lassen, ihre Kritikmaßstäbe seien antiquiert oder sogar »systemstützend« und ihre existentiell erworbenen Erfahrungen keineswegs geeignet, reinlich zwischen »Haupt- und Nebenwidersprüchen im Spätkapitalismus« zu unterscheiden. (Sofern es überhaupt zu so direkter An- und Gegenrede kam und die Emigranten und Remigranten nicht vollständig ignoriert wurden oder in ahistorischer Arroganz der eigenen Väter- und Großvätergeneration abwertend zugerechnet.)

Das stürmische Rezeptions-Interesse dieser jüngeren Generation an Ernst Bloch und der »Frankfurter Schule« – die ätzende Kritik an Max Horkheimer und infame Demütigungen des als »apolitisch« gescholtenen Theodor Adorno durch Frankfurter Studenten-Aktivisten nicht ausschloß – wäre dann *auch* zu lesen als die Suche nach neuen Göttern und nicht etwa als Interesse an den Ideenwelten (im Plural) der nach '33 mundtot gemachten deutsch-jüdischen Intellektuellen. Umso mehr aus dem Exil Zurückgekehrte, die der Sozialdemokratie zuneigten, wie etwa die Politikwissenschaftler Richard Löwenthal oder Ernst Fraenkel – der sich in seinem 1964 erschienenen und noch heute lesenswerten Buch *Deutschland und die westlichen Demokratien* gegen militante Gesellschaftswahrnehmung und einen homogenen »Volks«-Begriff wandte und dabei mit Lenin ebenso abrechnete wie mit Carl Schmitt – mit noch rabiaterer Gegnerschaft der im SDS zusammengeschlossenen Studenten konfrontiert waren. Daß so manche der damals lautesten Ultralinken wie etwa der späterhin als Holocaustleugner gerichtlich verurteilte Horst Mahler, der spätere NPD-Sympathisant Bernd Rabehl oder der ehemalige italienische Faschist und Waffen-SS-Freiwillige Johannes Agnoli (dessen Bücher bis heute in einer nach ihm benannten Bibliothek in der Rosa-Luxemburg-Stiftung der Linkspartei zu finden sind) in ihrem lebenslangen Illiberalismus von der heutigen Neuen Rechten eifrig rezipiert werden, kann wohl tatsächlich – wie es im milieuüblichen Duktus heißen würde – »kein Zufall sein«.

Reflektierte ehemalige 68er wie Daniel Cohn-Bendit oder Joschka Fischer sehen dagegen in ihrer damaligen Ignoranz, die etwa die bewußte Nicht-Wahrnehmung des Werks von Hannah Arendt einschloß – da der Antitotalitarismus doch angeblich ein hetzerisches Kind des Kalten Krieges sei, durch die »Faschismustheorie« obsolet geworden – längst nicht nur ein persönliches Versagen und eine emotionale Hartleibigkeit, sondern auch ein aggressives Es-nicht-Wissenwollen, das zum Teil bis heute generationsübergreifend fortwirkt.

Wobei es gar nicht immer Aggression sein muß – nicht in des ansonsten so hellwachen Michael Rutschkys seltsam huschiger *Who the fuck*-Frage, ja nicht einmal in Axel Schildts voluminöser, postum erschienener Studie über *Medienintellektuelle in der Bundesrepublik*, in der Ludwig Marcuse entweder in einer summarischen Namens-Aufzählung verschwindet oder in einer Fußnote als »konservativer Kulturpessimist« firmiert. Nichts könnte unzutreffender sein.

Tatsächlich hatte der Sohn einer jüdischen Fabrikantenfamilie, die in den Nachkriegs-Inflationsjahren verarmt war, bereits seit 1918 fast ununterbrochen publiziert. Es waren streit- und lesbare Monographien über Strindberg und Freud entstanden, über Börne und Heine (diese besonders von Thomas Mann gelobt), Essaybände über Glück und Tragödie, über den Optimismus und Pessimismus in der Philosophie, über Plato und Dionys – nicht zu vergessen eine frühe Polemik aus dem Jahre 1931 gegen den sich proletarisch gebenden Selbstdarsteller Bert Brecht.

In Ludwig Marcuses Memoiren geht es jedoch nicht um die Aufzählung früherer Meriten oder um die Klage, von einer nachwachsenden Generation nicht mehr wahrgenommen zu werden. (Stattdessen könnten heutige Leser sagen: *Deren* Fehler, wenn sie sich Marcuses Lebensgeschichte und die Schlußfolgerungen, die er daraus zog, über die Jahrzehnte hinweg hatten entgehen lassen.)

Mein zwanzigstes Jahrhundert ist ein elegant geschriebener Entwicklungsroman (mitunter mit einem Hauch von zu viel Äquilibristik in der Beschreibung der Seelenzustände des Jugendlichen und jungen Mannes in den Jahren zwischen 1914 und 1933), und das Possessivpronomen weder dem Zufall noch der Eitelkeit geschuldet. *Philosophie war mir immer Menschen-Ideengeschichte.* Wobei der junge Berliner Student auch Glück gehabt hatte: Sein Lehrer war Georg Simmel. *Er war mein Sokrates. Was ich ihm verdanke: Er vermachte mir das »Vielleicht« und »Wahrscheinlich«.* (Vielleicht ließe sich hinzufügen: Und dazu auch – siehe oben – die notwendige Skepsis vor diesem »Vielleicht«, falls es in Gefahr gerät, zu einem Oblomowschen Zögern zu gerinnen.)

Was ebenfalls blieb, ist die Präferenz für Zimmerlautstärke – jenseits von Hurra-Patriotismus *und* nachfolgendem Expressionismus, in dessen eruptiver Schrei-Ästhetik Marcuse fatale Ähnlichkeiten zur Hitlerbewegung erspürt. Doch auch hier gilt die Vorsicht des »Wahrscheinlich«, hatte der Autor doch dann als Jung-Journalist in der Weimarer Republik die Erfahrung gemacht, daß Autoritäres sich auch im Gewand penibelster Sprachkritik äußern kann. Geradezu aktuell klingt sein Stoßseufzer »Eine große Gruppe von Leserbriefschreibern war verrückt«, wobei es den Pedanten, die hier unentwegt über »Sprachverfall« lamentierten, wohl eher um die neuen Usancen einer langsam entstehenden (Massen-)Demokratie ging, die ihnen entschieden *contre coeur* war. Marcuse nennt es »Wort-Fetischismus« und »Sprach-Heideggerei«. Noch interessanter sein Rückblick auf eine (Zeitungs-)Welt, in der zwar nationale und internationale Ereignisse mehr oder minder objektiv Erwähnung und Analyse fanden, aber schon deshalb kein »Zeitenwende«-Bewußtsein entstehen konnte, weil doch alles in verwirrender Gleichzeitigkeit und *jetzt* geschah. Und ein wacher Zeitgenosse dennoch die Zeichen an der Wand lesen konnte.

Zahlreiche Beobachtungen und Begegnungen lehrten Marcuse, daß ein selbstgerecht trompetendes »Wir Humanisten« dem immer lauter wertenden Chor der Demokratie-Verächter kaum etwas entgegensetzten konnte, ja daß sogar viele der sensiblen »schönen Seelen« mit ihrem Altertumswissen und der Sentenzen-Kenntnis deutscher Klassiker schließlich die ersten waren, die resignierten und sich zurückzogen in ihre lutherisch-vermuckte »innere Freiheit des Christenmenschen«.

Ebenso fatal – und aktuell geblieben – eine fehlverstandene Toleranz im Sinne einer »Volkseinheit«, die sich heute als ein illusionäres »Alle einbinden und mitnehmen« buchstabiert und deren irrsinnige Konsequenz Marcuse mit lapidarer Schärfe beschreibt. *Wie wissenschaftlich und sachlich das klang: es gibt einen Empirismus, einen Kantianismus und nun auch noch einen Rassismus. (...) Jene Versuche der Humanisten scheinen mir heute viel mehr Aufmerksamkeit zu verdienen als die Transporte ins Jenseits, denen auch meine Schwester zum Opfer fiel.*

Wobei der Marcuse von damals mitnichten ein »Aktivist« war – und sogar zweifelte, ob der von ihm bewunderte Carl von Ossietzky wirklich klug daran tat, die Haftstrafe, zu der man ihn bereits im Mai 1932 verurteilt hatte, auch anzutreten – mit einem Geleit von zwanzig Autos, geschmückt mit den Fahnen der von innen tödlich bedrohten Republik. Und doch sitzt dann auch Ludwig Marcuse in einem der Wagen, die vom Berliner Nollendorfplatz hinaus nach Tegel fahren, zum dortigen Gefängnis. Legalismus im Angesicht zunehmender Rechtszerstörung? Im französischen Exil ab 1933 stellt sich dann in Bezug auf den »Frieden« eine ähnliche Frage, aber da hat sich Marcuse bereits entschieden. *Damals lernte ich: »Frieden« – das ist vielleicht der stärkste Köder, mit dem ein Angreifer sein auserkorenes Opfer fangen kann.*

Dabei hatten Marcuse und seine Frau Sascha durchaus *la douce France* kennen und lieben gelernt und sich im Schriftsteller-Exil an der Riviera sehr wohl gefühlt. *Neben Berlin-Eichkamp ist Sanary-sur-Mer meine heimatlichste Heimat gewesen.* Neben den Marcuses haben sich auch die Feuchtwangers hier angesiedelt, Joseph Roth und René Schickele sitzen zusammen im *Café Monnod* an der Place Masséna, auch Robert Neumann ist da – und Ernst Bloch, »wendig, ulkig, dogmatisch, anarchistisch, eine barocke Wort-Fontäne«. Von der sich Marcuse freilich *nicht* kritiklos berieseln läßt. Damals in Sanary noch eher bewundernd-belustigt, fällt bei Niederschrift seiner Memoiren das Urteil härter aus – wobei die Kritik an der Blochschen Utopie-Hoffnung erneut alles andere ist als konservativ motiviert. Nicht einmal Blochs Stalin-Schwärmerei und seine

Rechtfertigung der Moskauer Schauprozesse werden argumentativ ins Feld geführt – auch nicht sein Auf und Ab in der Ulbricht-DDR. (Blochs »Republikflucht« datiert ein Jahr *nach* dem Erscheinen von Marcuses Buch.) Stattdessen geht es ans Eingemachte, an das Fragwürdige des »Prinzips Hoffnung«. *Ernst Bloch hat die Denk-Kategorie aller, welche die Gegenwart der Lebenden mit Vergnügen opfern für irgendeinen Himmel: seiner heißt »Utopie«. Sein Werk wurde so gewaltig wie der anti-humane Aberglaube, den es birgt; denn alles Absehen von denen, die in dieser Stunde leben, ist unmenschlich – auch wenn es zugunsten der menschlichsten Menschlichkeit geschieht.*

Ähnlich seine Einschätzung von Karl Barth, »der nun die östlichen Atheisten besser behandelt als die westlichen Christen«, ein weiterer in abstrakten Höhen weilender Großdenker, der Marcuse bei allem entgegengebrachten Respekt suspekt ist. *Ihn interessierte nie so sehr, was der Mensch dem Menschen antut, als daß der Mensch den kalvinistischen Gott des Theologen Barth richtig bekennt. Er war immer gleichgültig gegen irdische Gefahren, weil er eine falsche Theologie für gefährlicher hält. Er sagte schon damals: »Die Kirche hat überhaupt nicht den Menschen zu dienen«.*

Dann wird Marcuse 1937 nach Moskau eingeladen, in den damaligen Vatikan der säkularen Kirche. (Mit einem nur halb humorigen »Fahr mit Gott in die Hölle« verabschiedet ihn sein Freund Joseph Roth.) Daß ihm dort nichts zustößt, hat wohl vor allem damit zu tun, daß er weder gläubiger noch zweifelnder Kommunist ist, sondern einfach ein linksbürgerlicher Intellektueller, dem man gern ein Potemkinsches Dorf präsentieren möchte. Entsprechend herzlich sind dann auch die Schriftsteller-Kollegen, die ihre Angst vor gegenseitiger Denunziation perfekt verbergen – und nach Kriegsende in der DDR weiter Karriere machen werden: Johannes R. Becher als Ulbrichts Kulturminister, Willi Bredel als dröger Schulbuchautor und Friedrich Wolf, der Vater des späteren Stasi-Vize Markus Wolf, als Kinderbuchautor der rührenden *Weihnachtsgans Auguste.* (Während eine sowjetische Übersetzerin Marcuse gegenüber moniert, Anna Seghers' Stil sei »zu formalistisch«;

Feuchtwanger dagegen wäre viel einfacher ins Russische zu übertragen.)

Der Gast ist klug genug, sein Fremdeln zu verbergen, in Moskau ebenso wie in Kiew, Batumi und auf der Krim, die ebenfalls Teil des Rundreiseprogramms sind. Was ihm dann trotzdem Mühe kostet, als er der Verwandlung von Georg Lukácz ansichtig wird – der später, was Marcuse beim Schreiben 1960 noch nicht wissen kann, ebenso wie Bloch zu einer der Referenzgestalten der »Neuen Linken« wird. *Es war bei einem Bankett, auf dem eines der unendlich vielen Hochs ausgebracht wurde. Ich erkannte Lukácz, den leisen, humanen Dogmatiker, nicht wieder. Sein Gesicht war verzerrt. Ein Henker wurde sichtbar. Ich sah, daß er auch mein Todesurteil unterschreiben würde. Dies Bild ist tief eingegraben in mein Gedächtnis … Lukácz ist die Koexistenz von Kunst und Kunst-Fremdheit in Person.* (Und doch geht Marcuse, *nobody's perfect,* allzu schnell über die profunde UdSSR-Kritik eines André Gide und Leopold Schwarzschild hinweg, erwähnt auch mit keiner Zeile das irritierend pro-stalinistische Rechtfertigungsbuch *Moskau 1937* seines Zug-Coupé-Mitreisenden Lion Feuchtwanger.)

Aber auch das Sanftmütige, ganz und gar einem freundlicher zu gestalteten Jetzt Zugewandte bietet keine Gewähr. Marcuse sieht das am Beispiel Stefan Zweigs, der ihm bei einer Begegnung im Frühjahr '39 in Sanary zutiefst verängstigt und desillusioniert erscheint. Zwei Jahrzehnte später schreibt der Überlebende ohne jegliche Häme: *Ich sah ihn nie wieder. Als ich von seinem Selbstmord erfuhr, kam mir die Idee: sollte er plötzlich das Manuskript* Weltgeschichte *gelesen haben – und nicht nur die »Sternstunden der Menschheit«? Ich hätte ihn damals in Sanary trösten sollen, aber ich war selbst trostbedürftig.* Und keineswegs allwissend. Mochte sich Marcuse nämlich innerlich auch dazu gratuliert haben, »in keiner Beziehung ein Ex« zu sein, weder an den Kommunismus geglaubt noch mit ihm gebrochen zu haben und deshalb auch nicht verquirlt zu sein mit den dortigen Kirchen und ihren abweichlerischen Sekten: Auf gewisse Weise war er damit auch ahnungslos, ein zu selbstgefälliger Bewohner des Hauses Skepsis. (Was er, im Unterschied etwa zur jüngeren Hilde Spiel, jedoch durchaus reflektiert.)

Als er in Paris beginnt, an Willi Münzenbergs und Arthur Koestlers Zeitschrift *Zukunft* mitzuarbeiten, lernt er, daß all diese Abschiede und Brüche keineswegs nur von »Renegateneifer« motiviert sind, sondern auf eine Jahrhundert-Frage Antwort geben. Als er in der Redaktion zum ersten Mal auf Manès Sperber trifft, mißtraut er deshalb dem 1905 im westukrainischen Zablotów Geborenen nur so lange, bis er dessen Essay *Zur Analyse der Tyrannis* gelesen hat. Und fragt sich hellsichtig bei der Begegnung mit dem weiterhin prominent parteitreuen Journalisten und Komintern-Agenten Otto Katz alias André Simone (der kurz darauf in Mexiko freiheitliche Linke denunzieren wird und den Stefan Heym nach 1948 in Prag als Eingeschüchterten und Stalinismus-Opfer in spe erlebt), wann die lockenden Sirenenklänge gegenüber ihm – Marcuse, dem Nicht-Kommunisten – umschlagen könnten in ganz andere Töne. *Wir verstanden einander ausgezeichnet. Was er getan hätte, wenn ich ihn nicht verstanden haben würde, weiß ich nicht; es kursierten jedoch die wildesten Gerüchte.*

Inzwischen aber rückt die Kriegsgefahr immer näher. Auch antinazistische Emigranten werden nun in Frankreich scheel angesehen und müssen sich fragen, in welch doppelte Gefahr sie kämen, würde Hitler auch hier einmarschieren. In jenen Monaten erhält Marcuse ein universitäres Angebot vom Institut für Sozialwissenschaften, das sich freilich nur deshalb als lebensrettend erweist, weil Marcuses (nichtjüdische) Frau sofort beherzt alle vom amerikanischen Konsulat geforderten Dokumente – einschließlich ihrer in Deutschland verbliebenen Heiratsurkunde – zu beschaffen weiß und auch dann noch drängt, als ihr Mann, in diesen Momenten eher Gefangener des Simmelschen »Vielleicht«, schon geneigt ist, aufzugeben. Und so haben beide das unwahrscheinliche Glück, bereits am Ostersonntag 1939 mit dem Schiff in New York anzukommen.

Was andernfalls mit ihnen geschehen wäre – wie mit so vielen anderen Emigranten und in Deutschland gebliebenen Juden – muß Marcuse im Nachhinein gar nicht erst imaginieren.

Im Anhang zu seiner Jahrhundert-Biographie finden sich die Aufzeichnungen seiner jüngeren Schwester Edith. Bis sie im Januar 1943 aus Berlin-Charlottenburg in den Osten deportiert wird, hatte sie Tagebuch geführt und die Notizen ihrem ehemaligen Chef übergeben, dem Leiter des mittlerweile arisierten Bondi-Verlages, einst der Heimat des George-Kreises. Dieser Helmut Küpper rettete die Papiere von Edith Marcuse über den Krieg, und noch als heutiger Leser möchte man ihrem überlebenden Bruder recht geben: Das ist tatsächlich »Tapferkeit ohne Gebärde«, »Georgescher Heroismus ohne Monumentales«, feine und genaue und dabei kaum je anklagende Beschreibungen des skandalösen und gleichzeitig in den Alltagstrott eingebetteten Wegrückens nichtjüdischer Deutscher. Was Willy Cohn in Breslau und Victor Klemperer in Dresden dokumentiert hatten, beschreibt Edith Marcuse in Berlin, tagsüber voller Todesangst und auch nachts nur unvollständig abgelenkt von der Lektüre ihres geliebten *Wilhelm Meister*.

Auch vor diesem persönlichen Hintergrund stapelt Marcuse eher tief. Die erste Zeit in den USA war nicht einfach, er und seine Frau waren bereits vierzig und der Landessitten nicht kundig, aber *so what* – sie würden dann bei Los Angeles inmitten all der anderen, die sich hierhergerettet hatten, nicht nur überleben können, sondern *leben*. Wo etwa Brecht und Adorno hauptsächlich allerlei »falsches Leben« wahrnahmen, schreibt Marcuse, der – nach einem Hausbrand in Kalifornien und einem Verkehrsunfall, der ihm und seiner Frau beinahe das Leben gekostet hätte, erst Anfang der sechziger Jahre nach Deutschland zurückkehren wird – als eine Standortbestimmung: *Wo gehöre ich hin? Ich bin ein Deutscher. Ich bin ein Jude. Ich bin ein Amerikaner. Ich schreibe dies eine Straße vom Stillen Ozean entfernt; der dreiundachtzigjährige Bruno Walter ruht dort auf einer Parkbank aus .... Schrecklich sind die Phrasen vom Entwurzeltsein, als ob der Mensch eine Esche wäre. Vielmehr ist er das Wesen, das in unendlich vielen Böden Wurzeln schlagen kann. Wo gehöre ich hin? Wo mich die wachste Stunde gerade Zugehörigkeit fühlen läßt.*

Planen läßt sich derlei jedoch nicht. Individuell »vielleicht« ein wenig steuern mit Wachsamkeit und viel Glück – aber ein Prinzip daraus ableiten, »für alle«? Ludwig Marcuse, der nicht erwähnt, ob er Karl Poppers im neuseeländischen Exil entstandene *Die offene Gesellschaft und ihre Feinde* gelesen hat und der schon ein paar Jahre tot sein wird, als in Paris André Glücksmann und seine Mitstreiter von den *noveaux philosophes* das Totalitäre jeglicher Geschichts-Teleologie zu analysieren beginnen, schreibt in seinen Refugium im Benedict Canyon in Beverly Hills: *Es gibt viel überflüssige, lyrische und essayistische Lamentationen über den Zwist zwischen Ideal und Leben – als ob sie nicht erst zusammen, in ihrer notwendigen Disharmonie, das Leben wären … Es begann nicht mit Marx, es begann mit Hegel: alle Fünfjahrespläne gehen auf seinen Jahrtausende-Plan zurück, und schon Hegel hat so markig gesprochen wie nur irgendein Stalinist.*

Dabei hatte auch Marcuse in jungen Jahren recht markig gesprochen oder gefühlt, als deutscher Gymnasiast zutiefst davon überzeugt, daß die angelsächsischen Länder eine geistlose Welt der »Koofmichs« seien. Erinnerung an eine infantile Schreckensvision, wie sie dann später (und eigentlich bis heute) deutsche Theatermacher*innen gern auf die Bühne wuchten – als vermeintliche Darstellung von Realität: *Wolkenkratzer, zwischen denen in engen Schluchten Ungezählte sonnenlos herumkrabbeln, um Dollars zu ergattern. Dann aber, nach den Tagen von München, hatte ich eine einzige Sehnsucht: lieber im Gedränge jener düsteren Ameisenhaufen verrecken als in der germanischen Hölle. Alles, alles – um diesem Schicksal zu entgehen.* Der Entkomme aber kann sich nun in den USA ein eigenes Bild machen, sieht – obwohl ihm dort vieles zu Recht auch mißfällt – keineswegs Ameisenwesen herumwuseln, sondern vibrierende, anregende und zugleich zutiefst widersprüchliche Realitäten, die mit dem Besteck aus dem Herrenzimmer deutscher Kulturkritik gewiß nicht zu Erklär-Häppchen verarbeitet werden können. Denn was wäre schon »typisch amerikanisch« – außer eine hohle Rhetorikfigur »des europäischen Größenwahns und seiner militanten Soziologen: kichernd, höhnisch, hämisch verbreitet, je nach dem Kabarett-Bedürfnis«.

Ähnlich wie der exilierte Schriftsteller-Journalist Leo Lania als »lecturer« beginnt nun auch Marcuse, inzwischen Literatur- und Philosophieprofessor an der University of Southern California, zusammen mit seiner Frau zu reisen – und macht auf Hawaii eine ähnliche beglückende Erfahrung wie einige Jahre zuvor Stefan Zweig in Brasilien. Im quasi letzten Moment einem massenmörderischen Land entkommen, das auf seine Bestrafungsliste auch den Begriff der »Rassenschande« gesetzt hatte, entdeckt er nun hier eine multi-ethnische Realität, in der er den Aufschein einer besseren Zukunft entdeckt – »die Welt vor dem Turmbau zu Babel«. Verblüffend, denn fast schon liest es sich wie eine hoffnungsvolle Antizipation jenes 1961 in Honolulu geborenen und dort auch aufgewachsenen Barack Obama, wenn der 1894 in Berlin geborene Ludwig Marcuse schreibt: *Wenn Gott es mit diesem fünfzigsten Staat ganz besonders gut meint, dann entsteht hier nicht nur ein etwas erweiterter amerikanischer Schmelztiegel, sondern ein Tiegel, in dem auch der Mann von Arkansas mit seiner Idiosynkrasie gegen schwarze Pennäler eingeschmolzen wird … mit Haut und Haar und Religion.*

Ähnliches hatte sich auch der US-Emigrant Hans Habe erhofft – und in seinem kurz nach der Ermordung Kennedys geschriebenem Buch *Tod in Texas* eingestehen müssen, daß der Weg noch unendlich lang war.

Die amerikanische Exilerfahrung schenkte noch etwas Zusätzliches, über das Marcuse nach dem Krieg der bundesdeutschen Gesellschaft unbedingt Kenntnis geben wollte – was seine Medienpräsenz spannender, aber auch solitärer machte. In Aufsätzen für die Zeitschriften *Merkur* und *Der Monat,* sodann im 1959 erschienenem Buch *Amerikanisches Philosophieren* erfuhr eine breite hiesige Leserschaft dank Ludwig Marcuse wohl zum ersten Mal von pragmatischen Denkern wie William James (dem älteren Bruder des Romanciers Henry James), von Henry Adams – und vor allem von John Dewey. Dessen »liberaler Radikalismus« hatte es Marcuse besonders angetan, da er schon frühzeitig so manchen Adorno-Horkheimer-(und eben auch Herbert Marcuse)-Gewißheiten des nunmehr in den

Vereinigten Staaten angesiedelten Instituts für Sozialforschung zu mißtrauen begonnen hatte – und damit auch eines Jargons, in dem er zu viel bedeutungsschwangere deutsche Nebel wallen sah. *Deutsch-idealistische Missionare, die sich Materialisten nennen, ein betagter Sturmtrupp, der nur so über die Druckseiten fegt. Er verlockt die Jüngeren zu elitärer Angeberei und verdunkelt die Wirklichkeit, die erkannt werden muß, bevor sie verändert werden kann. Diese politologische und sexologische Tuerei schafft eine Schein-Wirklichkeit, die viel schwerer zu durchschauen ist als die Theorie dazu.*

Dagegen jener John Dewey, von dessen Popularisierung in Deutschland sich Marcuse auch ein Entdecken jenes humanen Pragmatismus versprach, der eben weit mehr war als sogenanntes »angelsächsisches Nützlichkeitskalkül«: *Pragmatismus ist ein Denken, das jede Reflexion deutlich macht an ihren Konsequenzen – mögen sie ästhetischer Natur sein oder moralischer, politischer oder religiöser .... Die Philosophie Deweys gibt sich nur mit Aufgaben ab, die scharf zu umreißen und heute oder morgen zu bewältigen sind.*

Mochten konservative Rauner hier »das Unhinterfragbare« vermissen und marxistische Eiferer Dewey der Stückwerkelei am verhaßten Gebäude des Kapitalismus zeihen – Ludwig Marcuse war überzeugt, daß gerade im ethisch fundierten Meliorismus eines solchen Denkens (und *Tuns*) eine ungeheure Chance lag. Hatten Deweys konkret reformerische Bildungsideen nicht bereits im amerikanischen Schulwesen für frischen Wind gesorgt, war sein Schüler Sidney Hook nicht eine intellektuelle Alternative für all jene, denen die Status-Protzereien eines »verwelkten, illiberal gewordenen Liberalismus« genau so zuwider waren wie die Gegen-Verheißungen des Marxismus oder die stets ins Selbstgerechte changierenden idealistischen Sentenzen deutscher »Bildungsbürger«? *Sie erkannten die liberalisierende Funktion des Utilitarismus: den Verzicht auf hochtrabend-vage Generalitäten, die Konzentration auf die Kreatur, die vom Idealismus so hochmütig übersehen worden war. Gleichzeitig durchschauten sie in diesem Utilitarismus aber auch die »unverzierte Philosophie des Schacherns«, die jeden rechtfertigte in der rücksichtslosen Ausbeutung der Seinen, sofern es nur in freier Konkurrenz erworben war.* Denn selbstverständlich gab es ja auch jene (bis heute fortdauernde) Liberalismus-Travestie, die sich in ihrem »Der Markt regelt alles«-Mantra schon wieder bedenklich einem rechtslinken Determinismus nähert, demzufolge »die Geschichte«, »die Vorsehung« oder »der Staat« automatisch dafür sorgen würden, daß die beste aller Welten entstünde. Aber auch Pragmatismus müsse sich davor hüten, ins besserwisserische Schwadronieren zu geraten – sogar in der berechtigten Kritik am Idealismus, denn, gewitzt formuliert: *Es ist besser, das Gute steht nur auf dem Papier – als nicht einmal dort.* Und wenn gilt, »Wahrheiten können fast immer auch in den Dienst von Unwahrheiten gestellt werden«, so ist doch ostentative Äquidistanz zu allem und jedem ebensowenig geraten wie der Rückzug auf ein permanentes »Vielleicht«: *»Vielleicht« ist eine prekäre Position auf der Grenze zwischen leichtsinniger Gewißheit und verzagtem Unglauben.*

Jede Lehre und Konzeption und jegliche Begrifflichkeit galt es also auch weiterhin abzuklopfen auf ihre Konsequenzen, was in sich geschlossene »Weltanschauung« ebenso ausschloß wie die Konstruktion (und anschließende Verwerfung) eines »Meisterdenkers«. *Widersprüche sind kein Einwand gegen einen Menschen. Das Wort Individuum meint nur: Unteilbarkeit, nicht:* Harmonie *der Teile.*

Und doch: Was Ludwig Marcuse hier beschrieb und pries als Rekurs auf das unideologisch Konkrete, war vielleicht von einigen Jüngeren wie Ralph Dahrendorf oder Odo Marquard mit Interesse aufgenommen worden; tiefere Wurzeln schlug es nicht. (Auch mochte dann für die 68er-Studenten die Lektüre von Trotzkis herrisch-aktivistischem Anti-Dewey-Essay *Ihre Moral und unsere* prickelnder gewesen sein als die Beschäftigung mit den konkreten Reform-Ideen jenes 1952 hochbetagt gestorbenen Philosophen, der seinerzeit zusammen mit dem unorthodoxen Linken Otto Rühle und anderen Leo Trotzki beigestanden hatte – in Mexiko, als die »Dewey-Kommission«

die Geschichtslügen und Verleumdungen des Kreml Wort für Wort und Satz für Satz widerlegt hatte.)

Selbst in den Vereinigten Staaten schien jener John Dewey lange vergessen zu sein – bis ihn 1999 der Philosoph Richard Rorty wiederentdeckte und fragte, wie viel vergangene (marxistische) und gegenwärtige (identitäre) Fehleinschätzungen der amerikanischen Linken wohl erspart geblieben wären, hätte sie sich stattdessen produktiv auf ein Denken eingelassen, das nicht starr in Systemen resp. Herkünften dachte, sondern eher in Konstellationen, Allianzen und der stets gegebenen realen Möglichkeit, Menschen füreinander zu gewinnen.

Deutschen Intellektuellen, die über so etwas nur müde zu lächeln pflegten (und es fallweise noch immer tun), hatte Marcuse bereits in seiner Autobiographie auf den Weg gegeben: *Du sollst lieber einem kleinen Mädchen die Tränen trocknen als für die Menschheit unterschreiben … Der angebliche Kummer um die Menschheit ist ein Symptom absoluter Gleichgültigkeit, ein Symptom der Kargheit des Interieurs.* Da Engagement doch bereits damit beginne, sich nicht um jeden Preis bei den gegenwärtigen Diskurswächtern lieb Kind zu machen. *Unter liberalen Pazifisten hat man Mut, wenn man für Krieg nicht nur Generäle und Waffenfabrikanten verantwortlich macht. Unter Marxisten hat man Mut, wenn man Dialektik nicht für göttlich hält. Verweigere man sich auch dem Blaba der deutschen Höchstkultur, wo »Die verwaltete Welt«, «Die heilsame Unruhe« und das »Umstrukturieren« sich spreizen.* Distanz freilich auch gegenüber jenen selbsternannten Vergangenheitsaufarbeitern, die »über Auschwitz epigrammatisch und dramatisch jammern, aber nichts zu sagen haben über ein von den arabischen Staaten versuchtes Über-Auschwitz«.

Wer aber wollte das ab Mitte der sechziger Jahre wirklich hören? Während die Zirkel wirklicher Reaktionäre einschließlich bräsiger Konservativer sich um derlei Nein-Sagereien naturgemäß überhaupt nicht scherten, schien auch im progressiven Milieu kein Interesse an Marcuses Denken zu bestehen. An seinem fortgeschrittenen Alter lag es gewiß nicht. Fast schon komisch-verzweifelt Rolf Hochhuths Ausruf, man würde hierzulande eben den »falschen Marcuse« lesen – Herbert statt Ludwig. Im Unterschied zu diesem hatte L.M. einfach nicht die entsprechenden Großbegriffe im Angebot und offenbar auch keine Lust, sich einer Jugend anzudienen, die (wie er ja auch aus eigener früher Erfahrung wußte) geradezu gierte nach stets neuen Rundum-Erklärungen. Solcher Enthusiasmus hatte das Potential für beides: gesellschaftliche Stagnation erfrischend aufzubrechen *und* bedenkliche Slogans kritiklos nachzubeten bzw. zu schreien. *Jeder, der radikal mit der Vergangenheit brechen will, wird immer in der (von Wissen freien) Jugend sein Gefolge finden. Ihr braucht man nicht zu diktieren. Das Neue wird ihr ABC. Sie haben nie ein anderes gelernt.*

In der Tat: Mit solchen Sätzen läßt sich wohl kaum Gefolgschaft gewinnen. Das hat sein Gutes, dennoch liest man heute nicht ohne Wehmut in den vier Jahre nach seinem Tod publizierten *Briefen von und an Ludwig Marcuse,* wie hier ein generationsübergreifendes Gespräch eben *nicht* stattfand, sondern die Emigranten unter sich blieben blieben: formvollendete Zeilen von Thomas Mann, Herzliches von dessen Tochter Erika und dem Ehepaar Kesten, eine freundliche, wenngleich nie lobhudelnde Korrespondenz mit Max Brod und Alfred Döblin – doch kein Austausch mit jüngeren Schriftstellern.

Was Heinrich Böll (auch hier eine Ausnahme) später in seinem Nachruf auf Marcuse bewunderte – »Er war keiner Gruppe, keiner Clique zugehörig, war nie als Claqueur zu mißbrauchen« – war gewiß gleichzeitig auch der Grund dafür, daß dieser originelle Intellektuelle bald in Vergessenheit geriet, obwohl der Zürcher Diogenes Verlag sein Werk in den darauffolgenden Jahrzehnten immer wieder neu aufgelegt hatte. (Noch heute sind dort zahlreiche Marcuse-Bücher erhältlich.) Aber auch dort, in der Schweiz, war es eben kein bundesdeutscher Germanist, der sich um Marcuses Œuvre kümmerte, sondern der deutsch-amerikanische Exilforscher Harold von Hofe aus Beverly Hills. Dieser hatte bereits in den vierziger Jahren in Kalifornien mit Marcuse und dessen Frau Sascha Freundschaft geschlossen und u.a. nach dem Tod Lion Feuchtwangers dafür gesorgt, daß dessen umfangreiche Bibliothek nicht in alle Winde verstreut wurde, sondern der Forschung und Öffentlichkeit erhalten blieb. Als er 2011 im hohen Alter von 98 Jahren starb, wurde dies freilich in der Berliner Republik, dem selbsternannten Land der »Erinnerungsweltmeister«, kaum wahrgenommen – ganz im Sinne von *Who the fuck is Harold von Hofe?*

Bis heute aber existiert keine Biographie über Ludwig Marcuse.

Auch deshalb ist es von einer Ironie der eigenen Art, daß die wohl berührendste Erinnerung an Ludwig Marcuse von Hildegard Knef stammt, die sich in ihrem Lebensbericht *Der geschenkte Gaul* an ihn als motivierenden Freund und denkbar nicht-snobistischen Intellektuellen erinnert, für sie genauso wichtig wie die Freundschaft mit Marlene Dietrich und den anderen Emigranten, die sie nach dem Krieg in den Vereinigten Staaten kennengelernt hatte. Da das Land doch auch jenseits des Glamours von Marilyn Monroe, Liz Taylor, Judy Garland, Rock Hudson und Billy Wilder, deren Bekanntschaft sie gemacht hatte, horizont-öffnend war und eben keineswegs lediglich durchzogen von geistiger Ödnis und »purem Materialismus«.

Noch kurz vor ihrem Tod 2002 sprach die Knef voller Dankbarkeit über ihn, der ihr, nachdem sie zeitversetzt beide nach Deutschland zurückgekehrt waren, in München »literarischen Nachhilfeunterricht« gegeben und sie zu eigenem Schreiben ermutigt hatte – in einem Interview, das sie freilich nicht etwa den renommierten Intelligenzblättern gab, sondern der *BZ am Sonntag.* (Vielleicht als Hommage ganz passend zu einem Mann, der sich häufig über eine wohlfeil verschmockte Kritik an der »Kulturkonsum-Industrie« mokiert hatte: *Es ist arrogant, den Hörer des Musicals »My Fair Lady« einen* Konsumenten *zu nennen – und zu übersehen, daß auch der Proust-Leser konsumiert, falls er nicht nur kommentiert.*)

Gerade Marcuses vehemente Kritik an intellektueller Routine hat bis heute nichts eingebüßt an Schärfe und Witz. Das gilt dem dortigen Kokettieren mit der eigenen Unangepaßtheit – »Eine

Gruppe kann nie nonkonformistisch sein. Und außerdem: es gibt viele Konformismen« – wie auch einer bequemen Äquidistanz: *Du sollst nicht auf Teppichen zwischen den Stühlen sitzen.* Ohnehin hat der einst als Nazideutschland Geflüchtete einen genauen Blick auf diverse Lebenslügen. *Die Diktatoren haben nicht nur ihr Gefolge verblendet, sondern auch ihre Gegner. Viele Antifaschisten glauben, daß sie schon mit ihrem Anti human sind. Die Gläubigen sehen nie mit den Augen, immer nur mit dem Willen. Das ist im zwanzigsten Jahrhundert nicht anders als es im ersten war.*

Ist das tatsächlich »konservative Kulturkritik«? Marcuse verspottetet die Niedergangs-Prediger ebenso wie die Fortschrittsapostel, da beide darin verbunden seien, ihr je eigenes Referenzsystem nie zu hinterfragen. *Die meisten Definitionen sind Konfessionen.* Spannend würde es hingegen, begänne man, gegen sich selbst zu denken – und auch hier sind Marcuses kurze Sätze trotz ihres Appell-Charakters stets jenseits wohlfeiler Rhetorik. *Du sollst dich nicht vor Wahrheiten fürchten, weil sie in die Hände der Festredner gefallen sind. (...) Die Metaphysiken des Unbehagens in der Kultur sind auch verkappte Glückslehren. (...) Daß man nicht »Ich« sagt – angeblich eine Bescheidenheit, tatsächlich oft genug eine Feigheit und Unverschämtheit. (...) Du sollst dich nicht fürchten, zu erfahren, was deine bisherige Ordnung sprengt. (...) Es gibt nichts Herrlicheres, als wenn ein Denker einer Wahrheit die Ehre gibt, die er ihr so gern verweigern würde. (...)»Der Mensch ist ...« war immer der Beginn eines Fehlurteils. Es muß heißen: der Mensch ist auch ...*

Besonders suspekt ist Marcuse die ostentative Friedenssehnsucht der Nachkriegs-Deutschen, die in ihrem »Nie wieder Krieg« und forschem »Es gibt keine gerechten Kriege« offenbar vergessen hatten, daß Hitlers Drittes Reich nur mit massivem Einsatz von Gewalt hatte niedergerungen werden können. Daß ausgerechnet jene Naturwissenschaftler, die dem Massenmörder damals beinahe die Bombe gebaut hatten, nun ab den fünfziger Jahren einen Anti-Atom-Appell nach dem anderen unterzeichnen, findet er – in einem Brief an Robert Neumann, den Romancier und einstigen literarischen Star-Parodisten der Weimarer Republik – schlicht »zum Kotzen«. Technisch machbare Alternativen würden ihn deshalb auch mehr interessieren als moralisierende Statements oder gar »Kontakte« und »gemeinsame Lesungen mit Zonen-Funktionären«, die er für »westliche Idiotie« hält. In einem der veröffentlichten Aphorismen zur »Gewaltlosigkeit« klingt es dann weniger explizit, doch noch grundlegender. *Das Heil im Nicht-Widerstehen ist im Großen und Kleinen eine Illusion: jeder Verzicht auf Anwendung von Gewalt stärkt sie.* (Es spräche nichts dagegen, Adornos *Minima Moralia* diese im Büchlein *Argumente und Rezepte* gesammelten Aperçus und Reflexionen Ludwig Marcuses provokativ gegenüberzustellen – vielleicht ja auch für gegenwärtige Debatten.)

Zwei Jahre vor seinem Tod verschärft er, der die damalige Mode-Vokabel der »Entfremdung« lächerlich findet und stattdessen auf das Erkenntnis Spendende der Distanz rekurriert (»Vorstellen, Denken, Gestalten: fremd machen«), seine Intellektuellen-Kritik dann noch ein weiteres Mal. Sein *Nachruf auf Ludwig Marcuse* ist dabei nicht nur ein Annex zu seiner 1960 veröffentlichten Autobiographie, sondern eine Intellektuellen-Confessio, wie es sie weder zuvor noch später in deutscher Sprache gegeben hatte. Von Marcel Reich-Ranicki bei Erscheinen als »Meisterwerk« gewürdigt (obwohl sonst kaum diskutiert), ließe sich heute trefflich darüber spekulieren, ob die Protagonisten und Antreiber damaliger – oder auch gegenwärtiger – Verhärtungen, Radikalisierungen, Neo-Orthodoxien und giftiger oder auch nur betulicher Pauschalisierungen womöglich durch eine solche Lektüre eventuell etwas weniger moralisierend auftrumpfend geworden wären.

Wahrscheinlich aber hätte es kaum Effekt gehabt, da der jüdische Remigrant, der nun distanziert in der dritten Person von sich spricht, es nicht an Deutlichkeit fehlen läßt gegenüber dem hiesigen Kulturbetrieb und seinen »Trägern«: *Nein, er war nicht in Harmonie mit den Herrschern, die sich bequem als Opposition niedergelassen hatten. Ihm schien die regierende*

Intellektualität säkularisierter Puritanismus zu sein. Am widerwärtigsten war ihm der Dünkel, das Sonnenkönig-Bewußtsein; es ist oft kollektiv, und man bezieht seine Aufgeblasenheit aus der Zugehörigkeit zur weißen Rasse oder zur herrschenden Klasse – oder zur geistigen Elite mit ihrer Sondersprache, die einmal Latein war und heute sich im Spezialvokabular für philosophierende Überpolitiker manifestiert.

Wobei er »das Jüdische« keineswegs zum Hauptmerkmal seiner Außenseiter-Position erklärt haben mag. Immerhin hatten einzelne Remigranten wie Adorno, Horkheimer und Ernst Bloch bei den jüngeren Sinnsuchern der Bundesrepublik geradezu generationsprägend reüssiert, und Herbert Marcuse hatte es auf seine alten Tage beinahe zu einem Guru gebracht. Zwar versagt sich Ludwig Marcuse nicht den einen oder anderen Seitenhieb auf den Typus »Alter Knacker Wotan als Jung-Siegfried«, verzichtet jedoch auf personifizierte Invektiven, die angetrieben sein könnten vom Ressentiment auf die erfolgreicheren Altersgenossen. Da er ja ohnehin bekennt, weder ein besonders geduldiger (Universitäts-)Lehrer gewesen zu sein noch Erfüllung darin gefunden zu haben, einen möglichst großen Anhang um sich zu versammeln. Daß jedoch jene, die in dieser Hinsicht pädagogisch charismatischer und macht- und netzwerkbewußter waren als er, keine wirklich kritische neue Generation heranbildeten, nimmt er sehr wohl übel. Verhielten sich diese recht komfortabel im Westen Lebenden wirklich anders als der SED-fromm gewordene Arnold Zweig, der nunmehr in Pankow wohnte und bei einem Treffen mit Marcuse »tausend Parteiworte in der Minute aus dem Mund rinnen, laufen, stürmen ließ«? In beiden Fällen mußte »das Große Ganze« herhalten, um vom Einzeln zu abstrahieren. *Damals begann meine Antipathie gegen die politische Quacksalberei der deutschen Dichter und Denker, die soviel für das Wohl der Menschheit tun und so wenig für den Menschen.*

Noch ehe der studentische »Marsch durch die Institutionen« beendet ist, beschreibt Ludwig Marcuse ein selbstzufriedenes Milieu in spe, das trotz vorgeblichem Leiden an »Entfremdung, Verblendungszusammenhang« etc. sich bereits darauf freut, die ansonsten verbal wüst attackierte Elterngeneration zu beerben, es sich im angeblich »unmenschlichen Kapitalismus« bequem zu machen oder sich die lukrativsten Kultur-Positionen in jenem Staat zu greifen, dessen parlamentarische Demokratie dennoch unentwegt als »Instrument der Herrschenden« oder »repressiv tolerant« geschmäht wird. Für ihn besonders empörend, daß dieses mit durchaus sozialdarwinistischer Verve durchgezogene Karriere- und Versorgungsprogramm sich dabei nicht nur des politologischen Kauderwelschs bedient, sondern auch jene emanzipatorischen Vokabeln wie Gerechtigkeit und Widerstand für sich in Anspruch nimmt, die ihm seit *seinem* jugendlichen Aufbegehren doch so existentiell waren. Nun jedoch: *Der Hohn auf die, welche der unreiferen Jugend im Wege sind. Er hatte schon viele Namen, im Augenblick hat man sich auf das »Establishment« geeinigt. Man könnte es definieren: Die Summe aller Sessel, auf denen Generaldirektoren, Ordinarien, Chefredakteure und ergraute Dichter sitzen.*

Die Behauptung, hier würden doch vor allem alte Nazi- und Mitläufer-Eliten amtsenthoben, läßt Marcuse nicht gelten. Was die zum Teil mörderische Verstrickung jener betrifft, empfiehlt er den Jüngeren, eher konkrete Gerichtsprozeßberichte zu lesen anstatt sich mit einer »antikapitalistischen« Lesart des »Faschismus« aus der Verantwortung zu ziehen und im Theater bei »scheindokumentarischen, rhythmisiert antikapitalistischen Antinazi-Dramen« das vermeintlich eigene höhere Bewußtsein zu feiern. Hinzu kommt die Auslagerung erzdeutscher Verantwortung im revisionistischen Slogan »USA-SA-SS« und in einem obszön ins Endlose geweiteten Antisemitismus-Begriff, in dem die Rampe von Auschwitz zu einer Art kapitalistischem Selektionsprinzip wird oder ausgerechnet der Kibbuz-Staat Israel zum Feind erklärt wird – im Namen eines nunmehr »antikapitalistischen Antizionismus«.

Durchsichtige und gleichzeitig herrische Ausweichmanöver der Kinder der einstigen Täter, die in jenen Jahren der Holocaust-Überlebende Jean Améry mit gleicher Präzision beschrieben hatte – ungehört damals und ungehört auch heute, da nunmehr bereits die Enkelgeneration der Damaligen am

Steuer ist in zahlreichen (Kultur-)Institutionen. Ebenso wie Améry hatte auch Ludwig Marcuse ein feines Gespür dafür, daß gerade auch dort Macht ausgeübt wird – Medien-, Diskurs- und Definitionsmacht – wo man sich bis heute, um das schmeichlerische Selbstbild nicht zu gefährden, selbst nobilitiert als »machtkritisch hinterfragend« und (zumindest bis zum Ausbrach der Covid-Pandemie und dem rechtsradikalen Kidnapping des Wortes) als »Querdenker*innen jenseits der Schubladen«. *Autoritäre Epigonen, die sich antiautoritär nennen.*

Nicht zu vergessen die intellektuellen, gern auch »konsumkritischen« Exerzitien auf Lesebühnen, bei Podiumsdiskussionen oder in Stipendiumsbewerbungen. *Unter dem heute beliebten Aufsatz-Thema »Von der Schwierigkeit, die Wahrheit zu sagen« sollten einmal, trotz dieser Schwierigkeiten, die Schriftsteller, die am lautesten den Wohlstand geißeln, wahrheitsgemäß veröffentlichen: wie sie wohnen, essen, reisen, Geschäfte machen … Lauter antikulinarische Mönche, die nicht gerade in Mönchszellen leben. Da ist sogar die hausbackenere politische Phraseologie der Bonner Minister differenzierter.*

Aber auch hier: Kein Altersneid, da die solcherart Beschriebenen ja ohnehin weder »gefährliche Denker« noch libidinös Befreite sind, sondern sich schon in jüngeren Jahren dort festgesetzt hatten, wo man sie (und heute ihre Nachfahren) beim Werkeln betrachten kann. *Unfähige Referenten, die zwar kein Referat zustande bringen, aber doch die Merkmale der Innung zeigen.* Gefühlige, sich als links mißverstehende Ich-Bezogenheit bei gleichzeitig perfekt ausgeprägtem Herdeninstinkt und gepaart mit bürokratisch-ideologischer Hartleibigkeit – »ein neomarxistischer Nebel, der vor-marxistisch ist«, so daß beinahe schon Sehnsucht aufkommt nach der »altmarxistischen Klarheit, welche die Helle eines traditionellen Irrtums hatte«. (Frage bei der Lektüre: War das bereits tatsächlich 1970 geschrieben worden – und nicht etwa in den zänkischen letzten Jahren, *jetzt*?)

Und er, Ludwig Marcuse, für den »Geschichte eher eine große suprise party« war, anstatt etwas Planbares, in welche Richtung auch immer? Hat sich damit abgefunden, mit *seinem* Lebens-Resümee nicht durchzudringen in einem Land, in dem

Fetisch-Worte wie »Ganzheit, Authentizität, Frieden, Dialog, kritisches Hinterfragen« noch immer das beste Alibi dafür waren, sich in emsiger Bräsigkeit die besten Positionen zu sichern. Keine Schüler jedenfalls für die unprätentiöse Einsicht, »daß die Wurzeln aller Entfremdungen, aller Entmenschlichungen, aller Versteinerungen der Mangel an Courage ist, sich zu sich zu bekennen – vor allem dort, wo man sich *nicht* mit sich identifizieren möchte«.

Marcuse, der alt genug war, um zu erkennen, »daß jede Zeit ihr Getue« hat, ihre Slogans und Generalschlüssel zur Erklärung noch jeder Problematik, bekennt: *Er konnte nie dem Sündenbock »falsches Bewußtsein« aufhalsen, was ihn drückte. Auch sah er keine Möglichkeit, seine Niederlagen loszuwerden, indem er sie auf Über-Iche abwälzte. Er ist nicht interessiert am Versagen der Gesellschaft, sondern nur an seinem.*

Doch welches Versagen, welcher Druck, welche Niederlagen? Von Seite zu Seite wird dann klarer, weshalb Marcuse diese Fortsetzung seiner Autobiographie hatte schreiben *müssen.* Da doch nun endlich auch von dem zu reden war, was weder »der« Gesellschaft noch »den« Gesellschaftskritikern anzulasten war, sondern allein sich selbst. (Und deshalb auch keine Option, gleich Ernst Bloch zu notieren: *Keinen Blick auf sich werfen, das ist etwas.*)

Hatte er, der in seinen Texten zeitlebens auf dem Wert des Individuums bestand und dessen je singulärem Schicksal, im »wirklichen Leben« tatsächlich genug andere Menschen getroffen, auch jenseits seines Milljöhs? Denn Honolulu hin und Sunset Boulevard her (wo man ihn in einer Bar aufgrund seiner wilden Mähne einmal sogar für Einstein gehalten hatte), Berlin-Eichkamp, Sanary-sur-Mer und nun, nach der Rückkehr nach Deutschland, dieses Häuschen in einer kleinstädtischen (Sack-)Gasse bei München: es war letztlich doch immer ein Parcours in den Grenzen des Literaturbetriebs gewesen, »immer die gleiche Schreibstube«. *Die Welt ist sehr eng, wenn man dressiert worden ist, sie vor allem zu durchdenken.*

Ebenso wie jene, die er Portraitiert, rezensiert, die er gelobt oder gegen sie polemisiert hatte, war er in einer Binnenwelt verblieben und »lernte etwa nie, alle Sinne zu den Sinnlichkeiten zu steigern, die möglich waren«. (Durs Grünbeins melancholisches Gedicht *Decolleté*, in dem der Anblick eines Schlüsselbeins all das in einem umtriebigen Literatenleben Versäumte evoziert, mag zu lesen sein als ein fernes Echo auf Marcuses *Regrets*. Am Ende seines Lebens hatte auch Marcel Reich-Ranicki das Unersprießliche solcher Betriebs-Existenz zumindest angedeutet, während es die Ironie will, daß ausgerechnet Michael Rutschkys posthum veröffentlichtes Tagebuch ein einziger verletzter und verletzender Abgesang auf ein Westberliner Intellektuellenleben ist, das sich in einem sozial und ethnisch nahezu vollständig homogenen Umfeld abgespielt hatte. Bis heute der Normalfall im hiesigen Kulturbetrieb mit all seinen milieuspezifischen Verklemmungen, nebst verdruckster Rede über »*den* globalen Süden« und andere Projektionen – doch hat eben seit Ludwig Marcuse keiner mehr derart offen und schonungslos auch gegenüber sich selbst über solches Luxus-Elend geschrieben.)

Doch nicht die finanziell weiterhin eher überschaubare finanzielle Basis wird beklagt; die kleine möblierte Wohnung, in der er mit seiner Frau Sascha lebt, und der gebrauchte Volkswagen zeugen zwar nicht gerade von einem »Wirtschaftswunder«, aber auch nicht von Not. Diese ist anderer Natur – das Bedauern des nunmehr 70jährigen, kaum je Arbeiter und Angestellte, Bauern und Ingenieure, Geistliche und Abenteurer getroffen, niemals die Grenzen seiner Sozialisierung geweitet zu haben. *Er war zu wenig heimatlos.* Was für ein Satz im Lebensbuch eines ehemaligen Emigranten! *Die Rasse der Intellektuellen neigt dazu, den Menschen nach ihrem Ebenbild sich vorzustellen – oder vielmehr nach dem Bilde von sich, das sie in den Spiegel hineingesehen und so angemalt haben. Deshalb schlägt Er es sich ab, die weltgeschichtlichen Ereignisse aufzuzählen, die ihn hinderten, zu sich zu kommen, auch zu seinem Glück. Die dürfen kein Vorwand sein.*

»Er«, der nach diesem Bekenntnis bedauert, »ein widerborstiger Preuße« geblieben anstatt zu einem »Pariser Charmeur«

geworden zu sein; »Er«, der sich sogar an unsägliche Peinlichkeiten aus seiner Jugendzeit erinnert, als junge Frauen dem aufstrebenden Intellektuellen seine physische Unreinlichkeit vorwerfen mußten; »Er«, der sich selbst des Jähzorns und der Mürrischkeit zeiht und sogar von Masturbationspraktiken in seinem Arbeitszimmer zu berichten wagt; »Er«, der keine Memoiren lesen oder schreiben will ohne »die zur Seele gehörenden Haare und Ohren und Beine und Hoden und Gerüche und Gesten« – »Er« erkennt alsbald, daß selbst solch tiefgehende Selbstbetrachtung steril selbstreferentiell bleibt, solange nicht auch eine »Sie« und ein »Du« wahrgenommen wird auf Augenhöhe. (Kein Zufall, daß bei einem Besuch in Jerusalem Frau Sascha mit dem greisen Martin Buber anscheinend besser konnte als ihr in zahlreichen Konkurrenzgedanken verfangener Gatte.)

Schönzureden gibt es da nichts, denn: *Er hat nie eine Frau als intellektuellen Partner in Betracht gezogen, das gehört zu den größten Niederlagen seines Lebens. Seine zeitgebundenen Instinkte hatten sich offenbar* vor *der Frauen-Emanzipation, die er uneingeschränkt anerkennt, gebildet. Er war so ärmlich, ihnen heimlich und ahnungslos zu verweigern, daß sie unabhängig da waren. Er liebte sie nur als Ergänzung.*

Dabei war Sascha in seiner Autobiographie immer präsent, war ihre entscheidende Rolle bei der geglückten Flucht 1939 aus Europa an keiner Stelle unterschlagen worden. Und doch war es dann erst ihre tödliche Krebsdiagnose, die ihm wirklich vor Augen führte, daß er ein Teil war von ihr und sie von ihm – und deshalb auch auf ehrlichere Weise von einer Symbiose hätte berichtet werden müssen. Die Passagen, die nun von Sascha handeln – die ersten Untersuchungen, die Röntgenaufnahmen, Operationen, Rekonvaleszenzen, die einander verschwiegene Furcht vor dem Tod der geliebten Frau und der kommenden Einsamkeit des geliebten Mannes, zählen zu den berührendsten nicht nur in diesem Buch, sondern vielleicht sogar in Ludwig Marcuses gesamtem Werk. *Hier* (und auch nur hier) gleichen sich sein *Nachruf* und Stefan Heyms *Nachruf*, in der liebenden Beschreibung der starken, lebenslang empathischen und nun so herzzerreißend physisch zerfallenden Frau.

Doch rechtet Marcuse nun vor allem mit sich selbst, mit der eigenen Ich-Sucht, dem hauptsächlichen Siedeln im Ideellen – obwohl er in seinen Essays und Aphorismen doch stets so konzis gegen eben diese Deformation angeschrieben hatte. Nach ihm wird dann erst im Frühjahr 2007 der prominente deutsch-französische Sozialphilosoph André Gorz (dessen Emigranten-Biographie sich in manchem mit Marcuses Erfahrungen deckt) in seinem berührenden *Brief an D.* als ein weiterer Berufs-Intellektueller von den eigenen Scheuklappen berichten und die geliebte Ehefrau im Nachhinein um Abbitte bitten. Die gebürtige Engländerin Dorine war freilich zu diesem Zeitpunkt noch am Leben und konnte die späte Liebeserklärung ihres nun ebenfalls körperlich hinfälligen Mannes noch lesen; das Ehepaar Gorz wird dann im September 2007 gemeinsam freiwillig aus dem Leben scheiden.

Ludwig Marcuse dagegen überlebt seine Frau Sascha, um dieses Buch zu schreiben, und seine Überlegungen zum Suizid, den er nicht »Selbstmord« nennen mag, erinnern an Jean Amérys Reflexionen von 1976 – und unterscheiden sich dennoch im Fokus auf das Private, jenseits der Kritik an gesellschaftlichen Konventionen und Heucheleien. *Der Frei-Tod macht sichtbar, wovon einer lebte. In einer glücklichen Ehe gibt es nur eine einzige Untreue: den anderen zu überleben. Hier spricht Er auch von sich … Würde ein Entschluß zum Tod ihn bereits herbeiführen, wäre Er nicht mehr da.*

Als er Sascha ein letztes Mal sieht, die Lebensgefährtin nun ein seit wenigen Minuten toter Körper, sieht er nicht genau hin. Flüchtet sich in Erinnerungen an all die erfüllten Jahre zuvor, gedenkt ihres Schwimmens in der Adria, ihrer Begeisterung, mit ihm Israel zu besuchen, der gemeinsamen Tage in Venedig – und hält das für einen »feigen Abschied«. Und bekennt, da stets *sie* die stärker Lebenszugewandte gewesen war (obwohl ja *Er* die Worte gefunden hatte zur Verteidigung der zahlreichen Realitäten gegen die »System-Denker«), was sich dann *nicht* im Bekenntnis erschöpft. *Er hat zu wenig Tränen getrocknet; und daß er es niederschreibt, ist keine Entlastung.*

So wird es am Schluß auch kein Zelebrieren des »widerständigen Individuums« geben, sondern einen Abschied, der schon fast an Alice Rühle-Gerstels und Hans Sahls Worte beim Heraustreten aus dieser Welt erinnert. In einem der letzten Briefe vom Sommer 1971, seiner eigenen schweren Erkrankung nur noch mühsam abgerungen, heißt es an die Adresse des befreundeten Ehepaars Toni und Hermann Kesten: *Ich möchte nur deshalb keinen Besuch und nicht antelefoniert werden, weil man seine Miesepetrigkeiten nicht verbreiten soll. Ich danke Ihnen für Ihre Freundschaft.*

Er, der »andere Marcuse«, der sich ohne jegliche Koketterie als »unfeierliches Unikum bezeichnet, das heute mit ›Sonderling‹ übersetzt wird«, hatte bereits im *Nachruf* auf seine Weise Adieu gesagt: *Er hinterläßt keine Lücke, da Er keinen Raum einnahm, der erst ermöglicht, daß ein Vakuum entsteht.*

Doch kann einer, der nicht raumgreifend war, gerade deshalb eine immense Lücke hinterlassen. (Zumindest hatte es damals Heinrich Böll in seinen Zeilen auf Ludwig Marcuse so empfunden.) Da Marcuses mokanter »Nachruf auf manchen Schriftsteller« eben *keine* Selbstbeschreibung war: *Friede seiner Masche.* ER nämlich benutzte derlei nicht – zum Glück auch für uns Nachgeborene und unsere Chance, ihn wiederzuentdecken.

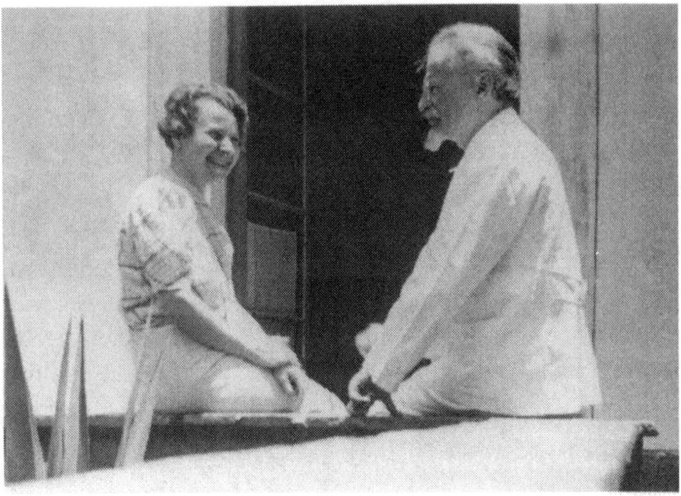

Ich möchte lieber nicht, sagte Alice
Alice Rühle-Gerstel (1894–1943)

Dresden, 1956. Das Schweigen dauerte ewig. Ein Mißverständnis? Aus Moskau, Budapest, Prag und Bratislava kommend, hatte Diego Rivera für ein paar Tage in der DDR Halt gemacht und war dort bei einer Veranstaltung zu zwei Menschen befragt worden, die zuvor lange in Dresden gewirkt hatten: Otto Rühle und Alice Rühle-Gerstel. Der Fragesteller, ein ehemaliger Sekretär Rühles aus der Zwischenkriegszeit, hatte wissen wollen, ob dem Maler womöglich etwas über das Schicksal der beiden im mexikanischen Exil bekannt sei.

Diego Rivera aber schwieg. 1937 – was hier in Dresden vielleicht noch nicht einmal die Stasimitarbeiter wußten, die vermutlich im Publikum saßen – hatten die Rühles in seinem Haus in Coyoacán Leo Trotzki kennengelernt, der soeben in Mexiko eingetroffen war, seinem letzten Fluchtort vor der Ermordung durch Stalins Killer. Rivera und seine Frau Frida Kahlo waren damals mit Alice und Otto eng befreundet gewesen. Man nannte einander beim Vornamen, traf sich regelmäßig, machte gemeinsame Ausflüge, spottete über die bigotten Stalinisten in den Reihen der mexikanischen Kommunisten und unter den europäischen Emigranten. Rivera hatte Otto Rühle sogar portraitiert, eine nicht verlorengegangene Fotografie zeigt zwei wuchtige Männer, das *Murales*-Genie und den lenin-kritischen Marxisten, auf robusten Korbstühlen im Atelier.

Inzwischen aber ist der nunmehr betagte Maler längst zurückgekehrt in die parteikommunistische Großfamilie mit all ihren Garantien für Aufträge und Reputation und war in der Hoffnung auf Heilung seiner fortgeschrittenen Krebserkrankung in die Sowjetunion gereist. Und nun hier in Dresden eine solch heikle Frage?

Was mag ihm, der nur noch wenige Monate zu leben hatte, in diesem Moment durch den Kopf gegangen sein – hier in der DDR Walter Ulbrichts, der Chruschtschows angekündigte Entstalinisierung noch nicht einmal halbherzig mittrug? Stattdessen wird der SED-Chef den Verleger Walter Janka im Dezember 1956 verhaften und im Folgejahr einen Schauprozeß gegen ihn durchführen lassen, eine weitere Strafaktion gegen einen vermeintlich »feindlich-negativen« Vertreter des sogenannten »West-Exils«. Der ehemalige Spanienkämpfer Walter Janka hatte 1941 ebenfalls in Mexiko vor den Nazis Zuflucht gefunden, war Teil des Kreises um Anna Seghers gewesen, und als er dann 1957 zu fünf Jahren Einzelhaft unter verschärften Bedingungen verurteilt wurde, saß auch Anna Seghers als Zuschauerin im Ostberliner Gerichtssaal – und schwieg.

Spekulation: Diego Rivera, der in Mexiko ebenfalls mit Anna Seghers befreundet gewesen war und beizeiten gelernt hatte, drohende Anklagen gegen »Abweichler« atmosphärisch vorab zu erspüren, mochte vielleicht auch deshalb nichts gesagt haben, um den womöglich allzu naiven Dresdener Fragesteller, der inzwischen in einem ostdeutschen Staatsverlag tätig war, nicht zu gefährden. Denn würde eine Antwort nicht andere im Publikum zu weiteren Fragen ermutigen – etwa der naheliegenden, *wer* denn dieses Ehepaar Rühle gewesen sei, von dem man bisher noch so gar nichts gehört hatte, hier in der DDR?

(Wo doch auch in der frühen Bundesrepublik die beiden nahezu völlig vergessen waren, ihr Leben und ihre Bücher bereits seit 1933 penibel ausgelöscht aus dem Gedächtnis. Höchstens Willy Haas, in der Zwischenkriegszeit Gründer und Chef der angesehenen *Literarischen Wel*t und nunmehr Redakteur der in Hamburg erscheinenden *Welt*, hätte sich erinnern können – an Alice, die seinerzeit über siebzig Artikel zu seiner Wochenzeitung beigesteuert hatte. Und, natürlich, Margarete Buber-Neumann, die im KZ Ravensbrück von der sterbenden Milena Jesenská, *der* »Milena Kafkas«, erfahren hatte, was für eine gute Freundin und beeindruckende Frau diese Alice Rühle-Gerstel gewesen war. Dazu Manès Sperber in Paris, der einst – 1927 – seinen Abschied von Alfred Adler und einer allzu polit-abstinenten Individualpsychologie auch durch ein Buch von Alice gerechtfertigt fand. Doch wie sollte ausgerechnet

Diego Rivera von all diesen mitteleuropäischen Überschneidungen wissen?)

Überdies: Weshalb jetzt 1956 etwas aufrühren, das gefährlich weit mehr war als eine »alte Geschichte« oder ein privates Beziehungsnetz voller Bezüge und Verwicklungen – sondern ein veritables Jahrhundert-Drama? Hatte dieses nicht sogar dazu geführt, daß Egon Erwin Kisch, Alice' Jugendfreund aus Prager Tagen, in Mexiko sie und ihren Mann Otto geradezu ängstlich gemieden hatte, wohl wissend, daß auch hier Leute unterwegs waren, die Ausschau hielten und *Listen* erstellten über »Zuverlässige« und »Verräter«? Könnte das dann nicht sogar die Abwesenheit von Rivera und Frida Kahlo beim Begräbnis der Rühles erklären, bei dem doch die Internationale erklungen war, nur eben gesungen von den wenigen verbliebenen Vertretern einer undogmatischen, antistalinistischen Linken – im Sommer 1943, dort im Panteón Civil de Dolores, unter dem wolkenlosen Himmel von Mexiko-City?

Wie also war es jenem Ehepaar Rühle im Exil ergangen? Diego Rivera, schwer atmend, aber sagte kein Wort. Möglich, so die dezente Vermutung im Publikum, daß der Weltberühmte und nun Todkranke inzwischen auch schwerhörig geworden war … Also schrieb man ihm den Namen *Rühle* auf einen Zettel und reichte ihn herüber. Der Maler aber schwieg weiter.

Prag, Januar 2022. An Alice Gerstels Geburtshaus in der Havlíčková-Straße nahe dem Platz der Republik – Náměstí Republiky – erinnert nichts an die Individualpsychologin, Schriftstellerin und Dichterin, die hier 1894 zur Welt gekommen war, in einer wohlhabenden jüdischen Familie, in der man sowohl deutsch als auch tschechisch gesprochen hatte. Das einigermaßen gut erhaltene Jugendstilhaus beherbergt heute im Parterre eine Wein-Bodega, und der an der Tür angebrachte Informations-Zettel ist auf englisch beschriftet. *Our Corona-Rules: Permission to entry only if you …*

An den Wänden der Pinkas-Synagoge im ehemals jüdischen Viertel finden sich unter den 40.000 Namen der hiesigen Shoah-Opfer auch Angehörige der Familie Gerstel, das scheint alles zu sein. Noch immer aber quietscht die Straßenbahn Nummer 14, die vom jenseitigen Moldauufer kommt und hinüber in Richtung Wenzelsplatz fährt, hier an der Ecke Na Poříčí lautstark auf – vermutlich ganz wie damals, als die Straße noch Am Poritsch hieß und die junge Alice Gerstel in Prag das deutsche Mädchengymnasium besuchte, ehe sie für zwei Jahre in ein Pensionat nach Dresden ging, dort Musik und moderne Sprachen erlernte und 1912 in ihre geliebte Geburtsstadt zurückkehrte. Nach den Schüssen von Sarajewo arbeitete die junge Frau, die inzwischen die staatliche Lehrerinnen-Prüfung im Fach Musik bestanden hatte, als freiwillige Krankenschwester in einem Militärhospital und in Kriegslazaretten.

Im Café Arco, nur zwei Querstraßen von ihrem Geburtshaus entfernt, lernte sie dann 1916 – zusammen mit ihrer tschechischen Freundin Milena Jesenská – schon ganz frühzeitig Schriftsteller und Publizisten kennen, die ihr Leben prägen würden: Franz Werfel, Egon Erwin Kisch, Johannes Urzidil, Willy Haas. Es war das deutschsprachig-jüdische Prag jener Zeit, an das heute in der Stadt kaum noch etwas erinnert. Auch die heutige *Kavárna Arco*, obwohl noch immer im Eckhaus am gleichen Ort gelegen, hat mit dem Ambiente des damaligen, quasi »übernationalen« Cafés nichts mehr gemein und erinnert eher an jene hektisch-billigen Buffets, an denen die Protagonistin von Alice' späterem autobiographisch grundierten Roman *Der Umbruch oder Hanna und die Freiheit* mitunter schnell etwas zu sich nimmt, auf dem Weg von der Zeitungsredaktion zurück in ihr möbliertes Zimmer.

Und kaum etwas wüßte man über die Lebenswege jener Alice Gerstel, hätte nicht die Publizistin Marta Marková, die 1980 aus der Tschechoslowakei nach Österreich emigriert war, Jahre ihres Lebens damit zugebracht, Spuren nachzugehen, Adressen, Briefe und Manuskripte ausfindig zu machen, Zeitzeugen und deren Nachkommen zu treffen und die Puzzlestücke zum Bild einer faszinierenden Frau (und dann eines Ehepaars) zusammenzutragen in Prag, Dresden, Berlin, Wien und Mexiko-City. Ihr über fünfhundert Seiten umfassendes Buch mit dem schönen Titel *Auf ins Wunderland! Das Leben der Alice*

Rühle-Gerstel erschien 2007 in einem Innsbrucker Verlag, fand indessen kein größeres Echo. Auch die im gleichen Jahr erfolgte Neuausgabe von Alice' Roman – nach einem ersten Versuch bei S. Fischer 1984 – blieb beinahe unbemerkt. Weshalb wohl dieses offensichtliche Desinteresse an der Geschichte einer freiheitlichen und undogmatischen, einer parteiunabhängigen Linken und Intellektuellen, die jedoch nie den eitlen Habitus eines »Zwischen den Stühlen Sitzens« kultivierte? Müßig, über solch bewußte oder unbewußte Abwehr zu spekulieren.

Leben und Tod jener Alice, die von ihren Zeitgenossen als ein klug-empathischer und verdammt feiner Mensch beschrieben wurde, könnte vielleicht gerade deshalb noch heute etwas lehren – nicht zuletzt die Erkenntnis, daß Positionierung auch ohne eifernden Manichäismus möglich ist und daß es gleichzeitig keinen Kompromiß gibt mit Diktatoren und Strukturen, die Menschen demütigen und psychisch und physisch vernichten.

1917 beginnt sie ein Studium der Germanistik und Philosophie, das sie ein Jahr später in München fortsetzt: Abschied von Prag, eine Trennung aber auch vom gutbürgerlichen Möbelfabrikanten-Milieu ihrer Familie. In München hört sie zum ersten Mal von der Schule des Wiener Arztes Alfred Adler; von da an wird die Individualpsychologie – und der Versuch, sie mit einem aufgeklärten Marxismus zu verbinden – einen Großteil ihres weiteren Lebens bestimmen. 1921 mit einer Arbeit über Friedrich Schlegel promoviert, heiratet sie ein Jahr später – und legt, was zu dieser Zeit noch durchaus ungewöhnlich war, ihren Familiennamen *nicht* ab.

Im Gegenteil: Der neue Doppelname zeugt bald von einer Symbiose, die bis zum quasi gemeinsamen Tod in Mexico-City Bestand haben wird. Alice Rühle-Gerstel ist nämlich nicht zuvörderst die Gattin *von*, sondern ab jetzt die Frau *mit* Otto Rühle, der nach dem Tod seiner ersten Frau Witwer war. Dabei ist er zwanzig Jahre älter als sie und in Deutschland bereits eine veritable Berühmtheit, sozusagen ein »Influencer« avant le lettre: In den Jahren vor dem Ersten Weltkrieg war der in der Nähe von Freiberg in Sachsen geborene Otto Rühle im Auftrag des SPD-Parteivorstandes als »Wanderlehrer« unterwegs, der im Dienste der Arbeiteraufklärung das Land von Nord bis Süd durchstreifte und in Dörfern ebenso wie in kleinen und größeren Städten für ein neues proletarisches Selbstbewußtsein warb. Aber auch in Sachen freiheitlicher Kindererziehung, Geschlechtergleichheit, ja selbst einer gesundheitsfördernden »Atemgymnastik« war Rühle unterwegs und veröffentlichte zu diesen Themen zahlreiche Broschüren.

Als der einziger Reichstagsabgeordneter schloß er sich 1915 Karl Liebknecht an und stimmte nun im Reichstag mit ihm gegen die Bewilligung von Kriegskrediten. Am 9. November 1918 machten die Dresdner Arbeiter auf einer Massenveranstaltung Otto Rühle zum Vorsitzenden ihres Arbeiterrates, dem es dann oblag, den sächsischen König und dessen Regierung abzusetzen. Schließlich einer der Mitbegründer der KPD, wurde er bereits ein Jahr später wieder ausgeschlossen und begann als überzeugter Rätekommunist eine Reise durch linke Kleinparteien, die sich jedoch trotz ihres erklärten Antiautoritarismus immer wieder unversöhnlich spalten und mit ihren Kürzeln heute wohl nur noch Fachhistorikerin bekannt sind: KAPD und AAU-E, letztere geradezu ein Paradebeispiel für Fraktions- und Richtungskämpfe, in denen diverse antiautoritär-anarchische Egos aufeinandertrafen und *man* sich immer wieder in aufgebauschten Mikro-Konflikten und ideologischen Sandkastenspielen verlor.

Die Tragödie einer sich solcherart selbst zerlegenden, nach eigenem Selbstverständnis jedoch basisnahen Arbeiterbewegung, der aus nachvollziehbaren Gründen die KPD zu doktrinär und die SPD zu opportunistisch war, fand dann in den westdeutschen K-Gruppen-Sekten der siebziger Jahre als Farce eine noch irrwitzigere Fortsetzung. Lenin, Stalin, Mao, Kim Il-Sung, Castro, Pol Pot – schwer vorstellbar, daß sich Otto Rühles damalige Parteifreunde je für solche Despoten ausgesprochen hätten.

(Unterdessen ist in Rühles einstigem SPD-Abgeordnetenwahlkreis Pirna inzwischen die AfD die stärkste Partei, die zur letzten Bundestagswahl sogar einen Direktkandidaten ins Berliner Parlament schickte. Auch das wäre eine Geschichte: Das völlige Verschwinden – aus der Realität, aus dem Gedächtnis – jenes einst vor allem in Westsachsen beheimateten, aus selbstbewußten Arbeitern, reformerischen Lehrern, wißbegierigen Druckerlehrlingen und Handwerkern bestehenden Netzwerkes, dem danach in der Nazizeit der Garaus gemacht worden war und das späterhin in der DDR komplett totgeschwiegen wurde. Als Kind im sächsischen Limbach-Oberfrohna war ich Ende der siebziger Jahre jedoch noch im Nußbaumschrank in der Parterrewohnung meiner Urgroßeltern fündig geworden: Dünndruckbroschüren, nach 1933 versteckt und auch danach zur Sicherheit hinter gebundenen Büchern gestapelt, die auf so ungewöhnliche, so einprägsame Verfassernamen trugen: Emma Goldman, Fürst Kropotkin, Michail Bakunin. Vielleicht ja auch Otto Rühle und Alice Rühle-Gerstel? Da die beiden doch in einem Kleinverlag bei Dresden eine sexualwissenschaftliche Schriftenreihe ins Leben gerufen hatten, und meine Urgroßeltern damals offenbar auch an solchen Fragen interessiert gewesen waren und sogar ein Buch von Magnus Hirschfeld aufbewahrt hatten … Durchaus möglich. In der Erinnerung inzwischen aber vor allem der geliebte, weißhaarige Urgroßvater, Jahrgang 1900 und seines Zeichens Polster- und Sattlermeister. Wie er sich unter seinen Hosenträgerhosen schnell und robust den Bruch zurechtschiebt und Sätze brummt wie diesen: »Den Parteikommunisten darfst'e nicht trauen, das war mir schon Anfang der Zwanziger klar. Aber erzähl' 's nicht in der Schule herum, versprochen?«)

Bereits 1920 hatte Otto Rühle, damals im Auftrag der rätekommunistischen KAPD Teilnehmer beim Zweiten Weltkongreß der Kommunistischen Internationale in Moskau, mit dem Genossen Lenin höchstselbst gebrochen. Ohne Scheu hatte er dem »Führer der Weltrevolution« seine Einschätzung mitgeteilt, daß eine angestrebte »Diktatur des Proletariats« in einem Land ohne selbstbewußte Arbeiterschaft und ohne ökonomische Basis zum Scheitern verurteilt sei – politisch, wirtschaftlich, moralisch – und geradezu zwangsläufig in einer Despotie enden werde. (Rühle, damals abrupt aus Moskau abgereist, konnte nicht ahnen, daß er knapp zwei Jahrzehnte später in Mexiko gegenüber Leo Trotzki, 1920 noch Lenins rechte Hand und erwarteter Nachfolger, auf ebenso angstfreie Weise Klartext reden würde.)

Trotz – oder gerade wegen – solcher Desillusionierung verstärkte er, nun zusammen mit Alice, in den kommenden Jahren sein Bemühen um progressive Volksbildung, jenseits der Groß- und Kleinparteien. Indessen war die 28jährige aus Prag keineswegs ein politisch-emotional formbares Anhängsel, das womöglich gar einen Vaterersatz suchte. Immerhin nämlich war es *ihre* Prager Mitgift, die den Kauf einer kleinen Villa in Buchholz-Friedewald bei Dresden ermöglicht hatte, wo die beiden einen Verlag mit dem sprechenden Namen *Am anderen Ufer* gründeten und jene zwei Schriftenreihen herausgaben, die für eine sozialistische Pädagogik ohne Zwang und Dogma werben: *Das Leben ist nicht so simpel, daß es in den einfachen Gegensatz bürgerlich-sozialistisch einzukapseln wäre.*

Otto Rühle, verwitwet und Vater einer bereits erwachsenen Tochter, hatte keinen bourgeoisen Backfisch geehelicht, sondern eine junge Intellektuelle, die ihre ganz eigenen Vorstellungen (und Erfahrungen) der Monogamie und Heterosexualität artikuliert – beides sei ja ebenfalls nicht »so simpel und abzukapseln«. Und schon gar nicht vollständig zu definieren mithilfe eines marxistischen Katechismus von »Überbau und Basis« bis »Sein und Bewußtsein«. So war es logischerweise auch Alice, die ihren Mann mit der Individualpsychologie vertraut machte, während wiederum er sein enormes empirisches Wissen um wirtschaftliche Machtverhältnisse und Klassenfragen beisteuern konnte. Was Alice außerdem mitbrachte, war ein Interesse für Literatur, Musik und Kunst, für andere Sprachen und eine Ästhetik, die nicht notgedrungen sogleich in politischer Pflichterfüllung aufgehen müßte. Da ja nicht *alles* nur Klassenkampf war und auch die Barock-Architektur Dresdens zu entdecken war, die Museen, das idyllische Elbufer … Und Alice erzählte ihm, dem reflektierten Aktivisten, von Prag und von Franz Werfel und natürlich auch von einem Mann namens Franz Kafka, der ihrer Freundin Milena wunderbar sensitive Briefe geschrieben und ihr dann sogar seine Tagebücher zur provisorischen Aufbewahrung anvertraut hatte. Nach Kafkas Tod im Sommer 1924 übergab Milena Jesenská die Dokumente an den getreuen Max Brod – ein letzter Freundschafts-, vielleicht sogar Liebesdienst.

Schon ein Jahr später steht dann Milena, zusammen mit einem zeitweiligen neuen Lebensbegleiter, vor der Gartenpforte der Villa in Buchholz-Friedewald und wird dort über neun produktive Monate bei dem Ehepaar bleiben. Wiederum eine flirrend neue Welt für Otto Rühle, während gleichzeitig die beiden Freundinnen aus Prag beginnen, sich intensiver mit sozialistischen Ideen zu beschäftigen. Milena übersetzt Ottos Schrift *Umgang mit Kindern* ins Tschechische und vermittelt Alice zusätzliche Kontakte in die Prager Zeitungswelt. (Nach 1933 wird Alice, staatenlos geworden, mitunter sogar unter Milenas Namen auf Tschechisch publizieren.) Im Laufe der nächsten Jahre halten die Rühles Hunderte von Vorträgen in Arbeiterbildungsvereinen in ganz Deutschland, bieten Kurse an, reisen, schreiben und versuchen von dem zu überzeugen, was für sie etwas existentiell Entscheidendes ist: Ohne einen Abbau autoritärer Charakterzüge keine Chance für eine Entwicklung hin zu einem demokratischen Sozialismus.

1924 gründet Alice mit Gleichgesinnten die Ortsgruppe Dresden-Sachsen des »Internationalen Vereins für Individualpsychologie«, im gleichen Jahr erscheint ihr Buch *Freud und Adler*. Und auch hier: Kein dogmatisches Entweder-Oder, kein eilfertiges Verbrennen jener Götter, die man einst angebetet, kein »Bruch« mit dem oder jenem »Meister«. Keinerlei Grund, die unbestreitbaren Meriten der Freudschen Psychoanalyse zu relativieren oder gar abzustreiten, obwohl für sie erst Alfred Adlers Individualpsychologie das Erkenntnisspektrum um den sozialen Aspekt unverzichtbar erweitert. Hinzufügen anstatt abwerten, ergänzen statt überstreichen – eine durchaus solitäre Position, nicht nur im ideologisierten 20. Jahrhundert.

Gerade weil der Titel ihres zweiten, 1927 erschienenen Buchs mißverständlich sein und die falschen Assoziationen auslösen könnte: *Der Weg zum Wir.* Dabei war dieser »Versuch einer Verbindung von Marxismus und Individualpsychologie« mitnichten eine jener im pseudo-objektivierenden Ton geschriebenen Handlungsanweisungen zur Ich-Auflösung, wie sie zuerst in der UdSSR und dann nach dem Krieg in der DDR und den übrigen östlichen Satellitenstaaten auf Partei-Ukas quasi am laufenden Band produziert wurden. Da ja bereits das freundliche Wort *Verbindung* all jenen suspekt sein mußte, denen es im Marschtritt geschichts-teleologischer Gewißheiten doch allein um *Überwindung* oder gar *Auslöschung* – von Thesen, von mißliebigen Personen – ging und entsprechend solcher Logik auch gehen mußte. Wohl kein Zufall, daß nicht nur zahlreiche Mitglieder der linkssozialistischen SAP (der damals auch der junge Herbert Frahm alias Willy Brandt angehörte) in den freiheitlichen Kreisen Inspiration fanden, sondern auch der spätere sozialdemokratische österreichische Bundeskanzler Bruno Kreisky sich in seinen Memoiren an jene Jahre erinnern wird: *Wir besuchten Montag abends die Vorträge des Vereins für Individualpsychologie. Die Individualpsychologie wurde zwar von den Psychoanalytikern als eine Art Halbwissenschaft abgetan, aber ich habe mich dort sehr viel mehr zu Hause gefühlt als in der Schule Freuds.*

Anläßlich einer westdeutschen Neuauflage von Rühle-Gerstels Buch im Jahre 1980 erinnert sich in Paris der nunmehr 75jährige Schriftsteller und Sozialpsychologe Manès Sperber daran, welche Wirkung *Der Weg zum Wir* seinerzeit auf all jene jungen Intellektuellen entfaltet hatte, die nach einer Symbiose suchten zwischen Ich-Erforschung und konkreter gesellschaftlicher Veränderung. Inzwischen längst nicht mehr ein an »historische Gesetzmäßigkeiten« glaubender Marxist, sondern »nur« radikalreformerisch gestimmt (und die Frage stellend, ob Alice, wäre ihr ein längeres Leben vergönnt gewesen, sich nicht ebenfalls in diese Richtung entwickelt hätte), wird ihm sein

Vorwort zum liebevoll-präzisen Porträt einer Frau, die ja bereits das *lebte*, was sie sich als allgemeinen Diskurs erhoffte.

Es war ein gutes Buch, wie fast alle Werke, die sie allein oder mit ihrem Mann in jenen Jahren veröffentlichte. Im Unterschied zu Otto Rühle, der zuweilen nur mühsam seine Ungeduld zähmen konnte, die schlecht begründete Einwände oder nutzlose Abschweifungen in ihm erzeugten, gelang es Alice auch in ermüdenden Debatten Gleichmut zu wahren, ihren Witz weise zu benutzen, das heißt, sich die Ironie zu verwehren, wenn der Gegner intellektuell oder psychisch zu schwach war. Sie argumentierte wie ein virtuoser Florettfechter ficht, ohne verwunden zu wollen, denn sie blieb der Verletzlichkeit des Mitmenschen stets schmerzlich, mitleidend bewußt, weil sie ihre eigene Empfindlichkeit so gut kannte und sich nie ganz mit ihr abfand. (Bemerkenswerte Koinzidenz: Mit nahezu den gleichen Worten würde später Marcel Reich-Ranicki, dessen flamboyantes Temperament eher in Richtung Otto Rühle ging, Leben und Schreiben der von ihm hochverehrten Hilde Spiel resümieren.)

Während später in Mexiko der ebenfalls exilierte Romancier Victor Serge seinen Freund Otto Rühle ob physiognomischer Ähnlichkeiten »unseren proletarischen Bismarck« nennt, erinnert sich Sperber auf diese Weise an Alice, die auf Fotos oft mit vollem Haar, Baskenmütze, offenem Lächeln und einer Zigarette im Mundwinkel zu sehen ist: *Alice war 11 Jahre älter als ich und zwanzig Jahre jünger als ihr Mann. Sie war nicht schön, doch schien sie es zu werden, wenn sie in einer reizvollen Mischung von Mädchenhaftigkeit und leuchtender Luzidität sehr komplizierte Sachverhalte analysierte.*

Tatsächlich liest sich *Der Weg zum Wir* auch nach nunmehr beinahe hundert Jahren spannend und flüssig, was zum einen dem Stil der Autorin zu verdanken ist, die die komplexe Gemengelage tatsächlich mit »leuchtender Luzidität« darstellt und Fachtermini ohne Prunk oder Herablassung erklärt. Zum anderen ist da ein Einfühlungsvermögen in die andere Position, das nie gefühlig wird, sondern die Hauptargumente eines fairen Opponenten ernstnimmt. (Frage: Könnte womöglich auch in heutigen Debatten, in denen sich *old* und *new left* wieder einmal neu buchstabieren und zwischen Diversitäts- und *Wokeness*-AktivistInnen und einer traditionellen, eher auf sozial-materielle Verwerfungen fokussierenden Linken die zänkischen Vorwürfe nur so hin und her fliegen, Alice Rühle-Gerstels damaliges Argumentieren neu entdeckt werden?) *Die Marxisten sagen: Um neue Menschen erziehen zu können, brauchen wir neue Verhältnisse. Und die Individualpsychologen sagen: Um neue Verhältnisse zu schaffen, brauchen wir neue Menschen.*

*Neue Me*nschen freilich nicht als strahlend perfekte Klone, sondern im Gegenteil als Individuen, die sich auch ihrer Beschränkungen und Ambivalenzen bewußt geworden sind.

Die Vorbehalte der Marxisten gegenüber der Individualpsychologie werden jedoch ebenso treffend auf den Punkt gebracht: *Ihr wendet euch an den inneren Menschen und lenkt die Blicke ab davon, daß nicht alles auf die Einstellung ankommt, daß noch so starker Mut des Einzelnen nichts vermag gegen Wohnungsnot und Arbeitsmangel. Wir brauchen keine Geschichtserklärung, die die Veränderung der Seelenzustände und die Ausbreitung der Neurose verantwortlich macht für unser Elend.* (Ein gerechtfertigter und keineswegs aus der Zeit gefallener Einwand.)

Alice Rühle-Gerstel geht sogar noch weiter und kritisiert an »ihren Leuten«, sich in der Individualpsychologie ideologisch eingerichtet zu haben: *Was immer in ihren Gesichtskreis kommt, sie können es individualpsychologisch deuten.* (Müßte man hier nicht nur ein paar Adjektive austauschen und fände das Schema heutiger Diskussionen und Vereinfachungen?) Dazu ein ehrliches Eingeständnis: *Wir müssen zugeben, daß selbst die Demokratie in ihrer Vollendung nur die rechtliche, nicht die ökonomische Gleichheit schaffen kann.* Gerade aber in dieser Fähigkeit, den *Aspekt*-Charakter der eigenen Perspektive wahrzunehmen anstatt einem totalen Erlösungswahn zu verfallen, sieht sie das Plus einer skrupulösen und strukturierten Introspektion.

Bei den Marxisten dagegen, die nicht allein die eigene Sichtweise verabsolutieren, sondern darüber hinaus, falls parteipolitisch organisiert, mit Verweis auf eine »geschichtliche Notwendigkeit« sogar Alleinherrschaftsanspruch erheben, nimmt sie mit Recht das weit größere Gefahrenpotential wahr. *Im Zwang, im Kampf, in der Diktatur sehen wir schlechte Mittel. Eure Kampforganisationen, wenn sie auch wohltätige Sammelbecken für Gemeinschaftswillige sind, bilden gleichzeitig Schulen der Neurose. Ihr wollt die Macht mit Macht vertreiben. Wenn ihr die Macht erlangt habt, werdet ihr sie nicht für euch verewigen wollen? Ist eure Berufung auf die Gemeinschaft in der Zukunft nicht eine Flucht nach vorn – da die Gemeinschaft heute schon zu etablieren euch der aktive Mut fehlt?*

Nahezu prophetische Zeilen, inspiriert von Alice' bisherigen Beobachtungen – und damit noch lange *vor* den Moskauer Prozessen, *vor* den stalinistischen »Säuberungen«, *vor* dem ab 1948 in ihrem geliebten Prag und anderen mittelosteuropäischen Städten und Ländern institutionalisierten gewalttätigen Neurosensystem im Namen der Menschheitsbeglückung. Eine hochgemute Illusion freilich ihr Vorschlag: *Wir bieten euch ein Bündnis an. Wir wollen euch helfen, mit euren Kindern, mit euch selbst, ja mit den »Verhältnissen« besser fertig zu werden. Helft ihr uns aber, die Macht aus der Welt zu schaffen, nicht nur indem ihr sie gewaltsam ausrottet, sondern indem ihr sie ablegt, auch in euren eigenen Reihen. Ihr sagt, wir wollten euch zur Demut erziehen. Nein, wir sind keine Christengläubigen. Wir wollen euch zum Mut erziehen.*

Vorstellbar auf diese noblen Zeilen – ein höhnisches Männergelächter, von Stalin über Ulbricht bis Andreas Baader. (Hatte nicht bereits im Jahr 1927 in Berlin Otto Rühles ehemaliger Kampfgefährte Hermann Duncker, der nach dem Krieg in der DDR als willfähriger Partei- und Staatspropagandist dienen wird, die renitente Alice mit denkbar verbissener Miene begrüßt?)

Die Rühles zog es zu Kongressen, Seminaren und Vorträgen auch immer wieder nach Wien, in die Stadt von Freud und Adler, in der überdies der junge Manès Sperber bereits eine Rolle spielte. So nahm das Ehepaar am »2. Kongreß sozialistischer Individualpsychologen« teil, der im Alten Rathaus tagte. Ein Blick auf die Rednerliste offenbart, was 1945 dann in Österreich und Deutschland *keine* Fortsetzung gefunden hatte. Otto Felix Kanitz – 1940 im KZ Buchenwald zu Tode gekommen. Elly Rothwein – 1983 in Chicago, Erwin Wexberg – 1957 in Washington verstorben. Aline Furtmüller – 1941 in New York, Emerich Weissmann – unbekannten Jahres in Großbritannien verstorben. Marie Jahoda – im hohen Alter von 96 Jahren als prominente Sozialwissenschaftlerin 2011 im britischen Sussex gestorben.

Der intellektuelle Verlust ist höchstens zu ahnen, ein Was-wäre-gewesen-wenn freilich nicht gänzlich spekulativ. Hätte womöglich eine Popularisierung der Individualpsychologie nicht so manch bräsigen Paternalismus auf Seiten der Linken verhindert, da man es nun mit selbstbewußten Arbeitern und Arbeiterinnen zu tun gehabt hätte, nicht zu vergessen das damals wie heute »namenlose Heer der Angestelltenwelt«? All diese Menschen nicht als Projektionsfläche, sondern als Summe unverwechselbarer Individuen – und später die sogenannte »Dritte Welt« (im heutigen Sprech »der globale Süden«) nicht als homogene Opfer- oder Befreier-Masse wahrgenommen, sondern wiederum als *Menschen*, die durch Hautfarbe und (post-)koloniale Strukturen geprägt sind, doch nie und nimmer nur durch diese allein erklärt werden können. Die Rühles und ihr Freundeskreis – vielleicht ja doch etwas praktischer und alltagszugewandter geeicht als Adorno & Co, auf dessen Lektüre sich das progressive *juste milieu* dann so viel einbildete? Und hatten Erich Fromm, die Mitscherlichs oder Horst-Eberhard Richter diese Lücke tatsächlich füllen können, da sich zumindest letzterer späterhin als prominentes Sprachrohr der westdeutschen »Friedensbewegung« als einer von jenen entpuppte, die das Geschehen in den östlichen Parteidiktaturen entweder nicht wahrnahmen oder sogleich wortreich relativierten?

Was die *Utopie* betrifft: Bereits 1980 hatte der drei Jahre zuvor aus Stasihaft nach Westberlin ausgebürgerte Schriftsteller und Sozialpsychologe Jürgen Fuchs in einem Briefwechsel mit seinem alten Mentor Robert Havemann eine Neugier auf das machtkritische Instrumentarium der Psychologie angemahnt, da Utopia doch keine »äußere Landschaft, die man im ›Wartburg‹-Auto erreichen könne«, sei, sondern schon dort beginne, »wenn Menschen in Ansätzen versuchen, ehrlich, gemeinschaftlich, solidarisch zu leben«. Und dazu – und das noch *vor* Fuchs' Bekanntschaft mit Manès Sperber, der dem jungen DDR-Dissidenten dann in Paris von den Rühles erzählte – das fast schon verzweifelt Konstatierte: *Doch wird weder bei Dir noch bei Rudolf Bahro an all das angeknüpft … Aber gerade aus diesem Grund frage ich nach dem einzelnen. Von ihm darf nicht abstrahiert werden.*

Ein halbes Jahrhundert zuvor hatte Alice geschrieben: *Wir wollen unsere Utopie jetzt – und wir werden dafür arbeiten!* 1932 war ihre umfangreiche Studie *Das Frauenproblem der Gegenwart* erschienen, eine Pionierarbeit in der Geschichte der Frauenbewegung und später interpretiert als Vorläufer der Bücher von Simone de Beauvoir. (Tatsächlich wurde ihr Buch dann als Reprint noch einmal 1972 im innovativen linken Frankfurter Verlag Neue Kritik wieder aufgelegt, nunmehr unter dem Titel *Die Frau und der Kapitalismus.*) Allerdings schrieb Alice nicht wie de Beauvoir als »Tochter aus gutem Hause«, sondern aus ihrer jahrelangen Erfahrung mit der (Arbeits-)Welt der Frauen, während ihr Mann Otto – im Gegensatz zu Sartre – es ebenfalls lieber mit der Empirie hielt als mit philosophischen Großentwürfen und Zuschreibungen.

Bereits zuvor hatte Alice in Willy Haas' *Literarischer Welt* zahlreiche Bücher rezensiert, die von Frauen geschrieben waren und hatte auch in anderen Texten weibliche Emanzipation thematisiert. Ihr Buch, vierhundert Seiten stark und dennoch niemals dröge, oft sogar mit Ironie versetzt, versammelt Analysen, Interpretationen – und am Schluß sogar, für die damalige Zeit hochmodern, die Antworten auf einen Fragebogen, die Rückschlüsse zulassen über weibliche Selbstbilder; Alice hatte ihn zuvor bei Volkshochschul- und anderen Erwachsenen-Bildungskursen an etwa 250 Frauen verteilt. *Hätten Sie als Kind lieber ein Junge sein wollen? – Soll eine Frau in erster Linie hübsch sein? – Sollen die Ehegatten einander lebenslänglich alles sagen? – Halten Sie »Hausfrau« für einen Beruf? – Machen Sie sich Gedanken über die Zeit, wo Sie eine alte Frau sein werden?* (Später, nach der temporären Rückkehr nach Prag, wird sie mit einem ganz anderen Fragebogen konfrontiert sein, erstellt von den stalinistischen Gesinnungsschnüfflern der tschechoslowakischen KP.)

Lebenspraktisches, Appellierendes, Historisches, Grundsätzliches: *Mutterschaft ist weder soziales Minus noch ein soziales Plus, sondern anteilige Leistung und Verpflichtung.* Dazu – und das weiterhin in einer verständlichen Sprache auch für Menschen jenseits der Hörsäle – die Erinnerung daran, in welcher Form moralisch auf- oder abgewertete Verhaltensmuster stets »gemacht« werden, und zwar von einer Definitionsmacht innehabenden Männerwelt. *Monogamie oder Polygamie sind sozialökonomisch und sozialpsychologisch bedingte Formen des Geschlechtsempfindens, welche mit einer irgendwie gearteten »Geschlechtsnatur« wenig zu tun haben.*

Vor allem wendet sie sich gegen die vor allem in der Kommunistischen Partei (die Sozialdemokraten waren dank August Bebel und seinem 1879 erschienenem Buch *Die Frau und der Sozialismus* bereits etwas weiter) verbreiteten Auffassung, die »Frauenproblematik« stelle lediglich einen Annex des Klassenkampfes dar, der deshalb prioritär zu führen sei. Soziale und Geschlechter-Fragen aber sind für Alice miteinander verknüpft, wobei sie Emanzipation nicht lediglich als ein Selbstoptimierungsprogramm begreift, sondern als freiwilligen Schritt zu einem solidarischen und weiterhin durchaus heterogenen *Wir.*

Erneut: Was wäre wohl aus all diesen Ideen entstanden, hätte es nicht die Radikalzäsur von 1933 gegeben? Welches Niveau, welche Nuancierungskompetenz, welches Feingefühl, welcher Elan und auch welch humane Gewitztheit. Und gleichzeitig das Wissen, daß es damit bald schon zu Ende sein wird. Ebenfalls 1932 schreibt Otto Rühle sein – seither nie wieder aufgelegtes – Buch *Der Mensch auf der Flucht*, in dem er das allgemeine Unbehagen am Ende der Weimarer Republik analysiert und die Flucht verschiedener sozialer Gruppen und Milieus in den Nationalsozialismus voraussagt. (Der Schriftsteller-Journalist Leo Lania war in jener Zeit zu ganz ähnlichen Schlüssen gelangt, die sich vom verantwortungslos ideologischen KP-Mantra »Die Lage ist günstig« ebenso diametral unterschieden.)

Noch im gleichen Jahr lösen Alice und Otto ihren Verlag auf und siedeln aus Deutschland nach Prag über. Nach dem Machtantritt der Nazis werden auch die Bücher der Rühles verbrannt und aus den Bibliotheken getilgt. Ihr eigener umfangreicher Buchbestand wird bei einer Plünderung durch die SA vernichtet.

In Prag taucht Alice in den kommenden Monaten und Jahren wieder in das ihr bekannte, ja geliebte Milieu der Schriftsteller, Intellektuellen und Zeitungsleute ein. Es gibt ein Wiedersehen mit Max Brod und Willy Haas, mit Egon Erwin Kisch und Friedrich Torberg (der Jahrzehnte später in seinem berühmten Anekdotenbuch *Tante Jolesch* Alice' Mann Otto in einem sympathisierenden Text verewigen wird). Auch ihre zwei Jugendfreundinnen trifft sie wieder: Milena Jesenská und Jarmila Ambrožová, die wiederum die erste Gattin von Willy Haas war – und eine Lebensliebe von Egon Erwin Kisch.

Das allerdings wäre nur die Oberfläche, lediglich die Namen – eine Art literarische Reiseführer-Information mit ein wenig Prag-Folklore und imaginiertem Exil-Kitsch: die Geistreich-Mutigen in ihren Redaktionsstuben und abends dann, zur Bohéme geworden, in den Kaffeehäusern rund um den Altstädter Ring. In Wirklichkeit aber war Willy Haas 1933 kurz vor der drohenden Verhaftung aus Berlin geflohen und mußte in Prag ein literarisches Journal, das als eine Fortführung der *Literarischen Welt* gedacht war, aus purem Geldmangel alsbald einstellen. Otto Rühle indessen galt den tschechischen Behörden als politischer Unruhestifter aus dem Nachbarland, der zwar einen provisorischen Aufenthaltstitel und einen ebenso provisorischen Reisepaß erhielt, jedoch keine Genehmigung für irgendeine Anstellung. Während Alice durch ihre Heirat mit ihm bereits vor Jahren ihre tschechische Staatsbürgerschaft verloren hatte und nun ebenfalls als Ausländerin galt, deren Arbeitsmöglichkeiten beschränkt waren. Der Freundeskreis half jedoch aus: Im legendären *Prager Tagblatt* betreute sie anonym die wöchentliche Kinderbeilage, und in tschechischsprachigen Zeitungen schrieb sie unter dem Pseudonym, das ihr die Freundin geliehen hatte – Milena Jesenská.

Dennoch war auch die damalige ČSR, obgleich noch die einzig stabile Demokratie Mitteleuropas, kein vollständig sicherer Hafen. Die tschechoslowakischen Rechtsparteien hatten 1935 im Parlament durchgesetzt, daß bei »politischen Tätigkeiten und Einmischung in die inneren Angelegenheiten« den Emigranten die Ausweisung drohte – potentiell gefährlich, wenn diese nach Österreich überstellt wurden, das nach 1934 zum austrofaschistischen »Ständestaat« geworden war, jedoch tödlich, falls die Abschiebung nach Hitler-Deutschland erfolgte. Hinzu kam das Treiben der Naziagenten selbst auf tschechischem Staatsgebiet: Eingeschleust in Emigrantenzirkel und Flüchtlingsorganisationen oder mit direktem Mordauftrag, wie im Fall des aus Berlin geflüchteten Kulturphilosophen Theodor Lessing, der – nach zahlreichen widerlichen antisemitischen Schmutzkampagnen gegen sich seit 1925 – schon im Sommer 1933 im vermeintlich geschützten Marienbad kaltblütig ermordet worden war.

Dazu kam die zunehmende Überwachung von einer Seite, die dem undogmatisch linkem Ehepaar Rühle längst nicht mehr als »die unsrige« galt, jedoch (noch) vielen ihrer Prager Freunde: der in Moskau ansässigen Komintern, der Kommunistischen Internationale, die trotz ihres Namens vor allem ein verlängerter Arm von Stalins Herrschafts- und Überwachungsapparat war. Auch sie schickte ihre Späher nach Prag, denunzierte »Abweichler« in Moskau oder ließ, perfider noch, falsche Gerüchte streuen über angebliche Naziverbindungen der als unzuverlässig Gebrandmarkten. Wer solcherart ins Visier geraten war, konnte seines Lebens ab da nicht mehr sicher sein. Die Diskussionen in der kleinen Welt der Emigranten wurden bitterer, aber auch vorsichtiger, und blieben alles andere als folgenlos. Für das, was sich später in Paris fortsetzen würde, mit Kontrahenten wie den parteitreuen Anna Seghers und Kisch auf der einen und den aufbegehrenden Manès Sperber, Arthur

Koestler oder Hans Sahl auf der anderen Seite, hatte es somit bereits in Prag ein Vorspiel gegeben.

Sahl, der 1938 in Paris – zusammen u.a. mit Walter Mehring, Alfred Döblin, Klaus Mann, Joseph Roth und Leopold Schwarzschild – den KP-unabhängigen »Verband Freie Presse und Literatur« ins Leben ruft, schreibt dann am Ende seines langen Lebens in seiner Autobiographie *Das Exil im Exil* genau über jene Erfahrung, die er damals schon in Prag hatte machen müssen. *Die Geschichte des Exils war nicht zuletzt auch die Geschichte einer Gewissensbefragung, die jeder an sich vollziehen mußte und bei der es darum ging, ob man sich noch mit einer Partei identifizieren oder auch nur mit ihr zusammenarbeiten konnte, die jede Selbstkritik als den Verrat eines gemeinsamen Kampfes gegen den politischen Feind, Adolf Hitler, denunzierte. Wie viel Mut, wie viel Selbstüberwindung gehörte dazu, sich von den Menschen, mit denen man zusammen kämpfte, mit denen man hungerte, arbeitete, liebte, litt, zu distanzieren, ihnen zu sagen, daß man ihre Politik nicht mehr billigte, und sich der Gefahr auszusetzen, von ihnen gemieden, ja sogar verfolgt zu werden, Nein zu sagen, und das noch im Exil.*

Alice Rühle-Gerstel wird dann just über jene Verwerfungen den ersten sowohl antinazistischen wie antistalinistischen Exilroman schreiben. (Zu ihrer Zeit und noch lange danach hätte man ihr Buch *Der Umbruch oder Hanna und die Freiheit* darüber hinaus auch als »Frauen-Roman« bezeichnet.) Doch noch ist es nicht so weit, noch ist Alice in Prag – wenn auch ab November 1935 ohne ihren Ehemann. Otto Rühle, zermürbt von seiner prekären Situation im Finanziellen und Politischen, hat nach Absprache mit Alice ein Angebot angekommen, das verlockend klingt. Auf Vermittlung des Ehemanns seiner Tochter aus erster Ehe wird er nach Mexiko ausreisen, um dort im Regierungsauftrag mitzuhelfen, ein Schul- und Erziehungsprogramm aufzubauen. Mit Lázaro Cárdenas hatte das Land seit 1934 einen offensiv reformfreudigen Präsidenten, der zudem über die Lage in Europa bestens informiert und deshalb gesonnen war, zahlreichen vor Hitler (und dann auch vor Franco)

Geflohenen die Türen zu öffnen. Daß jedoch die mexikanischen Gewerkschaften, in denen Otto Rühle seine natürlichen Verbündeten sah, zu weiten Teilen stalinistisch infiltriert waren, konnte der Neuankömmling damals noch nicht wissen.

Auch wenn sich schon längst erschreckende Konturen abzeichneten – wie viel lag damals noch im Ungewissen! Alice, die ihren Mann bis nach Paris begleitet hatte, bleibt für einige Zeit in der Stadt und wohnt bei der mit ihr befreundeten Familie des Romanciers Georges Duhamel, der wider allen Zeitgeist der französischen Republik die Treue hält. Während der deutschen Besatzung wird er dann – obwohl seine Bücher ab da verboten sind – sein Möglichstes tun, um in der Académie Française, deren Mitglied er ist, dem Einfluß der Nazi-Kollaborateure entgegenzuwirken.

Alice' Freund Manès Sperber, 1933 aus Berliner Gestapo-Haft entlassen und seither in beinahe ganz Europa unterwegs, hat indessen 1935 noch nicht mit der Partei gebrochen. Doch sind die Pariser Spaziergänge, die die beiden nun zusammen unternehmen, kaum denkbar ohne Gespräche zum Thema ambivalenter, ja fataler Loyalität. 1937 trat Sperber schließlich aus der KP aus, schloß sich 1940 nach dem deutschen Überfall als Freiwilliger der Französischen Armee an, überlebte im Untergrund und im Schweizer Exil.

Für Willi Münzenberg, den Alice in Paris ebenfalls traf, schien 1935 noch einigermaßen sicher zu sein, daß es nur *einen* Feind gab: das NS-Regime. Gerade hatte hatte man ihn in Deutschland ob seiner erfolgreichen publizistischen Exil-Aktivitäten, die über die Verbrechen im Dritten Reich aufklärten, in Abwesenheit zum Tode verurteilt. Hatten er und seine Lebensgefährtin Babette Gross (eine Schwester von Margarete Buber-Neumann, die wiederum 1940 nach ihrer Auslieferung aus einem stalinistischen Straflager in Kasachstan in das deutsche KZ Ravensbrück kommt und dort auf die Gefangene Milena Jesenská treffen wird) Alice Rühle-Gerstel dennoch von ihren gemischten Gefühlen erzählt? Münzenberg, lange als »roter Medienzar« und »Lenins und Stalins Propaganda-Mann« tituliert, war zusammen mit Babette Gross 1936 nach

Moskau beordert worden. In just diesem Jahr aber fanden dort jene stalinistischen Schauprozesse statt, die den beiden nun endlich die Augen öffneten; danach kehrte Münzenberg nie mehr in die UdSSR zurück, obwohl ihn Wilhelm Pieck und Walter Ulbricht, die späteren DDR-Machthaber von Kremls Gnaden, mehrfach schriftlich dazu aufforderten.

(Später in Mexiko werden die Rühles vom mysteriösen Ende Willi Münzenbergs im besetzten Frankreich erfahren, hinter vorgehaltener Hand berichtet von einem seiner Fluchtkameraden.)

Was Alice, Anfang 1936 nach Prag zurückgekehrt, zu jener Zeit ebenfalls nicht wußte: nicht nur Willi Münzenberg, sondern auch Manès Sperber würde sie nie wiedersehen, Friedrich Torberg und Franz Werfel nicht und auch nicht Willy Haas oder Max Brod. Und auch die Tschechoslowakische Republik wird ab da nur noch drei Jahre existieren, bis zum März 1939, als die Wehrmacht in die sogenannte »Rest-Tschechei« einfällt, nachdem die Westmächte bereits im Münchener Abkommen 1938 die anderen Landesteile Hitler ausgeliefert hatten.

Fluchten, Tode, Abschiede, Brüche. Und Briefe und Tagebücher, die verlorengegangen sind oder vernichtet wurden. So etwa zahlreiche Briefe von Milena Jesenská, die nach Alice' Freitod 1943 in Mexiko verbrannt worden waren – und zwar von einem mit den Rühles eng befreundeten Emigrantenpaar, das sich ansonsten selbstlos um den Nachlaß des Paares kümmerte. Weshalb hatten sie das getan? Eine Jahrzehnte nachgereichte Erklärung klingt ebenso plausibel wie deprimierend: In den Briefen sei es auch um eine lesbische Affäre Alice' mit Milena gegangen, die wiederum ein (kurzes) Verhältnis mit Otto Rühle gehabt haben soll. Für diese drei Menschen, für die Selbstbestimmung essentiell gewesen war, sicherlich *kein* Skandal, wohl aber eine potentielle Gefahr für Rufmord, da die Nachlaßverwalter wohl nicht ohne Grund fürchteten, daß im Mexiko der reichlich präsenten GPU-Agenten auch auf Tschechisch geschriebene Briefe entwendet und gelesen werden könnten.

Doch geriete nun selbst in die Falle einer »polizistischen Geschichtsauffassung« (Manès Sperber), wer dieses Lebensgeflecht – und dessen Ende – allein »Moskau« anlasten wollte. Da doch ebenfalls Tatsache ist: Alice Rühle-Gerstel hatte 1936 ihre letzte Nacht vor der Abreise aus Prag bei Milena Jensenká verbracht; danach brach der Kontakt zwischen den beiden Freundinnen radikal ab, der zuvor offenbar so freimütige Briefwechsel fand keine Fortsetzung. Das Rätsel um das (private) Zerwürfnis bleibt ungelöst.

Hatte Alice – im Juni 1936 via Paris, Le Havre, New York und Veracruz schließlich in Mexiko-Stadt angekommen – in den folgenden Monaten durch andere Prager Freunde zumindest davon Kenntnis erhalten, wie sich Milena Jesenská inzwischen immer weiter von der KP entfernt hatte? Ihr damaliger Lebensgefährte war der »trotzkistischen Abweichung« bezichtigt worden, und der Chefredakteur einer der kommunistischen Zeitungen, für die sie schrieb, forderte daraufhin das Ende ihrer Beziehung mit einem solchen »Abweichler«. Milena antwortete auf eine Weise, die auch Alice gefallen hätte: Sie verpaßte dem einflußreichen Parteisoldaten eine Ohrfeige und kündigte. Das sprach sich ebenso herum wie ihre Freundschaft mit Kurt Beer – der unter seinem Pseudonym Kurt Konrad bekannt wurde, einem Bruder des späteren Reporters, Schriftstellers und Exil-PEN-Präsidenten Fritz Beer – und dem Schriftsteller und Historiker Záviš Kalandra, dieser wiederum auch ein Freund von Alice.

Beide junge Männer waren in jener Zeit ebenfalls in Konflikt mit der »Parteilinie« geraten. Der dennoch weiterhin parteigläubige, gehorsame Kurt Beer, der genötigt wurde und schließlich einwilligte, sich wider sein Gewissen gegen seinen kritischen Freund zu stellen, wurde 1941 von den deutschen Besatzern nach Dresden verschleppt, wo er sich in Gestapohaft das Leben nahm. Záviš Kalandra überlebte die Konzentrationslager' Ravensbrück, Flossenbürg und Sachsenhausen, wurde jedoch 1950 nach einem Schauprozeß als vermeintlich »trotzkistischer Hochverräter« in Prag gehängt. (Während seine Pariser Freunde André Breton und Albert Camus sich in Gnadengesuchen an die tschechoslowakische Justiz für ihn einsetzten, verkündete der zum Stalinismus konvertierte ehemalige surrealistische Lyriker Paul Eluard, er habe keine Zeit, sich für einen offensichtlich Schuldigen zu engagieren.)

Der prominenteste von Kalandras danach ebenfalls umgebrachten Mitangeklagten, die sich zuvor in stalinistischer Manier und gemäß der Regieanweisungen ihrer Folterer der übelsten imaginären Verbrechen bezichtigt hatten, war freilich ein wirklicher Übeltäter: Rudolf Slánsky, bis zu seiner Verhaftung ein brutaler Vollstrecker der Kreml-Politik und schon in den dreißiger Jahren Partei-Chef der tschechischen Kommunisten. In dieser Position hatte er, u.a. auch von Fritz Beer, diverse »Selbstbezichtigungen« harsch eingefordert – vorerst freilich eben nur von anderen und in der parlamentarischen Demokratie der Tschechoslowakei noch ohne die Macht, sofort lebensbedrohend abzustrafen. In seiner Autobiographie *Hast Du auf Deutsche geschossen, Grandpa?* beschreibt der 1911 in Brünn geborene Fritz Beer, der 1939 nach England geflüchtet war und danach als Freiwilliger der Tschechoslowakischen Auslandsarmee gedient hatte, jene vermeintlich ruhigen Prager Jahre dennoch als Vorbote der totalitären Düsternis, die bald kommen würde: zuerst mit den Nazis, nach Kriegsende bzw. 1948 dann mit den Stalinisten. Fritz Beer berichtet anschaulich, wie er 1933 nach eigenen Verunsicherungen angesichts des Kurses der Partei gegenüber Hitlerdeutschland einen parteiinternen Kritiker besuchte, von einer wachsamen Genossin denunziert wurde und schließlich reumütig vor dem Brünner Parteichef zu Kreuze kriechen sollte.

Ganz ähnliche Zweifel überkamen den linkssozialistischen Arbeiteraktivisten Henry Jacoby. Er war ein alter Freund der Rühles, der 1933 in Berlin verhaftet worden war, 1936 nach Prag entkam und danach auf allen weiteren Fluchtstationen – Paris, London, New York – mit Alice und Otto brieflich Kontakt hielt. Was er über die zunehmende Stalinisierung der tschechischen KP und Milena Jesenskás Vereinsamung schrieb, mußte vor allem Alice deprimieren. Doch immerhin: Es gab Nachrichten. Und Henry Jacoby würde ebenso wie Fritz Beer überleben, da er nach Kriegsende ebenfalls *nicht* in die Tschechoslowakei zurückkehrt, sondern in Westeuropa für das Welternährungsprogramm der UN tätig wird. 1980 und 1982, da lebte der 1905 geborene Jacoby bereits seit langem in Genf und arbeitete für Amnesty International, veröffentlichte er unter den Titeln *Von des Kaisers Schule zu Hitlers Zuchthaus* und *Davongekommen* eine zweibändige, noch heute eminent spannend zu lesende Autobiographie. Darin wunderbar konzise Porträts von Milena, von Kurt Beer und Záviš Kalandra – und natürlich von Alice und Otto Rühle. (Was, wenn das 20. Jahrhundert der Ermordeten und Verschwundenen vor allem lesbar wäre dank der Bücher und der Erinnerungstreue jener, denen es vergönnt war zu überleben?)

Alice indessen arbeitet in Mexiko an ihrem Prag-Roman – den Alltagssorgen und Verpflichtungen, die nun auch hier sofort auf sie einstürmen, mühsam abgerungene Zeit der Konzentration. Das Geld aus ihrem Familienerbe ist inzwischen nahezu aufgebraucht, und Otto Rühles Tochter und Schwiegersohn, dessen Bemühungen ja bereits die erfolgreiche Einreise nach Mexiko zu verdanken war, soll nicht zur Last gefallen werden. Dieses Gefühl, in einer progressiv-reformistisch regierten Republik vorerst in Sicherheit zu sein, in fragiler Balance mit dem Unbehagen, sich zusammen mit ihrem Mann nun erneut in einer Art Zwischenposition zu befinden: Otto Rühle ist berühmt, einige seiner Arbeiten sind bereits auf spanisch erschienen, und doch ist er für die mexikanischen Stalinisten, die auch hier in Gewerkschaften und Vereinen zahlreich und lautstark sind, ein ebensolches Feindbild wie für die Zirkel der parteitreuen Emigranten, die wiederum er, in plebejischer Angriffslust, »falsche Fuffziger« nennt. Auch unter Palmen wandelt keiner ungestraft jenseits des Stalin-Konformen: Alice und Otto Rühle, befreundet mit wenigen und gleichzeitig voll sympathisierender Neugier auf dieses Mexiko, haben Europa keineswegs vergessen und mißverstehen die ihnen quasi gefolgten Frontlinien und Verwerfungen auch nicht als läßliche Nikkeligkeiten. (Haben die beiden womöglich noch die Hoffnung, späterhin nach Prag – nach Wien, nach Berlin – zurückkehren zu können, für die *wahre* sozialistische Revolution, also für jene, in der das Individuum zählt anstatt nur anonyme Verfügungsmasse zu sein?)

Vor diesem Hintergrund beginnt Alice ihren Roman *Der Umbruch oder Hanna und die Freiheit* zu schreiben. Tatsächlich befindet sich auch ihre Protagonistin in einem »Dazwischen«: Der Umbruch spielt an auf das Anordnen von Bleizeilen für den Ausdruck von Zeitungsseiten wie auch auf das Brüchigwerden von Gesellschaften und Gesinnungen. Und am Ende die mögliche Option: Freiheit. Die junge gebürtige Prager Deutsche Hanna Last, teilweise autobiographisch grundiert, ist dabei jedoch keine Thesenfigur, auch die anderen Gestalten sind das nicht. Alice wollte kein didaktisches Erweckungsbuch schreiben, sondern einen Roman der Unruhe.

Das gelingt ihr schon auf den ersten Seiten. Hanna muß als politische Aktivistin und Ehefrau eines verhafteten Genossen 1933 aus Deutschland fliehen. Ein zuverlässiges Parteimitglied bringt sie hinter Dresden ins waldreiche Grenzgebiet, die Regeln der Konspiration werden selbst im Gespräch zwischen den jungen Leuten eingehalten, doch was Hanna frappiert, ist nicht allein jene stramme Vorliebe für Weltanschauliches, die ihr jovialer Prager Vater einst allen sogenannten »Reichsdeutschen« bescheinigt hatte. Oder vielleicht ja doch. Ein Habitus, eine *Haltung*, die in ihrer Unfähigkeit, sich selbst zu befragen, womöglich irgendwann auch auf die andere Seite kippen könnte. Voller Schuldgefühle ob ihres bösen Verdachts, blickt sie den Kampfgefährten, dessen Namen sie nicht kennt, ab und zu von der Seite an. *Er ist so blond, so frischgewaschen, ach und auch er hat dieses unwissende und überzeugte Gesicht, wie die anderen, könnte einer von den anderen sein.*

In dieser Gestimmtheit kommt sie schließlich in ihrer Geburtsstadt an. Hannas Eltern sind bereits verstorben, der großspurige Bourgeois-Bruder und dessen konventionelle Gattin empfangen die in Deutschland sozialisierte Verwandte zwar zum wöchentlichen Mittagessen in der Villa, aber damit hat 's dann auch sein Bewenden. Die ersten *richtigen* Anlaufstationen sind deshalb ein Exilbüro *der* Partei und ein Flüchtlingsheim, in dem ebenfalls *die* Partei den Ton angibt. Womit zu rechnen war: Das Mißtrauen, das der aus Nazideutschland herübergekommenen Frau entgegenschlägt, die anstehenden Überprüfungen ihrer Geschichte und die Durchleuchtung der Biographie ihres Mannes. Obwohl sie im Stillen doch auf einen herzlicheren Empfang gehofft hatte, sagt ihr die Vernunft, daß dies alles schon seine Richtigkeit habe – auch Prag ist kein sicheres Pflaster, und gerade in Exilkreise versucht die Gestapo, ihre Spitzel einzuschleusen. Und doch. Was, wenn das in den ersten Tagen hier an der Moldau Erfahrene nicht nur die üblichen Usancen illegaler Arbeit wären, sondern noch etwas ganz Anderes und umso Beunruhigenderes, da es doch von den *eigenen Genossen* ausgeht?

Woher nämlich kam dieser Zwang, sich über die gegenwärtige Situation selbst zu belügen, Hitlers Machtergreifung und die sogleich danach einsetzende Verfolgung der Kommunisten als »taktischen Rückzug unserer weisen Partei« zu beschönigen – und selbst hier in Prag jeden, der aus den Folterkellern der Gestapo lebend herausgekommen war und nun eher von einer totalen Niederlage sprach, des »ultralinken Abweichlertums« zu bezichtigen? Wie absurd! (Genau solche Fragen hatte sich 1933 auch der schon genannte Fritz Beer gestellt, noch ohne Konsequenzen zu ziehen.) Und weshalb hatte die Sowjetunion, wenn sie denn tatsächlich das Vaterland aller Werktätigen war, nicht die Grenzen für die politischen Flüchtlinge geöffnet, sondern nur die hohen Parteikader hineingelassen? Und warum durfte all das nicht offen diskutiert, sondern höchstens unter guten Freunden angedeutet werden? Hanna aber ist eine mehrfach Fremde: Intellektuelle aus bürgerlicher Familie, die langsam begreift, daß sie mit der heroischen Schwarzweiß-Welt der gleich ihr aus Deutschland geflohenen Parteiarbeiter nur wenig verbindet – und das dies vielleicht schon immer so gewesen war. (Spricht hier womöglich auch Alice?) *Dabei war sie auch in Deutschland nie heimisch geworden. Gerade die Arbeiter waren von instinktivem Mißtrauen gegen die Ausländerin erfüllt gewesen, entgegen ihrem bewußten Internationalismus. Und die intellektuelle Frau, die nicht einmal mit den Genossinnen über Säuglingsnahrung sprechen konnte, weil sie selbst keine Kinder hatte, war nie ganz für voll genommen worden.*

Zwar übernimmt sie in den zwei darauffolgenden Jahren noch die (ohnehin kleinen) Aufgaben, die man ihr anvertraut, doch das ganz klandestine Hin und Her von Durchhaltebroschüren, die ins »Reich« geschmuggelt werden sollen, um dort die Arbeiter zum Kampf zu ermutigen, erscheint ihr auf einmal ebenso widersinnig wie die Gespräche mancher ihrer Kampfgenossen, jener »Jungen mit den unwissenden, überzeugten Gesichtern«, die nur Formeln auszutauschen scheinen.

Inzwischen in eher ärmlichen Verhältnissen in einem möblierten Zimmer im Stadtzentrum wohnend, erlebt sie irgendwann beim Essen in der Villa ihres Bruder am gegenüberliegenden hügeligen Moldauufer eine geradezu absurde Szene. Dazu geladen ist diesmal auch ein tschechischer Großindustrieller, der sich gar nicht mehr bremsen läßt in seiner Schwärmerei für »das neue Rußland«, den Aufbaugeist und die Arbeitsdisziplin, die da herrsche – ungeachtet kommunistischer Rhetorik würden ausländische Unternehmer dort mit größtem Respekt, ja sogar mit Banketten und Kaviar umworben; er selbst habe für seine Firma jedenfalls den Vertrag für »eine beträchtliche Röhrenlieferung« unterschrieben.

Hannas Bruder wittert mit dem feinen Gehör des Opportunisten sofort eine günstige Gelegenheit und beginnt mit den angeblichen »Moskau-Verbindungen« seiner Schwester zu prunken, mit der er zuvor doch so vernehmlich gefremdelt hatte. Hanna, unter den aufmunternden Blicken der nunmehr rußlandschwärmerischen Kapitalisten, aber bleibt stumm. Hatten die alerten Pragmatiker hier am Tisch doch zuvor bereits die Demokratie in ihrem Land für überholt erklärt und darüber spekuliert, daß unter einem staatskapitalistischem Regime – ob nun unter dem Hakenkreuz oder dem Sowjetstern – gewiß noch größere Gewinne zu erzielen wären, hätte man dort doch auch »die ewigen Scherereien mit den Arbeitern vom Hals«. (Und dann, geradezu erschreckend aktuell mit Blick auf das heutige Putin-Rußland und Xi-China und deren unentwegte smarte Schönredner in den hiesigen Manager-Etagen, die sich zumindest bis zum 24. Februar 2022 auf der Gewinnerseite sahen: *Zwischen diesen nüchternen Rechnern der Weltgeschichte nahm sich ein enthusiastischer Verteidiger des alten Liberalismus wie ein Museumsstück aus und mußte sich mit mitleidiger Überlegenheit abkanzeln lassen.* Einziger Trost, auf vertrackte Weise: Anscheinend war es also schon immer so gewesen, daß der liberale Westen auf diese Weise zu Grab getragen wurde. Freilich ist er keine Katze, so daß es keine Gewähr gibt, daß ihm auch in Zukunft noch ein paar der mythischen neun Leben zur Verfügung stehen.)

Hanna aber fragt sich entsetzt, ob *das* also die leuchtende Zukunft sei, an die so unendlich viele, darunter ihr Mann in einem Gefängnis in Berlin-Plötzensee, noch immer hoffnungsvoll glauben? *Für dieses Vaterland entmachtete man die Arbeiter, lieferte man Italien Petroleum für seinen abessinischen Krieg und Hitler-Deutschland Manganerz für seine Aufrüstung ... Zu nichts mehr kann ich unbedenklich Ja oder Nein sagen, denkt sie. Nein, sie gehörte nirgends hin. Alles ist ungewiß, alles schwankt, und wen es trifft, der muß in ein und demselben Stück sogar mehrere Rollen spielen.*

Während – jetzt in Mexiko – Alice dennoch keine Sekunde daran denkt, ihre zweifelnde Protagonistin zu einer säkularen *mater dolorosa* zu machen. Denn natürlich ist Hanna, die schließlich Arbeit als anonyme Textlieferantin in einer liberalen Großstadtzeitung gefunden hat (von fern grüßt hier das *Prager Tagblatt*), gleichzeitig eine selbstbewußt-tapfere Frau, die sich nun quasi Schritt für Schritt neu erfinden muß. Ob auf den Straßen und in den Cafés ihres geliebten Prag, in der Redaktionsstube, unten im Souterrain bei den Druckern oder dann zu nachmitternächtlicher Stunde, wenn endlich – und wie immer von Hektik und Endorphin-Ausstößen begleitet – die aktuelle Morgenausgabe gedruckt ist und die Stapel von den bereits im Hof wartenden Schirmmützen-LKW-Fahrern in Empfang genommen werden: Leben ist nicht nur Kampf und Leid, sondern auch Abenteuer. Und Hanna Last könnte wohl auch die (reflektiertere) Schwester so mancher Romanfiguren bei Vicky Baum, Irmgard Keun, Gabriele Tergit oder Gina Kaus sein (mit der Alice Rühle-Gerstel befreundet war). Das mitunter recht Anekdotenselige von Torbergs *Tante Jolesch* oder Max Brods zwanzig Jahre nach seiner Flucht aus Prag in Israel geschriebenem Roman *Prager Tagblatt* vermeidet sie dabei ebenso wie den Sound konventionell getragener Epik.

Obwohl die beste Freundin der Protagonistin Züge von Milena Jesenská trägt und einige der jüngeren Männer von Kurt Beer und Záviš Kalandra inspiriert sind: Alice schreibt in Mexiko *keinen* Schlüsselroman und widersteht abermals der Versuchung, jegliches nur vom »Politischen« her zu betrachten. Da das Changierende in Hannas Freundes- und Kollegenkreis doch nicht nur von der Nähe oder Ferne gegenüber *der* Partei definiert wird, sondern auch im ganz normalen zwischenmenschlichen Tohuwabohu wurzelt, dem Auf und Ab von Liebe und Libido.

Wobei sich dann aber eben doch »die Politik« immer wieder hineindrängelt. Seit nämlich in der UdSSR ein neues Scheidungsgesetz gilt und die monogame Ehe wieder wie einst zur Zarenzeit das alleinige Modell ist, sind nicht nur alle frührevolutionären Versuche emanzipatorischer Sexualreformen obsolet, ja verdächtig geworden – sogar bis nach Prag, bis in die Kaffeehäuser und Privatzimmer der Parteimitglieder, dringt das neue Dekret und sorgt sogleich für Denunziationen. Dies übrigens zur Gaudi der stets gelassenen Redakteure in der liberalen Zeitung, bei der sich Alice auf eine freundlich distanzierte Weise durchaus wohlfühlt: Hat man sie doch längst jovial darüber informiert, daß in einem bürgerlichen Blatt nicht zuvörderst das Geschriebene von Bedeutung ist, sondern die Finanzkraft und Interessen der Annoncen-Besteller. Daß nun allein deshalb die Nachrichten- und Meinungsspalten »lediglich das Interesse der Bourgeoisie« widerspiegelten, wäre dennoch eine vulgärmarxistische Verkürzung: In der trotz aller Schwierigen ausdifferenzierten und reformorientierten tschechoslowakischen Demokratie würde es die breite Leserschaft kaum schätzen, tagtäglich mit purer Besitzstands-Ideologie traktiert zu werden.

Hanna (hier ganz gewiß die Stimme von Alice) macht sich über das ein wenig selbstgerechte, ein wenig verschmiert-humorige Leben-und-Leben-Lassen eines solchen Liberalismus keine Illusionen; immerhin aber gibt es in dieser Atmosphäre einen Raum zum Atmen, human im Sinne einer menschlich-allzumenschlichen Inkonsequenz. Außerdem: Niemand wird hier von ihr verlangen, einen jener bis ins Privateste hinab forschenden Befragungsbogen auszufüllen, wie ihn zu dieser Zeit die KPČ an ihre Mitglieder verteilt hatte. Selbst die Berufe und politischen Ansichten der Eltern, Ehepartner, Freunde und Arbeitskollegen waren dort anzugeben; *Donnerwetter, das ging ja fast wie bei Hitler bis ins dritte und vierte Glied.*

Alice Rühle-Gerstel konnte zu diesem Zeitpunkt noch nicht wissen, daß die Kommunistische Partei dann selbst während der Okkupationsjahre unter den Nazis diese Fragebögen horten und nach Kriegsende für ihre Genossen-Bewertungen in puncto Führerloyalität verwenden würde. Nichts konnte sie von den schaurigen Details der Schauprozesse wissen, von den erzwungenen Geständnissen und der nur vorgeblichen Live-Übertragung im Radio. (Um einige Minuten zeitversetzt gesendet, wäre die Übertragung sofort gestoppt worden, hätte sich einer der Angeklagten in seiner Schlußrede vom geheimdienstgeschriebenen Szenario entfernt.) Auch die (west-)europäische Öffentlichkeit wird erst viel später von dem Geschehen hinter dem mittlerweile hochgezogenen Eisernen Vorgang Notiz nehmen – dank etwa Costa-Gavras' Film *Das Geständnis (L'aveu)* von 1969, in dem Yves Montand und Simone Signoret die Rollen von Artur und Lise London spielen, Spitzen-Genossen, die 1951 ins Visier der »Säuberungs«-Kampagne gekommen waren, doch zumindest überlebt hatten. (Zwei der nur drei nicht zum Tode verurteilten, mehrheitlich jüdischen Hauptangeklagten – Eugen Loebl und eben Artur London mit seinem Buch *L'aveu,* auf dem die Verfilmung beruht – werden später zu Chronisten der Verfolgung und des Prozesses.)

Verblüffende Hellsicht in einer Generation: Alice' Kaffeehaus-Freund Friedrich Torberg wird 1950, also bereits zeitgleich mit den ersten tschechoslowakischen Schauprozessen, in Wien seinen antifaschistisch-antistalinistischen Prag-Roman *Die zweite Begegnung* veröffentlichen, dessen zweifelnder Protagonist Martin Dub gut vorstellbar ist als ein geistiger Verwandter jener Hanna Last. (Während in Leo Lanias Roman *Der Außenminister* vom gewaltsamen Ende Jan Masaryks 1948 erzählt wird, der (auch) als Sohn des legendären Republikgründers Tomáš G. Masaryk den Nachkriegs-Stalinisten schon länger ein Dorn im Auge gewesen war.)

Bereits Mitte der dreißiger Jahre aber waren in Folge der Moskauer Schauprozesse in den Zeitungen der tschechischen Kommunisten Kommentare über »Reinigung« und (erfundene) Geschichten über »Volksschädlinge und Verräter« zu lesen – mit Schrecken beobachtet von Hanna/Alice. Fatal, wenn man daraufhin ausgesondert und isoliert wird und nichts hat an Leidenschaften und Interessen, an Alltagsfreude, Freundschaft oder Liebe jenseits der Politik. *Man trat ins Leere, wenn man die Partei verließ. Man wurde weggeschwemmt, landete allenfalls auf einer Insel irgendeiner Sekte, wahrscheinlich aber blieb man ganz allein, ein Intellektueller, zwischen den zwei großen Lagern sich selbst und seiner Bitternis überlassen.*

Was ein paar Jahre darauf zum Lebensthema von Dissidenten wie Arthur Koestler und Manès Sperber werden sollte – Alice Rühle-Gerstel hatte all das bereits 1938 in ihrem Roman beschrieben. Und hatte, aus der Perspektive ihrer Hanna, auch tunlichst Abstand gehalten zur tragischen Schein-Alternative. Da sie doch bereits ahnt, daß die Hinwendung zu den Trotzkisten, die einige von der Partei Ausgeschlossene nun vollziehen – »*irgendwo* muß man doch sein, nicht wahr?« – ebenfalls in Enttäuschung und Desillusionierung enden wird, im unproduktiven Sich-Einigeln in »einer der vielen Splittergruppen, deren abgekürzte Majuskelnamen man oft gar nicht mehr auseinanderhalten konnte.« Und geradezu furchteinflößend der gut gemeinte Rat einer ehemaligen Genossin, Hanna solle sich doch nach Spanien durchschlagen und sich dort den trotzkistischen Anti-Franco-Kämpfern anschließen, sie habe da ein paar

Adressen … (Hatte Alice Rühle-Gerstel, als sie diese Passage schrieb, wohl schon Kunde gehabt von der Liquidierung der Trotzkisten und Anarchisten, hinter der Front organisiert von Kommissaren der sowjetischen GPU und der stalinistischen SIM, in deren gefürchteten Reihen nach den Erinnerungen Walter Jankas auch ein Offizier namens Erich Mielke tätig war?)

Als es für Hanna in Prag aufgrund ihres prekären Aufenthaltsstatus' und des amtlich verfügten Tätigkeitsverbots immer prekärer wird, hat sie ein Gespräch mit einem älteren Linken, der die Möglichkeit eines anderen Wegs entwirft, auch wenn dieser noch utopisch erscheint. *Ob die Führer anständig sind oder Lumpen … ach, es kommt in dem, was mir vorschwebt, wohl nicht so sehr auf die Führer an. Es kommt darauf an, daß der Mensch wieder in den Mittelpunkt der Geschichte tritt. Der Mensch, wie er geht und steht, nicht der abstrakte »Proletarier«, der nur eine Nummer sein darf im Getriebe.*

(Noch während sie an ihrem Roman schreibt, wird Alice in Coyoacán auf den exilierten Leo Trotzki höchstpersönlich treffen – und ihm trotz allen Respekts irgendwann ihr freundlich entschiedenes *Lieber nicht, Genosse Lew Dawidowitsch* sagen.)

Hanna aber erlebt nicht nur den politischen und den täglichen Zeitungs-Umbruch, sondern auch eine emotionale Drift. Mit vierzig Jahren fühlt sie sich nun bereits gealtert; umso mehr erfreut sie die unaufdringliche Aufmerksamkeit, die ihr vom Chefredakteur ihres Blattes zuteil wird, eines kunstsinnig-sympathischen Liberalen. Auf langen Spaziergängen kann sie sich mit ihm über all die Themen – Literatur, Musik, Philosophie – austauschen, die in den Gesprächen mit ihrem Ehemann zuvor stets nur eine funktionale Rolle gespielt hatten: Inwieweit nützt Kunst »unserer Sache«? Nachdem sie sich entschieden hat (denn auch hier liegt die Initiative bei *ihr*), mit jenem Anatol eine diskrete Affäre zu beginnen, fühlt sie sich gleichwohl schuldig an ihrem Mann Karl, der zeitgleich in Hitlers Kerker sitzt, vielleicht sogar gefoltert wird. *Nichts nützte ihr die unter ihren Freunden, in ihrer Ehe nie umstrittene Überzeugung, daß jeder Mensch sich selbst gehört, da Treue etwas anderes ist als beschränkte Ausschließlichkeit, daß Zwangsmonogamie kein Wert und folglich keine zulässige Forderung ist. Nicht darum handelte es sich. Es handelte sich darum, Karl und Anatol auseinanderzuhalten.*

Ernüchtert wird Hanna durch die Entdeckung, daß jener Anatol noch eine weitere Beziehung unterhält. Was jedoch ungleich schwerer wiegt, ist das völlige Unverständnis des moderaten Zeitungsmannes angesichts ihrer tiefen politischen Desillusionierung und der zunehmenden innerkommunistischen Verwerfungen, über sie ihm einige Details anvertraut. Genauer: Seine paternalistisch tätschelnde Verständnis-Travestie ist der eigentliche Schock. *»Das ist ja eine tolle Geschichte«, sagte er. »Sehr interessant! Nun, da siehst du, was ich dir immer gesagt habe: Politik ist ein dreckiges Geschäft. Besonderes für Frauen.« Bei dieser banalen Bemerkung erwachte sie ruckartig wie aus einem wüsten Traum.*

Der musische Geliebte als völliger Ignorant, ja mehr noch – als lebendes Sinnbild eines ignoranten Wohlfühl-Liberalismus, der die eigene Temperiertheit auch bei anderen voraussetzt und sich damit in gleich zweierlei Weise blind macht: Für menschenrechtlich grundierten Altruismus ebenso wie für all jene Formen des inhumanen Polit-Extremismus und der militärischen Aggression, unter dem seine Heimatstadt dann nur wenig später für lange Jahrzehnte leiden wird, bis zum Revolutions-November 1989. (Heute könnte Anatol, der stets Ausgewogene und mit Humorigkeit Gesegnete, wahrscheinlich einer von jenen sein, die angesichts von Diktatoren und deren zynischen Schönrednern in unerschütterlicher Freundlichkeit dazu auffordern, »nicht hysterisch zu werden«, »zu differenzieren«, »einmal durchzuatmen«, »beide Seiten zu sehen«, »alles ein bißchen tiefer zu hängen« etc. pp.)

Als Hanna wenig später direkt zur Zielscheibe des parteikommunistischen *Rudé Právo* (»Rotes Recht«) wird – das Blatt war dann bis ’89 Zentralorgan der herrschenden Einheitspartei und existiert noch heute unter Weglassung der Vokabel *Rot* als Kreml-affine Tageszeitung – setzt sie schon keinerlei Hoffnung mehr auf das Bergende des Bürgerlichen, das sich einmal mehr als Ohrensessel der Arrivierten dargestellt hatte.

»Nach vielen Monaten zwischen orthodoxen Parteileuten und verständnislosen Liberalen« ist es für Alice' Romanprotagonistin nun höchste Zeit, Prag zu verlassen. Anders als in den oftmals *sehr* ausgeruhten Erinnerungen ehemaliger westdeutscher K-Gruppen-Mitglieder der siebziger Jahre, aber riskiert Hanna *ihr Leben*. Die Denunziation der Kommunisten ist nämlich potentiell tödlich, da ihr infam vorgeworfen wird, eine Naziagentin zu sein, was wiederum die tschechischen Behörden auf den Plan rufen könnte und eine Ausweisung nach Hitler-Deutschland bedeutete. Im Bemühen, sich zu retten und auch ihrem Mann von Österreich aus vielleicht besser helfen zu können, verläßt sie ihre Heimatstadt mit dem Zug am Wilson-Bahnhof (heute der noch immer mit einer Jugendstilkuppel gekrönte Praha hlavní nádraží) und durchquert dann zu Fuß ein Waldstück an der Grenze: *Umbruch ist jeden Tag … Sie hatte die Heimat hinter sich gelassen. Prag, die geliebte Stadt, und die Partei, die zweite Heimat. Sie konnte nicht zurück. Sie wollte nicht zurück.*

Weder Hanna Last noch Alice Rühle-Gerstel werden Prag je wiedersehen, und man möchte sich gar nicht vorstellen, was mit ihnen geschehen wäre, hätte es nach 1945 eine Rückkehr für sie gegeben.

Aus Briefen an ihre Freunde und dank des bewahrten Manuskripts wissen wir, *wie* dieser Roman geschrieben worden war: mit Bleistift und Tinte in mexikanischen Schulheften mit hellorangenen Umschlägen. Hatte Otto Rühle die Hefte womöglich aus dem Erziehungsministerium mitgebracht, wo er angestellt war, ehe ihn dort die tonangebenden Stalinisten um seinen Arbeitsplatz – und damit auch um die soziale Existenz – gebracht hatten? Tatsache ist, daß Alice – trotz der radikal neuen Umwelt, der anderen Sprache, des heißen Klimas, der nun immer drängender werdenden finanziellen Probleme – nicht gezögert hatte, dieses Buch zu schreiben: Kunde mußte gegeben werden von den Geschehnissen im Mitteleuropa jener Zeit.

Zwei Jahre später wird in Paris Arthur Koestler unter noch prekäreren Bedingungen seinen Roman *Sonnenfinsternis* schreiben, um die Welt über das totalitäre Innenleben des Stalinismus aufzuklären. Auch nach Kriegsbeginn und während seiner Internierung im berüchtigten südfranzösischen Internierungslager Le Vernet setzt Koestler seine Arbeit fort; die Schlußpassagen schreibt er dann kurz vor dem deutsch-französischen Waffenstillstand, der ihn noch stärker gefährdet und mit der Auslieferung an die Nazis bedroht. In dieser Zeit aber hatte seine damalige Lebensgefährtin Daphne Hardy bereits begonnen, den Roman ins Englische zu übersetzen. Als Koestler schließlich hinunter nach Marseille, in die unbesetzte Zone flieht, ist das Manuskript von *Darkness and Noon* bereits auf sicherem Weg nach London; auch er und Daphne Hardy werden das Vereinigte Königreich lebend erreichen.

Zuvor hatte Koestler in Marseille Alice' alten Freund Manès Sperber getroffen, der sich ebenfalls auf der Flucht befand und als Jude, Nazigegner und Antistalinist ebenso in dreifacher Lebensgefahr war. Koestler, der zuvor – »für den Fall der Fälle« – von Walter Benjamin Giftkapseln bekommen hat, jedoch bereits über einen eigenen Vorrat verfügt, gibt Sperber eine jener »weißen Pillen«, *just in case.* Doch auch Manès Sperber überlebt, um dann bis zu seinem Tod 1984 Zeugnis zu geben. Und er beginnt schon kurz nach dem Abschied von Koestler, zusammen mit seiner Frau Jenka verborgen in einem Häuschen im Mittelmeer-Dörfchen Cagnes, an seinem autobiographisch geprägten Roman *Der verbrannte Dornbusch* zu schreiben. Wort für Wort, Seite für Seite seiner Angst vor den Häschern des Vichy-Regimes abgerungen, gepeinigt von einem blutenden, schmerzhaften Magen-Ulcus. Ob Sperber in jenen Tagen und Wochen mitunter auch an Alice und Otto Rühle dachte, die beiden Solidarischen, die physisch nun so weit weg waren? Vielleicht, da doch – völlig ohne Kitsch und auf strenge, verläßliche Weise konkret – diese Sache mit der Internationale und dem erkämpften Menschenrecht ja tatsächlich existierte. Sperbers Freund André Malraux überredet, bevor er sich der Résistance anschließt, in Nizza den Literaturnobelpreisträger

Roger Martin du Gard, das Manuskript dieses ihm völlig unbekannten Schriftstellers heimlich aufzubewahren. Jahrzehnte später, im Herbst 1975, erhält Manès Sperber für sein schließlich zur Roman-Trilogie *Wie eine Träne im Ozean* erweitertes Werk den Georg-Büchner-Preis; der Laudator ist Heinrich Böll. (Überschneidungen: Der Romancier und Anarchist Victor Serge, befand sich damals ebenfalls in Marseille, wo er auf sein Visum nach Mexiko wartete – wie auch Anna Seghers, die längst ihre Arbeit am Roman *Transit* begonnen hatte. Serge schrieb an den Schlußpassagen seines Romans *Die große Ernüchterung*, der den stalinistischen Terror und die Zangenbewegungen der Repression vielleicht sogar noch komplexer schildert als Koestlers Meisterwerk. Auch Victor Serge hatte vorgesorgt: Versteckt in einer kleinen Villa lebend, besitzt er einen winzigen Revolver mit Perlmuttergriff – und weiß genau, daß dies hier *kein* Spiel ist. Im Falle einer Verhaftung durch die Vichy-Behörden, einer Auslieferung an die Gestapo oder einer Mordaktion des sowjetischen Geheimdienstes würde er handeln müssen, um seinen Feinden nicht lebend in die Hände zu fallen. Victor Serge, der als eine der zentralen Figuren der freiheitlichen Linken im Juni 1943 auf der Beerdigung von Alice und Otto Rühle sprechen wird, brach im November 1947 unter bis heute ungeklärten Umständen auf einer Straße in Mexiko-City leblos zusammen.)

Während in der Vorahnung seines frühen Todes, und diesen wahrscheinlich noch durch sein Arbeitspensum und die gesundheitsschädigende Umgebung beschleunigend, im Mai 1947 in einem baufälligen, nur mit Torf zu heizenden Haus auf der unwirtlichen Hebriden-Insel Jura ein Mann namens Eric Blair alias George Orwell saß und ebenfalls schrieb. Der Halsdurchschuß, den im Spanischen Bürgerkrieg die Franco-Faschisten auf ihn abgefeuert hatten, ehe die moskautreuen Kommunisten ihm nach dem Leben trachteten, hatte ebenso Spuren hinterlassen wie die nicht ausgeheilte Tuberkulose. Aber das Buch, *das Buch,* mußte doch geschrieben werden – *1984*, um ebenfalls die Welt aufzurütteln und von der Infamie einer ganz neuen Form von Herrschaft zu berichten, die nicht nur Gegenwart und Zukunft, sondern auch die Vergangenheit ins Visier nimmt. (So wie im Dezember 2021 der russische Gewaltherrscher die Menschenrechtsorganisation »Memorial« hatte verbieten lassen, da das bereits im Namen sichtbare Motiv, an die Opfer der stalinistischen Massenmorde zu erinnern, stören *mußte* bei der Vorbereitung *seiner* neuesten Verbrechen.) Selbst nachdem man in einem Krankenhaus in Glasgow entdeckt hatte, daß Orwells linker Lungenflügel nahezu vollständig zerstört war, schrieb der englische Sozialist weiter, Wort für Wort und Seite für Seite, um den grauenhaften Big Brother ebenso kenntlich zu machen wie den verzweifelten Mut eines tapferen Individuums wie seiner Hauptfigur Winston Smith.

Aufbewahren für alle Zeit, nennt wiederum der Germanist und russische Dissident Lew Kopelew die Erinnerungen über seine Jahre im Gulag, darin den gleichlautenden Stempelaufdruck der stalinistischen Akten-Bürokratie ins Gegenteil verkehrend: Nicht der willkürliche Unrechtsspruch wird die Zeiten überdauern, sondern das Gedächtnis und die Erinnerungskraft des gepeinigten Individuums.

Von unzähligen weiteren sowjetischen Dissidenten und Schriftstellern müßte gesprochen werden – von Boris Pasternak und seinem heimlich geschriebenen *Doktor Schiwago*, vom erschütternden Kurzroman *Ein leeres Haus*, den Lydia Tschukowskaja 1939 in der Hochphase des Stalinismus schrieb und über die Jahre hinweg unter Lebensgefahr aufbewahrte, ehe er 1967 den Weg in den Westen fand. Auch an Jürgen Fuchs wäre zu erinnern, der in der Stasihaft 1977 ohne Stift und Zettel, dafür mit dem rechten Zeigefinger über die Zellenwand fährt, bis sich die unsichtbar niedergeschriebenen Worte im Gedächtnis festgesetzt haben: *Wer wird sprechen / wenn ich schweige.* Sogar einen imaginären Brief an Anna Seghers hatte er damals entworfen, in der Hoffnung, die längst Entrückte zu erreichen, in deren besten Büchern das menschliche Aufbegehren gegen Lüge, Gewalt und Vergessen doch so präzis beschrieben war.

Der Umbruch oder Hanna und die Freiheit: Mit Bleistift und Tinte in mexikanische Schulhefte mit hellorangenen

Umschlägen geschrieben. Für einige Monate durfte Alice Rühle-Gerstel sogar auf eine zeitnahe Veröffentlichung hoffen. In New York hatte sich unter der Ägide von Hubertus Prinz zu Löwenstein, dem bereits die Gründung der »Deutschen Akademie im Exil« zu verdanken war, ein »American Guild for German Cultural Freedom« konstituiert. Ziel der Organisation war die Unterstützung von Schriftstellern, die sich auf der Flucht oder im Exil befanden. Nun gab es sogar ein literarisches Preisausschreiben für einen bislang unveröffentlichten Roman; in der Jury saßen u.a. Thomas Mann und Lion Feuchtwanger, die Preissumme von 4520 US-Dollar hatten Verleger aus den USA, Großbritannien und dem damals noch unbesetzten Kontinentaleuropa gestiftet. Alice wurde davon zusätzlich motiviert – und unruhig, als sie Anfang 1939 noch keinerlei Nachricht erhalten hatte, ob ihr inzwischen fertiggestelltes Manuskript überhaupt in New York angelangt war.

Volkmar von Zühlsdorff, Prinz zu Löwensteins Sekretär seit Zeiten der Weimarer Republik (und nun im Exil auch ein Freund Hermann Brochs), schrieb einen ermunternden Brief – Manuskripte, die nicht in die engere Auswahl gekommen waren, seien »schon früher freigegeben« worden. Doch die Hoffnung zerschlug sich. Ein anderer, ganzunbekannter Exilautor, H. W. Katz, erhielt den Preis, doch verhinderten der Kriegsausbruch und das Desinteresse des vorgesehenen amerikanischen Verlages eine Veröffentlichung.

Mexico-City, Dezember 2003. »Höchst unwahrscheinlich, daß Anna Seghers und die Rühles je miteinander in Kontakt gekommen sind. Das waren zwei Welten. Außerdem – Anna Seghers war ja erst 1941 hier in Mexiko-Stadt angekommen, *nach* der Ermordung Trotzkis im Jahr zuvor. Da waren für die restlichen noch aktiven Trotzkisten die Rühles längst ›unsichere Kantonisten‹, und die stramm KP-Treuen von *Alemania Libre*, denen sich die Seghers sogleich anschloß, hatten wiederum ihre eigenen Gründe, der geistigen Unabhängigkeit von Alice und Otto zu mißtrauen.«

Mariana Frenk-Westheim, geboren 1898 in Hamburg als Marianne Freund, erinnert sich während zwei Besuchsnachmittagen in ihrer mit Büchern und Gemälden gefüllten Wohnung im Stadtzentrum an den Campos Eliseos, eine gute halbe Stunde Fußweg von Rühles letztem Domizil in der Calzada Villalongin, tatsächlich noch an alles – und antizipiert sogar die möglichen Einwände. Denn Nein, das war damals *keine* jener typischen kleinkarierten »Exil-Querelen«, das hatte alle Beteiligten tief geprägt und behält sogar Relevanz bis heute: Wie hält's Du's mit Macht und Ideologie?

Das weißgraue Haar sorgsam gekämmt, in der Nase zwei Schläuche, die aus der Sauerstofflasche hinter dem Sessel frisches Oxygen liefern, ist Marianas Stimme leise, doch völlig klar, die hellblauen Augen aufmerksam, die Mundbewegungen mitunter nicht ohne Ironie. Also: Nur kein Kitsch, kein Pathos der am längsten Überlebenden! Da sie, die bis zu Alice' Ankunft in Mexiko die Schriften von Otto Rühle ins Spanische übertragen hatte, doch nun plötzlich als Übersetzerin überflüssig geworden war: Unter den Sprachen, die die lebhafte Prager Deutsche beherrschte, war selbstverständlich auch Spanisch. Mariana sagt: »Ich mochte vielleicht die seelisch Stabilere gewesen sein, aber Alice war ohne Zweifel diejenige, die *faszinierte.* Burschikos und elegant, offenherzig mit einem gewissen Hauch von Distanz. Bis 1939 fertigte sie Übersetzungsarbeiten für die tschechoslowakische Botschaft an, trieb die Veröffentlichung von Ottos Arbeiten, darunter seiner beeindruckenden Marx-Biographie, voran und übertrug sogar das Libretto von Smetanas *Die verkaufte Braut* ins Spanische; die Oper hatte dann 1941 eine gefeierte Premiere. Dazu fand sie sogar noch Zeit, ein Buch über ihre beiden Lehrmeister zu schreiben, *Freud und Adler* – und das ebenfalls auf spanisch! Und für Erich Kleiber übersetzte sie Beethovens *Fidelio* ...«

Mariana Frenk-Westheim hält kurz inne, als habe sie die Aufzählung von Alice' Aktivitäten, hier in unmittelbarer Nähe, doch vor über sechs Jahrzehnten geschehen, nun selbst erschöpft. Doch der Grund für das Zögern, ein wenig geht nun auch ihr Atem schwerer, ist ein anderer. »Damit Sie mich nicht mißverstehen, junger Freund. Wir sprechen nicht von rauschenden Erfolgen und *Glamour*. Wir sprechen von täglichem Fleiß, um nicht unterzugehen. Von zermürbender Zeilenschinderei für allerlei Zeitschriften in den USA, schließlich sogar vom Verkauf von Kunstpostkarten an amerikanische Touristen, die mit ihren Sonnenbrillen und Dollars laut und ahnungslos hierhergekommen waren. Alice auf der Straße, im wahrsten Wortsinn! Dazu müssen Sie wissen, daß sie und Otto auch nur einen eher kleinen Freundeszirkel hatten und trotz ihrer Herzlichkeit ziemlich allein waren, verdammt allein. Keine *Insider*, keine dröhnenden Gruppenmenschen, gerade weil ihnen doch Solidarität immer so wichtig war. Irgendwann einmal sollte es einen Film über sie geben, da müßte viel mexikanische Sonne drin sein, aber noch mehr Schatten, und die Kamera müßte die beiden quasi von der Seite aufnehmen, eher im Weggehen als im Ankommen. Aber auch darin besteht ja eine Art Würde, meinen Sie nicht?«

Während sie sprach, sich nur unterbrechend, um mit Hilfe ihrer freundlichen mexikanischen Betreuerin die beiden Schläuche in ihrer Nase zu berühren und neu zu justieren, überzog ein feines Lächeln die eindrucksvolle Faltenlandschaft ihres Gesichtes – wohl nicht zuletzt ob des Erstaunens ihres Besuchers, der siebzig Jahrzehnte jünger war und gewiß nicht mit derlei Eloquenz und Erinnerungsgenauigkeit gerechnet hätte. Und auch nicht mit Marianas Insistieren auf den Geschichten, den Schicksalen der anderen. Gut, sie war bereits 1930 ins Land gekommen, an der Seite ihres damaligen Mannes Ernst Frenk, zwei säkulare deutsche Juden, antinazistisch, linksliberal, aber nicht parteigebunden. Doch nicht von ihnen beiden sollte zuvörderst die Rede sein – und von ihrem zweiten Ehemann Paul Westheim, den sie nach Ernst Frenks Tod geheiratet hat, auch eher in Bezug auf seine Tätigkeit als einer der bedeutendsten Kunstkritiker der Weimarer Republik und, während seiner Flucht vor den Nazis in Südfrankreich, als einer der letzten, die den legendären Willi Münzenberg noch lebend gesehen hatten. Danach hatte nämlich auch Westheim, und dies sogar in einem

Brief an Heinrich Mann, die Partei-Orthodoxen von *Alemania Libres/Freies Deutschland* angeklagt und auf das Existenzbedrohende ihres Rufmord-Netzwerks aufmerksam gemacht.

Vor allem aber von den Rühles war zu sprechen. Wobei Mariana einräumt, daß ihr Otto näher war als Alice, die sie bewunderte und gleichzeitig auch ein wenig fürchtete; Freundinnen waren sie beide *nicht* gewesen. Und doch: Was für eine Frau, die damals selbst Trotzki Widerworte gegeben hatte! Unter den Büchern, die Mariana Frenk-Westheim dem Besucher damals schenkte, waren neben einem eigenen Aphorismenband auch die 1979 im linken Frankfurter Verlag Neue Kritik veröffentlichten (und damals kaum wahrgenommenen) mexikanischen Tagebuchaufzeichnungen von Alice Rühle-Gerstel, die einen sprechenden Titel trugen: *Kein Gedicht für Trotzki.* (Aus ihrem Nachlaß geborgen und zusammengestellt von eben dem Emigrantenpaar, welches die Geschichte von Alice' Beziehung mit Milena Jesenská der Nachwelt nicht zumuten wollte – eine wohlmeinende Bigotterie, über die Mariana an jenen Dezembernachmittagen 2003 ebenfalls gespottet hatte.)

Sofortige Lektüre in einem Hotelzimmer in Mexico-City – und sogleich wieder hinüber gebeamt nach Prag. Anfang 1937 hatte Alice zusammen mit ihrem Mann eine Einladung in das Haus Diego Riveras erhalten, in dem seit kurzem auch Leo Trotzki und seine Frau Natalja Sedowa wohnen – nach jahrelangen Exilstationen in der Türkei, Frankreich und Norwegen. Anstatt aber innerlich Haltung anzunehmen (immerhin wird sie *Trotzki* treffen), erinnert sie sich in ihren Aufzeichnungen zuerst einmal an einen Scherz aus alten Tagen – »an das Gesellschaftsspiel in Prag, 1919 wohl, als mein Bruder sich als ›Trotzki‹ in mein Stammbuch schrieb«.

Ihren Tränenausbruch, als sie dann 1927 durch Otto von Trotzkis Parteiausschluß erfuhr, und die nachfolgenden Debatten, ob nun auch sie sich den Trotzkisten anschließen sollte, hatte sie zwar ebenfalls notiert, aber … Prag! Hatte dort nicht Anfang der sechziger Jahre ein junger tschechischer Schriftsteller namens Milan Kundera an seinem Erstlingsroman zu arbeiten begonnen, betitelt … *Der Scherz?* Ein Student schreibt seiner Freundin eine Postkarte, auf der »Es lebe Trotzki!« zu lesen ist, weil er sich darüber ärgert, daß sie nicht mit ihm in die Ferien in eine abgelegene Berghütte gefahren ist, sondern zu einer politischen Schulung. Und da man inzwischen längst nicht mehr im Jahr 1919 schreibt und in der duldsamen bürgerlichen Tschechoslowakischen Republik lebt, sondern in einer »Volksdemokratie« ČSSR (deren ideologische Grundlagen einst Lenin *und* Trotzki geschaffen hatten) und die »Volksmacht« *keine* Scherze duldet, geht die ganze Sache übel aus: Romanprotagonist Ludvík verliert seine Freundin, wird von der Universität entfernt und »zur Bewährung in die Produktion« geschickt, in die Kohlegruben bei Ostrava. (Glücklicher Ludvík, ein paar Jahre zuvor wäre er für eine solche Postkarte noch gehängt worden.)

Nun also: Alice – und Otto – bei Trotzki. Im Vorort Coyoacán, im besonnten weißgekalkten Patio des Hauses von Diego und Frieda, wo man auf einfachen, in den Dörfern der Indigenen gefertigten Ledersesseln sitzt und einander sogleich herzlich zugetan ist. »Nur oberflächliche Menschen achten nicht auf den ersten Augenschein«, hatte Oscar Wilde geschrieben, doch Alice ist mitnichten oberflächlich und notiert, was ihr als Erstes auffällt: Trotzkis blaue Augen. *Das sind zutiefst unschuldige Augen, unschuldig in dem Sinne eines naiven Weltvertrauens, Selbstvertrauens und Menschenglaubens, ein Mensch, der nicht zweifelt, weil ihn das traurig machen würde, weil er sich vielleicht fürchtet, im Zweifel die Balance zu verlieren.*

Alice findet das sympathisch, obgleich *sie* doch furchtloser ist und den Zweifel stets gewagt hatte. Trotzkis »Gesicht eines alten Kindes« aber nimmt sie für ihn ein, ebenso die guten Manieren des Mannes im grauen Sportanzug mit Knickerbockern, weißem Hemd und dunkelroter Krawatte. *Er spricht deutsch mit uns, und als Diego Rivera dazukommt, französisch. Beides spricht er fast fehlerlos, sehr gewählt, korrekt mit schönen, seltenen Worten wie »anläßlich« oder »in Hinblick auf«, man sieht, daß seine Sprachkenntnisse zum größten Teil aus wissenschaftlicher Literatur stammen.*

Otto Rühle und Trotzki kennen einander bereits seit 1907, und während die beiden zu mehr oder weniger mittellosen Exilanten Gewordenen sofort die »politische Lage« analysieren, beobachtet Alice. Verwundert sich dabei ein wenig über sich selbst, daß sie der Mann – immerhin mit Lenin *der* Grundsteinleger der Sowjetunion, der bereits Ende 1917/1918 die damals zu Jahresbeginn im Februar errungenen Freiheiten als »bourgeoisen Krempel« brutal eliminiert hatte, der Schlächter der revoltierenden Kronstädter Matrosen und vieles mehr – hier nun in Mexiko eher an einen adligen k.u.k.-Offizier erinnert, »ein lieber, netter Mensch zum Liebhaben«. Nicht, daß die Aufmerksamkeit, die ihr, »der Frau meines Freundes Rühle«, hier geschenkt wird, ihre Eitelkeit aktiviert, eher im Gegenteil. (Daß im Patio herumschlendernde Journalisten unentwegt Fotos schießen und wenig später im Magazin *Life* ein Bild von Trotzki zusammen mit ihr und Otto erscheint, ist Alice fast schon peinlich.)

Die Skeptikerin wird nicht zur Schwärmerin, nimmt aber zutiefst Anteil am Geschehen, das sich bei jedem ihrer folgenden Besuche zu verschärfen scheint. In Moskau gehen die Schauprozesse weiter, und auch Nataljas und Leos jüngster Sohn Sergej ist wahrscheinlich bereits verhaftet oder erschossen. (Leon, der älteste Sohn, kommt in Paris in einer Privatklinik auf mysteriöse Weise ums Leben, Trotzkis ehemaliger Pariser Sekretär ist verschwunden, wird jedoch ein paar Wochen später verstümmelt ans Ufer der Seine gespült. Kontinuität der Auslandsmorde des Kremls, bis heute.)

Gleichzeitig scheint »ein gewisser kleinbürgerlicher Zug ins Alltagsleben gekommen zu sein«, es gibt feste Mahlzeiten und bald auch gemeinsame Ausflüge, Trotzki erkundigt sich mitfühlend nach gesundheitlichen Unpäßlichkeiten und dergleichen mehr. Alice, die sich in Trotzkis formvollendeter Gegenwart das Rauchen verbietet, versucht den Gründer der Roten Armee schließlich für Alfred Adlers Individualpsychologie zu interessieren, doch Trotzki wimmelt lächelnd ab, offensichtlich irritiert. *Und wieder habe ich das Gefühl von Behutsamkeit, das mich erfaßt: nicht stören, kein Steinchen aus dem Turmgebäude herausnehmen, sonst stürzt alles zusammen.* Wobei sie zu dieser Zeit noch gar nicht wissen kann, daß Trotzkis letztes Domizil (nach dem Zerwürfnis mit Diego Rivera, das wohl auch in Trotzkis Affäre mit Frida Kahlo wurzeln dürfte) in der Tat mit Türmen – und Mauern und Toren und Schießscharten – gesichert werden muß, die eine reine Lehre gegen die andere. Wie schrumpfen die Männer, Geschichtsplaner und Macher, Visionäre und Pragmatiker, Redner, Kommandeure und Charmeure unter ihrem Blick, der allerdings nie mitleidlos ist. *Trotzki … ein kühner Geist im engen Geleise. Das Geleise hat er sich als junger Mann gelegt, darin fährt er nun.*

Kurz darauf, man sitzt erneut im Patio gemeinsam zu Tisch, will Trotzki partout einen herumflatternden Schmetterling haschen. Alice beobachtet seinen Eifer ebenso wie die nachfolgende Ruhe im Arbeitszimmer, wo er »den kleinen Leib des gefangenen Schmetterlings mit einer sicheren, graziösen Handbewegung zerdrückt, wie ein Arzt, der die Haut aufschneidet … Seine Miene ist sachlich, er äußert weiter keine Jagdfreude, kein Bedauern, nichts. Natalja läuft schnell ins Schlafzimmer und kommt mit einer Nadel zurück, wie eine aufmerksame Krankenschwester im rechten Moment das rechte Instrument zureicht«. Wie hatte er wohl damals in den zwanziger Jahren die Kronstädter Matrosen und die Tausende wegen Kornkonfiszierungen aufbegehrenden ukrainischen Bauern ums Leben bringen lassen, die Unabhängigkeitsbewegungen der Armenier und Georgier zerschlagen? Alice vermeidet Vergleiche, aber angesichts der absoluten Gelassenheit, mit der hier nun ein Schmetterling getötet wurde, schreibt sie: *Kinder sind so – und Menschen, die Weltgeschichte machen.*

Im Frühjahr 1937 wird Otto Rühle in die sogenannte »Dewey-Kommission« berufen, die es sich zum Ziel gesetzt hat, die während der Moskauer Schauprozesse erzwungenen Geständnisse zu überprüfen. Trotzki soll deshalb eine Art »Gegen-Prozeß« gemacht werden, bei dem alle gegen ihn gerichteten Anklagen nochmals gewichtet werden. Unterstützt vom linken Romancier John Dos Passos (dessen Übersetzer ins Spanische im dortigen Bürgerkrieg von Sowjetagenten umgebracht worden war), dem Anthropologen Franz Boas, dem Philosophen Sidney Hook und dem Theologen Reinhold Niebuhr, hatte die zehnköpfige Kommission unter der Ägide des damals bereits 78jährigen Philosophen John Dewey unzählige Stapel von Dokumenten und Zeugenaussagen begutachtet und geprüft. Ab dem 10. April war es dann soweit, und in Diego Riveras Haus begann der »Gegen-Prozeß«. Alice hatte die Aufgabe übernommen, während der folgenden Sitzungen für die mexikanischen Prozeßbeobachter simultan ins Englische zu übersetzen, was ihr unendlich viel Aufmerksamkeit abverlangte, aber ihre Beobachtungsgabe nicht eingeschränkt hatte. Als wären ihre Augen Kameras, nimmt sie alle Veränderungen im Haus wahr: die zur Sicherheit eingebaute zweite Außentür, die für die lokalen und internationalen Journalisten behelfsmäßig gezimmerten Telefonzellen, den neu eingerichteten »Prozeßsaal« in der Nähe von Trotzkis Schlafzimmer, jene mit Ziegeln vermauerten Fenster, die zur Straße hinausgehen …

Trotz der angespannten Atmosphäre, in der jederzeit mit einem Attentat gerechnet werden muß, aber findet Trotzki noch Zeit, sich mitfühlend nach Alice' Schlafstörungen zu erkundigen. Ehe es dann weiter geht ins Große und ins kleinste Detail, in die Biographie des Gründers der Roten Armee und in die Widerlegung der Kreml-Denunziationen, Lenins einst wichtigster Kampfgefährte sei ein »faschistischer Agent«. Als er an einem Abend zu einer in New York wartenden Zuhörerschaft sprechen soll, funktioniert plötzlich im ganzen Haus das Telefon nicht, und Alice notiert voller Entsetzen, wie Trotzki nun alle gebotene Vorsicht außer acht läßt und sich bei zunehmender Dunkelheit und allein im Auto auf den Weg macht, um auf dem Hauptpostamt oder im Telegraphenamt doch noch eine Verbindung zu bekommen – vergeblich. Gleichzeitig enthält sie sich ironischer Kommentare. Dabei war es doch ziemlich bemerkenswert, daß ausgerechnet der Mann, der ab 1917 auf militärische Weise dafür gesorgt hatte, das Sowjetmodell einer umfassenden Verstaatlichungspolitik durchzupeitschen, und der die Pressefreiheit und ein unabhängiges Justizwesen bisher stets als »bourgeoise Camouflage« bezeichnet hatte, sich nun ausgerechnet in einem *Privathaus* jenem medial weit beachteten »Gegen-Prozeß« unterzog, auf dessen Neutralität er wie selbstverständlich vertraute.

Eine weitere emblematische Szene, nachdem die Kommission (mit Otto Rühle unter den Mitgliedern) nach siebentägiger Arbeit Trotzki freigesprochen hatte und sich ihre hauptsächlich aus New York stammenden Mitglieder zur Heimkehr rüsteten. *Nachdem alle schon fortgegangen waren, verabschiedet sich Trotzki auch von John Dewey mit einer Umarmung und sagt: »I have realized that American liberalism exists as a fact!«*

Nach 1945 werden Schriftsteller wie Leo Lania oder Ludwig Marcuse, der sich besonders für eine Popularisierung des Philosophen John Dewey im Nachkriegs-Deutschland einsetzt, genau darauf rekurrieren – wenn auch ohne größere Resonanz: Ein progressiver, sozial verantwortlicher Liberalismus ist kein moralisches Schutzmäntelchen für die Besitzenden, sondern liefert die Möglichkeiten für jeden Bürger, sich seiner Rechte und physischen Unantastbarkeit gewiß zu sein bzw. sie zu erstreiten. Denn auch John Dewy, das verband ihn mit den Rühles, argumentierte ja keineswegs hehr idealistisch und hatte einen genauen Blick für die strukturelle Gewalt, die es auch in freieren Gesellschaften gab und welcher keineswegs allein mit gutem Zureden beizukommen war. Allerdings, schrieb er vor allem an die Adresse der Kommunisten: *Das Beharren darauf, daß der Gebrauch gewalttätiger Kräfte unvermeidlich ist, beschränkt den Gebrauch vorhandener Intelligenz, denn wo immer das »Unvermeidliche« regiert, kann Intelligenz nicht genutzt werden.* Von sogenannten »absoluten Gesetzmäßigkeiten« – bei Marxisten ebenso wie bei orthodox Religiösen oder traditionellen Idealisten – hielt der humane Empiriker John Dewey nichts.

Fast schon tragisch, daß sein Essay *Liberalism and Social Action,* der auf Trotzkis vorangegangenen Text *Ihre Moral und unsere* antwortete, dann von den europäischen Studentengruppen nach 1968 *nicht* wiederentdeckt wurde – im Gegensatz zu

Trotzkis Pamphlet, das damals ein veritables *revival* erlebte und in seiner triumphalen Selbstgerechtigkeit unzählige junge Hirne begeisterte. Darin war zu lesen: *Es ist klar: Revolution und Reaktion, Zarismus und Bolschewismus, Kommunismus, Stalinismus und Trotzkismus – das alles sind Zwillinge. Wer immer daran zweifelt, der mag die symmetrischen Beulen auf der rechten wie auf der linken Schädelhälfte unserer Moralisten nachfühlen.* Geschrieben im Frühjahr 1938, nur ein halbes Jahr nach der herzlichen Verabschiedung von John Dewey und ganz eindeutig auf diesen gemünzt – und auf all jene verachteten Moralisten, die wie Otto Rühle oder Victor Serge noch in vermeintlicher Verblendung an solche Schimären wie Ethik und Fairness glaubten. Trotzkis hämmernde Härte, die vom Zarismus bis zum Stalinismus eine Art vitalistischer Superpower imaginiert, gegen die jeglicher Einspruch blaß und erbärmlich aussehen müßte, könnte in heutigen Tagen auch direkt aus dem Kreml kommen, wo Putin und dessen Medien-Ideologen mit einer vergleichbaren Amalgamierung hantieren.

Aber mußte die damalige Häme gegenüber jenen, die jenseits von Reaktion und Revolution auf der Machbarkeit reformerischen Fortschritts beharrten, nicht auch Mexikos freigewählten Präsidenten Cárdenas treffen, der nicht nur Trotzki, sondern auch Abertausenden anderen Flüchtlingen aus Europa so großherzig die Türen seines Landes geöffnet hatte? (Oder war Trotzkis Text auch eine Rache für Deweys ehrliche Antwort auf eine Journalistenfrage während der Prozeßtage draußen vor dem Haus in der Calle Londres, und ihm danach womöglich zugetragen? *Wie ich Trotzki sehe? Als eine tragische Gestalt. Eine so strahlende angeborene Intelligenz, gefangen in absoluten Setzungen.*)

Nach dem Kommissionsbericht scheint alles wieder wie zuvor zu sein. Trotzki unternimmt Ausflüge, schreibt den Rühles Postkarten von einer Hacienda, erwähnt eine schmerzhafte Zahnbehandlung seiner Frau und sorgt sich nach seiner Rückkehr um Alice, die Masern bekommen hat; zwei Wochen ruft er täglich an, um sich nach ihrem Befinden zu erkundigen.

Und dann kommt das Angebot, das wohl auch deshalb kein Befehl ist, kein Befehl sein *kann,* weil Trotzki schon kurz nach Lenins Tod den Machtkampf gegen Stalin verloren hatte, und auch in diesem Fall gilt: Mexiko-Stadt ist nicht Moskau. Bei einem ihrer Treffen war Trotzki auf Alice' Gedichte zu sprechen gekommen, unter denen sich auch gesellschaftskritische Verse befanden. Der Gastgeber bezeichnet diese als »prachtvoll, prachtvoll« … und unterbreitet Alice den Vorschlag, doch auch ein Gedicht auf die IV. Internationale zu machen. *Ich bin starr. Kann ein Mann von solch feiner Kultur, von solch literarischer Belesenheit, so etwas im Ernst sagen? Aber er ist ganz ernst. Für ihn ist alles Mittel im Dienst eines Zweckes und es gibt nur einen Zweck, die Weltrevolution und der Weg über die Weltrevolution geht über die IV. Internationale … Ich ziehe mich mit einer Ausflucht aus der Affäre, in dem ich lachend sage: »Genosse L.D., ich dichte nur, wenn ich's vor Verzweiflung schon gar nicht mehr aushalten kann!«*

Mariana Frenk-Westheim, ein ganzes Menschenleben später: »Sie wissen, wer in jenen Jahren gleichfalls in Diego Riveras *Casa Azul* ein und aus ging? André Breton! Doch während Breton, der im Angesicht Trotzkis auf Hutgröße gefaltete ehemalige Tyrann der Pariser Surrealisten, sich verrenkte und herumwand, bis er zusammen mit ihm schließlich doch dieses geforderte *Manifest zur revolutionären Kunst* hinkritzelte … hatte Alice prompt abgelehnt.«

Wobei die Hispanistin, die in ihrer Zweitheimat nicht nur den berühmten Romancier Juan Rulfo ins Deutsche übersetzt, sondern auch in Sendungen für den mexikanischen Rundfunk in verständlicher Sprache Weltliteratur vorgestellt hatte, sogleich die entsprechende Assoziation parat hat. »Was meinen Sie, erinnert das nicht verblüffend an Melvilles Bartleby? *I would prefer not do* … Während unsere Alice dem Genossen Trotzki wahrscheinlich in charmantem Prager-Deutsch Bescheid gegeben hatte: Danke, aber Nein – ich möchte lieber nicht. Und damit er's auch wirklich mitbekommt: Non, *Njet.*«

Marianas Stimme war zu einer Art fröhlichem Glucksen geworden, die rotgeränderten Augen hatten sich mit Lachtränen gefüllt, doch ihre Pflegerin schaute sofort alarmiert: Was geht hier vor? Vielleicht ja genau das: Ein Auflachen kurz vor dem Verlöschen, Erinnerung an eine im 20. Jahrhundert nicht eben häufig anzutreffende Widerständigkeit, die sich jenseits von Eitelkeit und Diensteifer eben jenes *Ich möchte lieber* nicht zu sagen getraute. Gewiß, man war hier in Mexiko-Stadt und nicht in Moskau. Doch hier in der Fremde das Risiko zu wagen, einer weiteren Freundschaft, einer weiteren bergenden Gruppe verlustig zu gehen …

»So war Alice«, sagte Mariana kurz und bündig, ihre Stimme nun wieder ein straff gespannter, wenn auch dünner Faden. Da es sich doch noch (mindestens) eines weiteren Gesprächs zu erinnern galt.

Während Alice weiter an ihrem Prag-Roman schreibt und ihre Protagonistin Hanna nach Freiheit(en) streben läßt, scheint sich bei Trotzkis fast alles auf die Suche nach einer Unterkunft zu konzentrieren, die sich besser sichern läßt, mit noch höheren Mauern und Fenstern, die nicht zur Straße, sondern nach dem Garten und Patio gehen: Der Wirkungsgrad wird immer enger, eingerahmt von Stein. Die Affäre Trotzkis mit Frida Kahlo und der Auszug aus der *Casa Azul* wird indessen mit keinem Wort erwähnt; Alice beschränkt sich darauf, die beinahe schon aufdringlicher Hyper-Symbolik des Scheiterns konkret zu beschreiben. *Auf allen Tischen liegen Revolver und sogar wer auf's Klosett geht, nimmt einen mit … Arme Gefangene, erhabene Opfer der Idee!*

Hinzu kommt die Beobachtung, daß Genosse L.D. offenbar auch alles andere als gelassen ist, sobald einer seiner zahlreichen, weltweit verstreuten Korrespondenzpartner einmal kritische Fragen zu stellen wagt, etwa zum Massaker an den revolutionären Soldaten von Kronstadt, die 1921 die Rückkehr zur Rätedemokratie gefordert hatten und von Trotzkis Truppen niedergeschossen worden waren. *Der Brief war höflich, respektvoll und anständig. Ich soll Trotzkis Antwort schnell ins Deutsche übersetzen.* Und wieder wird sie mit jener Herablassung konfrontiert, die der große Geschichtslenker selbst im

Exil anschlägt: Ausweichen in schroffem Ton, *whataboutism*, schließlich Beleidigungen. *Er schreibt, wie Otto sagt, mit der »Dementierspritze« der bolschewistischen Parteipresse. Das ist nicht das Niveau, das wir für Trotzki aus persönlicher Hochachtung und Sympathie gern gesehen hätten.* (Wie beunruhigend heutig auch diese Formulierung, angesichts des kalkulierten Wahrheit-Sedierens und fortgesetzt aggressiven Leugnens von Angriffen und Verbrechen: *Dementierspritze* – auch wenn die gegenwärtige Moskauer Parteipresse inzwischen längst nicht mehr bolschewistisch ist, wenngleich aus dieser trüben Quelle noch immer zehrt.)

Schließlich kommt es zu einem handfesten Streit. Otto Rühle läßt in der Folgezeit nicht locker, will über das bereits im Leninschen Denken und Tun angelegte (und ausgeführte) Diktatorische diskutieren, wird niedergebrüllt und ruft – was Alice danach sofort in ihr Aufzeichnungsheft einträgt – einen Satz, der an fundamentaler Wucht nichts zu wünschen übrig läßt: *»Sie, mein lieber Trotzki, sind selbst der allerärgste Stalinist!«*

»Zuvor aber«, sagt Mariana Frenk-Westheim im Dezember 2003, ein halbes Jahr vor ihrem Tod, und ihre Stimme bekommt erneut diese überraschende Dringlichkeit, »zuvor aber hatte Alice noch eine andere Eintragung gemacht«. Und greift *nicht* nach dem Büchlein, das sie dem Besucher schenken wird, da sie die Passage doch ohnehin noch immer auswendig kennt. »Trotzki hatte Alice nämlich gleich nach diesem Streit mit Otto angerufen und ihr am Telefon etwas gesagt, das sie danach sofort niederschrieb und dann auch gegenüber mir, noch immer zutiefst aufgewühlt, wiederholt hatte.« *Genossin Alice? Genosse Otto ist eben weggegangen. Sie sind vielleicht besorgt, wo er geblieben ist. Regen Sie sich nicht auf. Ich rufe Sie an, um sie zu beruhigen. Wir haben fürchterlich miteinander gestritten, aber machen Sie sich keine Sorgen, wir sind als gute Freunde geschieden!«*

Mariana, die als parteilose Sozialdemokratin damals nie das Bedürfnis verspürt hatte, hinaus nach Coyoacán zu Trotzki zu pilgern, hat diese Szene ihr Leben lang nicht vergessen. Welche Großherzigkeit – vor allem aber auch welches Glück für Otto, daß man nicht das Jahr 1921 schrieb und er kein

Sowjetbürger war, der für eine solche Position schon in jener Zeit wohl sogleich exekutiert oder in den entstehenden Gulag auf den im Weißmeer gelegenen Solowezki-Inseln deportiert worden wäre! »Dabei waren – und das wußte natürlich auch Trotzki – weder Alice noch Otto *Genossen* irgendeiner Partei …«

Was besonders Alice in den darauffolgenden Wochen auch *nicht* bereut haben dürfte. Sie arbeitet und übersetzt weiterhin für Trotzki, sichtet dessen Briefwechsel mit Lenin, ordnet die Korrespondenzen, die Trotzki weiterhin mit seinen Getreuen führt und … *Die Fragen, um die es sich hier handelt, sind äußerst kleinlicher Natur: man erstickt im sektiererischen Organisationsgestrüpp. Sein Ton zeigt durchaus nicht jene Serenität, die ich von ihm – ich kenne ihn nun acht Monate – gewöhnt bin. Oft klingt es wie gehässiges Gezänk.*

Dafür aber zeigt Alice Würde – und dazu Könnerschaft. Lesen sich doch diese letzten ihrer Aufzeichnungen wie Vorstudien zu einer Erzählung oder gar zu einem Roman: wie detailliert und sinnlich die mexikanische Landschaft da skizziert ist – staubige Straßen, Kakteen, Zuckerrohrfelder und Plazas unter gnadenlosem Sonnenlicht, dann wieder feuchter Hitzedampf nach dem Ende der Regenzeit. Gemeinsam fährt man im Automobil nach Taxco oder Cuernavaca (wo Diego Rivera im Palast des Cortez seine berühmten Fresken gemalt hat und Malcolm Lowrys Antiheld in *Under the Volcano* sich zu Tode säuft). Trotzki, der ihr in einem kleinen Steingarten einen großen roten Weihnachtsstern pflückt und auch stets auf Ottos Wohlbefinden achtet. Bei all dem immer mit dabei, unterwegs und zu Hause: Leibwächter mit Pistolen, nach deren Biographien sich Alice einfühlsam erkundigt, denen sie vertraut – oder auch nicht. *L.D.'s einerseits pathologisches Mißtrauen und andererseits seine geradezu kindliche Leichtgläubigkeit.*

(Spekulation: Wäre sie länger geblieben bis zum Umzug in die vermauerte Villa in der – ausgerechnet! – Calle Viena, *sie* wäre wohl kaum auf jenen katalanischen Stalinisten Ramón Mercader hereingefallen, der sich danach unter dem Namen

Frank Jacson bei Trotzki Zutritt verschafft hatte und ihn 1940 mit einem Eispickel ermordet. Und wären Alice' Aufzeichnungen zu einem Film geworden – es hätten darin wohl kaum, wie in jener 1972 entstandenen franco-italienischen Koproduktion mit dem dümmlichen deutschen Verleihtitel *Das Mädchen und der Mörder,* Romy Schneider als naive Sekretärin, Alain Delon als hektisch unentschlossener Mörder in spe und ein bebrillter Richard Burton als Trotzki eher bezugslos ihre vorgegebenen Rollen heruntergespielt.)

Alice im Trotzki-Land, die ihren Aufenthalt dort nicht mit einem mit Aplomb zelebrierten Bruch enden läßt, sondern bis zuletzt ihren Blick auf den *human factor* bewahrt, auf Trotzkis Weltrevolutionsideen bei gleichzeitig radikal schrumpfendem Radius, auf die Treue seiner Frau Natalja und die Loyalität der Freiwilligen, auf das Würdige und gleichzeitig Absurde, auf geradezu stählerne Logik und zahlreiche Inkohärenzen (die ihr dabei am Sympathischsten zu sein scheinen).

Anders als Peter Weiss' 1968/69 geschriebenes (Thesen-) Stück *Trotzki im Exil,* anders aber auch als in *Trotzki in Coyoacán* des 1965 via Jugoslawien aus der DDR geflohenen Schriftstellers Hartmut Lange, enden die Aufzeichnungen Monate *vor* Trotzkis Ermordung und bleiben aus unbekannten Gründen Fragment. Und sind dennoch, oder vielleicht gerade deshalb, lebendiger und eindrucksvoller, lassen in L.D.s und seiner Frau schreckgeweiteten Augen, als Alice einmal nach Einbruch der Dämmerung unangemeldet den Patio überquert, das Kommende ahnen und verbleiben keineswegs allein in der (Männer-)Welt der Ideen, Thesen, Antithesen, Synthesen.

Wahrscheinlich hatte es zum Schluß auch gar kein dramatisches endgültiges Zerwürfnis gegeben, sondern die Rühles hatten sich unter beibehaltenem Grundrespekt allmählich entfernt: *Wir möchten lieber nicht mehr.* Angst wird nicht der Grund gewesen sein, da Otto und Alice doch ohnehin in den Augen der Öffentlichkeit längst als überzeugte Antistalinisten galten. Aber eben solche *ohne* Parteibuch und nicht gewillt, von einer säkularen Kirche in die andere zu wechseln.

»Über die beiden müßte es einen Film geben«, hatte Mariana Frenk-Westheim gesagt, und in der Tat ist das, was Alice auch jenseits des Trotzki-Universums in ihren Briefen an Freunde, in Gedichten und privaten Notizen beschreibt, derart lebendig noch in der tiefsten Melancholie und szenisch im wahrsten Wortsinn *ins Auge springend.*

Alice, in Coyoacán auf amerikanische Touristen zusteuernd, um ihnen Kunstpostkarten zu verkaufen, die Otto, inzwischen auch ein talentierter Amateurmaler, angefertigt hatte. Längst vorbei die Tage, als Diego Rivera *ihn* gemalt hatte, aber Ferdinand Freiligraths altehrwürdige lyrische Aufforderung *Trotz alledem und alledem und alledem* galt ja noch immer und mußte auch weiterhin in prosaische Lebenspraxis überführt werden, wollte man nicht zugrundegehen.

Dazu schreibt Alice, falls sie nicht mit den Kunstpostkarten über das Kopfsteinpflaster läuft, außerdem für ungefähr 25 US-amerikanische Fachzeitschriften größere und kleinere Artikel, übersetzt Kleists *Zerbrochenen Krug* ins Spanische und wird 1941 von der Universität Morelia sogar zum »Ehrendoktor der Psychologie« ernannt. Renommée und Demütigung, ein einziges Auf und Ab, über das andere sich wortreich beklagt hätten, doch in gewohnter Tapferkeit schreibt Alice an ihren Freund Henry Jacoby, der – aus Prag und Paris vertrieben – via Portugal in die Vereinigten Staaten geflüchtet war, wo er dank der Hilfe von Max Horkheimer ein Einreisevisum erhalten hatte: *Unser kleines Postkartengeschäft ist mit dem Krieg und dem daraus folgenden Ersterben des amerikanischen Tourismus leider völlig zugrundegegangen … Ich arbeite aber schon wieder an allem Möglichen, übersetze einen tschechischen Roman, verkaufe Etiketten für Schuhgeschäfte und eine Musikenzyklopädie. »Fidelio«, teilweise von mir übersetzt, wurde in der neugegründeten Oper unter Carlos Kleiber aufgeführt und war wunderschön.*

Sogar ein kurzweiliges Kinderbuch war entstanden, um damit auf dem US-amerikanischen Markt zu reüssieren: *Tommys Trip to Mexico.* Alice hatte die Verse beigesteuert (»Six day of travelling … gosh, how long! / Yet it passed by, short like a song, / / The journey was thrilling and awfully pretty! / And now we arrive in Mexico City«) und Otto, in den USA doch bislang eher als Verfasser gesellschaftskritischer Schriften und einer Marx-Biographie bekannt, hatte die liebevoll detailreichen Zeichnungen beigesteuert. Zu einer Veröffentlichung kam es zu ihrer beiden Lebzeiten freilich nie. 2020, als das seinerzeit wie so vieles andere Manuskript gebliebene Werk endlich als zweisprachiges Buch in Wien erschien, aber leuchteten die Verse und die bunten Wasserfarben noch immer.

Und doch. Wie viel unmöglich Gemachtes, damals schon im Keim Ersticktes. Denn was wäre gewesen, wenn: Vielleicht eine Novelle über ihre letzte Prager Nacht mit Milena Jesenská, ein literarischer Tatsachenbericht über das auch in Mexiko zersplitterte Emigrantenmilieu, das nachträglichen Verkitschungen den Boden entzogen hätte, dazu packende Sozialreportagen über die neue Beinahe-Heimat, die fertiggestellten Aufzeichnungen über die Zeit mit Trotzki … Es ist nicht dazu gekommen. Während, wie Alice in einem Brief mit einem leisen Anhauch von Sarkasmus schrieb, Egon Erwin Kisch bereits »nach sechs Wochen« sein Mexiko-Buch fertig hatte und stets auf die finanzielle und logistische Unterstützung durch die kommunistischen Exilorganisationen zählen konnte, war und blieb ihre und Ottos Lage unverändert fragil.

Zuvor aber, kurz nach Alice 45. Geburtstag, hatten die beiden zum zweiten Mal geheiratet, da ihre Hochzeitsurkunden nicht mehr auffindbar gewesen waren. Otto hatte ihre anschließenden Flitterwochen in lustige Verse gebracht, die mit einem Karl-Kraus-Zitat begannen und danach in den mexikanischen Süden führten. *Alice jauchzt: seit fast drei Jahren / Bin ich nicht Eisenbahn gefahren! / Die Nachricht von den Unglücksfällen, / Die soll mir nicht die Lust vergällen, / Ich sag dir, Otto, diese Reis' / führt sicher uns ins Paradeis.* Und er findet für Alice, die in einem Brief an die nun in Hollywood lebende Wiener Schriftstellerfreundin Gina Kaus ihren emotionalen Abschied von der einst zuvor so vehement vertretene Individualpsychologie skizziert (»Ein Unterbau, auf dem das Leben wackelt«), Zeilen voller Zärtlichkeit – unideologisch, doch auch voller Schmerz: *Da hilft kein Ernst des Strebens / Nach Sinn und Dauer – vergebens*

/ Wird alles Mühen geschehen … / Es ist schon ein Glücksfall des Lebens, / wenn Zwei voll Nehmens und Gebens / sich für ein paar Stunden verstehen …

Alice, inzwischen zur Kettenraucherin geworden, fühlt an der Seite des geliebten, doch inzwischen gesundheitlich schwer angeschlagenen Mannes nun auch die eigenen Kräfte schwinden. Eines ihrer Gedichte trägt den Titel »Vom Tod sprach Alice«, und in einem anderen, »Selbstmord eines Emigranten«, heißt es unheilvoll: *Die Brücke hinter mir brach, / Und vor mir sind nur die Wände, / Wohin ich komme, ist Ende, / Bin ohne Schuld in Schmach. // Ich bin noch gar nicht so alt, / Und bin doch schon überzählig, / die Frommen werden selig, / ich werde langsam kalt.* Und dann, fast schon eine Ankündigung: *Im sechsten Stock der Balkon … / Hier kann mich keiner vertreiben! / (Wer wird's meiner Mutter schreiben?) / Zu spät! Ich falle schon.*

Doch ihre Mutter zumindest ist da längst tot, das elterliche Geschäft in Prag ist nach dem deutschen Einmarsch »arisiert« worden, die weitverzweigte Familie Gerstel in alle Winde zerstreut, und wer nicht zu fliehen vermocht hatte, wurde ermordet im Holocaust. Mit dem letzten Zug war Max Brod im März 1939 aus Prag entkommen, und auch Franz Werfel, mit dem Alice dann weiterhin in Briefkontakt blieb, hatte 1940 zusammen mit seiner Frau Alma nur unter größter Lebensgefahr Europa verlassen können – via Marseille, der Pyrenäen-Fluchtroute und einer Schiffspassage von Lissabon nach New York. Ende 1939 hatte Alice überdies von Milenas Verhaftung durch die Gestapo erfahren. Ein paar Monate zuvor hatte die Nachricht vom Hitler-Stalin-Pakt die Freundschaft mit den nun zunehmend wieder partei-orthodox werdenden Diego Rivera und Frida Kahlo beendet, und am 20. August 1940 hörten Alice und Otto, welche Mordtat in ihrer unmittelbaren Nachbarschaft geschehen war: Stalins langer Arm hatte schließlich auch Leo Trotzki erreicht; ein erster Versuch drei Monate zuvor war noch gescheitert.

Paradeis, zerbrechende Welten, innige Zweisamkeit oder der Sprung vom Balkon? Über jene letzten Jahre schreibt später eine Freundin von Alice: *Ich habe noch nie solch einen Menschen gesehen, dessen Nervosität sich gar nicht gegen die anderen richtete, der mit seiner Nervosität niemanden auf die Nerven fiel. Es ist so: Gewußt haben wir, daß sie nervös ist, aber zu spüren hat man das nicht bekommen. Gespürt hat man ihren Charakter, ihre Wärme und Güte.* (Als wäre es, über die Zeiten hinweg, eine warmherzige Bestätigung von Manès Sperbers frühen Erinnerungen an die Alice der längst vergangenen Wiener Jahre.)

Die Nervosität – ihre und die im Freundeskreis – lag freilich nicht allein im Emigrantenschicksal begründet. Erinnert sei daran, daß es da doch weitere Todesfälle gab, die ganz offensichtlich *keine* Selbstmorde gewesen waren. So war etwa der Italo-Amerikaner Carlo Tresca, Otto Rühles Kollege in der Dewey-Kommission und wortmächtiger Gegner von Mussolini *und* Stalin, 1943 auf der Fifth Avenue in New York erschossen worden. Der Schriftsteller Julián Gorkin, als Führer der anarchistischen POUM im spanischen Bürgerkrieg von Franco-Faschisten *und* Stalinisten gleichermaßen verfolgt und mit dem Tod bedroht, war in Mexiko-City zum zweiten Mal knapp einem Attentat entkommen. Auch hatte bereits *vor* Trotzkis Ermordung Stalin dessen Familie in der UdSSR und in Westeuropa fast völlig auslöschen lassen. Und die berühmte Fotografin Tina Modotti, mit der die Rühles freilich nicht in Kontakt gewesen waren?

Mariana Frenk-Westheim: »Mit 46 Jahren in einem hauptstädtischen Taxi nach einem plötzlichen Herzanfall gestorben … Ich bitte Sie! Es war Tina Modottis fataler Flirt mit dem Stalinismus, dem zuerst ihr ehemaliger Gefährte und dann sie zum Opfer fiel, weil beide wohl zu viel wußten über das Netz der Sowjet-Agenten in Mexiko. Weil nämlich, besonders nach dem Ende des Krieges in Spanien, nicht nur die Besten hier im Land Zuflucht gefunden hatten, sondern auch die Schlimmsten, Moskaus gedungene Helfershelfer, die zuvor schon in Spanien gemordet hatten. Kennen Sie Julián Gorkins Buch *Stalins langer Arm*? Lesen Sie es, Willy Brandt hat das Vorwort dazu geschrieben, da er ja 1937 in Barcelona ebenso wie Gorkin erlebt hatte, wozu der Kreml fähig war, um politische

Gegner erst zu diffamieren und dann umzubringen. Darunter auch Kurt Landau, in dessen Verschwinden und Ermordung damals höchstwahrscheinlich sogar Walter Ulbricht involviert gewesen war, wie seine Witwe Katia andeutete, nachdem sie mit viel Glück hier ebenfalls in Mexiko angelangt war. *Öffentlich* gesagt wurde das freilich nicht, das Risiko wäre tödlich gewesen. Deshalb hatte ja auch mein späterer Ehemann Paul Westheim tunlichst darüber geschwiegen, was er im Sommer 1940 auf der Fluchtroute hinunter in die unbesetzte Zone in Südfrankreich erlebt hatte. Wie Willi Münzenberg, der einstige ›rote Medienzar‹, der nun mit Stalin gebrochen hatte, sich von der Dreiergruppe der Flüchtlinge – Paul Westheim, der Publizist Leopold Schwarzschild und der Verleger Kurt Wolff – entfernt und an der Seite eines unbekannten jungen Mannes versucht hatte, sich allein nach Marseille durchzuschlagen. Wie er Tage danach in einem Waldstück südlich von Grenoble tot aufgefunden worden war, angeblich Freitod, doch in Wirklichkeit ermordet entweder von der Gestapo oder Stalins GPU. Paul hatte damals nur mir und meinem damals noch lebenden Mann Ernst davon erzählt – und Münzenbergs Witwe Babette Gross und den Rühles. Babette war übrigens die Schwester von Margarete Buber-Neumann. Von deren Schicksal als Gulag- *und* Ravensbrück-Häftling konnten wir damals natürlich ebensowenig ahnen wie von ihrer aufopferungsvollen Hilfe für ihre im KZ Mitgefangene – für ›Kafkas Milena‹, Alice' Prager Freundin. Sie sehen also ...«

Die Geschichte der Rühles hatte sich immer mehr geweitet, damals im Dezember 2003. Da die steinalte und doch hellwache Mariana Frenk-Westheim mit dem noch immer feinen, nun von unzähligen Runzeln schraffiertem Modigliani-Gesicht nicht nur alle Namen, Jahreszahlen und Bücher in der Erinnerung parat hatte, sondern auch einen Sinn für das Verknüpfte der Geschehnisse bewahrte – als tödlich Strangulierendes, aber auch als solidarisches Netz. Der von George Grosz und Oskar Kokoschka geprägte Kunstkritiker Paul Westheim nämlich hatte nach seiner Ankunft im Land die für ihn so neuartige mexikanische Kultur geradezu in sich aufgesogen und korrespondierte mit dem Lyriker Octavio Paz, der zuvor in Paris Bekanntschaft mit den Surrealisten gemacht hatte. Zurückgekehrt nach Mexiko, wurde er für Westheim zu einer Art Türöffner für die realen Wunder der präkolumbianischen Kulturen – und lernte wiederum mit Westheim, Victor Serge und Julián Gorkin europäische Intellektuelle kennen, die ihre fundamentale Ablehnung jeglicher Despotie reflektiert begründen konnten. Wobei diese bereits ein anderes Niveau erreicht hatten als so manche »Enttäuschte«, die – wie Paz später in seiner politischen Autobiographie schrieb – »psychologisch und geistig Gefangene der marxistischen Scholastik geblieben waren«. Obwohl er die Rühles offenbar nicht mehr kennengelernt hatte, liest sich sein Lob der Freunde wie inspiriert von Otto und Alice, die ja bereits in den zwanziger Jahren das Mechanische einer ideologischen Menschen- und Geschichtsbetrachtung abgelehnt hatten: *Ihr Beispiel zeigte mir, daß es nicht genügt, seine Ansichten zu ändern: man muß auch sein Verhalten ändern. Man muß sich von Grund auf ändern.*

Victor Serge, Julián Gorkin, Katia Landau, der russisch-jiddische »Bund«-Aktivist Jakob Abrams, der in der Weimarer Republik berühmte »Aktion«-Verleger Franz Pfemfert und der Mediziner Fritz Fränkel, der als Gründungsmitglied der KPD seinerzeit schon frühzeitig mit den Kommunisten gebrochen hatte und nun in Mexiko für die Zeitschrift *Mundo Socialismo y Libertad* schreibt, dazu Mariana mit ihrem ersten Mann Ernst Frenk – sie alle hatten dann Ende Juni 1943 die Ehrentotenwache für Alice und Otto Rühle gehalten oder am Begräbnis teilgenommen.

Als wenn das ein Trost wäre: Zumindest war das Ehepaar nicht Opfer eines Attentats geworden. Dabei hatte es anfangs solche Gerüchte durchaus gegeben. Ein bloßer Zufall, daß am 24. Juni Anna Seghers beim spätabendlichen Überqueren des Paseo de la Reforma von einem Auto angefahren und schwerverletzt worden war, und dann auch noch die Nachricht vom Tod der Rühles die Runde machte? Hatte es sich bei Seghers'

Unfall um einen Mordversuch gehandelt, verübt entweder von Nazi-Agenten, um die inzwischen weltberühmte Autorin des *Siebten Kreuz* als öffentliche Stimme auszuschalten – oder gar vom sowjetischen Geheimdienst NKWD, um eine womöglich wankelmütig gewordene Genossin abzustrafen? Dafür aber fanden sich letztlich keine Beweise. Noch klarer war es indessen im »Fall Rühle«. Der seit langem mit schwerer Herzschwäche kämpfende Otto war am frühen Nachmittag gestorben; kurz darauf hatte sich Alice aus Verzweiflung vom Wohnungsbalkon im dritten Stock hinunter auf die Straße gestürzt, sie war sofort tot. Und hatte zuvor noch in einem längeren Abschiedsbrief, in dem es weniger um sie als um ihre Freunde ging, penibel aufgelistet, wer zu benachrichtigen sei oder etwas von den Hinterlassenschaften bekommen sollte; eine silberne Uhr, ein roter Ring, Bücher und Manuskripte. *Im Grab fallen mir sicher noch Leute ein, die ich vergessen habe! (…) Ich schreibe dies in aller Ruhe. Mein Leben war so reich und schön, aber es hat nun lang genug gedauert und ich freue mich wenn es endlich aus ist. Hoffentlich erlebt Ihr noch die bessere Welt, auf die wir gehofft haben! Bleibt gute Sozialisten! Verzeiht den Kummer u. die Schererei! Seid umarmt! Eure Alice*

Sogar an einen Brief an die mexikanische Polizei hatte Alice gedacht, in dem sie behauptete, ebenfalls unheilbar krank zu sein. Feinheit des Herzens und Selbstschutz bis zuletzt, wie eine enge Freundin des Ehepaars bemerkte. *Sie hat das nämlich bloß geschrieben, weil es ihr unmöglich schien, daß fremde Menschen wissen sollten, daß sie ohne Otto nicht leben konnte.*

Es hatte dann seine eigene Logik, daß das kommunistische *Alemania Libre/Freies Deutschland* den Tod der beiden mit eisigem Schweigen überging; auch der ehemalige Freund Egon Erwin Kisch schrieb keine einzige Zeile. Da war es beinahe ehrlicher, daß die hauptstädtischen Blätter Schlagzeilentitel fanden, die heute eher an eine Telenovela erinnern: »Selbstmord aus Verzweiflung« oder »Als sie ihren Mann tot sah, warf sie sich vom Balkon. Senor Ruehle starb und seine Frau brachte sich um – so endete dieses deutsche Paar, ein Revolutionär und eine Romantikerin«. Umso würdiger und ausführlicher die Nachrufe in der deutschsprachigen New Yorker Emigrantenzeitung *Aufbau* und in der Sonntagsausgabe der *New York Times*. Victor Serges Sohn, der für seine *Murales*-Bilder späterhin berühmte Maler Wladimir Kibaltschitsch, hatte Otto und Alice nach ihrem Tod gezeichnet; im Unterschied zu Diego Rivera und Frida Kahlo hatte *er* keine Angst, es sich mit den Parteikommunisten zu verderben.

Zum Begräbnis waren dann immerhin mehr als hundert Menschen gekommen, unabhängige Exil-Sozialisten aus Deutschland, der Tschechoslowakei, aus Frankreich und Spanien, Vertreter des Israelitischen Bundes. Und natürlich – nach den Grabreden von Serge, Gorkin und Dr. Fränkel – werden sie die Internationale anstimmen.

»Verstehen Sie«, hatte Mariana Frenk-Westheim am Ende des Besuchs gesagt, »daß dies auch eine Art Rückeroberung war? Nicht die Illusion vom ›letzten Gefecht‹, an das Alice und Otto sowieso nicht geglaubt hatten. Sondern dieses ›Die Internationale erkämpft das Menschenrecht‹ – Beschreibung und Aufforderung zugleich. Gegen die Herzensträgen, die immer Gründe finden, das schlechte Bestehende zu rechtfertigen, aber auch gegen all jene, die im Namen der Revolution eine noch größere Unfreiheit errichten. Dagegen, verstehen Sie? Und *für* eine Menschenfreundlichkeit, die sich auch zu wehren weiß, ach … Und wie verdammt allein wir damals trotzdem alle waren, gejagt von den Furien der damaligen Zeit, Hitler und Stalin auf dem Höhepunkt ihrer Macht, und wir da unter diesem gnadenlos wolkenlosen mexikanischen Himmel, dort auf dem Friedhof Panteón Civil de Dolores, mit unseren Erfahrungen und diesem Lied …«

Marianas Stimme war wieder drängend geworden, das Atmen fiel schwerer, und erneut schaute ihre Pflegerin alarmiert zwischen dem Besucher und ihr hin und her, schließlich aber beruhigt durch das wiedergefundene Lächeln der Señora. »Nun, dann eben als erneutes *Trotzdem*. Denn allein schon, daß es Alice und Otto Rühle tatsächlich gegeben hat! Daß in diesem verfluchten 20. Jahrhundert zwei Menschen von solchem Mut und solcher Lebendigkeit …«

Coyoacán, Januar 2019.

Nichts erinnert in der *Casa Azul*, vor der jeden Tag eine gutgelaunte Menschenschlange vor allem auswärtiger Touristen auf Eintritt in die Welt von Frida Kahlo und Diego Rivera wartet, noch daran, wer hier ebenfalls zu Besuch gewesen war. *Fast* nichts. Denn in einem der besucher-kompatibel gemachten Räume findet sich in einem Bücherschrank der zweite Band von Otto Rühles Buch *Die Revolutionen Europas.* Der Verfasser mochte es einst als Gastgeschenk mitgebracht haben – zu einer Zeit, als Frida Kahlo noch anderes malte als befremdliche Stalin-Porträts, die nun hier, ebenfalls unkommentiert, zu besichtigen sind und von den jetzigen Gästen ebenso abfotografiert und via Facebook und Instagram gepostet werden wie Kahlos berühmtere Gemälde, das Blau der Wände, der kleine Palmen- und Kakteengarten oder die im Innenhof aufgereihten Statuetten aus der Aztekenzeit. Historisch grieselige Filmaufnahmen zeigen eine fragile Frida und ihren übergewichtigen Diego beim gemeinsamen Wandbemalen, mitunter tritt Trotzki ins Bild, lächelt, greift an die Bügel seiner Nickelbrille, richtet sich die Krawatte, entschwindet.

Immerhin, inmitten des Sammelsuriums: Ein gerahmter Ausschnitt aus einer trotzkistischen Zeitung aus dem Jahre 1937 beschäftigt sich mit der Ermordung eines sowjetischen Ex-Agenten in der Schweiz, und einem jungem, englischsprechenden Besucherpaar fallen bei Betrachtung des Dokuments die Namen Skripal und Litwinenko ein, die der lange Arm des Kremls 2006 und 2018 in Großbritannien erreicht hatte. (Immerhin.) Keine Spur, kein Foto, kein Wort hingegen von der Dewey-Kommission.

In Trotzkis Villa ein paar Straßen weiter in der Calle Viena wird an die Kommission zwar erinnert, doch hagiographisch gerahmt – Genosse L.D. selbst hinter Wachtürmen, vermauerten Fenstern und Schießscharten nicht allein, sondern umgeben von Getreuen (deren Kritik an ihm nicht einmal in Nebensätzen erwähnt ist). Eine affirmative Sonderausstellung informiert über sechs Jahrzehnte kubanische Revolution, inklusive der erwartbaren Fidel- und Che-Fotografien. Offenbar völlig dem Vergessen anheimgefallen, daß der argentinische Großbürgersohn Ernesto Guevara als bekennender Stalin-Fan damals Anfang der sechziger Jahre bei einem Moskau-Besuch sogar die sowjetischen Genossen in Verlegenheit gebracht hatte, als er darauf bestand, an der Kremlmauer ausgerechnet für den Massenmörder Blumen abzulegen. Vergessen wohl auch, daß Trotzkis Mörder nach seiner Entlassung aus einem mexikanischen Gefängnis begeisterte Aufnahme bei Fidel Castro gefunden hatte und 1978 auf Kuba verstorben war. Allerdings: Im Eingangsbereich der Villa ist eine glasgerahmte Fotografie aus dem Jahr 1937 zu sehen, darauf Trotzki, Frida und Diego – und Otto Rühle.

Aber Alice? Mit Mariana Frenk-Westheim war 2004 die letzte Zeitzeugin verstorben, die sich an sie noch hatte erinnern können. (Im Vestibül des altehrwürdigen Luxushotels *Geneve* findet sich in einem opulent ausgestatteten Buch mit den Kurzbiografien prominenter Gäste auch ein Foto von Mariana, hier gewürdigt als berühmte Hispanistin und Vermittlerin der Werke ihres zweiten Mannes Paul Westheim. Nach diesem hingegen ist ein Ausstellungssaal im Palacio de Bellas Artes benannt, wo auch an Octavio Paz, den Literaturnobelpreisträger des Jahres 1990, erinnert wird.)

Ein Grab für Alice und Otto gibt es nicht; Marina Frenk-Westheim hatte berichtet, daß damals, im Sommer 1943, ihre Asche auf einer Hacienda außerhalb der Hauptstadt verstreut worden war.

Doch gibt es auch hier die Verknüpfungen – und die Frage, was wohl aus den beiden geworden wäre, hätten sie das Ende des Zweiten Weltkriegs überlebt und wären (wovon auszugehen ist) danach *nicht* in das bald stalinisierte Prag zurückgekehrt. Da die mitunter allzu wohlfeile Rede von der »heimatlosen Linken« unterschlägt, was auch unterhalb der gescheiterten Utopie an Lebenspraktischem und Menschenfreundlichem möglich war und ist.

Henry Jacoby, Alice' und Ottos Freund aus den Tagen der Weimarer Republik und dem Exil, begann nach Kriegsende seine Arbeit bei der Welternährungsorganisation der Vereinten

Nationen, zuerst in Washington, danach in Rom und Genf. Nach seiner Pensionierung 1968 arbeitete er als freier Schriftsteller, schrieb jene zweibändige Autiobiographie und engagierte sich bei Amnesty International. Er starb 1986 in Genf.

Volkmar von Zühlsdorff, an den Alice seinerzeit das Manuskript ihres Prag-Romans geschickt hatte, schloß im Exil Freundschaft mit Hermann Broch; ihr umfangreicher Briefwechsel erschien einige Jahrzehnte später, 1986. Nach dem Krieg zurückgekehrt nach Deutschland, arbeitete er für einige Jahre als Redakteur bei der *Zeit* und seit 1959 im Auswärtigen Amt, dem der ehemalige Kämpfer des sozialdemokratischen Verteidigungsbundes *Schwarz-Rot-Gold* u.a. als Kulturattaché in den USA und Kanada diente. In seiner Zeit als Diplomat in Thailand und Laos erlernte er die Thai-Sprache, beschäftigte sich mit dem Buddhismus und übertrug sogar Gedichte ins Deutsche. Wie schon im Exil, arbeitete von Zühlsdorff auch danach mit Prinz Löwenstein zusammen und gründete mit ihm den *Freien Deutschen Autorenverband.* Nach Löwensteins Tod lebte er mit dessen Witwe zusammen und starb im hohen Alter von 95 Jahren 2006 in Berlin. Ein paar Jahre zuvor waren seine Memoiren erschienen, und bis zu seinem Tod war er Ehrenvorsitzender des legendären *Reichsbanner Schwarz-Rot-Gold.*

Julián Gorkin hatte Jahrzehnte nach dem Krieg seine Erinnerungen veröffentlicht, die – wie sich Mariana Frenk-Westheim noch 2003 mit verblüffender Präzision erinnert hatte – den Titel trugen *Stalins langer Arm. Die Vernichtung der freiheitlichen Linken im Spanischen Bürgerkrieg.* 1980 waren sie in deutscher Übersetzung erschienen, mit einem Vorwort von Willy Brandt. (Bereits in seiner Autobiographie *Links und frei* hatte Brandt über seine Begegnungen mit dem spanischen Linkssozialisten geschrieben.) Nach Kriegsende nach Europa zurückgekehrt, blieb Gorkin aufgrund der fortdauernden Franco-Diktatur in Frankreich, wurde 1969 Präsident des Internationalen PEN-Clubs und erlebte dann 1986, ein Jahr vor seinem Tod, noch die Erfüllung eines seiner Träume: Das nunmehr demokratische, föderalistische Spanien wurde unter dem sozialistischen Premier Felipe González Mitglied der Europäischen Gemeinschaft.

Alice' Prager Freund Willy Haas überlebte den Zweiten Weltkrieg in Indien, kehrte danach in der Bundesrepublik zu seinen publizistischen Ursprüngen zurück und schrieb dort vor allem für die *Welt* in Hamburg. Willy Haas starb 1973, doch wurde seine 1925 gegründete *Literarische Welt* 1998 neu belebt und ist heute eine literarische Beilage der *Welt.* Franz Werfel indessen verewigte Haas, den Freund aus Prager *Café Arco*-Zeiten, in einer Figur seines letzten Romans *Stern des Ungeborenen,* der ironischerweise in der Zukunft spielt.

Friedrich Torberg, der schon in jungen Jahren die Rühles gut kannte, gelangte nach seiner Flucht aus Prag via Porto und Lissabon in die Vereinigten Staaten und kehrte nach Kriegsende ebenfalls nach Europa zurück. In Österreich setzte er seine von den Nazis unterbrochene Karriere fort und wurde dort zum ebenso populären wie umstrittenen Schriftsteller und Publizisten. Friedrich Torberg starb 1979 in Wien.

John Dewey starb mit 93 Jahren 1952 in New York; viele seine philosophischen Texte fanden danach in Melvin Laskys Zeitschrift *Der Monat* ihren Weg zu den bundesdeutschen Nachkriegslesern, und auch Ludwig Marcuse wird Deweys Denken zahlreiche Aufsätze widmen. (Lasky, später in London auch Herausgeber der Zeitschrift *Encounter,* veröffentlichte vier Jahrzehnte nach Alice Rühle-Gerstels Freitod Auszüge aus ihren Aufzeichnungen – auf Anregung Arthur Koestlers und unter dem Titel *No Verses for Trotzky.* Melvin Lasky starb 2004 in Berlin; unweit seines Grabes auf dem Friedhof Heerstraße findet sich auch die letzte Ruhestätte Paul Westheims, der 1963 bei einem Besuch in seiner früheren Heimatstadt verstorben war.)

Margarete Buber-Neumann wurde nach dem Krieg in Westdeutschland vor allem bekannt durch ihre autobiographischen Bücher *Als Gefangene bei Hitler und Stalin – eine Welt im Dunkel* und *Milena, Kafkas Freundin.* Sechs Tage vor dem Berliner Mauerfall starb die Publizistin und Zeitzeugin im November 1989 in Frankfurt am Main. Ihre Schwester Babette Gross, die sich als Witwe Willi Münzensbergs im mexikanischen Exil auch den Rühles anvertraut hatte, erlebte das Ende des Realsozialismus noch mit: Ihre Biographie über ihren

Mann erlebte nach Mauerfall eine Neuauflage in einem von Leipziger Oppositionellen gegründeten Verlag. Im Januar 1990, einen Monat vor ihrem Tod, hatte Babette Gross sogar noch vor dem Gebäude der DDR-Volkskammer an einer Protestdemonstration gegen den Staatssicherheitsdienst teilgenommen, der auch unter PDS-Ministerpräsident Hans Modrow noch immer weiterwucherte. Die ehemalige DDR-Bürgerrechtlerin Freya Klier beschrieb in ihrem Buch *Dresden 1919* Otto Rühles Anfänge als Rätekommunist während der Novemberrevolution, eine der Wegmarken seines Lebens.

Alice Rühle-Gerstel hätten solche Fortschreibungen bestimmt gefallen, und wahrscheinlich wäre nicht einmal ihre gefürchtete Ironie herausgefordert worden, da keiner ihrer Freunde zum ideologischen Kitsch-Produzenten geworden war. Und vielleicht, die Überlegung ist legitim, hätte es dann sogar noch ein paar Zusatzzeilen zu den letzten Versen eines ihrer Abschiedsgedichte gegeben. *So geht es zu auf der Welt./ Wir hatten's uns anders gedacht./ Aber wir sind schon zerschellt, /Eh wir es anders gemacht.* Da Alice und Otto – und viele ihrer Freunde und Bekannten – es ja tatsächlich *anders* gemacht hatten; unkonventioneller, risikofreudiger, ehrlicher und vor allem: humaner. Vielleicht hätten sie sich deshalb auch bei Hans Sahl wiederfinden können, der nach 1933 ebenfalls Exilant in Prag gewesen war, aus dem besetzten Frankreich über Lissabon in die USA fliehen konnte und es sich dort mit dem listigen Bert Brecht verdarb, da er eben Stalins Verbrechen *nicht* relativieren wollte gegenüber denjenigen Hitlers.

Säkular jüdisch wie Alice und ebenso konsequent antinazistisch wie antistalinistisch, hatte Sahl *sein* Abschiedsgedicht mit den Worten enden lassen: *Als wär ich nie gewesen oder kaum.* Vielleicht am besten zu lesen mit Betonung auf jenem *kaum* – eindrücklich-sanfte Andeutung einer anderen Möglichkeit, jenseits des Lärms auf den Aufmarschstraßen der Despoten und ihrer Schönredner.

Tropische Kassiber
Anna Seghers (1900–1983)

Im März 1978 konzipiert der damals 27jährige Schriftsteller Jürgen Fuchs einen imaginären Brief an Anna Seghers, die ein halbes Jahrhundert älter ist als er. Er möchte die ehemalige Exilautorin, die in der DDR nicht zuletzt als Schriftstellerverbandsvorsitzende bereits seit 1952 quasi zur Staatsdichterin geworden war, auf etwas Entscheidendes hinweisen. Fuchs schreibt mit dem rechten Zeigefinger an eine Zellenwand, denn seit Monaten befindet er sich in Stasihaft in Berlin-Hohenschönhausen, doch schreibt er an *Anna Seghers*, um Bericht zu geben: In der Gefängnisbibliothek hatte man aus ihrem Roman *Die Toten bleiben jung* mit einer Schere just jene Seite herausgetrennt, die von einem mutigen Schulpfarrer in der NS-Zeit erzählte. Was waren das also für Bücher, die »unter bestimmten Umständen« der DDR-Zensur anheimfielen – und was waren die Gründe, daß deren Verfasserin selbst als Entrückt-Offizielle noch eine Art ethische und literarische Referenzfigur geblieben zu sein schien?

Anna Seghers, am 19. November 1900 als Netti Reiling in einer gutbürgerlichen, jüdisch-religiösen Familie in Mainz geboren, hatte bereits 1928 den Kleist-Preis erhalten – für den *Aufstand der Fischer von St. Barbara* und für eine Prosa, die ebenso lakonisch wie intensiv von eben dem erzählte: vom Unrecht, das als das Gängige und vermeintlich Normale daherstolziert – bis einer wagt, das Wahre auszusprechen und damit auch Anderen Mut macht, bestenfalls.

Die nachfolgende Geschichte von Anna Seghers' Flucht aus Nazideutschland via Paris und Marseille nach Mexiko, wo sie vom US-amerikanischen Ruhm ihres Romans *Das siebte Kreuz* erfährt, scheint bekannt – *sie* war die Autorin des ersten auch international wahrgenommenen KZ-Romans, *ihr* Buch wurde sogar 1944 von Hollywood verfilmt (mit Spencer Tracy in der Rolle des geflüchteten Häftlings Georg Heisler), und mit *diesem* Buch im Tornister brachen dann amerikanische Soldaten auf, um Europa zu befreien. Anna Seghers, damals in Mexiko von Pablo Neruda, dem chilenischen Konsul, mit einer Begrüßungsrede empfangen, von Diego Rivera euphorisch in Beschlag genommen und in seine gemalte und gelebte vielfarbige Mexiko-Welt hineingezogen, vor allem aber, da das Letztgültige doch die Bücher sind: Anna Seghers als Autorin von *Transit*, ihrem wohl besten Roman, den sie schon in Paris und in Marseille begonnen hatte, zu jener Zeit ebenso existentiell gefährdet wie ihre Protagonisten, und dann fortsetzte auf der Schiffspassage in die sogenannte »neue Welt«, die nicht etwa die Sowjetunion war, sondern die Karibik, wo sie bei Zwischenaufenthalten in Martinique und der Dominikanischen Republik in dortigen Cafés konzentriert weiter daran schrieb, ehe das Buch schließlich in Mexiko-City beendet wurde.

Und doch fühlte sie sich danach verpflichtet, ihrer geradezu kafkaesk-existentialistischen Flucht- und Exilgeschichte eine Schlußpassage hinzufügen, die wohl die wachhabenden Dogmatiker eines »Sozialistischen Realismus« beruhigen sollte. Eine Männerriege, die bereits vor ihrer Übersiedlung in die DDR um sie herum war, in Mexiko-City: Alexander Abusch etwa, der spätere Kulturminister unter Walter Ulbricht; André Simone, Erzstalinist und dennoch zukünftiges Opfer des Prager Slánský-Prozesses von 1951; dazu der späterhin in Ostberlin dem Alkoholismus verfallende Romancier Bodo Uhse. Paul Merker indessen, ob seiner Forderung nach Rückgabe des ab 1933 geraubten jüdischen Eigentums dann in der DDR (trotz seiner nicht-jüdischen Herkunft) als »zionistischer Agent« geschmäht, ins Gefängnis geworfen und bereits als Angeklagter in einem ostdeutschen Schauprozeß vorgesehen – Paul Merker hatte damals in Mexiko als durchaus diensteifriger Funktionär agiert.

Nein, es waren wohl nicht nur jene »Moskau-Heimkehrer« um Ulbricht oder den Schriftsteller Friedrich Wolf, die in den Stalin-Jahren verraten und denunziert hatten, um beim Verraten und Denunzieren die ersten zu sein und auf diese Art zu überleben. Auch im westlichen, auch im mexikanischen Exil schien es geboten, beizeiten um alle Zickzacklinien der offiziellen Parteilinie zu wissen, um nicht jetzt oder später dem Verdikt anheimzufallen, ein unsicherer Kantonist zu sein – oder gar ein Verräter, den es zu eliminieren galt.

Nur vor diesem Hintergrund ist zu verstehen, wie der nächtliche, beinahe tödliche Unfall, den Anna Seghers am 24. Juni 1943 auf dem hauptstädtischen Paseo de la Reforma erlitt, im Exilmilieu eben *auch* kommentiert worden war. Was, wenn es *kein* typischer Verkehrsunfall gewesen wäre – und was, wenn nicht Naziagenten das Auto gesteuert hätten, um die prominente Schriftstellerin zu ermorden, sondern mexikanische Helfershelfer von Stalins NKWD ein weiteres Mal auf die Jagd nach möglichen Abweichlern gegangen wären? Vermutungen und Gerüchte hatten die Runde gemacht, umso mehr just an jenem Tag zuerst Otto Rühle verstorben war und wenige Stunden danach seine Frau Alice durch einen Sprung vom Balkon ihrem Leben ein Ende gesetzt hatte. Nichts davon mündete in handfeste Indizien oder gar Beweise, Anna Seghers überlebte nach dramatischen Tagen und Wochen im Krankenhaus und schrieb anschließend eine ihrer schönsten, schmerzlichsten Erzählungen: *Der Ausflug der toten Mädchen*, eine Vergegenwärtigung ihrer Mainzer Kindheit, geschrieben mit dem Wissen der inzwischen 42jährigen, die sich ihrer inzwischen ermordeten Mitschülerinnen ebenso erinnert wie jener, die sich dem Nazi-Regime angedient hatten. (Seghers' Vater Isidor war bereits 1940 verstorben, die Mutter Hedwig, für die sie von Frankreich und Mexiko aus erfolglos um Ausreisevisa gekämpft hatte, war 1942 von Mainz in das Ghetto Piaski deportiert worden, wo sich ihre Spur verlor.)

Und doch gab es nur in Ausnahmefällen das, was später der tschechische Philosoph Jan Patočka – Husserl-Schüler und 1977 Gründer der Bürgerrechtsorganisation *Charta 77* – als »Solidarität der Erschütterten« bezeichnen wird. Noch im Alter von 104 Jahren hatte sich 2003 die Schriftstellerin und Übersetzerin Marina Frenk-Westheim daran erinnert, wie radikal die Exilkreise gerade in Mexiko voneinander geschieden waren: Das Ehepaar Rühle, Willi Münzenbergs Witwe Babette Gross oder der antistalinistische Franco-Opponent Julian Gorkin waren im Heinrich-Heine-Klub und dem moskauhörigen *Alemana Libre* personae non gratae gewesen, galten als »Trotzkisten, Agenten, Spalter«. Fast schon rustikal hatte damals Otto Rühle die gläubigen Parteikommunisten als »falsche Fuffziger« bezeichnet, denen nicht zu trauen war.

Freilich trauten sich die Linientreuen auch untereinander nicht. Prägungen, Erfahrungen, Intrigen, Enttäuschungen, die dann in Ostberlin weiterwirken würden. So war Anna Seghers' Schweigen angesichts der Verhaftung von Paul Merker – und später dann ihres Verlegers Paul Janka – wohl nicht allein in der Angst einer jüdischen »West-Emigrantin« begründet, in dieser von den stalinhörigen Moskau-Heimkehrern politisch und intellektuell dominierten DDR womöglich zum nächsten Opfer zu werden, falls sie Einspruch erhöbe. Denn hatte sie, die seit ihrem KPD-Eintritt 1928 allzeit Linientreue, nicht gerade jene beiden Männer zuvor im mexikanischen Exil als besonders forsche Stalinisten erlebt? Wer stand gerade in der Gunst des sogar über immense Entfernungen hinweg stets bestens informierten Moskaus, wem drohte gerade, ihrer verlustig zu gehen – mit allen möglichen Konsequenzen?

Selbst Anna Seghers' junger Sohn Peter war damals in Mexiko-Stadt vor ein Partei-Tribunal geladen worden. Nahezu ein ganzes Menschenleben später – da hat er seinen Namen längst in Pierre geändert, ist ein berühmter, inzwischen emeritierter Physiker und naturalisierter französischer Staatsbürger – erinnert er sich in einem Gespräch mit dem deutschen Literaturkritiker Volker Weidermann an jenen Tag, der für ihn die Entscheidung brachte, förderhin *kein* Kommunist mehr zu sein: *»Ich war schockiert und bestürzt. Natürlich erzählte ich alles meiner Mutter. Weil ich noch jung war und sie sich um mich sorgte, riet sie mir, nicht gegen die Mahnung zu verstoßen. Ich folgte ihrem Ratschlag, aber ich habe es immer bedauert.«*

Im Gegensatz zu seiner Mutter und dem Vater siedelte Pierre Radvanyi nach dem Krieg deshalb auch nicht in die

DDR über, sondern schuf sich diese neue Existenz als Kernphysiker im geliebten Paris. Und damit in jener Stadt, an deren Boulevards und Cafés, an die geäderten Marmorplatten der Tische und den aufsteigenden Rauch der Zigaretten sich Anna Seghers auch dann noch erinnern wird, als ihre Adresse längst ganz woanders war: Berlin-Adlershof/Hauptstadt der DDR.

Interessanterweise scheint dieser Zusammenhang zwischen Herkunft und Positionierung noch immer zu existieren, zumindest partiell. Der in Darmstadt geborene Westdeutsche Volker Weidermann spürt in seinem Buch *Brennendes Licht. Anna Seghers in Mexiko* der zunehmenden ideologischen Vereisung der Schriftstellerin auf eine verblüffend andere, das (Zeit-) Politische ungleich stärker problematisierende Weise nach als etwa die Ostberliner Literaturwissenschaftlerin Monika Melchert. Diese hatte lange Jahre das Anna-Seghers-Museum in Adlershof geleitet und der Schriftstellerin zahlreiche Veröffentlichung gewidmet – detailreich besonders in der Beschreibung des mexikanischen und danach ungleich kargeren DDR-Alltags, voller Zuneigung und nicht hagiographisch und dennoch so manches an der inneren Dramatik dieser Intellektuellenexistenz aussparend.

Als hätten die von Anna Seghers in Mexiko geschnittenen Autoren wie Gustav Regler oder Alice Rühle-Gerstel nicht einmal als Namen existiert. Als wäre einer der Mitpassagiere auf dem französischen Frachter, auf dem sie – dank der Hilfe von Mexikos damaligem Generalkonsul Gilberto Bosques – das zur Falle gewordene Marseille mit einem mexikanischen Visum in Richtung Martinique hatte verlassen können, als exemplarischer Intellektueller des 20. Jahrhunderts *nicht* erwähnenswert gewesen: Victor Serge. Russischer Revolutionär der quasi allerersten Stunde und doch bereits 1921 »nach Kronstadt« und dem Massaker an den dortigen Matrosen zunehmend auf Distanz zum Regime gegangen, 1927 verhaftet und nur dank der Hilfe französischer Schriftsteller und Linkssozialisten nicht »verschwunden«, sondern freigelassen, 1943 prominenter Trauergast auf der Beerdigung der Rühles in Mexico-City, dortselbst vier Jahre später an einem ominösen »Herzinfarkt« mitten auf der Straße gestorben – zuvor aber Verfasser zahlreicher Essays zur Revolution und der Romane *Die große Ernüchterung* und *Schwarze Wasser,* die den Vergleich zu den Büchern Arthur Koestlers, Lydia Tschukowskajas und Alexander Solschenizyns nicht zu scheuen brauchen.

Doch so wie Friedrich Torberg und Leo Lania mit ihren antistalinistischen Prag-Romanen in Stefan Heyms Autobiographie mit keinem Wort erwähnt werden, so taucht in diesen Büchern über Anna Seghers auch nirgendwo der charismatische Victor Serge auf. Weil, bis heute, nicht sein kann, was nicht sein darf – die schlichte Tatsache, daß die profunde Kritik am Stalinismus, aber auch am Marxismus, nie und nimmer aus konservativer oder gar rechter Quelle stammte, sondern stets von jenen formuliert und gelebt worden war, denen Emanzipation und Menschenrechte keine bloßen Vokabeln darstellten? Hinzu käme: Mit dem jungen Stasi-Häftling Jürgen Fuchs war es 1978 sogar ein bis dato DDR-sozialisierter Schriftsteller, der die von ihm nach wie vor bewunderte Anna Seghers auf eine ostdeutsche Gefängnisrealität aufmerksam zu machen versuchte, die sie weder kannte noch kennen wollte.)

Noch einmal zurück. *Die »Montreal« soll untergegangen sein, zwischen Dakar und Martinique. Auf eine Miene gelaufen.* Mit diesen Worten beginnt der Roman *Transit.* Die »Capitaine Paul Lemerle«, auf der neben Anna Seghers u.a. auch Alfred Kantorowicz, André Breton, Victor Serge und Claude Lévi-Strauss Europa in letzter Minute verlassen haben, aber entkommt den deutschen U-Booten und langt – nach einem kurzen Stop in Casablanca – im April 1941 unbeschadet im Hafen von Fort de France an, der Hauptstadt der Karibikinsel Martinique.

Da das Eiland offiziell unter der Verwaltung des Vichy-Regimes steht, kommen die Flüchtlinge unter den Schiffspassagieren erst einmal in ein bewachtes Lager auf einer nahegelegenen Halbinsel – für einige quälend lange Wochen, in denen jedoch die tropische Palmenstrand-Gegend erkundet werden kann und sogar einmal pro Woche ein Besuch in Fort de France möglich ist. Schließlich gelangt Anna Seghers mit Sohn, Tochter und Mann auf einem Schiff in die Dominikanische Republik, nach Zwischenstopps auf den Inseln Guadeloupe und St. Thomas. Schiffs- und Stadtname signalisieren allerdings, daß man sich auf dem Weg in eine Diktatur befindet: auf der »Presidente Trujillo« in die Hauptstadt, die der Herrscher von Santo Domingo in Ciudad Trujillo hatte umbenennen lassen. (Und doch hatte jener Rafael Leónidas Trujillo auf »seiner« Ostseite des ehemals kolonialspanischen Hispaniola auch zahlreichen Anti-Franco-Flüchtlingen Zuflucht gewährt, ebenso geflüchteten deutschen Juden wie Erwin Palm und seiner Frau Hilde, die danach als Lyrikerin ihren Namen in Hilde Domin umändern wird. Der Schriftsteller Hans Habe hat dann 1965 die Vorgeschichte dieser gänzlich unerwarteten Hilfe für bedrohte europäische Juden in seinem Roman *Die Mission* beschrieben. Und wiederum einige Jahrzehnte später wird der peruanische Schriftsteller Mario Vargas Llosa jene 1961 schließlich gestürzte Trujillo-Diktatur – die 1937 an der haitianischen Grenzbevölkerung im Westen der Insel sogar einen Massenmord verübt hatte – in seinem Roman *Das Fest des Ziegenbocks* in ihrer ganzen irrwitzigen Ambivalenz darstellen.)

Während des zweiwöchigen Aufenthaltes setzt Anna Seghers – »in einem Café mit einem Ventilator« – ihre in Frankreich begonnene Arbeit an *Transit* fort. Wußte oder ahnte da die Kleist-Preisträgerin des Jahres 1928 bereits, daß sie die 1811 erschienene *Verlobung von Santo Domingo* irgendwann fortschreiben könnte, daß *ihre* karibischen Erzählungen ihrem eigenen Werk – und der deutschen Literatur – etwas ganz und gar Außergewöhnliches hinzufügen würden?

Die hiesigen Menschen und ihre wechsel- und leidvolle Geschichte, die tropische Landschaft werden sie ab da jedenfalls begleiten – tatsächlich bis an ihr Lebensende, bis zu dem drei Jahre vor ihrem Tod in Ostberlin erschienenen Novellenzyklus *Drei Frauen aus Haiti*. (Fast ließe sich sagen: Die Nicht-Begegnung mit Victor Serge, das Nicht-Thematisieren einer linken Resistenz gegen den Stalinismus, hatte *kein* Äquivalent in ihrer Beinahe-Begegnung mit Claude Lévi-Strauss, da sie in diesem

Fall doch sehr wohl etwas erspürt und danach beschrieben hatte, sozusagen *ihre* Version der *Traurigen Tropen.*)

Ein weiteres Schiff bringt die Familie schließlich via San Juan auf Puerto Rico nach New York, wo es jedoch neue Schwierigkeiten gibt. Der kurzsichtigen und ohne Brille häufig zwinkernden Tochter wird bei der Ankunft von einem Militärarzt bescheinigt, an einer Nervenkrankheit zu leiden, weshalb man sie nicht ins Land lassen dürfe. Nur ein Vorwand, da beide Eltern Mitglied einer kommunistischen Partei sind und es – wie man inzwischen weiß – sogar eine FBI-Akte zu ihnen gab? Ellis Island jedenfalls wird für sie *nicht* zur Tür für ein neues Leben in New York – obwohl gleichzeitig ein renommierter amerikanischer Verlag das Manuskript des *Siebten Kreuz* angenommen hat und danach zum Welterfolg machen wird. (Auch hier dürfte man spekulieren: Was, wenn die Familie Seghers-Radvanyi diese Schikane *nicht* erlebt und die Chance bekommen hätte, die Vereinigten Staaten nicht nur aus der Perspektive späterer stalinistischer »Friedenskongresse« wahrzunehmen? Welcher Art aber wären dann die Nachkriegserfahrungen während der McCarthy-Jahre gewesen, die ja auch Stefan Heym das Land für immer verleidet und sogar Thomas Manns Ausreise mit provoziert hatten?)

Eine Untersuchung der Tochter, so wurde von den Behörden mitgeteilt, würde einige Wochen in Anspruch nehmen, doch sei einer fortgesetzten Quarantäne auf Ellis Island nicht eine Schiffspassage nach Mexiko vorzuziehen, da das Land ja ohnehin das eigentliche Reiseziel der Familie sei? Und so ging es erneut weiter und dann schließlich – wie zuvor für unzählige Flüchtlinge aus Europa, inklusive Prominenter wie Leo Trotzki – im Hafen von Veracruz endlich an Land, auf mexikanischen Boden.

Mexiko oder Weil eben doch nicht alles und immer nur (Partei)-Politik ist. Dank der Aufzeichnungen von Anna Seghers und der oben erwähnten Bücher über ihre fünfeinhalb Jahre im Land wissen wir, was die Schriftstellerin dann auch jenseits der Parteiversammlungen gesehen, wen sie außerhalb ihres Zirkels getroffen hat. Was sie wahrgenommen und dankbar-süchtig in sich eingesaugt hat, so plötzlich – wie sie später schreibt – »wie auf einem anderen Stern«. Was sie danach ihr ganzes Leben lang in der Erinnerung bewahren wird und zu Literatur gemacht hat, die bis heute ebenfalls »wie von einem anderen Stern« scheint, jedenfalls alles andere als »DDR-typisch« und so ganz und gar nicht *repräsentativ* für den preußisch-kargen Staat der Ulbrichts und Honeckers und ihrer Propagandisten von Alexander Abusch bis Hermann Kant, 1978 Seghers' intrigantem Nachfolger im Amt des Schriftstellerverbandspräsidenten.

Bei ihrer Ankunft in der mexikanischen Hauptstadt hält kein Geringerer als Pablo Neruda die Begrüßungsrede, danach folgte sogar ein Empfang beim Präsidenten Manuel Àvila Camacho, der die flüchtlings- und sozialfreundliche Politik seines berühmten Vorgängers Cárdenas erfolgreich fortführte. (T. G. Masaryk, Roosevelt, hier nun die beiden mexikanischen Präsidenten, entschiedene Hitlergegner und Reformer – könnte sich Anna Seghers in diesen Jahren vielleicht mitunter doch die Frage gestellt haben, ob der Weg der Kommunisten tatsächlich der einzig gangbare wäre, um das Elend auf der Welt zu mindern?)

Und natürlich: die Landschaft. Hochland und Tiefebene, grüne Berge und Jacaranda-Bäume und knöchelweißes Gestein, Agavenpflanzungen und riesige Feigenkakteen, dazu das quirlige Leben in den Straßen von Mexico-City oder Cuernavaca, wo sie sich im Unterschied zu Malcolm Lowry nicht einigelt, sondern angesichts des wuchtigen Palacio de Cortés eine Ahnung bekommt vom Gewaltsamen der *Conquista* – aber wohl auch von der streng hierarchischen Diktatur des Inka-Herrschers, dessen ohnehin eingeschüchterte Untertanen den vordringenden Spaniern kaum etwas entgegenzusetzen wußten. Entdeckungen und Ausflüge, allein oder im Auto mit Diego Rivera unternommen. Mit ihm und dessen Frau Frida Kahlo entsteht eine Freundschaft, die augen- und seelenweitend wird. Denn die vom *muralista* so farbenprall und panoramagroß Gemalten sind ja nicht gesichtslose Masse, sondern Arbeiter und Bauern und Frauen und Kinder mit ganz unverwechselbaren Zügen. So wie auch Anna Seghers' Haushaltshilfe Guadelupe, die aus einem kleinen Dorf stammt, Unendliches weiß über mexikanische Alltagsrealität und die Sagen der Maya – 1951 wird sie in der Erzählung *Crisanta* verewigt werden. (Daß Anna Seghers in jenem Jahr dann auch den sogenannten »Stalin-Friedenspreis« erhalten und annehmen wird, gehört freilich ebenso zum Bild.)

Fotos aus jenen mexikanischen Jahren zeigen sie gelöst und neugierig, mitunter auch fast ein wenig somnambul abwesend – mit dem wuchtigen Overall-Träger Diego Rivera auf der Dachterrasse der aus Lavagestein erbauten Museumspyramide von Anahuacalli oder zusammen mit der schwarzhaarigen, offenherzig lächelnden Guadelupe in ihrer mit einem Sonnensegel geschützten »Schreibwerkstatt«, dort oben auf dem Dach des Hauses in der Avenida Industria 215.

So, wie einst jene junge Netti Reiling aus Mainz aus Verehrung für den rätselhaften holländischen Landschaftsmaler Hercules Seghers beschlossen hatte, sich einen anderen Namen zu geben – so scheint nun Anna Seghers wiederum in etwas Anderes zu wechseln, das ebenfalls nicht so einfach zu benennen ist. Da sie ja ihrem Anliegen, von der Kraft der Schwachen zu erzählen, auch und gerade in den karibischen und mexikanischen Geschichten treu geblieben ist. Wenngleich aber hier das Strenge, Karge, mitunter sogar Dogmatische anders konturiert ist, sinnlicher und gleichzeitig unter einem hartem Sonnenlicht, das aufruft zum Widerstand. (Klänge es nicht allzu plakativ, es ließe sich wohl sagen: weniger antizipiertes Rot als ein *wirkliches Blau*.)

Von einer nachhaltigen Verwandlung zu sprechen, wäre dennoch unsinnig – nicht zuletzt aufgrund Annas Seghers' Übersiedlung nach Ostberlin; ihr Mann, über dessen Tätigkeiten noch immer recht wenig bekannt ist, wird erst 1952 folgen. Danach hatte sie den mexikanischen Paß abgeben müssen und sich, trotz ihrer stillen Distanz zu der eher unwirtlichen Atmosphäre in der Stadt, sogleich einspannen lassen für die Kulturpolitik der SED und deren Moskauer Befehlsgeber. Einer der Höhepunkte stalinistischer Veranstaltungspolitik war der »Internationale Kongreß von Intellektuellen zur Verteidigung des Friedens«, der im August 1948 in Wrocław stattfand. Immerhin war es gelungen, tatsächlich einige Namhafte zur (freiwilligen) Teilnahme zu bewegen: Graham Greene, Max Frisch und Pablo Picasso, Bert Brecht und Jorge Amado, den italienischen Lyriker und späteren Literaturnobelpreisträger Salvadore Quasimodo oder den renommierten britischen Historiker A.J.P. Taylor, der sich freilich bereits in den dreißiger Jahren durchaus als Sympathisant der UdSSR geäußert hatte.

Umso bemerkenswerter, was dann geschah (anhand der damaligen Dokumente nachgezeichnet von Norman Davis in seiner voluminösen Breslau-Wrocław-Biographie *Die Blume Europas* aus dem Jahre 2002). Waren zahlreiche der westlichen, aber auch polnischen Delegierten schon höchst irritiert durch die ostentative Präsenz des Geheimdienstes und das mehrmalige »Filzen« beim Betreten des Veranstaltungsortes, so brachte schließlich eine Kongreßrede des sowjetischen Schriftstellers und Spitzenfunktionärs Alexander Fadejew das Faß zum Überlaufen. Zumindest für den Historiker Taylor, der – gegen den Willen mancher Mitglieder der britischen Delegation – dagegen protestierte, daß hier in der Diktion von Goebbels und der stalinistischen Schauprozesse die Werke von Sartre, Arthur Miller, T.S. Eliot und André Malraux als die »Schöpfungen von Schakalen und Hyänen« diffamiert wurden. Mehr noch: Sein Einspruch ging auch gegen einen brachialen Moskauer Geschichtsrevisionismus, der den Anteil der westlichen Alliierten am Sieg über Hitler in Abrede stellte und von »amerikanischem Faschismus« dröhnte – ausgerechnet hier in Polen, das nach Hitlers Überfall am 1. September 1939 nur zwei Wochen später im Osten von der Sowjetunion überrannt worden war, die sich dauerhaft polnische Gebiete einverleibt hatte: *Es ist eine lange Reise von London, und ich habe sie nicht unternommen, um mir Gemeinplätze anzuhören oder Slogans. Als Historiker kann ich nicht stillsitzen, wenn ich höre, wie Geschichte neu gemacht wird. Auf dieser polnischen Erde hat ein Engländer das Recht und die Pflicht dies zu sagen: Wir und die Franzosen waren die einzigen Völker, die gegen Nazideutschland in den Krieg zogen, ohne zu warten, bis wir angegriffen wurden, und wir und die Franzosen allein traten in diesen Krieg ein, um Polen zu befreien.*

Was folgte, war ein unbeschreiblicher Tumult, ein (heute freilich nahezu vergessenes) Presseecho in Großbritannien von der *Times* bis zum linken *New Statesman* – und danach dennoch eine bereits im voraus geschriebene Kongreß-Resolution gegen »amerikanische Kriegsvorbereitungen«, der 337 der 357 Teilnehmer zustimmten. Darunter auch Anna Seghers, die aus Ostberlin hierhergereist war. Wie das Gros ihrer Kollegen und im Unterschied zum Historiker Taylor hatte sie sehr wohl »stillsitzen« können, als vom Podium herab die neuen Geschichtslügen verkündigt worden waren.

Da war einer der französischen Delegierten bereits abgereist (obwohl er, KP-Mitglied bis 1956, der Resolution vermutlich ebenfalls zugestimmt hätte): Aimé Césaire. Dichter aus Martinique und, zusammen mit dem Senegalesen Léopold Senghor, einer der geistigen Väter der *Négritude,* die in französischer Sprache Menschen afrikanischer Herkunft zum ersten Mal zum Subjekt französischer Literatur gemacht hatte. Martinique, Erinnerung an Anna Seghers' erste Exilstation auf den Antillen, vor allem aber Evokation von Geschichten, die in deutscher Sprache noch nicht erzählt waren – und die womöglich *sie* schreiben könnte, jenseits von Ost und West. Bereits auf der Zugfahrt von Wrocław nach Warschau liest sie das Buch *Esclavage et Colonisation* des französisch-elsässischen »Sklavenbefreiers« Victor Schoelcher und beginnt zu ahnen, wie viel sie noch nicht weiß. Und daß womöglich nicht allein engagierte und wohlmeinende Weiße die einzige Quelle zum Menschheitsverbrechen der Sklaverei sein könnten, sondern insbesondere Autoren wie eben jener Aimé Césaire, der zu diesem Werk ein Vorwort geschrieben hat.

Noch im gleichen Jahr trifft Anna Seghers den Dichter in Paris, wo er die französischen Übersee-Departements Martinique und Guadeloupe als freigewählter Abgeordneter in der Nationalversammlung vertritt (und bis 1993 in dieser Position immer wiedergewählt werden wird). Die Begegnung muß ein erneuter Augenöffner gewesen sein – nicht durch jemand »von einem anderen Stern«, sondern durch einen subtilen Lyriker und Essayisten, der nicht nur von anderen Blicken, sondern auch von anderen Vorbildern spricht – so etwa vom haitianischen Revolutionshelden Toussaint L'Ouverture. Dieser hatte Ende des 18. Jahrhunderts den französischen Kolonialtruppen empfindliche Niederlagen bereitet, war schließlich jedoch von diesen nach Frankreich verschleppt worden und starb 1803 unter unmenschlichen Bedingungen in einem Festungskerker im Jura.

Hatte Anna Seghers nicht schon in Mexiko eine Biographie über ihn gelesen? War sie nicht dort auch mit dem haitianischen Romancier Jacques Roumain befreundet gewesen, dem Botschafter Haitis, das bereits 1804, als weltweit erste Republik von Schwarzen, seine Unabhängigkeit von Frankreich erklärt hatte? Dessen postum erschienener Roman *Herr über den Tau* war 1947 in der sowjetischen Zone in deutscher Übersetzung publiziert worden, 1950 folgte eine westdeutsche Publikation als rororo-Taschenbuch. So kam eines zum anderen, wobei die Pariser Gespräche mit Aimé Césaire wohl den entscheidenden Impuls gegeben hatten. Nicht zu vergessen: Kleist und dessen *Verlobung in St. Domingo*. Und doch wagt im Vergleich zu dessen melodramatischer Privatgeschichte Anna Seghers dann in ihrer 1949 erschienen Novelle *Die Hochzeit von Haiti* ungleich mehr.

Der junge Pariser Brillanthändler Michael Nathan, von seinem Vater auf die weit entfernte Karibikinsel gerufen, um einem benachbarten Großgrundbesitzer wertvollen Schmuck zu verkaufen, interessiert sich nicht im Geringsten für die anstehende Hochzeit auf dem Anwesen jenes Grafen. Wo dort doch Entscheidenderes zu beobachten ist: in den Blicken und Bemerkungen der anderen, die sein Selbstbild verändern. Denn hatte Michael etwa gedacht – gehofft oder gefürchtet – trotz seiner Herkunft aus dem revolutionär brodelnden Paris »wie ein ganz normaler Weißer« wahrgenommen zu werden, zusammen mit seinem Vater Samuel? Dabei zeigt bereits die schwarze Hausangestellte des Grafen Evremont bei der knappen Begrüßung, daß hier lediglich »zwei jüdische Händler, die kleinsten der ›kleinen Weißen‹«, vorstellig werden, »ihrem Herrn an Rang tief unterlegen«.

Sie, die man einst auf einem Fest wegen des Ausrutschens mit einem Kaffeetablett beinahe zu Tode gepeitscht und unter praller Sonne an einem Pfahl gefesselt hatte, ist nun zur rigiden obersten Haussklavin geworden, mit untrüglichem Gespür für Hierarchien und Macht-Abstufungen. (Und Anna Seghers läßt *sie* sprechen und schweigen, sich erinnern und zu vergessen trachten). Währenddessen bleibt selbst Michaels Vater Nathan am Rand – im Salon des Grafen ebenso wie in der Kolonialgesellschaft Haitis, zu der die epochalen Umwälzungen in Paris lediglich als Gerücht gedrungen sind. *Er wurde weder beachtet noch angesprochen, er wurde auch nicht deutlich gemieden, er gehörte zu keiner bestimmten Gruppe von Weißen und zu keiner Gruppe Mulatten.*

Würde nun somit gelten, daß die »Verdammten dieser Erde« daraufhin gemeinsam und vereinigt … – und was der Formeln alles noch waren? Anna Seghers aber hat inzwischen genug historische Kenntnis über die Antillen erworben – oder ist es die Intuition einer großen Autorin – daß sie kein erbaulich revolutionäres Lehrstück schreiben, aus Menschen keine »klassenbedingten« Bausteine machen kann. Da doch auch der sephardische Außenseiter Samuel Nathan, weit weg von seiner Gemeinde, jegliche Verantwortung von sich weist. *Was gingen ihn die französischen Herrschaften an, die auf der Insel gediehen? Was ging ihn die Negerwirtschaft an? Was ging ihn das Mulattengemansche an?*

Auch seinen Sohn Michael versucht er davon zu überzeugen, »sich herauszuhalten«. Denn war es nicht so, insinuiert Nathan senior (und bedient damit ein bis heute fortdauerndes kulturrelativistisches Ressentiment), daß es von Respektlosigkeit zeuge, Pariser Debatten auf die hiesige Wirklichkeit übertragen zu wollen? *Was du dir einbildest. Gedanken machen, das ist eine Beschäftigung für die Weißen. Die Schwarzen stehen hinter den Stühlen, die Stuhllehnen machen sich keine Gedanken über die Tischgespräche.* Michael hingegen möchte auch nicht in der

Rolle des spätpubertären Revoluzzer-Sohns verharren, der lediglich an Papas Tisch das große Widerstands-Wort führt, ehe er dann doch in die vorgegebenen, vor allem materiellen Gleise findet. (Als wäre hier Anna Seghers 1949 das Zauberstück gelungen, zwanzig Jahre später vergleichbaren Tischgesprächen in Paris, Rom, New York, San Francisco oder Frankfurt am Main zu lauschen – hinter den traditionellen oder modernistischen Stühlen der dortigen Großbürger-Haushalte stehend.)

Dabei hat Michael ja bereits in Paris Verstörendes erfahren über das Verhalten der sogenannten »Mulatten«, die sich in der – von den Weißen erfundenen – Hautfarben-Hierarchie immer weiter von den Schwarzen zu entfernen versuchen und nach Bürgerrechten und einer Integration streben, die erkauft ist mit Entsolidarisierung. *Manche von ihnen trugen Namen, die in Kaufmannskreisen guten Klang hatten. Sie setzten Kaffee und Zucker ab wie die Weißen. Sie hielten Sklaven. Sie blieben der »Gesellschaft der Freunde der Schwarzen« fern. Sie konnten ihre Ansprüche nur gefährden, wenn sie sich mit denen vermischten, mit denen sie unter keinen Umständen vermischt werden wollten.*

Hier nun in Haiti muß Michael erfahren, daß deren Abneigung von den Schwarzen erwidert wird: *Sie arbeiteten sogar lieber unter den weißen Aristokraten, die an ihre selbstverständliche Macht zu sehr gewohnt waren, um sie immerfort wie die neureichen Mulatten durch Willkür und Grausamkeit zu betonen.* In wenigen Sätzen die gesamte – und zum Teil bis heute nicht nur im krisengeplagten *failed state* Haiti fortwirkende – Perfidie dieses Systems beschrieben, von einer kommunistischen deutschen Jüdin mit Geburtsort Mainz. (Zu vorschnell allerdings, dies allein mit dem auf ökonomische Herrschaftsstrukturen geschulten Blick der Marxistin zu erklären. Denn hatte nicht in den Jahren zuvor der linksliberale Hermann Broch die Muster der Versklavung ähnlich klar beschrieben und deshalb auf institutionell einklagbaren universellen Menschenrechten bestanden? Und war nicht 1948 in Hans Habes Roman *Weg ins Dunkel* im Nachkriegs-Porträt eines afroamerikanischen Soldaten ganz Ähnliches verhandelt worden, mit vergleichbarem

Sinn für das Infame struktureller Ausbeutung, Ausgrenzung und Manipulation?)

Der junge Michael erkennt – und Anna Seghers macht diesen Erkenntnisprozeß in knappen und nie erziehungspädagogisch fadenscheinigen Sätzen sinnfällig – daß er sich während seines Aufenthaltes auf der Insel entscheiden muß und es eine allzu bequeme Option wäre, sich innerhalb der Kolonialgesellschaft nun auch selbst ein wenig diskriminiert zu fühlen. *Die Gebetskapseln, die Nathan nach dem Gesetz seiner Väter auf Haiti wie in Paris in den Türrahmen angebracht hatte, als er daran ging, ein Heim zu gründen, bewahrten die Wohnung nicht davor, zu werden wie alle Wohnungen von Kolonialeuropäern. Auch wenn sie für zweit- oder drittklassig galten und sich auf den Stadtrand beschränken mußten.*

Auf einem benachbarten Gut lernt er einen gebildeten und wißbegierigen Kutscher kennen, den »sein Herr gut behandelt hatte«, der jedoch – in einigen Bemerkungen wird es offenbar – irgendwann verstanden hat, daß solches nicht genüge, daß im Gegenteil die im fernen Paris von der Nationalversammlung verkündeten Menschenrechte auch hier zu gelten hätten und notfalls mit Gewalt erkämpft werden müßten. Irgendwann taucht der Kutscher in den Wäldern unter, setzt sich an die Spitze der gegen die Sklavenhalter revoltierenden Schwarzen – und bittet Michael, dem er vertraut, in seinem Namen Briefe nach Frankreich zu senden. Der ehemalige Kutscher ist kein anderer als Toussaint L'Ouverture, doch erzählt Annas Seghers dieses Wiedertreffen nicht als Rührstück oder Erweckungsfabel: Der Rebellengeneral ist weder sentimentalisch »dankbar« für Michaels Hilfe noch gefällt sich dieser in der Rolle des nunmehr »guten Weißen«.

Allerdings, und dies im Unterschied zum antihumanen Majuskel-Halluzinieren in späteren Heiner-Müller-Stücken, denkt er auch gar nicht daran, sich seiner weißen Haut entledigen zu müssen, um »der Sache« wirklich dienen zu können. Statt Gefühligkeit und selbsthasserischer Projektion: eine in dichter Beschreibung und hochkonzentrierten Dialogen weitergetriebene Handlung, die *kein* Happy End vorgaukelt.

Michael, der sich inzwischen längst einer Welt entfremdet hat, in der heiratswilligen Sklavenhaltern Juwelen verkauft werden müssen, verbindet sich in der Folgezeit mit einer ehemaligen Sklavin aus Martinique (die von ihrer vormaligen Herrin gegen eine Spieluhr eingetauscht worden war); das Paar hat eine Tochter. Doch wird dieses fragile Glück ebensowenig von Dauer sein wie die nun erfolgte Abschaffung der Sklaverei. Denn so gern die französische Revolutionsarmee auch zuvor die Hilfe von L'Ouvertures Truppen in Anspruch genommen hatte, mit Napoleons Aufstieg zum Konsul schlägt das Pendel zurück. Michaels Illusionen angesichts der anlandenden französischen Truppen verfliegen schnell: *Als glaube er nicht, was die Franzosen schon mehrmals geäußert hatten: daß ein Versprechen, Negern gegeben, niemals gelte. Toussaint wurde sofort verhaftet und abgeführt.* In den nachfolgenden apokalyptischen Wirren sterben Michaels Frau und sein Töchterchen. Er selbst kann sich zwar nach London retten, findet aber keinen Sinn mehr im Leben. Und doch ist dann selbst sein Tod noch luxuriöser als das zeitgleiche Ende von Toussaint, der in jener Jura-Festung elend zugrunde geht. Dessen haitianische Nachfolger hatten sich dann zu Kaiser bzw. König krönen lassen, despotische Parvenus und denkbare schlechte Erben. Dabei hatte Seghers Toussaint L'Ouverture keineswegs in künstlich hagiographisches Licht getaucht; in jüngster Zeit erschienene Biographien zeigen, von welcher Visionskraft und Praxisbegabung jener Revoltierende gewesen war, der für seine geschundene Heimat einen »kreolischen Republikanismus« erträumt hatte, quasi das Beste aus französischer, afrikanischer und karibischer Tradition.

Gleich darauf schreibt Anna Seghers eine weitere karibische Erzählung, *Wiedereinführung der Sklaverei in Guadeloupe*. Die Vorgeschichte des Geschehens nimmt weiten Raum ein: 1794 war die Sklaverei auf Guadeloupe offiziell abgeschafft, die englischen Kurzzeit-Besatzer waren von der Insel vertrieben worden, doch seit 1798 blieb die Stelle des französischen Kommissars vakant. In dieser Zwischenzeit treffen drei Männer aufeinander, sie alle erklärte Gegner der Sklaverei: der weiße Pariser Offizier

Beauvais, der als »Mulatte« bezeichnete Militär Berenger sowie der ehemalige Feldsklave Paul. Die Euphorie auf der Insel ist groß, doch ebenso das Mißtrauen unter den befreiten Sklaven: Werden ihnen die neuen Entscheidungsträger jetzt erneut vorschreiben, wie sie leben sollen? *»Landverteilung! Wie die sich das vorstellen. Wollen uns gleich den Spaß an der Freiheit versalzen.«* Nicht allein in Pauls Familie denkt und spricht man so, auch in anderen Dörfern und Siedlungen gibt es Widerstand gegen eine als dirigistisch empfundene Politik, die doch eigentlich allen nutzen soll: Besitzer eigenen Bodens zu werden, das emanzipiert und schafft Würde und Prosperität. Vor allem dann, wenn nicht allein für den eigenen Haushalt produziert wird, sondern freiwillige Zusammenschlüsse zustande kommen. Allerdings: *Die Schwarzen kämpften seit dreihundert Jahren um soviel freie Zeit, als sie brauchten, um ihren kleinen Garten zu bestellen, damit sie ihre Familie ernähren konnten. Das Höchste, was ihnen die Könige zugestanden, waren eben diese paar Stunden Arbeit auf diesem Stück Gartenerde. Auch dieses Zugeständnis hatten die Gutsbesitzer umgangen. So daß es kein Wunder war, wenn sie sich freuten, nichts anderes als eben das zu tun.*

Schließlich lassen sich einige dann doch überzeugen und säen und ernten und sorgen für vollere Märkte. Es wäre schade, würde hier überinterpretiert: weder stimmt die Erzählerin ein Loblied auf den freien Wettbewerb an noch wirbt sie mit zurückhaltender Dialektik für jene »Entscheider«, die es fallweise ja tatsächlich besser wissen als »das« Volk. Nichts von derlei Vereinfachungen in dieser Erzählung – in deutlichem Unterschied zu den späteren DDR-Romanen *Das Vertrauen* und *Die Entscheidung.* Deren Holzschnitt-Figuren werden dann nämlich gehorsam all jene Kennziffern und Analysen herunterbeten, die László Radványi – 1952 schließlich ebenfalls aus Mexiko zurückgekehrt und zum Abteilungsleiter am staatlichen Institut für Wirtschaftswissenschaften geworden – seiner Frau auf den Schreibtisch legt.

Doch nichts davon in dieser karibischen Erzählung, die sich mit Empathie und einer bis heute überraschenden Detailkenntnis auf die Lebenswelten auf jener Insel einläßt, auf der

Anna Seghers mit ihrer Familie in jenem Frühjahr 1941 lediglich einen kurzen Zwischenstopp verbracht hatte. Wie feinnervig und – unter Verzicht auf jegliche Deklamation – beinahe zitternd die Anzeichen kommenden Unheils beschrieben sind: Gerüchte und Ankündigungen aus dem napoleonisch werdenden »Mutterland«, die nichts Gutes verheißen. Ein ob der erneut drohenden Sklaverei verzweifelter Jesuiten-Pater, vor allem aber die zuerst eher mikroskopischen, dann immer offensichtlicher werdenden Habitus-Veränderungen der einheimischen Weißen und der per Schiff anlandenden Franzosen gegenüber Berenger, Beauvais und Paul. Besonders gegenüber ihm, dem ehemaligen Sklaven, beginnt es mit »einem winzigen Stutzen« und setzt sich dann fort in neuen Verordnungen, die die erst so junge Freiheit stückweise wieder beschneiden.

(Wenige Jahre nach Anna Seghers wird im rassistischen Südafrika die junge Nadine Gordimer, deren Vater ein jüdisch-litauischer Immigrant war, mit vergleichbarem und ebenfalls nie ins Übergriff-Kitschige abgleitenden Einfühlungsvermögen in ihren Romanen und Erzählungen genau dies beschreiben: Abstufungen der Entrechtung, Aufkündigung gemeinsamer Menschlichkeit – *und* jene dennoch existierenden Möglichkeiten der Gegenwehr. Erneut ein Bild, eine Imagination: Anna Seghers, die bei ihren mexikanischen Stadtgängen und Landausflügen nie auf Alice Rühle-Gerstel getroffen war, hätte bei einem der zahlreichen internationalen Schriftstellertreffen ihre zwei Jahrzehnte jüngere Kollegin Nadine Gordimer kennengelernt, da sie mit ihr doch so einiges gemeinsam hat. Die beiden sitzen zusammen, sprechen von Toussaint L'Ouverture, von Sklaverei und Apartheid, von Gordimers guten Freund Nelson Mandela auf Robben Island, debattieren über die bleibende Herausforderung, nicht *über* Menschen zu schreiben und auch der anmaßenden Illusion zu entgehen, man wäre bei gelungener Beschreibung »ganz wie sie«.

Darüber würden sie reden und fachsimpeln, mitunter wäre bei ihnen wohl auch diese feine sphinxhafte Lächeln zu sehen. Und sie würden André Schwarz-Bart begrüßen, der als Jugendlicher die deutsche Besatzung in Frankreich überlebt hatte, nach dem Krieg sein jüdisches Roman-Epos *Der Letzte der Gerechten* veröffentlichte, danach auf Guadeloupe heiratete, die Welt der Antillen entdeckte und 1972 den berührenden Roman *Die Mulattin Solitude* schrieb. Und selbstverständlich mit dabei, statt den dogmatischen Sowjet-Propagandisten Alexander Fadejew und Michail Scholochow: Ralph Ellison und James Baldwin. All das wäre vorstellbar, und Anna Seghers würde dann womöglich – anstatt 1961 nicht nur ihre bisherigen Bewunderer Günter Grass und Ludwig Marcuse zu entsetzen – den Berliner Mauerbau eben *nicht* in rheinischem Singsang verteidigen. Hätte *nicht* den wachsam blickenden Hermann Kant alias Stasi-IM »Martin« neben sich, säße am Ende ihres Lebens *nicht*, zunehmend versteinert, auf den SED-Tribünen in der Nähe der Honeckers, Krenz', Hagers und Mielkes. Und vielleicht andernfalls auch nie geschehen jene verstörende Nachkriegsszene im Berliner Friedrichstadt-Palast, an den sich Hilde Spiel noch als alte Frau in ihren Memoiren voller Verstörung erinnert: die von ihr so hochverehrte Anna Seghers schweigend auf einer Tribüne, von der herab Westberlins Oberbürgermeister Ernst Reuter als »Atombombenfreund« denunziert wird und ein von braun zu rot umerzogenes Pöbel-Publikum den wenigen anwesenden Westlern – britischen Journalisten, Gottfried Bermann-Fischer und Hilde Spiel – doch tatsächlich ein enthemmtes »Vergasen!« entgegenschreit.)

1802 wird – in Seghers' Erzählung wie in der historischen Realität – die Sklaverei auf Guadeloupe wiedereingeführt. Arbeitsappelle und Ketten und Menschenjagden, die drei Protagonisten zerrieben und getrennt. Doch so, wie bei der Verurteilung Nelson Mandelas zu lebenslanger Haft auch weiße, vor allem jüdische ANC-Mitglieder unter den Angeklagten waren, so ist es mit Beauvais auch ein weißer Franzose, der sich der Komplizenschaft mit den Herrenmenschen verweigert: Er sprengt das Fort, anstatt es den neuangekommenen Militärs zu übergeben, eigenhändig in die Luft. Seine Tat sinkt danach ins Vergessen, *soll* vergessen werden, doch irgendwann wird dennoch davon erzählt.

An Beauvais hätte sich nie mehr ein Mensch erinnert, wenn unter den Zuhörern nicht dieser Knabe gesessen hätte. Was er eben gehört hatte, regte ihn auf bis ins tiefe Herz. Ein Kommandant, der sein eigenes Fort in die Luft sprengt. Was aber den größten Eindruck auf den Knaben machte, das waren die letzten Sätze: der weiße Mann in dem Haufen von toten Schwarzen. *Es gab also noch eine andere Welt.*

Eine Welt, in der nicht die Hautfarbe das letztgültige Merkmal ist. Jedoch auch nicht ein »allgemeines Menschsein«, das von den politischen Voraussetzungen somnambul abstrahiert. Der Kampf für Gleichberechtigung war unverzichtbar, so auch in der 1961 erschienenen Erzählung *Das Licht auf dem Galgen.* Diesmal ist die britische Kolonie Jamaica Ort des Geschehens, und erneut läßt Anna Seghers drei Männer unterschiedlicher Herkunft auftreten: Im Auftrag der Französischen Republik sollen sie bei der Sklavenbefreiung der Insel helfen. Alsbald setzt ein dynamisches Geschehen ein, das in seiner beklemmenden Eindringlichkeit mitunter an Joseph Conrad erinnert, nicht zuletzt in der Beschreibung elementarer Landschaften, Hafennester und Bergsiedlungen, im unerwarteten Umschwung des Wetters, der vom Ozean herandrängenden Wolken.

Sasportas, ein Abkömmling spanischer Juden, der ursprünglich Arzt werden wollte, stürzt sich mit dem Mut der Verzweiflung in seinen Befreiungsauftrag – und sieht alsbald, daß er keine »Massen« und auch nicht allein »Strukturen« vor sich hat, sondern Menschen mit unterschiedlichen Charakteren und Prägungen, die sich keineswegs stets allein mit ihrer Hautfarbe erklären lassen. Hochherzige Weiße finden sich neben Sklaverei-Profiteuren, kalten Intriganten und Sadisten jeglichen sozialen Hintergrunds, und »Mulatten« grenzen sich von Schwarzen ab. Diese wiederum sind bei Anna Seghers keineswegs allein rebellische Statisten, sondern Menschen mit ihrer unverwechselbaren individuellen Geschichte, die ihr Verhalten prägt – als resignierte Domestiken, realistisch furchtsame oder auch alles riskierende Freiheitsfreunde und Liebende.

Währenddessen kommt auch in dieser Erzählung bald die deprimierende Nachricht aus Paris: Das Direktorium ist gestürzt, und der neue Herrscher General Bonaparte hat an der Sklavenbefreiung nicht nur kein Interesse, sondern sinnt bereits auf eine Restauration der Verhältnisse. In diesem Moment beginnt Debuisson, der zweite Abgesandte, zu zweifeln und zu lavieren. Sasportas jedoch und der ebenfalls weiße Franzose Galloudec setzen den Kampf fort und nehmen nun sogar noch verstärkt Kontakt zu Schwarzen auf, die sich aus den Plantagen befreit haben und nun in den Wäldern ausharren – nicht zuletzt im Vertrauen auf die Freiheitsversprechen Frankreichs. Dabei lehrt die Erfahrung des ehemaligen Sklaven Bedford, daß die »Verdammten der Erde« weder uniform sind noch auf idyllische »Wurzeln« rekurrieren können. Da Herrschaft, Unterdrückung und Verrat tatsächlich farbenblind sind und nicht nur hier auf Jamaica Menschen erniedrigen und töten. *Der gierige Stammeshäuptling, erzählten die Alten, hatte sie einstmals mit List herangelockt und an weiße Händler verkauft. Von dieser Untat sprachen sie mit der gleichen Wut, mit der sie von der Peitsche des weißen Verwalters sprachen … Bedford dachte über diesen tückischen, gierigen Häuptling nach. Seine Brüder rechneten nur mit dem Unterschied zwischen Schwarz und Weiß. In seinen Kopf aber war schon früh ein Samenkorn von Verständnis gefallen für den Unterschied zwischen Recht und Unrecht.* (Sätze von fortdauernder Aktualität, in deren skrupulöser Beschreibungsgenauigkeit, die Schicksale nicht über einen Kamm schert, vielleicht auch das modisch gutgemeinte, doch *realiter* reaktionär-homogenisierende Konzept von »POC/People of colour« die Chance zu einer Ausdifferenzierung bekommen könnte. So wie auch die beliebte Allgemeinrede vom »globalen Süden« ihren Paternalismus enthüllt, vergleicht man sie mit Anna Seghers' historisch-literarischer Kartografierung.)

Von ähnlicher Widerständigkeit ist Galloudec, dem wiederum längst der Glaube abhandengekommen war, sie täten hier etwas für Frankreich. *Manchmal, in klaren Momenten, fiel ihm ein, daß es niemand mehr in Paris gab, der wissen wollte, ob ihr Auftrag erfüllt sei.* Gerade deshalb ist Aufgeben keine

Option – und schon gar nicht ein Verrat, wie ihn Debuisson nach seiner Verhaftung begeht, indem er den britischen Häschern ein ausführliches Geständnis liefert. Im Unterschied zum ebenfalls verhafteten Sasportas, den man hängt, wird ihm das Leben geschenkt. Debuisson kommt auf ein Schiff nach London und verschwindet damit aus der Erzählung. Galloudec entkommt auf einem Boot und berichtet später auf Kuba einem Freund, daß er beim letzten Blick auf Jamaica ein Licht auf Sasportas' Galgen gesehen habe.

Doch keine säkularisierte Süßlichkeit bricht sich nun Bahn, auch folgt keine kollektivistische Ansprache an die »Zukünftigen«, sondern es ist das Gedächtnis der Revoltierenden, das hier eins wird mit dem Erinnerungsvermögen der Literatur. *Das Licht scheint nicht bloß zurück auf Sasportas' Leben, es scheint auf alle, mit denen Sasportas zu tun gehabt hat; die wären doch sonst spurlos verschwunden in einem tiefen Wasser oder in einem Urwald; ihre Namen stehen in keinem Buch und auf keinem Denkmal. Doch hatten sie richtige, wichtige Dinge fertiggebracht, genauso richtige, wichtige wie die, die hier in Paris fertiggebracht worden sind.*

Was bei Anna Seghers dezidiert *nicht* allein von der Hautfarbe determiniert war, wird dagegen in Heiner Müllers 1980 erstaufgeführter Bühnen-Adaption *Der Auftrag* geradezu ins Gegenteil verkehrt. In dem damals auch im Westen staunend bejubelten Stück wird die Geschichte zu einem vitalistischen, im Grunde apolitischen Schwarz-gegen-Weiß-Tohuwabohu, wobei überdies noch Müllers ideologische Obsession mit Gehorsam versus Verrat die Hauptrolle übernimmt. Debuisson rückt in den Vordergrund als eine Karikatur des angeblich *gesetzmäßig* wankelmütigen Westlers, während Sasportas um seine jüdische Herkunft gebracht wird und in einem durchaus gewaltsamen Akt der Verfälschung nun ein Schwarzer zu sein hat. Als wäre lediglich für Schwarze die Befreiung ein Auftrag, als existiere keine Universalität der Menschenrechte. Als wäre – bis heute ein giftig identitärer Traum von extremrechts bis extremlinks – eine jede Hautfarbe, Ethnie oder Gruppe nur dann

»authentisch«, wenn sie unter sich bliebe. In dieser irrwitzigen, von einem Ostberliner Dramatiker ins Werk gesetzten Verwandlung eines Juden in einen Schwarzen, ist dieser – um die Respektlosigkeit des Ganzen vollständig zu machen – überdies auch noch gezwungen, rassistischen Ethno-Kitsch von sich geben: *Ich höre die Trommeln, bevor sie geschlagen werden. Ich höre mit den Poren, meine Haut ist schwarz.* (Was den Carl Schmitt- und Ernst Jünger-Verehrer Müller freilich nicht davon abhielt, späterhin mit der Aussage »Ich bin ein Neger« zu kokettieren.)

Nach eigenem Bekunden war Müller bei einem nächtlichen Spaziergang nahe Mexiko-City die Inspiration zu seinem Deklamationstext gekommen, angesichts anonym bleibender »Gestalten wie von Goya-Bildern«, die dort seinen Weg gekreuzt hätten. Schemen, Zuschreibungen und Projektionen. Dagegen bei der vermeintlich altmodisch-konventionelleren Anna Seghers Sätze wie dieser: *Zu jedem Gesicht gehört sein Anteil Leben.* Während Heiner Müller in seinen Stücken und Interview-Äußerungen in einem *furor teutonicus* immer wieder mit »Masken« hantiert, die unbedingt abgerissen werden müssen – am besten zusammen mit der korrumpierten Haut ihrer Träger – erzählt Seghers Geschichten von *Menschen*, präzis und sensualistisch. So auch in der bereits 1951 erschienenen Geschichte *Crisanta,* in der eine mittellose junge Mexikanerin in der (gar nicht *so* anonymisierenden) Hauptstadt-Metropole auch dank guter Mitmenschen ihre Würde behält. Oder in *Das wirkliche Blau,* entstanden 1967, in dem sich der Töpfer Benito quer durchs mexikanische Land auf die Suche macht nach jenem raren blauen Farbstoff, der seinen Produkten Originalität gibt. Auch er trifft – neben Schurken, die ihn betrügen – auch auf genug Anständige, die ihm helfen auf eine effiziente, zumeist wortkarge Weise. Erlösung durchs allwissende Kollektiv? Mitnichten. Wohl aber Protagonisten, von Anna Seghers ausgestattet mit dem siebten Sinn aller Flüchtlinge und Unbehausten: *Er suchte sich ein Gesicht, das in seinem starren, finsteren Hochmut noch Spuren von Zugänglichkeit enthielt.*

Geschrieben hatte sie diese tatsächlich in Azur leuchtende Geschichte, in der von gar nicht so fern Primo Levis erhoffte

»Möglichkeit des Guten« aufscheint, in der Künstlerkolonie Dilishan in Armenien, der damals freiesten Sowjetrepublik. (Und wiederum Jahre später wußte der Stasi-Häftling Jürgen Fuchs instinktiv, weshalb er an die Erfinderin *solcher* Geschichten schreiben mußte. Auch wenn es dann, im sogenannten realen Leben, von Anna Seghers *keine* Antwort gab.)

Die Sehnsucht nach jenen Landschaften hat ein ganzes Leben angehalten. Ebenso freilich ein hochproblematischer Treuebegriff. Er verführte Anna Seghers dazu, die staatlichen Morde an der Mauer – an Menschen, die ja ebenfalls noch etwas anderes sehen wollten als die restriktive DDR – entweder zu beschweigen oder zu relativieren. Und führte teilweise auch zu einer Prosa, die vielleicht als »pfäffisch-tropisch« zu bezeichnen wäre. Als wäre es ein Naturgesetz: Wo immer jene DDR thematisch in den Text hineingrätschte, litt auch die Ästhetik, wurde das Sanfte bigott, das Entschiedene dogmatisch – und fand, womöglich sogar gegen den Willen der Autorin, dann mitunter doch schmale Fluchtwege und Schneisen. So vor allem in der 1971 erschienenen und später vom DDR-Fernsehen adaptierten Erzählung *Überfahrt*. Ein junger ostdeutscher Mediziner wird zu einem Fachkongreß nach Brasilien geschickt und erzählt auf der Rückreise einem Vertrauten seine Geschichte. Wie er einst mit seinen Eltern aus Nazideutschland geflohen war und in Rio de Janeiro eine neue Heimat gefunden hatte. Wie seine Jugendliebe zu dem ebenfalls aus Deutschland stammenden Flüchtlingsmädchen Luisa begann. Wie die beiden durch die große, zunehmend vertrauter werdende Stadt gestreift und die Strände entlanggewandert waren. Wie er dann dennoch nach dem Krieg zurückkehrte, aus Ernesto wieder (im fatal doppelten Wortsinn) Ernst wurde – *Genosse* Ernst. Wie er die Gemeinschaft der jungen Aufbauwilligen um sich herum als etwas Neues und Erhebendes betrachtet hatte, denn: *Ich möchte noch einmal sagen, daß jeder in unserem Kreis freimütig seine Ansicht aussprach. Damals entschied noch jeder, was falsch und richtig war, nach eigenem Gutdünken.* (Was für Anna Seghers' Verhältnisse das Maximale an möglicher Kritik war.)

Ernst kann studieren, schreibt Luisa auch weiterhin Briefe, doch die Antworten, die er erhält, zeigen die zunehmende Ferne auch jenseits des Geographischen. Und doch ist es nun in Ernst' Bericht fast mehr die tropische Landschaft als das Mädchen Luisa, an der er hängt. Rio, Bahia, Belo Horizonte, Magie allein schon der Namen! Dagegen hier nun der Winter mit Schneematsch und nackten Ästen, mit organisierten Ausflügen (»Ich wurde mit einer Gruppe Studenten nach Zittau geschickt«), weiteren Karriereschritten – und irgendwann auch einer neuen Bekanntschaft, Herta. Das Mädchen freut sich an Ernsts farbigen Beschreibungen seiner Kindheit und Jugendjahre im fernen Brasilien und leidet gleichzeitig darunter. Wie auch der junge Mann selbst, wenn er etwa ein Lorca-Gedicht rezitiert beim gemeinsamen Spazierengehen: *Ich spürte bereits beim Übersetzen, daß dieses Gedicht für ein junges Mädchen aus Ilmenau nicht geeignet, kaum verständlich war.*

Immerhin gelingt es ihm, per staatlichem Reiseauftrag zumindest temporär jenem Land zu entkommen, das Genossin Anna Seghers in dieser Erzählung geradezu verzweifelt als »neues Deutschland« darzustellen versucht, während eine noch immer wirkende literarische Kraft gegensteuert: Was Ernst-Ernesto verläßt, ist eine freudlose Klosterschule. Deren Usancen er sich indessen schon soweit angepaßt hat, daß er bei der Rückkehr in seine Herzensheimat plötzlich ganz steif ist und sogar einen Kollegen brüskiert: Dieser, ein renommierter Lepra-Arzt, hatte ihn zu einem Candomblé-Abend mitgenommen, wo Tanzende mit Amuletten ihre Körperlichkeit feierten und sie gleichzeitig transzendierten. Ernesto, der sich vergleichbarer Macumba-Szenen aus seiner Kindheit erinnert, will das frühere Wissen um die Komplexität menschlicher Lebensäußerungen wieder in sich wachrufen und bleibt doch Gefangener seiner reduzierten »Vernunftgründe«. Und gleichzeitig: *Wie gern wäre ich hiergeblieben, hätte ich mein Studium fortsetzen können. Für kurze Zeit war meine Vergangenheit in Ilmenau verflossen. Wäre ich länger hiergeblieben, ich hätte vielleicht den Glauben der Menschen besser verstanden.*

Wie er sich immer wieder selbst ins Wort fällt, zur Ordnung ruft, Gefühle einzudämmen versucht, ehe sie zu Erkenntnissen zu werden drohen – und sich beim Anblick mit Kakao beladener Schiffe sogleich fragt, »wie viel Säcke Berlin für einen Winter bräuchte«, und ob die Transporteure wohl auch »gewerkschaftlich erfaßt« seien. (*Erfaßt* – eine Art Rache der Sprache, wenn sie abdriftet in Richtung deutscher »Sozialistischer Realismus«.)

Und seine erste Liebe Luisa? Ist sie tatsächlich diese ihm völlig fremde Frau in einer Hotellobby, mit Halskette und manikürten Händen inmitten einer Gruppe ähnlich gelangweilter Großbürgerfrauen? Oder lebt sie gar nicht mehr, hatte einen Badeunfall – oder hatte gar im Meer Selbstmord begangen, wie Ernst auf seinen den Kongreß-Verpflichtungen abgerungenen freien Stunden erfährt, als er in Ipanema Nachforschungen anstellt und ehemalige Bekannte Luisas trifft? Erfährt er die Wahrheit, oder will man ihm, womöglich sogar in Luisas Auftrag und als letzter Liebesdienst, nur die Abreise nicht allzu schwer machen?

Damit könnte es enden. Indessen wird Genosse Ernst bei seiner Rückkehr dafür getadelt, daß er die »Republikflucht« eines mitreisenden Professors nicht verhindert hat, jedoch belobigt, daß wenigstens er der DDR im Ausland keine Schande gemacht hatte. Ein Ernst wohlgesonnener Professor flüstert ihm danach zu, daß er doch ebenfalls die Möglichkeit zur Flucht hätte ergreifen können, worauf es nun wiederum an Genossen Ernst ist, innerlich zu tadeln. *Ich sagte nichts zu dieser Bemerkung. Mir erschien sie widerwärtig und heuchlerisch. Darum war ich auch nicht besonders erstaunt, als dieser Mann ein Jahr später von Westberlin aus nach London flog und dortblieb.* Während Ernst in der DDR bleiben wird – in der »kleinen Stadt Ilmenau«, bei der »kleinen, stillen, grauäugigen Herta«, der er sogar »ein kleines Geschenk« mitgebracht hat. Soviel *klein* in nur einem Satz, so viel Verzicht und nur notdürftig verdrängtes Bedauern.

Sie wurde geboren, um treu zu sein, sie war korrekt, wie unbesonnen sie auch scheinen mochte, eine Bewohnerin der Welt des Mondes – warum denke ich an den Mond, wenn ich an Anna denke? Wegen ihrer Schönheit sicherlich …

Die dezent keusche Liebeserklärung kommt von Anna Seghers' Kollegenfreund Jorge Amado, der 1992 in seinen Memoiren *Auf großer Fahrt* immer wieder auf seine Begegnungen mit ihr zurückkommt, rund um die Welt und über die Jahrzehnte hinweg. 1963, bei ihrer zweiten Brasilienreise, sitzt sie in seinem Garten in Bahia, und der Romancier betrachtet sie versonnen – und macht sich gleichzeitig Gedanken über ihren Ehemann, dem Anna ebenso treu ergeben zu sein scheint wie der DDR und deren Ideologie. *Ein vollkommener Marxist, der über die Reinheit der Lehre wacht, ein aus Stahl geformter Ideologe. Dessen ungeachtet vertragen sie sich gut.* (Hatte nicht einst sogar Egon Erwin Kisch gespottet, dieser Ehemann sei »Annas achtes Kreuz«?)

Dann bringt Anna Seghers ihren Gastgeber auf eine Idee. Sollte man nicht dem gemeinsamen Freund Georg Lukács, der seit seiner Teilnahme an Imre Nagy' Reformregierung 1956 in seiner Heimat Ungarn völlig isoliert ist, einen Brief schreiben? *Und so verfassen wir eine Botschaft der Zuneigung und Wehmut. Anna sagt: »Jedem seinen Fehler, Georgs ist der Zweifel, meiner die Gewißheit. Er hörte auf zu glauben, ich glaube und werde glauben entgegen der Offenkundigkeit.«*

Aber hatte sie diese Zweifel ihrem Freund nicht schon viele Jahre zuvor anvertraut? Damals 1954 bei einem Schriftstellerkongreß in Moskau, als sie sich im Publikum die Tribünen-Tiraden des Genossen Michail Scholochow anhören mußten, der im Parteiauftrag andere Schriftsteller als Feinde des Sozialismus denunzierte? *Anna raunte mir zu: »Das ist ein Faschist! Er ist nicht mehr als ein Faschist!« Sie zitterte vor Empörung.*

Bei ihrer letzten Begegnung 1982 zitterte Anna Seghers dann vor allem vor Altersschwäche. Zwei Jahre zuvor war ihr letzter karibischer Novellenzyklus erschienen, *Drei Frauen aus Haiti.* Noch einmal diese kristalline Sprache, noch einmal – von der spanischen Kolonialzeit über die letzten Tage von Toussaint L'Ouverture bis zur gegenwärtigen Duvalier-Diktatur – drei widerständige Frauen, atmende *Menschen* statt gemeißelter Heroinen. Noch einmal das Blau des karibischen Meers, das strenge Spiel von Licht und Schatten.

Wiederum ein paar Jahre zuvor hatte ihr der damals 32jährige Schriftsteller Hans Christoph Buch (der familiäre Wurzeln in Haiti hat) via Sarah Kirsch sein erstes Werk schicken lassen, das sich mit jener Insel beschäftigt: *Die Scheidung von Santo Domingo.* Anna Seghers hatte mit einem freundlichen Dankesbrief geantwortet und geschrieben, daß sie sich eigentlich bereits seit ihrem Zwischenaufenthalt in der damaligen Ciudad Trujillo mit dem Leben und Schicksal Toussaints beschäftige, da sie dort erstmals eine Biographie über ihn gelesen habe. Und später dann, in Mexiko, natürlich die Gespräche mit dem Romancier Jacques Roumain … (Während Hans Christoph Buch, dessen Roman *Die Hochzeit von Port-au-Prince* nunmehr *seine* langjährige literarische, autobiographisch-fiktionale Beschäftigung mit den Antillen einläutet, seinerseits von den Büchern und der synkretistischen Ästhetik Alejo Carpentiers beeinflußt war.) So hätte damals vielleicht erneut eines zum anderen kommen und sich gegenseitig beeinflussen und weiten können, doch bereits ein Jahr später war Sarah Kirsch nicht mehr da, hatte wie so viele ihrer Freunde und Kollegen die DDR im Zuge der Proteste gegen die Ausbürgerung Wolf Biermanns verlassen. (Zu welcher Anna Seghers – im Unterschied zu Stefan Heym, Jurek Becker und Stephan Hermlin – eben *kein* Protestwort hatte verlauten lassen, ebenso wie sie stumm geblieben war, als 1967 nach dem Sechstage-Krieg sich auch in der DDR die antiisraelische Hetze geradezu überschlagen hatte.)

Und nun, ein Jahr vor ihrem Tod, die Welt des Mondes geschrumpft auf ihre Unterkunft in Ostberlin. Doch zu Gast bei der seit vier Jahren Verwitweten – Jorge Amado, der tropische Romancier, abtrünnige Kommunist, doch vor allem unerschütterliche Freund aus Salvador da Bahia. Und Nein, über Politik soll nicht gesprochen werden, noch nicht einmal über Literatur; *die Zeit war knapp für das Fest der Freundschaft.* In der Tat nur noch ein Jahr, ehe sie stirbt und die Zeitungen voll sind mit offiziellen Trauerkommuniqués, blechernen Reden und normiertem Gedenken. (Immerhin wird sie nicht wie andere »verdiente Genossen« in der starren »Gedenkstätte der Sozialisten« beigesetzt, sondern auf den begrünten Dorotheenstädtischen Friedhof an der Chausseestraße, dessen Gräber von Brecht, Hanns Eisler, John Heartfield und Wolfgang Langhoff einst schon Biermann in einem seiner schönsten Chansons besungen hatte.)

Dafür noch einmal die Erinnerungen an jenen Teil der Welt, in der Anna Seghers tatsächlich glücklich gewesen war. Am liebsten würde sie in Mexiko sterben, hatte sie einmal gesagt, doch nun sind da zumindest die aufsteigenden Bilder aus Brasilien, *aus Rio und Bahia, von einem Café am Largo do Machado, von dem Garten, wo sie schrieb, von Kindern umringt.*

Dann bringt die inzwischen alt und gebrechlich gewordene Anna Seghers, in deren Romanen und Erzählungen Briefe (abgeschickte und zerrissene, zerstörte, abgefangene oder auch bewahrte) eine so große Bedeutung haben, einen Umschlag herbei und bittet Jorge Amado, ihn entgegenzunehmen, doch erst später zu öffnen. Ihr zwölf Jahre jüngerer Vertrauter aus Brasilien hält sich daran, und gewiß hat es seinen Grund, daß sie *ihm*, dem Schriftsteller und Boten von den Tropen, zum Ende ihres Lebens etwas mitteilt, das sie anderen – und gewiß allzu oft auch sich selbst – verschwiegen hatte. *Sie läßt uns im Zimmer zurück und geht den Brief holen, dann kommt sie wieder, berührt unsere Gesichter, ich streiche ihr übers Haar, die Hände lösen sich wieder. Im Hotel öffne ich den Umschlag, ihre Schrift, in blauer Tinte, bedeckt die Blätter, gewöhnliche Mitteilungen, nichts Besonderes. Doch auf der ersten Seite hatte Anna zwischen zwei Absätzen dick mit grüner Tinte gekritzelt:* quelle solitude. *Ich glaube, daß sie nur mir ihr Herz ausgeschüttet hat.* Was für eine Einsamkeit, was für ein Leben – und was für Bücher.

ANNA SEGHERS
DIE HOCH-
ZEIT
VON
HAITI

Wider die Versklavung
Hermann Broch (1886–1951)

Ende Mai 1951 ist es heiß und stickig in New York City. Ein vierundsechzigjähriger Wiener Emigrant, den die Fotografien aus jener Zeit als einen frühzeitig Gealterten mit Sakko, Krawatte, Bügelfaltenhose und Krückstock zeigen, quält sich durch das Menschengewühl auf Subway-Treppen und in überfüllten Bussen. Seinem US-Verlag, dem renommierten Haus Alfred Knopf, muß er eine erneute Terminverlängerung für die Abgabe seines Romans *Die Verzauberung* abhandeln, auch gilt es, Freunde und Bekannte zu besuchen. Diese wundern sich ein wenig über die geradezu rührende Herzlichkeit, mit der er sich danach wieder verabschiedet, vermischt mit dem hektischen Wunsch, nun ganz schnell an den Schreibtisch in New Haven zurückzukehren, um an jenem Roman weiterzuarbeiten, dessen Niederschrift er bereits 1934 im niederösterreichischen Laxenburg begonnen hatte.

Zuvor jedoch noch eine kurze Visite in der New School for Social Research, wo man seit längerem versucht, einflußreiche Schriftsteller und Institutionen dafür zu gewinnen, ihn in Stockholm für den Literaturnobelpreis 1951 vorzuschlagen: Hermann Broch, 1938 nach New York geflüchteten Autor der Trilogie *Die Schlafwandler* sowie der Romane *Der Tod des Vergil* und *Die Schuldlosen*. Ob römische Antike, die ersten Jahre des 20. Jahrhunderts oder die österreichische Zwischenkriegszeit – immer geht es, in filigraner, essayistischer oder rhapsodischer Sprache, um Auflösungsprozesse, um das Zerfasern von Gesellschaften und religiösen Gewißheiten, um metaphysische Obdachlosigkeit und infolgedessen um die Hilflosigkeit des Individuums, um hochfahrende Irrwege, aber auch um die Möglichkeiten humaner Resistenz.

Doch noch war *Die Verzauberung*, deren umfangreiche frühe Fassungen auf zum Teil abenteuerliche Weise aus der unwirtlichen Nicht-mehr-Heimat in die USA gerettet worden waren (auch Stefan Zweig hatte dabei geholfen), längst nicht beendet, denn in den Jahren der Emigration hatte sich immer wieder anderes dazwischengeschoben, gar nicht zu reden vom allgegenwärtigen Geldmangel. Resolutionen und Essays, um zuerst den Völkerbund und danach die junge UN auf die effiziente Verteidigung der Menschenrechte zu verpflichten, da Broch – 1886 in einer jüdischen Familie in Wien geboren und 1909 zum Katholizismus konvertiert – schon frühzeitig das bis heute fortdauernde Spannungsverhältnis zwischen Staatensouveränität und Schutz der individuellen Grundrechte erkannt hatte. (Im Freundeskreis hatte er einen hektografierten Text herumgehen lassen, in dem er sich darum sorgte – und voraussah –, daß der Verweis auf die Menschenrechte unverbindliche Sonntagsrede bliebe, solange Staaten, die fundamental gegen diese Rechte verstießen, nicht durch ein funktionierendes Sanktionsregime geächtet würden.) Und wie viel Zusätzliches war bereits zuvor zu tun gewesen! Lebensrettende Affidavits und Visa waren zu akquirieren und alles Erdenkliche zu versuchen, um die im nazi-besetzten Frankreich gestrandeten Freunde und Kollegen in die Vereinigten Staaten zu bringen: Franz Blei, Franz Werfel, Alfred Polgar, aber auch den jungen Hans Sahl, einen linksliberalen Antikommunisten, dem Broch dann in New York den eigenen geistigen Standort skizziert: *Der Intellektuelle ist innerhalb eines jeden Wahrheitskreises skeptisch; er ist sozusagen der »Ketzer an sich«, der »Revolutionär an sich« also selbst innerhalb der Revolution.*

Aus London dagegen hatte Elias Canetti Brochs Vorschlag abgelehnt, sich im Exil über die aktuellen Phänomene der politischen Massenhysterie auszutauschen. (Jahrzehnte später wird er in seiner Nobelpreisrede Brochs Einfluß dennoch dankend erwähnen.) Also mußte dieser, ohnehin Solitär, ganz allein an seiner Theorie über den Massenwahn arbeiten. Erste Vorarbeiten hatte Broch an Hannah Arendt geschickt, die sich wiederum mit Auszügen aus *The Origins of Totalitarism* revanchierte, das 1951 schließlich erschien. Da war Hermann Broch jedoch bereits tot, nach dem letzten New York-Besuch in seinem

Exilort in New Haven am Morgen des 30. Mai vor Erschöpfung zusammengebrochen und einem Herzschlag erlegen. Zusammen mit seiner Witwe Annemarie kümmerte sich dann Arendt um die Modalitäten des (konfessionslosen) Begräbnisses – der Grabstein auf dem kleinen Friedhof in Killingworth/Connecticut erinnert an Broch als »Poet and Philosopher«.

Als die Fragment gebliebene Studie *Massenwahntheorie* schließlich posthum 1979 erschien, war Hannah Arendt bereits seit vier Jahren tot und konnte nichts mehr für das Werk ihres Kollegenfreundes tun, das sie zeitlebens nicht nur immens geschätzt, sondern auch ausführlich rezipiert hatte. (Noch heute etwa werben Verlage auf der ganzen Welt mit Arendts Diktum, die aus dem Roman *Die Schuldlosen* für eine Separat-Veröffentlichung herausgelöste *Erzählung der Magd Zerline* sei »eine der größten Liebesgeschichten«.) Broch, so scheint es sieben Jahrzehnte nach seinem Tod, ist damit vor allem ein »writer's writer« geblieben, hochgelobt etwa von Milan Kundera, der ihn zur Gilde der »denkenden Romanciers« rechnete, doch letztlich kaum gelesen. Dabei hatte er es in seiner *Massenwahntheorie* (die im Vergleich zu Canettis *Masse und Macht* und Arendts Totalitarismus-Buch bis heute ein Schattendasein fristet) ebensowenig beim allein Deskriptiven belassen wie in den zahlreichen anderen politisch-philosophischen Schriften, an denen er in den letzten Jahren seines Lebens gearbeitet hatte.

Es trieb ihn die von ihm gefühlte »unentrinnbare Auferlegtheit des Hilfeanspruchs der Menschen« an, welche geradezu nach praktischen Lösungsvorschlägen schrie. So daß Broch – anders als Emigranten wie Adorno oder Brecht – in der liberalen kapitalistischen Demokratie keineswegs nur Talmi, Repression und falschen Schein sah, sondern ein pragmatisch angelsächsisches Politikverständnis, das den »hic-et-nunc-Bedürfnissen der Menschen diene, seiner augenblicklichen Not und seinem augenblicklichen Leid, das nach sofortiger Milderung verlangt«. Das klang eher nach Ludwig als nach Herbert Marcuse, nach Roosevelts *New Deal* anstatt nach dem »neuen Menschen« kommunistischer oder anderer religiöser Provenienz.

Gleichzeitig warnte Broch vor Massen-Erwartungen, die immer Gefahr liefen, ins Irrationale, Minderheitenfeindliche und Totalitäre zu changieren.

Doch obwohl der »wissende Romancier« ebenfalls nicht an Spott über jene obszönen Pseudo-Liberalen sparte, deren wohlfeile Freiheits-Rhetorik seit jeher von den Verwerfungen des Ökonomischen abstrahiert – als erklärter Anti-Marxist (»Marxisten wissen Antworten auf jede Frage, nur nicht auf jene, die in jeder Antwort steckt«) und menschenrechts-sensibler Skeptiker eines homogenisierenden »Selbstbestimmungsrechts der Völker« paßte Broch auch nicht in vorgeblich »progressive« Raster. Sein Biograph und langjähriger Herausgeber Paul Michael Lützeler – nicht zufälligerweise kein hiesiger, allein um einzuwerbende »Drittmittel« besorgter Germanist, sondern Essayist und emeritierter Professor in St.Louis/USA – hatte 2021 unter dem Titel *Hermann Broch und die Menschenrechte: Anti-Versklavung als Ethos der Welt* eine Studie veröffentlicht, die leider in Deutschland ebensowenig wahrgenommen worden war wie Brochs politische Schriften, die doch seit Jahrzehnten als sorgsam edierte, blaufarbene Suhrkamp-Taschenbücher verfügbar sind. Dabei wäre hier nachzulesen – komprimiert und gleichzeitig *en détail* – wie früh und auf welch konkrete, abwägende und nie relativierende Weise sich Hermann Broch mit eben jenen Themen Nationalstaat, Menschenrechte, regelbasierte Weltordnung, Konzentrationslager, Sklaverei und Minderheiten-Diskriminierung auseinandergesetzt hatte. Wer deshalb heutigen Debatten »blinde Flecke« vorwirft und »Perspektiv-Erweiterungen« anmahnt, könnte sich fragen lassen, ob sich nicht gerade bei diesem vor über einem halben Jahrhundert verstorbenen und inzwischen fast schon vergessenen Emigranten aktueller Bezug und Anregung nehmen ließe.

Bereits 1940 hatte Hermann Broch zusammen mit anderen Intellektuellen wie Reinhold Niebuhr und Thomas Mann –- das Buch *The City of Man. A Declaration on World Democracy* veröffentlicht – in einer Zeit also, als die westliche Demokratie aus der Sicht von Nazis wie Kommunisten als hoffnungsloses

Auslaufmodell galt und ihr linke und rechtspopulistische Isolationisten jegliche Universalität absprachen. Begonnen wurde mit der Kritik jedoch tatsächlich »vor der eigenen Haustür«, in den USA: Es solle, den »New Deal« weiterführend – und in Abkehr zu einem »Wirtschafts-Totalitarismus, der im Kapitalismus versteckt« lauere –, einen sozial-marktwirtschaftlichen Ausgleich zwischen Reichen und Armen geben und dazu endlich eine Gleichberechtigung aller Minderheiten. *Dies* dann zur Basis einer *pax americana* zu machen, hatten Broch und seine Mitstreiter (wie auch in jenen Jahren Leo Lania) keine Scheu. Gleichzeitig insistieren sie, daß die institutionell abgesicherte Wahrung der Menschenrechte und der Menschenwürde das Entscheidende sei. Bereits zuvor in seiner »Völkerbund-Resolution« hatte Broch darauf hingewiesen, daß Versklavung, gleich welcher Natur und Rechtfertigungs-Ideologie auch immer, ein Menschheitsverbrechen sei und deshalb die »Anti-Versklavung« im Mittelpunkt aller Überlegungen zu stehen habe.

Nach Kriegsende beteiligt sich Broch, woran sein Biograph Lützeler ebenfalls erinnert, an den Diskussionen über eine »Universal Declaration of Human Rights«, wobei er – bei aller Freude über die Gründung der UN – auf die weiterhin existente Problematik der Staaten-Souveränität verweist. Was nämlich, wenn diese souverän und »demokratisch« entscheiden, die Menschenrechte intern nicht zu achten und mit Verweis auf das »Nichteinmischungsprinzip« jegliche Kritik an einheimischem Schlachten zurückweisen?

Broch entdeckte hier ein Dilemma, das bis in unsere Tage fortbesteht. Humanitäre »Polizeiaktionen« bergen das Risiko, womöglich in einen »Krieg, ja sogar Weltkrieg« zu münden, aber beim Nichtstun befinde man ebenfalls in einer Falle: Hatte man nicht aus der »Kriegsfurcht« der Appeasementpolitik der dreißiger Jahre Hitler erst wirklich groß und zur Weltbedrohung werden lassen? Um solchem in Zukunft vorzubeugen, so Broch, müßte ein Internationaler Gerichtshof entstehen – wie es dann 2002 mit der Errichtung des *International Criminal Court* in Den Haag nach langen Jahrzehnten des Zauderns und Verzögerns auch geschah.

Die internationale Einklagbarkeit der Menschenrechte, so der zum Katholizismus konvertierte Hermann Broch, könne sich dabei argumentativ ebenso auf die religiös konnotierte »Ebenbildhaftigkeit« stützen wie auf das eher areligiöse Naturrecht der Aufklärung. Bis heute aktuell ist all das nicht nur geblieben, weil diverse Unrechtsstaaten sich nach wie vor hinter der von Broch kritisch befragten »Staatssouveränität« verschanzen, um Menschen zu kujonieren und zu morden. Damals wie heute aber vermeinen auch Progressive, daß »Konstitutionstreue und Autonomie des Gerichts« lediglich »formaljuristischen Aspekte« seien – anstatt Errungenschaften, die es unbedingt zu verteidigen gilt.

Mit Hermann Broch träumte kein schwärmerischer Künder oder Resolutions-Intellektueller ins Vage, sondern ein Schriftsteller *und* Denker sorgte sich mit konkreten Vorschlägen um den robusten Schutz der vulnerablen Individuen und diskriminierten Minderheiten, ganz in diesem Sinne: *Bekenntnis ist nichts, Erkenntnis ist alles.* (Eine zum rationalen Durchdenken auffordernde Sentenz, wie sie auch von Ludwig Marcuse hätte stammen können.)

Wobei gegen die angemessene Emotionalisierung eines solchen weltweit zu führenden Kampfes überhaupt nichts einzuwenden war. Im Gegenteil. Was anstünde, so Broch 1940, wäre ein großer und guter Hollywoodfilm über Abraham Lincoln, der den amerikanischen Präsidenten als *die* demokratische Gegenfigur zum versklavungssüchtigen Hitler gezeigt hätte. (Die beiden in jenem Jahr und im Vorjahr gedrehten Lincoln-Filme hatten dies noch nicht geleistet, da sie – anders als Steven Spielbergs Film von 2012 – lediglich vom Beginn seiner Karriere erzählt hatten anstatt die entscheidende Zeit während der Sklavenbefreiung zu thematisieren.)

Umso größer sein Zorn über die Verfilmung des schwülstigen Südstaaten-Schmökers *Gone with the Wind,* deren Erfolg ihm gar als eine Art mentaler »Wiedereinführung der Sklaverei in Amerika« gilt, wobei er das *Mindset* einer bestimmten weißen Dominanzkultur analysiert, die auch in den USA das mühsam Erreichte schnell wieder kippen könnte. (Brochs Warnungen lesen sich hier beinahe wie ein Vorauskommentar zu Hans Habes 1948 erschienenem Roman *Weg ins Dunkel*, in dem der antinazistische Emigrant und ehemalige Lieutenant der US-Army das Schicksal eines afroamerikanischen Soldaten im Nachkriegsdeutschland schildert, voller Empathie für die Einsamkeit dieses Washington Roach und mit größter Genauigkeit bei der Beschreibung rassistischer Verhaltensmuster und Strukturen innerhalb der Streitkräfte, die Deutschland ja dennoch befreit hatten. Daß Habe dann in den sechziger Jahren nach einer Wiederlektüre *Vom Winde verweht* mit nahezu gleichen Worten als rassistisches Machwerk beschreibt, markiert eine weitere Gemeinsamkeit.)

Welch frühzeitige Hellsicht bei all dem, da hier überdies Rassismus und Antisemitismus nicht gegeneinander aufgerechnet oder zum Amalgam gemacht, sondern beide als virulente Bedrohungen wahrgenommen werden, die es zu bekämpfen gilt. *Das Konzentrationslager*, heißt es in Brochs *Massenwahntheorie*, *ist die letzte Steigerung dieser Versklavung, jeder Versklavung; der Mensch wird seines letzten Ich-Bewußtseins entkleidet, statt eines Namens erhält er eine Nummer und soll sich auch nur mehr als Nummer fühlen. Er ist zur Leiche geworden, bevor er noch gestorben ist.*

Und so wie Hannah Arendt dann 1951 in *The Origins of Totalitarism* ganz selbstverständlich den Rassismus der südafrikanischen Buren und deren Versklavung der schwarzen Bevölkerungsmehrheit schilderte und anklagte, so hatte Hermann Broch im Jahr zuvor – und nur wenige Monate vor seinem Tod – in seinem Text *Der Intellektuelle im Ost-West-Konflikt* eben nicht zeittypisch allein das Spannungsfeld zwischen Moskau und Washington wahrgenommen, sondern den Blick ebenfalls nach Südafrika gewendet. Noch stärker unterdrückt als die Afroamerikaner, seien jene »Hungermassen«, die »dort in den Diamantengruben sklaven« ein Beleg für Heuchelei und »Versündigung des Westens«. Es waren säkulare jüdische Intellektuelle, die auf diesen menschenrechtlichen Skandal hingewiesen hatten – und zwar mit Verweis auf die universellen Ideen, die im »Westen« gleichzeitig hochgehalten und verraten werden, bis heute.

Hermann Broch argumentierte desweiteren gegen die Todesstrafe, die er als Instrument einer repressiv kollektivistischen, anti-individuellen Gerichtsbarkeit beschrieb. Um hier einen Struktur- und zuvor Gesinnungswechsel zu erreichen, regte er in *The City of Man* etwas an, was er als *re-education* bezeichnete. Ohne die hiesigen, die amerikanischen Defizite kleinzureden, sah Broch dann nach dem Krieg in eben dieser nun zu erweiternden *re-education* etwas noch Relevanteres als das Verteilen von Hilfsgütern, um das sich ja ohnehin gekümmert werde.

Vor allem im Briefwechsel mit seinem zweieinhalb Jahrzehnte jüngeren Freund Volkmar von Zühlsdorff – dem ehemaligen Aktivisten des sozialdemokratischen Kampfbundes *Reichsbanner Schwarz-Rot-Gold,* der danach in New York zusammen mit Hubertus Prinz zu Löwenstein die »Deutsche Akademie der Künste und Wissenschaften im Exil« ins Leben gerufen hatte und 1946 nach Deutschland zurückgekehrt war – bestand Broch auf der Notwendigkeit einer tiefgreifenden Wandlung, die nicht allein mit dem Verteilen materieller Wohltaten zu bewerkstelligen sei. *Wenn in Deutschland nicht humane Gerechtigkeit etabliert wird, wenn es keine Erziehung zur Gerechtigkeit bald geben wird, laufen wir in einen Weltfascismus hinein.*

Und der vierhundertseitige, Fragment gebliebene Roman *Die Verzauberung*, dessen Vorgänger-Titel *Demeter* und *Der Versucher* lauteten? Wäre vielleicht ebenfalls zu lesen als ein Buch zur Stunde. Ein abgelegener Berg-Ort, seit alters her in Ober- und Unterdorf geteilt, Anfang der dreißiger Jahre. Nicht besonders reich, jedoch auch nicht von exorbitanter Armut geprägt, jedenfalls ohne die Figur eines herausgehobenen Ausbeuters, unter dessen Joch »das Volk« stöhnen würde. Und doch sorgt dann ein dubioser Zugereister in geradezu rasender Schnelle für Aufruhr. Obwohl sein Name Marius Ratti und die Physiognomie eher südlich wirken und der soziale Hintergrund auf einen womöglich bankrottgegangenen Kleinbürger hindeutet, gelingt es ihm quasi im Handumdrehen (verfügt er doch über ausreichend effektvolle Gestik und Mimik beim salbungsvollen Schwadronieren), sich als besorgter Mann des bäurischen Bodens zu präsentieren, als authentischer Sohn der Erde. Kaum bei einem gutmütigen Bauern als Knecht angestellt, moniert er auch schon den Radioapparat in der Küche, durch den Städtisch-Fremdes wie Tango und Jazz ins Dorf dringe. Auch sei die im Oberdorf unter prekären Umständen lebende Familie eines Vertreters für Landwirtschaftsgeräte bedenklich schollenfern und müsse folglich vertrieben werden: Brauche es doch weder Radio noch mechanische Dreschmaschinen, wenn man den Ruf der Berge, Täler und Wiesen wirklich zu hören wisse. Zur reaktionär-»lebensreformerischen« Ökologie gesellt sich freilich purer Materialismus. Existiert im Oberdorf, so fragt jener Marius im Wirtshaus und bei der sommerlichen Mahd, nicht das Stollensystem eines seit Ewigkeiten stillgelegten Bergwerks, aus dem man mit »autochthoner männlicher Tatkraft« doch ganz bestimmt noch Gold fördern könnte, wären dort oben nicht jene verstockten Anwohner, die …

Der Roman wird damit zur Chronik eines angekündigten Pogroms, dem die dörflichen Notablen, zu selbstsicher ihrer althergebrachten Macht und ihrer trägen Jovialität, nichts entgegenzusetzen wissen – und irgendwann solche Gegenwehr auch gar nicht mehr wollen. (Wer hier die Entwicklung der amerikanischen Republikaner unter Donald Trump oder, ein wenig traditioneller, das feige Ducken einer gesamten Kleinstadt unter das Regime einer Desperado-Gang in *Zwölf Uhr mittags* vor Augen hat, ginge nicht fehl.)

Bei aller Feinzeichnung des allmählichen Abkippens eines ganzen Dorfs, in dem plötzlich alte Rechnungen aufgemacht, Blutlust, irreale Hoffnungen und tiefe Ängste geschürt werden, gerät die Hauptfigur nicht aus dem Blick: Beim ersten Anschein wie aus einem der damaligen Luis-Trenker-Filme entstiegen, dabei jedoch der knarzigen Harmlosigkeit entkleidet – oder auch eine Figur aus jenen rustikal populären

Bergromanen, die der junge Wiener Bub Hans Mayer in seinen Kinderjahren verschlungen hatte, ehe ihm, nach Auschwitz zu Jean Améry geworden, klar wurde, welche mit Sentimentalität vermischte Brutalität bereits in solchen Schmökern untergründig vorhanden war. (Nicht zu vergessen die Heideggerschen Feldwege, voll mit semantischem Unterholz, die nun als Alternative zum städtischen Asphalt herhalten sollten.)

Wenn man so will: Der keineswegs als charismatisch-dämonisch geschilderte »zugelaufene« Marius Ratti als die noch im rhetorisch Verquasten infam kalkulierende Gegenfigur zu Primo Levis gelassen menschenfreundlichem Monteur Faussone im *Ringschlüssel.* Dieser nämlich hat mit dem Mechanischen und der Technik auch deshalb kein Problem, weil sein seelischer Haushalt ausgeglichen ist und seine Sexualität keiner verschwitzten Projektionen bedarf. Wobei in Hermann Brochs Beschreibung eine plausible Umkehr gelingt: Denn nicht etwa der *Buddy*-Typ und ausgeruhte Weltenfreund ist der Oberflächliche, sondern der unfroh und obsessiv auf Tiefsinn machende *Hater. Der Hasser ist ein Mann der Lupe, und wenn er einen haßt, so kennt er genau dessen Oberfläche, angefangen von den Fußsohlen in den Schuhen bis zu den luftbewegten Haaren auf dem gehaßten Kopf. Will man Auskunft haben, so wende man sich an den Hassenden, will man aber wissen, wie es wirklich ist, so frage man den Liebenden.*

Auch ein gegenwärtiges Betrachten würde das beunruhigend Gebliebene dieser Gestalt, dieses Typus offenbaren. Könnte jener Marius Ratti doch heute – in der Nachfolge von Rudolf Bahros herrisch vorgetragener *Alternative* und zusammen mit den jungen Fanatikern der radikalen Umweltbewegung *Extinction Rebellion* – sehr wohl erneut sein Gebräu aus illiberalem Hass gegen die Stadt und mehr oder minder vernehmbarem Antisemitismus zum (Dorf-)Markt tragen, um nun dort einer Öko-Diktatur das Wort zu reden. Ein Mann, bei und in dem die Grenzen zwischen rechts und links, reaktionär und alternativ verschwimmen. Pickelhaube oder Aluhut, Reichskriegsflagge oder die Regenbogenfarben der Friedensbewegung – der Wutbürger Ratti könnte mit seinem Quer-Reden und Denken direkt aus den Abendnachrichten kommen und sich dort als »Ketzer« inszenieren, wo es nirgends mehr Exkommunikation oder gar Inquisition gibt.

War er ein Naturapostel, der seine Halbbildung aus Volkswochenblättern bezieht? Der von der schädlichen Anreicherung der Welt mit elektrischen Wellen gelesen hat und deshalb das Radio abschaffen will? Hat er mit solch naiver Zurück-zur-Natur geködert?

Landlust aber ist auch hier vor allem antiurbane Unlust, wobei ironischerweise – und gleichzeitig erwartbar – die dem Städtischen zugeschriebene Fragmentarisierung und »Anatomisierung« nun aufs Land verschickt wird, um dort giftige Früchte zu tragen: der vorgebliche Gemeinschafts-Apostel als permanenter hasserischer Spalter, der sich freilich dabei in seiner eigenen Haut offensichtlich ebenso unwohl fühlt wie gegenwärtige Desperados vom Schlage eines Björn Höcke oder einer Alice Weidel. Unterstützt wird jener Marius dabei von einem grausigen Spaßmacher namens Wenzel, auch er ein Vorläufer-Prototyp, ein kalkulierend provozierender Fox-Moderator oder Ken Jebsen seiner Zeit. *Er war voller Zutraulichkeit, freilich von einer, der man anmerkte, daß sie jederzeit in Feindschaft umschlagen konnte. Ein Schelm und Henkersknecht zugleich war er, ein Spaßvogel und ein Würger aus dem Niemandsland.*

Brochs Erzähler aber ist ein alter Landarzt, der täglich Tagebuch führt und zum Zeugen wird, wie ein Mischmasch aus Verzichts-Rhetorik, zivilisationsfeindlichen Ressentiments, Reichtums-Versprechen und permanenter neuer Feinderklärungen schließlich den gesamten Ort in fiebrige Spannung versetzt. Gleicht dieser unprätentiöse Arzt, dem es inmitten des wachsenden Aufruhrs auch weiterhin zuvörderst um effizientes Heilen ganz realer Gebrechen geht, nicht ein wenig Doktor Rieux aus Albert Camus' *Pest*? Ist es deshalb nicht irritierend, wenn Hermann Broch im Briefwechsel mit Hannah Arendt just diesen Roman beinahe brüsk der soziologischen Kurzsichtigkeit zeiht – umso mehr Camus' sensualistisch konzise Prosa ja vielleicht auch der *Verzauberung* ganz gut getan hätte, die sich besonders in ihren Landschaftsbeschreibungen mitunter etwas schwerfällig und repetitiv liest? Hatte der legendäre Literaturwissenschaftler George Steiner tatsächlich Recht mit seinem Diktum, Brochs Roman stelle womöglich eine noch größere Leistung dar als Thomas Manns *Doktor Faustus*? Jenes »Ober- und Unter-Kuppron« lehrt jedenfalls ungleich mehr über die (Selbst-)Infizierung einer Gesellschaft als das Geschehen in Manns fiktivem Berg-Ort Pfeiffering oder in Camus' Hafenstadt Oran. Denn wie fragil ist das gesellschaftliche Beziehungsgeflecht im Dorf, wie einander überdrüssig sind die Nachbarn (und dies keineswegs allein aus den sogenannten »ökonomischen und sozialen Gründen«), wie schnell verfängt schließlich trotz anfänglichen bäuerlichen Mißtrauens des Rattenfängers Ratti irrationaler Sermon: *Alle müssen gemeinsam in sich hineinhorchen, dann ist es die Gerechtigkeit … und wenn sie die Gemeinschaft nicht wollen, so muß man sie dazu zwingen.*

Selbst Brochs integrer Chronist ist vor Anfechtungen nicht gefeit. Hegte nicht auch er Ressentiments gegen den von Ratti zum artfremden Freiwild erklärten »Maschinenvertreter, Radiohändler und Versicherungsagenten«, da dessen vielfältige Berufe ja »kein Ganzes« bildeten? Mußte er sich nicht mit immer schwächer werdender innerer Abwehr sagen, daß er »selbstverständlich« gegen eine Austreibung des »unproduktiven Handelsmannes« Einspruch erheben würde – oder etwa doch nicht? Und war es wirklich nur altruistische Hilfsbereitschaft gewesen, weshalb er sich als Landarzt in diesem abgelegenen Dorf angesiedelt hatte? *War es nicht auch Verachtung für die medizinische Forschungsarbeit gewesen, Verachtung für die stillen und winzigen Erfolge der Laboratoriumsarbeit, Verachtung für das, was man wissenschaftlichen Fortschritt nennt – war es nicht solche Verachtung, die mit dazu beigetragen hatte, daß ich die Stadt verließ?*

Was also soll er, dessen Glaube an die Wissenschaft längst so brüchig geworden ist wie sein vorheriges Gottvertrauen, den Dörflern entgegnen, wenn sie angesichts der physischen und mentalen Müdigkeit ihres Pfarrers nun ausgerechnet bei ihm Trost suchen und Überlegungen anstellen, die ihnen offenbar der Hetzer Marius Ratti eingeträufelt hat? *Herr Doctor, ein Leben lang hat man uns lehren wollen, Gott zu lieben, wir haben uns bemüht, es ist uns nicht gelungen, er hat es uns zu schwierig gemacht ... sollen wir nicht stattdessen die Erde lieben? ... Auch mit der alten Vernunft geht es ja eben nimmer weiter. Und etwas in uns muß eben Ja sagen, dann wird es schon von selbst vernünftig.* (Exakt die gleiche sklavische und beinahe metaphysische Überhöhung des als faktisch Ausgegebenem, die Jahre später Primo Levi als *ein* Merkmal deutschsprachiger Intellektueller ausmachen wird – hier bereits angekündigt in der unbeholfen bäuerischen Diktion, in welcher der hellsichtige Hermann Broch seine Figuren sprechen und stammeln läßt.) Außerdem, so die bängliche Frage: Was war denn schlimm daran, »das Vertrauen zu einem Instinkt der Menschheit« wiederzufinden? Ein permanentes Hin und Her moderner Anfechtungen, vor deren Hintergrund und Konsequenzen die altbekannten Faustschen Skrupel und romantischen Seelenwehwehchen geradezu possierlich wirken.

In einer der stärksten Szenen des Buchs wird schließlich sogar dieser skrupulöse Arzt beinahe zum Mittäter, für entscheidende Minuten paralysiert bei einem ins Paganistisch-Orgiastische abdriftenden Kirchweihfest. Das Kommende hatte sich angekündigt, denn bereits zuvor hatte Rattis Spaßvogel-Adjutant die Dorfjungen militärisch paradieren lassen und war auf Nachfragen des Doktors keineswegs um eine Antwort verlegen: Jedes Fest brauche heutzutage einen *Sanitätsdienst* und da er in seinem Verantwortungsgefühl ... Lügnerisches Verdrehen des Offensichtlichen bei gleichzeitiger aggressiver Defensiv-Attitüde: auch das ein Demagogen-Trick, der die Jahrzehnte mühelos überstanden hat. Ebenso wie jene an die trumpistischen Capitol-Stürmer vom Januar 2021 erinnernden Dörfler, die sich nun bei Einbruch der Dämmerung für einen Hexentanz bereit machen, wie ihn die Regeln der herkömmlichen Kirchweihfeste nie erlaubt hätten – »mit Mistgabeln wie Teufel bewaffnet, die Köpfe mit Geiß- und Kuhhörnern bewehrt, zwischen denen bei manchen ein Mond oder eine Sonne aus Goldpapier angebracht war«.

Und dann senkt sich die Nacht herab. Das Ländler-Gefiedel auf der Wiese wird immer lauter, die tanzenden Bauernleiber werden drängender und verschwitzter. Und die in Phantasieuniformen gesteckten Burschen immer aggressiver, während sich die Rede des Marius Ratti in salbadernd-suggestive Höhen schraubt: Erde und Berg seien geschändet und entfremdet, also müsse ein unschuldiges Opfer für Schicksals-Versöhnung sorgen. *»Das Opfer, das Opfer«, schrie die Menge. Es mag sein, daß auch ich mitgeschrien habe. Indes Marius wiederholte: »Das höchste Wissen ist das Wissen um den Tod. Von ihm kommt die Kraft.* (Welcher anderer Mitte der dreißiger Jahre fertiggestellte Roman wäre in Stil und Thematik mit solcher Darstellungskraft vergleichbar – kurz *vor* dem »Viva la muerte« der Franco-Faschisten, *vor* den europaweit vorrückenden SS-Uniformen mit ihren Totenköpfen, Jahrzehnte *vor* Che Guevaras Hoffnung, daß kubanische Volk würde nach einem Atomangriff kollektiv zu Asche und danach zum Humus für etwas Neues, auch lange *vor* dem »Ihr liebt das Leben, aber wir den Tod«-Schlachtruf der weltweit agierenden Dschihadisten?)

Schließlich wird ein junges Bauernmädchen ritualmäßig geschlachtet – freilich nicht etwa von der Hand des schlauen Verführers, sondern durch den aufgeheizten Dorfmetzger, der nach seiner Tat ins Gebirge flieht und dort umkommt. Der Arzt, der kurz vor seiner kurzzeitigen Selbst-Ausschaltung noch zu ironischen Gedanken über die geschwätzige Verbal-Diarrhö des Redners Zuflucht genommen hatte, kommt wieder zu sich, erhofft angesichts des Geschehenen die völlige Desavouierung des kriminellen Blenders – und muß entsetzt sehen, daß ja bereits hier am Tatort einfach alles weitergeht wie vorher.

Mit perfektem Populisten-Gespür hat sich Marius nämlich sogleich von der Bluttat distanziert, die er dennoch als notwendig und gerechtfertigt preist. Danach gibt's im »Buschenschank« weiter Freibier. *Ein paar Besoffene torkelten noch herum, und zweimal begegnete ich auch den üblichen engverschlungenen Paaren, die dem weichen Hang unter den Birken zustrebten. Für sie einten sich heute noch Himmel und Erde, doch dazu wäre das Menschenopfer nicht nötig gewesen.*

Die zuvor vom Verführer Marius Entrückten und Korrumpierten aber finden sich in den darauffolgenden Tagen zurückgestoßen in ihren bisherigen faden Alltag. Doch akzeptieren sie auch dies, verkneifen sich – und das nicht allein aus Angst – jegliche Nachfrage, finden sich sogar damit ab, daß der Gescheiterte danach auch weiterhin in ihrem Namen palavert und verkündet. Schon bald darauf wird er in den Gemeinderat gewählt und überlebt dort politisch selbst das von ihm herbeigeführte Desaster eines erfolglosen Goldgrabens im Stollen, das erneut Menschenopfer fordert. Im Gegenteil: Seine dreiste »Wenn nicht die anderen …«-Rhetorik verfängt weiterhin. Immerhin: Der von ihm gemobbte Händler samt Familie wird nicht ermordet, sondern quasi zivil genötigt, das Dorf doch besser zu verlassen, »im eigenen Interesse«. Sein freiwerdendes Haus übernimmt, kaum überraschend, das neue Gemeinderats-Mitglied Marius Ratti, der sich, kinderlos und mürrischer Single, zum Schluß dann noch einmal zur ganz großen Rede aufschwingt. Larmoyant beklagt er den »Haß überall«, läßt *seinem* notorischen Städtehaß plus Misogynie freien Lauf und deliriert folglich auch weiterhin von den verweichlichten Metropolen, die erst durch das einfache, männlich harte Landleben … Und ist auch hier ein Vorgänger, Teil einer Tradition, die bei Pol Pot nicht begann und bei den neorechten Boden-Propagandisten im Rittergut Schnellroda nicht enden wird.

Brochs fragiler Chronist hingegen ist da längst wieder zur Besinnung gekommen, weiß ab nun um die Verführbarkeit auch der sogenannten »Guten« – doch wem nützt das noch, da er den Mord ja doch nicht hatte verhindern können?

Womöglich uns. Da wir Nachgeborene, angesichts des Gegenwartsgeschehens allzu oft töricht »Warum?« fragend und von »neuartigen Phänomenen« plappernd, einen solchen Vermächtnis-Roman zur Lektüre haben. Weil Hermann Broch damals auch der Versuchung widerstanden hatte, die nach der

Bluttat wieder eingezogene Normalität mit einem »Ist ja nochmal gut gegangen« zu idealisieren. Da ja nun offenbar geworden ist, wie trügerisch und potentiell gewalttätig Gemeinschaft sein kann, wie verführbar jedoch auch der Einzelne, der sich in der Position des objektiven, unangreifbaren Betrachters wähnt. Was an Positivem bliebe, wäre dann ein wiederum an Camus erinnerndes Lob des Lebens jenseits von Verzweiflung und Euphorie: *Die Freude, die keine Opfer braucht und keinen Tanzplatz am Rande des Todes, damit sie wiedergeboren wird, sondern die immer da ist, von Ewigkeit zu Ewigkeit.* Aber würde das reichen? Wäre es tatsächlich genug, ein moderat zentristisches Credo in eigener Sache zu entwerfen, so wie es der *Doctor* sinnierend versucht? *Das Heidnische braucht den Mord, um bestehen zu können: nur in der Mitte unseres Seins ist das Heilige, ist die Heiligkeit unseres Lebens, dieses so kurzen, mit jeder Nacht kürzeren Lebens, das kein Rausch ist und keine Maschine .... kein Wissen des Blutes und keines der Technik, sondern des Menschen Wissen seiner selbst.*

Hermann Broch, der seinem Landarzt im abschließenden Gesprächs-Duell mit dem Mordanstifter zwar die besseren Argumente gibt, aber um dessen schwächeres Durchsetzungsvermögen weiß, hat aus dem Dilemma seine Schlüsse gezogen – als Intellektueller, dem es dann wortwörtlich bis zum letzten Atemzug um die Institutionalisierung der Menschenrechte zu tun war, um einen ebenso transparent einklagbaren wie robust wehrbereiten Schutz vor den immer wieder nachwachsenden Sklavenmacher-Rattis dieser Welt.

6

»Eine entfernte Möglichkeit des Guten ...« Primo Levi (1919–1987)

Ich bin kein verzweifelter Mensch: Acht Stunden täglich bin ich Techniker, also ein Mensch, der gegen die stumpfe, bösartige Trägheit der Materie ankämpft, und wer einen Kampf führt, ist niemals verzweifelt, weil er ein Ziel vor sich sieht. Aus demselben Grund war ich auch in Auschwitz nicht verzweifelt.

Stehen diese Worte im Widerspruch zum gängigen Bild des Auschwitz-Zeugen Primo Levi? In diesem Fall müßte sich die Frage anschließen, wie es denn um jenes »Bild« bestellt sei – und *wo*. Anders als in Italien ist Levis Bericht *Ist das ein Mensch?* nämlich *keine* Schullektüre in Deutschland, wo man – »zur Erklärung jener Zeit« – eher auf das Tagebuch der jungen Anne Frank zurückgreift. Sicherlich ist da, wie auch in all den inzwischen zahllosen Anne Frank gewidmeten Theaterstükken, Kinder- und Jugendbüchern, Comics und Ausstellungen, viel Empathie am Werk und der gute Wille, anstatt abstrakter »Narrative« besser anhand eines konkreten Schicksals die Schrecken der Nazizeit und der Besatzung in Erinnerung zu rufen und zu veranschaulichen. (Angesichts einer längst zum Dauer-Hype gewordenen Beschäftigung mit dem Schreiben und brutal kurzen Leben jenes Mädchens sei allerdings auch eine andere Vermutung erlaubt. Was nämlich, wenn sich hier mitunter nicht auch jene bequeme Kultur eines immer wieder baß erstaunten Entsetzens manifestiert, mitsamt der unangenehmen Naivität der »Why?«-Schilder-Ästhetik, die angesichts jedes Verbrechens großäugig zu wissen begehrt »Warum nur tun Menschen das einander an?« und »Wie konnte das nur geschehen?«)

Anders als in Deutschland ist in Italien Primo Levi jedoch auch als Chemiker bekannt, mehr noch: als gewitzt-kenntnisreicher Afficionado von Technik und der abenteuerlichen Schönheit des *Beherrschens* der Elemente und der Materie. Die anhand der Charaktereigenschaften von Wasserstoff, Zink, Blei oder Uran erzählte Autobiographie *Das periodische System* ist dort nicht nur Literaturliebhabern bekannt, und sein gut gelaunter Monteurs-Roman *Der Ringschlüssel* wurde bei Erscheinen 1978 auch unter Arbeitern ein Bestseller und ist bis heute eines von Levis populärsten Büchern geblieben. Nicht zu vergessen die futurologischen Erzählungen, die sein Kollegenfreund Italo Calvino als »Bio-Fiction« bezeichnete oder den – von Philip Roth besonders geschätzten – Partisanenroman *Wann, wenn nicht jetzt?* Dazu die Fortsetzung des Auschwitz-Berichts in *Die Atempause,* die als Kino-Adaption, produziert von Martin Scorsese, zwanzig Jahre nach Levis Suizid in Italien ein großer Erfolg gewesen war. (Während deutsche Kritiker damals monierten, die Verfilmung der Nach-Auschwitz-Odyssee durch Polen, die UdSSR, Rumänien, Ungarn und Österreich wirke durch ihren Schluß – Levis Heimkehr ins geliebte Italien – allzu »versöhnlerisch«.)

Was deshalb vor allem irritiert, ist der weihevoll dräuende, ungenaue und unangemessene Ton, der sich mitunter in das hiesige Sprechen und Schreiben über Primo Levi einschleicht. Als hätte es weder ein Davor noch Danach gegeben. Als würde die Rede über den »literarischen Chronisten der entmenschlichenden Lagererfahrung« nicht Gefahr laufen, sich gegen sich selbst zu wenden beim Außen-vor-Lassen von all dem, was Primo Levi eben *auch* gewesen war – jenseits der Nummer 174517, die man ihm als Hilfsarbeiter in Auschwitz-Monowitz auf den linken Unterarm tätowiert hatte. (Umso erhellender, wie sich Autoren wie Myriam Anissimov, W. G. Sebald, Christoph David Piorkowski oder Maike Albath wirklich für Levi interessieren und dabei jene verbreitete Floskel hinterfragen, mit ihm sei ein weiterer Shoah-Zeuge daran gescheitert, »das Überleben zu überleben«.)

Tatsächlich hatten im Laufe der Jahrzehnte Generationen von Kultur- und Literaturwissenschaftlern über Levis Buch *Ist das ein Mensch?* immer neue fein ziselierte Begrifflichkeiten in Umlauf gebracht, so daß das Einmalige dieses Werks beinahe in den Hintergrund getreten war. Dabei zeigt jener

Auschwitz-Bericht, was Primo Levi – als 24jähriger am 3. September 1943 als *Partisan* verhaftet, am 22. Februar 1944 jedoch als *Jude* deportiert und am 27. Januar 1945 von der Roten Armee befreit – hier gelungen ist: Die Erinnerung gerettet, den Hyper-Realismus der Lager-Beschreibung *nicht* mit Empathie-Verlust erkauft und – dies vor allem – das Vertrauen in die Kommunikationskraft der verständlichen Sprache bis zuletzt verteidigt. »Es ist nicht wahr«, wird er später schreiben, seit Ende 1945 wieder in seiner Heimatstadt Turin, »daß Unordnung sich nur durch Unordnung darstellen ließe; es ist nicht wahr, daß das Chaos des beschriebenen Blatt Papiers das beste Sinnbild ist für jenes endgültige Chaos, das uns erwartet: dieser Glaube ist ein typisches Laster unseres Jahrhunderts der Unsicherheit.«

Weshalb ihn dann also, wie so oft geschehen, in eine Reihe stellen mit Paul Celan, gegen dessen »dunkles Schreiben« er doch trotz aller Hochachtung so deutlich polemisiert hatte? »Da wir Lebenden nicht allein sind, sollten wir auch nicht so schreiben, als wären wir allein«, heißt es 1976 in Levis Auseinandersetzung mit Celans hermetischer Lyrik. Das mag freilich auch ein Mutmachen in eigener Sache gewesen sein. Wichtiger ist, daß das, was Levi hier an der *Todesfuge* kritisiert, auch ein Licht wirft auf die geradezu inbrünstige Rezitation von Paul Clans berühmtesten Gesicht bei diversen deutschen »Gedenkveranstaltungen«. (Was, wenn gerade das kryptisch Metaphernreiche der Verse den Nachkommen der Täter womöglich auch eine allzu wohlfeile Ausflucht böte ins quasi Sprach-Religiöse? Da *sie* doch anscheinend, im Unterschied zu Primo Levi, sich hier offenbar keineswegs »frustriert« fühlen.) *Gebannt steht man davor wie vor einem Abgrund, gleichzeitig aber fühlt man sich um etwas betrogen, was hätte gesagt werden müssen, aber nicht gesagt worden ist, und dadurch frustriert diese Dichtung und hält fern.*

Worauf Levi deshalb besteht und insistiert, in einem lebenslangen Akt der Verteidigung: Auch das zuvor Unvorstellbare, das nie Erfahrene, die Umwertung der Werte und damit auch der Wörter – all das ist trotz allem beschreibbar in einer Sprache, die herkömmlich ist und mit ihren möglichst präzis gesetzten Vokabeln durchaus Kunde gegeben kann. Selbst die infame Aufhebung des Zeit-Begriffs läßt sich beschreiben: *Denn für uns ist das Lager keine zeitlich bemessene Strafe; für uns ist kein Termin gesetzt, und das Lager ist weiter nichts als die uns zugedachte, unbefristete Existenzart innerhalb des deutschen Sozialgefüges.*

Und nicht etwa das Hermetisch-Enigmatische (das später ein Shoah-Überlebender wie Aharon Appelfeld ebenfalls bei Celan ablehnt) wäre die Antwort auf den massenmörderischen Versuch vollständiger Auslöschung, sondern eine weiterhin der Kommunikation vertrauende Sprache. Die sich dann jedoch aller Konversationsversatzstücke entäußern müßte und hilflos humanistische Floskeln wie »grauenhaft«, »mitleidlose Hölle« oder »unmenschliches Inferno« zu meiden hätte. Vielleicht ja allein auf diese Weise, die unsere limitierte Vorstellungskraft benennt – und dadurch weitet: *Wir sagen »Hunger«, wir sagen »Müdigkeit«, »Angst« und »Schmerz«, wir sagen »Winter«, und das sind andere Dinge. Denn es sind freie Worte, geschaffen und benutzt von freien Menschen, die Freud und Leid in ihrem Zuhause erleben. Hätten die Lager länger bestanden, wäre eine neue, harte Sprache geboren worden; man braucht sie einfach, um erklären zu können, was das ist, sich den ganzen Tag abzuschinden in Wind und Frost, nur mit Hemd, Unterhose, leinerner Jacke und Hose am Leib, und in sich Schwäche und Hunger und das Bewußtsein des nahenden Endes.*

Womit jedoch keinesfalls »alles gesagt« ist. Weil Sprache doch nur dort wirken kann, wo noch Menschen sind, die sie hören und sprechen. In seinem 1986, ein Jahr vor seinem Tod, erschienenem Essayband *Die Untergegangenen und die Geretteten,* einer unverzichtbaren Ergänzung zu *Ist das ein Mensch?,* schreibt Levi: *Die Geschichte der Konzentrationslager wurde fast ausschließlich von denen geschrieben, die, wie ich, nicht den tiefsten Punkt des Abgrunds berührt haben. Wer ihn berührt hat, ist nicht mehr wiedergekommen, oder seine Beobachtungsgabe war durch das Leid und das Nichtbegreifen gelähmt.*

Und schließlich, radikaler noch, und ohne die Furcht, von ehemaligen Tätern und Mitläufern instrumentalisiert oder von nachgeborenen Lesern falsch verstanden zu werden – und dabei auch hier weiterhin in kristalliner Diktion ohne ein einziges nebulöses, raunendes Wort: *Überlebt haben die Schlimmsten, und das heißt die Anpassungsfähigsten. Die Besten sind alle gestorben. (...) Ich wiederhole: Nicht wir, die Überlebenden, sind die wirklichen Zeugen. Wir Überlebenden sind nicht nur eine verschwindend kleine, sondern auch eine anormale Minderheit: Wir sind die, die aufgrund von Pflichtverletzung, aufgrund ihrer Geschicklichkeit oder ihres Glücks den tiefsten Punkt des Abgrunds nicht berührt haben. Die Untergegangenen sind die eigentlichen Zeugen, jene, deren Aussage eine allgemeine Bedeutung gehabt hätte. Sie sind die Regel, wir die Ausnahme.*

Weiter kann keiner gehen, der solchen Bericht gibt.

Fragwürdig indessen, daß dem »Fall Primo Levi« häufig auch gleich noch der »Fall Jean Améry« zugeordnet wird, die Schicksale zweier Überlebender aufgrund ihres späteren Suizids allzu hurtig in eins gesetzt. Dabei hatte Levi in seinem Essay *Der Intellektuelle in Auschwitz* gerade in Bezug auf seinen ehemaligen Mithäftling entscheidende Unterschiede herausgearbeitet. Daß er dabei Amérys komplexe Persönlichkeit etwas unterbelichtet ließ (und sich dabei noch immer über dessen ungerechtfertigten Vorwurf, »ein Verzeiher« zu sein, ärgerte) – es ist wohl inzwischen eher nebensächlich. Wichtiger hingegen, mit welchen Argumenten, genauer: Lagererinnerungen, Primo Levi das Nutzlose der »Warum«-Frage belegt. Gerade nämlich vermeintlich »Ungebildete« hatten sich damals jener »Verschwendung einer Energie, die man sinnvoller für den täglichen Kampf gegen Hunger und Erschöpfung aufgewendet hätte«, geradezu instinktiv verweigern können. Damit hatten sie eine etwas bessere Chance zu überleben, doch verschweigt Levi nicht den ethischen Preis dafür, redet gewalttätige Egoismen nicht klein und singt schon gar kein Hohelied auf jegliche Abwesenheit von Sublimationsbemühungen. Da doch auch er, der kurz zuvor in Turin promovierte Chemiker, keineswegs »kulturlos« war, sondern im Gegenteil gerade aus dem Formvollendeten der italienischen Klassik Kraft und Überlebensmut zog.

Unvergeßlich die Szene, in der »Nummer 174517« den Gesang des Odysseus aus Dantes *Göttlicher Komödie* aus dem Gedächtnis memoriert und seinem Mithäftling Jean ins Französische zu übersetzen versucht. Gerade nämlich die Strenge des Versmaßes gibt Halt gegen das apokalyptisch Mäandernde ringsum, und der junge jüdische Agnostiker Dr. Levi aus Turin vermeint »wie einen Posaunenstoß, wie Gottes Stimme« zu vernehmen bei einer Aufforderung, die *eben* kein hohles Pathos ist, sondern das, was Manès Sperber zur etwa gleichen Zeit (versteckt in Südfrankreich) bezeichnet hatte als »die kategorische Zurückweisung der Mutlosigkeit«. In Dantes Worten, von Levi leise und eindringlich gesprochen in schlotternder Lagerkleidung und »mit den Suppenstangen auf den Schultern«, unter den mißtrauischen Blicken von SS-Männern und Kapos: *Bedenket, welchem Samen ihr entsprossen: / Man schuf euch nicht zu leben wie die Tiere, / Nach Tugend und nach Wissen sollt ihr trachten.*

Die Zweifel und Gefährdungen, die Jean Améry in *Jenseits von Schuld und Sühne* so eindringlich beschreibt – »die grundsätzliche geistige Toleranz und der methodische Zweifel des Intellektuellen wurden zu Faktoren der Autodestruktion« – sind auch deshalb *nicht* die seinen: Er nämlich ist *kein* nördlicher Intellektueller, der am Naturrecht und den moralischen Kategorien zu zweifeln beginnt, sobald sie hier in der Lagerwelt derart »natürlich« außer Kraft gesetzt werden. Womit Améry ringen, wogegen er mit aller verbliebenen Kraft andenken mußte, ist für Levi, der sich »nur« aufs Überleben konzentriert, kein existentielles Problem. *Der Intellektuelle (und ich erlaube mir, Amérys Aussage hinzufügen: der deutsche Intellektuelle) neigt dazu, Komplize der Macht zu werden und sie folglich gut zu heißen. Er neigt dazu, den Spuren Hegels zu folgen und den Staat, jeden Staat zu dei-fizieren: Allein der Tatbestand, daß er existiert, rechtfertigt seine Existenz.*

Levi war von solchem Ballast frei, mußte sich diesem deshalb auch nicht erst in einem quälenden Prozeß entledigen. Auch war er weder Marxist noch Ex-Marxist und hatte auch keine Sekunde die Mär geglaubt, daß gewisse körperliche Arbeit »entfremde«. *Im Unterschied zu Améry und anderen fühlte ich mich durch die manuelle Arbeit nicht übermäßig gedemütigt* – was selbstverständlich die Brutalität der Zwangsarbeit, welche die meisten nicht überleben sollten, keineswegs relativiert. Auch kommt Levi immer wieder darauf zurück, daß bereits seine Zeugenschaft eine unwahrscheinliche Ausnahme, ja fast ein Privileg ist: Kinder, Alte, Kranke und die meisten Frauen waren sofort an der Rampe von Birkenau »selektiert« und ins Gas getrieben worden, während für die Zwangsarbeiter etwa in Auschwitz-Monowitz eine Überlebenszeit von drei Monaten vorgesehen war, ehe aus dem besetzten Europa neue Sklaven herbeitransportiert wurden. Fast alle der zusammen mit ihm eingelieferten italienischen Juden waren bereits in den ersten Wochen zugrundegegangen; da sie der deutschen Sprache nicht mächtig waren, verstanden sie die Kommandos nicht, waren eine bevorzugte Zielscheibe der sadistischen Kapos, wurden von der SS zu Tode geprügelt oder verhungerten und erfroren.

Primo Levi aber hatte sich in verzweifelter Schnelligkeit Deutsch beigebracht und war schließlich in einem Chemie-Labor der IG Farben angestellt worden, wo er sich durch kleine Brotschmuggeleien und Ähnliches jeden Tag ein fragiles Überleben erkämpfen konnte. Ein halbes Menschenleben später, im Mai 1986, fragt ein italienischer Journalist den inzwischen längst weltberühmten Autor von *Ist das ein Mensch?* abermals über die Gründe seines Überlebens und Levi antwortet: *Ich war vom Glück begünstigt, weil ich Chemiker war, weil ich einem Maurer begegnete, der mir zu essen gab, weil ich die Hindernisse der Sprache überwand (das kann ich mir selbst zugute halten); ich bin nie krank geworden, nur ein einziges Mal am Schluß, und auch das war ein Glück, denn es hat mir die Evakuierung aus dem Lager erspart. Die anderen, die Gesunden, sind alle umgekommen, denn sie wurden mitten im Winter nach Buchenwald und Mauthausen verlegt.*

Eine Überlebens-*Garantie* aber war die Zwangsarbeit bei IG Farben nicht. Die Geschichte von Levis dortiger erneuter »Chemieprüfung«, nun unter der Aufsicht jenes eiskalt-effizienten SS-Dr. Pannwitz, ist dabei längst kanonisch geworden:

Innenaufnahme einer technizistischen Welt auf rassistischem Fundament, in welcher der jüdische Doktor eben *kein* Mensch ist, sondern eine Sache, die es für gewisse Zeit zu nutzen gilt – zur Ausbeutung *und* zur anschließenden Vernichtung bestimmt.

In den darauffolgenden Jahren und Jahrzehnten ist es für Levi in seinen Wortmeldungen gleichermaßen wichtig, an diese Entmenschlichung zu erinnern *und* gegen deren Banalisierung Einspruch zu erheben. Denn Nein, eine Turiner FIAT-Fabrik ist *kein* »Lager«, auch wenn dies Graffitisprüche behaupten mochten, die einem vulgarisierten Nach-68er-Diskurs entstammten. Auschwitz ist *kein* Symbol für *den* Kapitalismus. Auch sind Technik und Wissenschaft nicht *per se* verhängnisvoll, ist das Heideggersche Konstrukt eines angeblich allmächtigen »Gestells« eben kein »Über-Auschwitz«.

Daß der notorische Antisemit vom Todtnauberg seine einstige NS-Schwärmerei nun nach dem Krieg in einer raunenden Zivilisationskritik zu verdrängen suchte (und damit postum sogar manch Linke begeisterte), war dabei fast logisch. Daß »Auschwitz« späterhin in irren Volten sogar als Resultat des westlichen Rationalismus umgelogen und der Aufklärung angelastet wurde (die in Wirklichkeit mit ihren französischen, englischen und schottischen Wurzeln in Deutschland doch ohnehin kaum heimisch geworden war) – Primo Levi hatte es nicht verwundert.

Vielleicht aber wäre er, hätte er länger gelebt, dennoch überrascht gewesen, daß ausgerechnet im einstigen Täterland Deutschland, das sich nun immer selbstbewußter als geläuterter »Erinnerungsweltmeister« in Szene setzte, mit Heiner Müller ausgerechnet ein seinerzeitiger Präsident der Akademie der Künste in der Akademie-Zeitschrift *Sinn und Form* unwidersprochen solches von sich geben konnte: *Für Jahrzehnte wird nach dem vorläufigen Sieg des Kapitalismus, der ein System der Selektion ist (das Prinzip Auschwitz), die Kunst der einzige Ort der Utopie sein.* Für Müller war Auschwitz »das letzte Stadium der Aufklärung« und »kommt aus dem Westen« – und keiner seiner zahlreichen Adepten und Fans im Literatur- und

Theaterbetrieb hatte gegen die Ungeheuerlichkeit Einspruch erhoben. Das war ein paar Jahre zuvor anders gewesen, doch war damals die Holocaust-Relativierung noch von rechts gekommen, in Gestalt des Historikers Ernst Nolte und seiner Auschwitz-Auslagerung als »asiatische Tat«, die angeblich ursprünglich von Lenins »Klassenmord« inspiriert gewesen sei.

Primo Levi hatte von Turin aus noch mitverfolgt, wie dieser Versuch der Geschichtsfälschung zum »Historikerstreit« führte. Allerdings: Hatten diejenigen in Deutschland, die nun zu Recht protestierten, nicht ihrerseits lange Jahre den sowjetischen Gulag und dessen Millionen Opfer nur am Rande wahrnehmen wollen? Hingegen war es der Auschwitz-Überlebende Primo Levi, der schon frühzeitig Alexander Solschenizyns Lager-Erzählung *Ein Tag im Leben des Iwan des Iwan Denissowitsch* skrupulös mit einem roten und einem blauen Stift gelesen hatte, um Seite für Seite zu unterstreichen, was er ähnlich und was er radikal anders erlebt hatte. Auch den *Ersten Kreis der Hölle* und den *Archipel Gulag* hatte Levi gelesen, dem keiner erst erklären mußte, daß Vergleichen weder Gleichsetzen noch Relativieren bedeutet. Dazu brauchte *er* auch keine Aufrechner von rechts, um an das Schicksal der 1945 befreiten sowjetischen Kriegsgefangenen zu erinnern, die danach als vermeintliche »Verräter« in den stalinistischen Gulag transportiert oder sogleich erschossen worden waren.

Verwaschenes Sprechen, ahistorische Spekulationen, fragwürdiges Psychologisieren – noch in seinen letzten Lebensmonaten thematisiert Primo Levi all diese Spielarten des Verfälschens. Besonders die bis heute beliebte und ins vorgeblich Sozialkritische gedrehte Behauptung, daß Mörder »ja auch irgendwie Opfer« seien, findet in ihm einen Kritiker, der es an Deutlichkeit nicht fehlen läßt angesichts einer »kranken Moral, eines ästhetisierenden Getues oder eines unheimlichen Zeichens für Komplizenschaft«. Fatal auch, wie weite Kreise der kulturellen Öffentlichkeit in Büchern, Artikeln und Theaterstücken die These nachbeteten, daß wir alle nur »Monaden« wären, unfähig zu wahrem Gespräch, das ohnehin nur Fiktion und

Wortgeklingel sei. Primo Levis Einspruch: *Ach, wir sind einsam, auch (oder vor allem) wenn wir als Paar zusammenleben. Mir kommt es vor, als entspränge dieses Lamento einer geistigen Trägheit, für die es zugleich symptomatisch ist; jedenfalls fördert sie solche Klagen, und das schließt sich zu einem gefährlichen Teufelskreis.*

Hier schrieb vermutlich nicht zuvörderst der Mann, der kurz nach dem Krieg mit seiner Frau Lucia seine große Lebensliebe gefunden hatte, sondern der Überlebende, der für die Anmaßung seiner Zeitgenossen, sich ob behaupteter »Stummheit« eine Art Gesellschaftsopfer-Status zuzusprechen, nur Verachtung haben konnte. Da er doch in Auschwitz erlebt hatte, wie tödlich es für viele seiner aus Südeuropa deportierten Mithäftlinge geworden war, wenn sie wegen Ermanglung deutscher oder polnischer Sprachkenntnisse noch mehr isoliert wurden, noch einsamer und verlassener als ohnehin. Levis unterdrückte Wut angesichts einer pseudo-kritischen Klage-Litanei, nach der ja auch in unserer Werbewelt Sprache zu Slogans verkomme etc., ist noch beim heutigen Lesen zu spüren – ebenso sein Zorn, wenn er Ezra Pound bescheinigt, »daß seine poetische Dunkelheit dieselben Wurzeln hat wie sein Übermenschentum, das ihn erst in den Faschismus und dann in die selbstgewählte Isolation trieb«.

Sprache als solche zu denunzieren, erscheint ihm deshalb als letzte perfide Falle, aufgestellt von den Tätern, um die Überlebenden zu paralysieren – und verteidigt gerade deshalb seine frühe Erfahrung, »wie sehr das praktische Denken zum Überleben beitrug, das Denken eines menschlichen, wissenschaftlichen Kopfes«. Hier schreibt ein Zeuge, der nicht vergessen konnte, welcher Albtraum ihn damals auf seiner Bretterliegestatt in der Lagerbaracke regelmäßig heimgesucht hatte. *Ich träumte, ich wäre heimgekehrt, zu meiner Familie zurückgekehrt, und erzählte, und man hörte mir nicht zu. Mein Gegenüber will mich nicht anhören, es wendet sich ab und entfernt sich. Ich habe diesen Traum meinen Freunden im Lager erzählt, und sie sagten: »Das träumen wir auch manchmal.«*

Dabei war Levis Insistieren auf Klarheit keine Absage an Ästhetik und Literatur und auch kein antimodernistischer Affekt (wie in manchen Äußerungen Hans Habes). Es war – in Interviews, Essays, Zeitungskolumnen – weit weniger polemisch vorgetragen als etwa bei Ludwig Marcuse und Friedrich Torberg, auch nicht elaboriert im quecksilbrigen Stil Jean Amérys, der die Inflationierung von Auschwitz als »Diskurs-Metapher« ebenfalls angeklagt hatte. Gerade deshalb aber sind die geistigen Verwandtschaften, wurzelnd in den vergleichbaren Erfahrungen Vertriebener, Verfolgter und mit dem Tod Bedrohter, umso frappierender. Gewiß waren ihnen allen gemeinsam, daß sie, die den Siegeszug der Barbarei im Wortsinn hautnah erlebt hatten, eher aufs Konkrete rekurrierende Warner sein mußten als selbstgerechte Zeitgeistliche und medial kompatible »Ketzer«, die sich oberflächen-progressiv am vermeintlich Morschen der bürgerlichen Gesellschaft delektierten und in immer neuen Wortgirlanden »Entfremdung«, Kapitalismus, Materialismus, Sprach-Klischees und dergleichen als Hauptübel der Epoche ausmachten. Sie dagegen, die mit dem »Brüchigen« von Werten, Staaten, Strukturen und Gesinnungen als tatsächlich Tödlichem konfrontiert gewesen waren, hielten nun – je nach eigenem Temperament und ohne hochfliegende Illusionen – eher Ausschau nach dem, was *nicht* allzu brüchig war, was *nicht* relativiert werden durfte, worauf sich bei aller Skepsis als ein *Dennoch* bauen ließ und was zumindest ein relatives und temporäres Antidot darstellte zur fortdauernden Gefahr totalitärer Gewalt und eines (links- oder rechts-)autoritären Populismus.

Levi hatte nach seiner Rückkehr nach Turin (seine Familie hatte überlebt) bald wieder als Chemiker zu arbeiten begonnen. Ab den fünfziger Jahren machte er im Auftrag seiner Firma auch Arbeitsbesuche in Deutschland, ironischerweise u. a. bei der Bayer AG, die einst Teil der IG Farben gewesen war. Bald schrieben ihm auch frühe bundesdeutsche Leser seines Buchs *Ist das ein Mensch?* Und berichteten ihm – 1962! – von Schülern, die gesagt hätten, es wäre nun »genug des *Mea culpa*-Geschreis der Presse und ihrer Lehrer«. Viele gaben an, erst durch seinen

Bericht wirklich begriffen zu haben, was Auschwitz gewesen sei, manche allerdings mißverstanden Levis niemals haßerfüllte Diktion auf ihre eigene, durch und durch selbst-exkulpierende Weise. *Lieber Herr Dr. Levi, so darf ich Sie einmal nennen, denn wer Ihr Buch gelesen hat, muß Sie liebhaben. Schwer lastet die Schuld auf meinem armen, betrogenen und irregeleiteten Volk. Freuen Sie sich jedoch des neu geschenkten Lebens, des Friedens und Ihrer schönen Heimat, die auch ich kenne. Auch auf meinem Bücherbord stehen Dante u. Boccaccio. Ihr sehr ergebener T.H.«* Ohne das Wissen ihres Gatten hatte damals Frau H. noch einen Zettel in den Brief gesteckt, auf dem sie sich für solch unverschämte Jovialität entschuldigte.

Gleichzeitig beobachtete Primo Levi, der die Briefe seiner deutschen Leser stets auch auf Deutsch zu beantworten pflegte, einen Riß, der von Jahr zu Jahr größer wurde und oft noch nicht einmal das Resultat expliziter Verdrängungsabsicht war.

Mit großer Fairness konzedierte er, daß »die Schwierigkeit oder Unfähigkeit, die Erfahrungen anderer zu perzipieren«, ein allgemeines Phänomen ist und zunimmt, »je weiter derartige Erfahrungen in der Zeit, im Raum und in ihrer Eigenart von den unseren entfernt sind«. Dennoch verstörend – besonders für ihn, den linksliberalen Intellektuellen, der ja keineswegs auf der Seite des »Establishments« stand – jene FIAT-Werke als »Lager« beschrieben zu finden oder zu hören, wie »Auschwitz« nun als Symbol und Spielmarke für dies und das herhalten muß oder ein Gefängnisausbruch in Rom mit einem Ausbruch aus Treblinka verglichen wird. Ohne die jüngere Generation in Deutschland und Italien harsch anzugreifen – er, der stets konziliant Freundliche, ein »Gentleman alter Schule«, freut sich bis zuletzt über Austausch und Gespräch – muß er doch im Kontakt mit ihnen eine wachsende Fremdheit konstatieren. *Sie bringen eine vage Solidarität, Unwissenheit und Distanz zum Ausdruck.*

Vermutlich hat diese Jahrzehnte später sogar noch zugenommen – wohl auch aufgrund der stets gleichen Archivbilder, mit denen in den abendlichen Fernsehnachrichten an jedem 27. Januar, dem Holocaust-Gedenktag, die Befreiung des Lagers

Auschwitz illustriert wird. Als hätte es kein *Danach* gegeben. Als wäre mit dem Öffnen der Lagertore durch die Soldaten der 322. Infanteriedivision der 60. Armee der 1. Ukrainischen Front alles vorbei gewesen, womöglich sogar »gut« geworden. Bücher – und besonders diejenigen Levis – aber weiten einen Blick, den solche Bilder eher reduzieren. Gerade auch für das Geschehen jener Tage.

In der Nacht des 18. Januar 1945 war die SS abgezogen und mit ihr Abertausende Zwangsevakuierte, die in den nächsten Tagen und Wochen gewaltsam zu Tode kommen werden. Im von Bomben getroffenen und teilweise brennenden Lager gibt es ab nun nur noch die zurückgelassenen Kranken, ausgemergelte Ruhr-Patienten, die ihre Notdurft nicht mehr kontrollieren können und wie lebende Tote im Schnee umherwanken; Eiseskälte und fortgesetzter Kampf um ein Stückchen Brot. Als schließlich die Rote Armee einrückt, ist Doktor Levi gerade damit beschäftigt, erstarrte Leichen, darunter jene seiner Freunde, von Bahren in den von Kot verschmutzten Schnee zu kippen. Selbst gesundheitlich am Rande des Zusammenbruchs, wird es für ihn und die anderen Überlebenden jedoch keine schnelle Heimkehr geben – wovon er einige Jahre später in *Die Atempause* berichtet.

Züge fahren nicht oder werden für das Militär gebraucht, weiterhin ist es eisig kalt in der unwirtlichen polnischen Landschaft, und in einem Durchgangslager in Kattowitz wird zwar ein wenig der Hunger gestillt, aber die Furcht bleibt ein Begleiter: Ein Wohlmeinender rät dem jungen Primo, auf dem Schwarzmarkt lieber als politischer Häftling aufzutauchen und nicht als überlebender *Jude*; auch ist unklar, was die Rote Armee mit den versprengten Gruppen vorhat. Statt eines Zuges hinunter nach Odessa, von wo man mit dem Schiff nach Italien hätte zurückkehren können, geht es erst einmal nördlich durch die verwüstete Ukraine: Ein Weg ist dort, wo es Gleise gibt und Stationen für eine Unterkunft, vielleicht sogar ein wenig Essen. Die Beziehungen zwischen den Menschen, unter den ehemaligen Häftlingen, im Kontakt zu Soldaten und Einheimischen, auch zwischen Männern und Frauen differenzieren sich aus, sind nun schon deshalb *besser,* weil *anders* als im Lager – doch Wachsamkeit und alle Überlebensinstinkte sind noch immer vonnöten. Doch dazu nun erstmals auch wieder Humor und Ironie, sogar die Möglichkeit der Selbstironie. Sehnsüchte, die man sich eingestehen kann, oder Abneigungen und Überraschungen, die ab nun keineswegs Tod bedeuten. Mit welcher Feinheit Primo Levi das schildert! Auf Bahnstationen, in Waldstücken und Siedlungen oder in einer Stadt namens Starije Dorogi, südlich von Minsk. Italiener und Griechen, Russen, Ukrainer, Polen, Juden und Nichtjuden.

Ab und an jedoch auch einer mit »einer Armbinde mit den Buchstaben NKWD, einem Abzeichen von etwas düsterem Ruf«. Wie einige Monate später in Berlin Hilde Spiel (wenngleich dort unter ungleich luxuriöseren Bedingungen) so machen auch Levi und seine Freunde eine seltsame Erfahrung, als sie den Offizieren der siegreichen Roten Armee ihre Dankbarkeit ausdrücken wollen. *Wir versuchten ohne großen Erfolg, mit den Russen ins Gespräch zu kommen; die Gebildeteren unter ihnen (die Deutsch oder Englisch sprachen) begegneten uns höflich, aber mißtrauisch; es geschah häufig, daß sie ein Gespräch abbrachen, als täten sie etwas Verbotenes oder würden beobachtet.* Selbst der leutselige, an General Kutusow in Tolstois *Krieg und Frieden* erinnernde Marschall Timoschenko, der schließlich die gute Nachricht »Krieg zu Ende, alle nach Hause« verkündet, ist, was Levi zu diesem Zeitpunkt natürlich noch nicht weiß, auch derjenige, der 1939 an entscheidender Stelle den sowjetischen Überfall auf Ostpolen geleitet hatte und 1940 den – erfolglos verlaufenen – Krieg gegen Finnland.

(Diese frühe Ahnung von den existentiellen Ängsten und korsettartigen Verhaltensmustern unter dem Stalinismus, die Levi nie vergessen hat und die dann 1982 erneut beschrieben sind in seinem Partisanenroman *Wann, wenn nicht jetzt?*)

Und noch ist im Sommer 1945 seine Rippenfellentzündung nicht ausgeheilt, noch sind viele der Tage und Nächte eine einzige Qual. Auch die flache, schier endlose östliche Landschaft ist deprimierend, mitunter aber auch Quelle unerwarteter Freude: Fremde, die helfen, auf- und wieder abtauchen und positive

Erinnerungen hinterlassen. Oder ihm, da er zu lange an einem Brunnen verweilt hatte, im letzten Moment auf den bereits wieder anfahrenden Zug ziehen, *gute Menschen.* Die Ukraine nun in Richtung Süden durchquerend, durch Rumänien, Ungarn, Österreich – kurz auch durch München und Garmisch – und dann erneut ins teilweise sowjetisch besetzte Österreich. Schließlich bei Linz ein Jeep mit weißem anstatt rotem Stern. Am Steuer ein afroamerikanischer GI und neben ihm ein Italo-Amerikaner, der auf neapolitanisch herüberruft: *Es geht heim, Jungs!*

Ein paar Tage später ist Primo Levi wieder zu Hause. (Ist es nun also »endgültig vorbei«?) *Von den sechshundertfünfzig, die mit uns gewesen waren, kehrten drei zurück … Es dauerte noch viele Monate, bis ich die Gewohnheit verlor, den Blick beim Gehen stets auf den Boden zu heften, als sei ich noch immer auf der Suche nach Eßbarem oder nach Dingen, die sich schnell einstecken und gegen Brot eintauschen ließen.* Auch der Albtraum, daß er ja gar nicht in Turin im Kreis der geliebten Familie sei, sondern noch immer in der Baracke in Auschwitz mit dem gebrüllten Morgenkommando »Aufstehen, wstawać!«, wird ihn noch lange heimsuchen. Dann aber setzt sich Dr. Levi hin und beginnt zu schreiben – in der trotz allem nicht zu tötenden Hoffnung, auf eine Weise verstanden zu werden, die vielleicht hinausgeht über »vage Solidarität, Unwissenheit und Distanz«.

Keines dieser Bücher hatte jemals in der DDR erscheinen können. Noch im Jahr 1982 hatte sich der Aufbau-Verlag gezwungen gesehen, seinen »Antrag auf Druckgenehmigung« für *Ist das ein Mensch?* und *Die Atempause* zurückzuziehen.

Dabei war man zuvor ganz diplomatisch vorgegangen, hatte mit dem Schriftsteller Fred Wander, einem ehemaligen KZ-Häftling und Ehemann der Autorin Maxie Wander, und dem Kunstakademie-Präsidenten Konrad Wolf zwei prominente »Außengutachter« gefunden, die sich für Levis Bücher einsetzten und dabei schon präventiv »einige unklare Stellen« gekonnt weginterpretierten. Doch was sollten die Funktionäre der »Hauptabteilung Verlage« mit den leisen, präzisen Sätzen eines italienischen Juden anfangen, der kein *Kollektiv* und keine

Utopie anpries und immer wieder zurückkam auf die Einsamkeit, aber auch Würde des fragilen Individuums? Klaus Höpke, nach Mauerfall dann PDS-Fraktionschef im Thüringischen Landtag, hatte damals in seiner Funktion als stellvertretender DDR-Kulturminister ein Gegengutachten beim staatlichen »Komitee Antifaschistischer Widerstandskämpfer« angefordert, und dieses schrieb dann in folgendem Verdikt: *Ungeheuerliche Beschuldigungen, die den heldenhaften antifaschistischen Kampf namhafter politischer Häftlinge vieler Nationen negiert und Lügen straft. Wie sagte in seiner Gedenkansprache Genosse Hermann Axen zu diesem Kapitel der KZ-Geschichte: Dank dieses heldenmütigen Kampfes der von den Kommunisten geführten* ... usw. usf.

Joachim Meinert, damals Lektor im Ostberliner Aufbau-Verlag, mußte daraufhin einem enttäuschten Primo Levi einen gewundenen Erklärungsbrief schicken – und erinnerte sich, während er schrieb, daß diese Ablehnung ja keineswegs die erste war. Hatte er, was er seither erfolgreich verdrängt hatte, nicht als einstiger Jung-Lektor beim Verlag Volk und Welt bereits 1963 eine Veröffentlichung der *Atempause* in der DDR ablehnen wollen? Und hatte er nicht auch – »einer der schmählichsten Momente meines Lebens« – 1968 einer verlagsinternen Resolution zugestimmt, die den sowjetischen Einmarsch in Prag begrüßte? Als Leser Primo Levis wußte er allerdings um die Fallstricke des Gedächtnisses, das Ineinander von Erinnerung und Vergessen und fand wohl auch dank solcher Lektüre zehn Jahre nach dem Ende der DDR, den Mut, diese Geschichte seines Versagens zu veröffentlichen – in jener Akademie-Zeitschrift, in der ein paar Jahre zuvor Heiner Müller seine kruden Auschwitz-Relativierungen von sich gegeben hatte, quasi im obsessiven Nachgang zu seiner antisemitischen Behauptung »Hiroshima ist die jüdische Rache für Auschwitz«.

Und doch, bis 1989 war es dabei geblieben: Kein Imre Kértesz für die Leser in der DDR, kein »Renegat« Jorge Semprún, kein Manès Sperber und Hans Sahl und auch kein Elie Wiesel. (Dessen Auszeichnung mit dem Friedensnobelpreis 1986 war von den ostdeutschen Staatsmedien wohl auch deshalb verschwiegen worden, weil sich der Überlebende der Lager Auschwitz-Monowitz und Buchenwald jahrzehntelang für die sowjetischen Juden engagiert hatte, denen der Kreml die Ausreise nach Israel verweigerte. Elie Wiesel, der noch am Ende seines Lebens – zusammen mit Präsident Obama bei den Gedenkfeierlichkeiten 2009 in Buchenwald und danach im Washingtoner Holocaust Memorial – das Kaltschnäuzige der routinierten Feiertagsreden anklagte und fragte, was mit Darfur, Bosnien und Ruanda sei und weshalb man die Behauptung wagen könne, aus der Geschichte gelernt zu haben, solange in Syrien ein Schlächter wie Assad an der Macht war.)

Levis Partisanenroman *Wann, wenn nicht jetzt?*, 1982 in Turin erschienen, hätte in der DDR wohl ebenfalls niemals eine Chance auf Veröffentlichung gehabt. Dabei waren Partisanenbücher und -filme im damaligen Ostblock durchaus zahlreich und populär, doch bewegten sie sich allein in den ideologisch festgesetzten Grenzen des Genres: Die Widerstandskämpfer mußten kommunistisch geführt sein und am besten in nicht allzu großer Entfernung zur Roten Armee. (Daß nach Kriegsende dann auch zahllose Partisanen der stalinistischen Verfolgungs- und Vernichtungslogik zum Opfer fielen – Primo Levi hatte sich nicht gescheut, öffentlich auch daran zu erinnern.)

Nun sind seine Protagonisten allerdings Juden, die in den verschneiten Wäldern Weißrußlands kämpfen, mit dem Mut der Verzweiflung deutsche Nachschublinien- und Basen angreifen und sich ansonsten aus nachvollziehbaren Gründen sowohl von der Roten Armee wie auch von der polnischen Heimatarmee AK fernhalten. Wo Jahre später Quentin Tarantino in *Inglourious Basterds* das Schicksal einer jüdischen Partisanengruppe zu einem massen- und kritikerkompatibel ahistorischen *splatter movie* macht, gelingt dem skrupulösen Lager-Überlebenden Primo Levi ethisch *und* literarisch unendlich viel mehr. Sein einziger Roman nämlich ist tatsächlich *romanesk,* die östliche Wald- und Sumpflandschaft mal bedrohlich, mal bergend, nicht lediglich Kulisse, und die Kämpfer keine Sprechpuppen, sondern Menschen mit familiärem und politischem Hintergrund. Sie, die Versprengten, deren Nächste im Holocaust untergegangen sind, ermordet von Deutschen oder deren ukrainischen oder ungarischen Kollaborateuren, finden in den raren Momenten der Kampfpausen und des Rastens in zeitweiligen Verstecken Gelegenheit zum Reden. (Wie es bereits in *L'Education Européenne* geschehen war, jenem mitten im Krieg geschriebenen Debütroman des jungen Romain Gary, der in der gleichen Gegend spielt und den Levi für sein eigenes – dramaturgisch und stilistisch ausgefeilteres – Werk vermutlich gelesen hatte.)

Da ist etwa Adam vom »Bund«, der jüdischen Arbeiterpartei in Litauen, Polen und Rußland, die unter dem Zaren verfolgt worden war und deren Mitglieder dann von Hitler und Stalin quasi gemeinsam vernichtet wurden. Da ist der Uhrmacher Mendel, der vor dem Krieg in einer Kolchose gearbeitet hatte, und doch – selbst hier, im Partisanenkampf – ein Liebhaber ziviler Präzision geblieben ist und seinem Freund Dov zustimmt, wenn dieser sagt: *Gegen die Verzweiflung gibt es nur zwei Mittel: arbeiten oder kämpfen, aber auch das hilft nicht immer.* Wo doch selbst das nächtliche Reden bei miteinander geteilter Zigarette oder einem Stückchen Brot nicht immer hilft, sondern auch eine bislang mühsam austarierte Balance – zwischen zwei oder mehreren Menschen und auch nur in sich selbst – irreparabel zerstören kann. Denn Nein, sie sind keine Thesen-Verbreiter, diese Levi'schen Partisanen – ebensowenig wie die Protagonisten in den Romanen von Friedrich Torberg, Hans Habe, Stefan Heym, Alice Rühle-Gerstel und Leo Lania. Durch die künstlichen Paradiese illusionär fester Gewißheiten gegangen und nun an die unwirtlichen Ufer der Realitäten (im durchaus ungemütlichen Plural) gespült, könnten sie alle sagen: *Vielleicht ist ein jeder von uns der Kain irgendeines Abel, erschlägt ihn mitten auf seinem Feld, ohne es zu wissen, einfach durch die Dinge, die er ihm antut, durch die Dinge, die er ihm sagt, und durch die, die er ihm sagen sollte, aber nicht sagt.*

Doch selbst das muß verhalten ausgesprochen werden, um sich auf Wachposten dem womöglich anpirschenden Feind nicht zu verraten – und auch das Mißtrauen der ambivalenten Freunde zu vermeiden, die den am Lagerfeuer mit schmerzlichem

Lächeln vorgetragenen Geschichten und Überlegungen oft nur schwer folgen können. »Ihr Juden denkt immer zu viel nach«, sagt der ehemalige Komsomol-Kassierer Piotr, während die per Fallschirm angeblich zur Unterstützung herbeigeschickten NKWD-Leute noch viel rigider sind und selbst hier beginnen, Befehle zu schnarren, »Umorganisierungen« anzuordnen und heimlich Notizen zu kritzeln. Denn sind jene »Waldjuden« um ihren charismatischen, aber eben nicht despotischen Führer Gedale nicht allesamt »unsichere Elemente« – mit all ihren Reflexionen über den Unterschied zwischen Töten und Morden, über das von ihnen als grauenhaft, aber doch notwendig (und mitunter sogar Befriedigung spendend) empfundene Vernichten deutscher Kampfnester, mit ihren Träumen von einem sozialistischen, demokratischen Zionismus und von Eretz Israel, das sie »Stalins Kolchosen« vorziehen? Stolze Juden, die das ihnen zugeschrieben Sanfte und Wehrlose längst hinter sich gelassen haben, ihre ermordeten und anschließend »im Kalk« zum Verschwinden gebrachten Familienmitglieder nie vergessen und trotzdem leben wollen, leben – und *dafür* kämpfen.

Gerade auch dann, wenn die russischen und polnischen »Waffenbrüder«, auf die sie bei ihren Märschen in Richtung Westen immer wieder treffen, keinen Hehl aus ihrer Verachtung machen. *Als Märtyrer sind wir ihnen recht: später errichten sie uns dann wahrscheinlich Denkmäler in den Gettos, als Verbündete aber wollen sie uns nicht.*

Und so ziehen Gedales Leute weiter, entziehen sich den mit ihnen vorrückenden Stalinisten, richten die deutschen Mörder und sind bei alldem auch versierte Techniker, die zurückgelassene Uniformen, Lastwagen und Armeegerät effektiv für sich zu nutzen wissen. (Das solches Geschehen vom Autor Primo Levi nachgetragener und »aufgesetzter Humbug« sei, schrieb hingegen der seinerzeit prominente linke Publizist Erich Kuby im *SPIEGEL* anläßlich des Erscheinens der deutschen Übersetzung und begründete seine abwertende Behauptung mit dem Hinweis auf die eigene nazideutsche *front credibilidity* – denn derlei sei »dem Rezensenten nicht zu verkaufen, der drei Kriegsjahre als Soldat an der Ostfront war«.)

So kommt die Partisanengruppe schließlich im inzwischen besiegten Deutschland an, interessiert beäugt von amerikanischen Militäreinheiten, von denen sie freilich nichts zu befürchten hat. Auf dem Bahnhof in Chemnitz erklimmen sie einen Güterzug, stranden, nun immer schwächer werdend und einige bereits am Rand des Todes, für einige Zeit in der sächsischen Kleinstadt Plauen (wo knapp acht Jahrzehnte später, am 1. Mai 2019, dreihundert braun uniformierte Mitglieder der rechtsextremen Bewegung »Der Dritte Weg« mit Fackeln, Trommeln und Fahnen durch die Straßen ziehen werden, unbeanstandet von den Behörden).

Schließlich mobilisieren sie ihre verbliebenen Kräfte, fahren oder laufen weiter, entdecken dann in Italien, wie viele Juden dank nachbarschaftlicher Solidarität die deutsche Besatzungszeit überlebt hatten, sehen sich dort mit anderen Augen betrachtet. *Nie hatte sich jener düstere Schatten über sie gelegt, der dich unweigerlich von einem Polen oder Russen trennt, sobald er bemerkt daß du Jude bist.* Vielleicht werden einige von ihnen ja hierbleiben, da eine der Partisaninnen ein Kind geboren hat und neue Beziehungen entstanden sind. Andere dagegen werden sich von Neapel per Schiff auf die Weiterreise nach Israel begeben. Kein Happy End, aber – vielleicht – ein neuer Anfang. *Wann, wenn nicht jetzt?*

(Als Intellektueller – links, jüdisch, säkular, nicht-zionistisch, jedoch gleichzeitig im Antizionismus der Linken das alte antisemitische Ressentiment erspürend – hatte sich Primo Levi dann immer wieder positionieren müssen. Unterstützer des antikolonialen Kampfs der algerischen FNL, erinnerte er an die Tatsache, daß die arabischen Länder zur Zerstörung Israels aufriefen, wurde späterhin von Palästinensern niedergebrüllt, da er auf dem Existenzrecht Israels bestand – und demonstrierte 1982 zusammen mit anderen italienischen Juden vor der israelischen Botschaft in Rom gegen den Libanon-Krieg. Diskutierte mit israelischen Journalisten über die Hintergründe des Krieges, ließ sich, da er in Detailfragen nicht ausreichend informiert war, auf neue Perspektiven ein, blieb jedoch bei seiner Kritik

Begins – und entsetzte sich, als er den von ihm weiterhin abgelehnten Krieg in italienischen Zeitungen beschrieben fand als »Genozid, Vernichtung, Rassismus«. Und hatte bereits 1979 – und damit lange vor jenem Libanon-Krieg – im Fernsehen gesehen, wie beim Spiel gegen die israelische Basketballmannschaft Maccabi Tel Aviv im italienischen Varese Stadionbesucher gegrölt hatten: »Zehn, hundert, tausend – Mauthausen!«)

Literarisch gab es weiterhin Möglichkeiten, aktiv zu werden und denen, die *Schicksal* spielen, zu widerstehen. Auch dafür ist Primo Levi Zeuge, ein Ermutiger, der nicht allein den Nullpunkt der Humanität beschreibt, sondern – trotz der Traumata des Überlebenden – auch die Chance selbstbestimmten Handelns nach der Befreiung. Mit immenser Dankbarkeit für das Glück, das ihm ja ebenfalls zuteil geworden war. Nach Kriegsende Angestellter einer Lackfabrik, hatte er einmal auf dem Nachhauseweg weiterhin darüber gegrübelt, wie wohl eine Gelierung zwischen Chromat und Alkydharz gelingen könnte. Am nächsten Tag, es ist ein Wochenende, begegnet er dann einer Frau, »jung, aus Fleisch und Blut, warm, daß ich es durch unsere beiden Mäntel spürte, fröhlich mitten im Nebel der Alleen, geduldig, gescheit und selbstsicher«. Der nächste Satz ist vielleicht einer der schönsten in Levis literarischem Werk. *Nach wenigen Stunden wußten wir, daß wir zueinander gehörten, nicht für eine zufällige Begegnung, sondern fürs Leben, wie es denn auch geschah.*

Wie es denn auch geschah … Schade, daß in jenem allzu oft arg weihevollen Sprechen über diesen Autor zumeist gerade das fehlt: das geschenkte und das eroberte Glück, die Fähigkeit des Ehemanns und Familienmenschen zu präziser Erinnerung, die Mehrfachbegabung des Intellektuellen, Schriftstellers und Chemikers aus Passion. Da ja genau *das* die Basis ist, bereits in der Zeit nach der Rückkehr, als er an *Ist das ein Mensch?* arbeitet: *Selbst das Schreiben wurde zu einem ganz anderen Abenteuer, es war nicht mehr der schmerzensreiche Weg eines Genesenden, nicht mehr ein Betteln um Mitgefühl und freundliche Gesichter, sondern ein Bauen bei klarem Bewußtsein, ohne das Gefühl der Einsamkeit: gleich dem Wirken eines Chemikers, der wägt und teilt, mißt, anhand sicherer Proben urteilt und sich befleißigt, eine Antwort auf das Warum zu geben.*

Luzidität auch im Stil in diesem 1975 erschienenen *Periodischen System,* in dem anhand des Charakters chemischer Elemente Etappen des eigenen Lebens erzählt werden. Saul Bellow mochte besonders dieses Buch und sorgte mit dafür, daß Levi auch in den Vereinigten Staaten bekannt wurde. Zu einer Zeit, in der im Westen »Zivilisation und Technikkritik« in verschiedenen Graden der Selbstbezogenheit, Larmoyanz und Hysterie für Bestseller sorgten, zeigte Primo Levi, das jenseits von Furcht oder Vergottung ein rationales Verhalten möglich ist, welches der Technik eine dienende Funktion zuweist und ohne jegliche Welterrettungs- oder Weltenende-Hybris (aber auch ohne das raunende Beschwören von »Mutter Erde«) danach trachtet, etwas zu erkennen, zu analysieren – und zu verbessern. *Ich war bereit, die ganze Welt herauszufordern, wie ich Auschwitz und die Einsamkeit herausgefordert und besiegt hatte … Der Gegner war immer noch derselbe, das Nicht-Ich, der Krumme, die Hyle: die dumme Materie, feindselig-träge wie die menschliche Dummheit und wie diese stark in ihrem passiven Stumpfsinn.*

Primo Levi geht sogar noch weiter, wenn er sich – im Kapitel *Eisen* – an seine Studienjahre unter dem Mussolini-Regine erinnert. *Waren Chemie und Physik, von denen wir uns ernährten, nicht auch das Gegengift zum Faschismus, denn sie waren klar, eindeutig, jeder Schritt überprüfbar und nicht eitles Lügengewebe wie Rundfunk und Zeitungen?* (Überdies beschreibt Levi, wie ihn die damaligen studentischen Bergwanderungen in eisiger Kälte physisch stabilisiert hatten und mit dazu beitrugen, daß er, im Unterschied zu vielen anderen, schließlich sogar die Zwangsarbeitsstrapazen im Lager überleben konnte.) Daß danach die Nazis Chemie und Physik für ihre Zwecke einsetzten, konnte ihn, den Überlebenden und das potentielle Opfer jenes seelisch völlig entleerten Dr. Pannwitz, nicht dazu verführen, der Wissenschaft eine Grundschuld zuzuweisen oder sich in pseudo-tiefsinnige, in Wahrheit jedoch relativierende Grübeleien über den »Menschen an sich« zu verlieren.

Tatsächlich: Eine radikal andere Gestimmtheit als bei all jenen, die – in unterschiedlicher ideologischer Gewandung – mit Vokabeln wie »Verhängnis, Ursünde, Entfremdung, Verblendungszusammenhang« hausieren gingen, zusammen mit dem einst zackigen Demokratie-Verächter Ernst Jünger nun das Glück der Käfer-Betrachtung entdeckten, mainzelmännchenhaft die müden Whisky&Zigarren-Zynismen Heiner Müllers bekicherten oder gar die »ökologische Dimension« von Martin Heideggers krude eskapistischer »Gestell«-Kritik belobigten. (Der seinerzeit berühmte literarische Parodist Robert Neumann, der sein Überleben der frühen Flucht aus Wien verdankte und die Nazizeit im englischen und südamerikanischen Exil verbracht hatte, hatte jenen aus Sartre, Heidegger und banalisiertem Freud gemanschten intellektuellen Nachkriegs-Jargon zuvor bereits auf diese Weise persifliert: *Das Wesen des ursprünglich nichtenden Nichts führt durch Verneinung der Nichtung zu dem, was ich hier die Nicht-Nichtung oder, nach dem Senecaschem »tantus clamor per unam omlettam«, die Tantung nenne; die Tante ist die Nicht-Nichte des Nichts unter Eliminierung des Es.)*

Umso mehr auch im *Periodischen System* nicht nur der reflektierende Erzähler präsent ist, sondern Menschen in feinster Nuancierung beschrieben sind, die seinen Weg gekreuzt hatten in der Jugend, im antifaschistischen Widerstand, in den Nachkriegsjahren. Sie mit chemischen Elementen und deren Eigenschaften in Verbindung zu bringen, ist keine reduktionistische Spielerei, sondern ein mit Aussicht auf Erfolg aufgenommener Kampf: Die Welt und ihre fragilen und sterblichen Bewohner *sind* beschreibbar, und »die Chemie« zwischen ihnen ist von höchster Wichtigkeit. Sogar der »Materie in ihrer duckmäuserischen Passivität« kann Erkenntnis abgewonnen werden. Zum Beispiel eine Zurückweisung jenes philosophischen Köhlerglaubens, daß »das Reine« ein Wert an sich sei, den es unter allen Umständen zu schützen gelte: Da doch erst »das Unreine«, die Vermischung, »den Weg freigibt zu Veränderungen und damit zum Leben«. Makellose Tugend erscheint dem Erzähler entweder inexistent oder widerwärtig, wofür etwa die

Kupfersulfatlösung den besten Beweis liefert: Erst wenn sie als Tropfen der Schwefelsäure hinzugefügt wird, regt sich das Zink – »da haben wir's, der Zauber ist vollbracht, du kannst jetzt ein wenig durch das Labor spazieren und schauen, was es Neues gibt und was die anderen machen«.

Das Labor – »eine kartesianische Insel«. Zurückerobert von den Pannwitz' und Mengeles, *umfunktioniert* im besten Sinn, und auch das ein Sieg über die Menschenverfüger und -vernichter. (Noch einmal: Weshalb nicht auch an *diesen* Primo Levi erinnern, den auf so kluge, becircende Weise literarisch Triumphierenden, der noch über seinen Tod hinaus derart Freude und Lebensmut schenkt?)

Ein Menschentyp, dem ich mißtraue: dem Propheten, dem Verkünder, dem Seher. All das bin ich nicht. Ich bin ein normaler Mensch mit gutem Gedächtnis, der in einen Wirbel geraten und mehr aus Glück als aus eigenem Verdienst wieder herausgekommen ist und der seitdem eine gewisse Neugier für Turbulenzen hegt, für große und kleine, metaphorische und materielle.

Selbstverständlich ist »in einen Wirbel geraten« hier ebenso eine Untertreibung wie jene »gewisse Neugier für Turbulenzen«. Aber es hat Gründe, wenn Levi solches sagt und schreibt – oder zitiert, auf welch warmherzig unprätentiöse Weise ihn damals seine Freunde bei der Rückkehr nach Turin empfangen hatten: *»Komisch, du bist der Alte geblieben ...«* Es ist wohl vor allem der *Wunsch*, daß es so sein möge. Aber auch der *Wille* des Überlebenden, vielleicht in dieser Weise: Je weniger er verkündet und prophezeit, um so »lesbarer« wird das, was er seinen Mitmenschen mitzuteilen hat, sogar mit den Mitteln der Unterhaltung – und diese dann so gekonnt eingesetzt, daß sie als *Mittel* gar nicht mehr sichtbar sind. Besonders in seinen Science-Fiction-Erzählungen – in der Tradition humaner italienischer Phantastik von Italo Calvino, Dino Buzzati und Umberto Eco – scheint der Autor gänzlich gelöst, ein ironisch-wacher Wanderer zwischen Universen, Weltraumkapseln und natürlich Laboren.

Und doch ist vermutlich selbst das ein weiterer Versuch, gegen Auschwitz anzuschreiben, aus der Erfahrung der brutalen

Verdinglichung des Lebendigen, Individuellen etwas gänzlich Unerwartetes zu transformieren – das Individualisieren des Dinglich-Organischen, Chemischen oder Mechanischen. Wer und was da alles Stimme bekommt, dazu »Zwischenwesen« wie etwa eine per Experiment geschaffene Zweitfrau oder ein sensibler Zentaur »aus der geheimen Verbindung eines Mannes mit einer der zahlreichen thessalischen Stuten«! Doch finden Neugier und Machbarkeit ihre Grenzen im Ethischen, so daß auf einem fernen Stern ein Wissenschaftler-Gremium zwar theoretisch in der Lage ist, ein menschenähnliches Wesen zu planen, ob der unausdenkbaren Konsequenzen aber von einem der Mitglieder zu hören bekommt: *Wenn er größer wird als ein Hirschkäfer, lehne ich jede Verantwortung ab.* Kosmische Entfernungen, aber keine Weltraumkälte, da es bei Levi selbst den Lichtjahre entfernten »Spezialisten für die Erde« nicht an Einsicht mangelt und den irdischen Erfindern eines sogenannten »Netzes« (sic!) irgendwann dämmert, daß ihre Idee einer computergestützten Zusammenführung aller möglichen Informationen bald auch ins Privatleben eingreifen könnte als »ein riesiges, komplexes Klatschsystem, das zufällig aufgeschnappte Daten und Fakten an Dritte weitergibt«.

Eine Kapriolen schlagende Menschenfreundlichkeit, die es gar nicht nötig hat, in künstlichen Dystopien zu schwelgen, da doch ohnehin klar ist, *wer* hier schreibt und derart lustvoll erfindet, welche Art der schmerzhafte Subtext ist. Da ja etwas zu verteidigen ist, selbst noch über den Tod hinaus. Und so gelangt ein gewisser Antonio nach seinem Ableben in einen weitläufigen Park, wo ihm sein Cicerone James erklärt, was es hier mit den Häusern und ihren Bewohnern auf sich hat. *Er zeigte ihm nacheinander den Garten der Finzi-Contini, das Haus der Buddenbrocks und das der Usher, Onkel Toms Hütte und das Schloß von Verona mit Falken, Hirsch und Rappen.* Da sind die guten, die antimilitaristischen Deutschen aus Remarques *Im Westen nichts Neues,* die Antonio nun oft besuchen geht, aber dabei weder Arnold Zweigs *Sergeant Grischa* vergißt, noch Leopold Bloom oder Moll Flanders, irgendwann sogar Tristram Shandy kennenlernt (als Kleinkind im Alter von zweieinhalb

Jahren). Und dann gibt es sogar noch unerwarteten Besuch. *Ende des Monats kam Portnoy mit seinem vulgären Gejammer; keiner konnte ihn ausstehen, aber im Laufe von wenigen Tagen richtete er sich im Haus von Semiramis ein, und sofort ging das Gerücht, zwischen beiden sei eitel Sonnenschein.*

An einem Freitag im September 1986 kommt Philip Roth nach Turin, um ein in London begonnenes Gespräch fortzusetzen. Primo Levi wird zu diesem Zeitpunkt nur noch ein halbes Jahr am Leben sein. Sein amerikanischer Freund hingegen scheint (wie wohl fast alle Levi-Leser) geradezu wütend zu hoffen, daß zumindest dieser erzsympathische, stille und zugewandte Zeitgenosse es geschafft haben möge, daß er weiter lebe und schreibe und *nicht* Hand an sich lege. Da der äußere Anschein doch so ermutigend ist: *Er schien mir von innen belebt, wie ein kleines quecksilbriges Waldgeschöpf, das die schärfste Intelligenz weit und breit besitzt. Levi ist klein und schmal, wenn auch nicht so zart gebaut, wie ihn sein unprätentiöses Auftreten im ersten Blick erscheinen läßt, und er wirkt noch immer so behende, wie er mit zehn gewesen sein muß. Seine Wachsamkeit ist fast greifbar, eine Aufmerksamkeit, die in ihm glüht wie eine Kontrollampe.*

Fast scheint es, als wolle Roth mit diesem liebevollen Porträt (das in Buchform erscheint, als Primo Levi schon lange tot ist) eine Gegen- oder zumindest eine ergänzende Zeichnung wagen: Nicht *nur* in Erinnerung bleiben soll der Freund und Kollege als jener Ausgemergelte in KZ-Kluft, nicht allein festgelegt sein auf *Ist das ein Mensch?*, da er doch ein Mensch *ist*, der noch so viel mehr geschrieben und erlebt hat. *Destillieren ist schön:* Fast schon übermütig erinnert Philip Roth an dieses Bekenntnis aus dem *Periodischen System*, als sie zusammen über den Hof zum Laboratorium jener Fabrik gehen, in der Primo Levi bis zu seiner Pensionierung 1977 als Manager gearbeitet hat. Und natürlich – das fröhliche Geständnis des geschickten Monteurs Faussone aus dem Roman *Der Ringschlüssel*: *Ich muß Ihnen was sagen, auf einer Baustelle zu sein macht mir Spaß.*

Nach dem Weltraum also wieder zurück auf die Erde – auf Baustellen in Italien und Rußland und Alaska, wo es mit

Bohrern und Winkeldreiecken und Schraubenziehern und Senkblei zu hantieren gilt, um auch hier der Materie Herr zu werden. Erneut: welch gelungene Ausweitung der Aufmerksamkeitszone in diesem 1978 erschienenen Buch! Vermutlich hatte dann Roth sogar erfahren, was damals geschehen war – wie sich nach einem Autoreninterview im italienischen Fernsehen zahlreiche Arbeiter und Auslands-Monteure gemeldet hatten, um Levis pikaresken Technikabenteuer-Roman zu preisen: Ja, genau so ginge es zu in ihrer Welt der Destillierapparate, Schweißgeräte und Ringschlüssel!

Eisenspäne waren »Sternschnuppen, die aufgehört hatten zu fallen«. Platten und Bolzen solide anzubringen, schuf ein Glücksgefühl – nicht zu reden von der realen Chance erotischer Abenteuer auf Reisen, da man (das heißt Levis Romanheld Tino Faussone) ja noch immer ledig war und in Turin bei seinen beiden Tanten wohnte. Und was seinen Vornamen betraf: Gestatten, Tino-kommt-von-Libertino. Der Vater hatte ihn ursprünglich Libero nennen wollen, aber das hatte der faschistische Gemeindesekretär nicht genehmigt, also dann eben Libertino-entwickelt-sich-zu-Libertin, haha.

Philip Roth, den Levi jetzt in sein Arbeitszimmer führt, erspürt hinter all der aufgeräumten Heiterkeit natürlich den fortgesetzten Kampf, um das Lager *nicht* siegen zu lassen. »Man könnte«, sagt er zu seinem Gastgeber, »Ihr gesamtes literarisches Werk als dem Versuch gewidmet begreifen, der Arbeit ihre menschliche Bedeutung zurückzugeben, das Wort ›Arbeit‹ zu befreien von dem verächtlichen Zynismus, mit dem es in Auschwitz verunstaltet worden war«. *Das Geschöpf, das im Laboratorium des* verrückten *Wissenschaftlers gefangen war, ist selbst der Inbegriff des* rationalen *Wissenschaftlers.*

Roth betrachtet das alte Sofa mit dem geblümten Bezug, den Sessel, den aufgeräumten Schreibtisch mit dem zugedeckten Schreibcomputer, die Bücherwände und die sorgsam gestapelten Notizbücher. Die an den Wänden hängenden Konstruktionen, die Levi kunstvoll aus isoliertem Kupferdraht gebogen hatte – der Draht mit dem Überzug war in seinem Laboratorium entwickelt worden. *Der beziehungsreichste Gegenstand ist auch einer der kleinsten: eine unauffällig gehängte Zeichnung eines halbzerstörten Stacheldrahtzauns in Auschwitz.*

Noch im April 1987 hatte Levi mit einem italienischen Interviewpartner rege kommuniziert. Selbst in diesen letzten publizierten Gesprächen hatte nichts auf das Kommende hingedeutet. Stattdessen mitunter geradezu vergnügte Erinnerungen an seine Kindheit und die säkular-liberale Familie, deren Vorfahren bereits seit Jahrhunderten im Piemontesischen gesiedelt hatten. Verdrängung? Im Gegenteil. Eine tapfere Renitenz bis zuletzt. Der Publizist Ferdinando Camon schreibt: *Levis letzter Brief erreichte mich erst zwei, drei Tage nach seinem Tod, und es war ein Brief so voller Pläne, Wünsche und Erwartungen, daß er mir ganz unvereinbar erschien mit irgendeiner Absicht, zu verschwinden und Schluß zu machen. Dieser Brief hat mich zu der Überzeugung gebracht, daß Primo Levis Tod ein Unfall war, oder, wenn er doch gewollt war, daß dieser Wille in keiner Weise in ein System paßte und nicht nach einem Plan vollzogen worden war.*

In Myriam Anissows umfangreicher Primo-Levi-Biographie ist indessen zu lesen, wie physisch und psychisch zermürbt er am Ende gewesen war. Eine Prostata-Operation, das Gefühl, nicht mehr schreiben zu können/zu wollen, die immer hinfälliger werdende Mutter und Schwiegermutter, die er zusammen mit seiner Frau Lucia pflegt …

Und dann hatte sich Primo Levi an jenem 11. April 1987 in den Treppenschacht seines Wohnhauses in den Tod gestürzt, vier Tage vor Beginn des Pessach-Festes, das dem Auszug des Volkes Israel aus ägyptischer Sklaverei gedenkt. Der a-religiöse Intellektuelle aber hatte schon zuvor häufig jene Verse aus T.S. Eliots *Das Begräbnis der Toten* aus *The Waste Land* zitiert (wahrscheinlich nicht wissend um den Antisemitismus des englischen Lyrikers): *April ist der grausamste Monat, er treibt / Flieder aus toter Erde, er mischt / Erinnern und Begehren, / weckt / Dumpfe Wurzeln mit Lenzregen.* Und hatte er nicht überdies, seit dem KZ an Depressionsschüben leidend, die er bislang domestizieren konnte, in letzter Zeit immer häufiger über das Gefühl tiefer Müdigkeit und Arbeitsunlust geklagt, einhergehend mit jener familiären Überforderung? *Meine alte Mutter leidet an Krebs, und jedes Mal, wenn ich ihr Gesicht ansehe, erinnere ich mich an die Gesichter der Männer, die bewegungslos auf den Bretterlagern von Auschwitz lagen.*

Sollten das tatsächlich die letzten Worte gewesen sein? Primo Levi hat keinen Abschiedsbrief hinterlassen. Ob seine Tat aus dem Affekt geschah, während seine Frau gerade beim Einkaufen war, oder doch seit langem geplant oder zumindest angedacht – es bleibt Spekulation. Gut vorstellbar jedoch, daß in dem ewigen Park, in den die Erzählungsgestalt Antonio eintritt, sich neben den Gärten der Finzi-Contini nun auch längst das Labor des Dr. Levi befindet, in dem jene »entfernte Möglichkeit des Guten«, nach welcher er in Auschwitz so verzweifelt gesucht hatte, Realität geworden ist. Was also, wenn er *auch so* in Erinnerung behalten werden könnte – als Lebender, mit dieser immensen Wertschätzung für all die Geschichten, die erzählt werden müssen, aber auch erzählt werden *können*? *Da wir Lebenden aber nicht allein sind, sollten wir auch nicht so schreiben, als wären wir allein.*

Wer Primo Levi liest, wird *nie* wieder allein sein. Ein größeres Geschenk kann ein Schriftsteller seinen Lesern wohl kaum machen.

Willy Brandts Biograph aus Charkiw
Leo Lania (1896–1961)

Er hieß Lazar Herman und wurde gegen Ende des 19. Jahrhunderts in Charkiw geboren, das seinerzeit Teil des russischen Reichs war. Sein Vater lehrte an der städtischen Universität, hatte eine Geschichte der Medizin publiziert und sogar die Mutter des Zaren behandeln dürfen, worauf er mit einem Orden ausgezeichnet worden war. Er starb, als sein Sohn sieben Jahr alt war; Lazar wird sich später an seinen dichten Schnurrbart erinnern und an den Geruch von Äther und Karbol, der den berühmten Mediziner einhüllte wie eine Wolke.

Dann brach der Russisch-Japanische Krieg aus, die Revolution von 1905 mitsamt der politisch erwartbaren zaristischen Repression kündigte sich an, und Lazars Mutter entschied, mit ihren beiden Söhnen zu den Eltern nach Wien überzusiedeln – damit gleichsam die Fluchtgeschichte des späteren Autors Jura Soyfer vorwegnehmend, dessen Familie sich 1920 ebenfalls vor den Bolschewiken aus Charkiw nach Baden, dann nach Wien rettete. Dort in der k.u.k.-Hauptstadt warteten auf Lazar, den Jüngling, schließlich den jungen Mann und Weltkriegssoldaten weitere Herausforderungen, Gefahren und Abenteuer.

All das könnte womöglich in einem Exposé zu einem ungeschriebenen Joseph-Roth-Roman stehen, das Schicksal einer säkularen jüdischen Familie und ihres jüngsten Sohnes vor dem Hintergrund gleich mehrerer Zusammenbrüche. Oder nicht doch eher im Drehbuch zu einer jener beliebten Fernseh-Mehrteiler, in denen Geschichte zur Kostüm-Kulisse wird, vor der die Hauptperson – dargestellt von mehreren Schauspielern – in ihrem »Wachsen, Werden und Vergehen« Revolutionen und Konterrevolutionen erlebt, Kriege und so manch trügerischen Frieden, untermalt von Kanonendonner, Pferdegetrappel, den Rufen der Zeitungsjungen, zischendem Lokomotivendampf auf Bahnsteigen, nicht zu vergessen das

Seiden- und Lakengeraschel der einen oder anderen erotischen Szene? Auch würden dann Prominente auf- und abtauchen – ein mürrisch-hysterisches Männlein mit »zu weit nach hinten gezogenem Scheitel« wäre mühelos als der Hitler des Jahres 1923 zu erkennen und Bert Brecht an seiner Nickelbrille plus Frisur. Bei Erwin Piscator, Walter Rathenau und dem tschechischen Präsidenten Tomáš Masaryk müßten hingegen die Namen genannt werden, doch Roosevelt im Rollstuhl wäre wohl sogleich als »Mr President« erkennbar. Sie alle hatte jener Lazar Herman getroffen, da allerdings bereits als *Leo Lania* – Reporter, Korrespondent, Dramaturg, Drehbuchautor und Romancier.

Aber Victor Adler, Paul Levi, Karl Radek, Georg Lukács und Béla Kun? Hier würde ein heutiger Drehbuchautor vermutlich den Rotstift ansetzen, mit Blick auf die Verantwortlichen in den jeweiligen Förderinstitutionen. Dies jedoch wohl kaum aus ideologischer Rücksichtnahme, sondern in Erwartung unvermeidlicher, ganz pragmatischer Fragen: Mit welchen Figuren aus der frühen österreichischen Sozialdemokratie, der ungarischen Räterepublik oder aus den ersten Jahren der KPD könnte ein Fernsehpublikum von heute denn überhaupt noch irgend etwas anfangen? Und würde der frühe Bruch des linken Filmhelden mit der Welt des sowjetisierten Parteikommunismus tatsächlich verständlich sein?

Hinzu kämen die Produktionskosten: Das Vor- und Nachkriegs-Wien und das quirlige Berlin zwischen Friedrichstraße und Lützow-Platz könnte zwar in Filmstudio-Aufnahmen wiederauferstehen, das gleiche gälte für die Szenen mit dem »Führer« in spe und den mit der Reichswehr verbandelten rechtsextremen Waffenschiebern, denen der Protagonist ja ebenfalls auf der Spur gewesen war. (Immerhin: die Erfolgsserie *Babylon Berlin* hat vorgemacht, wie solches in Szene zu setzen wäre.) Doch dazwischen die Kriegsszenen an der österreichisch-russischen Front in Ostgalizien, schließlich sogar die grauenerregenden Schlachten am Isonzo – und dazu noch das stalinistische Moskau der dreißiger Jahre?

Auch die nach 1933 sich summierenden Fluchtorte Prag, Paris und Lissabon wären filmische Herausforderungen, nicht zu reden von New York und all jenen Kleinstädten im Mittleren Westen, in denen der zum Vortragsredner gewordene Held während des Zweiten Weltkriegs und noch danach unterwegs war, in schnell erlerntem Englisch gegen Isolationismus und Rassismus anredend, gegen die Trägheit des Herzens und für ein fortdauerndes amerikanisches Engagement in Europa. (Auch Erika Mann hatte in jenen Jahren in den USA solche Vorträge gehalten.)

Dagegen wäre eine dankbare Filmszene, wie Leo Lania, Mitte Februar '33 aus Berlin geflüchtet, auf dem Weg nach Prag in Dresden auf dem Bahnhofs-Perron eine Ausgabe des *Völkischen Beobachters* kauft, das Naziblatt aufschlägt und dort die Schlagzeile liest: *Der jüdische Krieg beginnt!* In dem Artikel wird ein gewisser Leo Lania als »gefährlichster Feind des Dritten Reichs« gebrandmarkt, sein publizistisches Sündenregister aufgezählt und dazu »enthüllt«, daß er in Wirklichkeit Lazar Herman heiße. Wie er dann mit seinem Paß, der noch immer auf den Geburtsnamen ausgestellt ist, klopfenden Herzens wieder einsteigt – jedoch nur, um das Zugabteil und den Bahnhof nun schnellstmöglich zu verlassen und sich auf anderen Wegen in die damals noch freie Tschechoslowakei durchzuschlagen.

All das wäre wohl ebenso filmreif wie die Schlußszene: Ein inzwischen älterer Herr kehrt nach dem Krieg nach Deutschland zurück und trifft sich in Westberlin mit einem gewissen Herbert Frahm, der nun schon längst Willy Brandt heißt, Regierender Bürgermeister ist und nun zum Sprung ansetzt in die größere Bundespolitik. Wer könnte vertrauenswürdiger sein, eine erste Autobiographie für ihn aufzuzeichnen als jener Leo Lenia? Ein Schlußbild könnte die beiden im Gespräch oder an einem Schreibtisch zeigen, und im Abspann wäre dann auch jenes Ehren-Urnengrab zu sehen, das auf Initiative Willy Brandts auf dem Waldfriedhof Zehlendorf an den 1961 verstorbenen Freund erinnert.

(Aber dessen eigene Bücher, die Weimarer Republik- und Emigranten-Romane, der Roman über den gewaltsamen Tod des tschechoslowakischen Außenministers Jan Masaryk 1948 – schließlich seine Autobiographie *Welt im Umbruch*, auf der ein möglicher Film ja basieren könnte? Würden vielleicht als Manuskripte oder mit kurzem Schwenk auf die Cover gezeigt, dazu der Held mit aufgekrempelten Hemdsärmeln, Zigarette im Mund, an der Schreibmaschine, während seine Frau, den kleinen Sohn auf dem Arm, der im Lauf der Handlung größer wird und schließlich sogar als junger US-Soldat in der Normandie anlandet …)

Ein solcher Film aber ist nie gedreht worden, wahrscheinlich *konnte* es ihn in der gebotenen Verknappung auch gar nicht geben. Der Wiener Kulturwissenschaftler Michael Schwaiger aber hat vor einiger Zeit eine detailreiche Biographie über Lazar Herman alias Leo Lania publiziert und auch zwei seiner Romane neu herausgegeben. Bereits vor zwei Jahrzehnten war sogar ein Faksimile des 1924 im legendären linken Malik Verlag erschienenen Reportagebuchs *Gewehre auf Reisen* (mit dem Vorwort von Kurt Tucholsky) erschienen. Bundesdeutsche Rezensenten schrieben daraufhin vom »Wallraff der Weimarer Republik«, auch vom »anderen Kisch« war kurzzeitig die Rede, und zum 50. Todestag des Verfassers gab es noch den einen oder anderen Artikel. Dennoch: Dieser weltreisende Leo Lania, der einst tatsächlich so bekannt war wie Egon Erwin Kisch, im Unterschied zum »Rasenden Reporter« aber kein treuer Parteisoldat, ist inzwischen so gut wie vergessen.

Weshalb wohl? Waren in den fünfziger Jahren seine Romane nicht mehr »zeitgemäß« – obwohl er, einst geprägt von der Neuen Sachlichkeit, doch gerade dem somnambul Zeitabgehobenen immer mißtraute und diesem auch in der Prosa etwas entgegenzusetzen trachtete? Vielleicht war es ja gerade das. Dem realistischen Erzählen weiterhin treu und dem Verrätselt-Symbolisch-Abstrakten auch deshalb abhold, weil er zeitlebens zu viele Systeme, Führer und deren grölende Gefolgschaft erlebt hatte, die geradezu süchtig waren nach Zeichen und Abstraktion. Dabei hatte Leo Lania noch nicht einmal mehr die Jahre um 1968 erlebt, war auch kein Polemiker wie Hans Habe oder Friedrich Torberg – wohl aber ein Freund des *common sense,* der (ähnlich wie Ludwig Marcuse und Hermann Broch) in permanenten, sozial verantwortlichen *New Deals* à la Roosevelt, skandinavischer Sozialdemokratie oder Willy Brandt ein größeres Gegenwarts- und Zukunftspotential sah als im Streben nach homogenen »Utopien«, ganz zu schweigen von den mörderischen Konsequenzen einer Marschtritt-Fahndung nach dem »neuen Menschen«. (Vielleicht war er aus der Sicht der Nachkriegs-Westdeutschen ja auch zu lange »draußen gewesen«, wie der damalige Euphemismus lautete, und hatte folglich »uns nichts mehr zu sagen«.)

Skeptiker, Sozialdemokrat, Anti-Apokalyptiker, Antikommunist ohne Renegaten-Eifer, linksliberaler Warner gleichermaßen vor kommunistischem Weltherrschaftsanspruch wie vor einer McCarthy-Hysterie, die sich beim Gegner die Instrumente borgt und alsdann das ihrige tut, um die Demokratie zu schwächen. Und bei all dem einer – was möglicherweise fürs gehobene Feuilleton ein weiteres Verdachtsmoment darstellte –, der nicht etwa über die Schwierigkeiten des Schreibens und den Horror angesichts einer weißen Schreibmaschinenseite jammerte, sondern dem das Publizieren (und damit Kommunizieren) sichtlich Freude bereitete; das bis heute hiesige abwertende Wort wäre »Vielschreiber«.

Sind vielleicht auch deshalb seine beiden Emigrantenromane *Wanderer ins Nichts* und *Die ungehörte Melodie* völlig vergessen bzw. nie in Deutschland veröffentlicht worden? Das gilt auch für sein großes Frankreich-Fluchtbuch *The Darkest Hour* von 1942, das Döblins *Schicksalsreise*, Feuchtwangers *Unholdes Frankreich* und Hans Habes *Ob tausend fallen* zur Seite zu stellen wäre. (Wobei Lania in diesem Fall tatsächlich so schnell schrieb wie der ebenfalls via Marseille-Spanien-Lissabon entkommene Habe, um die isolationistischen Amerikaner aufzurütteln.)

Als 1960 sein bereits vier Jahre zuvor in den USA veröffentlichter Roman *Der Außenminister* nun auch in der Bundesrepublik erschien, hatte man im Wirtschaftswunderland West den Osten längst geopolitisch und wohl auch mental abgeschrieben, wurde das Schicksal des letzten nichtkommunistischen Ministers nach dem Prager Putsch von 1948 auch längst nicht mehr als Menetekel für westliche Ignoranz wahrgenommen, sondern – bestenfalls – abgeheftet als Fußnote aus vergangener Zeit und einem gleichsam hinterm Eisernen Vorhang entschwundenen Land.

Und Leo Lanias *Welt im Umbruch. Biographie einer Generation*? Besaß wahrscheinlich das Manko, daß sie nicht von einem der »ganz Großen« geschrieben worden war und demnach nicht vergleichsweise so viel Aufmerksamkeit auf sich zog wie etwa Stefan Zweigs *Welt von gestern* oder Heinrich Manns *Ein Zeitalter wird besichtigt*. Im Unterschied zu den knapp zehn Jahre jüngeren Arthur Koestler und Manès Sperber konnte Lania auch nicht mit der Schilderung jahrelanger Gewissenskämpfe aufwarten, ob und wie mit »der« Partei zu brechen sei – hatte er, Jahrgang 1896, dieser doch bereits 1921 Valet gesagt, Theorie und Praxis von deren Ideologie frühzeitig durchschauend. (Weshalb also danach noch mit dem Marxismus rechten, wenn dieser ohnehin eine unplausible Zukunftsvision *und* eine furchterregende Herrschaftstechnik war, die gerade derjenige zurückweisen mußte, der sich auch weiterhin links verorten wollte.)

Vielleicht war dieser Leo Lania auch zu wenig von Tragik umwehter »heimatloser Linker«. War (ein weiteres Schmähwort) »zu umtriebig« gewesen, menschen- und weltneugierig, jedoch *ohne* jene »Ich war dabei und schreib's sofort auf«-Hybris. So wäre seine noch heute augenöffnende und dazu spannend zu lesende Autobiographie am ehesten mit Hans Sahls zweibändigen Memoiren zu vergleichen, packend und präzis in der Personen- und Situationenbeschreibung, jenseits von Bekenntnisfuror ehrlich und selbstironisch, mit Sinn für Anekdoten wie für Analysen und bei alldem: Zimmerlautstärke, der niemals tönende Lebensbericht eines Menschen aus lärmender Zeit. (Hinzu kommt, daß Leo Lania, ebenso wie Hans Sahl, auch nachhaltig aufräumt mit den üblichen rechtslinken Lebenslügen von »Wer hätte denn vor '33 wissen können, daß Hitler …« bis zu »Wer gegen Hitler war, *mußte* Kommunist sein«.)

In den Schützengräben des Ersten Weltkriegs lernt Leo Lania, der damals noch Lazar Herman heißt, mit brutaler

Schnelligkeit, daß es Schlimmeres gibt als die Sprachklischees der *Neuen Freien Presse,* die in Karl Kraus' *Fackel* regelmäßig vorgeführt und dann im Café Central debattiert werden, gern auch in Anwesenheit Peter Altenbergs sowie eines »nervösen Russen mit schwarzem Mephistophelesbärtchen, der im Hauptberuf ein radikaler Journalist und Revolutionär sein sollte und Leo Trotzkij hieß«. Die Fronterfahrung trifft ihn dann mit voller Wucht, wenngleich nicht gänzlich unvorbereitet. Wie zuvor schon in Berlin bei Ludwig Marcuse, war auch bei ihm der gymnasiale Hochmut, der ihm in Wien angezüchtet worden war, frühzeitig wie eine Blase zerplatzt. Wobei er durchaus Glück hatte: sein neuer Stiefvater ist *nicht* autoritär, das Familienleben kein Strindbergscher Alptraum. Im Gegenteil. Man las ausgiebig auch »die Modernen« und sogar Multatulis kolonialkritischen Roman *Die Kaffeeversteigerung von Java,* war dem moribunden k.u.k.-Reich mitsamt uraltem Kaiser in einer Art duldsamer Haßliebe verbunden und reiste trotz überschaubarer Finanzreserven gern in den Süden – wo der Junge auf einer Schiffsreise von Triest nach Venedig sogar dem damals von ihm hochverehrten d'Annunzio begegnet. In einem der Vorkriegssommer, in denen die Familie ihren Ostseeurlaub in Osternothafen bei Swinemünde verbringt, wird er zusammen mit seinem älteren Bruder Schura sogar des ordenbehängten deutschen Kaisers Wilhelm II. ansichtig. (Und sofort geht sein Blick auf die angebliche verkrüppelte rechte Hand, die unter einer Pelerine verdeckt ist. *Der Körperfehler hätte mir den Kaiser menschlicher erscheinen lassen.*)

Noch am selben Abend wird der Jüngling von der Familienköchin entjungfert, und wie er von all dem erzählt, ein halbes Jahrhundert und unzählige Zäsuren später, gibt eine Ahnung davon, wer dieser Chronist zeitlebens gewesen sein mag: Ein ebenso gewitzt-aufmerksamer wie empathischer Zeitgenosse, der weder die Attitüde des kühlen Überblickers nötig hatte noch den Stil eines aufgeregt egomanischen Rapports. Eher sind es diese fein konturierten Betrachtungen von der Seitenlinie, die *Welt im Umbruch* noch heute so lesenswert machen. Wenn man so will, ein Sprachvertrauen à la Primo Levi: Wenn die Welt in Umbrüchen und Chaos versinkt, sollte die Sprache umso klarer davon Bericht geben. So etwa auch von der Hilflosigkeit jenes milden Paternalismus, der die Frauen der »besseren Kreise« Wiens dazu brachte, in Kitteln und weißen Häubchen den nach Kriegsbeginn in Spitalzügen eintreffenden Verwundeten ein wenig beizustehen. Der inzwischen Sechzehnjährige aber sieht genau hin – auf die schreienden, blutenden und eiternden Soldaten auf dem verfaulten Stroh der Waggonböden, auf die hineingereichten Teetassen der mildtätigen Damen, auf die höhnischen Grimassen derer, die bereits erlebt hatten, was ihm noch bevorstand.

Dabei ist er, damals noch ein Staatenloser aus Charkiw, keineswegs Pazifist, sondern meldet sich sogar freiwillig zum Einsatz und fährt in die Kaserne ein. Gibt jedoch zuvor in der legendären sozialdemokratischen *Arbeiter-Zeitung* noch eine Kurzgeschichte ab, die er geschrieben hatte: ein revolutionärer russischer Student entschließt sich, den Zar zu erschießen, vernichtet ihn jedoch bereits mit seinem freien Lachen. Der Text wird prompt gedruckt und zwar unter dem Pseudonym, das sich der junge Autor ausgesucht hat: Leo Lania. (Hinter dem neuen Familiennamen verbirgt sich das von der Mutter als Kosenamen benutzte Diminutiv seines Vornamens Lazar.) Bei späteren Redaktionsbesuchen lernt er auch Victor Adler kennen, den großen alten Mann der österreichischen Sozialdemokratie, der sich freilich in der Einschätzung des Krieges ebenso fatal irren wird wie die Altvorderen der deutschen SPD.

Und nicht *alles* ist lediglich Debatte, Diskurs, Meinung oder intellektuelle Positionierung. Nicht, wenn geschossen, bombardiert und massenhaft gestorben wird; Lanias Beschreibungen dieses Horrors reichen hier an Remarques *Im Westen nichts Neues* oder Arnold Zweigs *Streit um den Sergeanten Grischa* heran. Gerade deshalb ist es wichtig, das Geschehen nicht nur zu überleben und als Naturgewalt mißzuverstehen, sondern radikale Konsequenzen zu ziehen. Was ihm der sprichwörtliche k.u.k.-Schlendrian übrigens eher erschwert: Der vom einfachen Soldaten bald Beförderte hört von Untergebenen ebenso wie von Vorgesetzten Lob über seine fortgesetzten

Feuilleton-Publikationen in der *Arbeiter-Zeitung*, bekennt sich zunehmend offener als Sozialist – und muß doch, im eiskalt winterlichen Galizien ebenso wie dann in den Felsen des Karsts über dem Isonzo, Befehle ausführen oder Befehle geben, die seinen inzwischen gereiften Überzeugungen absolut widersprechen. In einem besetzten italienischen Dorf verhindert er eine Vergewaltigung und wird von den ungarischen Soldaten, die wiederum von ihren eigenen Offizieren bis aufs Blut geschunden werden, sogar mit einer Handgranate beschossen. Überdruß, Anarchie, aufschäumender Nationalismus – und die sogenannte »Masse« erscheint keineswegs als Garant für ein bessere Zukunft.

Lenins Umsturz in St. Petersburg beeindruckt die multiethnisch zusammengewürfelten Soldaten an der Südfront deshalb anfangs viel weniger als das 14-Punkte-Programm des amerikanischen Präsidenten Wilson, der eine Nachkriegsordnung entwirft und den bisher von Wien – oder von Konstantinopel und Sankt Petersburg – dominierten Ländern der Vielvölkerstaaten ihre Unabhängigkeit verspricht. Für Leo Lania endet der Krieg mit einem Nervenzusammenbruch. Und er hat Glück, daß er auch die Wiener Klinik, in die man ihn gebracht hatte, überlebte – die Ärzte hatten in ihm vor allem ein Objekt für ihre »modernen« Experimente gesehen und traktierten mit Starkstromreizungen und dergleichen.

Schließlich kommt nun auch das faktische Ende der Monarchie, nicht zufällig im Parlament deklamiert in einer leisen Rede des ebenso müden Victor Adler, während der genesene und nun endlich demobilisierte Chronist schaut und beobachtet, den historischen Parlaments-Moment genau erspürt – und dort erst einmal den Atem anhält. Bald auch fester Angestellter der *Arbeiter-Zeitung* wird er zum Zeuge der Geburtswehen einer nunmehr vergleichsweise winzig anmutenden, auf Normalmaß zurechtgestutzen Republik Österreich und der schmerzhaften Verwandlung Wiens von einer imperialen Reichshauptstadt zum »Wasserkopf auf dem blutlosen und verkrüppelten Körper eines Zwergs«. Auch im Café Central hatte das Personal gewechselt: Statt Peter Altenberg und Alfred Loos dominieren hier nun Franz Blei und Franz Werfel und selbstverständlich Egon Erwin Kisch. Während Leo Lania wie so viele andere seiner Generation nun doch auf Lenin aufmerksam wird, ihn das Dekret »An Alle« elektrisiert und er in der rasant entstehenden Sowjetunion eine stärkere Hoffnung (und eine sozialere Gesellschaft) ausmacht als im morschen Fast-weiter-so der westlichen Länder.

(Ironie der Geschichte: Nie wieder würde dieses Sowjet-Rußland bei aufmerksamen jungen Menschen rund um die Welt so populär sein wie in den Jahren seiner revolutionären Anfänge, die allerdings im heutigen Putin-Rußland offiziell als eine »Zeit der Schwäche« bezeichnet werden. Belobigt wird der neue Staat von den affirmativen Historikern der gegenwärtigen Herrschaft erst wieder ab dem Zeitpunkt seiner (früh-)stalinistischen Konsolidierung – ab der wiederum die besten emanzipatorischen Köpfe außerhalb des neuen Riesenreichs längst zu zweifeln begonnen hatten oder sogar Abkehr wagten.)

Obwohl keineswegs ein radikal Gläubiger, bricht Leo Lania dennoch für eine Weile mit einem von ihm als zu egozentrisch erachteten Individualismus, zieht bei seinen Eltern aus, wechselt den Freundeskreis – und beginnt für die *Rote Fahne* zu schreiben. Freilich unterscheiden sich schon damals die Vielzahl seiner Artikel von jenen seitenlangen Partei-Kommuniques, die der Zeitung aufgedrückt werden: *Ich begriff, daß den Arbeitern die marxistische Theorie nur in der Beziehung zu ihren täglichen Sorgen und Nöten beigebracht werden konnte. Ich zwang mich, einfach und bildhaft zu schreiben. Es war eine gute Schule.*

Indessen ahnt er bald, daß sein Verbesserungswille im Stilistischen auf noch etwas etwas ganz anderes hindeutet – und jene Konflikte verursachen wird, denen dann im nachfolgenden Jahrzehnt auch Fritz Beer und Alice Rühle-Gerstel ausgesetzt sein werden (oder, wenn auch viel später und ohne die Konsequenz eines wirklichen Bruchs, Stefan Heym). Was nämlich, wenn die Kommunisten, die anfangs keinen einzigen Sitz im österreichischen Parlament erringen konnten, sich in ihren herrischen Feinderklärungen gegen die linken, ganz konkret reformfreudigen Sozialdemokraten ebenso irrten wie in ihrer Vorstellung von »der« Arbeiterklasse? Und was, wenn andere ihren Individualismus keineswegs wie er selbst in den Dienst der Bevölkerung stellen wollten, sondern lieber Slogans dekretierten? (Leo Lania lesen bedeutet auch, skeptisch zu werden gegenüber der bis heute verbreiteten Erzählung, erst die Verdrängung der ursprünglichen Partei-Intellektuellen durch kleingeistige Funktionärs-Typen habe den moralischen Niedergang der Kommunisten verursacht.)

Die Masse, das Proletariat – ich begann zu verstehen, daß dies keine abstrakten Begriffe waren, sondern Einzelwesen, fühlende, leidende und denkende Menschen. Zorn überkam mich, wenn ich sah, wie die Strategen der Partei mit ihnen wie mit Zahlen operierten. Das war ja genauso wie bei den Generalstäben der Armee. Welch Hochmut, welch Eigendünkel! Das waren die radikalen Intellektuellen, die Wortführer des Futurismus – verwöhnte Bürgersöhnchen, die noch vor ein paar Monaten die feschen Leutnants gespielt hatten und jetzt auf die Rolle der roten Kommissare aspirierten ... Da war sie wieder, diese Anbetung der Intellektuellen für die rohe Gewalt, an der der kranke Geist Europas genesen sollte.

Auch Béla Kun, der in Budapest einer ebenso dysfunktionalen wie brutalen »Räterepublik« vorsteht (ehe diese dann von einem noch brutalerem »Weißen Terror« weggefegt wird), irritiert den jungen reisenden Partei-Journalisten. Wäre es nicht viel dringender – wie vom ersten Republik-Ministerpräsidenten Mihály Károlyi gefordert – den seit jeher unterdrückten ungarischen Bauern konfisziertes aristokratisches Land zu übereignen anstatt sie durch kommunistische Agitatoren, »darunter viele junge Literaten und radikale Bohemiens«, mit Marx-Engels-Lenin-Ideologemen zu kujonieren? Kein Wunder, daß alsbald nicht nur sie, sondern auch breite Arbeiterschichten gegen die neuen Herren revoltierten – um danach wiederum von der restaurativen Herrschaft geknechtet zu werden. Ein Dilemma, das der verzweifelte Leo Lania jedoch weder bei der Begegnung mit dem Philosophen Georg Lukász noch später in Berlin und in Moskau bei seinen Gesprächen mit dem KP-Intellektuellen Karl Radek thematisieren kann: Die im Visionären beheimateten Großdenker hatten anderes im Sinn als solch »falsche Unmittelbarkeit« (auch wenn der Verdikt-Terminus dann erst von den 68er-Studenten in Umlauf gebracht wurde).

Umso beeindruckter ist Leo Lania von Paul Levi, der nach der Ermordung von Karl Liebknecht und Rosa Luxemburg die KPD geführt hatte – wenn auch nur für zwei Jahre. Der polyglotte Anwalt Levi – »beweglicher Geist, kaustischer Witz, natürliche Eleganz« – hatte einst die antimilitaristische Rosa Luxemburg vor Gericht verteidigt und gab auch späterhin nicht auf. *Zwölf Jahre focht Paul Levi den Kampf gegen die deutsche Justiz. 1930 brachte er endlich den Richter, der seinerzeit den Mördern Rosa Luxemburgs und Karl Liebknechts zur Flucht verholfen hatte und der mittlerweile zum höchsten Richteramt in Deutschland aufgestiegen war, vor die Schranken des Gerichts. Der Prozeß wurde zu einem persönlichen Triumph Paul Levis. Aber er erschöpfte seine Kraft, eine Gehirngrippe warf ihn nieder. Im Fieber delirierte er tagelang über die Ermordung Rosas, Visionen aus den Revolutionstagen peinigten ihn, trieben ihn aus dem Bett, zum Fenster – er stürzte auf die Straße.*

Levi, der von einer großen linken Volkspartei geträumt hatte, war allerdings schon seit 1921 kein KPD-Mitglied mehr – aus Protest gegen die zunehmende Moskau-Steuerung und den Autoritarismus im Inneren hatte er die Partei frühzeitig verlassen. Während bis heute in der »Karl-und-Rosa«-Folklore, die übergeht in eine Heroisierung des eher tumb kremltreuen »Teddy« Thälmann, der Name Paul Levi wie ausgelöscht scheint. (Leo Lania aber, der im gleichen Jahr mit den Parteikommunisten gebrochen hatte – nur ein paar Monate nach Otto Rühle – hat jenem vergessenen Dr. Levi dieses berührende Epitaph geschrieben.)

Lania, der mit Grausen gesehen hatte, wie statt kundigen Arbeitern nun immer stärker wendige Moskauer Emissäre bei den österreichischen und deutschen Kommunisten den Ton angaben und jegliche freie Debatten verhinderten, hatte sich freilich die Entscheidung nicht leichtgemacht. Durfte er die

Arbeiter, die nach wie vor in der Revolution ihre einzige Hoffnung sahen, denn allein lassen mit diesen despotischen Funktionären (von denen einige später, was er zu diesem Zeitpunkt noch nicht wissen kann, im sowjetischen Exil ihre Genossen denunzieren und dann auch in der DDR Spitzenkarriere machen werden)? Andererseits: War diese Furcht nicht auch ein wenig paternalistisch und verhüllte womöglich nur die eigene Angst? *Du hast Angst. Die Angst war größer, beklemmender als alle Furcht, die ich im Schützengraben empfunden hatte.*

Schließlich endet dieses (Lebens-)Kapitel beinahe wie eine Burleske. Lania, der nach einer Rede bei einer Parteiversammlung die verdutzten Wiener Genossen über seinen Abschied informiert hatte, wird kurz darauf von eben diesen aufgefordert, Chefredakteur der *Roten Fahne* werden. Wie das? Mit zitternden Fingern öffnen die Funktionäre Lenins neueste Maßgabe-Schrift *Linker Radikalismus – die Kinderkrankheit im Kommunismus,* eine harsche Kritik der Sektiererei (das heißt jener, die im Kreml zu dieser Zeit als solche bezeichnet wurde). Ja, und …? Leo Lania versteht immer noch nicht. Bis eine bestimmte Seite aufgeschlagen und mit der Zeigefingerkuppe ein Satz angetippt wird, in dem Lenin höchstselbst auf einen dogmatismus-kritischen Zeitungsartikel eines gewissen L.L. lobend hinweist. Die gleichen Genossen, die zuvor bei der Veröffentlichung auf eben diesem Namenskürzel bestanden hatten, um sich bei eventueller Moskauer Kritik eilfertig distanzieren zu können, sind nun voller Devotion. *»Verstehst du? Lenin hat über dich geschrieben! Du bist jetzt in die Weltgeschichte eingegangen!«*

Doch da hat sich Leo Lania längst für eine ganze andere Existenz entschieden – für eine junge Frau und für Berlin (in dieser Reihenfolge).

Ab nun wird es noch rasanter. Mit dem Gespür eines engagierten Vollblut-Journalisten taucht Leo Lania ein in die zwanziger Jahre, mit 100 Mark Startkapital. Entdeckt, daß in Deutschland selbst linke und linksbürgerliche Zeitungen nicht allein in ihrer Auslandsberichterstattung auf die Texte der reaktionären

Stinnes-Monopol-Agentur angewiesen sind, und gründet folglich – anfangs nur ausgestattet mit einem Telefon in einer nächtlichen Pförtnerloge – seine eigene Agentur, die *Intel.* Schafft es mit Klugheit und Glück (und auch mit Hilfe Paul Levis und linker Sozialdemokraten), daß bald zahlreiche Zeitungen diese *Intel* abonnieren. Hält sich keineswegs damit auf, vergangene Wiener KP-Wunden zu lecken und begibt sich, mittlerweile mit seiner Verlobten Lucy verheiratet, auf ausgedehnte Arbeitsreisen. Trifft in Genua auf den britischen Premier Lloyd George, die französischen und sowjetischen Außenminister Barthou und Tschitscherin und deren deutschen Amtskollegen Walter Rathenau, berichtet über den Vertrag von Rapallo.

Wird in Italien Zeuge, wie Sozialisten und Kommunisten dem Vormarsch Mussolinis paralysiert gegenüberstehen, da beide in ihrer Klassenkampf-Rhetorik nicht begreifen, daß ihr einstiger sozialistischer Mitstreiter es vor ihnen geschafft hat, Millionen Kleinbürger für sich einzunehmen. Begreift frühzeitig das toxische Faszinosum eines Faschismus, der sich linker Versatzstücke bedient, um Ultrarechtes durchzusetzen, und sorgt sich auch um die innere Verfaßtheit der Weimarer Republik, die längst die seine geworden ist. Läßt sich 1923 als angeblicher Mussolini-Abgesandter beim *Völkischen Beobachter* in München einschmuggeln, trifft Hitler und dessen prollig-homosexuellen Landsknecht Ernst Röhm. Wird sich vom Depravierten dieser Leute nicht über deren Gefährlichkeit täuschen lassen, nimmt ihren rabiat antisemitischen »Erlösungsglauben« ernst und entgeht der intellektuellen Falle, diesen lediglich zu bespötteln. Besteigt kurz vor der potentiell tödlichen Enttarnung den nächsten Zug zurück nach Berlin, publiziert seine Erfahrungen aus dem Inneren des zu Krieg und Massenmord bereiten Nazi-Wals. Und illustriert dabei erneut seine (ebenfalls beunruhigend aktuell gebliebene) These, »daß die Proletarisierung des Mittelstands diesen keinesfalls automatisch ins Lager der Linken führe« und sich die Nazigegner deshalb Anderes, Effizienteres einfallen lassen müßten als lediglich weiterhin stur ihre traditionell ökonomistische Sichtweise »Arbeiterklasse versus Bourgeoisie« zu verbreiten.

Gleichzeitig bezieht er Position gegen eine westliche »Realpolitik«, deren Exponenten verkünden, der Faschismus sei zumindest in Italien eine Alternative zur korrupt gewordenen Demokratie und der Nationalsozialismus eine Bastion gegen den Bolschewismus (was arrogante Blindheit jener »Experten« auch gegenüber dieser dritten Gefahr nicht ausschließt).

Allerdings beläßt es Lania nicht bei Meinungsartikeln, sondern wagt bald erneut eine *hardcore*-Investigativ-Recherche. Diese fördert ein Waffenschieber-Netz zutage, in dem republikfeindliche Reichswehr-Angehörige, rechtsextreme Kampfbünde und professionelle Waffenhändler sich zusammengetan hatten, um die junge deutsche Demokratie zu unterminieren. Deren Justiz ermittelt dann prompt – und zwar gegen Leo Lania. Dieser, inzwischen Vater eines Sohnes, wird nun nicht nur von den Nazis im *Völkischen Beobachter* bedroht, sondern auch vom Gerichtswesen der Weimarer Republik, Vorwurf »Geheimnisverrat«. Sein 1924 erschienenes Buch *Gewehre auf Reisen* aber ist ein Erfolg, denn die unter Lebensgefahr recherchierten Fakten sind handfest und der literarische Reportage-Stil von einer quecksilbrigen Prägnanz, die noch beim heutigen Lesen verblüfft. Beinahe prophetisch schrieb Kurt Tucholsky damals 1923 in der *Weltbühne: Es ist gewiß, daß das Land in seiner jetzigen, völlig unveränderten Geisteshaltung wieder in eine Katastrophe hineintaumeln wird, genau wie im Jahr 1914: Dann gehen wieder Gewehre auf Reisen.*

Noch aber gibt es Abwehrkräfte. Tucholsky, George Grosz und die gesamte progressive Presse stehen Leo Lania bei, Paul Levi übernimmt die Verteidigung vor Gericht, und sogar im Reichstag beschäftigt man sich mit dem Fall. Am Ende komm es zur »Lex Lania«, einem Gesetz zum Schutz des journalistischen Berufsgeheimnisses. *Das war die erste – und einzige – Schlacht, die ich gegen die deutsche Reaktion tatsächlich gewonnen habe.*

Es folgen: Zusammenarbeit als Dramaturg mit dem jungen Erwin Piscator und ein von Alfred Kerr gelobtes erstes eigenes Bühnenstück *Konjunktur,* das sich jenseits hergebrachter

Psychologisierung, expressionistischer Anrufungs-Routine oder gar Agitprop in einer »neusachlichen« Darstellung der politisch-sozialen Malaise versuchte. Dazu die auf Bert Brechts Wunsch übernommene Filmbearbeitung der *Dreigroschenoper*, Reportagebücher etwa über den *Hitler-Ludendorff-Prozeß*, eine gewonnene gerichtliche Auseinandersetzung mit Ex-Kaiser Wilhelm und schließlich sogar ein eigener (Stumm-)Film über das Elend im niederschlesischen Kohlenrevier: *Hunger in Waldenburg*. Das Echo war enorm, auch wenn in der kommunistischen Parteipresse der spätere linientreue DDR-Schriftsteller Willi Bredel monierte, hier würde allzu unideologisch »in ›Menschlichkeit‹ gemacht«.

Doch trotz der Vielzahl dieser Aktivitäten: welch uneitle Ruhe und Konzentrationsfähigkeit. Dazu die Einsicht, daß die linksliberal-mondäne Berliner Blase mitnichten das gesamte Deutschland repräsentiert, daß sich bereits der Ufa-Trust in den Händen der Republikfeinde befindet und ein kriegsverherrlichender Leinwandschinken wie *Fridericus Rex* ungleich mehr Besucher anzieht als die Verfilmung von Erich Maria Remarques *Im Westen nichts Neues*. Auch wenn die erste Auflage von Hitlers *Mein Kampf* 1928 noch immer nicht ausverkauft ist, sogar Bankiers und Industrielle zu den Premieren von Max Reinhardt strömen und er selbst – aus dem jungen bebrillten Mann mit der Schmachttolle ist inzwischen ein korpulenter Mittdreißiger geworden – als Familienvater nun erstmals eine gesicherte Existenz und eine eigene Wohnung mit Bibliothek besitzt: *Ich wurde doch nie das Gefühl los, daß all dies nicht von Dauer sein könne.*

Schon kurz darauf kommt es zur Weltwirtschaftskrise. Verhärmte Männer mit *Ich suche Arbeit*-Schildern bevölkern die Straßen der Stadt selbst in Lanias gutbürgerlichem Wohnbezirk Berlin-Steglitz, und es sind SA-Leute, die ihnen neue Orientierung versprechen – Marschieren müßt Ihr, gegen die »Judenrepublik«.

Und das »große Mutterland der Werktätigen?« 1932 reist Leo Lania erstmals in die Sowjetunion. Sieht und wertschätzt die offensichtlichen industriellen Erfolge, hört sich ohne Zynismus die Schwärmereien von Lenins offiziellem »Einbalsamierer« an – und bleibt dennoch skeptisch: Was darf er überhaupt sehen, in welche Richtung versucht man ihn zu lenken? Als er 1936, inzwischen längst im Exil, abermals in die UdSSR fährt, nimmt er nicht nur den neo-bürgerlichen Geschmack der stalinistischen Funktionselite und die neuen Richtlinien wahr, die Ehescheidungen erschweren, sondern auch die schablonenhaften Selbstanklagen, in denen zuvor gefeierte Theatermacher wie Wsewolod Meyerhold nun gegen ihre bisherige, »vom Geist des Sozialistischen Realismus abgewichene« Arbeit polemisieren. Auch bemerkt er, wie unter Stalins repressivem Etatismus das einstige Zarenregime nun kaum mehr verurteilt, sondern als »Schöpfer des russischen Staates« gepriesen wird – was heutzutage an Putins gegenwärtiges Einsammeln aller Geschichtsmomente und historischer Gestalten erinnert, die dazu taugen, den »Ruhm des ewigen Rußland« zu beschwören. Ehemalige Parteiintellektuelle wie Karl Radek sehen dagegen bereits ihrer Verhaftung und späteren Hinrichtung entgegen, aber – Leo Lania deutet es eher an – trugen nicht gerade auch sie eine Mitverantwortung für Stalins Regime, dessen diktatorische Grundlagen doch bereits kurz nach Lenins Sieg gelegt worden waren?

Lanias Memoiren erinnern indessen auch daran, daß selbst in dieser ersten Hälfte des Zwanzigsten Jahrhunderts, dieses »Zeitalters der Extreme« (Eric Hobsbawn), lebenswerte Alternativen existierten. Zum Beispiel in Norwegen, wo er – wie ein paar Jahre später Willy Brandt im Exil – quasi jeden Tag im Alltagsleben erfahren werden kann, daß sozialer Fortschritt und liberale Demokratie keine Gegensätze sind, sondern einander bedingen. *Norwegen war nach Deutschland wie ein erfrischendes Bad nach einer wüsten Nacht. Nach Rußland wie ein Traum, der plötzlich Wirklichkeit wird. Das gab es also noch – trotz allem: freie Menschen. Keine Geheimpolizei, kein Mißtrauen und keine Angst. Die jungen Bauern hatten meist Hochschulen besucht, sie sprachen alle englisch oder deutsch und kannten ihre Literatur genau so gut wie die Bürger von Oslo oder die Arbeiter von Bergen.*

In Norwegen erreicht ihn dann jedoch auch die Nachricht, daß in Deutschland Reichskanzler von Papen die preußische Regierung aufgelöst hatte. Und wird, zurückgekehrt nach Berlin, Zeuge eines irrwitzigen Schauspiels, einer hysterischen Gesundbeterei von Seiten der Demokraten und abstruser konservativer Einhegungsversuche. Die zugespitzte Lage sei günstiger denn je und die Nazibewegung im Abflauen, beteuern die einen, der Nationalsozialismus müsse lediglich »in gesunde Bahnen gelenkt« werden, orakeln die anderen. (Leo Lania lesen bedeutet auch, wieder ein Gefühl zu bekommen für die furchterregende Diskrepanz zwischen gefühlter und realer Wirklichkeit.)

Zumindest er läßt sich nicht täuschen. Bringt Frau und Sohn ins Ausland und verläßt dann im Februar 1933 Berlin in Richtung Prag – ganz wie Hans Sahl, Stefan Heym oder jene Hanna, Protagonistin von Alice Rühle-Gerstels Roman *Der Umbruch*. Denn auch die demokratische Tschechoslowakei unter der erfolgreichen Präsidentschaft des Philosophen Tomáš Garrigue Masaryk zeichnet sich noch durch fast alles aus, was es in Deutschland nicht länger gibt oder noch nie gegeben hatte. (So gehören etwa zu den neun als gleichberechtigt anerkannten Nationen des kleinen Vielvölkerstaats ČSR sowohl Deutsche als auch Juden und »Zigeuner«.) Schon Jahre zuvor hatte sich Leo Lania für »TGM«, diesen europäischen Ausnahmepolitiker, interessiert, der es vom Proletarierjungen zum Universitätsprofessor gebracht hatte, vom antimonarchistischen Unabhängigkeitsführer zum Emigranten und schließlich ab 1918 zum Präsidenten einer jungen Republik, die er ohne Allüren und Ressentiments zu führen und durch die Untiefen jener Jahre zu steuern verstand. Zuvor hatte er sogar als »tschechischer Zola« agiert und den 1899 in einem der letzten Ritualmordprozesse Mitteleuropas unschuldig zum Tode verurteilten Juden Leopold Hilsner doch noch vor dem Galgen bewahrt – woraufhin der mutige Fürsprecher seine Professur an der Prager Karls-Universität verlor. Auch hatte Masaryk bereits 1886 als Zeitungsredakteur ein aufgefundenes, angeblich tausend Jahre altes Manuskript, das die Existenz einer »frühen tschechischen

Nation« beweisen sollte, als Fälschung entlarvt – *gegen* den Rat vieler seiner Mitstreiter in der tschechischen Unabhängigkeitsbewegung, doch im Bewußtsein, daß Geschichtslügen nie und nimmer das Fundament eines Landes sein dürften. (Jahrzehnte später wird Masaryks legitimer Philosophenpräsidenten-Nachfolger Václav Havel, als er noch Dissident und Häftling war, zu ganz ähnlichen Schlußfolgerungen gelangen – *Versuch, in der Wahrheit zu leben.*)

Begleitet von seinem Freund, dem Schriftsteller Karel Čapek, besucht Leo Lania den nunmehr greisen Präsidenten – und ist davon ebenso bewegt wie später nach dem Krieg bei seiner ersten Begegnung mit Willy Brandt. Keine falsche Devotion, kein Idealisieren des Intellektuellen als Politiker, wohl aber ein genaues Beobachten, das – wie dann in den Vereinigten Staaten beim Treffen mit Präsident Roosevelt – zu erfreulichen Schlüssen gelangt. *Seine Natürlichkeit war echt wie sein Humor. Und dann saßen wir und plauderten von Rußland und meinen Eindrücken in Moskau, über Marx und Goethe, Bergson und Nietzsche. Masaryk dozierte nicht, er war nicht »geistreich« und nicht »originell«, er sprach sehr schlicht, jeden Satz überlegend, gewissermaßen laut denkend. Ich dachte mit.*

Präsident Masaryk war 1850 geboren, Karel Čapek 1890, Leo Lania sechs Jahre später – und sie verstanden sich über die Generationsgrenzen hinweg, als Schriftsteller, vor allem aber wohl als illusionslose Menschenfreunde. (Schönes, wenn auch nur imaginiertes Bild: Bei dem Treffen im Barockschloß Lány, dem Sommersitz des Präsidenten, hätte auch Alice Rühle-Gerstel dabeisein können, von der aufgeklärten Männerrunde gewiß sofort willkommen geheißen. Und was, wenn auch der damalige Prag-Exilant Stefan Heym, dessen erste Texte ja Karel Čapek ins Tschechische übersetzt hatte, mit von der Partie gewesen wäre – hätte er dann vielleicht sogar eine frühe Ahnung davon bekommen, daß politischer Liberalismus keineswegs nur bourgeoiser Budenzauber war?)

Nur ein Jahr darauf war alles vorbei. Tomáš Garrigue Masaryk hochbetagt gestorben, aber auch der viel jüngere Karel Čapek schon nicht mehr am Leben – beide hatten die junge Demokratie herausragend verkörpert. Und die Tschechslowakei, deren Existenz so vielen Emigranten Hoffnung gegeben hatte, war fest im Visier Hitlers, während der Westen wegschaute.

Und dann kam München. Die Tschechoslowakei wurde nicht nur im Stich gelassen – Frankreich und England erlaubten ihr nicht einmal, sich zu verteidigen. Das war der Verrat nach der Desertion. Eine Erfahrung, die nicht nur Leo Lania, sondern auch Hans Habe, Friedrich Torberg und Fritz Beer ab da ihr ganzes Leben lang prägen würde – in der Skepsis der Diktaturgegner gegenüber dem allzu oft wohlfeilen Wort »Frieden« und den Intentionen jener »Realpolitiker«, die es dauernd im Munde führten, um todbringende Indifferenz zu kaschieren.

Die darauffolgende, noch dramatischere Zeit durcheilt der Chronist in raschen Schritten. Fürchtet er sich zu wiederholen, da er jene Monate bereits in seinem 1941 in den USA erschienenen Buch *The Darkest Hour* geschildert hatte? Hoffte er darauf, daß sich für diesen Bericht vielleicht doch noch ein deutscher Nachkriegs-Verlag finden würde? Was bis heute nicht geschehen ist. Bedauerlicherweise, da schon die wenigen Seiten, die Lania seinen weiteren Fluchtstationen widmet, von atemberaubender Intensität sind. Exil in Paris. Geplantes Intermezzo im französischen Propagandaministerium, um dort, beauftragt vom Dichter Jean Giradoux, beim Aufbau eines Antinazirundfunks mitzuhelfen. Stattdessen jedoch nach dem deutschen Einmarsch mehrmalige Internierung als »feindlicher Ausländer« und schließlich die Flucht aus dem letzten französischen Lager in der Bretagne, ehe die französischen Behörden die Nazigegner an die siegreichen Besatzer ausliefern können. Von den Dutzenden Häftlingen, die sich in Richtung unbesetzter Zone nach Südfrankreich durchzuschlagen versuchen, entgehen nur drei ihren nazistischen Verfolgern, darunter Leo Lania. *In zerfetzten Kleidern und Schuhen, mit wunden Füßen und schwerem Herzen. Die Enttäuschung über die feige und zynische Haltung Vichys und die Blindheit von Millionen Franzosen bedrückte mich noch schwerer als mein persönliches Schicksal.*

Durch einzigartigen Zufall findet er im Lager der Tschechoslowakischen Auslandsarmee (in deren Reihen zuvor auch Fritz Beer gekämpft hatte) seine Frau und seinen Jungen wieder; gemeinsam gelingt ihnen die Flucht über die Pyrenäen. Sie durchqueren Spanien, erreichen schließlich Lissabon, wo ihnen die jüdisch-amerikanische Hilfsorganisation *Joint* beisteht. Wie zur gleichen Zeit bei Torberg und Habe, Hans Sahl und Ludwig Marcuse – und als wäre es ein Kapitel aus Remarques Roman *Die Nacht von Lissabon* – aber droht die Rettung in letzter Minute an bürokratischen Formalitäten zu scheitern. Doch so, wie Ludwig Marcuses Frau Saskia nicht aufgibt und die Nerven behält, so erweist sich auch Lanias Frau Lucy als unverzichtbare Kameradin. Im letzten Moment kommt eine Verbindung mit Washington zustande, und Präsident Roosevelt persönlich schaltet sich ein, damit drei der ursprünglich für amerikanische Staatsbürger reservierten Schiffsplätze der Familie Lania zur Verfügung gestellt werden. Zu diesem Zeitpunkt sind die Eltern und der ältere Bruder des Chronisten bereits tot, und auch dem alten Kontinent scheint keine lange Lebensdauer mehr vergönnt zu sein.

Wie einst in Berlin, so kommt man nun auch in New York mittellos an – statt 100 Mark sind es jetzt allerdings nur noch 3 Dollar 50. Lania aber faßt überraschend schnell Fuß, amerikanische Zeitschriften und Verlage interessieren sich für seine Erfahrungen, innerhalb von zwei Jahren erscheinen zwei autobiographische Bücher, dazu bucht man ihn als »Lecturer«, den Vortragsreisen bald durchs gesamte riesige Land führen. Die Dankbarkeit, nicht nur gerettet worden zu sein, sondern statt der üblichen Emigrantenzentren New York und Los Angeles nun auch andere Teile der Vereinigten Staaten kennenlernen zu dürfen, führt dem Memoiren-Autor dann noch zehn Jahre später die Feder. (Wobei er modest verschweigt, was sein Biograph Michael Schwaiger herausgefunden hat: Nicht nur in eigener Sache reist und redet Leo Lania, sondern auch als Fundraiser für jüdische Flüchtlingshilfsorganisationen, für die er im Laufe der Zeit mehrere Millionen Dollar akquirieren kann.)

Bilder aus jener Zeit zeigen einen mindestens zehn Jahre älter wirkenden Mittvierziger mit massigem Gesicht und ebenso wuchtigem Körperumfang, durch Hornbrille, Anzug und mitunter auch eine Zigarre beinahe schon zur Karikatur eines Wallstreet-Kapitalisten geworden. Doch im Gegenteil: Der reflektierte Herzenssozialist hat sich nicht nur seine geistige Beweglichkeit bewahrt, sondern vermag es später auch in seinen Memoiren, von jener »Lecturer«-Zeit (die sich nach dem Krieg dann nach Westdeutschland und an die dort entstehenden »Amerika-Häuser« verlagert) auf eine lebendige Weise zu erzählen, die weder im Selbstzitat noch in ermüdender Aufzählung stecken bleibt. Stattdessen lenkt er den Blick auf eine Wechselbeziehung: So wie aus Deutschland vertriebene Schriftsteller, Künstler, Intellektuelle und Akademiker in der *New Deal*-USA von Präsident Roosevelt eine neue Heimat – oder zumindest eine zeitweilige gute Bleibe – gefunden hatten, so profitierten auch die USA durch den Zustrom aus Europa. Lania nennt das den »Einbruch des Geistigen in die Politik« und schreibt diesen dem »Rooseveltschen ›Gehirntrust‹« ebenso zu wie den Aktivitäten der Emigranten – beide im Kampf gegen einen selbstgerechten Isolationismus.

Ein tragisches Versäumnis sieht er freilich darin, daß der kriegführende Westen – im Unterschied zu Stalin – »keine Sicherungen zur Durchsetzung und Wahrung der eigenen Interessen traf und sich stattdessen mit der Proklamierung an sich sehr lobenswerter, aber sehr allgemein gehaltener und unverbindlicher Grundsätze begnügte«. Schnell sollte der Krieg gegen Nazideutschland (und Japan) zu einem Ende gebracht werden, um das Leben amerikanischer Soldaten zu schonen, was legitim und verständlich war, andererseits aber den Kommunisten erlaubte, nach dem Krieg ganz Mittelosteuropa zu dominieren. Über deren Charakter hegt Lania keinerlei Illusionen. *Die Kommunisten sind nicht länger Apostel einer neuen und besseren sozialen und wirtschaftlichen Ordnung, sondern die Agenten und Söldner des russischen Imperialismus. Unter der Fahne Moskaus leben nicht mehr Gläubige, sondern Sklaven.* Als Alternative nennt der demokratische Sozialist dann erneut die skandinavischen Länder und die sozialstaatliche Entwicklung Österreichs. (Während sein illusionsloser Blick auf Rußland wohl spätestens ab Mitte der sechziger Jahre als »Kalte Kriegs-Perspektive« abgetan und nach rechts ausgelagert wurde – eine Blindheit vor allem der Linksliberalen, die sich mehr oder minder fortsetzen wird bis zum 24. Februar 2022, der Eskalation von Putins Angriffskrieg gegen die Ukraine, welcher bereits 2014 begonnen hatte.)

Um nicht auch noch Westeuropa in totalitäre Hände fallen zu lassen – im Nachkriegsitalien sieht Lania überdies die Gefahr einer neofaschistischen Renaissance – empfiehlt er ein noch über den Marshallplan hinausgehendes sozialpolitisches Aufbauprogramm. Und warnt gleichzeitig vor jener kontinentalen Arroganz, die bis heute fortdauert. *Die Gegenüberstellung eines geistigen und kulturbeflissenen Europa und eines technokratischen und ungeistigen Amerika – ein beliebtes Gesellschaftsspiel unter europäischen Intellektuellen – scheint mir besonders kindisch. Ohne die materielle Unterstützung Amerikas wäre Europa gar nicht mehr in der Lage, an Amerikas »Ungeduld, Oberflächlichkeit und Materialismus« Kritik zu üben. Daß Europa heute wieder als einigermaßen selbständige Kraft auftreten kann, ist Amerikas größtes historisches Verdienst.*

Der reisende *lecturer,* geistig näher an Ludwig als an Herbert Marcuse, zieht seinen kritischen Optimismus besonders aus den Begegnungen jenseits der Großstädte und universitären Zentren. Hier sieht er, in seinem Auto mehr als zehntausend Kilometer zurücklegend, sogar in den kleineren Städten des Mittleren Westens dank der Qualität staatlicher Bildungseinrichtungen eine über soziale Grenzen hinweg wache und unideologische Jugend heranwachsen – selbst in Wisconsin, der Heimat des hysterisch und irr gewordenen Senators McCarthy. Sieben Jahrzehnte später – und nicht zuletzt nach der Erfahrung der Trump-Jahre, die ein Symptom waren für bereits länger Existentes – liest man Leo Lanias Lob einer egalitären Bildungsrepublik nicht ohne Wehmut. *Die amerikanische Jugend mißtraut Patentlösungen. Sie weiß, daß es für die Übel der*

Welt keine Wunderkur gibt und daß nur Schwindler oder Narren solche versprechen. (Ließe sich heute noch derlei resümieren, nach Besuchen der gleichen Dörfer und Kleinstädte, in denen er damals gesprochen und zugehört hatte?)

Vier Jahre nach Erscheinen seiner Autobiographie trifft Leo Lania auf den siebzehn Jahre jüngeren Willy Brandt, der sich gerade auf Amerikareise befindet. In ihm wird er die Chance auf ein modernes Deutschland verkörpert sehen, das seine Vergangenheit nicht verdrängt. Und doch wird die Erleichterung des Mannes aus Charkiw, Wien und Berlin erst ganz und gar offenbar, wenn er am Ende seiner Lebenserinnerungen diesen Satz schreiben kann: *Meine Enkel sind in Amerika geboren.* (Mittlerweile publizierte er da auch wieder mit Freude im deutschsprachigen Raum, in der *Frankfurter Rundschau*, dem Berliner *Tagesspiegel* – und in seiner geliebten Wiener *Arbeiter-Zeitung*, in der er einst debütiert hatte.)

Und die Romane? Vier hat Lania publiziert, ein letzter – die Zeit vom Ersten bis zum Ende des Zweiten Weltkrieg umfassend und mit dem Arbeitstitel *Die Generäle* – blieb unvollendet. Zeitromane, von einem Journalisten geschrieben, die zu Recht vergessen sind? Jene zwei, die inzwischen wiederveröffentlicht sind (die anderen scheinen selbst durch das Netz des Internets gefallen, finden sich aber womöglich im verstreuten Nachlaß eines jener englischen Exil-Antiquare, wie ihn Fritz Beer beschreibt) zeugen jedenfalls von einem Gespür für Spannungsaufbau *und* für psychologische Feinzeichnung. Was das Zeitkolorit betrifft: selbstverständlich erzählt ein Roman wie *Land im Zwielicht* (1934 in London unter dem Titel *Land of Promise* erschienen, von der *Times* und dem *Spectator* sogleich in den höchsten Tönen gelobt und ins Tschechische, Polnischw, Niederländische und Norwegische übersetzt) *en détail* von mitteleuropäischen Verwerfungen. Schöpft aus den Erfahrungen seines Verfassers an der galizischen Ostfront und im Berlin der Weimarer Republik, mißversteht »das Politische« nicht als Kulisse, präsentiert jedoch auch keine wandelnden Meinungsträger, sondern Menschen in ihrer Einmaligkeit.

Während der preußische Jude Rosenberg in seinem Patriotismus ein ums andere Mal enttäuscht und 1933 von den Nazis umgebracht wird, emanzipiert sich dessen junge Frau Esther, eine aus der Ukraine nach Berlin geflüchtete Tochter aus religiösem Elternhaus, gleich mehrfach: vom Glauben an Vorherbestimmung und Gehorsam, schließlich sogar von ihrem Gatten. Selbstverständlich ist da auch ein anderer Mann im Spiel, mit dem sie nach dem gewaltsamen Tod ihres Mannes aus Deutschland flieht, zusammen mit dem Sohn aus erster Ehe. (Nicht nur die Regeln des Genres verlangten es, sondern auch die damalige Situation). Doch ist hier kein Melodram entstanden, sondern tatsächlich eine romaneske Studie über das Verhalten, die Hoffnungen, Affekte und Konsequenzen in radikalen Umbruchzeiten. Was Leo Lania, mit seiner Familie nun selbst im Exil, mit *Land im Zwielicht* gelungen war, berührte nicht nur den Philosophen Bertrand Russell, sondern auch zwei literarische Großmeister. Die Fabel der Geschichte und die realen Ereignisse, so Lion Feuchtwanger, liefen in diesem Roman derart gekonnt ineinander, daß hier unbedingt von einem »guten, geglückten und ungeheuer wichtigen Buch« zu sprechen sei. Während Stefan Zweig bei der Lektüre seine Überzeugung bestätigt fand, daß »Wahrhaftigkeit immer eine wesentliche Bedingung des Künstlerischen ist«.

Weshalb aber wurde dann *Der Außenminister*, ein noch stärkerer Roman, auf deutsch erst 1960 veröffentlicht – vier Jahre nach seinem Erscheinen in den USA und in Großbritannien, wo das Buch für Aufsehen gesorgt hatte? Weil Feuchtwanger inzwischen tot war und Stefan Zweig ebenso Selbstmord begangen hatte wie Klaus Mann, der 1948 nach den gewaltsamen Geschehnissen in Prag noch geplant hatte, diese in einem Roman zu verarbeiten? Weil die Zeit der Emigranten – wieder einmal – vorbei zu sein schien oder weil der Blick auf Ulbrichts DDR und die (verblassende) Erinnerung an den Budapester Aufstand von 1956 längst eine der wichtigsten Vorgeschichten verwischt hatte, eben jene Prager Februartage von 1948? Oder war das überwölbende Thema, die fragile Situation des sozialliberalen Intellektuellen im beginnenden Kalten Krieg, inzwischen für irrelevant erklärt worden, da man sich ja auch innerhalb des »demokratischen Lagers« nun zweifelsfrei einsortiert hatte? Was sollte da noch die (Roman-)Geschichte einer gleichsam zweifachen Kassandra – eines tschechischen Intellektuellen und Politikers, der sowohl vor der selbstgerechten Trägheit des Westens wie vor der aggressiven Expansionskraft des Ostens gewarnt hatte?

Hand auf's laue Herz: Wer interessierte sich damals (und tut es heute) noch für einen Jan Masaryk, Sohn des tschechoslowakischen Republikgründers, Exilant nach 1938 und danach als Prag-Rückkehrer nach dem Krieg Außenminister und zuletzt, vor seinem mysteriösen Tod, der letzte bekennende Nichtkommunist in der Regierung des Stalinisten Klement Gottwald? (Und war es wirklich mehr als eine literaturhistorische Fußnote, daß Leo Lania die amerikanische Lebensgefährtin seines Protagonisten eng an die reale Gestalt der renommierten Journalistin Marcia Davenport angelehnt hatte anstatt – wie Stefan Heym 1952 in *seinem* Prag-Roman *Mit den Augen der Vernunft* – literarischen Rufmord zu betreiben und das Zerrbild einer bürgerlich-konservativen Ignorantin zu zeichnen?)

Vermeintlich alte Geschichten, die in manchen Facetten dennoch aktuell anmuten. Ein riesiges Rußland, das in seiner Nachbarschaft lediglich Satelliten duldet. Ein – überwiegend – von der Roten Armee 1945 von den deutschen Okkupanten befreites Land, dessen demokratische Tradition jedoch nur pro forma akzeptiert wird. Zwist zwischen den liberalen und christdemokratischen Parteien, die nicht allzu »zukunftsfähig« wirken, eine bereits im Moskauer Sinn »umgedrehte« Sozialdemokratie und dazu eine Kommunistische Partei, die zwar weit entfernt davon ist, die Bevölkerungsmehrheit zu repräsentieren, jedoch über die schlagkräftigste Ideologie und Logistik verfügt – nicht zu vergessen jene russische Unterstützung und Einflußnahme, die auch keineswegs kaschiert wird.

Mittendrin: Der Außenminister. (Jan Masaryk im sogenannten »wirklichen Leben«, ein nicht mit Namen genannter, jedoch eindeutig und leicht als dieser identifizierbarer

Protagonist in Leo Lanias Roman, der sich jedoch eng an das historische Geschehen in der Nachkriegstschechoslowakei hält, dem bis zum Februar-Putsch 1948 in Prag letzten noch einigermaßen demokratischen Staat im sowjetischen Machtbereich.) Nicht aus Machtgier verbleibt er so lange als möglich in der zunehmend kommunistisch dominierten Regierung, ja noch nicht einmal in der Illusion, »das Schlimmste zu verhüten«. Verzögern ist alles, auch gilt es, das Vertrauen der Bevölkerung nicht zu enttäuschen – schließlich ist *er* der Sohn des legendären Staatsgründers von 1918, hatte *er* als Außenminister der tschechischen Exilregierung in den Kriegsjahren mit Roosevelt und Churchill in Kontakt gestanden, war *er* durch seine BBC-Ansprachen zur Stimme des Widerstands geworden. In Jugendjahren dilettierender Pianist und Salonlöwe, beliebt ob seines einnehmenden Humors, war er im Exil gereift und nach der Befreiung zurückgekehrt als Garant für eine freie und gleichzeitig sozial bewußte Tschechoslowakei.

Leo Lania erzählt nun von des Ministers letztem Abend, letzter Nacht – mit Rückblenden in Kindheit und Jugend, in längst vergangene und erst kurz zurückliegende Tage, ja Stunden. Da sich die Schlinge um den Minister immer enger legt und sein Aufgabenfeld mit geradezu sadistischer Finesse beschränkt wird. *Als Außenminister fuhr ich nach Moskau – als ein Lakai von Stalin kam ich zurück.* Diesen historisch verbürgten Ausspruch von Jan Masaryk läßt Lania auch »seinen« Minister sagen – nicht ahnend, daß nur wenige Jahre nach der Niederschrift des Romans diese schreckliche Erfahrung eine kollektive Fortsetzung finden würde: Als nach dem sowjetischen Einmarsch vom August 1968 die Reformer um Alexander Dubček herrisch nach Moskau zitiert wurden und Dubček nach der Rückkehr seinen erzwungenen Kotau zu erklären versuchte, Tränen in der Stimme. (Nicht einmal die antisemitische Note hatte damals gefehlt, als der 1908 im ukrainischen Iwano-Frankiwsk geborene František Kriegel als einziger der herbeigeschleppten Prager Politiker die Unterschrift unter das Kreml-Diktat verweigerte und deshalb vom sowjetischen

Ministerpräsidenten Kossygin wutentbrannt angebrüllt wurde: »Was bildet sich dieser galizische Jude eigentlich ein?«)

Gleichwohl verzichtet der erfahrene Romancier Lania auch in diesem Buch auf melodramatischen Aplomb, da doch bereits die Wirklichkeit für genug Zündstoff gesorgt hatte – im furchtbaren Wortsinn, denn in den Wochen vor dem mysteriösen Tod des Außenministers war es zu Bombenattentaten auf ihn (und andere nicht-kommunistische Politiker) gekommen, die selbstverständlich nie aufgeklärt wurden. Noch nicht einmal das Privatleben des Ministers – seine gescheiterte, doch in gegenseitiger Fairness zu Ende gegangene erste Ehe und danach die langjährige Beziehung mit der amerikanischen Journalistin, die ihn zu baldiger Flucht drängt – wird zur Schnulze. Stattdessen entsteht aus präzisen, politisch *und* emotional plausiblen Schraffierungen das Bild eines dezent sympathischen und unprätentiösen Bürgers – im Sinne von *citoyen*, nicht von *bourgeois* – der auch keineswegs von dräuender Tragik umhüllt ist und so ganz und gar nichts von historischem Determinismus hält, weshalb er seine Mission auch nicht von Anbeginn verloren gibt. (Noch in seiner letzten Nacht gibt es diese Aufschwünge: Was nämlich, wenn er als weiterhin populärster Politiker und beliebtester Redner seines Landes die demokratische Mehrheit doch noch dazu bringen könnte sich aufzuraffen, um der kommunistischen Obstruktion etwas entgegenzusetzen? Weil es ja nicht »nur« um Freiheit ging, sondern auch um die wirtschaftliche Entwicklung, die massiv bedroht war durch die Moskauer Order, die von den USA auch Prag offerierte Marshallplan-Hilfe brüsk abzulehnen. Und wo stand geschrieben, daß sich historische Prozesse »nur so und nicht anders« entwickeln konnten, da doch immer auch Individuen zählten und nicht allein »Strukturen«.)

Des Außenministers Gegenspieler ist dabei der skrupellose KP-Chef, der im Roman den Namen Karl Munda trägt – angelehnt an die historische Figur Rudolf Slánský. In Leo Lanias Imagination kennen sich beide – der menschenfreundliche Pragmatiker und der zynische Machttechniker und Manipulator – bereits aus Gymnasialzeiten; eine ähnliche Konstellation wie in Friedrich Torbergs 1952 entstandenem Prag-Roman *Die zweite Begegnung,* hier jedoch noch ungleich schärfer konturiert. Denn nun sind es nicht nur jugendliche »Schmutzeleien« und Intrigen, die den einen dem anderen entfremden, sondern etwas, daß nicht nur ihr persönliches Schicksal, sondern auch die Zukunft der Nation betrifft. Doch nicht um »rechts oder links« geht es, nicht um idealistische Träumerei versus illusionslose Macherschaft, sondern um eine ethische Grundfrage, der sich sogleich eine praktische anschließt: Ist es tatsächlich gerechtfertigt, im Namen des »Volkes« eine Diktatur zu errichten anstatt die diversen Interessen der *Bevölkerung* auszutarieren zu suchen – und damit nicht nur moralischer, sondern letztlich auch ökonomisch erfolgreicher zu sein? (Und all das, Beweis literarischer Könnerschaft, verhandelt in sich zunehmend zuspitzenden Gesprächssituationen, in denen keiner der Beteiligten lediglich Thesen von sich gibt, sondern erkennbar wird in seinem Charakter und lebensweltlichen Hintergrund.)

Faszinierend vor allem, wie der nach wie vor Dennoch-Optimist und »Rooseveltianer« Leo Lania der naheliegenden Versuchung entgeht, das Porträt eines vermeintlich *zwangsläufig* scheiternden, hehr idealistischen, aber tatenarmen Intellektuellen zu zeichnen. (So wie später auch die polnischen Denker sich keineswegs mit einer hilflosen Ketzer-Variante abfanden, sondern in der Dissidentenbewegung KOR und danach in der Gewerkschaft *Solidarność* zum erfolgreichen Schulterschluß mit den Arbeitern fanden. So wie dann der tschechische Dramatiker Václav Havel zusammen mit seinen Freunden die *Charta 77* gründete, auch im Gefängnis nicht verzweifelte, vielmehr in seinen *Briefen an Olga* ein praktikables Gegenwarts- und Zukunftsprogramm entwarf. Oder ein ehemaliger Schauspieler und – bis zum russischen Überfall allenfalls mäßig erfolgreicher – Politiker namens Wolodymyr Selenskyj mit Witz und unerwartetem Mut zur Symbolfigur des ukrainischen Widerstands geworden ist.)

Tatsächlich liest sich das, was Leo Lania seinen Protagonisten sagen läßt wie eine Vorwegnahme Havels: *Ob ihr frei sein wollt, müßt ihr selbst entscheiden. Und um richtig zu entscheiden, braucht man kein Held zu sein.* Und, als wäre es eine Variation von Ludwig Marcuses Aufforderung, nicht für eine abstrakt bleibende Menschheit zu unterschreiben, sondern besser die Tränen eines kleinen Mädchens zu trocknen: *Vielleicht ist das der große Irrtum unserer Zeit: daß wir glauben, wir müßten Völker, Nationen, die Menschheit retten, und darüber vergessen wir, dem einzelnen Menschen zu helfen.*

Dennoch wird kein makelloses Heiligenbildchen gepinselt, da der Außenminister doch in den ersten Monaten seiner Rückkehr versäumt hatte, seinem nichtkommunistischen Präsidenten in den Arm zu fallen, als dieser mit verhängnisvollen Nachkriegsdekreten die gewaltsame Vertreibung der deutschen Minderheit unterstützt hatte. War also nicht auch er zumindest einmal seinen humanen Überzeugungen untreu geworden, obwohl er doch aus eigener Erfahrung wußte, daß im Sudetenland keineswegs nur Hitler-Anhänger gelebt hatten?

Nun aber hat der Außenminister, was er zu diesem Zeitpunkt freilich nicht weiß, nur noch wenige Stunden zu leben, geht in seiner Amtswohnung im Prager Palais Czernin hin und her und erinnert sich nicht nur längst vergangener Jahre, sondern auch jüngster Begegnungen.

Wie er von Moskaus Statthalter Iwanow *vorgeladen* worden war, einer Art Sergej Lawrow der späten vierziger Jahre, gedemütigt mit Rabulistik, Parolen und falschen Behauptungen. *Eindeutig wie eine Maschine, deren Funktion man kennt, doch unberechenbar, da er nie selbstständig handelt.* Stereotyp wiederholt der Botschafter die Lüge, die verstärkte Präsenz der Kommunisten im Innen- und Verteidigungsministerium, bei der Armee und in der Miliz sei die Antwort auf »faschistische Provokationen« – auch wenn der tschechische Außenminister beweisen kann, daß die jüngst verhafteten Nicht-Kommunisten schon unter Hitler im KZ gesessen hatten oder im Exil gewesen waren.

Wie er erkennen muß, daß die Kommunisten sich seit Jahren auf die Machtübernahme vorbereitet hatten, während die anderen Parteien im Kleinklein der Tagespolitik gefangen geblieben waren – oder besser: ihr parlamentarisches Mandat nicht verwechselt hatten mit irgendeiner »historischen Mission«.

Wie nun aber der Tschechoslowakei weder Washington noch London zu Hilfe kommen werden, wie aus geostrategischen Überlegungen die kleine Demokratie im Herzen Europas zum zweiten Mal nach »München '38« geopfert wird. Inzwischen ist es zwar nicht mehr der Völkerbund, sondern die UN, die dann eventuell ihre Entrüstung in einer Sondersitzung kundtun wird, ansonsten aber hat sich nur wenig geändert in jener Diplomatenwelt des Zurückweichens und der Lippenbekenntnisse, wie sie Hans Habe bereits 1939 in seinem Genf-Roman *Tödlicher Friede* geschildert hatte. *Nichts wie Schwierigkeiten machen einem diese kleinen Völker! Sie sagten es nicht, aber daß sie es dachten, war ihnen von ihren gelangweilten Gesichtern abzulesen.* Sogar die Genese des jetzigen Dramas ließ sich auf das damalige Fehlverhalten zurückführen. *Es waren doch die westlichen Großmächte, die uns an Hitler auslieferten und es so den Russen ermöglichten, als die einzig vertrauenswürdigen Anwälte unserer nationalen Existenz zu erscheinen.*

Mit jenen Anwälten kam dann nach der Befreiung auch die Umwertung der Wortbedeutungen, die Nicht-Kommunisten sprachlos machen sollte – noch bevor man sie unter falschen Beschuldigungen einkerkerte, ermorden und »verunfallen« ließ. *Volksdemokratie – ich bin furchtbar altmodisch –, ich kenne nur* die *Demokratie ohne Beiwort und ohne Bindestrich. Ich komme aus einer Zeit, in der jedes Wort nur die im Lexikon angeführte Bedeutung besaß.*

Doch viele hiesige Bürgerliche und auch Sozialdemokraten kollaborierten schon zuvor und belogen sich und andere über die Motive ihres Handelns – so wie dieser Typus Mensch sich auch 1938/39 den heraufziehenden »neuen Zeiten« schnell angedient hatte: Auch an sie, an deprimierende Kabinett- und Salongespräche voll falscher Töne, echter Angst und echtem Karrierismus, erinnert sich der Außenminister jetzt.

Und da ist schließlich der alerte KP-Chef Karl Munda, dessen historische Vorlage Rudolf Slánský bereits in den dreißiger Jahren auch der junge Schriftsteller Fritz Beer erlebt hatte:

Ein Mann des Apparates, quasi ein Apparat-Mensch, eisern, mechanisch und biegsam zugleich. Leo Lania, wissend um das Ende Slánskýs als 1952 Gehenkter und ein Häufchen verstreuter Asche auf den winterlichen Straßen Prags, läßt seinen Protagonisten Munda sein eigenes Schicksal nüchtern vorhersagen: ausgerechnet er, der heute scheinbar noch so Übermächtige, wird ganz bald von den eigenen Genossen umgebracht werden. Völlig ungerührt davon aber war Munda bei seiner vorletzten Begegnung mit dem Außenminister in seinem Sermon fortgefahren, daß die Sowjetunion schließlich nur Frieden wolle – müsse sie diesen dennoch durch Gewalt unterbrechen, dann nur aufgrund »westlicher Provokationen und Mißtrauensbekundungen«, die sie verletze und zum Handeln zwinge. Wobei Krieg jedoch »unser aller Untergang« bedeutete – ob der humanistisch sozialisierte Außenminister dies denn tatsächlich anstrebe?

Tradition eines schneidenden Redens und Deklamierens, sophistischen Umwertens und Drohens, die nun im Jahr 2022 wieder Auferstehung feiert: Unmöglich, diesen realistischen Roman nicht auch als Kommentar zur allerjüngsten Zeitgeschichte zu lesen. (Sogar die selbsternannten westlichen »Ostexperten« haben bei Leo Lania einen Gastauftritt, nach Prag kurzzeitig hereingeschneite Journalisten und »alte Hasen«, die sich routiniert in abwiegelnd-verständnisvoller Expertise und »Ja, aber …«-Relativierungen ergehen, ehe sie flugs wieder Züge und Propellermaschinen besteigen, deren Destination im Westen liegt.)

Aber hatte es nicht auch in des Außenministers eigener Jugendzeit Phasen eines kulturalistischen Überschwangs gegeben, der politisch mißbrauchbar war – und den der Präsidenten-Vater des Protagonisten so klug gekontert hatte? In einer Hommage an den verehrten Tomáš Garrigue Masaryk läßt Leo Lania diesen sagen: *Dieser Kult, den ihr mit Dostojewskij treibt! Ihr verurteilt mit Recht den deutschen Nationalismus, aber den russischen sollen wir preisen? Ich sehe grundsätzlich keinen Unterschied zwischen Alldeutschtum und Panslawismus. Die russische Seele! Scheint es dir nicht auch, daß unsere russischen Freunde, die von der Sendung Moskaus schwärmen, ebenso arrogant sind wie die Preußen? Und was das Leiden und Dulden des russischen Volkes betrifft: Ich habe höchstes Mitgefühl mit ihm. Aber Leid allein macht einen Menschen oder ein Volk weder besser noch wertvoller. Und ich leugne, daß es Gott wohlgefällig ist, Menschen leiden zu sehen. Daß ist eine östlich-asiatische Verachtung des Lebens. Christus ist kein indischer Moloch. Der russische Nihilist liebt im Grunde nicht die Freiheit, sondern den Tod. Wie anmaßend, wie unmenschlich sind die russischen Revolutionäre in ihrem Märtyrertum, ob sie sich nun zu Lenin oder Dostojewskj, zu Bakunin oder Tolstoi bekennen.*

Von seinem ersten Moskaubesuch 1920 war dann der Romanprotagonist ebenso desillusioniert zurückgekehrt wie einst der reale Otto Rühle; als er 1936 ein zweites Mal in die UdSSR reist, sieht er zu beängstigender stalinistischer Blüte gelangt, was bereits in den allerersten Jahren der Lenin-Diktatur angelegt gewesen war. (Damals war er dort auch seinem ehemaligen Schulkameraden, dem antichambrierenden Karl Munda wiederbegegnet, der – ganz wie der reale Rudolf Slánský – schon zu jener Zeit seine Weisungen aus dem Kreml erhalten hatte.)

Inzwischen aber hatte der spätere Außenminister – so wie der reale Jan Masaryk – von seinem Vater die Wertschätzung für die tägliche Reformer-Arbeit gelernt, die »das Proletariat« nicht künstlich idealisieren mußte, um gegen strukturelle Ungerechtigkeit anzugehen. Derlei war nicht nur moralisch geboten, sondern auch politisch möglich – was auch immer die klerikale Rechte oder rein ökonomistisch tickende Namens-Liberale an fadenscheinigen Gegenargumenten auffahren mochten. Außerdem war der angelsächsische Westen in Gänze keineswegs so dekadent, wie seine Feinde unisono behaupteten. Hatten nicht die Amerikaner »im Laufe von drei Jahrzehnten ihre Söhne zweimal über den Ozean geschickt, um den alten Kontinent zu retten, wo es für sie nichts zu gewinnen gab«? Und hatten nicht einst zwei Männer in der dunkelsten Stunde Europas das Ruder noch herumzureißen vermocht? *Der britische Premier, der für die englische Sprache und Literatur kaum weniger geleistet hat als für die britischen Waffen, und der amerikanische Präsident, der gegen die Wirtschaftskrise den Gehirntrust mobilisierte – sie waren die Antwort des Westens auf den Fanatismus der deutschen Machthaber und den russischen Erlösungswahn.*

Doch nun ist der Außenminister allein in seiner Dienstwohnung, am nächsten Tag will er bei einer Parlamentssitzung seinen Rücktritt erklären – nach einer letzten öffentlichen Rede. Die härtesten Fragen aber richtet er in der heutigen Nacht an sich selbst. Ist er wirklich ein Dissident, ein Ketzer, ein Oppositioneller und wie der Bezeichnungen noch sind? »Ich – glaube – nicht«, sagt er, flüstert er sich zu, in suggestiver Wiederholung. Doch führt solch radikale Skepsis nicht zu freiwilliger Schwächung? *Oh gewiß, ich zweifle nicht an den Idealen der Demokratie, ich glaube an ihren Inhalt und an ihre Ziele. Doch das ist nicht das gleiche blinde und unbedingte Vertrauen, das unsere Gegner in ihren Sieg setzen. Schwarz – weiß! Absolute Sicherheit! Keine Fragen, kein Schwanken. Das ist Glaube. Was haben wir dem entgegenzusetzen? Toleranz. Objektivität. Einerseits – andererseits.*

Albert Camus hatte einmal die ambivalenz-bewußten Künstler als die »ewigen Girondisten« bezeichnet, humane Zweifler, die das Haßobjekt aller »modernen Stehkragen-Jakobiner« seien. Nun empfindet sich der Außenminister trotz seiner ästhetischen Vorlieben keineswegs als Künstler – auch wenn dann später in der Nacht tatsächlich einer jener Gegenwarts-Jakobiner Einlaß begehrt, zwei Bewaffnete in Ledermänteln im Schlepptau. Es ist Karl Munda, der seinen ehemaligen Schulkameraden zur vorzeitigen Kapitulation drängen will, indem er ihm das völlig Hoffnungslose seiner Situation noch einmal höhnisch vor Augen führt. Mag der Minister noch immer der beliebteste Politiker der Republik sein – wie will er sich denn vernehmlich machen, wenn in den Medien längst die Vertrauensleute der Kommunisten den Ton angeben? Etwa durch gewaltlosen Widerstand? *Sie sind ein Realist, und Sie wissen, daß dergleichen Kindereien auf uns keinen Eindruck machen würden. Hätte Gandhi es nicht mit Engländern, sondern mit einer kommunistischen Regierung zu tun gehabt, so wäre seine Rolle in vierundzwanzig Stunden ausgespielt gewesen. Stimmt's?*

Der Außenminister muß dem zustimmen, verwahrt sich aber mit aller ihm verbliebenen Kraft gegen Mundas zynische Schlußfolgerung, daß die Unterlegenen auch die Vergessenen sein würden, ja daß bald sogar Wahrheit und Lüge nicht mehr auseinanderzuhalten seien. Daß sich der bequeme Westen nur allzu schnell mit der Realität einer weiteren Diktatur in Mitteleuropa abfinden wird, mag er noch zugestehen, selbst sein eigenes Verschwinden kann er sich vorstellen. Doch daß sein Vater und die demokratischen Ideale, die während dessen Präsidentschaft in den zwanziger und dreißiger Jahren Realität geworden waren, ebenfalls in ein riesiges Gedächtnisloch fallen würden ...? Dies dann doch nicht. (Was im Roman wie eine letzte trotzige Hoffnung klang, war indessen schon lange vor 1968 und 1989 Wirklichkeit geworden: Die Erinnerung an jenen Tomáš Garrigue Masaryk hatte sich nicht einmal in der Zeit des Hochstalinismus in den Köpfen der Menschen eliminieren lassen, auch wenn die Schulbücher ihn jahrzehntelang verschwiegen oder denunzierten. Im Jahr 2008 erscheint in der Tschechischen Republik der Roman *Die Schlinge*, der ebenfalls von den verhängnisvollen Februar-Ereignissen 1948 erzählt, einschließlich der Vorgeschichte und der ebenso infamen wie erfolgreichen Paralysierung der Sozialdemokratischen Partei. Sein 1928 geborener Autor weiß, wovon er berichtet, denn zu jener Zeit war Pavel Kohout noch ein überzeugter jung-stalinistischer Dichter gewesen und hatte damals den Putsch selbstverständlich begrüßt. Ehe er, nach einem langen schmerzhaften Erkenntnisprozeß, zu einem der intellektuellen Wortführer des Prager Frühlings wurde, dafür mit Berufsverbot und Geheimdienstbespitzelung bezahlte und 1977 – zwei Jahre vor seiner Ausbürgerung – zusammen mit seinem »Seelenbruder Havel« zum Mitbegründer der Bürgerrechtsbewegung *Charta 77* wurde.

Der Außenminister bleibt renitent, doch hat sein Gegenüber, nun ein gleichsam stalinistischer Mephisto, noch ein Ass im Ärmel. Was, wenn der Westen, um im beginnenden Kalten

Krieg zu siegen, sich am durchschlagkräftigen Osten ein Beispiel nähme und diesem immer ähnlicher würde? Was, wenn in seinem Inneren kleine und größere Potentaten wüchsen, die dem Liberalismus quasi hinter der Front erfolgreich den Krieg erklärten, indem sie Moskaus Propaganda-Technik einfach übernahmen und nach rechts drehten? Und was, wenn diese sogar die Tugend des Zweifels für sich kaperten, um sie für Wirklichkeitsverdrehungen zu mißbrauchen, um Verwirrung zu stiften und sich selbst als Meinungs-Märtyrer zu stilisieren? (Der heute Lesende kann nicht umhin, an die Putin-Fans Viktor Orbán und Le Pen zu denken, an Trump und an den Italiener Salvini, an die Politiker der deutschen AfD und an ihre Millionen umfassende Wählerschaft, an selbsternannte »Querdenker« und die Verbreiter »alternativer Fakten«.)

All dies sei möglich, konzediert der Außenminister. Und doch – was hätten denn die Angstmacher und Dummschwätzer und pathetischen Schwadroneure auf längere Sicht zu bieten? Außerdem: Sind sie nicht auf ewig Gefangene ihrer eigenen Bosheit und ihres Unvermögens, sich auch nur einmal aus einer anderen Perspektive zu betrachten? Brutale Kinder- und Erwachsenschrecks, doch eingesperrt in ihrer martialischen Rüstung. *Eine Weile gelingt euch das Spiel, denn ihr seid zu allem fähig: Lüge, Mord. Und da vergessen wir, daß wir eine Waffe haben, gegen die ihr machtlos seid … Ihr könnt die Menschen weinen machen – wohin ihr tretet, verstummt das Lächeln. Aber lachen können über alle Widrigkeiten, die Dummheit und die Schlechtigkeit – und über uns selbst. Nur wir können das!*

Karl Munda aber fällt nichts anderes ein, als nach seinen Genossen zu rufen; höchste Zeit für sie, gewalttätig einzuschreiten.

Am Morgen des 10. März 1948 wird im Innenhof des Prager Palais Czernin die Leiche des tschechoslowakischen Außenministers Jan Masaryk entdeckt. Der Mann ist barfuß und nur mit einem leichten Pyjama begleitet. Hatte der 61jährige, wie offiziell sofort behauptet wird, tatsächlich Selbstmord begangen? Doch warum das gerade wenige Stunden vor der

Parlamentssitzung – und weshalb ist im Schlaf- und Badezimmer seiner Dienstwohnung so vieles zerstört, wie nach einem Kampf?

Schnell werden die Untersuchungen eingestellt, Akten verschwinden. Als am nächsten Tag eine halbe Million Tschechen an der Bahre des toten Ministers, die im Palais aufgebahrt ist, vorbeiziehen, wird wohl den meisten klar, daß sie gerade einem doppelten Abschied beiwohnen. Die Landes-, aber auch die vielen schwarzen Fahnen, die aus den Fenstern entlang des Wenzelsplatzes hängen, sind wie ein Vorhang, der fällt: Das Ende der Demokratie, wieder einmal. (Es ist dieses Bild einer europäischen Schicksalswende, das auf dem Einband zu diesem Buch zu sehen ist.)

Auch Klaus Mann, damals als Auslandskorrespondent einer amerikanischen Zeitung in Prag, spürt sofort den Epochenbruch, den Jan Masaryks mysteriöses Ende bedeutet – vermutlich ein Grund mehr, an der Welt und am Leben zu verzweifeln.

Am 12. März 1948 zieht in Westberlin dann Willy Brandt bei einem parteiinternen Referat Schlußfolgerungen, die klingen, es wären sie ein Kommentar zum gegenwärtigen Angriffskrieg gegen die Ukraine. *Die Hoffnung, eine Vermittlerrolle zwischen dem Osten und dem Westen spielen zu können, ist zerplatzt. Von der Brückentheorie ist nichts mehr übriggeblieben. Wir stellen das ohne Schadenfreude fest. Seien wir realistisch und schauen der Wahrheit ins Auge: Ob wir wollen oder nicht, heute werden leider nicht Brücken gebaut, sondern gesprengt. Der kommunistische Coup in der Tschechoslowakei bedeutet ein grausames Erwachen für viele Linke und Liberale und eine äußerst wichtige Lehre für die Völker des Westens.* Aber Brandt erinnert auch an das unermeßliche Leid der Tschechoslowakei während der deutschen Besatzung, die erst durch den Sieg der Roten Armee beendet werden konnte; der links-emanzipatorische Antikommunismus der SPD soll keine Argumente liefern für die Slawophobie der deutschen Rechten und Altnazis, für deren verlogene Litanei vom angeblichen »Es-schon-immer-gewußt haben«.

Für uns deutsche Sozialdemokraten gibt es keine doppelte politische Buchführung. Unrecht bleibt Unrecht, auch wenn man es antinazistisch oder volksdemokratisch aufzieht. Was dort geschieht, läßt weitgehende Rückschlüsse zu in Bezug auf das, was in jedem westlichen Land zu erwarten ist, in dem die Kommunisten die Hand nach der Macht ausstrecken. Wer sich auf die kommunistische Einheitsfront einläßt, geht daran zugrunde.

Sätze, die sich dann auch in Brandts Autobiographie *Mein Weg nach Berlin* finden, auf deren Cover zu lesen ist: *Aufgezeichnet von Leo Lania.* (Zeitsprung: Das letzte Buch, das Willy Brandt vor seinem Tod 1992 gelesen habe, sei, so hat es Klaus Harpprecht erzählt, Fritz Beers *Hast Du auf Deutsche geschossen, Grandpa?* gewesen.)

Am 9. November 1961 ist Leo Lania gestorben, an einem Datum, das die Janusköpfigkeit deutscher Geschichte symbolisiert: Ausrufung der Republik 1918, Progromnacht 1938. Die Freudentränen, die dann am 9. November 1989 seinen Freund Willy Brandt überwältigten, hat er nicht mehr miterlebt. (Ebensowenig wie jene achtziger Jahre, als in der zweiten Phase der zuvor so offensiv gedachten Entspannungspolitik plötzlich Status Quo über alles ging und sich die ostmitteleuropäischen Oppositionellen zu Recht fragten, weshalb ihre potentiellen Verbündeten von der bundesdeutschen Sozialdemokratie, einschließlich Willy Brandt, plötzlich lieber Platz nahmen an den bereits morsch gewordenen Herrschertischen in Ostberlin, Warschau, Moskau und Prag anstatt mit ihnen zu sprechen.) Nun jedoch: Der Mauerfall, das Ende des Zwangssystems auch in den anderen sowjetischen Satellitenstaaten, der »alte Willy« wie verjüngt, wie in einer Rückkehr zum Elan seiner früheren Jahre.

Der Schriftsteller Michael Kleeberg hat jüngst in einer becircenden Phantasie gewagt, Klaus Manns Selbstmord von 1949 *nicht* stattfinden, sondern den Tapferen und Weltneugierigen auch die kommenden Jahrzehnte erleben zu lassen. 1989 wäre er 83 gewesen, das ist vorstellbar. Leo Lania hätte zu dieser Zeit im 94. Lebensjahr gestanden – etwas schwieriger zu imaginieren, doch nicht gänzlich unrealistisch. Die zwei, mit Willy Brandt als sozusagen Jüngstem in der Mitte, dann vor dem Brandenburger Tor oder dem Schöneberger Rathaus, am besten aber vielleicht in einem Café oder einer Kneipe beim Debattieren und freundschaftlichen Sich-ins-Wort-Fallen. Oder, *who knows*, auf einer Kurzreise nach Prag, wo die demonstrierende Bevölkerung gerade erfolgreich »Havel na Hrad!« gefordert hatte: Václav Havel hinauf auf die Burg, zum Präsidentensitz, der seit Tomáš Masaryks Zeiten keinen derart Würdigen (und mit dieser Würde *nicht* pathetisch Hausierenden) mehr beherbergt hatte. Sie hätten Havel treffen können – und natürlich auch Pavel Kohout, der nach der erfolgreichen Revolution in seine Heimatstadt zurückgekehrt war. Ein solcher Besuch ist zwar nicht geschehen, die Vorstellung aber auch nicht gänzlich unplausibel.

Real hingegen die Prag-Besuche von Bill Clinton und seiner tschechisch-jüdisch-stämmigen, aus Prag gebürtigen Außenministerin Madeleine Albright. Real das schließlich erfolgreiche Drängen der Tschechen und Slowaken, der Polen und Balten in die Sicherheitsstruktur der Nato aufgenommen zu werden. Real auch die im Jahr 2003 wiederaufgenommenen Untersuchungen zum Tod Jan Masaryks, die aufgrund neuer forensischer Methoden die fadenscheinige Selbstmord-These widerlegen konnten. Endgültigen Aufschluß über das damalige Geschehen aber hätten nur jene Dokumente liefern können, die nach wie vor in Moskau lagern, doch hat die russische Regierung bis jetzt jegliche Akteneinsicht brüsk abgelehnt.

Am 27. Februar 2020 enthüllte der Prager Bürgermeister, ein Politiker der linksliberalen Piraten-Partei, das neue Namensschild für den Platz vor der russischen Botschaft. Ab nun trägt er den Namen *Boris-Nemzow-Platz*. Auf den Tag genau fünf Jahre zuvor war der prominente Putin-Kritiker in unmittelbarer Kreml-Nähe erschossen worden.

Wiederum zwei Jahre später, ab Februar 2022, hat die Tschechische Republik begonnen, Tausende und Abertausende von flüchtenden Ukrainern aufzunehmen und ihnen eine neue Heimstatt zu geben. Die Trotz-alledem-Hoffnungen von Jan Masaryk und Leo Lania sind keine Schimäre geblieben; doch auch ihre damaligen Befürchtungen haben nach wie vor Gültigkeit.

Mein Name sei Ethan ben Hoshaja
Stefan Heym (1913–2001)

Da sind wir gewesen in Jerusholayim, ich und mein Weib, um aus den persönlichen Händen von dem Herrn Oberbürgermeister Teddy Kollek welcher in Versammlungen und am Vorstandstisch immer einschläft den Preis der heiligen Stadt entgegenzunehmen für meine literarischen und was weiß ich noch für Verdienste, und ich hab mir gedacht vielleicht werd ich sogar mein Weib noch mal richtig heiraten in Israel vor einem echten Rabbi und unter der Chuppe und mit einem zerschlagenen Glasbecher auf welchen der Bräutigam tritt und was noch und nicht nur so mit einer Gedudelmusik vor einer Dame auf einem goyischen Standesamt, und untergebracht sind wir gewesen in einer schönen alten Herberge welche ein Mister Montefiore im vorigen Jahrhundert gebaut hat, ein sehr ein reicher jüdischer Herr aus London, mit großen dicken Mauern und einer langen schönen Terrasse mit sehr dramatischem Ausblick auf die alten Türme und Kuppeln von der historischen Stadt in welcher die Araber wohnen, und wo man des Abends sitzt und der Sonne zusieht, wie sie untergeht und die Hände hält mit seinem Weibe und ganz gerührt und zufrieden ist innerlich, und unten im Tal liegt alles was man kennt aus der Bibel und dem König David Bericht.

Wie entspannt sich da der alte Stefan Heym noch einmal ein Sprachgewand übergeworfen hatte, nicht seines und doch auch kein wirklich fremdes, ein paar Jahre vor seinem Tod! Der Verfasser des machtkritischen *König David Bericht* gleich neben der Bibel, vor allem aber: Neben seiner »Weib« benannten Frau Inge, der dieser späte Geschichtenreigen gewidmet ist, bei Sonnenuntergang – und womöglich ja auch bei zunehmender Entfernung von einem (fremd- und selbstgeschaffenen) Denkmal als »Marner, Warner, Unbequemer«, in dessen länger werdendem Schatten vielleicht ja doch kein befriedigendes Bleiben mehr war.

Der Band mit dem launigen Titel *Immer sind die Weiber weg und andere Weisheiten* erschien 1997, 2002 folgte dann *Immer sind die Männer schuld.* Da war der alte S.H. allerdings nun schon einige Monate tot, so daß Frau Inge diese letzten Texte herausgab, ebenfalls eine Sammlung von Reise- und Alltags-Schnurren und Liebeserklärungen, die gerade in ihrer uneitlen Knarzigkeit anrühren. Dazu ein nun posthum veröffentlichtes, überraschend freundlich-gelassenes Selbstportrait als schusseliger Alter, der es mitunter nicht mehr so ganz auf die Reihe bekommt. *Ich bin, das sag ich Ihnen lieber gleich, der glückliche Besitzer von was man kann nennen einen Oj-weh-iss-mir-Komplex. Das ist gewesen nicht immer so.*

Das war vor allem niemals zuvor so herzerwärmend beschrieben worden – schon gar nicht in den 1988 publizierten Memoiren, in denen nicht allein der Titel *Nachruf* eher auf den Wunsch nach nicht-hinterfragbarer Kompaktheit hingedeutet hatte.

Freilich auch von seltsamer Ironie, daß bei Heyms Beerdigung im Dezember 2001 in der Trauerhalle des Jüdischen Friedhofs in Berlin-Weißensee ausgerechnet der Genosse Gregor Gysi eine Rede hielt, nachdem ein würdiger Rabbiner gesprochen hatte und bevor ein Kantor das Totengebet sang, *El Maley Rachamim.* Hatte Heym – 1912 als Helmut Flieg in Chemnitz geboren und nach dem Reichstagsbrand 1933 aus Nazi-Deutschland via Prag in die Vereinigten Staaten emigriert – in seinen zahlreichen Romanen nicht immer wieder auch jene herandrängelnden wortflinken Gleißner beschrieben, Politadvokaten der Macht, über deren Vergangenheit man am besten nicht allzu deutlich sprach, um nicht in ihr Visier zu geraten? Denn die wirklichen Aufrührer in seinen Büchern, zitternd-mutig im Kampf gegen die Herrschenden und vor allem gegen ihre eigenen Ängste – Daniel Defoe in der konzisen *Schmähschrift*, Ethan Ben Hoshaja im *König David Bericht*, dazu der mythische *Ahasver* und der zweifelnde DDR-Schriftsteller im Roman *Collin* – sie waren ja stets ihren lebendigen Zerrbildern begegnet, infamen Meistern der Widerstands-Travestie, Gestalten des Halbschattens. Und nun standen da mit ihren Blumenkränzen auch noch weitere höhere Chargen jener Partei, die den Romancier bis 1989 kujoniert und bespitzelt und das Erscheinen vieler seiner Bücher in der DDR verhindert hatte. Eine dreiste Posthum-Vereinnahmung, die von S.H. – wie er sich ironisch distanziert in seinem *Nachruf* genannt hatte – zu Lebzeiten womöglich in die Form einer knappen, pointierten Erzählung gegossen worden wäre?

Nicht unbedingt. Da doch Heym just nach dem Ende der DDR plötzlich deren »utopischem Potential« nachzutrauern begann (von welchem in seinen Büchern derart explizit höchstens im Roman *Schwarzenberg* die Rede gewesen war) und sich 1994, durchaus zum Entsetzen so mancher seiner Leser und Kollegen, ausgerechnet für jene nun zur PDS gewordene Partei seiner einstigen Peiniger in den Bundestag hatte wählen lassen. Dort aber gab es dann eine weitere verstörende Szene: Heym hielt als ältester Abgeordneter und damit »Alterspräsident« eine durchaus noble Rede zur Eröffnung des neu gewählten Parlaments, doch verweigerte ihm die CDU/CSU-Fraktion geschlossen den Schlußapplaus – mit der bemerkenswerten Ausnahme von Bundestagspräsidentin Rita Süßmuth. Erbärmlich kleines, ganz kleines Karo und doch nicht einmal ansatzweise in Beziehung zu setzen mit der Unbill und den Restriktionen, mit denen Heym in der DDR zu kämpfen gehabt hatte – auch wenn der zu Recht gekränkte Autor nun selbst so manche Parallele suggerierte.

Also eine weitere deutsche Geschichte um »Macht und Geist«, wie es oft so pathetisch wohlfeil heißt? Abermals: nicht unbedingt. Da doch Stefan Heym, bei zahlreichen Wortmeldungen in den Medien besonders in seinen letzten Jahren durchaus zur Selbstgerechtigkeit neigend, in seinen Büchern, ergo in der Literatur ungleich klüger, witziger und auch selbstreflexiver war. Der »Zeitzeuge« Heym indessen hatte sich angesichts der fortdauernden Stasi-Vorwürfe gegen den Genossen Gysi, der im Dezember 1989 auserkoren worden war, die marode Staatspartei bei möglichst effizienter Bewahrung ihrer logistischen und finanziellen Machtinstrumente in eine vermeintlich »moderne sozialistische Formation« zu überführen, nicht einmal die krudeste Analogie versagt. »Ein neuer Fall Dreyfus« solle wohl geschaffen werden, fragte der PDS-Bundestagsabgeordnete suggestiv und fügte hinzu: »Ich kenne das Risiko für einen Juden, der sich in Deutschland an die Öffentlichkeit wagt; das ist lebensgefährlich.«

Während Teile der deutschen Öffentlichkeit prompt applaudierten, kam aus dem Zentralrat der Juden in Deutschland und auch vom Holocaust-Überlebenden Ralph Giordano vernehmlicher Protest ob solch geschichtsrevionistischer Aussagen, die einem dubiosen Politiker galten, der überdies nach jüdischen Halacha-Regeln noch nicht einmal jüdisch war. In der *taz* fragte die Politikwissenschaftlerin Sylke Tempel: »Die jahrzehntelange Versorgung von PLO-Terroristen mit Waffen, die in der Tat für Juden lebensgefährlich war, hat Heym offensichtlich schon vergessen – oder hat sie ihn nie gestört?« Nicht erst zu diesem Anlaß erinnerten DDR-Bürgerrechtler daran, daß der seit seiner Demonstrationsrede auf dem Alexanderplatz am 4. November '89 in zahlreichen Medien als »Nestor der friedlichen Revolution« Firmierende zuvor keineswegs besonders couragiert gewesen sei. War es in den Interviews, die Heym zu DDR-Zeiten den oftmals geradezu devot stichwortliefernden Korrespondenten von ARD und ZDF gegeben hatte, nicht allzu allgemein lediglich um die »fehlende Reformbereitschaft bei uns« gegangen und hatte sich das Konkrete nicht eher darin erschöpft, darüber Klage zu führen, daß »meine Bücher« (oder zumindest einige davon) in der DDR noch keine Druckerlaubnis erhalten hatten? Waren von Heym Interventionen zugunsten gefährdeter jüngerer oder unbekannter Schriftstellerkollegen bekannt, wie man das von prominenten Autoren der älteren Generation in Polen und Ungarn kannte? Gab es außer der einen oder anderen Kirchenlesung wirklich eine Unterstützung für die ostdeutsche Friedens- und Menschenrechtsbewegung? Hatte der weltweit bekannte Romancier, der überdies einen Reisepaß besaß und häufig im Westen zu Gast war, tatsächlich seine Möglichkeiten genutzt – wohlgemerkt in der DDR der achtziger Jahre, in der man sich wohl kaum getraut hätte, den schon einmal aus Deutschland Vertriebenen erneut auszubürgern und damit quasi einen zweiten »Fall Biermann« zu schaffen? Da die weiter fortgeführte Repression – etwa gegen junge Kriegsdienstverweigerer, Punks und Umweltaktivisten – oder die bis ins Jahr '89 stattfindenden staatlichen Morde an »Republikflüchtlingen« – doch einen Stefan Heym keineswegs gefährdeten, wohl aber dessen vernehmlichen Einspruch gefordert hätten.

Die Regisseurin Freya Klier, die im Januar 1988 im Zuge der Bürgerrechtler-Proteste während der offiziösen Liebknecht-Luxemburg-Demonstration ebenso wie ihr damaliger Mann, der Liedermacher Stephan Krawczyk, von der Stasi verhaftet worden war, erinnert stattdessen *verweigerte Solidarität*: Zeit für einen Protest, so Heym damals, habe er jetzt leider nicht, da bereits am morgigen Tag ein Ski-Urlaub in Österreich anstünde.

Alles wahr, derlei Kritik plausibel und die Nachfragen gerechtfertigt – besonders gegenüber einem Schriftsteller und Intellektuellen, der eben nicht wie Ralph Giordano, Fritz Beer, Erich Loest oder Manès Sperber zum Chronisten auch der stupenden eigenen Irrwege und Fehlurteile geworden war, sondern sich für Verdienste feiern ließ, die ganz offensichtlich keine waren. Und dennoch – oder gerade deshalb.

Abstrahierten Kritik und Adoration hier nicht gleichermaßen von etwas, das doch ebenfalls wesentlich war, nämlich Heyms *Bücher*? Einige davon aber wären wiederzuentdecken – weder der harmonisierenden Relativierung halber noch im anmaßenden Bemühen, »das Werk zu retten«. Da der Autor doch (besonders in den fünfziger Jahren) auch so einige fragwürdige Bücher geschrieben hatte und gleichzeitig sein Jahrhundertleben *nicht* allein auf die DDR und deren Nachwirkungen zu reduzieren ist: Der junge Chemnitzer Jude, der einst wegen eines pazifistischen Gedichts die Schule verlassen mußte, der unter Lebensgefahr aus Nazi-Deutschland geflohen war, hatte danach als Sergeant Stefan Heym ebenso todesmutig Anteil daran, daß Westeuropa, wo er 1944 in der Normandie angelandet war, militärisch befreit werden konnte. Und seine besten Bücher aus jenen Jahren und auch danach geben doch sehr wohl erzählerisch Kunde von all den Ambivalenzen der *condition humaine* – nicht allein im Zwanzigsten Jahrhundert, sondern gleichsam durch die Zeiten. Da der Mensch – als Romanfigur – doch nicht immerfort *todesmutig* sein kann und vielleicht auch nur in Maßen couragiert.

Berlin, 21. Dez. 1988. Lieber Marko Martin, Dank für Ihren langen Brief, den ich mit Interesse gelesen habe. Aber Sie sollten nicht ganz so schwärmerisch sein: solch herrliche Gestalten sind die Schriftsteller nicht, und bin auch ich nicht.

Wie funktioniert Gedächtnis? Heyms Brief, der damals in einem sächsischen Provinznest ankam (*ungeöffnet;* die spätere Lektüre der Stasi-Akten offenbarte lediglich einen IM-Bericht über »Martins versuchte Kontaktaufnahme zu dem Schriftsteller Stefan Heym«), war irgendwann zwischen eine der über achthundert Seiten des Weltkriegs-Epos *Kreuzfahrer von heute* gesteckt worden. Inmitten zahlloser anderer Bücher waren Roman und Brief unserer Familie im Frühjahr 1989 in einem *Deutrans*-Container in den Westen gefolgt, dessen Inhalt aus der DDR Ausgereiste auslösen konnten – selbstverständlich in D-Mark. Den klugen Satz hatte der 18jährige von damals allerdings in den darauffolgenden Jahren ebenso vergessen wie jene Antwort, die Heym bereits August '88 geschrieben hatte. *Sie werden entschuldigen, wenn ich auf Ihre Fragen nicht im einzelnen eingehe. Das würde einen langen Brief erfordern, für den ich nicht die Zeit habe; außerdem können Sie bei einigem Nachdenken die Antworten sämtlich selber finden.*

Wohl wahr, und der gewiß vielbeschäftigte und aus dem Westfernsehen bekannte Mann (von dem sich mit viel Glück immerhin ein paar seiner Bücher noch in DDR-Antiquariaten fanden) hatte also durchaus auf eine Weise geantwortet, die zum Selbstdenken ermutigte. Weshalb aber blieb dann lediglich dieser Absatz in Erinnerung? *Behalten Sie die 10 DM von Ihrer Großmutter und kaufen Sie sich dafür etwas im Intershop. Ich kann meine Bücher nicht verkaufen, und habe auch gar nicht so viele Exemplare des »Nachruf« …*

Gekränktes Ego des jungen Briefschreibers? Da dieser ja zu diesem Zeitpunkt wohl kaum wissen konnte, daß Heym 1979 aufgrund eines konstruierten »Devisenvergehens« (er hatte seinen Roman *Collin* ohne Genehmigung des »Büros für Urheberrechte« im Westen veröffentlicht) mit einem Prozeß und einer Geldstrafe überzogen worden war – drei Wochen bevor er, zusammen mit acht weiteren Kollegen, wegen »grober Verstöße gegen das Statut« aus dem DDR-Schriftstellerverband ausgeschlossen wurde. Entscheidender noch: Konnte Heym wirklich sicher sein, daß jener junge drängende Briefschreiber aus Sachsen keiner jener *agents provocateurs* der Stasi war, die mitunter bei ihm sogar persönlich auftauchten, um ihn in krude Sachen zu verwickeln? (Im *Nachruf* hatte es gestanden, aber just dieses Buch war unverkäuflich.)

Umso mehr jener ja eines Tages tatsächlich vor der Gartentür des kleinen Häuschens in der Rabindranath-Tagore-Straße 9 stand, per Reichsbahn-Zug, Ikarus-Bus und Straßenbahn hierher nach Berlin in den waldreichen Ortsteil Grünau gekommen – unangemeldet. Stefan Heym aber war nicht nur zuhause, sondern bat auch ins Haus und nahm in einem mit Bücherregalen gefüllten, gemütlich-aufgeräumt wirkenden Parterrezimmer in jenem Sessel Platz, der dem Fernsehzuschauer bereits von den Interviews für *Kennzeichen D* oder *Kontraste* bekannt war. Und hörte zu, keineswegs ungeduldig.

Dabei war die Geschichte, die der junge Mann da erzählte – außer daß es eben *seine* bisherige Geschichte war – keineswegs besonders spektakulär. Hochschulverbot wegen Nicht-Mitgliedschaft in der kommunistischen Jugendorganisation FDJ, Rausschmiß aus einer ihm zugewiesenen Lehrstelle wegen Verweigerung der obligaten vormilitärischen Lagerausbildung, seither Straßenkehrer in sächsischer Provinz und überdies aufgrund seiner Kriegsdiensttotalverweigerung mit Haft bedroht und regelmäßig zu drohenden *Aussprachen zur Klärung eines Sachverhalts* vorgeladen – mal mit, mal ohne die Eltern, da inzwischen die gesamte Familie die Ausreise in die Bundesrepublik beantragt hatte. Geschichten, die Stefan Heym so oder ähnlich wohl bereits dutzende, wenn nicht hunderte Mal gehört haben mußte – mehr oder minder dringlich vorgetragen nach Lesungen im vermeintlich schützenden kirchlichen Raum oder vielleicht ja ebenfalls von Briefschreibern erzählt, die ihr Schicksal für einzigartig hielten und nun Rat und Zuspruch suchten in diesem Häuschen in der Ostberliner Rabindranath-Tagore-Straße 9. Hatte Heym, von den Medien im Westen mitunter als »moralisches Gewissen der DDR« apostrophiert (ein Titel, den er sich, wie auch Christa Wolf, gewiß nicht selbst verliehen hatte, dessen Verleihung er indessen auch nicht widersprach), womöglich irgendwann genug von solch doppelten Zumutungen – von jenen des Staates und von denen, die sich derart vom Staat bedrängt fühlten? Gab es – in den wenigen Schreibpausen, da den Fragestellern doch eigentlich klar sein mußte, daß sie es hier mit einem überaus produktiven *Schriftsteller* zu tun hatten – irgendwann für sie alle die mehr oder minder gleiche Antwort?

»Weggehen ändert gar nichts, junger Mann«, sprach der Ältere zum sechs Jahrzehnte Jüngeren, obwohl dieser in jener kleinen miesen DDR doch auch überhaupt nichts *verändern* wollte, sondern sich dort nur ein klein bißchen weniger verloren, weniger einsam und isoliert fühlen wollte. Zumindest für die Dauer eines Besuchs beim Berühmten mit dem schlohweißen Haarkranz, dem gütigen Uhu-Gesicht und den tiefliegenden weisen Augen unter buschigen Brauen, der tatsächlich auch jetzt so sprach wie vor den Kameras des Westfernsehens (und, aber das konnte der junge Besucher damals ebenfalls nicht wissen, wie er auf der Schriftstellerversammlung 1979 gesprochen hatte, um die konstruierten Vorwürfe für seinen Ausschluß *ad absurdum* zu führen): Ruhig und bedächtig, vor allem aber in diesem unnachahmlichen, Vertrauen erzeugenden nasal-sonoren Ton, in dem ein sanftes Sächsisch noch immer mitschwang. Allerdings hatte er soeben »Weggehen ändert gar nichts, junger Mann« gesagt und abermals die Bitte um zumindest einen Buchkauf bedauernd abschlägig beschieden. »Fischer Taschenbücher kosten mehr als 10 D-Mark«, überdies: »Wenn Sie dann im Westen sind, können Sie sich ja die Bücher selbst kaufen.« Alsdann hatte sich der Ältere erhoben und freundlich die Hand zum Abschiedsgruß gereicht.

Abermals: Wie funktioniert Gedächtnis? Da ein paar Wochen später doch erneut ein Brief gekommen war, in dem Heym eine Buchsendung ankündigte: *Mit gleicher Post schicke ich Ihnen ein Exemplar des »Ahasver«.* Und dann, da meine Enttäuschung nach dem Berlin-Besuch offenbar zum Zeitpunkt des Erlebens weit weniger stark gewesen war als in späteren Jahren selektiv erinnert und ich deshalb auch nach der Übersiedlung brieflich Kontakt gehalten hatte, ein vorerst letzter Brief aus der Tagore-Straße, dem Jetzt-endlich-Gymnasiasten nun bereits an die neue Adresse geschickt, an eine Übersiedlerunterkunft am Bodensee: *Ich habe mich sehr gefreut, von Ihnen zu hören und zu erfahren, daß es Ihnen in Westdeutschland einigermaßen gut geht. Ich wünsche Ihnen für Ihr weiteres Leben Glück. Mit freundlichen Grüßen, Ihr Stefan Heym.*

(Weshalb also hatte ich dann *the whole story* einige Jahre lang vergessen und allein die Sätze mit dem Intershop, den teuren S-Fischer-Taschenbüchern und dem wohlfeil sentenziösen »Wer weggeht, verändert nichts« im Hinterkopf bewahrt?)

Hinzu kam etwas, was ebenfalls erst Jahre später ins Bewußtsein dringen würde: Lektüre in einer Diktatur *kann* genauer und subtiler sein – in ihrem lebensweltlich dominierten Fahnden nach *gewissen Stellen* und zur Unterstützung der eigenen Position allerdings auch durchaus unangenehm engstirnig, das vermeintlich aufmerksamere Lesen *zwischen den Zeilen* arg oberflächenzentriert. (Ein Dilemma, dessen Kehrseite ebenso unersprießlich war, obwohl sich unpolitisch Dünkende im sogenannten »Leseland« DDR daraus einen wahren Kult gemacht hatten: weihevoll entrücktes Sich-Versenken in im Wortsinn *ganz andere Seiten,* Genießen und Mißverstehen des ästhetischen Plaisir als einzig unabhängige Haltung, in Wahrheit aber wohl ebenso innerlich verschwitzt und vertrackt.)

Geständnis: Dem Dilemma damals nicht entkommen, sondern es als Amalgam beim Lesen stets mitgeschleppt, mehr oder minder bewußt. Die ziegelsteindicken *Kreuzfahrer von heute:* Nach all den peinigenden Schullektüren über sowjetische Weltkriegssoldaten, die immer nur heroisch oder »am Wachsen« sein durften (was sie infamerweise kleiner machte und ihrer Individualität beraubte) nun fast eine Art Befreiung, in das Heymsche Personengewimmel der US-Army einzutauchen, das sich von der Normandie über Paris bis zur deutschen Grenze bewegte, in Panzern und Jeeps, in den Ardennen letzte schreckliche Verluste erlitt, aber dennoch … Aber dennoch keine »historische Mission« zu erfüllen schien (obwohl doch auch sie gerade Menschheitsgeschichte schrieben), sondern innerhalb allen riskanten Vorrückens und aller Kampfhandlungen sie selbst blieben im Guten und auch im weniger Guten, beim Intrigieren, Postenschacher oder anschließendem Schwarzmarkt-Business mit ehemaligen Nazis. Vor allem aber: Paris. (*Paris*!) Wie packend Heym von der Befreiung der Stadt erzählte, von den verbliebenen MG-Nestern von Wehrmacht und SS, vom Montmartre und der Place de la Concorde, von der Seine und von Bistros, von den nächtlichen Frauengeschichten der Offiziere und GI's! Die 1948 im amerikanischen Original erschienenen und zwei Jahre darauf fast zeitgleich in deutscher Übersetzung noch in Ost- *und* Westdeutschland erschienenen *Kreuzfahrer* also nun vor allem als prickelnden Abenteuerroman konsumiert. Nicht zu vergessen die geradezu magische Zeile unter dem Autoren-Nachwort: *New York, Juli 1948. S.H.*

Ganz offensichtlich: Das war stilistisch, aber eben auch biographisch ein anderes Kaliber als die übrigen DDR-Autoren. (Und bei all dem hatte ich nicht verstanden, noch nicht verstehen *können*, daß Heym hier somit schon ganz früh in diesem seinen dritten Roman mit dem Protagonisten David Yates einen jener Intellektuellen gezeichnet hatte, die dann in seinem Werk immer wieder auftauchen würden – eher zögernd als forsch, mehr Beobachter als Akteure, weder dienstwillige Gruppenmenschen noch sonderlich sympathische Solitäre.)

Dazu *Die Schmähschrift oder Königin gegen Defoe:* Was für eine Freude, das schöne, mit gewitzten Illustrationen von Horst Hussel gestaltete Hartkarton-Büchlein *ergattert* zu haben. (Im staatlichen Buchladen der Kreisstadt Rochlitz, vis-à-vis des Schallplatten-Geschäfts, in dem manchmal auch Lizenz-LP's westlicher Gruppen unter dem Ladentisch verkauft wurden, während hinter der nächsten Hausecke jene Straße begann, die zum Gebäude des »Rates des Kreises« führte, in welchem in einem überheizten, mit Dederongardinen verhängten Zimmer der »Abteilung Inneres« ein Genosse Woinke mit uringelbem Brillengestell und kackbraunem Präsent20-Anzug hinter einem Bürotisch mit Plastikunterlage und klobiger Telefonanlage saß und den jungen Kriegsdienstverweigerer anbrüllte: »Passen Se auf, nicht jede Tür führt hier wieder hinaus auf die Straße!«)

Während jener Mister Defoe in Heyms Erzählung im London der Jahre 1702/03 sich mit der königlichen Obrigkeit ein Katz- und Mausspiel liefert, seine inkriminierte Schrift (die sarkastische Persiflage unduldsamer Rhetorik gegen »Abweichler«) weiter heimlich drucken läßt, abtaucht und den zu Pferde ausgesandten Bütteln entkommt. Als er schließlich doch gefaßt und an den Pranger gestellt wird, wirft die Londoner Bevölkerung mit Blumen statt mit Steinen, *und durch sie hindurch drang von der Börse her eine Horde junger Burschen, Schürzen vor dem Bauch, Druckerlehrlinge und dergleichen, welche Körbe voller Pamphlete und Flugblätter trugen.* Denn selbstverständlich hatte Daniel Defoe zuvor noch Zeit zur Niederschrift weiterer Texte gefunden, die wiederum gedruckt worden waren und nun von den wütenden Konstablern nicht mehr eingefangen werden konnten. (Die nach Mauerfall veröffentlichten Dokumente jener Ausschluß-Versammlung im Roten Rathaus 1979 zeigen, daß Stefan Heym damals ähnlich gesprochen hatte, wie er in seiner Erzählung Mr. Defoe reden läßt: *Kann Euer Lordship denn nicht verstehen, daß der freie Gedanke des Menschen nicht wie ein Stock ist, den der Hund auf seines Meisters Befehl apportiert? Oder ist Euer Lordship so festgefahren auf den Wegen der Orthodoxie, daß Ihnen jede amtlich nicht gebilligte Idee notwendig als Teil eines aufrührerischen Komplotts erscheint?* Andererseits: Gab es zu diesem Plädoyer in eigener Sache auch ein weit vernehmlich Heymsches Protest-Pendant von 1987, nachdem die »jungen Burschen« jener Zeit – die jungen Mitarbeiter der Ostberliner Umweltbibliothek, in deren Räumen oppositionelle Texte vervielfältigt wurden – durch die Stasi verhaftet worden waren?)

Was für immense Möglichkeiten des Widersprechens und Freiseins also bereits existierten in jenem England der ersten Jahre des 18. Jahrhunderts, das von DDR-Historikern als »feudal-frühkapitalistisch« bezeichnet wurde! Die grimmige Freude, davon zu lesen und die Achtung vor einem Autor, der sich solches herausnahm, aber waren wohl zu überwältigend, um gleichzeitig zu goutieren, mit welch fein ziselierter Florettsprache Heym hier schrieb, treffend und ironisch.

Und *Ahasver*? Das Päckchen mit dem Buch – und den martialischen 20-Pfennig-Briefen mit einer Lenin-Statue samt Fahne vor Neubaublöcken – war wohlbehalten, das heißt ungeöffnet angekommen. (Der IM-Bericht darüber wird dann eher vage ausfallen.) Doch wird nun auch die Geschichte um den biblischen Aufrührer, den es zuerst in die Luther-Zeit und danach sogar nach »Berlin/Hauptstadt der DDR« verschlägt, ähnlich gelesen wie die *Schmähschrift* – mit einem Hoffen, Kalkulieren und Spekulieren, das keiner Lektüre gut tut. Wenn nämlich, so der Gedanke, diese beiden Bücher *in* der DDR hatten erscheinen können – im »Buchverlag der Morgen«/»Druckhaus Aufwärts«, was besonders in Bezug auf den Himmel-kritischen *Ahasver*-Roman unfreiwillig ironisch anmutete – wenn sich also solcherart eine gewisse Liberalisierung manifestierte, stiegen damit nicht auch die Chancen, *aus* der DDR einigermaßen unbeschadet herauszukommen? *Ohne* »zuvor mit unserem Straf- und Verwahrungssystem Bekanntschaft gemacht zu haben«, wie der Genosse Woinke drohte, da doch er und seinesgleichen in der *Schmähschrift* derart süffisant vorgeführt worden waren und im *Ahasver* die Stasi sogar direkt, nur halb camoufliert als »zuständige Stelle«, in ihrem paranoiden Tun beschrieben ist! Oder hatte das alles viel weniger zu bedeuten, bahnte sich mitnichten ein »Richtungswechsel« an, da hier vielleicht ja nur einem nicht ausreichend wachsamen DDR-Zensor etwas durch die Maschen geschlüpft war?

Wie auch immer: Bücher waren Bücher und als solche zweifellos real – im Moment jedoch ungleich wirkungsmächtiger jene weiterhin per Post zugestellten *Vorladungen zur Klärung eines Sachverhalts* und dazu der hellgraue PKW Wartburg, der, drei Männer darin, für einige Wochen tagsüber vor unserer Hauseinfahrt parkte, um Allmacht zu demonstrieren. Ganz gewiß Männer für's *Zuführen* trainiert, für Hausdurchsuchungen und das blitzschnell aufgeklappte Plastikkärtchen, *Ministerium für Staatssicherheit*. (Was war aus ihnen nach '89 geworden? Hatten sie sich gegrämt, daß *die Partei* – sofern sie ihr nicht bereits den Rücken gekehrt hatten, um Versicherungsvertreter zu werden oder Security-Firmen aufzumachen – nun sogar auf einen wie Stefan Heym angewiesen war, um der Veränderungs-Travestie ein klein wenig mehr Glaubwürdigkeit zu verschaffen? Oder hatten sie am Abendtisch ihren Kindern – *falls* diese solche Fragen stellten – mit selbstgefälligem Lächeln beim geöffneten Bier eröffnet, daß *die* Partei so übel ja gar nicht sein könne, wenn inzwischen selbst einer wie der Heym ... Ob diese Leute heute noch lebten, und wenn ja, welche Partei sie wohl *jetzt* wählten, sie oder ihre Nachkommen?)

Ahasver, der mit G-tt ebenso wie mit Luzifer rechtete und auch dem sanften Rabbi Jeschua bittere Vorwürfe machte, aber hat selbst die DDR überlebt. Nach Jahrzehnten wiedergelesen, hat Heyms Roman nichts von seiner Spannkraft verloren. Wiewohl im wahrsten Wortsinn die Fragen nach der Möglichkeit von Gerechtigkeit und Revolte in Zeit und Raum stehen – vorgetragen von Ahasver beim Himmelssturz, im Streitgespräch mit dem G-ttessohn in der Judäischen Wüste und danach an dessen Jerusalemer Kreuzweg, schließlich im späten Mittelalter und sogar in der DDR – *Ahasver* ist weder Pappfigur noch simples Sprachrohr. Auch die anderen Gestalten werden hochkomplex und lebendig in einem Kontext, den Heym zu schildern weiß, ohne sich in historisierender Epik zu verlieren. Da ist der voluminöse, schwitzende Magister Luther, der mit dem zukünftigen schleswig-holsteinischen Superintendenten Paul von Eitzen ein Musterexemplar jener rigid Frömmelnden heranzieht, denen der Verweis auf die »innere Freiheit des Christenmenschen« die perfekte Blaupause ist für ihre Obrigkeits-Affirmation, währenddessen auch die innere Freiheit immer mehr schrumpft und schließlich verdorrt. Und all das vor dem

Hintergrund vormoderner Städtischkeit; von Straßenkot bespritzt die Stulpenstiefel, schwitzend und sauren Atems die Leut' in den rauchgeschwängerten Schenken, nicht viel reinlicher die hohen Herren und die buckelnd nach solchem Status Strebenden, rüd-schmuddelig auch das hastig vollzogene Sexuelle, schwer der Wein und der in sämiger Sauce schwimmende Sauerbraten – *sehr* teutonisch das Ganze und von Stefan Heym erzählt mit offensichtlicher Lust am Maliziösen. (Dem eilfertigen Herrn von Eitzen wird schließlich sein Lebensende von Luzifer höchstselbst besorgt, der mit dem verbliebenen Seelenrest des vermuckten Dogmatikers höhnisch lachend durch den Kamin entschwindet.)

Alternierend mit diesen Kapiteln, in denen ein fremd-elegant gewandter »Ewger Jud« regelmäßig für Bestürzung und gleichzeitig Faszination sorgt, sind die in biblische Zeit zurückführenden Dispute über den Zustand der Welt (»G-tt ist wie alle, die einmal etwas veränderten; sogleich bangen sie um ihr Werk und die eigene Stellung und aus den lautesten Revolutionären werden die strengsten Ordnungshüter«). Dazu eine Gegenwarts-Korrespondenz zwischen Jerusalem und Ostberlin. Die Briefpartner: Prof. Dr. Dr. h.c. Siegfried Beifuß, Institut für wissenschaftlichen Atheismus, Behrenstraße 39 a (und damit im gleichen Haus residierend, das in den fünfziger Jahren die SED-Bezirksleitung beherbergte) und Prof. Jochanaan Leuchtentrager, Hebrew University, Jerusalem.

Nicht allein, daß es zwischen den beiden Wissenschaftlern um die Frage nach der Existenz des Ahasver geht und sich Dr. Beifuß in all seinem »dialektischen Materialismus« als arger Simpel herausstellt (*Sechstes Kapitel: In welchem dem Professor Leuchtentrager autoritativ mitgeteilt wird, daß wir in der DDR nicht an Wunder glauben, somit auch nicht an einen real vorhandenen Ewigen Juden*). Verhandelt wird etwas ungleich Explosiveres: Ist Geschichte ein für alle Mal abgeschlossen, kennt sie Sinn und Zweck, braucht sie den permanenten Ein- und Widerspruch oder kann sie darauf verzichten – so wie es jene predigen, die sich anmaßen, im Auftrag jener Geschichte (oder G-ttes) zu handeln. Während zwischen Ahasver und Rabbi

Jeschua jedoch freie Rede möglich ist – »Rabbi, sagte ich, die Unvollkommenheit der Menschen ist die Ausrede einer jeden Revolution, die ihr Ziel nicht erreicht hat; Du sitzest auf deinem Thron und siehst nicht, und das Unerforschliche ist dir ein Trost« – nimmt Dr. Beifuß, da ihm das ganze Thema nicht geheuer ist, bald Rücksprache auf mit den »zuständigen Stellen«, die den Briefwechsel von und nach Jerusalem ohnehin mitlesen.

Es beginnt noch ganz zivil, indem Prof. Leuchtentrager seinen geschätzten Kollegen informiert, daß »Herr Ahasver alias der Ewige Jude« durchaus real sei und in der Via Dolorosa ein Schuhgeschäft führe. Prof. Beifuß zweifelt das vorerst ebenso höflich an und bedauert gleichzeitig, daß er oder seine Mitarbeiter sich kein Bild vor Ort machen könnten, da »mangels zwischenstaatlicher Beziehungen der Staat Israel den Bürgern unserer Republik leider schwer zugänglich ist«. Ein daraufhin nach Ostberlin geschicktes Ahasver-Foto (»es wurde, um Ihren Ansprüchen zu genügen, von einem Polizeiphotographen aufgenommen«) überzeugt ihn ebensowenig wie eine Abschrift aus einer der Qumran-Rollen, in der dem Ahasver eine jahrhundertewährende Warteposition als »Lehrer der Gerechtigkeit« zugewiesen wird. Worauf jene »zuständigen Stellen« sofort dazwischengrätschen: *Wenn keine Fälschung vorliegt, was nach Annahme der Dinge nicht anzunehmen ist, so handelt es sich hier um ein typisches Produkt des militaristischen Geistes des israelischen Volkes, der seinen vorläufigen Höhepunkt in der Entwicklung des zionistischen Imperialismus gefunden hat.* Dem »werten Genossen Beifuß« wird deshalb befohlen, das Material für die Zwecke der DDR zu nutzen: *Indem Du die Zusammenhänge zwischen Religion und imperialistischem Expansionsdrang aufzeigst, besonders in Bezug auf Israel. Ich betone Israel, weil sich auch im Islam ähnliche Tendenzen zeigen, die wir aber in Anbetracht der von unseren sowjetischen Freunden und uns verfolgten politischen Ziele außer acht lassen wollen.*

Wo in der deutschsprachigen Romanliteratur des 20. Jahrhunderts hatte es so etwas gegeben, eine solch *en passant* entlarvende

Engführung zwischen klassischem Antijudaismus und der jüngsten Spielart des Antisemitismus, der sich nun »anti-imperialistisch« gibt? (Und welch Naivität damals bei der Erst-Lektüre in sächsischer Provinz, als der junge Leser doch tatsächlich ein klein wenig gehofft hatte, die DDR-Druckerlaubnis für Heyms Roman deute womöglich eine gewisse »Liberalisierung« an! Wo doch die Vermutung viel näher liegt, daß der damalige Zensor – oder das Zensoren-»Kollektiv« – das vom Autor sarkastisch Gemeinte durchaus mit Zustimmung und 1:1 wahrgenommen hatte.) Offiziell antwortet Genosse Beifuß jedenfalls wie all jene Deutschen, die den Antisemitismus allein bei den Nazis verorten (die laut Staatsdoktrin ohnehin vor allem in der »BRD« leben), so daß er die Reflexionen über den Kampf um Gerechtigkeit ohne jegliche Skrupel als »kriegerischen Wahn« denunzieren kann und dies zu schreiben vermag: *Insofern ist der »Geist« dieser in der Qumranrolle auch als Ahasver bezeichneten Person allerdings unsterblich, und ich habe zwei meiner Mitarbeiter beauftragt, in der Bibel, den Apokryphen und weiteren Schriften der Art nach ähnlichen Äußerungen anderer jüdischer Persönlichkeiten zu suchen.* (Wenig später wird in der Bundesrepublik der »Kirchenkritiker« Eugen Drewermann mit ganz ähnlichen Verdachts-Thesen hausieren gehen.)

Prof. Leuchtentrager in Jerusalem aber bewahrt nicht nur Contenance, sondern berichtet dem »lieben Kollegen« sogar noch etwas Persönliches – wie ihm einst dank Ahasvers widerständiger Kraft die Flucht vor der SS geglückt war, im April 1943 nach der Niederschlagung des Warschauer Ghettoaufstandes. Hätte er deshalb so etwas wie Empathie erwartet, war er jedoch an der falschen Adresse. In Ostberlin sorgt man sich nämlich eher darum, daß Leuchtentrager auf den Gedanken kommen könnte, die DDR zu besuchen, wo man doch bereits mitten in der Vorbereitung des »Luther-Jahres 1983« steckte, um solcherart eine deutsche Tradition nahezu ungebrochener Progressivität zu behaupten. Daß Ahasver, »located now at 47 Via Dolorosa, Jerusalem« ein »longtime Jewish agent, Speciality: Ideological penetration« sei und ihm darin »Jochanaan (Hans) Leuchtentrager« assistiere, erfahren SED-Genossen übrigens aus dem Ausland – *aufgrund einer Mitteilung unserer arabischen Freude in Beirut.*

(Hatte Stefan Heym, auch wenn es offenbar unbemerkt blieb, sich hier nicht ungewöhnlich weit vorgewagt und den Judenhaß der von der DDR auch militärisch unterstützten PLO somit sehr wohl mehr als nur angedeutet?)

Schließlich wird sogar Genosse Beifuß gemaßregelt: *Statt in Erfahrung zu bringen, welche Pläne die israelischen Imperialisten mit der Ahasver-Diskussion auf dem Gebiet der ideologischen Diversion verfolgen, hast Du zugelassen, daß Prof. Leuchtentrager dich in nebulöse Detailfragen verstrickt, die zu nichts führen und die Dich, wenn Du wie bisher fortfährst, in eine gegensätzliche Stellung zur Politik unserer Partei- und Staatsführung bringen müssen.* Die von ihm infolge der Korrespondenz mit Jerusalem geforderte Enthüllungsschrift weise nämlich Leerstellen auf: *So fehlen zum Beispiel eine fundierte Auseinandersetzung mit der ersten Besitznahme Palästinas durch Israel unter Joshua, wobei der Einsatz geheimdienstlicher Mittel durch die Angreifer eine spezielle Behandlung verdient hätte, wie auch eine Analyse des annexionistischen Charakters des zweiten jüdischen Staates und seiner Bündnispolitik mit dem imperialistischen Rom, die ein bezeichnendes Licht auf heutige Praktiken hätte werfen können.* (Wer will, könnte in der Stasi-Schelte von einst durchaus einen Vorgeschmack dessen finden, was heute in so manchen Irrsinns-Randbezirken der *post-colonial studies* diskutiert wird, in denen »der Jude« – früher fallweise als Feigling und/oder Aggressor, als Bolschewist und/oder Kapitalist geschmäht – nunmehr als quasi »ewiger Kolonialist« gebrandmarkt wird.)

Das Ganze endet schließlich mit Aplomb, das heißt mit einem mannshohen Loch in der Spannbeton-Außenwand des Genossen Beifuß' Wohnung in der Leipziger Straße 61, 8. Etage: In der Silvesternacht auf 1981 verschwindet dieser darin ebenso spurlos wie zwei seiner Gäste, bei denen es sich zur Verblüffung der nach-recherchierenden »Hauptabt. II B(13)« tatsächlich um Prof. Leuchtentrager und Ahasver gehandelt hatte. Am Grenzübergang Friedrichstraße hatten kurz nach Mitternacht die diensttuenden NVA-Soldaten drei am Himmel wie mit Düsentrieb entlangsausende Gestalten ausgemacht. *Gefr. Reckzeh wollte das Feuer auf die Erscheinung eröffnen, Uffz Blümel hielt ihn aber zurück, da laut Vorschrift an der Grenze der DDR Feuer auf fliegende Objekte nur nach Genehmigung eröffnet werden kann.*

In der Tat: Himmlische Subversion. Und eine irdisch-ungemütliche Frage: Hätte Stefan Heym, dem Konservative im Westen vorwarfen, noch immer Sozialist zu sein, mit einem solchem Buch dort nicht auch bei jener »Neuen Linken« Stirnrunzeln und Ärger hervorgerufen, deren herausposaunter, vermeintlich historisch unbelasteter »antiimperialistischer Antizionismus« bereits einen Holocaust-Überlebenden wie Jean Améry zur Verzweiflung getrieben hatte?

Müßig darüber nachzusinnen, weshalb sich Heym in seinen publizistischen Wortmeldungen nie so weit vorgewagt hatte wie in seinen Romanen. Obwohl er, wollte man puristisch auf einem »Nur die *Bücher* zählen« bestehen, seine Zeitungstexte und Essays doch ebenfalls nach '89 in Buchform vorgelegt hatte. Am Ambivalentesten vielleicht seine Memoiren *Nachruf,* die 1988 in der Bundesrepublik erschienen und zwei Jahre darauf in einer völlig verwandelten DDR, die zu diesem Zeitpunkt nur noch ein paar wenige Monate existieren wird. Wiederum über achthundert Seiten, wiederum ein Erzählen, das Spannungs-, ja mitunter auch Kolportage-Elemente nicht verschmäht, durchwoben von Reflexionen, nur geht es diesmal lediglich um *einen* Kreuzfahrer: S.H. himself. Doch wiederum: *bigger than GDR.*

Das, was Stefan Heym – das Pseudonym hatte sich der junge Flüchtling Helmut Flieg einst auf der Prager Hauptpost ersonnen, eine Hommage an Georg Heym – da aufgeschrieben hatte über seine Lebenswege von Chemnitz bis Ostberlin, war ja gerade faszinierend ob der langjährigen Zwischenstationen, mitteleuropäischen Orten der Zuflucht, des amerikanischen Exils, der Rückkehr nach Europa als Soldat, danach erneuter Jahre in New York und schließlich, wiederum via Prag, der Ansiedlung in der DDR. Welch Übermaß an Erfahrungen, die hiesige Schriftsteller (in Ost und West) kaum teilen konnten, da für die meisten doch wohl eher das galt, was Gottfried Benn in hämischem Fatalismus als gängige Biographie beschrieben hatte: *Aus Jüterbog oder Königsberg stammen die meisten/ und in irgendeinem Schwarzwald endet man seit je.*

Nicht so S.H. Wie er die letzten Jahre der Weimarer Republik und die Flucht aus Nazideutschland beschreibt, mit einem Bus und dann zu Fuß übers Gebirge hinüber in die noch freie Tschechoslowakei, in die Emigrantenszene von Prag und dann weiter nach Paris und Le Havre, mit einem Schiffsticket dritter Klasse nach New York! Die Riesenstadt am Hudson und danach Chicago. Seine Heirat mit seiner ersten Frau Gertrud, einer idealistischen Kommunistin, die dann 1968 nach dem sowjetischen Einmarsch in Prag keine Kraft mehr findet, gegen eine bösartige Krebserkrankung zu kämpfen und gleichzeitig, wie S.H. schreiben wird, an gebrochenem Herzen stirbt. Das 1942 auf Englisch geschriebene Romandebüt *Hostages* (späterhin auf deutsch als *Der Fall Glasenapp),* ein Widerstandsroman und Politthriller aus dem inzwischen besetzten Prag, das, 1943 sogar verfilmt, dem unter finanziell prekären Umständen lebenden Exilanten in den USA erste größere Medienaufmerksamkeit verschafft. Alsdann der in Nordafrika spielende Weltkriegsroman *Of smiling Peace,* den sein Verfasser, nun selbst Armee-Freiwilliger, 1943 in den Stunden nach Dienstschluß in jenem Camp Ritchie in Maryland schreibt, das als geheimer Ausbildungsort vor allem für Antihitler-Flüchtlinge diente, die hier in Psychologischer Kriegsführung und Gefangenen-Befragung unterwiesen und auf diese Weise auf ihren Einsatz zur Befreiung Europas vorbereitet wurden.

(Über ein Menschenalter später, im Januar 2022, erinnert sich der 1937 aus Hildesheim in die USA entkommene Germanist Guy (Günther) Stern, wie damals im Camp jener knapp dreißigjährige Stefan Heym bei seinen Kameraden mitunter nach der einen oder anderen passenden englischen Vokabel suchte beim Niederschreiben seines Romans, in einer ruhigen Ecke der Gemeinschaftsunterkunft. Zuvor hatten auch Klaus Mann und Joseph Wechsberg Camp Ritchie durchlaufen.)

Als der Roman schließlich 1944 in Boston erscheint, ist S.H. bereits Sergeant in Europa und arbeitet in riskant unmittelbarer Frontnähe an der Vorbereitung der ersten Sendung von Radio Luxemburg, die dann feierlich mit der amerikanischen Hymne, dem Star Spangled Banner, beginnt und den emotional überwältigenden Zeilen »Oh say, can you see / By the dawn's early light …« Zeit, jenes Licht nunmehr auch auf den alten Kontinent zu bringen.

In Heyms Einheit werden Flugblätter entworfen und gedruckt, welche die Wehrmachtsoldaten über den faktisch bereits verlorenen Krieg informieren, und dann nach dem Überschreiten des Rheins erste Zeitungen gegründet, deren Zahl proportional zunimmt zu den Kilometern, welche Hitlers Armee zurückweichen muß. Sein unmittelbarer Vorgesetzter und flamboyanter Ideengeber: der zwei Jahre ältere ungarische Jude János Békessy alias Hans Habe, der vor dem Krieg Auslandskorrespondent des *Prager Tagblatts* beim Völkerbund in Genf gewesen war, sich 1940 als Freiwilliger zur französischen Armee meldete, nach Niederlage und Waffenstillstand aus einem Kriegsgefangenenlager der Deutschen hatte fliehen können und ebenfalls bereits als junger Romancier reüssiert hatte. Die beiden bewunderten einander und haßten sich wohl auch ein wenig, zwei nicht geringe Egos, die dennoch um das Vordringliche wußten: Es galt unter allen Umständen, die Nazis zu besiegen. In ihren Erinnerungen beschreiben dann beide den Mut des jeweils anderen, wobei es sich Habe nicht nehmen läßt, daran zu erinnern, daß *er* es war, der Sergeant Heym den von der amerikanischen Regierung verliehenen *Bronze Star* an die Brust geheftet hatte, die höchste militärische Auszeichnung.

Mitte der neunziger Jahre, als ich begann, mich für Leben und Werk jenes Hans Habe zu interessieren, traf ich zum ersten Mal auf Ernst Cramer. Der 1913 in Augsburg geborene Journalist war nach der Pogromnacht vom 9. November 1938 im KZ Buchenwald interniert gewesen, hatte jedoch 1939 in die USA fliehen können. Bruder und Eltern waren im Holocaust ermordet worden. Und nun – hoch oben im 19. Stock des

Axel-Springer-Hauses – berichtete Cramer, daß damals außer Camp Ritchie ein noch geheimerer Ausbildungsort existiert hatte, Camp Sharpe bei Gettysburg, wo sie einander kennengelernt hatten: Sergeant Ernst Cramer, Sergeant Stefan Heym und Lieutenant Hans Habe mit seinem Faible für besonders schniekes Auftreten. »Der liberale Antikommunist Habe, der nach dem Krieg ebenso wie ich seine publizistische Heimat hier im Springer Verlag fand, war nicht weniger selbstbewußt und eitel als Heym – war mir aber dennoch lieber als dieser. Dabei hatten sie dann nach Kriegsende beide zum Wiederauferstehen einer demokratischen Nachkriegspresse viel beigetragen, etwa in der von Habe geleiteten Münchner *Neuen Zeitung*, wo Heym anfangs sehr kluge Sachen schrieb über deutsche Mentalitäten, über Schuld, Verdrängung und Verantwortung. Dort in München war er Redakteur, an der Seite von Erich Kästner – und Robert Lembke.« Ernst Cramer lächelte, schüttelte den Kopf. »Um dann, nach all diesen Erfahrungen im trotz aller Widersprüchlichkeit doch tatsächlich freien Westen, ausgerechnet in den Jahren des antisemitischen Hochstalinismus nach Ostberlin zu gehen und dort erst nach langen, langen Jahren wieder geistig einigermaßen unabhängig zu werden! Obwohl doch Heyms frühe Romane bereits von immenser Weltläufigkeit gewesen waren und auch seine Texte, die er im Dienst der Psychologial Warfare an deutsche Leser und Hörer gerichtet hatte, von solcher Klarheit über das nazistische Mord- und Lügensystem …«

»Heym beschreibt in seinem *Nachruf* sein Entsetzen angesichts der gezündeten Atombombe, die Enttäuschung über die Nachkriegs-USA, seine Rücksendung des *Bronze Star* an Präsident Truman, die aufkommende McCarthy-Hysterie …«

Der noch im hohen Alter schlanke und agile Cramer, der stets in ruhigem Ton sprach, entgegnete mit liebenswürdiger Gelassenheit: »Ja und? Auch Habe war gegen McCarthy und schrieb gegen den irren Senator an – *in* den USA! Was ihn im Unterschied zu Heym trotzdem nicht dazu gebracht hatte, nach Stalins Tod einen Huldigungsartikel zu verfassen oder törichte Bücher mit Titeln wie *Keine Angst vor Rußlands Bären*, in denen die grauenhafte Realität einer im Unterschied zum NS-System nach '45 *weiterbestehenden* Diktatur einfach geleugnet wird. Wie konnte er nur – und das auch noch als jüdischer Sozialist? Und dennoch …«

Kurzes Schweigen. »Ja?«

»Sollten Sie den Stefan Heym, der ja überdies auch mein Jahrgang ist, mal wieder treffen dort in seinem Häuschen in Ostberlin, sagen Sie ihm schöne Grüße. Versprochen? Weil wir ja trotz allem, damals im Camp und dann bei der Landung in Europa, Habe in der 5. US-Armee am Golf von Salerno, Heym am sechsten und ich am dritten Tag nach *D-Day* am Omaha Beach in der Normandie, weil wir doch …«

Ernst Cramer, kein Freund des Pathos, wendet sich plötzlich ab. Hantiert an den Bügeln seiner feinrandigen Brille, sammelt sich kurz darauf wieder – und scheint dann beinahe erheitert zu hören, was über meine jüngst gescheiterte Kontaktaufnahme mit der Rabindranath-Tagore-Straße zu berichten ist. Daran interessiert, vom Autor des *Nachrufs* noch ein wenig mehr über jenen offenbar ebenso ambivalenten Hans Habe zu hören, hatte ich Heym mit Bitte um ein Gespräch geschrieben, unser Treffen zu DDR-Zeiten jedoch nicht erwähnt. (Weshalb sollte er sich auch an mich erinnern?) Das Antwort-Fax, nunmehr an die Westberliner Adresse, war entsprechend knapp: Vielbeschäftigt wie er sei, könne er nicht *einfach so* Geschehnisse aus der Vergangenheit wieder aufrufen und erwarte deshalb für ein mögliches Gespräch ein angemessenes Honorar, »sagen wir tausend DM«. Was der damalige FU-Student freilich nicht aufbringen konnte.

»Sehen Sie«, sagte der alte Ernst Cramer mit freundlicher Melancholie, »das sind so Anekdoten, die nichts beweisen und trotzdem aussagekräftig sind. Wenigstens ein bißchen.«

Bigger than GDR. Doch würde das eine Lesart erfordern, die nicht lediglich die (zuerst erzwungene und danach frei bestimmte) Welterfahrung eines Autors bestaunt, der in der Tat in der DDR ein Solitär geblieben war. Vergleiche, Vermutungen, Fragen wären gleichfalls legitim – nicht anmaßend retrospektiv, sondern in Bezug auf Heyms Zeitgenossen. Hätte er, der 1933 auf ähnlichem Weg in die Tschechoslowakei geflüchtet war wie Alice Rühle-Gerstels Romanprotagonistin Hanna Last, in Prag nicht ähnliche Erfahrungen machen können wie diese? Stefan Heym – übrigens *kein* Parteimitglied – aber übergeht in seinen Memoiren die fundamentalen Brüche innerhalb des antinazistischen Exils und informiert lediglich in einer Klammerbemerkung, daß der kommunistische Schriftsteller Ernst Ottwalt, den er im Café Continental getroffen hatte, späterhin denunziert wurde und »in Sibirien umgekommen« sei. Mehr erfahren die Leser nicht über einen Autor, der 1936 – nicht zuletzt aufgrund einer Denunziation durch Georg Lukács – in Moskau verhaftet und in ein Straflager in der Nähe von Archangelsk deportiert worden war, wo er 1943 elend zugrunde ging.

Hatte der große tschechische Romancier Karel Čapek, dessen nähere Bekanntschaft gemacht zu haben sich S.H. rühmt, damals so gar nichts über die antitotalitäre Dystopie *Der Krieg mit den Molchen* erzählt, an der er zu dieser Zeit schrieb? Kannte er nicht die Karikaturen von Karel Čapeks Bruder Josef, in denen dieser bereits 1933 aufgezeigt hatte, wie sich die mit dem Hakenkreuz und die mit dem Sowjetstern die Weltkugel teilen wollen. Hatte Čapek dem jungen Kollegen bei all ihren Gesprächen nicht wenigstens einmal davon gesprochen, daß eine Gegnerschaft zu Hitler doch keineswegs eine Nähe zu Moskau bedingte und die gewiß nicht fehler-, aber doch so angstfreie bürgerliche Demokratie der Tschechoslowakei so schlecht nun gewiß nicht war? Hatte Čapek tatsächlich nie von seiner Hochachtung für Präsident Masaryk erzählt – und von seiner Freundschaft mit dem jungen Zweifler Fritz Beer?

Hatte S.H., als er 1950 in die nunmehr kommunistisch gewordene ČSSR zurückkehrte, um für seinen Roman *Mit den Augen der Vernunft* zu recherchieren, wirklich die Einparteien-Mär vom einstigen kapitalistischen Ausbeuterstaat geglaubt, der nun durch eine wahre »Volksdemokratie« abgelöst worden sei? Sein damaliger Informant war jener Schriftsteller-Journalist Otto Katz alias André Simone, der (wovon die Leser des

Nachruf jedoch nicht ein Wort erfahren) bereits im mexikanischen Exil die antistalinistische Linke denunziert hatte und nun im Nachkriegs-Prag als Chef der Parteizeitung *Rudé Právo* und als Pressechef des Außenministeriums propagandistisch mithalf, ein Gewaltregime zu installieren.

Was taugt Heyms (1952 noch in den USA veröffentlichter) Roman, der sich bei der Beschreibung des Februar-Putschs von 1948 anhand der Biographien von drei politisch unterschiedlich agierenden Brüdern zwar um eine gewisse Ausgeglichenheit bemüht, aber dennoch das Narrativ von der »verfaulten bürgerlichen Demokratie« bedient? Immerhin: S.H. zitiert im *Nachruf* nicht nur ausführlich das Für und Wider in den damaligen amerikanischen Rezensionen, sondern erzählt auch vom Ende André Simones: Anfang 1952 im Vorfeld des antisemitischen Slánský-Schauprozesses verhaftet und unter Folter dazu gezwungen, sich der absurdesten Verbrechen als angeblicher »trotzkistisch-titoistisch-zionistischer Verschwörer« zu bezichtigen, wird der ehemalige Komintern-Agent, dessen Vater und Bruder bereits Opfer der Nazis geworden waren, am 3. Dezember 1952 in Prag exekutiert; seine Asche mischt man danach dem Streusand bei und verteilt sie auf den verschneiten Straßen der Stadt. S.H. unterschlägt zwar diese Geschichte ebensowenig wie das Gefühl des Versagens, das ihn selbst später noch ergriff: Hatte er damals bei seinem letzten Treffen mit André Simone im Café des Hotels Palace dessen seltsame Fahrigkeit, die Bartstoppeln und das hektische Sprechen nicht genügend wahrgenommen als Warnsignal und als Wunsch, etwas Wichtiges mitzuteilen? Und hatte man damals S.H. und seine Frau Gertrud nicht harsch aufgefordert, die ČSR binnen 24 Stunden zu verlassen? *Trug er nicht auf der Stirn die gleichen Kainsmale wie die später im Prozeß Angeklagten; war er nicht Jude, westlicher Emigrant, U.S.-Offizier ehemals im Dienst der Intelligence, prädestiniert für den Vorwurf der Diversion und der Agententätigkeit gegen den Sozialismus?* (Hatten sich nicht auch die späteren partei-konformen DDR-Schriftsteller F.C. Weiskopf und Louis Fürnberg, Schöpfer des Machwerks »Die Partei, die Partei, die hat immer Recht«, vor der antisemitischen Paranoia in Prag retten müssen – und zwar ausgerechnet mit einer Übersiedlung in den SED-Staat?)

Und dennoch. War das Regime nicht schon ab dem Februar 1948 gegen seine demokratischen Gegner mit Mord und Totschlag vorgegangen? Hatte es nicht bereits *vor* 1952 in Prag Schauprozesse gegeben wie 1949 gegen den General Píka oder 1950 gegen Milada Horáková und Záviš Kalandra? Währenddessen ist S.H., der Zeitzeuge in eigener Sache, in seinen Memoiren bald schon wieder in Plauderlaune, erklärt sein nunmehr neues Leben in Ostberlin ein wenig zu hurtig mit der vorangegangen unerträglichen McCarthy-Hysterie in den USA und dem eigenen Glauben an eine vielleicht ja doch realisierbare Utopie, wird selbst die Beschreibung von Konflikten mit Walter Ulbricht und der DDR-Kulturbürokratie oftmals irritierend *süffig*.

Ein unfairer Lektüreeindruck, womöglich gar »aus heutiger Sicht« und nicht willens, Komplexität auszuhalten? Doch sind die Referenzrahmen keineswegs die Befindlichkeiten der Nachgeborenen, sondern erneut die Bücher von Heyms Zeitgenossen. Antinazistische Emigranten wie Leo Lania und Friedrich Torberg hatten in ihren beinahe zeitgleich geschriebenen Romanen *Der Außenminister* und *Die Zweite Begegnung* mit psychologischer Präzision das Infame stalinistischer Machtergreifungstechniken beschrieben, der ehemalige Buchenwaldhäftling und Anti-Franco-Aktivist Jorge Semprun hatte in seinem Roman *Der Weiße Berg* von der Vor- und Nachgeschichte des Slánský-Prozesses erzählt, einschließlich der notwendig gewordenen bitteren Selbstprüfung seiner selbst als linker Intellektueller. Manès Sperber, George Orwell und Arthur Koestler hatten schonungslos – auch in eigener Sache – Bericht gegeben von ihren beginnenden Einsichten über den Herrschaftscharakter der Kreml-Ideologie, die nicht zu begreifen war ohne den sehr deutschen Geschichtslenker-Impetus in den Werken von Hegel und Marx-Engels. Wolfgang Leonhard, mit der »Gruppe Ulbricht« 1945 aus dem sowjetischen Exil nach Ostdeutschland gekommen und vier Jahre später via Jugoslawien in den Westen geflüchtet, hatte bereits 1955 in seinem Buch *Die*

Revolution frißt ihre Kinder die Innenansicht eines von Beginn an verlogen-gewalttätigen Systems geliefert, während das 1961 erschienene Buch *Die Partei hat immer recht* des Holocaust-Überlebenden Ralph Giordano skrupulös mit den eigenen Selbsttäuschungen ins Gericht geht. Keiner von diesen vor allem jüdischen, linken Schriftstellern und Intellektuellen war dabei zu einem rechten Renegaten geworden, zu einem eifernden Neo-Reaktionär. Da doch gerade die Treue zu den Werten der Aufklärung und der gesellschaftlichen Emanzipation den Bruch mit dem Parteikommunismus und auch die Abkehr vom Marxismus erzwungen hatte.

Bei S.H. kommen sie schlichtweg nicht vor. Und auch in eigener Sache nur so viel: Wenn er in einem seiner Reportagebücher aus den fünfziger Jahren geschrieben habe, daß es in der UdSSR keine Lager gäbe, so nur deshalb, weil er einem Justizfunktionär in Moskau geglaubt hätte, der ihm selbiges versicherte. (Hatte Heym damals so gar nichts mitbekommen von den öffentlichen Debatten über die sowjetischen Lager, die z.B. bereits das Nachkriegs-Frankreich aufgewühlt hatten, mit Prozeßzeugen wie Margarete Buber-Neumann auf der einen und aggressiven Geschichtsleugnern wie Louis Aragon auf der anderen Seite? All das hatte sich in der Zeit *vor* Heyms Übersiedlung in die DDR abgespielt, und es ist schwer vorstellbar, daß der zuvor so hellwache Verfasser der *Crusaders* davon ebensowenig erfahren hatte wie vom Streit innerhalb der amerikanischen Linken, in dem es ebenfalls um das Verhältnis zu Moskau gegangen war. Nun jedoch, Mitte der achtziger Jahre, in den Memoiren das eigene damalige Schreiben einigermaßen zerknirscht lediglich als »blauäugig« zu bezeichnen, war beinahe schon eine Selbstexkulpation.)

Aber auch mit jenen anderen ehemaligen »Westemigranten«, die sich gleich ihm für die DDR entschieden hatten, scheint der Kontakt nicht allzu eng gewesen zu sein. Obwohl etwa Anna Seghers in Adlershorst lebte und Stefan Heym im benachbarten Grünau, datiert der einzige längere Gedankenaustausch der beiden aus der unmittelbaren Nachkriegszeit, bei einem

Treffen im Pariser Café Deux Magots. Überdies läßt S.H. seine Frau Gertrud über diese Begegnung sagen, »sie könne Menschen nicht ausstehen, die Interesse nur an sich selbst zeigten«.

Träfe das nicht auch ein wenig auf den *Nachruf*-Verfasser zu? Denn bei allem Trubel und Trouble der DDR-Jahrzehnte, den er hier beschreibt – Freunde und Kollegen nehmen hier weit weniger Kontur an als jenes Defilee mediokrer Kulturfunktionäre und Bonzen, die ihm das Leben schwer machen und seinen Romanen wie jenen zum 17. Juni 1953 vehement die Druckerlaubnis verweigern. Seltsamerweise gibt es *ein* Kollegen-Porträt, das heraussticht, kaum zu überbieten an Sarkasmus. Objekt der Beobachtung ist Bruno Apitz, Verfasser des (wie man heute weiß, arg geschönten) Buchenwald-Romans *Nackt unter Wölfen,* der nie wieder an diesen Bucherfolg anknüpfen konnte und sich – mit Stefan Heym irgendwann zusammen auf einer Indien-Reise – auch keineswegs für Kultur und Ästhetik des Subkontinents zu interessieren scheint und selbst in den Höhlen von Ajanta und Ellora denkbar stumpf bleibt. *Was muß ich mir, sagt Apitz übellaunig, soviel ansehen von Indien, als Marxist weiß ich sowieso Bescheid.*

Der kalte Spott, mit dem Heym hier einen literarischen Repräsentanten des »Sozialistischen Realismus« bedenkt, läßt zumindest ahnen, wie es in der »größten DDR der Welt« eben *auch* um ihn bestellt war. Der Dichter und Liedermacher Wolf Biermann wird dann freilich ebenfalls ohne größere Sympathie beschrieben, und selbst Heyms ehemaliger Freund Robert Havemann wird nach dessen Wandlung vom überzeugten SED-Funktionär und Physikprofessor zum prominentesten (da beinahe einzigen) Dissidenten des Halblandes als eifernder »prospektiver Ayatollah« gezeichnet. Suchte da eventuell auch das schlechte Gewissen eine Entschuldigung? Da sich einst Stefan Heym doch – geradezu panisch geworden, nachdem 1964 in den oberen Rängen der SED plötzlich anklagend von einer »Gruppe Biermann-Havemann-Heym« gesprochen wurde – von den beiden distanziert hatte, um nicht noch mehr Konflikte zu riskieren. (Doch mußte er sein von nicht unberechtigter Angst diktiertes »Einknicken« noch im Jahre 1999 in einem Gespräch mit dem Fernsehjournalisten Dirk Sager zu einer besonders subversiven List umdeuten, da er ja damals den strafrechtlich relevanten Vorwurf »feindlicher Gruppenbildung« durch seine Distanzierung flugs die Basis entzogen habe?)

Möglich auch, daß angesichts der charismatischen und allesamt nicht gerade uneitlen Drei für Heym einfach zwei Egos zu viel im Raum waren. Und doch ist S.H. dann 1976 sofort unter denen, die gegen die Ausbürgerung Wolf Biermanns vernehmlich protestieren; und im Unterschied zu anderen wird er seine Unterschrift nicht zurückziehen, sondern offensiv verteidigen. Auch als er drei Jahre später zusammen mit acht weiteren Kollegen aus dem DDR-Schriftstellerverband ausgeschlossen wird und dessen willfähriger Verbandspräsident Hermann Kant über Heyms Roman *Collin* wütend herfällt, gibt er keineswegs klein bei. Den Autoren, die in jener Zeit die DDR verlassen – Sarah Kirsch, Günter Kunert, Reiner Kunze und zahlreiche andere – wird dann jedoch zwischen den Zeilen bescheinigt, allzu sensibel zu sein und sich verfolgt *zu fühlen,* während »S.H. seinen Observateuren, wenn er Zeit hat, Kaffee zum Wagen bringt«.

Sogar aus einem Heft mit Stasi-Überwachungsnotizen, das Heym eines Tages in seinem verschneiten Garten findet, wird im 1988 erschienenen *Nachruf* zitiert, vier Seiten lang.

War solches nicht ebenso mutig wie neun Jahre zuvor die (West-)-Publikation seines Romans *Collin,* der von der Begegnung eines zweifelnden Schriftstellers mit dem selbstgerecht in sich ruhenden Stasi-Chef in einem Ostberliner Regierungskrankenhaus erzählt? Zweifellos, da ja zum Zeitpunkt der zwei Veröffentlichungen die Existenz von Mielkes Ministerium *keine* Fiktion war und das MfS seine Bespitzelungs- und *Zersetzungs-Maßnahmen* sogar noch gesteigert hatte. Weshalb aber folgt solch wirklicher Subversion dann sogleich eine Flapsigkeit, die noch heute irritiert? *Eine Geheimpolizei, die Buch führt über Mülltonnenbesuche und die zum Schluß noch die eigene Kladde verliert samt zugehörigen Fotos und Dokumenten, eine solche Geheimpolizei wirkt schon fast wieder sympathisch. Nur gehört sie eher ins Kasperletheater als vor das Haus eines Schriftstellers.*

Kein Wort dagegen über die zahlreichen nicht-prominenten Opfer der vermeintlichen Kasperle, kein Wort auch über den damals jungen Autor Jürgen Fuchs. Dieser war als Freund Biermanns und Havemanns im November '76 von der Stasi verhaftet worden, kam ein knappes Jahr später dank internationaler Proteste frei, das heißt wurde nach Westberlin abgeschoben und hatte dann in seinem Buch *Vernehmungsprotokolle* die seelenzerstörenden Machtstrukturen des Geheimdienstes auf geradezu endgültige Weise beschrieben.

Unbehagliches Lektüre-Gefühl, jemandem mit der Biographie eines S.H. hier beinahe ins Frivole abgleiten zu sehen. Nicht wenige seiner Nach-89-Statements zur Aufarbeitung der Stasi-Verbrechen und zur Gauck-Behörde waren dann von ähnlichem Kaliber – nicht selten zum Entsetzen jener seiner ostdeutschen Leser, die zuvor gerade durch Heyms Bücher Kraft zum Widerstehen gefunden hatten, die sich Exemplare des nur im Westen gedruckten Romans *Collin* heimlich und unter großem Risiko besorgt hatten oder mit *Lassalle, Ahasver* und dem *König David Bericht* nicht nur Lese-, sondern auch Sozialisations-Erfahrungen verbanden. Ob da in Heyms Reden und Gerede über *den* arrogant-verständnislosen Westen eine Art unaufgearbeitete Haßliebe mitschwang?

Von seltsamer Ambivalenz auch sein Kurz-Porträt von Max Frisch, der in jenem Dezember '76 zu Besuch in Ostberlin gewesen war, um den Unterzeichnern der Biermann-Petition nicht nur Mut zuzusprechen, sondern sich nach ganz konkreten Unterstützungsmöglichkeiten zu erkundigen. In Heyms 1996 unter dem Titel *Der Winter unseres Mißvergnügens* veröffentlichten Tagebuchnotizen aus jener Zeit ist dazu zu lesen: *Max Frisch ist da. Die Spannungen, unter den wir leben, scheinen ihn nicht zu berühren, obwohl er sie bemerkt und sich bemüht, sie zu verstehen. Ein Mann, mit dem man Pferde stehlen könnte, nur weiß er nicht, wo unsere Pferde stehen und daß unsere Pferde überhaupt ganz andere Wesen sind als die Pferde, die er kennt.*

Zumindest aber hatte Max Frisch gewußt, daß zusammen mit dem Schriftsteller Jürgen Fuchs auch noch die

Renft-Musiker und Liedermacher Christian Kunert und Gerulf Pannach in Stasihaft saßen. Und trat deshalb dem *Schutzkomitee Freiheit und Sozialismus* bei, das der Westberliner Publizist Hannes Schwenger ins Leben gerufen hatte, um für die Eingekerkerten Öffentlichkeit herzustellen. Neben Frisch engagierten sich damals auch Heinrich Böll, Dürrenmatt, Enzensberger und Romy Schneider für die ihnen doch bis dato Unbekannten. Vor diesem Hintergrund klingt Heyms Tagebuch-Diktum, »daß konkret kaum etwas zu tun ist«, eher nach einer bequemen Abwehrbehauptung, doch findet sich noch im gleichen Satz eine Fortsetzung, die wiederum von großer Genauigkeit in der Beschreibung poststalinistischer Gewalttätigkeit ist. *Denn der Druck, der auf die Menschen ausgeübt wird, ist schwer greifbar, ein paar verständnisvoll mahnende Worte hier, du wirst doch nicht etwa, ein paar peinliche Fragen dort, du willst doch nicht etwa, hinter irgendwelchen vier Wänden werden die Instrumente gezeigt, aber selbst diese Instrumente existieren nur andeutungsweise und erhalten ihre grausige Schärfe erst in den kenntnisreichen Köpfen der Inkulpierten, Daumenschrauben des Geistes, Streckblätter des Gewissens.*

Eine Feinanalyse in nur wenigen Worten, die angesichts der gegenwärtig anwachsenden Zahl autoritärer bis diktatorischer Staaten sogar aktuelle Gültigkeit beanspruchen kann. Nur war es damals dann eben der (vielleicht ja doch nicht *so* gänzlich naive eidgenössische) Autor von *Mein Name sei Gantenbein* – und nicht der Verfasser des *König David Bericht* – der für jene »hinter irgendwelchen vier Wänden« sehr wohl konkret Hilfe zu organisieren wußte.

Auch erwies sich der Westen, anders als S.H. vor und nach der Wiedervereinigung oftmals mürrisch zu Protokoll gab, keineswegs als eine allein auf Oberflächenreize getrimmte Kommerzmaschine, sondern war eben auch für viele Jahre lang der sichere Verlags-Hafen für seine eigenen Manuskripte. Und wurde, ebenfalls anders als von ihm mitunter insinuiert, auch nicht zum Kreativ-Killer für Kollegen, die die DDR verlassen hatten, angeekelt von einer deprimierenden sowjetisch-deutschen Diktatur, deren »utopisches Potential« eher einem

Potemkinschen Dorf glich. Heyms Freund Klaus Poche etwa, der 1979 zusammen mit ihm aus dem Schriftstellerverband ausgeschlossen worden war und kurz darauf in die Bundesrepublik übersiedelte, vermochte auch dort zu zeigen, was für ein versierter Drehbuchautor er war. Unter der Regie eines westdeutschen *Tatort*-Machers schrieb Poche das Skript für die überaus gelungene Verfilmung des *Collin*-Romans – mit dem noch im Fragilen beeindruckenden Curd Jürgens in einer seiner letzten Rollen als Schriftsteller Hans Collin und dem geradezu schmerzhaft präsenten Hans-Christian Blech als wehleidig-brutalspähenden Stasi-Chef Urack. Und siehe da, auch *der* Westen war fähig, in dieser Geschichte um eine mit Gesten und Worten ausgetragene Konfrontation zweier Männer in einem Ostberliner Krankenhauszimmer das Spezifische der DDR herauszuarbeiten und gleichzeitig das Universelle aufscheinen zu lassen – den schier nie enden wollenden Kampf um Gedächtnis und Integrität.

(So wie es dann 1991 der Ende der fünfziger Jahren aus der DDR geflohene Publizist Fritz Raddatz war, der in einem seiner *ZEIT-Dialoge* Heyms faszinierendes Zickzack mit Verständnis und Nachfrage-Genauigkeit zu konturieren versuchte, Zweifel am ziemlich Vagen eines »demokratischen Sozialismus« anmeldete – und schließlich den von anderen als »Nestor der friedlichen Revolution« Idealisierten oder als »engstirnigen Ost-Autor« Geschmähten zu solch unverstellter Antwort brachte: *Hier stehe ich, ich kann nicht anders. Ich behaupte nicht, daß ich ein Held war, sondern ich habe nur das getan, was ich dachte, daß ich es tun kann, ohne dafür geköpft oder ins Zuchthaus zu kommen.)*

Stefan Heym zu lesen, könnte freilich auch die Chance sein, sich von einer bequemen Dichotomie »Geist versus Macht« zu verabschieden. Da letztere ja auch geistreichelnd sein kann, mit Rabulistik und jenen im Wortsinn *zwingenden* Dialektik-Volten, die schon manch einem Intellektuellen den Kopf verdreht hatten – auch ohne geköpft zu werden. Gleichzeitig sehnt sich »Geist« seit jeher nach Verwirklichung des Gedachten und fremdelt in diesem Fall dann häufig keineswegs mit den

Inhabern der Macht. Eines seiner literarischen Kabinettstücke ist deshalb Heyms Beschreibung jenes Zusammentreffens von Bismarck und Ferdinand Lassalle im Jahre 1863, in dem sich der preußische Ministerpräsident und der deutsche Arbeiterführer umkreisen, einander schmeicheln und drohen und in subtilen Andeutungen austarieren, ob sich der eine womöglich für die Interessen des anderen einspannen ließe.

Keine Überraschung, daß Heyms Begegnungen mit der DDR-Staatsmacht weniger konversations-duellierend verliefen, doch verblüffend, was der Autor selbst im *Nachruf* daraus keltert. Da ist etwa jenes Gespräch mit Ulbrichts mißtrauisch nachfragendem Kulturminister Klaus Gysi (alias Stasi-IM »Kurt«), der von Heym Ende der sechziger Jahre zu wissen begehrt, weshalb dieser in seinem neuen Roman »gerade Lassalle, den mißratenen unter den Ahnvätern der Partei, als Thema gewählt und nicht Marx und Engels«. Heym verweist auf seine Chemnitzer Kindheit und die Erzählungen seiner Eltern von jenen Arbeiterdemonstrationen, auf denen das seinerzeit berühmte »Der kühnen Bahn nun folgen wir, / Die uns geführt Lassalle …« gesungen worden war, aber er weicht aus – und zwar aus vielerlei Gründen. Da er in seinem Roman ja nicht allein den durchaus an Marx-Engels erinnernden Organisations-Dogmatismus Lassalles beschrieben hatte, sondern auch das mutwillig Freie, das Abenteuerlustige, Träumerische und Phantastische des »Judenjungen aus dem Breslauer Ghetto, der davon träumte, wie ein Kaiser einzufahren in Berlin, an der Spitze der Arbeiterscharen, neben sich die geliebte edle Frau, dieselbe, wegen der er dann fallen wird in einem sinnlosen Pistolenduell«. All das eben, was Ferdinand Lassalle dann doch *sehr* unterschied von dem bärtigen Dioskurenpaar, auf das sich danach die SED berufen wird. Davon wird er dem Genossen Gysi, dessen oszillierenden Sohn er Jahrzehnte später als »Freund« zu entdecken vermeint, also *nichts* erzählen.

Vor allem aber wird er keine Mitteilung machen über jenes persönliche Motiv, das er nun im *Nachruf* beschreibt, in einer jener Passagen frappierender Ehrlichkeit. Da er doch in Lassalles Charakter gewisse Züge spürt, »die ihm den eigenen verwandt erschienen«. Statt einer erwartbaren Eloge auf den »engagierten Intellektuellen« aber schreibt S.H.: *Diese auffallend eitle Art, geboren aus Unsicherheit; der Drang, sich in den Vordergrund zu spielen, und die Unfähigkeit, Niederlagen zu ertragen; die fast devote Ehrfurcht vor dem Alt-Etablierten und gleichzeitig das Ressentiment dagegen; und die aus sozialer Arroganz erwachsene sentimentale Haltung gegenüber den Armen und Unterdrückten, oder denen, die er dafür hielt.*

Zeilen, in denen Heym einer charakterlichen Selbstprüfung so nahe kommt wie sonst wohl nur ein anderer Autor in *seinem* Rechenschaftsbericht, der einen verblüffend ähnlichen Titel trägt – *Nachruf auf Ludwig Marcuse.* (Kannte Heym das 1969 – und damit im Erscheinungsjahr des Lassalle-Romans – publizierte Buch, hatte ihn womöglich zumindest der Titel späterhin für seine Memoiren inspiriert? Vielleicht hätte er sich dort ja auch in Marcuses Überlegungen über die Diskrepanz zwischen »Leben und Werk« wiedererkannt, die ja selbst in freieren Gesellschaften als der realsozialistischen wirkungsmächtig blieb: *Es ist ein nicht genug zu bedenkendes Phänomen, daß die tiefsten Motive eines Mannes oft nur im Werk, und nicht selten maskiert, erscheinen – nicht im Leben, von dem sie durch die stärksten Gegenmotive zum Schweigen gebracht worden sind.*)

Es hatte schließlich Jahre gedauert, ehe der Lassalle-Roman auch in der DDR erscheinen konnte. Genosse Walter Ulbricht sprach über Heym im Kreis anderer höherer Bonzen zunehmend abwertend als »amerikanischen Schriftsteller mit DDR-Paß« und hatte mit untrüglichem Machtinstinkt sehr wohl begriffen, daß hier einer – nach den Gehorsams-Exerzitien der fünfziger Jahre – nun wieder fremdzugehen begann. Da war es nicht ohne Ironie, daß der (wie alle bisherigen Romane Heyms) auf Englisch geschriebene Lassalle-Roman zuerst in London erschien und als Titel ein Marx-Zitat hatte: *Uncertain Friend.* Als ein solcher – »ein sehr unsicherer Freund, zukünftig ein ziemlich sichrer Feind« – war Lasalle bereits vom offiziellen Ahnvater in seiner Korrespondenz mit Friedrich Engels benannt worden. Dazu mit antisemitischer Häme als »Baron Itzig« und Lassalles

»Infektion mit altem französischen Liberalismus« monierend. Im Anhang zum Roman hat Heym all diese Kommentare zusammengestellt, die in manchen Passagen sogar von vertracktem Humor sind, etwa wenn nach Lassalles Duelltod 1864 Marx an Engels schreibt: *Was seinen Todesvorwand angeht, so hast Du ganz recht. Es ist eine der vielen Taktlosigkeiten, die er in seinem Leben begangen hat.*

In der Tat hatte das Liebeshändel-Drama um eine junge Frau, für die Lassalle entbrannt war (und diese auch für ihn, zumindest zeitweilig) Operetten-Charakter gehabt und war gleichzeitig zur traurigen Burleske geworden: Ein knäbischer walachischer Prinz schießt, um die Ehre seiner ihm keineswegs sonderlich romantisch zugetanen Verlobten zu retten, Deutschlands bis dato berühmtesten Arbeiterführer tot. Heym folgt den Windungen von dessen letzten Jahren auf eine erzählfreudige Weise, die an Lion Feuchtwanger und mitunter sogar an Colette erinnert (besonders in den wie dahin getupften erotischen Salonszenen), sich jedoch nie im gemütlich Deskriptiven verliert, sondern immer wieder *die* bohrende Frage stellt: Wie müßte eine Reformbewegung aussehen, die sich nicht mit fadenscheinigen Kompromissen zufriedengibt – und wie eine Revolution, die *nicht* ins Diktatorische abfiele? Der flamboyante Lassalle scheint um all diese Möglichkeiten und Gefährdungen zu wissen, visionärer Intellektueller und zänkischer Broschürenverfasser zugleich, altmodischer Gentleman *und* bestens vertraut mit den Kommunikationsmöglichkeiten seiner Zeit von Telegramm-Botschaften bis zu »geleakten« Insider-Informationen. Diesen Lassalle nämlich scheint es immer doppelt zu geben: Als Laisser-faire-Libertin *und* Kontrollfreak, da er doch genau weiß, daß eine zerfasernde Arbeiterpartei das große Ziel der Menschheitsbefreiung in noch größere Ferne rücken ließe. Marx-Engels hält er für theoretisierende Besserwisser und muß sich gleichzeitig von seinem ehemaligen Sekretär vorhalten lassen, selbst in der Falle hochfahrenden Abstrahierens zu sitzen. Der Arbeiterfreund hat Jahre seines Lebens, in Freiheit und im Gefängnis, damit zugebracht, den Entrechteten eine Stimme, eine Organisation zu geben – und ist doch als der Protegé einer älteren Gräfin und Liebhaber jüngerer Frauen weit entfernt von der Lebenswelt der Proletarier. (Was ihm dann vor allem jene vorwerfen, die selbst noch nie etwas gewagt hatten.)

Dilemma um Dilemma, die Zumutungen und Freuden von Eros und Libido nicht zu vergessen – und wird in rasanten Szenen- und Ortswechseln bei Heym tatsächlich zu großem Theater, mit Esprit, Witz und Melancholie. Wo ein Heiner Müller teutonische Majuskel-Satzbausteine zusammenfügte, um in Blut-Zement-Morast von der Größe und dem Elend DER Revolution deklamieren zu lassen, setzt Heym schon im Schreibstil das Zivilisierende in sein Recht – Argumente und Gegenargumente müssen nicht gebrüllt werden, um zu überzeugen, es reicht deren Kohärenz. (Auch wenn diese dann eher im Plural auftaucht und den Aktivisten vor schier unlösbare Probleme stellt.) Wie nuanciert und liebevoll und zugleich spöttisch das erzählt ist und deshalb noch heute beim Lesen becirct: Keine dürre Thesen-Abhandlung, kein historisierender Schmöker, sondern tatsächlich immer auch ein (Selbst-)Porträt des engagierten Intellektuellen als kalkulierender Altruist zwischen Selbstüberschätzung, Kleinmut, Klugheit – *und* authentischer Suche nach Gerechtigkeit.

Doch von Bismarck respektiert *und* von den Arbeitern geliebt zu werden, schier rastlos in deutschen Städten und Kleinstaaten unterwegs zu sein *und* seiner Dulcinea in die Schweiz zu folgen (wenn auch nicht wie S.H. 1988 zum Ski-Fahren) überfordert und fordert einen hohen Preis. Zum Schluß, nach dem Pistolenschuß, an dem er sterben wird, dann nur noch dies: *So viele Freunde hatte er gehabt; nur dieser eine war ihm jetzt geblieben: Schmerz. Schmerz, die große Mutter, die ihn gebar; Schmerz, aus dem alles erwuchs, Ideen, Kampf, Brot, Gerechtigkeit. Bevor es Gott gab, gab es Schmerz: Gott war nur eine Antwort auf den Schmerz.*

Trotzdem. So sehr hat gerade dieser freigeistige Ferdinand Lassalle die demokratische deutsche Arbeiterbewegung geprägt und motiviert und nicht zuletzt den Grundstein zur Gründung der SPD gelegt, jener Partei, die im folgenden Jahrhundert dann nachhaltige Reformen durchsetzen und gleich mehrfach den Kanzler stellen wird. Und Ja, auch Alice und Otto Rühle wären sehr gut vorstellbar gewesen als Leser des Lassalle-Romans; vielleicht hatten ihn seinerzeit ja sogar Willy Brandt oder Manès Sperber gelesen. (Dessen Freund Arthur Koestler in seinen *Spartacus*-Roman ja einst Vergleichbares versucht hatte in der Beschreibung von Triumph und Tragik eines Revolutionärs.)

Lassalle als eine Variation des Ahasver? Vielleicht. Da die *andere* Seite, jene der zynischen Macht, doch auch in diesem Fall Zuflucht zum antisemitischen Ressentiment genommen hatte. »Was ist nur an diesem Volk, daß sie zu Rebellen werden, auch wenn es ihnen gut geht?« läßt Stefan Heym nach einer Visite Lassalles Preußens Bismarck räsonieren.

Allerdings kann die Macht auch töten. Als Heyms Frau Gertrud im August 1968 vom Überfall auf die Tschechoslowakei erfährt – »die sowjetischen Luftlandetruppen urplötzlich auf dem Prager Flugplatz Ruzyné, das stumme Entsetzen der Bevölkerung, zum zweiten Mal in Menschengedenken der Einmarsch« – verschlimmert sich ihr Krebsleiden. Zuvor hatte sie stets noch gesagt »Sie werden es nicht wagen«, fast so, als könnte das magische Denken nicht nur die Metastasen in ihrem Körper, sondern auch Breschnews Pläne bannen. Doch nun, diese schreckliche physische und auch mentale Agonie in der Berliner Charité und S.H. in seinen Memoiren jetzt gar nicht mehr der allwissende, versiert austarierende und gewichtende Erzähler, sondern ein verzweifelt Liebender, der sich und den Lesern nichts erspart. In einer der einsamen Nächte nach Gertruds Tod greift er zur Bibel. Es ist eine Ausgabe der King James Bible, er hat sie vor Jahrzehnten in New York erstanden, und zufällig öffnen sich die Seiten beim ersten Buch Samuel und der Geschichte um einen Hirtenjungen namens David ben Jesse. *Ich habe mich mehr als einmal gefragt, wessen Hand hier im Spiel war; S.H. hätte ja ebenso gut das Buch Esther aufschlagen können oder Hiob, und der Rest seines Lebens wäre anders verlaufen.*

Nun ist es aber diese bei einer Schafherde beginnende Geschichte von David, dem zukünftigen Gesalbten des Herrn und Stammvaters des Volkes Israel, bei der er sich festliest – und bald zu stutzen beginnt angesichts so manch unplausibler Geschehnisse. Dabei hatten ja bereits die biblischen Chronisten kein Blatt vor dem Mund genommen, sondern hatten – bis heute weltweit einmalig im Genre »heiliger Schriften« nicht gezögert, die Untaten und Verbrechen *ihrer* Könige, *ihrer* Herrscher, *ihrer* Idole aufzuzeichnen. S.H., der sich davon zu einem Roman inspirieren läßt, steht hier also auf den breiten Schultern der quasi ersten Intellektuellen-Ketzer, deren Linie sich von den Propheten Samuel und Nathan weiter zieht zu Jeremia und Jesaja, die allesamt nicht müde wurden, das Unrecht *innerhalb* der Stadtmauern zu geißeln – über die Jahrhunderte hinweg bis zu Heinrich Heine und zu den säkularen jüdischen Autoren und Zeitzeugen des 20. Jahrhunderts. (Eine Linie, die S.H., in diesem Fall eher dezent, übrigens selbst *nicht* zieht.) Und so entstand *Der König David Bericht,* Heyms wohl ehrlichstes und bestes Buch, Weltliteratur bis heute. Wolf Biermann nennt dessen Protagonist, den von König Salomo zur Kanonisierung seines Vaters David bestellten Historiker Ethan ben Hoshaja, einen »tapferfeigen Intellektuellen« – und als solchen wohl auch eine Art Heymsches Selbstporträt.

Dabei hatten solch vorwärtsstürmende Zögerer (und vice versa) bereits zuvor S.H. als Romanfiguren interessiert: Die in Prager Nazi-Geiselhaft verzweifelt Planenden und Abwägenden in *Hostages (Der Fall Glasenapp)* oder der skrupulöse Lieutenant David Yates in den *Kreuzfahrern.* Auch viele der Gestalten in *Fünf Tage im Juni,* dem einst – für DDR-Verhältnisse – *zu* kritischen Roman über den von Sowjetpanzern niedergeschlagenen Arbeiteraufstand vom 17. Juni 1953, befragen sich immer wieder selbst. Desgleichen späterhin das Romanpersonal von *Schwarzenberg* oder der gescheiterte Leninsche Revolutionär Karl Radek im gleichnamigen Buch. Doch so viel die *Fünf Tage im Juni* auch ausblenden, die 1984 entstandene Geschichte über die nach Weltkriegsende kurze Zeit weder von Amerikanern noch von Russen besetzte »Freie Republik Schwarzenberg«

letztlich eine basisdemokratische Utopie (oder Geschichtsklitterung) ihres Verfassers war und so anachronistisch auch 1994 der Radek-Roman wirkte, jenes doch bereits 1940 in Koestlers *Sonnenfinsternis* geschilderte Drama um den Tod leninistischer Täteropfer im Stalinismus – so stark leuchtet und vibriert bis heute die Geschichte um jenen Ethan, Sohn des Hoshaja aus der Stadt Esra. (Und ist damit vielleicht ein weiteres Argument gegen das Mechanische eines Bücher-Lesens in rein chronologischer Abfolge.)

Jener Ethan ist sogar in den biblischen Büchern erwähnt, als einer der Weisesten in Israel und Verfasser des 89. Psalms. Bei Stefan Heym wird er überdies Mitglied einer Königlichen Kommission – freilich nur »als Redaktor (ohne Stimmrecht)« – die dazu bestimmt ist, Salomos Thronmacht für alle Zeiten durch eine politisch korrekte Großerzählung zu legitimieren. Und da schon zu Beginn nicht alles (in Wahrheit: eigentlich gar nichts) »Diskurs« ist, wird Ethan unter subtilen Drohungen genötigt, mit seiner Frau, seiner Geliebten nebst den zwei Söhnen hoch in die Stadt Jerusholayim zu ziehen – andernfalls nämlich könne ihm Salomo fast alles nehmen, die Söhne für die Armee, die Geliebte für den königlichen Harem. Und so wird Ethan verpflichtet, Zuarbeit zu leisten für den »Einen und Einzigen Wahren und Autoritativen, Historisch Genauen und Amtlich Anerkannten Bericht über den erstaunlichen Aufstieg, das Gottesfürchtige Leben, sowie die Heroischen Taten und Wunderbaren Leistungen des David ben Jesse, Königs von Juda während Sieben und beider Juda und Israel während Dreiunddreißig Jahren, des Erwählten Gottes und Vaters von König Salomo«.

Ebenso überwältigend wie der vollständige Titel jenes »König David Berichts« ist jedoch all das Unvollständige, Gewisperte, kryptisch Angedeutete oder schuldbewußt Eingestandene, das Ethan dann auf seinen Recherche-Reisen in Stadt und Land erfährt, ihm mitgeteilt von Davids ehemaliger Frau Michal, dessen ehemaligem Heeres-Chef oder vom Propheten Nathan. Was ihm da, oft in atemloser Hast und voller Angst, erzählt wird, hält er ebenso ängstlich-mutig in Stichworten fest – konkretes, bedrohtes und über die Zeiten hinweg eben doch und immer wieder gewagtes Aufschreiben und Bewahren, der Kampf des Gedächtnisses gegen das verordnete Vergessen. Denn immer mehr fügt sich aus all dem – auch dank der alten Aufzeichnungen auf Tonscherben, die Ethan aufspürt in vergessenen Gemäuern – eine Geschichte von beunruhigender Evidenz.

War David doch mitnichten der musisch sensible Hirtenjunge, der einst König Saul mit der Laute vorspielte, edle Seelenfreundschaft mit dessen Sohn Jonathan schloß, tragischerweise in einen Konflikt mit dem Königshaus geriet, den nachfolgenden Schlachten-Tod von Saul & Sohn betrauerte und danach als Gesalbter des Herrn trotz der »Bathseba-Geschichte« als ein ganz Großer agierte, Stammvater und Psalmen-Poet, Kriegsherr und gerechter Herrscher zugleich – vor allem aber: ein würdiger Vater des jetzigen und ebenso formidablen Königs Salomo. Diesen aber zeichnet Heym als schmallippigen Machttechniker und narzißtischen Despoten, der Ethan bei huldvoll gewährten Audienzen zu verstehen gibt, das eine oder andere Detail, das David in ungünstigem Licht erscheinen läßt, könne sehr wohl – wenn natürlich in Maßen und in Relation gesetzt zum »positiven Gesamtbild« – Eingang finden in den Bericht. *Der weiseste der Könige würde vorziehen, wenn die Kommission die Wahrheit, wo sie gebeugt werden muß, nur geringfügig beugte, und überhaupt auf subtilere Art vorginge, damit das Volk auch glaubt, was geschrieben steht.* Während einer der intriganten Kommissionsmitglieder, der Ethan mit delikaten Informationen nur deshalb füttert, um ihn in ein korrumpierendes Abhängigkeitsgeflecht hineinzuzwingen, mit sanfter Stimme Bedrohliches flüstert: *Widersprüche, Ethan, sind dazu da, um geglättet, nicht um hervorgehoben zu werden.*

Nur hat zu diesem Zeitpunkt der Chronist bereits herausgefunden, daß David ein überaus kalt Kalkulierender war, der sich zu Karrierezwecken König Saul körperlich ebenso anbot wie dessen Sohn Jonathan – die er dann beide durch gedungene Mörder beseitigen ließ, um anschließend herzzerreißende

Trauer-Psalmen zu verfassen. Mehr noch: In der Zeit vor seiner Salbung war er im Land Juda herummarodiert und hatte auf seinen Raubzügen sogar Angehörige seines eigenen Stammes ermorden lassen. Die Sache mit Goliath, der Schleuder und dem Kieselstein – komplett erfunden. Die Bathseba-Geschichte – eine Art Verschwörung zwischen dem brünstigen König und der keineswegs passiven Frau, um deren ungeliebten Mann Uria nicht nur an vorderster Front in die riskante Schlacht mit den Philistern zu schicken, sondern ihn *von hinten* durch Pfeilschüsse eliminieren zu lassen. Getreue, die zu viel wußten, oder Familienmitglieder, die sich zu Konkurrenten hätten entwikkeln können, waren von David ebenso skrupellos ausgeschaltet wurden – ein Verfahren, das sein Sohn Salomo danach sogar noch perfektioniert.

All das also hat Ethan, wohnhaft in der »Königin-von-Saba-Gasse No. 54«, bereits erfahren und fürchtet nun, zusammen mit seinen Zeugen (und Zeuginnen) der »Abweichung, Gruppenbildung, Unterwanderung« geziehen zu werden. Fast so wie einst Stefan Heym, als er – in der Erinnerung Wolf Biermanns – eines Abends furchtsam zum Telefonhörer gegriffen hatte, um seinen bisherigen Freund Robert Havemann mit Panik in der Stimme zu beschwören, ihn fürderhin nicht mehr zu kontaktieren. Gleichzeitig ist auch diese Geschichte um die Einsamkeit eines Intellektuellen – und der Nicht-Solidarität unter Intellektuellen – *bigger than GDR*. Ist es doch ausgerechnet das Beispiel des als *einigermaßen* machtkritisch geltenden Propheten Nathan, das Ethan angesichts all der entdeckten Ungeheuerlichkeiten zu dieser klügelnden Sentenz inspiriert: *Diskretion sei Wahrheit, gezügelt durch Weisheit.* Eine Maxime, die sich inzwischen auch so manch heutige Historiker etwa in Erdoğans Türkei oder Orbáns Ungarn zu eigen machen, um weiterhin arbeiten zu können. (Während deren Kollegen im Neo-Totalitarismus von Putins Rußland oder Xis China längst nicht mehr den fragwürdigen Luxus genießen, die Wahrheit »nur geringfügig« beugen zu müssen.)

Inzwischen ist es freilich auch nicht mehr GOtt, auf den die eiserne Zirkelschluß-Logik der Macht zurückgreift. *GOtt muß doch gewußt haben, was er tat, als er David erwählte, über Israel zu herrschen und dies Reich zu errichten.*

Nach der 20. Jahrhundert-Phase nazistischer »Vorsehung« und kommunistischer »objektiver Bewegungsgesetze der Geschichte« als Rechtfertigung für alle Lügen und Gräuel dient nun wieder, in Peking wie auch in Moskau, die schiere »Größe unserer bedrohten Nation« als herrisches Erklärungsmuster. Auch deshalb berührt Stefans Heyms forschender und gleichzeitig furchtsamer Ethan ben Hoshaja bis heute.

Wiedergelesen, müßte ganz und gar nichts »aktualisiert« werden. Denn so stilistisch clever es auch ist, wie Heym ab und an in den Text moderne Signalwörter eingestreut hat (ein Verfahren, das später Christoph Ransmayr in seinem Ovid-Roman *Die letzte Welt* zu weiterer Meisterschaft bringt), so wenig – oder auch: so viel – lehrt die von Ethan entdeckte komplexe Sexualität des Königs David und seiner Batheseba »Neues«. Denn nahezu sekundär die gewaltsam-lustvoll ausgelebte Bisexualität des Königs und die Entscheidungsfreude seiner Mätresse angesichts der brutalen Repressionsstrukturen, innerhalb derer sie sich manifestieren. Heym, hier durchaus intellektueller Marxist der alten Schule, ist nämlich offensichtlich an Diversitäts-Feinheiten und »hybriden Identitäten« weit weniger interessiert als an der präzisen Beschreibung politischer und nicht zuletzt ökonomischer Zwänge. Und macht deshalb selbst vor der Dekonstruktion des beliebten Topos romantische Liebe versus erkaufte Sexualität nicht halt.

Als sich Ethan trotz seiner Vorsicht immer mehr in den Fallstricken an Salomos Hof verheddert und einige seiner »Bericht«-Kommentare nun sogar als Vorstufe des Hochverrats gelten, besteht die erste Strafe darin, ihm die Geliebte zu nehmen. Als wäre derlei etwas Selbstverständliches, informiert ihn der königliche Ober-Echnuch, wann und in welcher Gewandung Lilith im Harem abzugeben sei – als wäre sie kein Mensch, sondern ein Ding. Gemeinsam vergießen Lilith und Ethan viele Tränen, erinnern sich zurückliegender Momente, doch muß sich der ungleich Ältere gleichzeitig eingestehen, daß er die attraktive junge Frau ja seinerzeit ebenfalls als Sklavin von deren Vater erworben hatte. War es also in den Folgejahren tatsächlich Liliths fortgesetzter *Wunsch* gewesen, dem Historiker das an körperlichen Freuden zu schenken, was ihm seine Ehefrau Esther an emotionaler Nähe darbrachte? Diese wiederum hatte in Jerusholayim gekränkelt und sich permanent Sorgen um Ethans Schicksal am Königshof gemacht – Liliths und auch ihr eigenes Wohlbefinden bleiben dem untergeordnet, um so mehr Ethan Ben Hoshaja ja doch stets »ein guter Herr« gewesen war. Dieser jedoch »verhökert die Geliebte um die unsichere Gunst König Salomos und um eine Gnadenfrist«, und erkennt schließlich das Entscheidende: *Wie sehr ich doch gefangen war in meiner Zeit und außerstande, ihre Begrenzungen zu durchbrechen.*

(Ob der alte Stefan Heym, der sich 1994 in seinem Flyer zur Bundestagswahl gänzlich freiwillig mit dem vom SED-Hof stammenden Gysi junior ablichten läßt und in einem Textchen behauptet, es gehe im Osten wegen »dem Dr. Kohl« grausam zu und die Menschen müßten nun »mehr Angst haben um das Dach überm Kopf«, wohl diese Erkenntnis Ethans noch parat hatte? Gleiches hätte man freilich auch einige von Heyms damals besonders lauten westlichen Anklägern fragen können, die vermutlich noch nie eine Roman-Zeile von ihm gelesen hatten.)

Der Chronist, der nach Salomos Einschätzung »so geschickt auf der Schneide des Schwertes tanzte«, wird schließlich dann doch nicht zu Tode gebracht, sondern auf königlichen Befehl lediglich zu Tode *geschwiegen*. Da der Mächtige doch sehr genau um die unsichere Zwischen-Position des Chronisten weiß. *Weder gehörst du zum Volk, noch bist du Gottes. Du zählst nicht zu den Herrschenden, und bei den Beherrschten findet man dich auch nicht.* Also wird dekretiert, was ebenfalls von fortdauernder Wirksamkeit ist über die Jahrtausende hinweg, bis in unsere Zeit der totalitären Internet-Firewalls und amtlich verfügten Website-Blockaden: *Keines seiner Worte soll das Ohr des Volkes erreichen, weder durch mündliche Übertragung, noch auf Tontäfelchen, noch auf Leder; auf daß sein Name vergessen sei, so als wäre er nie geboren worden und hätte nie eine*

Zeile geschrieben. Selbst die Liebeslieder, die er einst zum Preise seiner Lilith geschrieben hatte, werden ihm genommen – und später unter dem Titel *Das Hohelied Salomos* veröffentlicht.

Nachdem er seine Frau Esther begraben hat, verläßt Ethan mit seinen Söhnen das ungastliche Jerusholayim, wird zuvor jedoch am Stadttor noch vom königlichen Ober-Euchnuchen aufgehalten. Mit maliziöser Geste überreicht er dem weggetriebenen Historiker ein Parfum-Fläschlein und säuselt: *Möge sein Duft dich stets erfrischen, und möge er dich daran erinnern, daß es sich in einer Welt von Eunuchen nicht lohnt, sich als Mann zu verhalten.*

Stefan Heym erspart sich, uns und seinem Protagonisten auch diese letzte Demütigung nicht. Oder ist sie, da beschrieben und *nicht* totzuschweigen, womöglich *auch* ein Triumph? Jener Ethan ben Hoshaja nämlich, nachdem Stefan Heym 1969 in Ostberlin mit der Niederschrift begonnen hatte – zuerst auf Englisch, inspiriert von der Sprachmacht der King James Bibel *und* der feinen Ironie in den Schriften Daniel Defoes, danach auf Deutsch mit Anklängen aus der Luther-Bibel – ist ab da *keiner* der Anonymen mehr. Romanfigur, in Teilen sogar verborgen-offenbartes Selbstporträt seines Verfassers, vor allem aber: Mensch gewordenes Menetekel über die gleichsam ewigen Anmaßungen der Macht und die Risiken, aber auch die Schönheit des Widerstehens.

Berlin-Grünau, 21. Januar 2000. Der Weg von der Tram-Haltestelle hinein in die Rabindranath-Tagore-Straße führt über eine riesige Schneedecke, die auch den Garten des Häuschens in No. 9 bedeckt. (An welcher Stelle am Gartenzaun hatte zu anderer Zeit, im Januar '78, S.H. dieses von Stasi-Mitarbeitern verlorene Notizheft mit den Observations-Aufzeichnungen entdeckt?) Schon am späten Nachmittag ist es jetzt dunkel, doch aus den Fenstern im Parterre dringt Licht. Diesmal ist der Besuch angemeldet, es geht um einen Zeitungsartikel über Heyms Roman *Die Architekten,* der nun mit 35jähriger Verspätung endlich erscheint. In der DDR hätte es keinerlei Veröffentlichungsmöglichkeit gegeben für diese Geschichte um einen

Architekten, der im sowjetischen Exil einen seiner Kollegen denunziert hatte. Der seelisch robuste Baumeister aber machte danach in der DDR Karriere, plante Straßen- und Häuserzeilen im Albert-Speer-Stil und polemisiert gegen die Ästhetik des Bauhauses, die nun erneut unter »Kosmopolitismus«-Verdacht steht. Eingewoben in diese Charakterstudie sind diverse Familiengeschichten und sogar eine Love-Story. Zu stark die (ostdeutschen) Kolportage-Elemente, daß damals auch Heyms englischer Verleger von einer Veröffentlichung Abstand genommen hatte? *So what.* Da S.H. somit also sehr wohl von jener stalinistisch-nazistischen Komplizenschaft erzählt hatte, der etwa auch Margarete Buber-Neumann als prominenteste Zeitzeugin zum Opfer gefallen war.

Der Besucher – von Frau Inge, die, hochgewachsen und schlank, mit freundlicher Entschiedenheit die Winterjacke entgegennimmt und ihn dann vom Flur ins Eßzimmer geleitet, wird eines aber ganz gewiß nicht tun. Wird keine provozierenden Fragen stellen und während des folgenden Gesprächs auch nicht Buber-Neumanns Schwester Babette Gross erwähnen, die Witwe Willi Münzenbergs. Hatte diese doch noch kurz vor ihrem Tod in der Eiseskälte im Januar 1990 bei einer Demonstration vor der DDR-Volkskammer gegen das Weiterwirken der Stasi protestiert – und damit gegen eine nur scheinbar gewendete Partei, der sich 1994 dann ausgerechnet Stefan Heym …

Nichts davon. Da Heyms Lächeln jetzt von einer Güte ist, wie man es lange nicht gesehen hatte, zumindest nicht in den Fernsehaufnahmen, die einen bedenklich-mürrisch schauenden Greis zeigten, eingerahmt von den trophäen-froh grinsenden Biskys und Gysis. Wiederum sitzt er in seinem Sessel, doch ist dieser nun nah an den weiß gedeckten Eßtisch herangeschoben, Frau Inge – seit 1971 mit S.H. verheiratet und in seinen Büchern (und seinen Blicken, *jetzt*) als zweite große Lebensliebe klar erkennbar – hat Kaffee gekocht und Apfelkuchen gebacken. (Und hatte, so ist es in Heyms Aufzeichnungen nach der Biermann-Ausbürgerung dokumentiert, als damalige DEFA-Dramaturgin bereits im Dezember 1976 mit entschiedenen Worten ihren Austritt aus der SED erklärt, als Prominentere wie Christa Wolf oder Volker Braun noch ängstliche Pirouetten drehten.)

»Sehen Sie«, sagt S.H. und rückt sorgsam das Tellerchen mit dem Kuchenstück in die Mitte der Decke, die Frau Inge über seine Beine gebreitet hat. »Ich bin jetzt mit 87 Jahren alt wie Methusalem und war auch sehr krank. Intensivstation, der sehr wahrscheinliche Tod, all das. Als es mir danach wider Erwarten langsam besser ging, dachte ich, es wäre doch schade, wenn ich mich verabschiedet hätte, ohne daß dieser Roman herausgekommen wäre.«

Sollten wir jetzt also tatsächlich noch einmal über das Thema von verratener Utopie sprechen, über die Frage, wer wann was und wieviel hätte wissen müssen? Weshalb eigentlich, da S.H. – nicht unbedingt im *Nachruf*, nicht in seinen Statements, aber doch im *König David Bericht* und ja womöglich auch in jenen *Architekten* sehr wohl gewußt und davon erzählt hatte, wie vermurkst im Grunde *jeder* Bau war, der vom Individuum abstrahierte im Dienste aller möglichen »großen Sachen«. Auch erzähle ich nicht, daß ich, ebenfalls zu ganz anderer Zeit, ja schon einmal hier gewesen war, daß es eine immense Enttäuschung gegeben hatte, aber auch Briefe um Bücher, schließlich den *Ahasver,* danach S.H.'s herzliche Nachricht an den gerade frisch in den Westen Übergesiedelten. Nein. Erzähle, das Anmaßende fürchtend, auch nichts davon, daß ich gerade an meinem ersten Roman arbeite. Antworte, als sich S.H. freundlich danach erkundigt, wo mein Besuchs-Text denn erscheinen wird: »Im Feuilleton der *Welt*.«

»Ach, Sie schreiben für die Springer-Presse?«

»*In*. Nicht *für*. Außerdem, die Bezeichnung ...«

»Ja, weiß ich doch.« Nicht müde-herablassend klingt das, so wenig wie in meiner Antwort Schärfe lag – so wenig wie Heyms Nachfrage mißtrauisch gewesen wäre.

Eher ein freundliches Geplänkel, von Frau Inges mit beinahe erheitertem Blick beschirmt. Kratzen von Kuchengabeln auf der Suche nach schmackhaften Bröseln – »Möchten Sie noch ein Stück, und Stefan, Du auch?« »Ja, bitte, danke« – und auch noch einmal Einschenken aus weißer Kaffeekanne in ebenso weiße Porzellantassen ohne Verzierung. (Daß er dabei mitunter unziemlich schlürft, hat der nun methusalem-alte S.H. ja bereits in einer seiner jüngsten Geschichten beschrieben, zusammen mit der Verwunderung, am Ende seines Lebens nun von Frau Inge in einem Auto mit eingebautem *Navigateur* herumkutschiert zu werden, mit Chips und CDs Umgang zu pflegen oder Geld nur mit einem Pin abheben zu können, »wenn ich doch hör das Wort Pin, seh ich immer das Girlie in meinem Schrank in der Armee«. Und wurde dann auch noch auf einer Reise und ausgerechnet in jener Stadt die da heißt Jerusholayim nach der Preisverleihung beim schläfrigen Bürgermeister Teddy Kollek von nächtlichen Spitzbuben um seine Handtasche gebracht.)

Vor der Glastür zur Terrasse fällt inzwischen ein dichtflokkiger Schneevorhang, hier drinnen aber ist es hell und warm, doch nicht überheizt, die Bücherwände im Halbschatten. Und S.H. – Cordhose, Rollkragenpullover, Jackett – mit seinem schon seit langem schlohweißen Haarkranz *kein* Mümmelgreis, die Hände *nicht* zitternd beim Auf- und Absetzen der Brille, die an einer dünnen Halskette über dem Brustkorb liegt. »Sergeant Ernst Cramer«, sagt er in diesem sanft nasalem sächsisch, das ebenfalls ganz klar ist. »Sergeant Ernst Cramer aus Augsburg und Sergeant Heym aus Chemnitz. Waren in diesem US-Ausbildungs-Camp erstmals aufeinandergetroffen, beide noch ganz jung, und beide Mitarbeiter – denn Untergebene wollten wir ja eigentlich nicht sein – von Lieutenant Hans Habe. Haben einander übrigens bewundert, aber nicht sonderlich gemocht. Das heißt die zwei, die später zu Springer gingen, die schon ...«

Und noch immer kein brabbelnder Monolog, sondern ein versonnenes Erklären, dem Besucher zugewandt. (Dessen Reaktion auch nicht von einer Art Hochsitz wachsam beobachtend. Soll ich S.H. sagen, daß mir vor einigen Jahren Ernst Cramer das gleiche gesagt hatte, mit geradezu identischen Worten? Während S.H. für ein angefragtes Gespräch über

Habe und dessen Romane *cash* verlangt hatte? Abermals Nein. Aber ein leichtes Schmunzeln, das schon.)

»Sie lächeln«, sagt S.H., dem nichts entgeht, »aber es ging ja gar nicht zuvörderst um uns und unsere Eitelkeiten. Sondern darum, daß wir bald alle drei unser Leben riskieren würden, damit drüben in Europa die verdammten Nazis ... *By any means necessary, you know.*« (Und würdest, sagt sich der Besucher, jetzt am liebsten salutieren vor dem Sergeanten S.H., der damals seinen Teil getan hatte, so daß wir heute ...)

»Wissen Sie was? Wenn Sie den Ernst Cramer da drüben in Westberlin sehen, sagen Sie ihm einen Gruß von mir. Einfach auf diese Weise und nicht daß er sich verpflichtet fühlt, mir etwa zu schreiben oder so.« (Frau Inge, in deren Augen nun ein Lächeln sitzt, ein wenig spöttisch und auf jeden Fall *sehr* liebevoll, atmet geräuschvoll aus.)

Zum Abschied lege ich ihm den Ziegelstein meines *Kreuzfahrer*-Exemplars auf die Decke, einst *hinter* Bücherreihen in einem Antiquariat in Chemnitz-damals-noch-Karl-Marx-Stadt mit Herzklopfen entdeckt; *Paul List Verlag Leipzig 1954, Ausgabe für das Gebiet der Deutschen Demokratischen Republik.*

S.H. greift in der Innentasche seines Jacketts nach dem Kugelschreiber, sieht kurz auf und schreibt hinein. *Für Marko Martin zur Erinnerung an unsere erste Begegnung. Freundlich, Stefan Heym. 21-01-00.*

Über zwei Jahrzehnte später erscheint *Of Smiling Peace* erstmals in deutscher Übersetzung, unter dem Titel *Flammender Frieden.* Es war der Roman, den Heym 1943 »hinten in einer Kleiderkammer oder abseits in der Ecke einer Schreibstube« in den Stunden nach Dienstschluß in Camp Ritchie zu schreiben begonnen hatte, ein Jahr vor der Landung in der Normandie. Schauplatz des Geschehens aber ist die nordafrikanische Küste, an der die Alliierten soeben Rommels Armee zurückgedrängt haben und sich nun mit den diversen zivilen Ausweichmanövern der Vichy-Franzosen konfrontiert sehen. Der Frontverlauf ist volatil, eine Reihe Nebenfiguren (inklusive einer geheimnisvollen *femme fatale)* tauchen in Algier, in Stein- und

Sandwüsten auf und ab, doch so zupackend szenisch – mitunter auch hart am Rand der Abenteuer-Reportage – der damals 30jährige Sergeant Heym auch schreibt und die Geschichte immer weiter treibt: Das wirkliche Drama, daran läßt er keinen Zweifel, spielt sich nicht nur zwischen zwei Männern ab, sondern zwischen zwei Menschenbildern, die einander radikal ausschließen. Da ist die schnittige Haltung des Nazi-Majors von Liszt, der die Amerikaner und damit den gesamten liberalen Westen haßt und verachtet, seine Wolfsrudel-Ideologie mit halb verdauter Nietzsche-Lektüre zu veredeln sucht und im einzelnen Individuum lediglich ein austauschbares Element sieht zur Erringung der Weltherrschaft für sich und die seinen. *Für ihn waren Menschen wie Eisenbahnschwellen: Man ordnete sie nacheinander zwischen den Stahlschienen an und rollte gemächlich darüber weg.*

Liszts Gegenspieler, der ihn bereits aus dem Spanienkrieg kennt und ihn nun in Nordafrika wieder trifft, verfolgt und schließlich dingfest machen kann, ist der Emigrant Bert Wolff, der bereits im KZ Oranienburg die Brutalität des Nationalsozialismus am eigenen Leib erfahren hat. Freilich ist er nicht einfach »ein Guter«, sondern ein Zweifelnder, dem dieses Zweifeln ebenso *movens* ist wie Hindernis. Im Angesicht von Kameraden, die in den fortgesetzten Schlachten und Scharmützeln sterben oder danach psychisch zusammenbrechen, fragt er sich ein manches Mal, ob eine Armee, in der Altersbegrenzungen und zukünftige Pensionsansprüche eine Rolle spielen, Schwangerschaften der Soldatenfrauen und sogar Urlaubspläne, tatsächlich in der Lage ist, der deutsche Walze etwas Effektives entgegen zu setzen. Dabei konnte er, der deutsche Flüchtling, noch nicht einmal auf das emotional Kraftspendende amerikanischer Familien- und Alltagserinnerungen zurückgreifen, sondern mußte zur Motivation auf eine menschenfreundliche Weltbürgerschaft rekurrieren, die ihn in manch dunklen Momenten überaus vage und auch schwach erscheint.

Noch bei Verhören gefangener Wehrmachtsoffiziere, fühlt sich Wolff, obwohl inzwischen in der Uniform der US-Army, mitunter in der Defensive, so herrisch überzeugt von sich und ihrer vermeintlichen Mission sind die Anderen, zackig und ironiefrei dröhnt der völkisch-vitalistische Schwulst aus ihnen heraus. Was nützte es da, wenn man *wußte*, daß solches nie und nimmer die Zukunft sein konnte, aber gleichzeitig das nagende Unbehagen nicht loswurde, daß diesen Schlächtern vielleicht ja dennoch bald die Welt gehören könnte? Und zu einfach, die ihm jetzt ausgelieferten Nazis mit Gewalt zu brechen. *Für Wolff galt ein Sieg nur dann, wenn er bewies, daß der Feind schwächer war, moralisch wie geistig und ideologisch.*

Kein Wunder, daß sogar die opportunistischen Franzosen vor Ort über den vermeintlich naiven Amerikaner lächeln, herumintrigieren, um ihr Kolonialregime wiederzuerrichten und dabei anscheinend ultra-realistisch von sich geben, daß *selbstverständlich* »Kriege nicht wegen irgendwelcher Prinzipien« geführt würden. Wolffs Wandlung – und Major Liszts zunehmend vulgär-hilflos werdendes Agieren auf der Flucht und bei seinen Geheimaktivitäten hinter den alliierten Linien – werden von Heym derart glaubwürdig geschildert, daß (erneut, es ist nicht zu vermeiden) eine Frage auftaucht. Wäre es nach dem Krieg für jenen klugen S.H. tatsächlich so unmöglich gewesen, wenn schon nicht in der Truman-USA, so doch in London, Paris, Wien oder Zürich als linker Sozialist zu leben und zu schreiben anstatt sich in jener DDR aufzureiben? (Andererseits, hätte er – der bereits in so jungen Jahren ein angelsächsisches *story-telling* à la Herman Wouk oder James Michener beherrschte – in diesen Städten tatsächlich von jenem Ethan ben Hoshaja literarisch Bericht geben können, von Daniel Defoe, Hans Collin und Ahasver?)

Daß die Bundesrepublik der fünfziger Jahre keine Alternative sein konnte, versteht sich nach der Lektüre von *Flammender Frieden* nahezu von selbst: Da dort ja nicht nur Panzergeneral Nehring – eine der realen Figuren im Roman – nach dem Krieg als biederer Unternehmens-Personalchef, passionierter Jäger und Autor militärhistorischer Rechtfertigungs-Schinken ungestraft ins Zivilleben abtauchen konnte, sondern mit ihm das gesamte nazideutsche Afrikakorps ergo »Rommels Wüsten-Füchse« in ein rosiges Licht getaucht wurden. (Ganz zu schweigen von den skandalösen Nachkriegs-Karrieren noch weit schlimmerer Schlächter, nicht zuletzt im Justizwesen der Adenauer-Jahre.)

Ähnlich wie in Billy Wilders 1943 gedrehtem Kriegsfilm *Fünf Gräber bis Kairo* (mit Erich von Strohheim als knarzigem Rommel, der bereits von der Eroberung des britischen Mandatsgebiets Palästina träumt) bleibt auch in Stefan Heyms Roman nichts von der durchsichtigen Legende einer »sauberen Wehrmacht«. Ironie der Geschichte: Es war dann 1961 ausgerechnet der französische »Antikriegs«-Film *Taxi nach Tobruk*, in dem Hardy Krüger die Rolle eines etwas steifen, doch mehr oder minder integren deutschen Hauptmanns zu spielen hatte, der sich von seinen Gegnern nur durch die andere Uniform zu unterscheiden schien, sie alle jedoch gefangen in einem »Verhängnis« aus Wüstenhitze, Durst und Todesangst. Heym, ohne dabei in die Falle eines reinen Ideenromans zu geraten, verweigert sich solch wohlfeiler Amalgamisierung – und schreibt dennoch Sätze, die späterhin wohl auch in der DDR für Mißfallen gesorgt hätten. *Kant und Schiller werden einem nicht vergebens jahrelang eingetrichtert; der kategorische Imperativ und Schillers strikter Sinn für moralische Verpflichtungen ergaben gleichermaßen brave Postbeamte wie verläßliche Mitglieder der Internationalen Brigaden.*

Ganz ähnlich wie Ludwig Marcuse erspürt jedoch Heyms alter ego Bert Wolff just aus Mangel an Ambivalenzbewußstein auch das Janusgesichtige solch deutschen streberhaft verinnerlichten »Bildungsgutes« und damit die permanente Gefahr, daß dieses radikal umfunktioniert wird und »kippt«. (Und von erschreckender Klarheit, was zur gleichen Zeit – und unter den mißtrauischen Augen der Kreml-Zensur – der jüdisch-sowjetische Schriftsteller Wassili Grossman in seinem *Stalingrad*-Roman über die inhuman hochfahrende Seelenlage der deutschen Okkupanten schreibt: *Die Idee der deutschen Kraft hat aufgehört, eine Idee zu sein, die Kraft ist Wirklichkeit geworden. Eine neue Religion ist in die Welt gekommen, eine erbarmungslose, strahlende Religion, die der Moral der Barmherzigkeit und dem Mythos der internationalistischen Gleichheit überlegen ist.*)

All dem gegenüber aber igelt sich Bert Wolff keineswegs in privatistischer Seelenschau ein, sondern findet in einem unprätentiösen, konkreten und wehrbereiten Humanismus zu neuer Kraft. *»Ich mag Kinder und Kätzchen und vieles andere, was das Leben angenehm macht. So gesehen bin ich ein ganz gewöhnlicher Mann. Die Menschen, die von mir getötet wurden, haben Kinder und Kätzchen vielleicht auch geliebt, aber ich habe sie eben mehr geliebt. Verstehen Sie? Deshalb war ich besser im Töten. Ich will unbedingt weiterleben, also werde ich überleben.«»Mit anderen Worten, Sie denken beim Töten ans Leben.« »Ungefähr so.«*

Mit anderen Worten sagt es – ebenfalls zu genau dieser Zeit – Albert Camus in seinen (fiktiven) *Briefen an einen deutschen Freund,* an denen er im Untergrund arbeitet, noch während der deutschen Besatzung. Anfangs ebenfalls eingeschüchtert vom ungebremsten Nihilismus der Nazis und im lebensgefährlichen Zweifel ob der Widerstandskraft eines skrupulös reflektierenden Individuums schreibt Camus schließlich allen roh triumphalistischen Majoren Liszts ins Stammbuch: *Wir sind vom Geist und seinem Zögern ausgegangen. Dem Zorn gegenüber waren wir nicht stark genug. Aber jetzt ist dieser Umweg vollendet. Ein Toter hat genügt, damit wir dem Geist unseren Zorn hinzufügten, und von nun an sind wir zwei gegen einen.*

Die Originalausgabe von *Of Smiling Peace* war schließlich Ende 1944 in den USA erschienen, vier Monate nach dem D-Day. Und wird dann in einer »Armed Services Edition« als Dünndruck-Taschenbuch im markanten Querformat erneut publiziert, wie schon zuvor Anna Seghers *Seventh Cross* oder, am 1. Januar 1945, Joseph Wechsbergs *Looking for a Bluebird* – als geistige Wegzehrung für die GIs, auf die auch in den letzten Kriegsmonaten noch dramatische Herausforderungen und Gefahren warten.

Im Dezember 2001 hält Stefan Heym bei einem internationalen Kongreß in Jerusalem ein Referat mit dem schönen Titel »Heinrich Heine und der Humor«. Auch Wolf Biermann ist in der Stadt, er wird im Schimschon-Center gegenüber dem

Jaffator ein Konzert geben. Die beiden verfehlen einander, Biermann hört den Vortrag nicht, Heym ist beim Konzert nicht zugegen. Kein böser Wille, wohl eher terminlichen Überschneidungen geschuldet – und doch ein Symbol über das tiefe Zerwürfnis der beiden, spätestens seit der Wiedervereinigung. (Zu Biermanns zehn Jahre zuvor öffentlich geäußerter Kritik an der deutschen Friedensbewegung – als diese im Januar 1991 trotz der von Saddam Hussein angekündigten »Verwandlung Israels in ein Krematorium« vor allem weiße Bettlaken aus den Fenstern gehängt und »Kein Blut für Öl«-Plakate umhergetragen hatte, während Raketen niedergingen auf Haifa und Tel Aviv – ist von Stefan Heym ebenfalls keine Reaktion überliefert.)

Und nun sind sie beide in jenem kleinen, hoch komplexen und weiterhin bedrohten uralt-neuen Land, das Stefan Heym zu seinem wohl besten Roman inspiriert hat und das Wolf Biermann im Lauf der Jahre immer näher geworden ist »in verzweifelter Liebe«. Und treffen, wie könnte es anders sein, schließlich doch aufeinander in der Künstlerkolonie Mischkenot Scha'anamin gegenüber den Altstadtmauern, wo ein paar Jahre zuvor der alte Stefan Heym an der Seite seiner Frau so versonnen auf die im Abendlicht leuchtenden Türme und Kuppeln geschaut hatte, die ja in der Bibel ebenso erwähnt waren wie in seinem *König David Bericht.* (Ehe er, in jener launig erzählten Geschichte, erneut zu grummeln begonnen hatte, da ihm danach ausgerechnet hier die Handtasche entwendet worden war.) Nun aber ist er bereits ein Greis, es ist früher Vormittag in Jerusalem-Jerusholayim und die Sonne auf ihrem Weg von Ost nach West, und Stefan Heym hat nur noch wenige Tage zu leben. Und da gibt es diese Begegnung, erwartet-unerwartet.

Wolf Biermann hat sie danach zu einem Gedicht gemacht, in dem die »Jahre der stummen kalten Zwietracht« auf Zeilenlänge schrumpfen (und gleichzeitig natürlich auch Hommage sind an ihren gemeinsam verehrten Heinrich Heine). Da inzwischen doch ganz anderes wichtig geworden ist.

Schwer/ Gebeugt, mit schlohweißen Haaren / Um seine Glatze, so saß er da / Und löffelte sinnend sein Ei / Die Schriftstellergattin aus Ostberlin / Saß lächelnd besorgt dabei. // Und weil ich inzwischen ja selber alt / Und vor ihm doch immer der Junge bin / In Mischkenot Scha'ananim / Ging ich zu dem Freundfeind hin / Und sagte: Laß gut sein, ganz egal / Was uns auch trennte im Streit / Um dieses Deutschland, denn vor uns gähnt / Ein Abgrund: die Ewigkeit.

Kurz darauf, am 16. Dezember 2001, wird Stefan Heym am Toten Meer an plötzlichem Herzversagen sterben, Zeuge und Überlebender des 20. Jahrhunderts. Und Biermann schreibt, als müsste sein »Old Stefan Heym« noch unbedingt Nachricht bekommen, was danach geschieht: *Ach – und kaum / zu fassen: Das Land der Steine war / Bedeckt von lichtgrünem Flaum // Wenn endlich ein Regen in Israel fällt / Dann grünt und blüht die Judäische Wüste / Es warten im Sande die Samen da / Vom Jordangebirg bis zur Küste. / So herzzerreißend hätte ich mir / Kein Wiedersehen erträumt / So tief zerfreunden konnte ich mich / Ja nur mit einem Freund*

Der stille Ketzer
Fritz Beer (1911–2006)

Berlin, Januar 1995.

Weniger ein Saal als ein größeres Zimmer in dieser ersten Etage eines Gebäudes am Berliner Molkenmarkt. Auf einem Stuhl in der hinteren Reihe, nahe der holzgetäfelten Wandecke, saß ein älterer Herr in Anzug und Krawatte. Großgewachsen, das über der Stirn gelichtete, doch sonst noch immer volle weiße Haar nach hinten gekämmt, dunkle buschige Augenbrauen und tiefliegende ausdrucksstarke Augen, so daß einer der Besucher vermeinte, Stefan Heym säße im Publikum.

Als er schließlich entlang der breiten Fensterfront nach vorn ging, während vom Tischmikrofon ein »Heute vormittag aus London eingetroffen …« zu hören war, ging zwar kein Raunen durch die Reihen, aber eine gewisse Verwunderung. Die wenigsten hier kannten Fritz Beer. Im Publikum saßen Peter Schneider, Hans Christoph Buch, F. C. Delius und Yaak Karsunke, quasi das gute alte, unabhängig linke literarische Westberlin, das schon vor Mauerfall engen Kontakt mit den in der DDR lebenden oder von dort ausgebürgerten oppositionellen Kollegen gehalten hatte. Hans Joachim Schädlich, Uwe Kolbe, Helga Schubert und Freya Klier waren ebenfalls anwesend; fast alle Anwesenden waren unlängst aus dem westdeutschen PEN-Zentrum ausgetreten. Und so war es in der vorangegangenen Diskussion vor allem darum gegangen, wie dieses die Mitglieder des vormaligen DDR-PEN hofierte, einer stasi-durchsetzten Vereinigung, die verfolgten Schriftstellern und Schriftstellerinnen eben *nicht* beigestanden hatte. »Ein Verein, der permanent gegen sein eigenes Statut und die Internationale Charta verstoßen hatte«, sagte Peter Schneider, und wer da zuvor noch gemeint hätte, es ginge hier zuvörderst um Vereins-Nickeligkeiten, wurde spätestens durch das Zitat des damaligen westdeutschen PEN-Präsidenten Heidenreich aufgeschreckt, das – es waren die Zeiten *vor* dem Internet und Google – in einem fotokopierten Zeitungsartikel herumgereicht wurde: Der Literaturfunktionär hatte gefordert, die DDR-Vergangenheit »nicht so gnadenlos« aufzuarbeiten wie die NS-Zeit – fast zeitgleich mit Egon Bahrs Lob für »die große staatsmännische Leistung Adenauers«, den einstigen Nazi-Juristen Globke ins Kanzleramt geholt zu haben, dem wiederum eine Eloge auf Brandenburgs Ministerpräsident Stolpe gefolgt war, dessen einstige Stasi-Nähe nun ebenfalls in ein staatsmännisches Plus umgedeutet wurde.

Deutsche, inzwischen auch doppeldeutsche Geschichten und Wiederholungszwänge – daß sie im vermeintlich erinnerungspolitisch so wachen Land mittlerweile längst vergessen sind, vielleicht *post festum* ein weiterer Beweis dafür, daß der damalige Einspruch zahlreicher Intellektueller so notwendig wie letztlich folgenlos geblieben war. Und der Mann aus London, der als »Fritz Beer, Präsident des 1934 gegründeten Exil-PEN«, vorgestellt worden war? Hatte sich mit formvollendeter Höflichkeit für die Einladung bedankt, hinter dem Tisch Platz genommen, sich ein Glas Wasser eingeschenkt und ein voluminöses Buch aufgeschlagen, das drei Jahre zuvor im Aufbau Verlag erschienen war und den Titel trug *Hast Du auf Deutsche geschossen, Grandpa? Fragmente einer Lebensgeschichte.*

»Das Buch umfaßt die Zeit zwischen einer Solidaritätskundgebung für die beiden italo-amerikanischen Anarchisten Sacco und Vanzetti, die mich 1926 in Brünn erstmals politisiert hatte, und der Verleihung des *Order of the British Empire* durch Prinz Charles im Buckingham Palast, 1976.« Sogleich gefolgt von einem ironischen Lächeln, welches die Befürchtung zerstreute, in der nächsten Stunde womöglich einer Senioren-Prosa des altehrwürdigen Genres Me, I & Myself folgen zu müßen. Zu den biographischen Eckdaten nur so viel (vortragen in einem freundlichen Deutsch, das längst nicht mehr mährisch-böhmisch klang, jedoch auch nur in ganz seltenen Modulations-Momenten an London erinnerte, Fritz Beers Wohnort seit nunmehr über einem halben Jahrhundert): Geboren 1911 zu k.u.k.-Zeiten in Brünn in einer deutschsprachigen jüdischen

Familie. Seit 1928 Mitglied der Kommunistischen Partei bis zum Moment seiner endgültigen Desillusionierung angesichts des Hitler-Stalin-Paktes von 1939. Zu dieser Zeit bereits im britischen Exil, von wo aus er sich als Freiwilliger zur Tschechoslowakischen Auslandsarmee in Südfrankreich meldet. Von dort nach der alliierten Niederlage 1940 auf einem Schiff evakuiert, via Casablanca zurück ins Vereinigte Königreich gelangt. Ab dem Sommer 1944 dann erneut mit einer tschechischen Brigade in Frankreich, in der Normandie und bei Dünkirchen.

»Nun, und nach Kriegsende entschied ich mich, zusammen mit meiner Frau und der 1943 geborenen Tochter in England zu bleiben, da es sich abzeichnete, daß meine ehemalige Heimat, die Tschechoslowakei, unter sowjetische Kontrolle geraten würde und das für viele Jahrzehnte. In den ermutigenden Reform-Monaten der Dubček-Zeit war ich dann noch einmal dort, wo für mich als deutschsprachigen und deutsch schreibenden glaubenslosen Juden alles begonnen hatte, aber Sie sind heute gewiß nicht hierhergekommen, um die chronologische Nacherzählung eines Greises zu hören.«

Wieder dieses Lächeln, doch eher verhalten als beifallsheischend. (Oder gar in der eitlen Erwartung eines mehr oder minder ehrlichen »Aber nicht doch« aus dem Publikum.) Die Jahrhundert-Biographie, die hier gleichsam *en passant* aufgeblättert worden war, auch nicht etwa als wuchtiger Kontrapunkt zu dem im Raum bislang Diskutierten – eher als Ergänzung, eine Konturierung in Zeit und Raum: Ob Brünn, Prag oder London; Entscheidungen waren immer zu treffen, nicht nur im deutsch-deutschen Rahmen betrafen sie das Verhalten in und gegen Diktaturen, *Mut* und *Anstand* und »intellektuelle Verantwortung« wären die entsprechenden Vokabeln dafür, doch in ihrem Hang zu Abstrakta auch immer wieder abzugleichen mit den konkreten Lebenswirklichkeiten – und diese im Plural, selbstverständlich. (Und noch immer keine Predigt, nicht einmal die offenbare Freude daran, auch mit Mitte achtzig noch fähig zu sein, mit nur wenigen Worten die Perspektive zu weiten und solch Unterfangen gleichzeitig zu hinterfragen.)

Fritz Beer mußte nicht lange blättern, welche Passage er aus seinem beinahe sechshundertseitigen Buch las, das ja nicht zufällig statt der Gattungsbezeichnung »Memoiren« den Untertitel *Fragmente einer Lebensgeschichte* vorzog. Also keine Prager Prominenten-Reminiszenen, keine ausgewählten Kriegs-Szenen und noch nicht einmal jene Passagen, die von den jährlich wachsenden Zweifeln und dem letztendlichen Bruch mit dem Parteikommunismus erzählten. (Auch über die jahrzehntelange, bis zu seiner Pensionierung reichende Nachkriegsarbeit als BBC-Redakteur für den deutschen Sendedienst höchstens eine launige Nebenbemerkung.) Stattdessen ein paar Sätze aus der Nachbemerkung.

Jedes Schreiben ist unvermeidlich ein Schlichten, Ordnen und Sinngeben. Jede Struktur des Erzählens folgt diesem inneren Zwang, neigt dazu, einen kausalen Zusammenhang zu konstruieren. Unsere Vorstellungen von Zeit und Raum sind linear, alles bewegt sich von einem Anfang zu einem Ende, jede andere Vorstellung würde Chaos bedeuten, ohne logischen Ablauf würden die Ereignisse der Welt und unseres Lebens Zufälligkeiten sein. Das könnten die meisten von uns nicht ertragen, weil es uns unsinnig erscheint und uns verunsichern würde. Wir holen deshalb, wie sehr wir uns auch dagegen wehren, aus der unerschöpflichen Fülle des Erlebten doch immer die Auswahl der Erinnerungen ins Bewußtsein, die zur Schilderung des jetzt, also im nachhinein, konstruierten Lebenssinnes der vergangenen Zeit beiträgt.

Die notwendige Einschränkung sollte das zuvor detailreich Erinnerte und spannend Erzählte keineswegs desavouieren, sondern eine Mahnung sein gegen Hybris: Bedenke, daß auch Du vergeßlich bist. (Wobei – eine spätere Lektüre des bei Erscheinen seltsamerweise nahezu unbemerkt gebliebenen Jahrhundertbuchs bestätigte den ersten Anschein – ausgerechnet dieser stille und sich ganz und gar nicht in den Vordergrund drängelnde Fritz Beer, der sich immer wieder auch als Linkischen, Zögernden, ja Inkonsequenten beschrieb, wohl am wenigsten Grund gehabt hätte, sich und seine Leser derart skrupulös des Fragwürdigen jeglicher Zeitzeugenschaft zu versichern.)

Was allerdings kein Grund ist, auf das Berichten zu verzichten. Im Gegenteil. Die Herausforderung bestünde darin, nicht nur von äußeren Zeitläuften zu erzählen, sondern auch von inneren Entwicklungen – und den Konsequenzen, die daraus zu ziehen waren. Bei Fritz Beer, schon habituell erkennbar als ein Erz-Zivilist, freundlich und konziliant, lautete eine dieser Schlußfolgerungen: »Ich bin kein Pazifist.« Kein Zufall, daß »der Mann aus London«, Präsident eines zahlenmäßig kleinen PEN-Clubs, für dessen Gründungsmitglieder in Deutschland kein Bleiben gewesen war, bei diesem Berliner Treffen genau darauf rekurrierte. Der jedoch nicht etwa stehenblieb bei seinen eigenen Erfahrungen als freiwilliger Soldat wider Willen – kein Widerspruch, da er damals doch lieber in Prager Cafés diskutiert und Liebschaften begonnen hätte anstatt in einer zusammengestückelten Uniform auf den von Flüchtlingen überfüllten Straßen Frankreichs mit (unzureichenden) Waffen zu versuchen, die zu Lande und zur Luft mordend vorrückende Wehrmacht aufzuhalten. Und dem dann nach der Rückkehr nach London nur kurz Zeit geblieben war, seine spätere Ehefrau kennen und lieben zu lernen, ehe es in die winterkalten Schützengräben der Normandie ging und in die verzweifelte Lage nach der deutschen Ardennen-Offensive, wo Fritz Beer erneut den eigenen Tod vor Augen hatte. *Dennoch, ich bin kein Pazifist.*

Das Gespräch am Berliner Molkenmarkt hatte sich deshalb bald geweitet. Waren diejenigen (vor allem Funktionäre des bundesdeutschen PEN), die da seltsame Milde walten ließen gegenüber den in der DDR kollaborierenden Autoren, nicht fast immer auch die gleichen, die ein westliches Eingreifen in den damals 1995 tobenden Bosnien-Krieg vehement ablehnten? Während die hier anwesenden Hans Jochen Schädlich, Uwe Kolbe und Freya Klier aus eigener Erfahrung wußten, daß »man« in der DDR eben keinesfalls »mitmachen mußte« – und Schriftsteller wie Peter Schneider und Hans Christoph Buch schon frühzeitig dafür plädiert hatten, dem großserbischen Völkermörder Milošević in den Arm zu fallen und dem tödlich bedrohten multi-ethnischen Bosnien beizustehen, natürlich auch militärisch.

Fritz Beer fühlte sich von denen, die seine Kinder, ja sogar Enkel hätten sein können, offenbar verstanden. Doch auch weiterhin eine vermutlich englische Zurückhaltung in Mimik und Ton; kein Arthur Koestlerscher Aufruf zu Schriftsteller-Kampfbataillonen, keine Hans Habesche oder Friedrich Torbergsche Polemik gegen eine »linke Intelligenzia« (schon gar nicht von ihm, dem parteilosen Sozialdemokraten und im Angesicht seiner dezidiert *nicht*-rechten Kollegen) – freilich auch keine Fehleinschätzung à la Hilde Spiel, daß die Aufarbeitung einstiger eigener kommunistischer Irrtümer längst ein seltsamer Anachronismus sei. Da – doch auch darauf wies er im Gespräch eher beiläufig hin – ihm erst 1939 sein Abschied von der KP die Augen geöffnet hatte für sein jahrelanges Zögern und Lavieren, für seine Ideologie-Gläubigkeit: *Die* Partei, *das* Proletariat, *der* Klassenkampf … *der* Frieden. Abstrakta im Singular, hinter denen Konkretes, Lebendiges, Widersprüchliches verschwand (und verschwinden sollte). Was aber, wenn die bürgerliche Demokratie keineswegs eine »Vorstufe zum Faschismus« darstellte, sondern etwas, das es wert war, verteidigt zu werden? Und was, wenn spätestens seit 1938 und Hitlers erfolgreicher Erpressung des Westens offensichtlich geworden war, daß »Frieden« eben *auch* eine Vernebelungs-Vokabel sein konnte, rhetorisches Instrument von Aggressoren, um sich mit möglichst geringem Aufwand Landgewinn zu verschaffen? Damals, als sich Deutschland die nördböhmischen Gebiete und kurz darauf die zur »Rest-Tschechei« amputierte Republik einverleibt hatte. Oder später, Anfang der neunziger Jahre, auf der angeblich »serbischen Erde« in Bosnien, die der ehemalige kommunistische Spitzenfunktionär Milošević in Blut ertränkte und »ethnisch säubern« ließ.

Ergo: Das Individuum war und ist verantwortlich – gerade dann, wenn sein gesellschaftliches Umfeld oder der staatliche Rahmen etwas vorgeben, das ein Irrtum oder ein Unrecht ist. Und vom Individuum dann irgendwann auch als Irrtum und Unrecht erkannt werden *muß*. So sehr Fritz Beer auf

Zwischentönen bestand – die gängige und begütigende Rede eines »Es ist alles komplizierter« beschrieb er mit unerwarteter Verve als fortgesetztes Ausweichmanöver der Mitläufer von einst und der wegschauenden »Pazifisten« der Gegenwart.

Zumindest an diesem Tag in Berlin war »der Mann aus London«, der in seiner Autobiographie wiederholt bekannt hatte, daß er sich nicht zum Gruppenmenschen eigne (und deshalb auch den absolut notwendigen Militärdienst keineswegs in verklärender Lagerfeuer-Erinnerung behalten konnte), schließlich doch nicht unverstanden und solitär geblieben – im temporären Kreis von Kollegen, die ebenfalls keine »Gruppenmenschen« waren.

(Verblüffende Parallele zu Ralph Giordano. Im Mai 1945 hatte der damals 21jährige, mit seiner Familie eingepfercht in ein Kellerversteck in einem Hamburger Vorort und bereits am Verhungern, das pure Überleben den endlich einrückenden Panzern der 8. britischen Armee von Field Marshall Montgomery, dem späteren stellvertretenden NATO-Oberbefehlshaber, zu verdanken. Aus idealistischer Motivation für einige Nachkriegsjahre Mitglied der KPD, veröffentlichte er 1961 sein Buch *Die Partei hat immer recht,* in dem er mit den eigenen Illusionen hart ins Gericht geht. Lebenslang engagiert gegen bundesdeutsche Verdrängungen und linken und rechten Geschichtsrevisionismus, fand er in ehemaligen DDR-Oppositionellen wie Jürgen Fuchs und Freya Klier neue Freunde – und zählte dann, ebenso wie Fritz Beer, Wolf Biermann oder André Glucksmann, zu jenen jüdischen Intellektuellen, die nicht nur während des Golfkrieges 1991 an der Seite des bedrohten Israel standen, sondern auch danach ihre Stimme erhoben für die vom Milošević-Regime brutal angegriffenen bosnischen Muslime. 1997 trat schließlich auch Ralph Giordano aus Protest gegen den laschen Umgang mit den Unterstützern der SED-Diktatur aus dem bundesdeutschen PEN aus und wechselte in das von Fritz Beer geleitete »PEN-Zentrum deutschsprachiger Autoren im Ausland«, den vormaligen »Exil-PEN«.)

Zu jener Zeit war Fritz Beer zwar kein »Autor ohne Werk«, jedoch in der breiten Öffentlichkeit nahezu unbekannt. Seine Autobiographie schien in den Wellen der nach 1990 beinahe obsessiv einsetzenden deutsch-deutschen Selbstbeschäftigung untergegangen. Auch wußte kaum jemand – und er selbst sprach nicht davon –, daß er bereits vier Jahre nach dem Krieg einen eindrucksvollen Erzählband *Das Haus an der Brücke* veröffentlicht hatte und sein 1969 nach dem sowjetischen Einmarsch erschienenes Porträt der Tschechoslowakei *Die Zukunft funktioniert noch nicht* eines der wenigen Bücher war, welche die Vorgeschichten und die traumatischen Jahre 1938 und 1948 ebenfalls mit in den Blick genommen hatten.

Bekannt waren allenfalls noch die (*horrible dictu*) »biographischen Eckdaten«, nur ging der unprätentiöse PEN-Präsident mit diesen nicht hausieren, sondern stellte sie gleichsam als Modell vor – für Überzeugungen und Zweifel, hinausgeschobene und getroffene Entscheidungen, für das Fortwirken des Vergangenen. Fritz Beers Auftritt in Berlin war nicht der einzige in jenen neunziger Jahren; auch beim bundesdeutschen PEN war er zu Gast, bei Veranstaltungen der Heinrich-Heine- oder Else-Lasker-Schüler-Gesellschaft, dazu bei Symposien in den neuen Bundesländern. Daß seine Vorträge, die eher Essays waren, dennoch nicht den Weg in große deutsche Blätter fanden, sondern unpubliziert blieben oder in der kleinen Londoner Zeitschrift *europäische ideen,* die sich der Exil-und Dissidenten-Thematik widmete, erstveröffentlicht wurden – Beer, dem Renommieren und (wie man heute sagen würde) »Profilschärfen« denkbar fern lagen, mag es verschmerzt haben. Daß 2002 der junge Wuppertaler Arco Verlag das Wagnis einging, unter dem Titel *Kaddisch für meinen Vater* einen umfangreichen Sammelband mit Essays, Erzählungen und Erinnerungen zu veröffentlichen, dürfte den Autor jedoch enorm gefreut haben. Der 1972 in Reutlingen geborene Verleger – über sechs Jahrzehnte jünger als der Autor, und der Verlagsname eine Hommage an den übernationalen Treffpunkt, jenes Prager Café, in dem einst nicht nur Alice Rühle-Gerstel, Friedrich Torberg und die übrigen deutschsprachigen Schriftsteller jener Zeit verkehrten, sondern ab und an auch ein damals noch eher unbekannter mährisch-jüdischer Journalist namens Fritz Beer.

Heute wieder gelesen, wird nicht nur jener Berliner Nachmittag von 1995 erneut präsent, sondern auch Beers (für einen sogenannten »älteren Herren« durchaus ungewöhnliche) Skrupel und Skepsis in eigener Sache. Wie funktioniert Erinnern, wann gerät der Zeitzeuge ins verallgemeinernde Schwadronieren und kompensiert solcherart Entfernung von sich selbst durch ein paar Anekdoten, wieder und wieder zum Vortrage gebracht und trotz ihres Realitätsgehaltes immer fadenscheiniger werdend? Wer *so* fragt, dem hört man zu. Wer das Vorwort – und zwar nicht aus Koketterie – als »Mühselige Einleitung« betitelt und seiner Erinnerung an die vierundzwanzig durch die Nazis ermordeten Familienmitglieder sogleich das Urteil einer Cousine folgen läßt, die das Vernichtungslager Treblinka überlebt hatte: *Was wir erlebten, kann niemand nachempfinden. Das hat es noch niemals gegeben, und wer es nicht erlebte, kann es sich nicht vorstellen. So wie ein Blinder sich nicht vorstellen kann, was Licht ist. Selbst Dein Mitgefühl ist nur Abklatsch.* Und so schreibt Beer, der doch auch ein Überlebender ist und überdies sieben Jahre seines Lebens in Armeeuniform verbracht hatte, um Hitler militärisch besiegen zu helfen: *Aber ich bin davongekommen, ich bin kein Opfer. Deswegen schulde ich meinen Toten, und allen anderen, die es betraf, die Worte, die ich hier sage.*

Worte, die ohne fragwürdig zu aktualisieren, *natürlich* auch an Bosnien und Ruanda erinnern, vor allem aber Worte, die sich den Versatzstücken aus Sonntagsreden verweigern und stattdessen den Lesenden Ungemütliches zumuten. *Falsches, Niederträchtiges, Böses, Grausames tritt niemals unter eigener Flagge auf, hüllt sich fast immer ins Gewand von Glücksversprechen, Fortschrittlichkeit und Moralität. Massaker beginnen fast immer mit einer Heilsbotschaft.* Solches in Rechnung zu stellen, könnte vielleicht auch vor wohlfeilen Selbstberuhigungen schützen, »zum Beispiel vor der leichtsinnig verbreiteten Wahnvorstellung, daß letzten Endes die Wahrheit doch immer siegt, daß die Menschen aus der Erfahrung lernen oder daß sie eigentlich alle gut wären, wenn man sie bloß gut sein ließe«.

Für die institutionalisierte »Gedenkkultur« in Deutschland gewiß ein Risiko, einen solchen Chronisten als Vortragenden einzuladen – umso mehr dieser ja sogar das notwendig Ketzerische hinterfragt und selbst bei den Nein-Sagern den fatalen Hang zu doktrinär selbstzufriedener Gemütlichkeit diagnostiziert. Wie genau hier Beer unangebrachtes Tremolo erspürt, auch bei den vermeintlich »eigenen Leuten«. So fragt er den 1984 aus Ostberlin in den Westen ausgereisten und inzwischen in Israel lebenden Schriftsteller Chaim (Hans) Noll, weshalb er in seinem Buch *Nachtgedanken über Deutschland* aus klugen Detailbeobachtungen der autoritären deutschen Malaise sogleich eine ganze Weltanschauung bastele. *Als ob Sie dem Hang – oder ist es ein tief verwurzelter innerer Trieb? – nicht widerstehen könnten, eine begründete Kritik, eine empfindsame Wahrnehmung durch Übertreibung und Überschwang zu überladen, zu verzerren und damit zu Tode zu reiten. Welche Lebenserfahrung als Kind der Nomenklatura in der DDR und als unwillkommener Exilant in der BRD hat sie zu einem Overkiller gemacht?*

Irritierend für den linksbürgerlichen Fritz Beer nicht allein die haßerfüllte Bezeichnung von Politikern als »Kretins«, sondern auch das (wiederum *sehr* deutsche) Mißverständnis, das zu solcher Wortwahl führt. *Es gilt als chic, besonders unter Literaten, Politik zu verachten. Aber sie ist unentbehrlich, weil es keine andere Methode gibt, unsere Angelegenheiten zu verwalten.*

Beer, hier eher bei Ludwig Marcuse und Lea Lania als bei der fatalen Tradition *unpolitischer Betrachtungen,* geht sogar noch einen Schritt weiter, geht ins Persönliche und weitetet es gleichzeitig zu einem Credo *ex negativo. Ich sagte eingangs, daß ich Sie auch etwas beneide. Es ist der Neid eines alten Mannes, der nicht mehr so wütend eifern kann wie Sie, weil er gelernt hat, daß jeder Fanatismus zur Verblendung wird, Eiferer immer Zeloten werden, intolerant und verbohrt. Als ich 1967 in meinem Geburtsland Material für ein Buch über die Tschechoslowakei sammelte, fand ich zu meinem Bedauern auch die politischen Kommentare und Analysen, die ich, ein junger, eifernder kommunistischer Journalist, in den dreißiger Jahren geschrieben hatte, blindwütig, unbeirrbar. Wie ein Füllen sprang ich unbekümmert über die Hecken und Hürden der Realität, unbeeindruckt von ihren Widersprüchen und multikausalen Zusammenhängen, laut wiehernd in der Zuversicht, daß ich zu einem stolzen arabischen Hengst heranreifen würde. Zweifellos sind Sie viel klüger als ich damals war, und wollten niemals ein Hengst werden. Aber Sie wiehern immer noch sehr laut und unbeirrbar.*

Was diese Zeilen über eine konventionelle Kollegen-Polemik heraushebt, ist nicht allein Fritz Beers Verweis auf *seine* Schwäche und die Nähe zu Octavio Paz' Beobachtung, daß es wenig Sinn hat, Überzeugungen zu wechseln, solange man sich nicht selbst und die eigenen Deformationen hinterfragt. Es gibt quasi auch noch einen Appendix, den Fritz Beer, verstorben 2006, nicht mehr miterlebt hat. Jener einstige »Deutschlandkritiker« ist inzwischen nämlich zum AfD-Sympathisanten geworden und trat, mit Kippa und Mikrofon, im Sommer 2021 vor der Bundestagsfraktion der rechtsextremen AfD auf, nunmehr seine neuesten Überzeugungen mit gleicher Unbeirrbarkeit verkündend.

Fritz Beers Intervention war nicht von etwaiger Altersmilde motiviert. Hatte er 1994 nicht mit Verweis auf seine Biographie den Mitgliedern des bundesdeutschen PEN ins Gewissen geredet, daß ein abstrakter Pazifismus konkret tödlich sein kann? *Sie schreiben und sprechen überzeugend darüber, wie sehr Ihr Herz für die bosnischen Muslime blutet. Aber die schmutzige Aufgabe, sie zu retten, möchten Sie den anderen NATO-Ländern, dem amerikanischen »Imperialismus« überlassen. Ihre humanistischen Kastanien sollen die anderen aus dem Feuer holen, damit Sie prinzipientreu bleiben können. Das alles ist sehr traurig.* (Der vollständige Text findet sich im Anhang dieses Buches. Nachdem Fritz Beer seine Rede im Mai 1994 auf jener PEN-Tagung in Düsseldorf gehalten hatte, fühlten sich die derart direkt angesprochen Kollegen und Kolleginnen, ein anwesender Journalist konstatierte es danach verdutzt in der *Zeit*, jedoch keineswegs zu einer Debatte herausgefordert; der Beitrag des »Mannes aus London« blieb ohne Echo.)

Bereits im Jahr zuvor hatte er auf dem Internationalen PEN-Kongreß in Dubrovnik angesichts der im Wortsinn vor der Haustür begangenen Kriegsverbrechen davor gewarnt, sich in eine olympische Äquidistanz zu flüchten und lediglich, »wie wir es oft tun, eine blasse Resolution beschließen und uns in nichtssagenden Blähwörtern ausdrücken, um Gegensätze zu verwischen«.

Was er seinen »meist erfolglosen Kampf« nannte – »gegen den Hang zur Revision des Eigenbildes, sich so darzustellen, wie man gerne gewesen sein möchte« – Fritz Beer erwartete ihn auch von anderen, sofern sich diese in die Öffentlichkeit begaben und auf ihre eigenen Erfahrungen beriefen. Wann kippt Konsequenz ab in Sturheit und »Differenzieren« in ein Vernebeln von Verantwortlichkeiten, wann Loyalität in deutsche Nibelungentreue? Auch vor den Zuhörern in den neuen Bundesländern nimmt Beer kein Blatt vor den Mund und setzt sich mit der Wehleidigkeit und den Lebenslügen vor allem der einstmals staatsnahen Intellektuellen auseinander. All die Ausweichmanöver, um zuerst die unfehlbare Partei und die Sowjetunion in Gänze und dann wenigstens partiell zu rechtfertigen, um schließlich vom autoritären Kern des Marxismus-Leninismus noch ein vages Konstrukt namens »Utopie« zu bewahren, kannte er ja aus eigenen Prager Erfahrungen der dreißiger Jahre – einschließlich einer Vorladung beim gefürchteten KP-Funktionär Rudolf Slánský, der 1952 dann von seinen eigenen Genossen umgebracht wurde. »Standhaftigkeit«, um in diesem Morast zu verbleiben, wenn auch irgendwann nur noch »kritisch-solidarisch am Rande«? Fritz Beer ließ sich auf solche Glasperlenspiele nicht ein. *Standhaftigkeit ist kein moralisch neutraler Begriff. Standhaft war auch die SS, standhaft sind die Mörder der Mafia. »Standhaft wofür?« müssen wir immer fragen. Und uns daran erinnern, daß in der Geschichte die Utopien immer zum Scheiterhaufen, Galgen oder Genickschuß führten, denn sie enthalten immer und unvermeidlich ein Element der Ausschließlichkeit, der Intoleranz, des Fanatismus, das den Andersdenkenden, den Zweifler zum Antichrist, zum Konterrevolutionär, zum Verräter deklariert und seine Vernichtung fordert.*

Wenn er danach im Londoner Exil und in den fruchtbaren Debatten mit freiheitlich gesonnenen Gewerkschaftlern und den sozialreformerischen Genossen der Labour Party zu neuen Erkenntnissen gelangt war – weshalb sollte das dann für ehemalige DDR-Intellektuelle in der Bundesrepublik der neunziger Jahre nicht ebenfalls möglich sein? Nicht von Christa Wolf und Stephan Hermlin – und auch nicht von Günter Grass, der den SED-Staat als »kommode Diktatur« verharmlost hatte – fühlte sich Beer verstanden, sondern von Autoren wie Herta Müller und Jürgen Fuchs, nicht zu vergessen die Tapferen aus seiner einstigen tschechoslowakischen Heimat, Václav Havel und Ivan Klima, dazu die reflektierten Ex-Kommunisten Pavel Kohout, Ludvík Vaculík und Jan Procházka.

Wobei hier keineswegs ein idyllisches Bild der Bundesrepublik als »Diskursort« gezeichnet wird. Aus der Londoner Distanz ließ sich manches klarer sehen – auch im Rückblick. Die bitter erkämpfte und jeden Tag neu zu verteidigende eigene Unabhängigkeit – *und* die daraus resultierende doppeldeutsche Ausgrenzung – verbindet ihn mit zahlreichen anderen, die ein vergleichbares Schicksal hatten, und der seit 1939 in London lebende mährisch-tschechische Jude Fritz Beer findet dafür in seiner geliebten deutschen Sprache prägnante Sätze. *Warum lud die Bundesrepublik nach 1945 exilierte Schriftsteller nicht zur Rückkehr ein? Hätte ihr Heimkommen zu sehr an die eigenen Unterlassungen erinnert? Während die DDR ihre Exilanten feierte und oft in einflußreiche und privilegierte Positionen einsetzte, weil sie in ihnen geschulte Kader für die intellektuelle Rechtfertigung ihrer Macht und deren Mißbrauch sah, war in der BRD eine Rückkehr von Exilschriftstellern für die Rechte wie die Linke unerwünscht. Die Rechte hielt sie für störende Gegner des Establishments, die aus dem Ausland die unbequeme Ansicht mitbringen würden, Literatur müsse jeder Macht mißtrauen. Die Linke, die die Augen vor der Entartung ihrer Ideale im Sowjetbereich verschloß, wollte sich nicht Autoren aussetzen, die vor dieser Blindheit mahnen würden. Der Gruppe 47 war deshalb der Kommunist Erich Fried willkommen, aber niemand anderer.*

(Es gäbe Gründe, den etwas vereinfachenden letzten Satz zu hinterfragen – und gleichzeitig daran zu erinnern, wie über die Jahrzehnte hinweg ein bestimmtes bundesrepublikanisches Milieu geradezu süchtig »den Juden Erich Fried« zitierte, wann immer es galt, Israel eines »neuen Faschismus« zu zeihen.)

Bereits 1949 war in einem kleinen Nürnberger Verlag Fritz Beers Erzählband *Das Haus an der Brücke* erschienen; nahezu ohne jegliche Resonanz. Da der Autor »ja nicht einmal« aus Deutschland, sondern aus der ČSR vertrieben worden war und nun, ein völlig Unbekannter, für die BBC in London arbeitete, um sich und seine Familie zu ernähren. Über ein halbes Jahrhundert später wieder aufgelegt (ebenfalls im Arco Verlag), wird sichtbar, was für eine wichtige literarische Nachkriegsstimme dieser Autor hätte werden können. Der mitunter der »Exilliteratur« gemachte Vorwurf, sie habe von den damaligen neuen Entwicklungen nichts mitbekommen, die doch eher ins Lakonische à la Hemingway gingen, und sei stattdessen in einem wortreichen Stefan Zweigschen Psychologismus stecken geblieben und in einer Weimarer Republik-Ästhetik des feuilletonistisch kommentierenden »Schönschreibens« – für Fritz Beers harte und konzise Prosa trifft er nicht zu. Überdies ist bei ihm Lakonie auch nicht dem Versuch geschuldet, etwas zu verbergen und dies als avancierte Prosa auszugeben; das Hemingwaysche- und Kahlschlag-Mißverständnis durch deutsche »Kriegsheimkehrer« wäre vielleicht einer besonderen Betrachtung wert. Im Gegenteil. So viel hätte der Autor, der hier Kriegserfahrungen in Frankreich zu *short stories* gemacht hat, vom Vorher seiner Flucht-Biographie erzählen können, daß es den Rahmen gesprengt hätte. Stattdessen knappe und sinnlich packende Texte über den schockierend schnellen Zusammenbruch 1940, in den nun auch die antinazistischen tschechischen Kriegsfreiwilligen hineingezogen werden. Sätze wie Filmsequenzen: Überfüllte Landstraßen voller Menschen, zu Fuß, in Autos, auf Karren. Deutsche Tiefflieger, brennende Dörfer, in der Sommerhitze verendendes Vieh, und die versuchte militärische Gegenwehr oft nur ein tödlicher Witz ohne Pointe. Dazu

Konstellationen des Mißverstehens: Wer ist dieser abgerissen wirkende Soldat ohne Einheit und Abzeichen, der vorgibt, aus einem fernen Land namens Tschechoslowakei zu stammen und bis gestern gegen die Wehrmacht gekämpft zu haben? Womöglich ein deutscher Spion, der in die Scheune zu sperren ist, um ihn anderntags dem Dorfgendarmen zu übergeben. Oder auch ein Mitleid und Lust herausfordernder junger Mann aus der Fremde, der die ledige Bauerstochter schon von einer Hochzeit und dem gemeinsam bewirtschafteten Hof träumen läßt.

In der Normandie 1944 dann ein Ambiente wie bei Maupassant: Dauerregen, schlammig die Wege und öde die Gehöfte, verschlossen die Menschen – wer von ihnen ist kalkulierender Kollaborateur, welche der Frauen gerät in emotionalen, auch libidinösen Zwiespalt angesichts der deutschen Soldaten, von denen wohl nicht jeder ein überzeugter Nazi sein kann? Obwohl doch selbst der Wehrmacht-Deserteur, der allzu arrogant darauf hofft, nun hinter den alliierten Linien auf Lob und offene Arme zu treffen, nicht wirklich verstanden hat, welches, wenn auch winziges, Zahnrädchen er in einer gigantischen Verbrechermaschinerie gewesen ist.

Doch keine verrätselten inneren Monologe, sondern Tatsachen, die in fast schon kargen Dialogen und Angedeutetem erstehen – stilistisch und thematisch einmalig in der deutschsprachigen Literatur jener Jahre und (hätte man es denn wahrgenommen) ein Pendant zu Vercors' *Schweigen des Meeres.* Mehr noch: Der Flüchtling und Soldat Fritz Beer kennt sich im widersprüchlichen Seelenhaushalt der sogenannten »Reichsdeutschen« ebenso aus wie in der Gestimmtheit seiner mitkämpfenden (und keineswegs stets als sympathische Helden gezeichneten) tschechischen Landsleute. Französisch sprechend und seit je ein Liebhaber der Literatur jenes Landes, das bei Hitlers Blitzsieg wie nun auch bei dessen Niederlage eine eminente Rolle spielt, ist Beer vertraut mit einer Mentalität, die im Bistro rhetorisch aufbrausend sein kann, im Alltag jedoch zu oft konträrem Verhalten führt – im Guten wie im Schlechten. Wie eine Kamera sein Auge, Blick auf sprechende Details, und der Horror des Krieges, des Drills, der Kälte und Hitze, der Obdachlosigkeit, des Hungers, der Todesangst und der Körpergerüche und Notdurft-Probleme auch darstellbar ohne expressionistische Exaltation, Ausrufezeichen und Celinesche dauer-auslaufende drei Punkte …

Wie genau er sich selbst betrachtet! Als versprengter Kriegsfreiwilliger auf eigene Faust in Richtung Süden, entlang der Loire in die noch unbesetzte Zone fliehend, doch ohne Landkarte, ohne Geld. Auf der Suche nach Wasser und Brot, für eine Weile zusammen mit einem dunkelhäutigen Soldaten der gleichfalls aufgeriebenen Französischen Armee, welcher freilich selbst inmitten der Flüchtenden isoliert ist und zur Zielscheibe rassistischer Infamien wird. (Das Schicksal der schwarzen Soldaten innerhalb der *Armée Française* – erst in den letzten Jahren von Historikern beleuchtet, doch schon damals wahrgenommen und zu Literatur geworden in den Büchern von Hans Habe und in Fritz Beers Erzählung *Der farbige Soldat.*) Wobei sich der Erzähler auch selbst nicht schont – denn von wegen »Solidarität der Opfer«: Als er nach tagelangen erfolglosen Fußmärschen erneut gewahr wird, wie sich die Türen von Bauernkaten sofort schließen, als die Bewohner einen Dunkelhäutigen erspähen, wendet er sich von diesem abrupt ab und verleugnet ihn – zum Preis eines kargen Abendbrotes. *Durch das Fenster sah ich, wie er eine Weile verständnislos auf die geschlossene Tür blickte. Dann drehte er sich unendlich langsam um und ging davon. Den Hügel hinauf, über die Felder, langsam, steif, müde … Ich schämte mich.* So Fritz Beer, bereits 1949. Von wem in Deutschland hätte man in diesem Jahr – und danach – etwas Ähnliches vernehmen können?

In den darauffolgenden Jahrzehnten waren dann nur noch wenige Erzählungen und essayistische Texte entstanden; Fritz Beers BBC-Redakteurstätigkeit unterschied sich vermutlich beträchtlich von Hilde Spiels Position als Kulturkorrespondentin. Die in *Kaddisch für meinen Vater* ebenfalls versammelten »verstreuten Texte« lassen jedoch ahnen, was für ein starker Erzähler dieser Autor war. Im Titeltext erinnert sich der Glaubenslose, der schon in jungen Jahren aus der Jüdischen

Gemeinde ausgetreten war, an seinen Vater, der nach der Deportation nach Theresienstadt ins Vernichtungslager Treblinka kommt und dort ermordet wird. Oder war es eine Art Selbstmord gewesen, wie eine Cousine berichtete, die sechs Jahre nach Kriegsende in Beers BBC-Büro auftaucht? Beers Vater sei schon tot gewesen, ehe er in die Gaskammer getrieben wurde, zugrundegegangen an der Feindseligkeit und Gehässigkeit der Mithäftlinge. Aber weshalb? Außer der Bitte, das Kaddisch für seinen Vater zu sagen, kann Fritz Beer an diesem Nachmittag nichts mehr hören und aufnehmen, doch nagt ab nun für Jahrzehnte der Verdacht, daß er der Sohn eines Kollaborateurs sei, der im Judenrat der Ghettoverwaltung den Nazis zugearbeitet hatte. Hin und her wendet er all die Fragen von Schuld und Mitschuld, von Vergessen und Vergeben und Nicht-Vergeben-Dürfen. Ein halbes Jahrhundert wird es dauern, bis er wagt, die Cousine um jene Information zu bitten, deren Schwere er damals im Londoner Funkhaus nicht glaubte ertragen zu können. *»Lieber Fritz«, schrieb sie, »Du hast Dich ein halbes Jahrhundert unnötig geplagt. Dein Vater war kein Kollaborant.« Der Satz war zweimal unterstrichen. »Er war ein Angestellter der Jüdischen Gemeinde und nicht des Judenrats. Er hatte alles Recht, aufrecht in den Tod zu gehen, so wie Dein Bruder. Hast Du Kaddisch für ihn gesagt?«*

Eine andere Erzählung führt in die *Lücken zwischen den Namen,* in einen Raum in London, den Hilfsorganisationen gemietet hatten, um die Namen der befreiten KZ-Überlebenden zu veröffentlichen und deren Verwandte und Freunde zu informieren. *Die Listen waren abgegriffen und verschmutzt, manche Leute ließen beim Lesen den Daumen über die Namen gleiten.* In den meisten Fällen aber fehlen die Namen, und der schale Trost, es kämen eventuell noch neue Listen, verbirgt nur schlecht das Entsetzliche. Auch Fritz Beer ist da, um über den Verbleib seiner Familie und Bekannten nachzuforschen und dabei – ohne jeglichen Voyeurismus, da es doch eine selbstgesetzte Chronistenpflicht zu erfüllen gibt – auch die anderen zu beschreiben. Eint sie nicht alle die irrwitzige Hoffnung, mit einem Daumendruck, er müßte nur kräftig genug sein, einen geliebten Namen herbeizubringen, ein gemordetes Leben zurückzubringen? *Ich fand acht Überlebende, drei Familienmitglieder, eine Freundin und vier Bekannte. Dreiundfünfzig waren umgekommen.*

So ist es fast schon ein Privileg, nach einem langen Leben in einem konventionellen Sarg zu enden, auch wenn sich der als Trauerredner bestellte Freund unziemlich verspätet, die einstigen Geliebten und russisch-britisch-jüdischen Polit-Gesinnungsgenossen sich noch nach Jahrzehnten feindselig beäugen – eine ganz spezielle Londoner Begräbnisszene, deren Beschreibung nun sogar Slapstick erlaubt.

Oder veritable Thriller-Elemente, wie in der Erzählung *Ein alter Spitzel,* die ins stalinistische Nachkriegs-Prag führt, wo sich ein bejahrter Polizeispitzel nun auch den neuen Machthabern andient und jene zu denunzieren trachtet, von denen ihm sein untrügliches Gespür sagt, daß diese die potentiellen Opfer zukünftiger Schauprozesse sein könnten. Von Prager Altstadtkneipen hinüber auf die nächtliche Halbinsel Kampa führt die Handlung, doch widersteht Beer der Versuchung, die Verfolgten – in diesem Fall zwei Freunde – zu idealisieren. Denn hatten diese als überzeugte Kommunisten, ergo *Nicht*-Demokraten und Verächter des Parlamentarismus nicht in den Jahren zuvor – zuerst in der Partei, dann im Land – die Basis dafür geschaffen, daß es nun zu solch totalitärer »Abweichung« kommen konnte? Knapp zwanzig Seiten noch heute atemlos zu lesender Prosa, die wohl so manches Psychologie- und Geschichtsseminar ergänzen, wenn nicht gar ersetzen könnte.

Welche Vielfalt der Orte, der Stimmungen und Töne. Und wie feingezeichnet und nie lediglich nur behauptet jene Momente des »Kippens«, die ohnehin Fritz Beers Existenz zu markieren scheinen. So etwa in der Erinnerung an einen Vortragsabend Thomas Manns, kurz nach dem Krieg. Eingeladen vom *Czech Refugee Trust Fund,* für den auch Fritz Beer arbeitete, hatte sich der unnahbare Zauberer quasi unters Fußvolk begeben, sichtlich indigniert ob der vielen nicht-prominenten und womöglich auch noch un-intellektuellen Juden im Publikum. Händedruck ohne Augenkontakt, Eiseskälte des so warmherzig

Empfangenen. Und der Vortrag? *War an eine Welt gerichtet, in der es uns, so wie wir da vor ihm saßen, nicht gab, an ein Publikum, das nicht blutete, wenn man es stach, und nicht jubelte, wenn es Liebe fand; ein Publikum, das nur aus einer nichtphysischen Existenz aus Vorstellungen, Erwägungen und Betrachtungen lebte. Er sprach für uns, aber nicht zu uns.*

Ein konventioneller Memoirenschreiber hätte es dabei bewenden lassen, die Episode eingeschreint. Fritz Beer aber befragt sich – und andere. Hatten ihn späterhin Günter Grass und Christa Wolf nicht ebenso enttäuscht? Doch was, wenn seine Erinnerung an jenen Londoner Abend unvollständig wäre, da Thomas Mann dem denkbar unscheinbaren Organisator des Abends, einem unermüdlichen Helfer der isolierten Emigranten, schließlich doch noch formvollendeten Dank ausgesprochen hatte – Brosamen und Kraft spendende Würdigung zugleich? Für die Vereinsamten, Verängstigten, für die mit den Daumen auf den Namenslisten war es jedenfalls ein Moment empfundener Nähe und Solidarität, der geradezu transzendierte – selbst wenn auch das nur eine Illusion gewesen sein sollte.

Ich las kein einziges Buch über die Lager, über die Vernichtung. Ich sah weder Shoah *noch* Holocaust. *Auch* Schindlers Liste *nicht. Ich tobte und klagte an, wenn die Täter es verdrängten oder leugneten. Sie benutzten die Lüge als eine Krücke für ihr verkrüppeltes Gewissen. Ich brauchte mein Verdrängen als Krücke fürs Weiterleben. Natürlich war es vergeblich.*

So wird Beer, schreibt er in einem Brief-Essay, auch nicht das Buch der in London wohnenden Überlebenden Anita Lasker-Wallfisch lesen, die im »Mädchenorchester« von Auschwitz überlebt hatte und im April 1945 durch britische Truppen aus dem KZ Bergen-Belsen befreit worden war. Sein Brief aber geht an deren Schwester, die ebenfalls die zwei Vernichtungslager überlebt hatte. Renate Lasker-Harpprecht lebt da inzwischen in Südfrankreich, ihr Mann ist der Publizist und ehemalige enge Willy-Brandt-Mitarbeiter Klaus Harpprecht. Fritz Beer hatte sie bereits in den frühen fünfziger Jahren kennengelernt, als sie ebenfalls im deutschen Dienst der BBC gearbeitet hatte.

Du warst für uns, nicht nur für die Juden, ein Wunder. Du warst ein einzigartiger Beweis für unseren Sieg. Hitler hatte den Krieg verloren, nicht weil, *sondern – so schien es uns –,* wie *Du überstanden hattest. Weil wir mehr und bessere Waffen hatten und weil es etwas gab, für das es keine nüchternen Worte gibt: den Lebensmut und die innere Kraft, die Dich ins Londoner Funkhaus brachten, anmutig, lachend und flirtend … Deine Kollegen wußten das voneinander, auch wenn wir es niemals sagten, weil wir fürchteten, kitschig zu werden.* Nun, Ende der neunziger Jahre des 20. Jahrhunderts, sagt und schreibt es ihr Fritz Beer. Und erinnert auch jene Szene, als die vermeintlich so Daseinszugewandte, von deren Breslauer Familie allein sie und ihre Schwester überlebt hatten, in ihrem winzigen BBC-Büro diesen Satz gesagt hatte, der auch von Primo Levi hätte stammen können: »Ich darf nicht daran denken, was ich alles tun mußte, um am Leben zu bleiben.« Zuvor hatte im Fahrstuhl eine junge Hamburgerin, die im Sender als Sekretärin angestellt war, die eintätowierte KZ-Nummer auf Renates Arm gesehen und war in Ohnmacht gefallen. Und hatte, als sie wieder aufgewacht war, zwei ganz andere Sätze gesagt: *Ich habe davon gelesen, jetzt habe ich es gesehen. Haben das die Menschen gemacht, die mit Mutti Abendbrot aßen?*

Renate möge also bitte verstehen, schreibt Fritz Beer, wenn er das Buch ihrer Schwester *nicht* lese. Auch wenn das Unterfangen, solcherart seelische Stabilität zu bewahren, natürlich zum Scheitern verurteilt sei. *Die Flucht, die wir 1933 begannen, wird für unsere Generation erst zu Ende sein, wenn sie nicht mehr existiert. In aller Liebe – Fritz.* (Und auch dieser Text hatte nicht den Weg in die großen Zeitungen der Bundesrepublik gefunden, sondern war zuerst in den nahezu winzigen Londoner *europäischen ideen* von Andreas W. Mytze publiziert worden.)

Skrupulöse Positionsbestimmungen und das eigene, lebenslange *in between* alles andere als eine bequeme, abgeklärt olympierhafte Einerseits-Andererseits-Äquidistanz. Im Brief an einen Jugendfreund, der seit langem in einem Kibbuz lebt, der in der Tradition der israelischen Linken wurzelt, schreibt Fritz Beer:

Heimat ist dort, wo Du dazu gehörst, auch wenn Du anders bist. Mein Befinden wird wesentlich davon bestimmt, daß ich nur selten »dazugehörte«. Ich war Jude unter Deutschen, Deutscher unter Tschechen, Oppositioneller unter Kommunisten, Häretiker unter Konformisten, und jetzt bin ich ein »naturalisierter Ausländer« unter Briten. Aber sowie ich den Mund aufmache und mein Akzent hörbar wird, bin ich als Fremder aus der Gemeinschaft ausgeschlossen, zu der automatisch selbst der Dümmste und Insensitivste gehört, den weiße Eltern hier zur Welt gebracht haben. Da ich auch ein Weißer bin, hat das keine schwerwiegenden Auswirkungen auf mein Leben. Je älter ich werde, umso weniger bedrückt mich mein Fremdsein. Es sind Nachsätze wie diese, die Beer ausmachen – keine Pose, nirgends. Jedoch auch kein romantisierendes Schönreden der eigenen Existenz am Wahrnehmungsrand der englischen Gesellschaft (und als Vortragsredner in Deutschland, der bei PEN-Kongressen höchstens ein mehr oder minder respektvolles Schweigen erwarten kann). Innere Einsamkeit als wesentliches Element schöpferischer Existenz? *Ich bezweifle, daß das allgemein so zutrifft. Es gibt doch viele, die gerade aus ihrer Verwurzelung Schöpfungskraft gewinnen. Ich wünschte, ich gehörte zu ihnen.*

Und doch ist es Fritz Beer am Ende seines Leben noch ein weiteres Mal gelungen, aus *Nicht*-Verwurzelung Literatur zu machen. Genauer: Aus *anderer,* vielleicht sogar besserer Verwurzelung. War *Kaddisch für meinen Vater* seiner Ehefrau Ursula gewidmet, die er damals vor seinem Kriegseinsatz kennengelernt hatte (und deren kurz darauf schon ferne Existenz seinen Überlebenswillen motivierte), so ist die voluminöse Autobiographie *Hast Du auf Deutsche geschossen, Grandpa?* seinen beiden Enkeln Alexis und Olivier gewidmet. Dies freilich nicht in huldvoller Geste oder im Wahn, ein *eigen Fleisch und Blut* werde sich *selbstverständlich* für die Großtaten und Abenteuer des Stammvaters interessieren. Stattdessen auf die Enkelfrage, was um Himmels Willen der 1911 unter dem Kaiser Franz Josef in Brünn geborene Großvater 1940 in zerschlissener Uniform in einem französischen Straßengraben nahe der Loire zu suchen hatte, von wo er mit einem dysfunktionalen Gewehr auf unsichtbar bleibende Wehrmachtsoldaten gefeuert hatte: *Ihr hattet mich immer schon für leicht beknackst gehalten, und ich wollte diesen Eindruck nicht noch bestätigen. Das ist mir offensichtlich nicht gelungen, mein Leben erscheint Euch heute irrer denn je. Aber Ihr seid neugieriger geworden, jetzt wollt Ihr wissen, warum. Also beginne ich mit dem Anfang und lasse Euren Großvater, der damals 29 Jahre alt war, vorläufig in der Mittagssonne im Straßengraben von Gien liegen.*

So beginnt es, und trotz der beschriebenen Solidaritäts-Aktion für die in den USA fälschlich angeklagten Sacco und Vanzetti, die ihn danach zum Eintritt in die Kommunistische Partei führt – im Dezember 1929 und sieben Monate vor dem Abitur – wird Schüler Beer keineswegs als Sympath gezeichnet. Ein »rechthaberischer und unverträglicher Teenager« sei er gewesen, der sich in seiner Haut überaus unwohl gefühlt hatte. *Ich war von Natur aus weder Rebell noch Eigenbrötler. Zum Rebellen fehlten mir Stärke und Mut, zum Eigenbrötler Selbstbewußtsein und die Überzeugung, daß ich richtig handelte ... Kein Wunder, daß ich auch ein sexueller Spätzünder wurde.*

Auch wird im Rückblick weder dem moderat religiösen Brünner Elternhaus noch der bürgerlichen Gesellschaft der damaligen Tschechoslowakei radikal der Prozeß gemacht, eingedenk der Tatsache, daß junge Leute meist nur so lange revoltieren, bis auch sie Machtpositionen errungen haben, von denen sie nun ihrerseits andere kujonieren können. Erinnerung jedoch an eine frühe soziale Sensibilität, da im 1918 gegründeten und recht stabilen Staat eben doch so manches faul war: Mitschüler aus armen Familien waren an Tuberkulose gestorben, andere mußten die Schule frühzeitig verlassen, um beim Geldverdienen zu helfen.

Doch in welcher Weise dagegen angehen? Beim lebensreformerisch-zionistischen Jugendverband *Blau-Weiß* und dort als offenbar völlig unbegabter Heugabel-Schwinger in den sommerlichen Ertüchtigungs-Camps oder als junger Vortragsredner, der (noch ohne jede eigene sexuelle Erfahrung) darüber doziert, was Frauen im Moment des Orgasmus empfinden?

Hehres Engagement und unfreiwillige Komik siedeln nah beieinander, doch möchte der Chronist nicht jegliches mit der Firnis abgeklärter späterer Ironie überziehen – die Enkel haben ein Anrecht auf ein anderes, ehrlicheres Erzählen. Da ja auch von jugendlichem Mutwillen *jenseits* pädagogisierenden Überschwangs zu berichten wäre: Wie Fritz und zwei seiner Kumpel 1928 – »mit ohne Geld« und ohne Interrail-Paß – sich nach Amsterdam durchgeschlagen hatten – via Paris, wo sie sich zur Mittagspausenzeit in den Louvre-Toiletten versteckt hielten, um den Nachmittags-Eintritt zu sparen. In Amsterdam dann die erfolgreiche Einschmuggelei aufs Olympische Gelände, wo sie dann statt der erwarteten tschechoslowakischen Sportler auf die polnische Mannschaft stießen, aber immerhin.

Der Eintritt in die KP erfolgte dann direkt nach dem New Yorker Börsencrash, der auch in der ČSR zu wachsenden sozialen Verwerfungen geführt hatte. Parteiarbeit statt Unistudium (der duldsame Vater hatte es zu akzeptieren), ein Berlin-Besuch einschließlich des schockierenden Anblicks demonstrierender Langzeitarbeitsloser, die beginnende Karriere als gläubiger Parteijournalist, der einen ersten Artikel-Auftrag vom berühmten Julius Fučik bekommt, der später während der deutschen Besatzung hingerichtet wurde. Im Unterschied zu seinem Bruder Kurt, der sich den Kommunisten noch konsequenter verschrieben hatte, jedoch schon frühzeitig erste Zweifel angesichts der Schreckensnachrichten, die bereits zu dieser Zeit aus der Stalin- und GPU-Sowjetunion drangen, diese aber vorerst verdrängt. *Die gängige Entschuldigung, »das habe ich nicht gewußt«, ist ungültig. Ich habe es gewußt, aber unterdrückt. So wie Süchtige Drogen und Alkohol nicht aufgeben können, fand ich den Rausch der Kundgebungen und Märsche unwiderstehlich. Er machte mich aus einem Einzelgänger und Außenstehenden zu einem Teil der Masse. Und da war ich geborgen.*

Wie Leo Lania – oder die Protagonistin in Alice Rühle-Gerstels Roman – spürt er zwar das Hohle der kommunistischen Phraseologie, möchte aber weiterhin am »großen gemeinsamen Ziel« festhalten und schlittert dann immer tiefer in die Falle eines sich permanent rechtfertigenden »Partei-Chinesisch«;

jahrelang wird das so gehen. Was Arthur Koestler und Manès Sperber in ihren Erinnerungen beschreiben über das Auf und Ab von Euphorie und Enttäuschung, Belobigung und Demütigung, verlorenen und (zunehmend mühsam) wieder aufgerichteten Illusionen – auch Fritz Beer macht es anhand zahlreicher Beispiele sinnfällig. (Ob seine beiden Enkel dem überhaupt folgen konnten? Vermutlich nicht, doch vielleicht ja hingerissen vom dynamischen Erzählsound ihres Grandpa, der sich nicht in retrospektiver Selbstrechtfertigung verliert.)

Menschen, die damals in Prager Cafés und Redaktionen Fritz Beers Weg kreuzten, sind keine bloßen Schemen und Stichwortgeber, sondern erstehen in seiner Beschreibung nochmals auf, verblüffend lebendig. *Wie kann ich Euch, Alexis und Olivier, mit Eurer Erfahrung von Diskotheken und Chrom-und-Neonlicht-Espresso-Bars, das Fluidum eines Lokals erklären, in dem Zigarettenrauch, Faulenzerluft, Fetzen von Gesprächen am Nachbartisch, das Aroma von starkem Kaffee und die bissigen lauten Kommentare der Kartenspieler die beste Anregung zum Schreiben bilden?*

Da ist etwa der stille Parteifunktionär, dem in Moskau und während seiner Komintern-Zeit im fernen Argentinien solange das Rückgrat in mikroskopischen Dosen gebrochen worden war, bis er sich in ein vollkommen willfähriges Instrument verwandelt hatte, das per Befehl nun wiederum andere auf Linie zu bringen hatte – bis er 1952 als einer der Mitangeklagten des Prager Slánský-Prozesses exekutiert wird. Zu dieser Zeit ist Fritz Beer allerdings schon längst im sicheren London und hört das absurde Geständnis im Radio: Aller erfundener Untaten klagte sich der andere an, nur nicht der ebenso zahlreichen realen. *Er war schon lange tot. Er war schon viele Jahre vor seiner Hinrichtung einen gräßlichen Tod gestorben, den Tod der Selbstverachtung.* Dazu seinerzeit Prominentere wie der Poet Louis Fürnberg, dessen Nachleben freilich nur in den Gedichtzeilen »Die Partei, die Partei, die hat immer recht« zu bestehen scheint. Fritz Beer läßt ihm, der als fröhlich-renitenter Dichter begonnen hatte und dessen Familie im Holocaust ermordet wurde, ehe er – nach einem Exil im damaligen Palästina – aus der antisemitisch-stalinistischen Nachkriegs-ČSSR ausgerechnet in die DDR flüchtete, wo er als alsbald starb, nun Gerechtigkeit widerfahren – im fairen Porträt eines lebenslang auch gesundheitlich Angeschlagenen, der sich nur zu leicht formen ließ. Im Fall des ebenso kühlen wie erfolgreichen Verlegers Wieland Herzfelde, der nach dem Machtantritt der Nazis nach Prag geflüchtet war (und nach dem Krieg ebenfalls in die DDR übersiedeln wird) ist das freilich nicht so eindeutig. Herzfelde, alles andere als gutgläubig, verstand – eventuell auch in russischem Geheimdienstauftrag, wie Fritz Beer mutmaßt – nicht nur publizistisch-verlegerisch zu führen, sondern auch ideologisch: Nicht zuletzt seinen genialischen, aber parteipolitisch eher unerfahrenen Bruder John Heartfield, den er auch im Exil zu immer neuen (und oftmals großartigen) Fotomontagen inspirierte. Während Egon Erwin Kisch, der vom jungen Beer bewunderte »Rasende Reporter«, in den Caférunden plötzlich merklich zögert, wann immer die kritische Rede auf eine neue, der vorherigen oft diametral entgegengesetzte »Moskauer Beschlußfassung« kommt und sich gekonnt, aber auch etwas verquält, ein ums andere Mal aus der Affäre zieht »mit ein paar schnoddrigen Witzen, die verschieden ausgelegt werden konnten«. Während ein junger Rotschopf namens Kurt Barthel alias Kuba mit rhythmisch revoltierenden Versen beginnt, doch alsbald nur noch jene fade Ideologie-Lyrik verfertigt, die ihn dann später in der DDR sogar zum Spottobjekt des keineswegs partei-kritischen Bert Brecht machen wird. Oder der aus Stalins Moskau angereiste Dichter und spätere DDR-Kulturminister Johannes R. Becher, der »anders aussah als er redete, so daß sich hinter seinem Gesicht etwas zu verbergen schien, das ich nicht ergründen konnte«.

Nicht zu vergessen der antinazistische Schriftsteller F.C. Weiskopf, der sich 1953 (sic!) ebenfalls vor seinen tschechischen Genossen in die Ulbricht-DDR rettete, jedoch in den dreißiger Jahren als Chefredakteur der renommierten, von Willi Münzenberg und der Komintern finanzierten *AIZ – Arbeiter Illustrierten Zeitung* eine durchaus sinistre Einpeitscherrolle gespielt hatte – intrigant, wenn auch freundlich, und pausenlos am Telefon neue »Leitlinien« entgegennehmend und andere als »Abweichler« denunzierend. Doch auch dieser hatte, vor allem gegenüber dem jungen Fritz Beer, Momente der Großherzigkeit und ungekünstelten Solidarität, so daß der nunmehr über achtzigjährige Chronist keineswegs selbgerecht urteilt. *Heute macht es mich traurig, daß so viel Idealismus und Opferbereitschaft in eine so erbärmliche Gesellschaftsordnung führte.* Schließlich hatte es ja nicht *nur* solche machtpolitisch Verstrickten gegeben, sondern auch zahlreiche »einfache« Flüchtlinge aus Hitler-Deutschland, für die Fritz Beer klandestine Grenzübergangsstellen und Flucht-Logistik in die damals noch einigermaßen sichere Tschechoslowakei organisieren half. Oder mutige Geheimkuriere der *AIZ,* die beim Grenzüberqueren der Gestapo in die Hände gefallen waren und bei den viehischen Verhören geschwiegen hatten, ehe man sie umbrachte.

Und da war … Milena Jesenská. (Deren Freundin Alice Rühle-Gerstel scheint Fritz Beer indessen nicht getroffen zu haben, ebensowenig wie den jungen Stefan Heym.) In den fünf Jahren ihrer Freundschaft hatte sie nie über ihre Beziehung mit Franz Kafka gesprochen, wohl aber dem zunehmend zweifelnden und nun ebenfalls in Parteiintrigen fast untergehenden Jüngeren etwas ganz Entscheidendes mitgegeben: *Man bekämpft den Dreck in der Partei nicht mit dreckigen Methoden.* Taktik mag in Überlebensfragen vonnöten sein, doch nie und nimmer als intellektuelle und ethische Position. Zuvor nämlich hatte Beer ein gefordertes »Geständnis« verfaßt, indem er sich selbst der »Abweichung« zieh, und dieses dem gefürchteten Rudolf Slánský vorgelegt. Noch geschah all das nur innerhalb der Kommunistischen Partei, die in der Tschechoslowakischen Republik als Opposition parlamentarisch eingebunden war und deshalb noch keinen totalen Zugriff auf die Gesamtgesellschaft hatte. (Obgleich, wie es Alice Rühle-Gerstel beschrieben hat, die KP bereits zu dieser Zeit ihre vielfältigen Instrumente skrupellos nutzte, so etwa in der Denunziation kritischer Genossen als »Nazi-Agenten«, was deren Ausweisung aus der ČSR nach sich ziehen konnte – und den sicheren Tod in Hitlers Deutschland.)

Auch dank solch integrer Menschen wie Milena Jesenská wird Fritz Beer davor bewahrt, zu einem Parteisoldaten zu werden – im Unterschied zu seinem älteren Bruder Kurt, der noch bei einem letzten Treffen den Genossen Stalin preist und sich als ein solcherart radikalgläubiger Kommunist dann in Nazihaft das Leben nehmen wird. Und auch im Angesicht seines mit Drohung und Lockung auf Linie gebrachten Bruders hatte der Chronist damals »den irrsinnigen Gedanken: Sie haben ihn bereits ermordet«.

Wie zuvor Alice läßt Milena nun auch Fritz Beer in einer Zeitung, in der sie Redakteurin ist, veröffentlichen – unter Pseudonym, um die stets observierenden Genossen nicht zu reizen. *Das* ist die wirkliche Geborgenheit, jenseits der Machtmaschinerie Partei. (Als er bereits in London ist, bekommt er von seinem Freund, dem Schriftsteller und ehemaligen *AIZ*-Kollegen Kurt Kersten, aus dessen vorläufiger Exil-Station Martinique einen Brief, den Anna Seghers, wenig später ebenfalls kurzzeitig auf der Insel, wohl *niemals* geschrieben hätte: »Man sucht einen Zusammenhalt, eine Insel des Dazugehörens, eine Bestätigung, irgendeine wenn auch noch so prekäre Wurzel in festem Boden. Das ist die große Verführung der Partei. Sie verheißt Geborgenheit, wenn die Einsamkeit am größten ist. Laß Dich davor warnen. Es ist die Geborgenheit von Gefangenen.«)

Als er 1936 zum Grundwehrdienst in der Tschechoslowakischen Armee eingezogen wird, gilt er allerdings auch dort als »politisch unzuverlässig«, da Kommunist. Landser Bedřich Beer wird von seinen Kameraden als deutschsprechender Jude verspottet, worauf er sich, noch immer auch ohne eine feste Freundin, erneut zurückzieht in jene fatale Melange aus »Selbstmitleid, Wärmebedürfnis, Einsamkeit und halsstarriger Auflehnung«. Zur gleichen Zeit läßt in Moskau Stalin die alte Leninsche Garde erschießen, und in Spanien putscht Franco, während sich der Westen weigert, den bedrängten Republikanern die bitter nötigen Verteidigungswaffen zu liefern. Fritz Beer ist noch Soldat, als Ende September 1938 durch die Lautsprecher die Nachricht dringt, daß in München Chamberlain, Daladier und Mussolini mit Hitler eine »Vereinbarung«

getroffen hätten – »in 48 Stunden würde die Besetzung des Sudetenlandes beginnen«.

Kurz darauf überquert ein Treck von fast einer Million vertriebener Tschechoslowaken die neue Demarkationslinie – nicht »Peace for our Time«, sondern Vorbote noch größerer Flüchtlingsströme und Schrecken. Und wieder ist es Milena Jesenská, die Fritz Beer während eines Besuchs warnt und beschwört. *Warum gehst du nicht weg, fragte sie. Was kannst denn du als deutscher Jude und ungläubiger Kommunist hier tun, wenn die Nazis kommen? Sie werden uns alle zertreten.* Wie es dann auch geschah, als im März 1939 schließlich die Wehrmacht auch im – von den Deutschen abfällig »Rest-Tschechei« genannten – verbliebenen tschechischen Kernland einfällt, in ihrem Schlepptau Gestapo und SS. Er wiederum beschwört seine Familie, die Flucht ins Ausland vorzubereiten. *Mutter protestierte beim Abschied. »Nein, Fritz, wir sehen uns bald wieder.« Ich ging durch den Schnee zum Bahnhof, drehte mich noch einmal um, aus den Fenstern des alten Hauses winkten sie mir zu, siebzehn Mitglieder meiner Familie. Mit einer Ausnahme kamen sie alle in den Gaskammern um.*

Inzwischen als Soldat demobilisiert, zeigt nun die Partei für ihn zum (beinahe) letzten Mal ihr wahres Gesicht: Er, der zuvor so vielen Genossen bei der Flucht aus Nazideutschland geholfen hatte, soll nun wochenlang warten, bis man ihn außer Landes zu schleusen verspricht; höherrangige und vor allem gehorsamere Parteimitglieder *first*. Schließlich gelingt mit Hilfe einiger Freunde die Flucht über die tschechoslowakisch-polnische Grenze – ein riskantes Hin und Her zwischen Güterwagons und Wagenpuffern auf dem nächtlichen Bahnhof, das ebenso hätte schiefgehen können. *Wo war die beglückende Sicherheit geblieben, daß es möglich war, die Welt in Ordnung zu bringen, daß wir wüßten, wie? Würden wir jemals wieder die Zuversicht gewinnen, etwas zu sagen? Warum sollte uns, den Verirrten und Gescheiterten, jemand zuhören? Das war die Nacht, in der mein Leben entzweiriß. Alles was nachher kam, stieß einem Menschen zu, der mit achtundzwanzig Jahren von neuem lernen muß, wie man geht, denkt und spricht, um zu existieren ... Was ein Augenblick bedeutet, begreift man erst, wenn man sich an ihn erinnert.*

In Krakau kommt Fritz Beer an ein englisches Einreisevisum und gelangt via Danzig und Gdynia ins Vereinigte Königreich. Zuvor aber hatte es noch die verstörende Begegnung mit einem polnischen Kommunisten gegeben, der auf der Flucht vor der autoritären Regierung in Warschau in die Fänge der sowjetischen Geheimpolizei geraten war, die ihn foltert und als Spion erschießen will, hätte nicht eben jene polnische Regierung erfolgreich interveniert, weshalb er nun beiden Seiten als Agent gilt und völlig isoliert dahinvegetiert. *Heute, im Frieden und in der Geborgenheit meines Hauses in London, während aus dem Garten der Duft blühender Azaleen in meine Schreibstube weht, heute verstehe ich den Ausdruck in Jaczeks Gesicht.*

In London ist es dann ausgerechnet die kleine Paddington Gemeindebibliothek, deren Bücher ihm helfen. Er ist nicht allein mit seinen Erfahrungen, andere haben Ähnliches erlebt und sind zu Schlüssen gelangt. Vor allem aber: es gibt keine monokausalen Begründungen, nicht den einen Generalschlüssel zur Erklärung unseres Daseins. Banal? Nicht für einen Gläubigen, gleich welcher Konfession, der zu zweifeln beginnt. Als würde es dennoch nötig sein, daß der (nunmehr nicht mehr ganz so) junge Emigrant auch noch die letzte Niedrigkeit miterlebt: Von der Partei entsandt in den *Czech Trust Fund*, der sich um die Unterstützung der Flüchtlinge aus der Tschechoslowakei kümmert, wird er nun letztmals zum Zeugen übler, ja tödlicher Machtspiele. Empfehlungen für lebensrettende Einreisevisa sollten nach Vorstellungen der Kommunisten nämlich nur jene erhalten, die nicht zuvor als »Antikommunisten auffällig geworden« waren, selbst wenn es sich bei ihnen um hoch gefährdete Arbeiter handelte. Die anderen Mitglieder des *Trust* bekamen deshalb Falschinformationen und sollten »gelenkt« werden. Manchen dieser Denunziationen vermag Fritz Beer gegenzusteuern, anderen hingegen nicht. Der Verantwortliche für diese Art der Selektion kehrte nach 1945 zurück und wurde in Beers Heimatstadt Brünn eine Weile zum gefürchteten

KP-Kreissekretär Otto Šling – bis auch der in die Mühlen der Slánský-Prozesse geriet und 1952 hingerichtet wurde. *Seine wirklichen Missetaten blieben ungesühnt.*

Der Hitler-Stalin-Pakt vom August 1939 führt dann endlich zum Austritt aus jener Partei, der er sich seit so quälend langer Zeit entfremdet hatte. (Deren nach London emigrierte Funktionäre rächen sich, indem sie die rufmörderische Falschmeldung lancieren, der Abtrünnige habe in Krakau Flüchtlinge an die polnische Polizei verraten; doch kann ihm das jetzt nicht mehr allzu sehr schaden.)

In jenem Sommer 1939 ist Fritz Beer häufig mit dem Fahrrad in den ländlicheren Vororten Londons unterwegs, und man könnte sich vorstellen, daß der Autodidakt und Journalist bei einem dieser Ausflüge der studierten Hilde Spiel begegnet wäre – und im Gespräch (wäre er nur nicht wiederum so schüchtern gewesen) hätte vermitteln können, daß »diese Sache mit der Partei« keineswegs nur etwas ideologisch Skurriles darstellte, an dem sich lediglich »eifernde Renegaten« abarbeiteten. Hätte die gebürtige Wienerin dem aus Mähren stammenden Gleichaltrigen zugehört mit mehr als befremdeter Höflichkeit? Wo Fritz Beer doch auch bei Wohlmeinenden im Stammland des Liberalismus auf freundliche Skepsis stößt: Was sind das alles für mitteleuropäische Leidenschaften und Verwicklungen, von denen dieser unbekannte Flüchtlinge da stockend und in immer neuen Ansätzen erzählt – wo er doch noch viel zu jung ist, um die Schrecken des *Great War* von 1914 miterlebt zu haben, ansonsten würde er ja wohl kaum derart energisch für ein erneutes militärisches Eingreifen auf dem Kontinent agitieren. So die Rede der Bürgerlichen (die Konservativen mit gepflegter Germanophilie trifft er nicht, von Mosleys Faschisten hört er nur am Rande), doch selbst seine linken englischen Freunde außerhalb der KP beschwichtigen und warnen gleichzeitig: nur keine Hysterie und statt Hochrüstung, die nur die Industriellen bereichere, lieber verstärkte Sozialausgaben, statt der neu eingeführten Militärpflicht ein Nein zu »verfehltem Patriotismus«.

Exil ist keine Übersiedlung in ein fremdes Land, es ist ein unheilbarer Bruch in der Kontinuität eines Lebens. Lesende seiner

Autobiographie müssen sich den Fritz Beer dieser Monate und Jahre als mehrfach unglücklich und vereinsamt vorstellen, da auch in London seine Frauenbekanntschaften noch immer so unergiebig und kurz sind wie seinerzeit in Prag. (Doch weiterhin: Keine Larmoyanz, kein auftrumpfendes Pathos, da doch der Enkelgeneration zu erzählen ist, wie es *auch* war, oder in den Worten von Karl Kraus: *All das gibt es, während es all das gibt.*)

Sofort nach Kriegsbeginn meldet sich Fritz Beer, obwohl er sogar den heimatlichen Militärdienst noch in denkbar schlechter Erinnerung hat, als einer der ersten in der weiterhin existierenden tschechoslowakischen Botschaft; seine Registrierungsnummer lautet 71. Wenige Tage später lernt er seine zukünftige Frau Ursula kennen – und fragt sich, ob er, ewiger Tolpatsch und Irrwisch, nun schon wieder eine falsche Lebensentscheidung getroffen hat, Kriegsfreiwilliger statt Liebender. Am 9. Mai 1940 kommt er in einem britischen Truppentransporter von Dover nach Le Havre – in Halbschuhen, gespendet vom Londoner Flüchtlingskomitee.

Der Kampfeinsatz der bunt zusammengewürfelten tschechischen Einheit endet angesichts des rasanten deutschen Vormarschs und unfreiwilliger oder auch gewollter französischer Inkompetenz im Desaster; wie auch in seinen Erzählungen beschönigt Fritz Beer nichts. Und gesteht sich ein, daß selbst der notwendige Kampf gegen Hitler, der ihn motiviert, jetzt nicht genügen würde, wüßte er nicht, daß es ab nun in London eine junge Frau geben würde, für die es sich zu leben lohnt – in einer Existenz in Freiheit und ohne Furcht. Vor seiner Abreise hatte ihr Fritz Beer versprochen, daß er zurückkehren und sie heiraten würde, daß es Kinder geben sollte und ein gemeinsames Heim. *U. und ich haben dieses Gelöbnis in den nächsten Kriegsjahren oft erneuert, als ob unser Schicksal von uns selbst abhinge und nicht von deutschen Luftbombardements oder Panzerangriffen.*

So kommt es, daß der spätere *Grandpa* dann schließlich auf jene Deutschen schießt, die nicht nur ihm die Heimat genommen haben und nicht nur ihm die Familie auslöschen werden. Doch das Gewehr ist alt und die hinunter in den Süden strömende, hungernde und durstende Truppe ebenso in völliger Auflösung begriffen wie die französische Armee. Keine Spur von Kriegsromantik und Solidarität unter Kameraden, im Gegenteil. Und hatte nicht auch er selbst, vor einem feuernden deutschen Sturzkampfbomber in eine schützende Toreinfahrt flüchtend, eine alte Frau auf die Straße gestoßen, die ihm im Weg gestanden hatte? Zwar zieht er sie danach unbeschadet aus dem Kugelregen in die Einfahrt, aber die Sekunden, in denen sich auch *sein* Instinkt gegen andere, Schwächere, gerichtet hatte, wird er sein ganzes Leben lang nicht vergessen. Doch anstatt vage über »Unmenschlichkeit« zu räsonieren, den Enkeln dies als Resümee jenes Moments: *Ich glaube, man darf die Moralität von Menschen nicht danach beurteilen, ob der Selbsterhaltungstrieb sie instinktiv zur Abwehrt einer Gefahr und damit zu brutaler Selbstsucht verführt, sondern nur nach der Zeitspanne, die sie brauchen, bis ihr Bewußtsein den Instinkt mit den Maßstäben ihrer Sittlichkeit zügelt.*

Nachdem es Fritz Beer bei Sète gelungen war, auf eines der ägyptischen Schiffe zu gelangen, welche von der Londoner Exilregierung zur Evakuierung der Kämpfer gechartert worden waren, wartete dort eine neue Herausforderung. Nicht für lange konnte die demoralisierte Truppe vom letzten Soldatenbordellbesuch auf französischem Boden schwärmen; das Bewußtsein der eigenen Niederlage, eines *lost case,* dazu hoher Seegang und das Risiko, von deutschen U-Booten versenkt zu werden, zehrte an den Nerven. Und richtete die aufkeimende Aggression gegen den Außenseiter. Weshalb bezeichnete sich dieser Beer nicht nur als Tschechoslowaken, sondern zugleich als Deutsch sprechenden Juden, wo Deutsch doch inzwischen die Sprache Hitlers war – handelte es sich bei ihm womöglich um einen Agenten? Beer, aus Liebe, aber auch aus Sturheit unfähig, seiner Muttersprache auch nur symbolisch zu entsagen, seine Herkunft und Identifikation mit deutscher Kultur und einem »anderen Deutschland« zu verleugnen, wird in der darauf folgenden Nacht an Deck zusammengeschlagen und beinahe über Bord geworfen; nur mit Glück überlebt er auch das.

Bei der Einfahrt des Zuges in der Euston Station ist er nicht sicher, ob Ursula ihn, den Abgerissenen und Abgemagerten, wiedererkennen wird, schließlich hatten sie zuvor lediglich 52 Stunden zusammen verbracht. Der folgende Satz ist einer der berührendsten in Fritz Beers gesamtem Werk, an das schöne »Wie es denn auch geschah« des jungen Primo Levi erinnernd, als er nach seiner Rückkehr aus Auschwitz seine große Lebensliebe Lucia kennenlernte und sogleich heiratete. *Ich fiel auf dem Bahnsteig einer jungen Frau in die Arme, die sagte: »Da bist du ja«, und so heirateten wir am nächsten Morgen.* Dazu eine souverän-ironische Nachbemerkung, die ebenfalls für die beiden einnimmt. *Manchmal, wenn der häufige Streit der seit fünfzig Jahren unsere Ehe kittet, besonders stürmisch wird, fragen wir uns, ob wir damals vielleicht den falschen Partner umarmt haben. Einwandfrei nachweisen können wir es nicht.*

Das Hochzeitsessen in einem »Schnellspeiselokal am Marble Arch« besteht aus einer Sardine mit Toast und Sandkuchen mit Ersatzsahne. Schon am Abend, inzwischen fallen bereits wieder Bomben auf London, fährt der Erz-Zivilist in das ihm zugewiesene Militärlager unweit von Coventry – und registriert, daß andere, Clevere, mittlerweile längst gut dotierte Posten bei der BBC, in den Nachrichtendiensten oder beim Propagandaministerium innehaben, wo sie überdies »wahrscheinlich mehr zur Kriegsführung gegen das Dritte Reich beitrugen als ich in der Armee«. (Umso schwerer wogen dann die – im westdeutschen PEN wie ungehört verhallten – Worte des alten Fritz Beer, weshalb er kein Pazifist sei und sich noch heute militärischen Beistand und schwere Waffen wünsche für die gegenwärtigen Opfer von Diktatoren und Aggressoren.)

1943 findet sich in einem Informationsblättchen, herausgegeben von einem mit Beer befreundeten Exil-Unikum, das es sich in den Kopf gesetzt hat, *alles* aufzuzeichnen, folgende lustige Notiz: *Landser Fritz Beer wurde Vater einer Tochter; Thomas Mann hat einen weiteren Band seiner Josephslegende vollendet.*

Zehn Wochen nach dem D-Day 1944 landet Beer – die Tschechoslowakische Auslandsarmee ist inzwischen zu einer effektiveren Panzerbrigade umgerüstet – in der Normandie erneut auf französischem Boden; es ist sein 33. Geburtstag.

Vieles von dem, was er dann erlebt, ist bereits zum Stoff seiner Erzählungen geworden; der Chronist wiederholt sich nicht. Und doch ist das, wovon er jetzt berichtet über jene letzten Kriegsmonate bei Dünkirchen und in den Ardennen, wiederum von solch atmosphärischer Dichte – und Selbstdistanz –, daß sich erneut die Frage aufdrängt, wie die literarische Öffentlichkeit eines Gesamtdeutschlands beschaffen war, die 1992 diese *Fragmente einer Lebensgeschichte* nicht nur nicht als Jahrhundertbuch, sondern überhaupt kaum wahrgenommen hatte.

Kurz vor Kriegsende hatte Fritz Beer im Auftrag des Außenministeriums der tschechoslowakischen Exilregierung – und damit Jan Masaryks – eine Studie über die »Demokratische Umerziehung und Reintegration der Deutschen in der CSR« verfaßt, nicht wissend, daß sich Präsident Beneš da bereits mit Stalin darauf geeinigt hatte, daß die zukünftige Tschechoslowakei ein »national homogener« Staat werden sollte. (Ehe dieser dann, nach der gewaltsamen Vorbereitung durch die Vertreibung der Deutschen, schließlich auch stalinistisch werden wird). Aber hielt Beers Glauben an das »andere Deutschland«, die Erinnerung an die vielen Linken und Hitlergegner sogar in den Sudetengebieten, all das also, was ihn im Kampf ja ebenfalls motiviert hatte und was er selbst im Augenblick der höchsten Gefahr auf jenem ägyptischen Kriegsschiff nicht verleugnen wollte – hielt es der Realität noch stand? Als er in einer Zeitung das grauenvolle Foto von den Leichengruben im soeben von den Briten befreiten KZ Bergen-Belsen sieht, scheint eine weitere Illusion zusammenzubrechen. *Die Bestialität, die das Foto zeigte, erdrückte mich. Ich wütete, ich brüllte vor mich hin. Ihr Tiere, ihr Mörder. Ich hatte keine Waffe in der Hand, aber in diesem Moment habe ich auf Deutsche geschossen, wild und wahllos. Auf alle.*

Und fragt sich noch Jahrzehnte später bei der Niederschrift, ob er womöglich das Böse verharmlose, wenn er Menschen – nicht die zahllosen Täter, sondern die noch zahlloseren

Mitläufer – oft bloß für *schwach* hielt, ob die bohrende Frage, wie »ich und die anderen auf meiner Seite« sich unter ähnlichen Umständen verhalten hätten, ihm nicht unter Hand entwunden werden könnte und dann zum Alibi der Nazis, der Leugner, Rechtfertiger und Relativierer würde?

Mehr noch: Hatten sich dann nach 1989 nicht auch die Kollaborateure der kommunistischen Regimes auf eine vermeintlich läßliche menschliche Schwäche herausgeredet? *Wie es mich empört, daß viele Kommunisten sich heute verhalten wie Nazis nach Kriegsende.* Und auch das betrifft weiterhin ihn, da es 1945 und trotz seiner Ausmusterung und der Rückkehr zu Frau und Tochter kein *Jahr Null* gegeben hatte. Stattdessen war da plötzlich die Möglichkeit gewesen, eine gut dotierte journalistische Tätigkeit im geliebten Prag zu beginnen, endlich heimzukehren. Doch wie würde seine Frau auf die völlig neue Umgebung reagieren – und wie sähe seine Zukunft aus in einer vorerst noch demokratischen Tschechoslowakei, in der freilich ab nun die deutsche Sprache kaum mehr geduldet sein würde und überdies die Kommunisten inner- und außerhalb der Regierungskoalition immer mehr die wirklich einflußreichen Positionen besetzten? (Eine Unheil ankündigende Situation, wie sie ein paar Jahre später Leo Lania in seinem Roman *Der Außenminister* beschreibt.)

Fritz Beer ist jetzt 34 Jahre alt, Ex-Soldat und Familienvater. Langsam schwinden die eigenen Komplexe und vielleicht sogar, zumindest ab und zu, die peinigenden Erinnerungen an all die Marginalisierungen, die er erfahren hatte. Kurzer, *sehr* kurzer Moment eines leisen Triumphierens, den es wertzuschätzen gilt. *Seitdem ich vor achtzehn Jahren auf dem Krautmarkt in Brünn für die zwei unbekannten italienischen Anarchisten Sacco und Vanzetti demonstriert hatte, war ich zum ersten Mal auf der Seite der Sieger.* Doch fast seine gesamte Familie ist ausgelöscht, und die Witwe seines kommunistischen Bruders – der sich in Dresden in Gestapohaft selbst umgebracht hatte, um unter der Folter keine Genossen zu verraten – schreibt ihm, daß sie mit ihm keinen Kontakt wünsche – »Verräter« an der kommunistischen Idee. Die große Heimkehr – eine weitere zuschanden gewordene Hoffnung. (Zu seinem Glück, wie der alte Beer dann seinen zwei Enkeln zu erklären versucht: Nicht wenige der London-Exilanten, die nach 1945 zurückgekehrt waren und teilweise in hohe Positionen kamen, gerieten nach dem kommunistischen Putsch von 1948 – als Täter, Opfer, Täteropfer oder auch gänzlich Unbeteiligte – in das mörderische stalinistische Räderwerk.)

Und er selbst, war er durch die Kriegsjahre nicht derart grob geworden, was seiner »natürlichen« Verschrobenheit nun auch noch den verbliebenen Rest Charme zu nehmen drohte? So war es an der Zeit, das Redakteursangebot der BBC anzunehmen, sich um die Familie und die eigene emotionale Re-Sozialisierung zu kümmern und ein neues, modesteres Credo zu entdecken, das an die Überlegungen Ludwig Marcuses erinnert. *Ich reduzierte meine Lebenshaltung auf einen minimalen Imperativ. Es mag unmöglich sein, eine vernünftige Welt zu erschaffen, aber ich müßte mich verhalten, als ob sie vielleicht realisierbar sei, um die kleine Chance ihrer Verwirklichung nicht zu verringern.*

Und so wie Manès Sperber nicht etwa »im unbrechbaren Willen zur Hoffnung«, das heißt im Blochschen Nirwana, das Entscheidende sah, sondern – ein späteres Lieblingswort von Jürgen Fuchs – »in der kategorischen Zurückweisung der Mutlosigkeit«, so läßt sich Fritz Beer dann auch im Sommer 1968 nicht zur Verzweiflung hinreißen. Dabei hatte er in den Monaten zuvor, auf den Eine-Stunde-vierzig-Minuten-Flügen von London nach Prag, etwas Ähnliches gefühlt wie Hilde Spiel auf ihren späteren Reisen zwischen London und Wien. Etwas gewaltsam Entzweigegangenes begann, wenn nicht zusammenzuwachsen, so aber sich doch anzunähern. Auf mitunter geradezu bezaubernde Weise und keineswegs theoretisch, etwa beim Schlendern hinüber auf die verträumte Halbinsel Kampa und bei den Debatten in den Cafés, angstfreier denn je in diesen Monaten der Dubček-Zeit, in der eine ganze Gesellschaft aus der Schockstarre erwacht war. Und Fritz Beer, inzwischen 57 Jahre alt, mittendrin! Nähe und Distanz plötzlich in einer Art nie zuvor erfahrener Balance. Und beinahe schon eine

Freude, sagen zu können, »daß ich jede der drei Existenzsphären, in denen ich lebte, die deutsche, die englische und jetzt wieder auch die tschechische, mit den intellektuellen und emotionellen Assoziationen der zwei anderen Welten wahrnahm. Das bereicherte mich, weil es mir die Sicht und Weisheit von drei Welten gab. Es machte mich aber auch arm, weil ich in keiner dieser drei Welten *wir* sagen konnte«.

Dann kamen die sowjetischen Panzer.

Schließlich – nach der als sympathisch skurril wahrgenommenen Ordensverleihung 1977 im Buckingham Palace, bei der er sich die ganze Zeit gefragt hatte, ob er nicht verwechselt worden sei – das Zäsurjahr 1989. Ursula und Fritz Beer feiern mit Tochter, Schwiegersohn und den beiden Enkeln Weihnachten in einem kleinen Landhäuschen in der Dordogne, doch die ganze Zeit läuft der Fernseher. Auf dem Bildschirm die blutigen Ereignisse in Rumänien, der Sturz Ceaușescus, die von der alten Elite zwecks Ablenkung initiierten Schießereien mit zahlreichen Toten. Und Alexis und Olivier beginnen zu fragen. »Was denkst du jetzt, Grandpa?«

Grandpa beginnt nun wieder zu reisen, nach Prag und nach Deutschland Ost und West, er hält Vorträge – ohne zum Vortragsredner zu werden –, wird nicht gehört oder findet neue Freunde wie an jenem Nachmittag am Berliner Molkenmarkt. Und hat kurz zuvor, nach drei Jahren konzentrierter Arbeit, diese Autobiographie beendet, knapp sechshundert Seiten Antwortversuch auf die Fragen der Enkel.

Und keine Klage, noch nicht einmal lähmende Müdigkeit, »wenn ich heute feststelle, daß ich nicht bin, was ich gern geworden wäre, der Autor eines guten Romans, der Vater einer großen Familie, der Geber und Empfänger vorbehaltloser Liebe. Anscheinend war das nicht in mir drin«. Selbst das Nachwort dann kein wohl abgewogenes Defilee aus Sentenzen, nirgendwo die Attitüde eines »Euch etwas mit auf den Weg geben«. Dafür, bis zuletzt, die Warnung an die Lesenden, in diesem Buch mehr zu sehen als eben ein *Fragment,* denn: *Die*

Niederschrift versteinert das bis dahin noch lebende Bild des Gewesenen.

Möglich, daß die Enkel, falls sie denn des Deutschen überhaupt schon mächtig waren, danach beim Lesen widersprochen hatten. Da Grandpa, der sein Leben nicht damit zugebracht hatte, Kampf und Tod zu bejubeln und Menschen wie Käfer zu sezieren, eben nicht auf stilistischen Marmorklippen gewandelt war: *Versteinert* ist *nichts* in Fritz Beers Schreiben. Gerade weil am Schluß auch zu notieren ist, daß das zunehmende Alter weniger Weisheit denn Unbehagen schenkt, daß – beginnend mit Lärm oder simplen Treppenstufen – »die Widerstandsschwelle gegenüber den Aggressionen der Umwelt sinkt und der Feindseligkeitskoeffizient der Dinge steigt«.

Er, der nie »exemplarisch« sein wollte und schon gar kein Verfasser von Sinnsprüchen, aber hat noch als Greis ein Abenteuer zu bestehen, das ihn, in tausenderlei unterschiedlichen Abwandlungen, mit unzähligen seiner Mitmenschen verbindet. *Ich wache jeden Morgen mit dem Gefühl auf, daß ich während des Schlafes auseinanderbrach, daß jeder Trümmer meines Ich in eine andere Ecke der Welt flüchtete, dort über Nacht eine separate Existenz führte und daß ich diese Splitter aus ihren Schlupfwinkeln holen und irgendwie zusammenflicken muß.*

»Welche Welt ist meine Welt?«
Hilde Spiel (1911–1990)

Die Entfernung zwischen dem klassizistischen Palais Pallavicini am Wiener Josefsplatz und der Probusgassse im gediegenen Heurigenvorort Heiligenstadt beträgt – läuft der Wanderer über die Döblinger Hauptstraße – exakt sechs Kilometer, die wiederum in einer Eineinviertelstunde zurückzulegen sind. (Müßte dafür nicht ziemlich zügig ausgeschritten werden?) Die exakte Berechnung stellt Google Maps an – eine technische Neuerung, an die im September 1990 noch nicht zu denken war. Langsam umhergehend in den hohen Sälen des 1783 erbauten Prunk-Palais, inmitten ihrer Freunde und Bekannten, Journalisten, Schriftsteller und Künstler – Hilde Spiel, »Grande Dame der deutschsprachigen Literatur«, gerühmt auch als »Weltbürgerin der Literatur«. Sogar der deutsche Botschafter adligen Familiennamens ist zu ihren Ehren hierhergekommen. Fotoaufnahmen von jenem Tag zeigen eine 78jährige hochgewachsene Frau in einem kragenlosen Kostüm, mit Perlenkette und silbernen Ohrringen. Die grauweißen Haare toupiert, die ganze Haltung *impeccable*, auch wenn in den Augen eine tiefe Müdigkeit sitzt. Doch nicht immer: ein warmherziges Lächeln in Richtung André Heller, nachsinnend dann an der Seite von Marcel Reich-Ranicki.

Aber da sitzt Hilde Spiel, die nur noch zwei Monate zu leben hat, bereits auf einem Samtfauteuil, unter einem jener riesigen goldverzierten Spiegel, in dem nun weitere Menschen auftauchen, die ihre Honneurs machen anläßlich der Präsentation des zweiten und letzten Teils der Memoiren. Kristalllüster, Kamine, Champagner-Tabletts. Glänzendes Parkett, das unter den Schritten bedeutender Repräsentanten vermutlich ein wenig – doch auch das wohl dezent-verhalten – knirscht. Mitunter vielleicht sogar ein aufbrandendes Lachen der Wiedersehensfreude, das über die Gobelins an den Wänden hoch zur Stuckdecke steigt.

Auf einer der Fotografien (Marcel Reich-Ranicki ist nun nicht mehr im Bild) hält Hilde Spiel ihr neuestes Buch in den Händen, das markante Gesicht der Kamera zugewandt, die dunklen ausdrucksvollen Augen jedoch halb geschlossen unter dem Blitzlicht, während sich in dem hohen Fenster hinter ihr die Saal-Illumination spiegelt. Ihre »Memoiren« aber tragen die modeste und womöglich auch strengere Bezeichnung *Erinnerungen*. Beschrieben sind darin die Jahre 1946 bis 1989, und der Titel des Buchs ist eine Frage: *Welche Welt ist meine Welt?*

Ist es die heimelige Heiligenstädter Kindheitswelt in der Probusgasse, die doch bereits bei fortschreitendem Ersten Weltkrieg ihrer Idylle verlustig gegangen war, in der Armut einzog und wo zum Essen auf einmal nur noch Wrucken – Rüben aus Holz – und graue Polenta zur Verfügung standen? Oder ist es das verschneite Krakau, in dem die Tochter an der Hand ihrer Mamá den Vater besucht hatte, der als fescher Offizier diente, ganz selbstverständlich als Jude *und* österreichischer Bürger, als selbstbewußt-gehorsamer Kaiser-Untertan? Oder das Erkerfenster in der großelterlichen Wohnung in der Wollzeile im Ersten Bezirk, von dem aus das damals fünfjährige Mädchen den riesigen Trauerzug beobachtet, der da drüben über den Ring gezogen war? Woran sie sich später erinnern wird: Diese Stille und die bedrückten Gesichter der Erwachsenen, in denen die Ahnung aufschien, daß an diesem grauen Herbsttag 1916 nicht nur der ehrfürchtig verehrte Kaiser Franz Joseph zu Grabe getragen wurde, sondern mit ihm eine ganze Welt. Und wie viel andere Welten waren seitdem untergegangen, wie viel neue entstanden! (Just auch in jenem Jahr 1990, in dem nicht nur in Krakau und in Ostberlin, wo Hilde Spiel nach 1945 so oft gewesen war, das alte, vermeintlich für die Ewigkeit gemachte System implodiert war und der Demokratie hatte Platz machen müssen.)

Indessen die Chronistin, die schon seit Jahren ihre Kräfte hatte schwinden sehen und dennoch 1989, im (Umbruchs-)Jahr zuvor, bereits den ersten Teil ihrer Erinnerungen vorgelegt hatte: eben jene inzwischen mehrfach preisgekrönte »Grande Dame«, für die nun das Palais Pallavicini zum Empfang von

Tout Vienne geöffnet worden war und deren literarisch-publizistischen Meriten und ihr Stil jetzt noch einmal eloquent gepriesen wurden von Marcel Reich-Ranicki: *Synthese aus Klarheit und Wohlklang, aus makelloser Nüchternheit und zarter Geschmeidigkeit. Immer ist das prägende Vorbild Hofmannsthals erkennbar.*

Was da alles zusammenkam: gefeierte Romanautorin und umworbener Gast der Wiener Literaten-Cafés jedoch schon in ganz jungen Jahren. Flucht nach England noch vor dem »Anschluß« Österreichs. Während des nunmehr Zweiten Weltkrieges dann Mitarbeiterin des renommierten *New Statesman* in London, an der Seite ihres damaligen Ehemannes Peter de Mendelssohn. Theaterkritikerin der *Welt* im Nachkriegs-Berlin. Langjährige Kulturkorrespondentin der FAZ in Wien und London. Polyglotte Verfasserin feinsinniger Essays zur österreichischen, deutschen, französischen und englischen Literatur. Faire Portraitistin ihrer mitunter schwierigen Freunde Heimito von Doderer und Alexander Lernet-Holenia oder ihres Quasi-Nachbarn W.H. Auden. Biographin ihrer Geburtsstadt Wien. Autorin nuancierter Reiseessays über Belgien, Venedig, ja selbst New Mexico, wo sie 1952 die gebürtige Freiin von Richthofen, die Witwe von D.H. Lawrence, besucht hatte. Engagiertes Mitglied im Internationalen P.E.N. Übersetzerin von Tom Stoppard, Edna O'Brien und Graham Greene.

(Ob Hilde Spiel, mit aufmerksam schräg geneigtem Kopf der Laudatio lauschend, jetzt nicht nur gegen ihre in den letzten Wochen beinahe unerträglich gewordenen Körperschmerzen ankämpfte, sondern sich auch daran erinnerte, daß hier im Palais Pallavicini die Wohnung des dubiosen Harry Lime gewesen war, des Schurken in Carol Reeds Film *Der dritte Mann* nach Graham Greene, gespielt von Orson Welles?)

Dabei hatte Reich-Ranicki bereits im Vorjahr auf der Frankfurter Buchmesse eine ähnlich enthusiastische Rede auf jene Frau gehalten, die dem ansonsten so gern Unwirschen eine hochgeschätzte Kollegin war. Schon damals eine Eloge auf ihren Stil, jedoch mit einer entscheidenden Weitung. *Hilde Spiels neun Jahre in England haben auf ihr Deutsch Einfluß ausgeübt und auf ihre Denkweise. Ich meine die Einfachheit und Knappheit ihrer Sprache, ich meine deren unübertreffliche Klarheit und Durchsichtigkeit. Aber die Anmut dieses Stils ist nicht britischer Herkunft, sie ist österreichisch; vielleicht darf man in diesem Zusammenhang vor allem einen Namen nennen: Hugo von Hofmannsthal.*

Es blieb nicht bei dieser Erwähnung in Frankfurt, nicht bei der Variation des Gesagten ein Jahr später in Wien. Da ja nicht nur von Hofmannsthal zu sprechen war, sondern auch von Hitler. Da Hilde Spiel, hätte sie in den dreißiger Jahren Wien nicht rechtzeitig verlassen und nicht danach alles in Bewegung gesetzt, damit auch die geliebten Eltern nach England entkommen konnten … Die Großmutter Melanie aber war nach Theresienstadt deportiert worden, wo sich ihre Spur verlor. All das mußte Marcel Reich-Ranicki, Überlebender des Warschauer Ghettos, gar nicht explizit erwähnen. Denn »Grande Dame« hin und »Kritiker-Papst« her – sie waren beide, in Primo Levis Diktion, »Gerettete«. Wo andere, neidvoll oder bewundernd, eher Kontinuität sahen oder Reputation und Renommee, hatten jene zwei nie vergessen, wie brüchig und vorläufig und bedroht das sein konnte, was gemeinhin als »Normalität« galt, wie arbiträr und mißbräuchlich Begriff und Realität solcher »Norm«. Auch sie waren von den Nazis zur Vernichtung vorgesehen, Reich-Ranicki überlebte mit seiner Frau Tosia (die dann im September 1990 ebenfalls an der Seite Hilde Spiels ist) im Keller des Hauses einer hilfsbereiten und wagemutigen Warschauer Familie, Hilde Spiel mit ihrem Mann und den zwei kleinen Kindern in einer Londoner Parterrewohnung, die der Luftkrieg der Wehrmacht ebenfalls heimgesucht hatte. Gibt es nach solchen Erfahrungen tatsächlich eine »Rückkehr« – und just dorthin, wo in Deutschland-West jegliche (Mit-)Täterschaft weggezaubert schien vom »Wirtschaftswunder«, oder nach Wien, wo alsbald wieder Johann-Strauss-Walzer erklangen und nicht nur beim Heurigen so vieles »vergessen« wurde in zuckrig-sentimentalischer Gestimmtheit?

Ihr Leben, so zitiert Marcel Reich-Ranicki Hilde Spiel an jenem Septembertag im Palais Pallavicini, beherrscht »eine

Zerrissenheit, ein Schwanken zwischen zwei Zugehörigkeiten – zu diesem oder jenem Land, diesem oder jenem Gefährten, dieser oder jener Daseinsform«. Im Jahr zuvor, beim Erscheinen des ersten Teils der Erinnerungen, hatte er schon einmal auf diese nun bereits Jahrzehnte währende Spannung hingewiesen – jenseits der gängigen Rede über die »Grande Dame«, deren ungebrochene literarische Produktivität, dazu ihre Höflichkeit und Contenance von vielen mißverstanden wurde als Beweis eines sich undramatisch »rundenden« Lebens. Noch heute faszinierend zu sehen, wie ausgerechnet im *Literarischen Quartett* des ZDF, in dem MRR so oft den polemischen Rabauken gab, seine Stimme plötzlich nahezu sanft wurde, traurig klang und sogar beschwörend. Kurz zuvor hatte sein kompaktes Gegenüber im Hosenanzug der strammguten linksliberalen Gewißheit im bekannt nöligen Ton moniert, »die« Hilde Spiel habe in ihrem Buch leider dies und das nicht beschrieben, die Auseinandersetzungen mit »dem« Friedrich Torberg etwa, doch MRR hatte auf eben jene Weise widersprochen, die unerwartet leise war – vielleicht auch im Wissen um die Vergeblichkeit, existentielle Emigranten- und Remigranten-Tragik einer Kulturbetriebsamkeit zu vermitteln, die durch niemand und nichts zum Innehalten und Stocken zu bringen war.

Nein, insistierte Reich-Ranicki, *Die hellen und die finsteren Zeiten*, Hilde Spiels Erinnerungen der Jahre 1911–1946, seien ein ungemein wichtiges Buch, vergleichbar Stefan Zweigs *Die Welt von gestern.* (Das Gegenüber bekrittelte nun vernehmlich auch die Qualität Zweigs, wurde von MRR jedoch mit ebenfalls sanfter Geste um Zuhören gebeten.) Und wählt aus den 250 Seiten dieser lebendigen und doch stilistisch nie überbordenden autobiographischen Prosa jene Londoner Szene aus dem Frühjahr 1945 aus: Hilde Spiel und ihr noch immer britische Armeeuniform tragender Mann Peter de Mendelssohn, deren Bücher und Artikel doch längst auf englisch geschrieben und publiziert wurden, die sich in den intellektuellen Kreisen der Hauptstadt über die Jahre hinweg einen guten Ruf erarbeitet hatten, jene zwei einst aus Kontinentaleuropa Vertriebenen, werden jetzt vom Herausgeber des *New Statesman* mit vollendeter Höflichkeit gefragt: »*Ihr werdet wohl jetzt in euer Land zurückkehren?*« (Welche Welt ist meine Welt, und ein überlebender polnisch-deutscher Jude, genannt »der Kritikerpapst«, hatte *sofort* verstanden, welche Art Brüche, Enttäuschungen und zuschanden gegangenen Illusionen wirklich das Zentrum eines solchen Lebens und Schreibens bevölkerten.)

Dabei hatte Hilde Spiel keineswegs bis an ihr Lebensende gewartet, um diese Erfahrungen niederzuschreiben. Bereits 1968 war *Rückkehr nach Wien. Ein Tagebuch* erschienen, Aufzeichnungen über das ambivalente Wiedersehen mit ihrer Geburtsstadt, die wiederum schon 1946 entstanden waren – in London. Damals, auf dem Höhepunkt der Studentenbewegung und der Proteste gegen den Vietnamkrieg, aber hatte sich offenbar keiner von denen, die später Österreichs und Deutschlands Verdrängungsschuld wortreich anklagen würden – häufig nicht ohne zumindest einen Seitenblick auf den eigenen Distinktionsgewinn – dafür interessiert, mit welcher Genauigkeit hier eine jüdische Wiener Intellektuelle die Unmöglichkeit einer Heimkehr beschrieben hatte. (Eine kleine, jedoch deprimierende Ironie der Geschichte liegt darin, daß *Mein ist die Rache*, die wohl beste Novelle ihres Widersachers Friedrich Torberg, ebenfalls in jenem späterhin zum *annus mirabilis* erklärten 1968 erschienen war – und ebenfalls völlig ohne Echo blieb.)

Auch hatte sich Hilde Spiel – lange *vor* einer vom Feuilleton ausgerufenen »Neuen Subjektivität« – hier selbst beobachtet und ohne jegliches Wehleid ihr eigenes Referenzsystem befragt, so daß ihre damaligen Aufzeichnungen bis heute verblüffend modern geblieben sind. Zusammen mit Günther Anders' *Besuch im Hades*, das 1967 (auch nahezu unbeachtet) erschienen war und die mehrtägige Rückkehr des 1902 in Breslau geborenen Emigranten ins nunmehr polnische Wrocław schilderte, ist Hilde Spiels *Rückkehr nach Wien* nicht allein ein Zeitdokument über Brüche und verblüffende Kontinuitäten in einer Nachkriegs-Metropole, sondern auch die bis heute kaum je übertroffene Innensicht beobachtender Intellektueller. Deren

Zeit-und-Raum-Reflexionen haben Proust'sches Niveau, siedeln jedoch längst nicht mehr in unpolitischer Salonwelt.

»Das Bleibende dementiert das Sein«, schrieb der damals 65jährige Günther Anders im Anblick des restaurierten Universitätsgebäudes, in dem einst sein Vater (der Erfinder des Intelligenzquotienten) gelehrt und wo ihn sein Sohn, an der Hand des Kinderfräuleins, schon sehnsüchtig erwartet hatte, mit großen Augen und im Matrosenanzug, dessen Mützenbänder im Frühlingswind flatterten. Schmerzlich irritierende Erfahrung, »daß der damalige Raum, von dem ich als Erinnernder geglaubt hatte, daß auch er nur ein Stück Damals gewesen sei, sich von diesem Damals völlig emanzipiert hat«.

Auch Hilde Spiel, Anfang 1946 inzwischen 34 Jahre alt, war während ihres Wien-Besuchs nur scheinbar in die Heiligenstädter Kinderwelt zurückgekehrt und ist stattdessen konfrontiert mit der »Inkongruenz dieses Aufenthaltes, Vergangenheit und Gegenwart fließen sichtbar ineinander«. Zuvor hatte sie in London eine Dakota-Militärmaschine bestiegen, hatte in deren unbequemen Inneren die Küste von Kent, den Ärmelkanal und die Krater von Dünkirchen überquert und war nach Zwischenlandungen und Umstiegen in Brüssel und Frankfurt schließlich in Wien gelandet – in der Uniform einer britischen Kriegskorrespondentin, die für britische Blätter über die von Amerikanern und Russen besetzte Stadt berichten würde. Und dabei von sich selbst weder absehen kann noch will. *Wo meine Wurzeln tief in die Erde reichen wie nirgends sonst, bin ich eine völlig Fremde, so entrückt in Zeit und Raum wie ein geisterhafter Revenant. Jede Sentimentalität, der ich mich etwa hingeben könnte, wird im Keim erstickt ... Das Bewußtsein, hier nicht mehr herzugehören, ist aus Schmerz und Befriedigung gemischt. Die Bomben, die den Häusern hier die Augen ausbliesen, haben nicht mit mir zu tun. »Meine« Bomben löschten die liebliche Kirche Sir Christopher Wren aus, verbrannten das Mobiliar meiner großelterlichen Wohnung im Lagerhaus an der Themse, fielen um die London Clinic in der Nacht, in der mein Sohn geboren wurde, und waren vier Jahre lang die rauhe Begleitmusik meines Lebens.*

Ein von jeglichen politischen Verantwortlichkeiten abstrahierendes »Nie wieder Krieg / Gewalt ist keine Lösung« ist von dieser Davongekommenen deshalb ebensowenig zu erwarten wie von einem Fritz Beer, Hans Habe oder Friedrich Torberg. (Es wäre nachdenkenswert, ob die bis heute weithin beliebte Behauptung, Krieg »hätte noch nie etwas Besseres geschaffen«, nicht tatsächlich ein typischer Sermon der (Mit-)Täter-Nachkommen ist, ein larmoyant-herrisches Verallgemeinern, das vergessen macht, daß die Menschheitsverbrechen der Vorgänger-Generationen einst *nur* durch militärische Gewalt hatten gestoppt werden können.) Menschen wie Hilde Spiel, von Hitlers Mordmaschinerie noch bis auf die britische Insel verfolgt, wußten jedenfalls genau, *wem* sie ihr Überleben verdankten – weder »Verhandlungen« noch einer »gesichtswahrenden Lösung« für den Aggressor, sondern der letztlich zum Glück militärischen Überlegenheit der Alliierten und deren entschlossenen Anstrengungen.

Natürlich greift ihr dennoch das überall sichtbare Elend der Nachkriegsmonate ans Herz, sie beschreibt es voller Empathie. Und sieht sich dann doch wieder mit Khakimütze vor dem Spiegel ihres Hotelzimmers, in dem der burgunderrote Bettüberwurf, die Mahagonikommode und die weiße Marmortischplatte an das alte Wien gemahnen, das aber längst nicht mehr als »gutes« assoziiert werden kann, sondern stattdessen einen Londoner Alptraum der Kriegsjahre wieder wachruft: *Ich finde mich nach Wien versetzt, eine Feindin in meinem Vaterland, mit englischem Geld in der Tasche, mit englischen Worten auf der Zunge, indes meine Muttersprache mir in der Kehle gefror.* Und nicht irgendein »Kulturgut«, ein erinnertes Zitat oder eine Melodie verscheucht den schrecklichen Moment, sondern: *Ein Rettung suchender Blick aus dem Fenster. Eben biegt ein Jeep ratternd um die Ecke der Kärtnerstraße. Der Krieg ist vorbei.*

Was somit weiterhin vorhanden ist – das Gedächtnis, Privileg und Danaer-Geschenk zugleich. Die Wohnung, von deren Erkerfenster sie als Kind den Leichenzug des Kaisers Franz Joseph hatte ziehen sehen, nun ausgebombt, das verbliebene Rohr des Badeofens absurd in den Himmel gereckt. Die unzerstörbaren Flaktürme, die am Arenbergplatz emporragen, wo sie als Kind gespielt hatte. (Und schließlich doch, als mehr oder minder fragiler Geländerhalt, die noch immer verfügbaren kulturellen Vergleichs-Reminiszenzen: Das Erdbeben von Lissabon in der Literatur, ein Gang über den Prater-Friedhof oder ein Aufenthalt in Pompeji.) Wenig später erfährt Hilde Spiel, daß eine renitente junge Frau, die sie 1933 in ihrem ersten Roman literarisiert hatte, nach 1938 in den Widerstand gegangen, verhaftet und gefoltert worden war, schließlich gehenkt nur eine Woche vor dem Einzug der Roten Armee. Wäre sie selbst, fragt sich Hilde Spiel, ebenso mutig gewesen? Das schreckliche Ende jener Frau »warnt mich davor, mehr von anderen Leuten zu erwarten, als ich von mir selbst verlangen kann«.

Und die Lebenden? Der Kellner im Café Herrenhof begrüßt die einst aus Wien Geflohene auf unnachahmliche Weise. *»Die Frau Doktor haben gut daran getan, daß Sie fort sind. Allein die Luftangriffe – dreimal haben sie die ganze Stadt in Brand gesteckt.«* Anstatt die gleich doppelte Verlogenheit dieser Worte zu kontern, bietet Hilde Spiel dem derangiert Wirkenden ein paar Zigaretten an – und fragt sich dennoch später, als sie auf einer der vertrauten Lederbänke im Café sitzt und Wiedersehen mit alten Bekannten feiert: Wo wäre sie jetzt, falls Deutschland den Krieg nicht verloren, sondern gewonnen hätte?

Andere wiederum stehen in einem anderen Lokal abendlich um ein Klavier und singen englische Volkslieder mit allen Zeichen des Heimwehs: *Es sind Österreicher, die aus England nach Wien zurückgekehrt sind.* (Im Exil hatten sie wahrscheinlich Wiener Lieder gesungen.) Irgendwann schneit ein junger Künstler herein, um aus seiner Mappe ein paar abstrakte Zeichnungen feilzubieten – und die Wien-Besucherin hat ein *dèja vu.* Hatte sich diese Szene nicht schon nach dem Ersten Weltkrieg zugetragen, waren in der elterlichen Wohnung (von der nur eine Ruine übriggeblieben ist) einst nicht ebensolche Enthusiasten aufgetaucht, Kubisten und Expressionisten? Hilde Spiel aber versagt sich jegliche Nostalgie. Wie war es denn *auch* gewesen, »damals« und jenseits der aufgeklärten Zirkel?

Wir hatten versagt. Vielleicht waren jene Weltoffenheit und Urbanität, die wir in den späten Zwanzigerjahren in uns spürten, nur Überreste des alten Imperiums, in dem die Winde von Polen bis Spanien bliesen, von Brüssel bis Triest? Nun aber war unaufhaltsam die Provinz vorgerückt und hatte die Hauptstadt überschwemmt mit ihren moeurs de campagne, *ihren bäuerlichen Vorurteilen und Forderungen, bis aus dem weit entfernten Teil der Republik Hitler hervorkam und das Ganze verschlang.* (Hatten sich Hilde Spiel und Jean Améry, als sie sich einmal in Wien getroffen hatten, über diese Erfahrung ausgetauscht, da Améry diesen Vormarsch des Völkischen ja in ganz ähnlicher Weise in seinen *Unmeisterlichen Wanderjahren* beschreibt?) Hilde Spiel, darin wiederum Leo Lania verwandt, ist sich zumindest in einem sicher. Würde sie jetzt nach Wien zurückkehren, engagieren würde sie sich, wo sie sich bereits Anfang der dreißiger Jahre am wenigsten fremd gefühlt hatte – bei den Sozialisten, in der österreichischen Sozialdemokratie. *Wenn auch schweren Herzens und lediglich aus dem unzureichenden Grund, daß kein anderes Programm mich mehr überzeugt.*

Vom Anknüpfen an vermeintlich bessere alte Tage ist in diesem Tagebuch jedenfalls nirgendwo die Rede – schon gar nicht nach ihrem Besuch in ihrer ehemaligen Universität. In der Loge des Pedells blättert sie im Vorlesungsverzeichnis, sieht »ein paar hungrige und unbekehrt wirkende junge Leute vorübergehen«, sieht durch sie hindurch, sieht noch einmal den Tag ihrer Promotion im Jahr '36 vor sich. Und sieht erneut jene Szene, die für sie unvergessen bleibt, Vorspiel des Kommenden: Eine Gruppe von Nazi-Studenten stößt mit Stiefeltritten einen jüdischen Kommilitonen die Stufen der Universität herab, ein herbeikommender Polizist bleibt passiv angesichts des am Kopf blutenden jungen Mannes – »während seine Angreifer sich höhnisch lachend in den Schutz ihres sakrosankten Gebäudes begeben«. Und war nicht genau hier in eben jenem Sommer auch ihr bewunderter Lehrer Professor Moritz Schlick von einem völkischen Studenten erschossen wurden? Hilde Spiel hatte damals davon erfahren, als sie in der Tram 71 stand und einen Nebenmann Zeitung lesen sah. Noch immer kurvt die rote

»Elektrische« durch die Straßen der nunmehr ganz anderen, halb zerstörten und schäbig gewordenen Nachkriegs-Stadt – doch war für sie nicht schon damals klar geworden, daß Wien ihr keine Heimat mehr sein konnte? Zuerst der niedergeschlagene Februar-Aufstand von 1934 und dann zwei Jahre später jener Mord an Professor Schlick, dem Begründer des Wiener Kreises, dessen ruhiges Insistieren auf Logik und Erkenntnistheorie den völkischen Mythomanen Grund genug war, ihre Vernichtungsphantasien in die Tat umzusetzen – vorerst »nur« an einem besonders prominenten Intellektuellen. Doch bereits da hatte die rechtsextreme Presse die Mordtat mit den irren Worten gerechtfertigt, »der Jude ist der geborene A-Metaphysiker und verdirbt das Edelporzellan des Volkes«. (Noch Jahrzehnte später, im Sommer 1970, wird Hilde Spiel – schließlich doch nach Österreich zurückgekehrt und in ihrem Haus am Wolfgangsee – in einem Brief an Jean Améry, der den Wiener Kreis inzwischen kritisch sieht, davon schreiben, wie viel ihr Professor Moritz Schlick bedeutet hatte und welche Resistenz sie ihm verdankt: *Ich habe vom Wiener Kreis meine ersten und entscheidenden Denkanstöße erhalten und mich nie wieder von den großen Dunkelmännern der deutschen Philosophie beeinflussen lassen.* Und fügt hinzu – freilich nur in diesem Brief, nicht öffentlich und schon gar nicht derart ungeschützt polemisch wie ihr einstiger Jugend-Feindfreund Hans Habe – welcher neue Irrationalismus ihr momentan am meisten Sorge bereitet: *Ich habe Kinder, erwachsene Kinder, in England, die ganz im Bann jeglicher Mystik sind, von den fernöstlichen Geheimlehren bis zu Wilhelm Reichs Orgasmus-Vergöttlichung und dergleichen mehr. Ob wohl der logische Positivismus noch Aussicht hätte, auf diese Jugend Eindruck zu machen?*)

Auch später wird die säkular linksliberale Hilde Spiel, deren Vorfahren bereits Ende des 19. Jahrhunderts vom Judentum zum Katholizismus konvertiert waren, immer wieder daran erinnern, wie der rational-neopositivistische Denker Schlick, ein Gegner jeglicher scholastischer Spekulationen, eine Art intellektueller Vaterstelle eingenommen hatte. *Moritz Schlicks naturwissenschaftliche Philosophie hat mich davor bewahrt, mich in einem philosophischen Überbau nach Art von Martin Heidegger zu verirren. Sie hat mich aber auch gegen den Marxismus imprägniert, der ein Gebilde von Konstruktionen war und Regeln festlegte, die nicht beweisbar waren.*

Mit solcher Klarheit war sie dann 1936 nach Großbritannien emigriert, hatte sich dem englischen Alltag, den englischen Intellektuellen und der englischen Literatur genähert (über die sie bald zahlreiche Besprechungen und Essays von ähnlich berückender Luzidität veröffentlichte). Und sagt nun – Anfang 1946 im winterlichen Wien – sogar einer mitteleuropäischen Gestimmtheit vorerst und beinahe ein brüskes Adieu. *Was immer aus diesem Winkel Europas kam, ist, wie Musil, mit der Vergangenheit im Bunde gewesen oder, wie Kafka, abgewandert in die Irrealität und Allegorie. Hier gibt es keine Anhänger der angelsächsischen rauhen Lakonik oder Sozialsatire; im schlimmsten Fall artet Wirklichkeitsnähe in einen unwahren Blut- und Bodenrealismus aus.*

Luzid bleibt der Blick auf die Außenwelt und sich selbst – und sogar auf das Nachlassen »meiner Kräfte zur Distanzierung«. Denn wie wunder-schneeschön ist Maria Wörth im Februar! Die britischen Truppen hatten sich in einem Haus niedergelassen, in dem nun auch sie als *war correspondent* untergebracht ist, und wie anheimelnd sind da die grünen Kacheln des Ofens, wie vertraut das gehobelte Holz der Ofenbank, der würzige Geruch der Holzscheite! *Genug, um zwei Jahrzehnte auszulöschen: Ich bin mit meinen Eltern auf Winterferien gefahren und sitze hier, während sie ihr Schlafzimmer beziehen ... Die Zeit ist noch freundlich. Und ich bin in ihr noch geborgen.* Und dazu all die schönen und sonnenverbrannten Skitrainer und Bergführer, die einem Gardeleutnant Seiner Britischen Majestät gutgelaunt zum Sieg im Slalomlauf gratulieren und diesen damit für einen Moment von seiner Gentry-Steifheit befreien.

Aber hatten nicht die gleichen feschen Lebenskünstler mit Sturmbannführern ebensolche Ski-Konversation gemacht und noch im Vorjahr den nazideutschen Gebirgsjägern geholfen? Ein Blick in Gesichter, auf Mimik und Gesten, auf nicht zu kaschierenden Habitus, und Hilde Spiel spürt, wie auch hier »der innere Standort ins Wanken gerät«. Erneut: Welche Welt ist meine Welt? Wien und Kärnten oder London, wo sie und ihre Familie überlebt hatten, wo sie publizierte und sich (fast) schon ein wenig heimisch fühlte – aber dort dann eben doch sogleich nach Kriegsende gefragt worden war, wann sie denn nach Österreich zurückkehre? *All zu sehr mit beiden vertraut, um nicht zu wissen, daß ich weder zu den einen noch zu den anderen gehöre ... Heimkunft in die Fremde.*

Und dann dies, völlig abrupt. In ihrer Funktion als *war correspondent* besucht Hilde Spiel auch jene in den Alpentälern gelegenen DP (displaced persons)-Lager, in denen die einst in Hitlers »Ostmark« verschleppten Osteuropäer vegetieren. Das heißt: Sie nimmt eine *Visite* vor, auf einmal kühl und distanziert, ja kalt und feindselig. (Weshalb nur?) Auch noch Monate nach ihrer Befreiung seien diese Leute stumpf und apathisch, läßt sie sich von einem britischen Lagerkommandanten sagen, nicht einmal Frühlingsblumen unter den eigenen Hüttenfenstern wollten sie pflanzen. *Der Humor des Kommandanten hat nicht darunter gelitten, doch scheint es ihn zu kränken, daß diese kroatischen, ruthenischen, ukrainischen und polnischen Bauern nicht das mindeste Interesse an den gärtnerischen Vergnügungen zeigen, für die jeder Vorstadt-Engländer so viel übrig hat.*

Nichts hat den Lesenden auf solche Herrenmensch-Perspektive vorbereitet. Doch es kommt noch schlimmer. *Es sind müde und denkfaule oder unintelligente Menschen, die sich an dieses provisorische Leben gewöhnt haben und daran festzuhalten entschlossen sind. Unter den Nazis haben sie schwer gearbeitet – jetzt dürfen sie müßig sein.* Daß diese von den Nazis gewaltsam Entwurzelten (und von Hilde Spiel auf geradezu Ernst Jüngersche Weise wie Insekten Observierten) wahrlich Gründe haben, *nicht* in ihre inzwischen von den Kommunisten besetzten Heimatländer zurückzukehren – der sensiblen Beobachterin in eigener Sache will es partout nicht plausibel werden. *Gerüchte unterrichten sie über Titos »Terror« in Jugoslawien. Sendlinge der Anders-Armee kommen aus Italien herüber und verhärten sie gegen das neue polnische Regime. Ab und zu erscheint ein Vertreter ihres eigenen Landes, von den Sowjets gefördert, im Lager und beschwört sie, nach Hause zu gehen. Verwirrt horchen sie all diesen Stimmen und lehnen eine wie die andere ab.* Und wenn »all diese Bauern« keineswegs *verwirrt* waren? Was, wenn die »Sendlinge der Anders-Armee« (der polnischen Truppen auf alliierter Seite, der übrigens auch die *Kultura*-Zeitschriftgründer Jerzy Giedroyc, Sofia Hertz und Jan Czapski angehörten, allesamt intellektuelle Zeugen eines totalitären Jahrhunderts) ihm von der Vernichtung der polnischen Intelligenzija durch Nazis *und* Sowjets zu berichten wußten, von Auschwitz *und* Katyn?

Die *Grande Dame* als große Ignorantin, die doch bereits 1946 zumindest in Ansätzen hätte wissen können, *was* im sowjetischen Macht- und Einflußbereich vor sich ging. Und ganz sicher 1968, als sie ihrem ansonsten so hellsichtigen Tagebuch ein knappes Nachwort beisteuert, darin jedoch mit keinem Wort das damalige Fehlurteil erwähnt. Dafür wird, bei der Wiederlektüre, langsam plausibel, weshalb Spiels ehemaliger Jugendfreund, dann Konkurrent, »Freundfeind« und schließlich lebenslanger Gegner Friedrich Torberg Jahrzehnt um Jahrzehnt damit verbrachte, gegen sie zu polemisieren. Zwei liberal säkulare Intellektuelle aus jüdischer Familie und mit vergleichbaren Flucht-Biographien, nahezu deckungsgleich in der Einschätzung der Zeitläufte bis 1945, meisterlich im Stilistischen, dazu jeder auf seine Weise erfolgreich und in der Öffentlichkeit wahrgenommen – weshalb also die rabiate Abneigung? Fortgesetztes Konkurrenzdenken könnte es wohl kaum zur Gänze erklären, da in der weiträumigen deutschsprachigen Medien- und Verlagslandschaft ja für beide Platz genug war. Was aber, wenn der politische Denker Torberg in der mitunter unpolitischen Nachkriegs-Wahrnehmung »der Hilde«, die er immerhin seit Ende der zwanziger Jahre kannte, eben jene trotz allen Stilgefühls skandalös bräsige Kulturtanten- und Onkelhaftigkeit witterte, die sich in der eigenen Toleranzbereitschaft sonnte und gleichzeitig für das Bedrohliche der Sowjetunion und ihrer auch westlichen Propagandisten verblüffend blind blieb? (Ein Phänomen, das in modifizierter Form noch heute zu betrachten wäre.)

Gleichwohl infam, Hilde Spiel als »fellow traveller« der Sowjets zu denunzieren, peinlich auch die Dauerattacken und die rhetorischen Fußtritte, die Torberg dann in seiner Zeitschrift *FORVM* gegen die als »Hulda Spitz« Karikierte austeilte oder austeilen ließ. Auch ließe sich hier wohl misogynes Ressentiment nicht gänzlich ausschließen. Und doch böte diese lebenslange Streiterei einen gewissen, auch aktuellen Erkenntnisgewinn: Daß die robuste Verteidigung der liberalen Demokratie gegenüber Menschen, denen man zu Recht oder Unrecht eine fatale Ost-West-Äquidistanz vorwirft, allzu leicht ins Zänkische, ja Illiberale driften kann. Und daß gleichzeitig jene, die wiederum allzu selbstgerecht behaupten, »zwischen den Stühlen zu sitzen«, ebenfalls Grund hätten, ihrer Ohrensessel-Position zu mißtrauen.

Hilde Spiel freilich war von der Prätention frei, sich als »Ost-West-Versteherin« zu inszenieren. Auch spielte in manche ihrer (un-)politischen Bemerkungen sicherlich weder »Zerrissenheit« noch »Schwanken« hinein; die Moritz Schlick-Schülerin war ja ohnehin nie Parteigängerin der Kommunisten gewesen. Allerdings hatte sie sich auch kaum mit deren Gedankensystem und Manipulationstechniken beschäftigt, noch weniger dann mit dem massenmörderisch totalitären Innenleben der Sowjetunion und ihrer imperialen Nachkriegs-Strategie. Und so hält, Hilde Spiel wieder lesend, die Irritation an – oft auf durchaus anregende Weise. Denn Nein, ihr 1971 erschienener Band *Städte und Menschen*, zehn Jahre später gefolgt von der Essaysammlung *In meinem Garten schlendernd* und den 1984 veröffentlichen *Englischen Ansichten*, eine Auswahl ihrer Kulturberichte für die FAZ, sind eben *keine* Beispieie kulturbeflissener Innerlichkeit, sondern versammeln konzise Porträts etwa über Arthur Schnitzler und Egon Friedell, über Ilse Aichinger und Ingeborg Bachmann oder Anna Freud. Wobei »über« bereits eine sprachliche Ungenauigkeit wäre: Hilde Spiel behauptet keinen *Über*blick, sondern schreibt quasi von der Seitenlinie und mit einer respektvoll-empathischen Dezenz, die das Brüchige, Fragile, Tapfere und mitunter auch Inkohärente dieser Menschen in eindringlicher Sanftheit skizziert. Breitpinsel und Thesen sind ihre Sache nicht, dafür jedoch kritisches Einfühlungsvermögen noch im unscheinbarsten Detail.

Und dann kommt, ähnlich unvermittelt wie in ihrem Wien-Tagebuch, ein Text zu Leben und Werk Arthur Koestlers, der das beinahe völlige Unverständnis dieser ansonsten derart feinnervigen Liberalen offenbart. Mit spitzen Fingern geschrieben, gouvernantenhaft und mit mild tadelndem Kopfschütteln angesichts eines frühen kommunistischen Enthusiasmus und späterer Desillusionierung. (So viel Militanz auch immer!) Doch hatte Hilde Spiel wirklich verstanden, was Koestler in seinem Roman *Sonnenfinsternis* beschrieben hatte, wenn sie die Moskauer Schauprozesse lediglich als »doktrinäre Entartung« charakterisiert und den zu einem falschen Geständnis gezwungen Alt-Revolutionär Rubaschow als »russischen Dissidenten der dreißiger Jahre«? Und waren Koestlers Mehrfach-Leben in der Weimarer Republik, in der Sowjetunion, im Anti-Franco-Kampf – der ihn in einer spanischen Todeszelle beinahe das Leben gekostet hätte –, in seiner riskanten Flucht aus dem nazi-besetzten Frankreich und danach in der Beschäftigung mit dem israelischen Unabhängigkeitskrieg und der Kibbuz-Bewegung im Roman *Wie Diebe in der Nacht,* war so etwas tatsächlich vergleichbar … mit einem humorigen Buch des armenischstämmigen US-Autors William Saroyan, das den launigen Titel trug *Der waghalsige junge Mann auf dem fliegenden Trapez*? (Und arg verwundert notiert die Autorin, daß ihr der Überlebende Koestler, dessen Familienangehörige unter Hitler *und* Stalin ermordet worden waren, einen solch naiven literaturkritischen Vergleich sogar lebenslang nachgetragen habe. In ähnlichem Kopfschüttel-Duktus dann auch ihr Essay über die Wandlungen Stephen Spenders.)

Anstand, Moral, Skrupel, Zuneigung, ehrliches Interesse, stets verfügbare Reminiszenzen – was aber, wenn diese wertvollen Motivations-Ingredienzen mitunter dann doch nicht ausreichen? *Die Dämonie der Gemütlichkeit,* Hilde Spiels bald sprichwörtlich gewordene Beschreibung österreichischer und speziell Wiener Mentalität und Vergeßlichkeit, scheint mitunter (so in einem Glossenband mit diesem Titel) auch die Autorin selbst heimgesucht haben – auf jene unerwartet vertrackte Weise, wenn sie der eigenen Fähigkeit zum stets ausgewogenen Urteil ein wenig zu sehr vertraut. Etwa in den *Notizen aus Israel* aus den siebziger Jahren, die zu Recht ein Unbehagen an deutscher Selbstherrlichkeit dokumentieren und dennoch historisch ungenau sind. *Selbst Günter Grass ermangelte es an Takt, wenn er in Tel-Aviv öffentlich die israelische Unterstützung des Usurpatoren-Regimes in Uganda verurteilte oder das Verschwinden des Sozialismus in den Kibbuzim beklagte. Dem Angehörigen eines Volkes, dessen Rückfall ins Mittelalter noch in jedermanns Erinnerung ist, steht es kaum zu, einen Staat zurechtzuweisen, der notgedrungen die Kolonialpolitik des 19. Jahrhunderts betreiben muß.* Tatsächlich: Ein »mittelalterlicher« Nationalsozialismus und eine israelische »Kolonialpolitik«?

Man denkt an Hans Habes 1971 erschienenes hellwaches Israel-Buch *Wie einst David*, an Friedrich Torbergs sezierende Glossen zur bundesdeutschen Zeigefingerei in Richtung bedrohtes Israel, vermißt wiederum bei Hilde Spiel das Analytische – und ist schließlich doch erneut voller Bewunderung für ihre Beobachtungsgabe, in anderen Konstellationen. Etwa zu Graham Greene und dessen häufig als »katholisch« eingestuften Romanen. *Das Laster, das er schildert, ist vom Inbegriff der Sünde so weit entfernt wie ein Zeitungsjunge, welcher Obszönitäten an die Wand einer Latrine kritzelt, von Cesare Borgia. Es ist ein nordisches, ein verhemmtes, man möchte sagen, ein puritanisches Laster. Greene selbst ist davon fasziniert. Er ist jedoch Konvertit. Und so setzt er auf das puritanische Fundament einen katholischen Überbau, ein gedankliches Gerüst, das allzu oft wie eine Hilfskonstruktion anmutet. Die wahre Segnung der Religion aber, den Seelenfrieden, besitzt und ermittelt er nicht.*

Oder, ebenso treffend und Prägungen herausmodellierend, die Charakterisierung der Berliner Nachkriegs-Theaterblüte von 1948. *Wollte man den Ursprung deutscher Größe wie deutscher Niedrigkeit auf lapidare Weise erklären, so könnte man sagen, diesem Volk schmeckt das saftigste Backhuhn nicht so gut wie die trockenste Theorie. Lebensflucht und Lebensverachtung führen entweder in den Himmel oder in die Hölle; auf Erden fühlt man sich damit nicht wohl. Jene lateinische Art des Genießens, jene eingewurzelte Bauernschlauheit und diesseitige Selbstzufriedenheit, die den Österreicher charakterisieren, findet man in Norddeutschland nicht … Es blüht das ideologische Theater, das Niveau ist hoch und die Atmosphäre eiskalt erbarmungslos wie in allen der Erde entfernten Regionen.*

Vielleicht ließe sich sagen: *Das* ist ihre Welt. Dabei nicht allein die des Theaters, der Literatur, der Kunst, da Hilde Spiels Sinn für ideologische Verhärtungen, intellektuelle Kapriolen und fortwirkende Mentalitätsmuster ja ebenfalls entwickelt ist – in einem bestimmten Rahmen. Sogar Spottlust kommt bei ihr auf angesichts dessen, was Ludwig Marcuse »Getue« genannt hat und was sie 1952 im Städtchen Taos in New Mexico sieht. Dort nämlich haust nämlich nicht nur D.H. Lawrence' Witwe Frieda in einem pittoresken Bungalow, sondern anwesend ist auch (wie man damals gesagt hätte) die gesamte Korona jener dilettierenden bourgeoisen »Malweiber aller Nationen mit Renoir-Ponyfransen, starrem Picasso-Auge oder gerecktem Modigliani-Hals«. Ihre Wahrnehmung der Indigenen, die hier am Ort eher zu Folklore-Zwecken geduldet zu sein scheinen, fällt hingegen schon deutlich schwächer aus, die »Indianer« bleiben Staffage. (Und dabei hatte Hilde Spiel die mexikanischen und karibischen Novellen Anna Seghers' gelesen und gemocht. Und was, wenn zu dieser Zeit Otto und Alice Rühle noch gelebt hätten, anstatt neun Jahre zuvor hinter der Grenze, im »richtigen« Mexiko …? Fragen, die keine Antwort kennen – so schön auch die Vorstellung ist, die beiden wären hier auf Hilde Spiel getroffen und hätten der Besucherin von der Weite *ihres* Horizontes etwas vermitteln können, leichthin und freundschaftlich gestimmt, *en passant* und ohne vorwurfsvolles Eifern.)

Anders-Exotisches aber wird mit feinstem Sensorium wahrgenommen und über die Jahrzehnte hinweg der deutschsprachigen

Lese-Welt vermittelt: Hilde Spiels England-Bilder, die nicht erst zu Lebensende in ihren beiden autobiographischen Büchern gezeichnet wurden, sondern sich bereits lange zuvor in Zeitungen, Zeitschriften und in Essaybänden finden, haben bis heute nichts eingebüßt an Relevanz. So folgt etwa 1957 ihrer Eloge auf die britische Medien-Öffentlichkeit und deren Fähigkeit zur rhetorisch treffenden Machtkritik die Beobachtung, daß nicht wenige der klügsten Publizisten und Herausgeber irgendwann dann doch Teil des politischen Establishments werden. *Der Übergang ist oft unmerklich, aber einmal vollzogen, ist er unwiderruflich.* Angesichts der Stabilität der Westminster-Demokratie sieht Hilde Spiel keinen Grund zu dramatisieren; gleichwohl bemerkt sie, daß hier ein Wechsel der Lager stattfindet, die bereits zuvor durch etwas viel Entscheidenderes als Politik verbunden gewesen waren: Eine häufig bereits seit Generationen festgefügte *Upperclass*-Existenz, die von krassen sozialen Klüften nichts weiß bzw. nichts wissen will – und zwar lebensweltlich selbst dann nicht, wenn man sich theoretisch als intellektueller Linksaußen der Labour Party gibt. Eine solche Sensibilität hat Hilde Spiel zeitlebens nicht verlassen – und deshalb auch keineswegs wohlfeil, wenn sie konstatiert, daß »der kleine Mittelstand, diese vernachlässigteste aller Schichten, sich außerstande findet, die wachsenden Lebenskosten zu bestreiten«. Und so liest es sich wie ein aktueller Kommentar zu den verschiedenen »Party-Gates« von Premier Boris Johnson (dem ehemaligen Herausgeber des *Spectator,* dessen Vor-Vorgänger vor Jahrzehnten bereits Hilde Spiel gekannt hatte), wenn sie mit Blick auf das Treiben einer finanziell fett gepolsterten *jeunesse dorée* fragt: *Was aber muß jemand aus dem Mittelstand empfinden, wenn er im Morgenblatt neben der täglichen Teuerungsmeldung den neuesten Bericht über die Vergnügungen jener jungen Herrschaften liest, die an der diesjährigen Sommersaison teilnehmen?*

Zu dieser Zeit lebt Hilde Spiel noch auf der Insel, übersetzt Autoren, schreibt Kulturbriefe für deutschsprachige Zeitungen und macht anhand von Geburtstags-Jubiliäen auf Klassiker aufmerksam, vor allem jedoch auf die neuesten Tendenzen der englischen (nach ihren Dublin-Besuchen dann auch irischen) Literatur, spürt feinsten Schwingungen nach und beschreibt sie in ebenso nuancierter Diktion. Neigt bei aller Sympathie dabei keineswegs zur Schwärmerei, kleidet selbst ihre Abneigungen in einen Stil ohne Ausrufezeichen. Und schreibt dann über jene englischen Ostermarschierer, die Ende der fünfziger Jahre ihre Hochzeit hatten, erneut Sätze in jenem Genre Naive Nachdenklichkeit, in dem noch heute kultiviert Unpolitische die Welt zu betrachten pflegen, nicht frei vom Dünkel der vermeintlich höheren Moral. *Selbst wenn die Regierer im Westen auch weiterhin die Gewißheit des Weltuntergangs dem Risiko der Niederlage vorziehen wollen, mag der Osten einer Demonstration wie diesen Märschen entnehmen, daß die Regierten sich an diesem gigantischen Pokerspiel nicht zu beteiligen wünschen. Sie decken ihre Karten auf, in der Hoffnung, daß auch der Gegner die seinen offen auf den Tisch legen werde.*

Sätze von geradezu atemberaubender Ignoranz und Unkenntnis des Moskauer Systems. Indessen: *Nicht* diktiert von heimlicher Sympathie, *nicht* beeinflußt von uneingestandenem bürgerlichen Selbsthaß, weder aus Opportunismus geschrieben noch aus der Furcht, andernfalls zu einem bestimmten Milieu nicht mehr dazuzugehören. (Und dennoch beinahe ebenso verstörend wie jene Verwandlung in dem österreichischen DP-Lager, als kurzzeitig aus der humanistisch geprägten Chronistin eine kalte Menschenbeschauerin geworden war.)

Tröstlich vor allem, daß die Spielschen Stärken und Schwächen von keinem anderen dominiert und aufgezwungen waren – weder von ihren zwei charismatischen Ehemännern, noch von den sogenannten Zeitläuften und schon gar nicht von der Erwartungshaltung dieses oder jenes Redakteurs. Nicht in jedem Fall also griff hier Reich-Ranickis Charakterisierung einer »Zerrissenheit« und eines »Schwanken zwischen Zugehörigkeiten«. Mehr noch: Hilde Spiel hatte diese Ambivalenzen (welche sie im un-politischen Urteil womöglich gar nicht als solche wahrnahm) nie versteckt, im Gegenteil: Ihr Lebensroman wurde im Laufe der Jahrzehnte fortgeschrieben von Artikel zur Rezension, vom Porträt bis zum Nachruf, von der Reportage bis zur Glosse – sogar ihr Roman *Flöte und Trommeln* (1947 erschienen und damals kaum bemerkt) zeigt bereits ungleich mehr als lediglich eine junge Frau in den dreißiger Jahren im Mussolini-Italien.

In späteren Jahren hatte Hilde Spiel mitunter geklagt, letztlich stets auf die Rolle einer hoch gebildeten Kulturpublizistin festgelegt worden zu sein, umso mehr sie ja nicht nur weitere Romane veröffentlicht hatte, sondern auch erfolgreiche Bücher etwa über Wien und die Emanzipationsgeschichte der Fanny von Arnstein, die Anfang des 19. Jahrhunderts als erste emanzipierte Jüdin einen Literarischen Salon ins Leben gerufen hatte. Wer jedoch noch heute in ihren Essaybänden liest, wird keineswegs nur eine (nicht zuletzt aus fortgesetzter Existenzsorge) ultra-emsige Tagesschreiberin mit intellektueller Verknüpfungskompetenz entdecken, sondern tatsächlich eine Zeitzeugin des 20. Jahrhunderts, die uns in eben jenen Zeitschacht mitnimmt. Denn das einstige Mädchen, das in Krakau den Soldaten-Vater in der kaiserlichen Garnison besucht und in Wien dann als junge Studentin Moritz Schlick gelauscht hatte – plötzlich befindet es sich, inzwischen eine Frau in den späten fünfzigern und Mutter zweier Teenager, inmitten einer tausendköpfigen Gruppe feiernder Musikfans im Londoner Hyde Park. Erblickt zusammen mit ihnen vorn auf der Bühne – hier vielleicht nicht ganz genrefest – »die beste Rock-'n-Roll-Gruppe im Land«. Beschreibt dann jedoch Mick Jagger treffend als »Beau laid mit kantigem Gesicht«, der »im weißen Traueranzug der Inder« sogar zwei Verse aus Shelleys Totenklage um Keats liest, bis es Zeit ist für *Sympathy for the Devil* – »Wilhelm Reichs musikgewordener Orgasmus«. Geht da jedoch nicht etwa umher in der Montur des ironisch-distanzierten Kulturbetriebs, sondern freut sich mit an der Freude jener »Mädchen und Jungen in afghanischen Hemdblusen, Kaftans und Saris, Damaskusblusen und Stirnbändern«. Afrokaribische Briten nimmt sie wahr und Au-pair-Mädchen vom Kontinent, duldsame Bobbies und in aller Öffentlichkeit selbstbewußt stillende Frauen. Nur die in Lederjacken posierenden »Hell's Angels«, die hier quasi als

Park-Ordner gebucht worden waren, beunruhigen sie zutiefst, worauf in jenem Text vom Juli 1969 wiederum eine jener Hilde-Spiel-Beobachtungen zu lesen ist, die noch heute verblüffen in ihrer Klarsicht. *Mit Emblemen und Abzeichen geschmückt, mit Nazihelmen und Hakenkreuzbinden als düster-höhnische Symbole ihrer Macht, hatten sie jene Ordnungsgewalt, die Hippies selbst nicht ausüben mögen, für sie übernommen. Ob den seligen Kindern die Ironie, die Gefahr dieser Terrorgruppen in ihrer Mitte ausreichend bewußt war? Wohl kaum.*

Und dann, kurz vor ihrem Tod: Die zwei Bände der Autobiographie. Beginnend mit einem Rückblick auf den Pfarrplatz in Heiligenstadt und jene Kinderzeit im Haus in der Probusgasse, endend mit zwei Fotos der nunmehr betagten Hilde Spiel vor einem winzigen (Ferien-)Häuschen im Wienerwald und auf der grünen Michaelerwiese. Die Haare wiederum toupiert, im Ausschnitt der dunklen Bluse eine Perlenkette, doch keineswegs deplaziert wirkt es hier vor ländlicher Kulisse. Eher schon geht die Assoziation beim Betrachten der Bilder in Richtung einer gesitteten Wächterin, da sie ja auf den Seiten zuvor auch kein Hehl gemacht hatte aus ihrer Verachtung für den in eigener Mittäter-Sache derart arrogant vergeßlichen österreichischen Bundespräsidenten (der Name Waldheim fällt indessen nicht) und andere altneue Phänomene im Lande der »dämonischen Gemütlichkeit«.

Hilde Spiel auf dieser Wiese am Waldrand, denkt der Betrachter, und der depravierte Hetzer aus Hermann Brochs *Verzauberung* hätte keine Chance gehabt, auf jenem abendlichen Fest die Dörfler aufzuhetzen zu Mord und Gewalt in suggestiv wirrem Appell. Die *Grande Dame* wäre ihm mit überlegter Rede ins Wort gefallen, hätte mit ihrer natürlichen Autorität wohl auch die noch unschlüssig Umherstehenden für sich gewonnen – und dann vielleicht im Zweifelsfall sogar ausdrücklich mit dem Gendarmen gedroht. (Und doch beschreibt die gleiche Hilde Spiel, wie sie, als England-Emigrantin in den fünfziger Jahren, immer wieder besuchsweise zurückgekehrt in ihre geliebte Landschaft zwischen Wolfgangsee und Wienerwald, davor zurückgeschreckt war, ihre neue Freundschaft zu Alexander Lernet-Holenia, dessen Romane und Gedichte sie anrührten, mit einer Frage zu belasten: mit welcher Absicht wohl trug der vierzehn Jahre Ältere noch immer einen Hut, an dem das inzwischen entfernte NS-Abzeichen einen sichtbaren hellen Fleck hinterlassen hatte?)

Introitus – Ein Kind in Wien heißt das erste Kapitel von *Die hellen und die finsteren Zeiten,* das mit Musikkapellen »im kaisergelben Olmütz« beginnt und einem Foto der Eltern an Kaisers Geburtstag; Hilde Spiels Vater (der nach dem Ersten Weltkrieg sozial degradiert ist und nach dem Ende des Zweiten an Enttäuschung und Auszehrung in einem Londoner Vorort sterben wird) ganz selbstverständlich in Uniform und noch *sehr* fesch. Danach das Defilee der Großeltern mit Zylinder und weißem Sonnenschirm, sogar ein früher Ahn, geboren 1753 in einem ungarischen Komitat, findet Erwähnung ob seiner Beschäftigung mit den Schriften von Maimonides und Moses Mendelssohn. Späterhin wird konvertiert, und Fotografien zeigen, was auch die Erinnerung gespeichert hat: eine gutbürgerliche Familie mit Sinn für Stil und gediegene Bildung, ein lebensweltlich liberaler Katholizismus im Rahmen der Konventionen.

Und weder episch buchhalterisch noch mit formatierten *short cuts* läßt Hilde Spiel ihre Chronistin nun noch einmal größer werden, vom Kind zum jungen Mädchen, zur Jugendlichen schließlich in der von vielen als »gerupft« empfundenen österreichischen Nachkriegs-Republik: Stattdessen eine Prosa, die Stefan Zweigs *Welt von gestern* mitunter vielleicht sogar noch übertrifft an Atmosphäre und Feinheit der Figurenzeichnung, an Unaufdringlichkeit des kristallinen, ab und an auch dezent ironischen Stils. (Man stellt sich eine mittsiebzigjährige Frau vor, eine Davongekommene, die an ihrem Wiener Arbeitsschreibtisch die Füllfeder in ein marmoriertes Tintenfaß eintauchen könnte oder auch, wie sie es zuvor seit Jahrzehnten getan, mit ihren grazilen Fingern die Tasten einer Schreibmaschine bewegt: Konzentriert, voller Treue zum Detail und doch als Leserin um die Fallstricke des Autobiographischen wissend, um all die Verführungen zwischen Redseligkeit und Verschweigen. Und meistert's, bekommt es hin in jeder Zeile, und nicht Goethe und Chateaubriand, sondern wohl eher Boswell und all die anderen prägnanten Engländer als ihre von fern grüßen Lehrmeister. *She knows how to do it*, ganz und gar nicht damenhaft.)

Im Wiener Diana-Bad trifft sie auf einen jungen stämmigen Wasserballer namens Friedrich Kantor, der hier für den jüdischen Sportklub Hakoah trainiert und ab nun in Abständen immer wieder auftauchen wird: Als Freund, schließlich Romandebüt-Konkurrent, »Freundfeind« und schließlich Geißel ihres späteren Lebens – Friedrich Torberg. Ausflüge mit dem Automobil, Theateraufführungen von Schnitzlers *Reigen*, Puccini auf dem Grammophon, sozialreformerische Lehrerinnen, bisexuelle Gymnasiastinnen, ein eindrucksvoller junger Humanist namens Helmuth James Graf von Moltke. Danach eine erste romantische und ganz und gar unromantisch endende Liebe mit einem jugendlichen Herzensbrecher: *Hans Békessy, der schon in frühen Jahren jenen Charme besaß, der später ölig werden würde.* (Touché, und soviel zu Hans Habe; vorerst.)

Und dann, Leitstern ihres ganzen Lebens, erneut jener späterhin von einem Antisemiten ermordete Philosoph Moritz Schlick, die Hommage auf die Leitfigur des Wiener Kreises freilich auch hier wiederum gipfelnd in einer gar nicht so kleinen Bosheit und Abwertung anderer Biographien. *Daß Schlick auf sanfteste Weise die metaphysischen Spinnweben vieler Jahrhunderte aus der Philosophie entfernte, daß er uns zu Vorsicht gegenüber jeder apriorischen Behauptung, zu genauer Prüfung aber auch jeder vermeintlich politischen Patentlösung anhielt, hat uns viele Irrwege, wie sie die spätbekehrten Anhänger eines »Gottes, der versagte«, all die Koestlers, Silone, Spender, gegangen waren, beizeiten erspart.* (Frage: Wie hätte wohl die junge Hilde Spiel auf die ältere Alice Rühle-Gerstel reagiert, wären sie einander begegnet, damals im Wien der frühen dreißiger Jahre?)

Gleichzeitig schreibt Hilde Spiel ein selbstkritisches »Nichts begriffen wir von dem sowjetischen Mord an den Kulacken«, bewertet ihr Linkssein als »mehr emotionell als rational« – eine Barriere gegen abstrahierende Wortklauberei, geschichtsdeterministische Terrorrechtfertigung und rigide Parteimoral, verbunden freilich mit dem Risiko, die Idee und Realität des »neuen Sowjetmenschen« auch nie wirklich ernstzunehmen in seiner radikalen Feindschaft zu allem, was ihr, der Herzens-Sozialdemokratin, doch lebenslang so lieb und teuer war.

Umso genauer wiederum ihre »Zurückbeobachtung« als euphorische Roman-Debütantin – ausgerechnet im Jahr 1933. »Ein wenig Lokalruhm«, so u.a. ein Abendessen, an dem außer Friedrich Torberg (sic!) auch Robert Neumann und vor allem Hermann Broch teilnehmen; universitäre und publizistische Arbeiten. Gleichzeitig tritt sie der Sozialdemokratischen Partei bei, die jedoch schon ein Jahr später nach dem gescheiterten Februaraufstand 1934 verboten wird. Hilde Spiel organisiert klandestin Hilfe für Verfolgte, bringt sich dabei selbst in Gefahr, heroisiert dabei im Nachhinein ihre Tätigkeit jedoch nicht im Geringsten, sondern schreibt – nun Jahrzehnte später – über historische Zäsuren und deren (Nicht-)Wahrnehmung: *Niemand will jenen glauben, für die der Februar 1934 einen härteren Einschnitt bedeutet hat als der Anschluß 1938. Als nach jahrelangen Gefechten in Spanien Madrid an Franco fiel, wurde in einer Gruppe von Londoner Exilanten einer Frau der Vorwurf gemacht, daß sie keine Tränen fände. Sie sagte: »Ich habe schon bei Barcelona geweint.« Wir weinten in jenem Februar. Was vier Jahre später geschah, war entsetzlich, aber vorhersehbar gewesen für alle, die ihre Augen nicht davor verschließen wollten.*

Es spricht für die Integrität Hilde Spiels, daß sie dabei nicht nur Tragik und Tränen beschreibt, sondern auch alle Verdrängungen, Ersatzhandlungen, Schönrednereien und mehr oder minder verzweifelte Liebeleien. *Eine verschwommene, verschmierte Zeit in den letzten Jahren vor dem Anschluß … Im Hietzinger Bad gewinne ich den zweiten Preis in einer Bräunungskonkurrenz; eine afrikanische Holzkette aus geschnitztem Horn.* Auch ihr zukünftiger Mann Peter de Mendelssohn pendelt noch hin und her, trifft in Paris Claire und Yvan Goll, verabredet sich mit seiner geliebten Hilde – ein Tag nach der

Ermordung von Bundeskanzler Dollfuß – im Café Landtmann, ehe er später nach Saarbrücken reist, um an der Seite von Prinz Hubertus von Löwenstein für ein Verbleiben des Saarlandes unter dem Schutz des Völkerbundes zu werben. Schließlich kommt auch Volkmar von Zühlsdorff, Löwensteins Mitstreiter (und späterer Freund und Briefpartner Hermann Brochs), nach Wien – und wird von Hilde Spiel spöttisch »das Gräflein« genannt. Ihr damaliger Blick auf den Schmächtigen, der doch in Berlin als sozialdemokratischer Schwarzrotgold-Kämpfer ungeheuren Mut gezeigt hatte: eine skurrile Figur, die darüber hinaus sogar noch um Spiels Mutter wirbt, ungeschickt und höfisch. Da war ein gewisser Tino schon ein ganz anderer Typ: Geheimdienstmitarbeiter in der italienischen Botschaft – »an die vierzig, ein Mann wie ein Baum, schön, groß, schnurrbärtig, und ein überzeugter Faschist«. Ihm verfällt die junge Frau, die auf Fotos jener Zeit als eine streng schmachtende Schönheit erscheint, als eine Art Mademoiselle fatale, dann für eine ganze Weile; »ich ließ zu, daß ich an seiner Seite immer tiefer in den Sumpf jener Zeit versank«.

Während es dem Lesenden dieser autobiographischen Aufzeichnungen dann ebenso geht wie bei der Lektüre von Fritz Beers Erinnerungen: Wer sich ihnen und ihrer bohrenden Ehrlichkeit aussetzt, ist wohl auf immer verloren für jene Podest-Memoiren, deren schreibende Standbilder permanent von ethischer Hochleistung zu Heldentat stolzieren. Stattdessen, bei Hilde Spiel: Mit den Skiern nach Kitzbühel, mit einem schwulen Freundespaar quer durch Belgien, dazwischen Weiterarbeit an der Promotion und im Falle des Zweifels an solcherart fragwürdigem Gleiten zwischen den Welten die Einschätzung *der* damaligen Autorität. *Als »kleineres Übel« betrachtete selbst Karl Kraus den Austrofaschismus, und wer dessen laxer gehandhabte Zwänge schon als Erleichterung empfand, hatte vergessen, was wahre Freiheit ist.*

Galt das nicht sogar für Italien, für südliche Sonne, die keinen Raum ließ für germanische Nebel? Auch dorthin reist die junge Frau und taucht ein in die internationale *community* an der Fremdenuniversität in Perugia – Fotografien zeigen sie nun in Begleitung weißer Jacketts tragender, vermutlich betörend pomadisierter Ruldolph-Valentino-lookalikes. Und trifft dann auf Anacapri einen faszinierenden Mann, mit dem sie ebenfalls eine Affäre beginnen wird. *Er hat ein kantiges, wenig schönes Gesicht, dessen Ausdruck mich verwirrt und fesselt: auf dem Untergrund einer tiefen Düsternis leuchtet immer wieder ein Lachen auf, übertrieben, ja hektisch, und doch umschattet: ein Kontrast, wie ich ihm Jahrzehnte danach bei Thomas Bernhard begegnen soll.* Der solcherart konzis Beschriebene ist Alberto Moravia, dessen ein paar Jahre zuvor erschienener Roman *Die Indifferenten* nun für Hilde Spiel eine lebensweltliche Fortschreibung erfährt: Was ist das für eine Diktatur, in der es ja weiterhin *dolce vita* und Wein und Pasta und Lachen und Liebeleien gibt, während gleich nebenan in den Polizeistationen Gegner des Regimes zu Tode gefoltert werden? *In Passignano am See saßen der Segretario politico und der Rechtsanwalt in innigem Verein mit dem Dottore Cohen im Café, aber drüben am anderen Ufer wurden die jungen Fliegeroffiziere für den Einsatz in Spanien ausgebildet. Mit einem von ihnen, Mario, durchtanzte ich eine halbe Nacht.*

Einige Jahre später – längst im Exil und als nunmehr britische Staatsbürgerin – wird Hilde Spiel über diese Italien-Erfahrung mit *Flöte und Trommeln* ihren wohl besten Roman schreiben. (Und widersteht dennoch, dies etwa im Unterschied zu Stefan Heym, in ihrer Autobiographie der Versuchung, seitenlange Inhaltsangaben zu geben. Ebenso wenig wie sie die anderen Romane, um deren erzählerische Schwächen sie vielleicht am besten weiß, noch einmal Revue passieren läßt – oder gar im Nachhinein klagt über deren eher kritische Aufnahme selbst beim ihr wohlgesonnenen Marcel Reich-Ranicki.)

Flöte und Trommeln erzählt von der Reise einer jungen Frau durch das Italien der dreißiger Jahre, in seiner episodischen Struktur vielleicht vergleichbar mit Marguerite Yourcenars Roman *Eine Münze in neun Händen*, der zu gleichen Zeit spielt, aber statischer wirkt. Hilde Spiel dagegen sieht, riecht, wandert, staunt und freut sich mit den Augen und Sinnen dieser jungen

Frau – und hält doch jedes Mal erschrocken inne, sobald unter azurblauem Himmel, vor betörender Architektur und in bukolischen Landschaften und Städten eine allzu arg unpolitische Naivität droht. Daß hier die Männer attraktiver sind und das Essen besser, daß der Rabbi beim Dorfplatz-Schwatz mit dem Soutaneträger zu finden ist, der Wein mundet und Mandolinenmusik erklingt vor antiker Kulisse, ist ja mitnichten ein Beleg dafür, daß das Italien des Mussolini-Regimes *keine* Diktatur ist.

Wenngleich nicht so reflektiert wie der Exil-Protagonist in Georg Hermanns 1936 erschienenem Roman *Der etruskische Spiegel* (der Autor wurde danach von den deutschen Besatzern 1943 an seinem Fluchtort Amsterdam aufgespürt und zur Ermordung nach Auschwitz deportiert), ahnt auch Hilde Spiels Heldin das trügerisch Ruhige und Vorläufige der gesamten Szenerie. Marschieren nicht tags und nächtens junge Faschisten zu keineswegs sanfter Musik durch die Kopfsteinpflastergassen der Dörfer und auf den großen Straßen der Städte, von Passanten, Café-Besuchern und Ladeninhabern kaum kritisch beäugt? Ist die Anwesenheit internationaler Studenten, die sich überdies ganz und gar nicht für die politische Situation ihres Gastlandes zu interessieren scheinen, tatsächlich eine Gewähr für Zivilität? Sind viele Familien nicht tragisch zerrissen zwischen Kommunisten, Sozialisten, Faschisten und »Indifferenten«? Und was die hehre Kultur betrifft: Interpretiert sie nicht ein akademischer Faschist, der die junge Frau anschwärmt, lediglich als Kulisse für eine »nationale Erneuerung«, eine quasi post-antike Hybris? Außerdem: Werden nicht in einem Nachbardorf bereits Soldaten für den Abessinienkrieg gedrillt? (Aufschlußreich, welchen Stellenwert nicht nur Hilde Spiel, sondern auch Hans Habe, Fritz Beer und Stefan Heym diesem brutalen Kolonialkrieg schon frühzeitig beimessen und dessen heute beinahe vergessene rassistische Verbrechen als Vorbote für Kommendes wahrnehmen.)

Überdies gilt auch in Italien, was bereits in den Wiener Vorkriegs-Erinnerungen thematisiert ist und für das Hilde Spiel – statt der etwas abgehoben wirkenden Formel von der »Gleichzeitigkeit des Ungleichzeitigen« – lieber auf ein

Karl-Kraus-Diktum zurückgreift: *All das gibt es, während es all das gibt!* So fühlt sich ihre Protagonistin frei *und* vereinsamt, geborgen *und* observiert, ängstlich *und* wagemutig, romantisch verträumt *und* libidinös draufgängerisch. Dazu Beobachtungen, die heute in Rezensentenkreisen wohl zumindest für gehobene Augenbrauen sorgen würden: Italienische Männer, die im Roman von der physischen Bedürftigkeit nördlicher Frauen berichten, welche unter dem mürrisch Verkanteten ihrer Ehepartner leiden, jedoch selbst in unsympathischer Erstarrung umhergehen, »ziemlich dumm, mit großen Füßen«. (Ist solches gar »Sexismus und Exotisierung« – oder nicht eher die gewitzte Selbstermächtigung jener, die früher »Südländer« hießen und nun heute, in ebenso bigotter Formulierung, als »Marginalisierte des globalen Südens« benannt werden? Bei der souverän beobachtenden und furchtlos schreibenden Exilantin Hilde Spiel sind's dagegen Männer, die vielleicht ihre Macho-Perspektive nicht »hinterfragen«, jedoch einen genauen Blick haben für das stumme oder – nach einem Wein und einer Nacht – auch heulende Elend so unendlich vieler von denen da oben aus dem nur scheinbar privilegierten Norden.)

Die mittzwanzigjährige österreichische Heldin in *Flöte und Trommeln* schert sich freilich noch nicht einmal um jenes Klischee, das Frauen das projizierende Schmachten und den Männern das Erobern zuschreibt. Von wegen, wo *sie* es doch ist, die mit den Söhnen von Pensionswirtinnen anbandelt, mit Handwerkern und Studenten, sogar eine gleichgeschlechtliche Begegnung ist mehr als nur angedeutet – und am Morgen danach erneut ihr Ränzlein schnürt und weiter wandert unter wolkenlosem Himmel, der gerahmt ist von Pinien und Koniferen. Dann aber auch wieder schnell hinaus aus dem Genre des pikaresken Reiseromans, da sie mit einem etwas älteren Mann, der entfernt an Alberto Moravia erinnert, Gespräche von geradezu existentieller Dringlichkeit führt und nach dessen Tod entscheidet, als Rotkreuz-Schwester die Überfahrt nach Abessinien zu wagen. Und sich auch hier jegliche dräuende Didaktik zu versagen. (Was für ein Roman!)

1936 war Hilde Spiel, die kurz zuvor promoviert hatte, mit Peter de Mendelssohn nach England emigriert; inzwischen sind sie verheiratet. Nicht die Konvulsionen eines dem Untergang entgegenwankenden Staates, sondern die Waggons der unterirdischen »Tube« senden nun lautstarke Signale in ihre kleine Londoner Wohnung, in der mit einem Gasofen geheizt wird, dessen Zähler in erschreckender Schnelligkeit Sixpence verschlingt. Die Weltstadt berauscht und schüchtert das Paar gleichzeitig ein – das gilt auch für das dortige Geistes- und Sozialleben. Wann gehört man dazu? Wenn es gelingt, von den täglichen kargen Mahlzeiten für den ebenfalls emigrierten Volkmar von Zühlsdorff noch etwas Eßbares abzuknapsen? Wenn man voller Mitleid konstatiert, daß der schlesische Exil-Dichter Max Hermann-Neiße, ein bucklicht Männlein mit Hut beim Spaziergang im Hyde Park, ja noch isolierter ist? Wenn es Kraft gibt, mit Jan Masaryk, dem Gesandten der Tschechoslowakei, zusammenzusitzen und sich gegenseitiger Solidarität zu versichern? (Hatte Hilde Spiel, die der empathische Sohn des Staatsgründers damals sogleich für sich eingenommen hatte, nach dem Krieg wahrgenommen, daß der Emigrant Leo Lania einen Roman über den mysteriösen Tod des späteren Außenministers geschrieben hatte, über dessen gewaltsames Ende im stalinisierten Prag?) Oder wenn man sich – anfangs motiviert vom Interesse renommierter Publikationen wie dem *New Statesman* und der Freude an den eigenen Fortschritten in der neuen Sprache und schließlich doch immer wieder zurückgeworfen auf das Draußen-Sein der Emigranten – die robuste telefonische Aufmunterung Robert Neumanns zu Herzen nimmt? *Unsere Vorfahren hat man auf Scheiterhaufen verbrannt. Da wirst du noch lernen können, in einer anderen Sprache zu schreiben.*

Was Klaus Mann, was Joseph Wechsberg, Robert Neumann oder Stefan Heym gelingt, vermögen dann auch Hilde Spiel und ihr Ehemann: Essays, ja selbst Bücher auf Englisch zu schreiben, die auch veröffentlicht werden – und sogar Erfolg haben. *Wir begriffen, daß Einfachheit nicht simpel war, Knappheit nicht flach und Durchsichtigkeit das Ergebnis langwieriger Kristallisation.* Im englischen PEN-Club finden sich

Gleichgesinnte, die mitunter sogar diskret aushelfen, wenn es für das Ehepaar im Auf und Ab freiberuflicher Intellektuellen-Existenz wieder einmal finanziell äußerst prekär geworden ist. *Bei all ihrer Großmut und Fürsorge: eine Zwischenexistenz, eine Randexistenz blieb man gleichwohl doch.* Unter den anderen Emigranten als englisch Schreibende bereits als »arriviert« geltend, ins soziale Gefüge in ihrem Viertel in Notting Hill und später in Wimbledon *nicht* eingebunden, antisemitisches Ressentiment eher in Beiläufigkeiten erahnend, jedoch als getaufte Katholikin auch fremd in anglikanischen Zirkeln. Welche Welt ist meine Welt?

Doch obwohl Hilde Spiel all diese insularen Usancen aufmerksam betrachtet und auch ein Auge hat für das exklusiv Aristokratische zahlreicher linker Intellektueller und für die soziale Kluft im Lande – nie kommt ein mokanter, generalisierender Ton auf, wie er mitunter bei den in den USA geretteten Adorno, Herbert Marcuse oder Brecht zu finden ist. Da doch dieses Great Britain bei weitem nicht nur Premier Chamberlain ist, der zusammen mit seinem französischen Amtskollegen 1938 in München die Tschechoslowakei Hitler zum Fraß vorwirft und daraufhin der heimische Faschist Oswald Mosley im East End seine Horden paradieren und grölen läßt »There's going to be no bloody war and the Jews won't have their war«. Sondern auch das Land, in das sich schließlich sogar Hilde Spiels Eltern retten können. (Die in Wien zurückgebliebene Großmutter wird später ins KZ Theresienstadt deportiert, das sie nicht überlebt.)

Dann kamen Hitlers Bomber und damit Tod und Verwüstung auch nach London. Hilde Spiel und Peter de Mendelssohn müssen wie alle anderen in Luftschutzkeller fliehen. Schöpfen Beruhigung aus der sonoren Stimme der BBC-Sprecher, erheben sich – gerade *weil* sie erklärte Nicht-Nationalisten sind – beim Klang der elf Hymnen der alliierten Staaten und stehen, zwei Linksliberale, die sich an den Händen halten, im Kino beim Anblick der Königsfamilie »ergriffen auf wie alle anderen, im Gefühl, mit diesem Volk und seinem humanen Herrscherhaus könne man nicht untergehen«. Später retten sie im letzten Moment ihre Tochter aus dem Kinderzimmer, dessen Wand unter der Bombenwucht zum Glück in die andere Richtung fällt und eilen in Helmen zur nächsten Feuerwache, während nebenan ein Altersheim getroffen wird und die Schreie der Schwerverletzten durch das Inferno hallen.

Und dann der 6. Juni 1944. Die in Deutschland Invasion genannte Befreiung Europas beginnt, und alte kontinentale Privathändel sind vergessen. *Hans Habe, in schmucker amerikanischer Uniform, lädt uns zum Abendessen ins Hotel Savoy.* Als fünf Monate später der Sohn von Hilde Spiel und Peter de Mendelssohn geboren wird, gibt es rund um die Londoner Geburtsklinik erneut Raketenangriffe, das Baby wird vorsorglich in den Keller gebracht. Erneut ist der Tod ganz nah, doch noch Jahrzehnte später schreibt die agnostische Hilde Spiel ihr »in Gottes Hand« in Anführungszeichen. Ungleich gewisser, aber auch temporärer ihre Gefühle inmitten Zehntausender Feiernder im Mai 1945 vor dem Buckingham Palast, auf dessen Balkon das Königspaar und die beiden Prinzessinnen Margaret und Elisabeth stehen – und natürlich Winston Churchill. *Nie zuvor, nie nachher ein solcher kollektiver Glücksrausch! Nie wieder eine solche Gewißheit, hier und nirgends anders beheimatet zu sein.*

Bis das Ehepaar aus dem Mund des *New Statesman*-Herausgebers Kingsley Martin jenen Satz hört, den über vier Jahrzehnte später Marcel Reich-Ranicki aus Hilde Spiels Buch wortwörtlich memorieren wird, da genau darin die Tragik jener Flüchtlinge besteht, die ihre alte Heimat verloren hatten ohne wirklich eine neue gewonnen zu haben. *»Ihr werdet wohl jetzt in euer Land zurückkehren?« Da wußten wir, und gestanden 's uns doch nicht ein: neun Jahre der Einfügung in die englische Welt waren vergeblich gewesen.*

Schließlich »der Sprung aufs Festland« – ihr Mann Peter vorerst in der Uniform des Presseoffiziers, sie, zumindest bei den auch im Tagebuch verarbeiteten Besuch in Wien, als »war correspondent«. Bei den Sprüngen wird es für die doch ganz und gar nicht sprunghafte, sondern abwägende Hilde Spiel dann noch viele Jahre bleiben – als hart arbeitende und täglich ihr Schreibpensum erfüllende Mutter zweier Kinder in London, die bald auch als England-Korrespondentin der neuen deutschen Medien gefragt ist – von der *Neuen Zeitung* über die *Süddeutsche* bis zum *Tagesspiegel* und zu Melvin Laskys Zeitschrift *Der Monat*, für den sie elegant-profunde »Kulturbriefe« von der Insel beisteuert.

Bewundernswert – da nun der erste Teil der Erinnerungen *Die hellen und die dunklen Zeiten* beendet ist und der zweite Band mit dem Titel *Welche Welt ist meine Welt. 1946–1989* sogleich folgt – wie die nun gegen Ende ihres Lebens gegen zahlreiche körperliche Gebrechen ankämpfende *Grande Dame* auch weiterhin den Erzählfaden straff gespannt hält. Wie eine (gar nicht so) kleine Kulturgeschichte der Nachkriegszeit folgt und gleichzeitig ein mutiger, auch gegenüber sich selbst schonungsloser Blick ins zunehmend problematischer werdende Privatleben. Denn ganz und gar nicht damenhaft – jedoch auch nicht egomanisch redselig – was es nun zu berichten gibt von einer freiberuflichen Frau und Mutter, die trotz aller Freude am täglichen Schreiben oft am Rande ihrer physischen und mentalen Kräfte ist; die Vokabel *burn out* existierte vermutlich damals noch nicht zur Charakterisierung solchen Überfordertseins. Da das Dilemma ja fortbestand: Nicht nur über britische Kultur, über Literatur, Theater und Malerei zu berichten, sondern auch über eine Intellektuellenszene, der sie doch trotz einer gewissen Prominenz weiterhin als Fremde galt. Verwartete und verschenkte sie also in ihrem kleinen Londoner Vorort nicht ihre besten Jahre, während ihr Mann auf dem Kontinent reüssierte und sich ihr zunehmend emotional-erotisch entfremdete? Und war sie – schließlich 1948 dann doch in Berlin an seiner Seite und dort alsbald Theaterkritikerin der *Welt* – nicht auch im Nachkriegs-Berlin und dann noch mehr in ihrer einstigen Heimat Österreich wiederum jemand, »der von woanders herkam«?

Wie viel berechtigte Gründe, klagend um sich selbst zu kreisen, das aufgrund fremder Einwirkung Zersplitterte wieder und wieder zu betrachten. Und welche Widerstandskraft und welche Energie, gerade den (weiblichen) Blick aus der Insider-Außenseiter-Position nutzbar zu machen für eine Panorama-Ansicht jener Jahrzehnte, für Kabinettstücke in atmosphärischer Verdichtung, zeitkritische Reflexion und subtile Personen-Porträts. Exil, Rückkehr, doppelte Fremde, Nachkriegs-Zeit – *nichts* bleibt hier abstrakt und bloße historische Vokabel.

Auch ist, wie bereits im ersten Band, das Zickzack-Defilee »großer Namen« kein eitles *name dropping*. Hilde Spiel und ihr Mann (dieser weiterhin in der Uniform des alliierten Presseoffiziers, der, ähnlich wie zuvor Hans Habe, in Berlin bei der Neugründung und Lizenzierung deutscher Zeitungen beteiligt ist) treffen hier auf den ehemaligen Reichstagspräsidenten Paul Löbe und Annedore Leber, die Witwe des von den Nazis hingerichteten Widerstandskämpfers Julius Leber, dazu auf Oberbürgermeister Ernst Reuter und die beiden charismatischen SPD- und CDU-Politiker Kurt Schumacher und Jakob Kaiser. Lernen die Verleger Helmut Kindler und Peter Suhrkamp kennen, die unter den Nazis in Haft gewesen waren. Laden in ihrem Haus im Grunewald mitunter auch russische Kulturoffiziere ein, und zumindest Hilde Spiel glaubt – da meldet sich wieder die Illusion – daß bereits deren Anwesenheit »den Beziehungen zwischen den noch Verbündeten dienlich oder nützlich« sein könnte. (Das waren sie freilich nicht. Und warum hätten sie es auch sein sollen, da doch längst evident war, daß sich in den drei Westzonen langsam, aber sicher eine Demokratie etablieren würde, während im sowjetisch besetzten Teil eine Diktatur installiert wurde, mitsamt logischer »Begleiterscheinungen« wie der erneuten Verhaftung kritischer Sozialdemokraten, die bis 1945 von den Nazis verfolgt worden waren.) Doch auch hier wieder: Untrüglich und unkorrumpierbar das Situations-Gespür der Beobachterin, wenn sie über die abends geladenen Sowjets schreibt: *Sie erschienen immer gemeinsam und gingen gemeinsam weg, bildeten stets eine geschlossene Gruppe und sprachen kaum je allein mit einem anderen Gast.*

Als kurz darauf die Berlin-Blockade beginnt, versuchen sowjetische Kampfflieger die von den Westalliierten eingerichtete

Luftbrücke zu stören – und Hilde Spiel erinnert in ihrem Buch an die längst vergessene Tatsache, daß über siebzig Briten und Amerikaner aufgrund dieser Obstruktionen ums Leben gekommen waren. Und erneut, welch präziser Sinn für die verquere Gestimmtheit so mancher damaliger Zeitgenossen. *Umringt von Ruinen, gibt man sich der »unerträglich schönen Melodie« der Kalinka und anderer russischer Weisen hin und ist irritiert, ja geradezu böse, wenn immer wieder ein britisches oder amerikanisches Flugzeug, lebensrettende Vorräte in die Stadt bringend, vor der Landung auf einem der drei Flughäfen in den Lüften kreist und die Musik übertönt. Eine Stadt hat den Kopf verloren und gibt sich, wie ich in den Jugendtagen meiner russischen Romantik, der slawischen Schwermut ihrer slawischen Bedrücker hin.*

Ohnehin ist es nicht so, daß Hilde Spiel »der« Kultur magische Fähigkeiten andichten würde und die Musen-Beflissenheit der Nachkriegs-Deutschen mißverstünde als eine Heimkehr zum Guten, Wahren und Schönen. So sieht und hört sie mit Respekt und Bewunderung Wilhelm Furtwängler dirigieren, vergißt dabei jedoch als getreue Moritz-Schlick-Schülerin des Dirigenten irrationales Credo der »tönenden Bilder über alle Logik hinaus« keinen Moment und schreibt anschließend im *New Statesman*, Furtwänglers vom Publikum ergriffen gefeierte Rückkehr erinnere an ein Stammesritual und die Wiedergeburt eines Mythos. Und zitiert, mit gleichsam trockenem britischen Humor, die Bemerkung eines ebenso skeptischen Konzertbesuchers: *»Das arme Publikum! Ein solches Zusammensein war ihnen seit dem letzten Nürnberger Parteitag nicht mehr vergönnt.«*

Und war nicht auch Gustaf Gründgens noch immer äußerst vital – im Gegensatz zum stillen, deprimiert in sich gekehrten Berlin-Besucher Klaus Mann, der einst im *Mephisto*-Roman das Auftrumpfende und Täternahe eines Typus beschrieben hatte, der nun wieder mit Aplomb Raum und Ruhm beanspruchte? Ganz liebenswürdig parliert Gründgens jetzt auf einer Party mit Hilde Spiel, »nicht minder liebenswürdig, als er sich zuvor mit seinem Beschützer Göring unterhalten haben mochte«.

Doch selbst die »Inneren Emigranten« und die Leere ihrer Schubladen, in denen sich eben *kein* großes Werk über »jene zwölf Jahre« findet: Hilde Spiel konstatiert es mit einer gewissen Trauer, doch ohne Häme – und mit weiterhin großer Zuneigung etwa für den »verehrten Erich Kästner«. (So wie auch Stefan Heym und Hans Habe in ihrer Zeit in der Münchner *Neuen Zeitung* die nunmehr recht schweigsame Melancholie Kästners aufgefallen war.) Und als Königin Elisabeth und ihre Schwester Margaret dann 1956 Erich Kästner als Ehrengast in London empfangen und von ihrer Kindheitslektüre seiner Bücher erzählen, ist auch Hilde Spiel ungemein gerührt.

Während in unzähligen Memoiren und mentalitätshistorischen Darstellungen jener Zeit die Deutschen sich selbst dafür belobigen, daß sie damals »wie Schwämme« alles aufgesaugt hätten, was ihnen so lange vorenthalten worden war, hat sich *diese* Chronistin ihre Skepsis bewahrt. Stichwort Jean-Paul Sartre. Im Osten zuerst als »antisowjetische Hyäne« geschmäht und kurz darauf als »pro-kommunistischer« Autor zumindest eine Zeitlang hofiert, läßt sich Hilde Spiel weder von dem einen noch dem anderen Urteil beeinflussen, sondern stellt unerschrocken die Frage, weshalb sein Theaterstück *Die Fliegen* wohl 1943 mit Genehmigung der Besatzer in Paris aufgeführt werden konnte – und weshalb sich nun die »geläuterten« Nachkriegs-Deutschen derart begeistert darauf stürzten. Sedierten steile, ins Gewand des Existentialismus gepackte Theoreme wie »Der feigste Mörder ist der, der bereut«, nicht bewußt und unbewußt ein ohnehin verdrängungswilliges Publikum, war die »schillernde Vieldeutigkeit« von Theaterstück und Autor nicht bestens geeignet, »jene Geister zu verwirren, die bis vor kurzem noch korrumpiert gewesen waren«? Hilde Spiel konstatiert »eine seltsame Verschmelzung von französischer Clarité und Heideggerscher Seinsmystik« – und hält Sartre für eine Art Geburtshelfer neuerlichen Selbstbetrugs: *Bevor irgend jemand begriff, daß er die grundlegende Auseinandersetzung vermied, war er verschwunden und hinterließ nichts als die vage Erinnerung an seine rhetorische Brillanz …*

Nicht prunkend noch kryptisch und schon gar nicht einschüchternd sind all diese Hilde-Spiel-Sätze. Auch wenn man bedauern mag, daß sie die Zäsur des sogenannten Ersten Deutschen Schriftstellerkongresses 1947, in der ein bislang unbekannter linksliberaler jüdischer US-Amerikaner namens Melvin Lasky das Zensur-Regime in der Sowjetunion erstmals in aller Öffentlichkeit attackierte, ein wenig randständig abhandelt: Ihre Beschreibung des »unsympathischen« sowjetischen Kultur-Majors Dymschitz, ihre Hochachtung für die greise Ricarda Huch und ihre trotz aller Differenzen lebenslange Sympathie für den sogenannten »Kalten Krieger« Melvin Lasky läßt keinen Zweifel, daß die gegenüber ex-kommunistischen Intellektuellen mitunter Verständnislose zumindest hier sehr klar zu erkennen vermochte, welche neue Gefahr mit dem sowjetischen Expansionismus aufzog. Überdies: War ihre liberale Skepsis gegenüber Arthur Koestler, der bei einem späteren Intellektuellen-Kongreß in Westberlin die Anwesenden forsch als »Kampfgenossen« anredete, tatsächlich völlig unplausibel? Jedenfalls – und auch das findet Erwähnung – hielt Melvin Lasky seiner nun bald wieder von London aus schreibenden *Monat*-Mitarbeiterin gerade dann die Treue, als er einen Brief Friedrich Torbergs erhalten hatte, in dem Hilde Spiel als *fellow traveller* der Kommunisten denunziert wurde. (*Keine* Erwähnung findet Spiels Besuch in der Chefredaktion der *Süddeutschen Zeitung* im Jahre 1958, bei dem sie behauptet hatte, der Wien-Korrespondent Torberg sei ein US-Agent, worauf dieser sogleich prozessierte – und gewann.)

Alte Kamellen? Nicht unbedingt. Da das konfliktuös Ausdifferenzierte innerhalb des Westens – einschließlich der frühen Gegnerschaft des antitotalitären *Monat* zum hysterischen Irrsinn des Senators McCarthy – einem monolithischen »Ostblock« entgegenstand und die bis heute gängige Rede von den »*beiden* Lagern im Kalten Krieg« zumindest ungenau ist.

Die Begegnung mit Johannes R. Becher, der sich hinter einem »streng bewachten Sperrgürtel« in seiner Pankower Villa für kommende (Propaganda-)Aufgaben vorbereitet: mehr als irritierend. Angesichts des ehemaligen Expressionisten, der nun als stalinistischer Moskau-Heimkehrer wüste Töne anschlägt und doch beim gemeinsamen Abendessen – man serviert Krautwickel mit Tomatensauce – den Bonvivant gibt, fragt sich Hilde Spiel (so wie bereits Fritz Beer bei einer Prager Begegnung mit Becher über ein Jahrzehnt zuvor), wie viel dieser Mann wohl verberge, um seine offizielle Rolle spielen zu können. Völliges Entsetzen dann ein wenig später bei einer Veranstaltung im Ostberliner Friedrichstadtpalast, als ein kleines »Trüpplein aus dem Westsektor«, darunter Hilde Spiel, der Verleger Gottfried Bermann-Fischer und ein paar britische Journalisten, von der aufgepeitschten Masse als »Schweinehunde« und »Verbrecher« angeschrien werden. *Zuletzt ertönt, als auf der Tribüne der wackere Westberliner Oberbürgermeister Ernst Reuter als Atombombenfreund bezeichnet wird, der Ruf »Vergasen«. Wir sind schließlich mit heiler Haut, aber zutiefst verschreckt und unter Hohnrufen, der Versammlung entkommen.* Auf jener Tribüne aber, schon damals schweigend, die jüdische Exilrückkehrerin Genossin Anna Seghers, die von Hilde Spiel bis dahin zutiefst Verehrte.

Wenn Spiel mitunter auch die langfristigen Strategien der Sowjetunion weniger scharf analysierte als sie ihre Ablehnung der offensichtlichen Taktiken artikulierte (eine gewisse Schwäche, die Friedrich Torberg als versteckte Sympathie mißverstand – oder mißverstehen *wollte*): Dennoch glasklar ihre Position – und der Rekurs auf das »alte Europa« kein konservativer Singsang, sondern ein tapferes Hohelied auf den Geist der Aufklärung und permanenten Selbstprüfung, das bis heute nichts von seiner Überzeugungskraft verloren hat. »*Was den westlichen Europäer vom Sowjetbürger trennt, ist mehr als seine verstockte Weigerung, sich Simplifikationen unter den Namen Fortschritt aufdrängen zu lassen – es ist der Unterschied zwischen Skeptizismus und Gläubigkeit. Als einzig unverrückbar im Wandel der Zeiten und der Ideologie haben sich ja eben jene Begriffe erwiesen, die man drüben um einer Patentlösung willen über Bord geworfen hat. Gedankenfreiheit, objektive Wissenschaft, unveräußerliche Menschenrechte stehen als letzte Standbilder in den verwüsteten Ehrenhallen Europas. Was drüben blindgläubige Materialisten verwerfen, erkennen hüben idealistische Skeptiker an. Auch für ein Linsengericht, das ihrer aller Hunger stillt, sind sie nicht bereit, das Erbe der europäischen kulturellen Tradition zu verkaufen.«* (Eher selten in ihrem Erinnerungswerk, daß sich die Autorin selbst zitiert, doch das Jahrzehnte zuvor Geschriebene ist ihr ureigenstes Credo geblieben – und die langjährige Menschenrechtsarbeit für das »Writers in Prison-Komitee« im PEN-Club, häufig in Zusammenarbeit mit Heinrich Böll in Köln, die praktische Konsequenz aus dieser Einsicht. Ebenso wie sie sich mit anderen Kollegen bereits 1951 erfolgreich gegen das kommunistische Ansinnen gesträubt hatte, der internationale PEN solle kollektiv dem sowjetisch dominierten »Stockholmer Friedenskongreß« beitreten; ein Widerstehen, das ihr dann auch prompt Drohungen von Seiten des in Ostberlin wirkenden Lyrikers und Kongreß-Intellektuellen Stephan Hermlin eingetragen hatte.)

Im Privaten, und auch davon berichtet Hilde Spiel nun rückhaltlos am Ende ihres Lebens, hat solche Lagerbildung freilich keine Gültigkeit. Die offene Ehe mit Peter de Mendelssohn geht irgendwann ins Offene einer emotionalen Entfremdung, obwohl die Scheidung erst 1970 vollzogen wird und Hilde Spiel bis zu Mendelssohns Tod 1982 großen Anteil nimmt am Leben und Schreiben des Thomas-Mann-Biographen. Ebenso empathisch ihre in die Erinnerungen eingestreuten Kurzrezensionen der Bücher ihres zweiten Mannes Hans Flesch-Brunningen (1895–1981), der ebenfalls aus einer jüdischen Familie stammt und den Hilde Spiel bereits im Londoner Exil kennengelernt hatte. Aus der »Hausfreundschaft« wurde Liebe, während der Exil-Ort sich langsam zur zweiten Heimat entwickelte – und gleichzeitig die erste, Wien und der Wolfgangsee, wieder zugänglich wurden.

Beschreibungsseligkeit der Memoiren-Autorin? Mitnichten. Obwohl selbst die späte Demütigung nicht verschwiegen wird, als sich gegen Ende seines Lebens der ältere zweite Ehemann in eine jüngere Frau verliebt. Doch auch hier weder

Pathos noch Larmoyanz, freilich auch keine vorgebliche Kühle. (Wer hatte danach jemals wieder so subtil und nuancierend von eigenen seelischen Verletzungen berichtet wie die Hofmannsthal- und Schnitzler-Leserin und einstige Emigrantin Hilde Spiel?) Denn auch jetzt ist weniger von gelungenen Symbiosen zu erzählen als von Bruchlinien und jenen Schockmomenten, die nur bei größter Aufmerksamkeit erfahrbar sind.

Dieses ostentativ nachlässig ausgeriebene Hakenkreuz am Lodenhut von Alexander Lernet-Holenia. Die zwei Fotografien in der Wiener Wohnung Heimito von Doderers: Papst Pius XII »in engelhaft weißer Soutane« und darunter »ein in der Tat abstoßendes Bild der ostdeutschen Justizministerin Hilde Benjamin« – womit der von Hilde Spiel so bewunderte Autor der *Strudlhofstiege* wohl weniger seine Abneigung gegen den Stalinismus dokumentieren wollte als fortgesetztes antisemitisches Ressentiment.

Wir schauen nicht unter den Teppich, wir klopfen den doppelten Boden nicht ab. Was trotzdem nicht zu vermeiden ist. Und doch unendlich schwerfällt, denn Sprache und Kultur, Straßen, Häuser, Landschaften, Freundschaften und Bräuche üben einen »unwiderstehlichen Sog und fortdauernde Anziehungskraft aus«, trügerisches Versprechen einer Sicherheit und wirklichen Rückkehr. Dabei stammt die maliziöse Distanz-Formulierung, um sich nicht allzu sehr einlullen zu lassen in den Cafés, beim Heurigen oder im Theater und in der Oper, ausgerechnet von Doderer: *Profund einverblödet ins Altgewohnte.* Das aber möchte Hilde Spiel gewiß nicht und sehnt sich gerade in solchen Momenten subtil korrumpierender Kumpanei zurück in die Londoner Welt der »Diskretion, Disziplin, Distanz«. Während, wenn sie dann wieder dort ist und in der kleinen Wohnung in Wimbledon (wohin es auch Fritz Beer verschlagen hat) ihre Theaterbesprechungen abtippt oder ins Telefon spricht …

Bis 1963 dauert dieses Changieren zwischen Insel und Kontinent, »Exil« und »Heimkehr«. Gefühle in Anführungsstrichen, Stimmungen, die sich selbst mißtrauen, einander ausschließen und doch ergänzen; Hilde Spiel macht sie sinnlich erfahrbar, in der Beschreibung einer rustikalen Bauernstube im Wienerwald ebenso wie in der Vergegenwärtigung Londons. Wobei es die bittere Ironie der Geschichte will, daß ihre (vorerst) endgültige Rückkehr nach Österreich just in dem Moment geschieht als im Vereinten Königreich die *roaring sixtees* beginnen und nicht nur unter dem Sound der Beatles alte Konventionen *en masse* implodieren. Was sie dann jedoch als Kulturkorrespondentin der FAZ über Österreich – und die wiederkehrenden Besuche in London – an Artikeln verfaßt, gewinnt gerade aus diesem Wechsel zwischen Nähe und Distanz seine Prägnanz. Freundschaften, doch auch diese von möglichen Mißverständnissen umzingelt, entstehen mit dem jungen Tom Stoppard, den sie übersetzt, und mit Thomas Bernhard, dem Berserker.

Als Hilde Spiel, inzwischen verwitwet, auf Initiative von Marcel Reich-Ranicki in den achtziger Jahren noch einmal für ein Jahr nach London geht, ist dies eine Art Abgesang – im Leben wie auch in ihrem Erinnerungsbuch. Eine nunmehr schon ältere Dame, der wir zusehen, wie sie die zunehmend ethisch gemischte Metropole staunend neu entdeckt, in Pakistani-Supermärkten einkaufen geht und der fundamentalen Unterschiede zwischen Skinheads und Punks ansichtig wird, Melvin Lasky und andere gute alte Freunde wieder trifft (und zu erneutem gegenseitigen Mißvergnügen am politisch-intellektuellen Austausch mit dem Schlick-Schüler Karl Popper scheitert), wie sie in ihrem kleinen Häuschen am Pembroke Place ihre Kinder und Enkel um sich versammelt – und, ohne verletzt zu sein, längst lächeln kann über die Bemerkung einer Bekannten, die am ungleich nobleren Pembroke *Square* residiert: *»Wie hübsch Sie es hier haben! Ja, ja, hier haben früher unsere Dienstboten gewohnt …«* Aber längst zuckt sie nicht mehr zusammen bei solchen Manifestationen. (Selbst der einige Jahre zuvor 1979 im Radio verkündete plötzliche Tod ihrer lebenslangen Plage Friedrich Torberg hatte sie nicht triumphieren lassen, sondern zu ihrer eigenen Überraschung sogar ein Weinen provoziert, Trauer und Befreiung zugleich.)

Hilde Spiel, nun mit einem »Pensionistenfreipaß« in den Bussen und in der modernisierten Tube unterwegs, voller Erinnerung noch an das London im Bombenkrieg und an die Todesangst um ihre kleinen Kinder. Skeptisch gegenüber dem Thatcherismus, aufgeschlossen für all die Innovativen im Kulturleben. Hilde Spiel, zu den neuesten Inszenierungen der Royal Shakespeare Company in einem »weißen Mini« kurvend, mit dem sie sich aufmerksam in den hauptstädtischen Straßenverkehr einzufädeln versteht, noch immer voller Neugier auf den kommenden Theaterabend, den sie dann in der FAZ besprechen wird.

Schließlich, auf den letzten Seiten jenes mit einem Fragezeichen versehenem *Welche Welt ist meine Welt* die Bilder vom Häuschen im Wienerwald und auf der Michaelerwiese. Überlegungen, welche Musik sie irgendwann »in die Ewigkeit oder ins Nichts« begleiten könnten: Telemann oder nicht doch eher das letzte der »Vier letzten Lieder« von Richard Strauss?

Nur wenige Monate hatte Hilde Spiel noch zu leben, als sie diese Sätze 1990 niederschrieb und in Druck gab. Und hatte, *Grande Dame* und ehemalige Flüchtlingsfrau, Schriftstellerin und Mutter im Bombenhagel, Ehefrau und Geliebte, *war correspondent* und Literatur- und Musikkennerin, britische und österreichische Staatsbürgerin, die den Ausschließlichkeitsanspruch von Staaten und Heimaten *nicht* anerkannte, noch ein letztes Mal genau das getan, was ihr zeitlebens so existentiell notwendig gewesen war.

Erinnerungen festhalten, um Menschen und Begegnungen, um irdisches Glück und Unglück während der uns vergönnten kurzen Spanne vor dem Sturz, dem uferlosen Fall, dem völligen Versinken in der schwarzen Leere der Ewigkeit und Unendlichkeiten zu bewahren.

DER
VIII. JAHRGANG
NR. 44
ICH STELLE MICH AUS
Das Leben ein Bestseller: Hans Habe (siehe „Bücher")

Romancier, Libertin, Soldat – und Antirassist Hans Habe (1911–1977)

Er nannte sich Hans Habe, wurde jedoch 1911 in Budapest als Janos Békessy geboren. Seine Eltern waren zum Katholizismus übergetretene Juden, die nach Ende des Ersten Weltkrieges mit ihm nach Wien flüchteten. Dort baute sich der Vater eine Existenz als Journalist und Zeitungsgründer auf. Modern gemachte, bildstarke, doch zutiefst obskure Blätter, deren Fahnen – so erinnert sich Stefan Heym in seinen Memoiren – »an begüterte Leute geschickt wurden mit freundlichen Grüßen des Herausgebers und der Anfrage: Wieviel zahlst du, wenn ich das *nicht* drucke?« Trotz manch progressiver Tendenz, die jenen Imre Békessy anfangs sogar mit der österreichischen Sozialdemokratie liebäugeln ließ (für deren *Arbeiter-Zeitung* wiederum damals der junge Leo Lania schrieb) und trotz der Tatsache, daß er für seine Zeitungen renommierte Autoren wie Anton Kuh und Franz Blei verpflichten konnte und dazu auch einen jungen Mann namens Samuel Wild, später bekannt als Billy Wilder – der Möchtegern-Pressemogul war der Prototyp eines Revolver-Journalisten. Und hatte sich besonders in Karl Kraus einen unversöhnlichen Gegner gemacht, der in seiner *Fackel* unermüdlich anschrieb gegen die Korruptionsstruktur jener Blätter. Irgendwann hatte Kraus sogar Erfolg, und sein legendärer Ausruf »Jagt den Schuft aus Wien!« besiegelte nach unzähligen Affären, Prozessen und polizeilichen Untersuchungen das Ende von Békessys Medienmacht. (Verbunden mit Geldschiebereien um Gefälligkeits-Inserate, hatte dessen Geschäftsmodell freilich Vorgänger und Nachahmer – und schlängelt sich gleichsam bis in die Gegenwart und in jenen ministeriell gepushten parteilichen Journalismus, der im Dezember 2021 sogar Bundeskanzler Sebastian Kurz das Amt kostete.)

1952, einen Weltkrieg und zahlreiche gesellschaftliche Zusammenbrüche später, schoß sich die westdeutsche Illustrierte *Stern* dann auf Békessys Sohn Hans Habe ein und titelte: »Jagt den Schuft aus Deutschland!« Nun war deren Chef Henri Nannen freilich kein Karl Kraus, sondern hatte, so legen es neueste Erkenntnisse nahe, offenbar im Zweiten Weltkrieg im Auftrag der SS an antisemitischer Propaganda mitgewirkt. Während Habe – 1940 zuerst als Kriegsfreiwilliger in der französischen Armee und danach als Lieutenant der US-Army – mehrfach sein Leben riskiert hatte im Kampf gegen die Nazis. Damals war der Remigrant Chefredakteur der neugegründeten *Münchner Illustrierten* und auch als Romancier erfolgreich. Wurzelte die *Stern*-Attacke womöglich in den Denunziationen alter Nazis, die nicht müde wurden, Hans Habe als »Morgenthau-Boy« zu beschimpfen, obwohl dieser doch schon kurz nach Kriegsende öffentlich gegen eine Kollektivschuld-These argumentierte und dabei sogar einen Konflikt mit der amerikanischen Militäradministration in Kauf genommen hatte? Oder war es womöglich Neid, da Habe bereits in jungen Wiener Jahren ein prominenter Journalist gewesen war – freilich nicht im trüben Universum seines Vaters, dessen Namen er nicht tragen mochte und der sich nach Kraus' Zorn-Ausruf flugs davon gemacht hatte nach Paris.

Gerade einmal 21 Jahre alt war Hans Habe gewesen, als er 1932 als Reporter der *Wiener Sonn- und Montagszeitung* herausfand, daß Adolf Hitler in Wirklichkeit ... Schücklgruber hieß. (Zwecks Erschleichung einer Erbschaft hatte der Vater einst den Namen gewechselt.) Der stramm auftretende »Führer« und die Nazis verziehen Habe diese in einer Extraausgabe sogar bis nach Deutschland verbreitete Demütigung nie und hätten ihn zweifellos spätestens 1938 in Folge des »Anschlusses« umgebracht, wäre er in ihre Hände gefallen. Bereits 1936 hatte er mit *Drei über die Grenze* einen der frühen Flüchtlingsromane über das Dritte Reich geschrieben, und als wenig später in der Schweiz sein Roman *Tödlicher Friede* erschien, intervenierte wütend die deutsche Botschaft in Bern, so daß das

Buch zurückgezogen werden mußte (und dann unter einem Ausweich-Titel erneut erschien).

1940 war ihm im besetzten Frankreich die Flucht aus einem Kriegsgefangenenlager der Deutschen gelungen; sein kurz darauf geschriebener Erfahrungsbericht *Ob tausend fallen* wurde dann in den USA ein großer Erfolg und 1943 in Hollywood unter dem Titel *The Cross of Lorraine* verfilmt, mit Gene Kelly und Peter Lorre – gleichfalls Emigrant mit slowakisch-ungarischen Wurzeln, ursprünglich László Loewenstein – in den Hauptrollen. Während zu dieser Zeit Habe bereits wieder an der Front kämpfte, zuerst in Nordafrika und dann in Italien, wo er an der riskanten »Operation Avalanche« teilnahm, der Landung der 5. US-Army im Golf von Salerno.

»Umtriebig« lautet seit jeher die schmallippige deutsche Vokabel für solches Engagement, und als ungeheuer »umtriebig« empfanden wohl so manche dann auch das Folgende: Noch ehe Nazi-Deutschland kapituliert hatte, war von Seiten der Amerikaner an den im Camp Sharpe in *psychological warfare* ausgebildeten Lieutenant der Auftrag ergangen, die Neugründung einer entnazifizierten und freien deutschen Presse zu planen – nachdem seine zuerst in Luxemburg stationierte Einheit bereits zahllose Flugblätter zur Information kriegsmüder Wehrmachtssoldaten entworfen und hinter die feindlichen Linien gebracht hatte. (Unter seinen damaligen Mitarbeitern: Sergeant Stefan Heym und auch Joseph Wechsberg.) Unter Habes Ägide war nach Kriegsende die bald schon renommierte *Neue Zeitung* in München gegründet worden – mit Erich Kästner als Feuilletonchef und Robert Lembke, von den Nazis zuvor als »Halbjude« verfolgt, als Leiter des Ressorts Innenpolitik.

In den darauffolgenden Jahren entstanden, wiederum in kurzen Abständen, weitere packende Zeitromane, die nun von den deutschen Nachkriegsjahren erzählten und mitunter zuerst in den USA erschienen, jedoch bereits vor hiesigem Erscheinen in bundesdeutschen Blättern vorabgedruckt wurden. All das mag jenen ein Dorn im Auge gewesen sein, für die Remigranten ohnehin Ruhestörer waren und die von den Amerikanern initiierte *re-education* ein Gräuel. Folglich mußte etwas in Habes schillerndem Privatleben gefunden werden, um den Attacken den Anschein des Apolitischen zu geben. Was der Autor seinen Feinden übrigens auch leicht machte: Inzwischen zum fünften (doch nicht letzten Mal) verheiratet, hatte 1948 in Mexiko die Trauung stattgefunden, noch bevor die Scheidung vom Vortag rechtsgültig geworden war. Worauf die Ex-Ehefrau Numero Vier Habe der »Bigamie« bezichtigte und 1952 dem *Stern* belastendes Material übergab und so Henri Nannen die Munition für seine Attacke. Es kam zu einem Prozeß, in dessen Verlauf ein Freundeskreis um Fritz Kortner zwar Geld für Habe sammelte, der jedoch desillusioniert in die USA zurückkehrte und dort bald in große finanzielle Schwierigkeiten geriet. Als er im Jahr darauf nach Deutschland zurückkehrt, hat er im Gepäck bereits einen Gutteil eines autobiographischen Manuskripts, das dann als Buch über fünfhundert Seiten Umfang haben und unter dem Titel *Ich stelle mich* erneut ein Publikumserfolg wird. Doch konnte das gut gehen – bereits mit 43 Jahren die eigene Lebensgeschichte auszubreiten, inklusive einer kursiv gedruckten Inhaltsangabe vor jedem der in adjektiv-frohem, rasant-flamboyant pikareskem Stil verfaßten 28 Kapitel?

Weshalb nicht, wenn man so viel zu erzählen hatte wie Habe und sich gleichzeitig nicht scheute, die eigenen Komplexe aufzuarbeiten: Der übermächtige dubiose Vater, das Geltungsbedürfnis des Sohnes, Genialisches im Bund mit Talmi und Hybris, die permanente Einsamkeitserfahrung des antitotalitären Intellektuellen, später dann das riesengroße fremde Amerika – und dazu all die Liebschaften und Ehefrauen, die dem Autor nach eigenem Bekunden Glück schenkten und Unglück bescherten. Indessen: *Aber schuld war ich selber, der ich Spiegelbilder aufrichtete vor meiner Eitelkeit.* Es hätte dem Buch – in dieser und zahllosen anderen Passagen – vermutlich nicht geschadet, hätte es der Autor dabei belassen und auf jenen fatalen Drang zum pathetischen Appendix verzichtet, der ihm auch in den folgenden Jahrzehnten bis zu seinem frühen Tod im Alter von 66 Jahren noch so manches vermasseln würde.

Mit einem »statt Heimat zu suchen für ein heimatloses Herz« verkitscht Habe jenes Eitelkeitsgeständnis in seinen Memoiren, in denen sich doch gleichzeitig ungeheuer packende Kapitel über das Zwischenkriegs-Wien und die dramatischen Exil- und Kriegsjahre finden, in denen Habe größten physischen und psychischen Mut bewiesen hatte. (Was ihm übrigens von *anderen* bescheinigt wird und von ihm *nur* zitiert ....)

Robert Neumann, jüdischer Remigrant wie Habe und seit der Weimarer Republik *der* literarische Parodist, persiflierte *Ich stelle mich* denn auch sogleich als *Ich stelle mich aus* – und mußte dabei eigentlich nur den Autor selbst zitieren. *Falsche Bescheidenheit hat in diesem Buch so wenig Platz wie eitle Selbstbespiegelung, und so werde ich mich noch öfter mit der Frage beschäftigen müssen, warum ich auf Frauen immer so eminent anziehend gewirkt habe.*

Später wird Habe diesen Pageturner, für den das Adjektiv *süffig* wie eigens erfunden zu sein scheint, »vor allem als Therapie« charakterisieren. Aber da war er bereits – aus vielen guten und einigen weniger sympathischen Gründen – mit den 68er-Studenten und Teilen der linksliberalen Öffentlichkeit im Dauer-Clinch. Wer also war dieser Hans Habe, dessen Erzähl-Elan selbst Hemingway und Thomas Mann gelobt hatten, der Erika Mann als »der liebe Hansi« galt, dessen Israel-Bericht *Wie einst David* höchstes Lob von Max Horkheimer erfuhr, während wiederum Robert Neumann, der spätere Nachbar im idyllischen Locarno, schüttelreimte *Das Wasser stinkt, die Luft ist rein/ Hans Habe muß ertrunken sein*? Dagegen hatte Erich Maria Remarque, der andere prominente Exilautor am Lago Maggiore, Habe lebenslang die Treue gehalten, und dieser hatte dem von ihm Bewunderten sogar ein literarisches Denkmal gesetzt – als einer integren Schriftsteller-Gestalt in seinem Schlüsselroman über Thomas und Veit Harlan. (So wie Remarque Teile von Hans Habes Fluchtgeschichte aus dem besetzten Frankreich via Spanien hinüber nach Portugal, wo er zusammen mit seiner damals zweiten Ehefrau schließlich ein amerikanisches Schiff besteigen konnte, in seinem Roman *Die Nacht von Lissabon* verewigt hatte.)

Was war das für einer, dessen Leben sich vielleicht zu einfach in Klatsch & Tratsch, in quecksilbrigen Anekdoten und Aperçus nacherzählen ließe, erklärter Verächter von Joseph McCarthy, dem Ku-Klux-Clan *und* der Gruppe 47, Roosevelt- und Kennedy-Sympathisant *und* Gegner der APO? Wo selbst die Autorenfotos in seinen (inzwischen samt und sonders vergriffenen Büchern) in die Irre führen könnten, nicht zu reden von den Bildern in all den einstigen Homestories von *Bunte, Quick, Bild* oder *Welt am Sonntag,* die nun dank Google Images wieder abrufbar sind.

Mal ein schwarzhaariger junger Beau à la Rudolph Valentino in jener Wiener Zeit, in der er Hilde Spiel verführt und fallengelassen hatte (und sich danach politisch, wenn auch nur für wenige Wochen, selbst hatte verführen lassen: bei einer Zeitung der austrofaschistischen Heimwehr). Mal ein dynamisch-melancholischer Jung-Reporter, Korrespondent des *Prager Tagblatts* beim Völkerbund in Genf. Hans Habe danach in französischer, Hans Habe in amerikanischer Uniform, das schwarze Haar weiterhin glänzend und gescheitelt und der feindlichen Welt ein herausfordernder Rastignac-Blick. Lieutenant Habe lachend vor Jeeps oder neben Freunden auf Armee-Schreibtischen sitzend, ehe diese mit den Jahren wuchtiger und luxuriöser werden und nun ihm selbst gehören: Der mittlerweile rasant gealterte Bestsellerautor in seinem Schweizer Nachkriegsdomizil, mit Siegelring, breiter Krawatte und Cognacschwenker.

280 Kaschmirpullover, so kolportierte die *Bunte* aufgeregt, nenne Habe sein eigen, des weiteren eine kleine Jacht, mittels derer er den Sechziger-Siebziger-Jahre-Vorwurf, er verkaufe sich an Axel Springer, auf typische Weise konterte: »Die einzigen Wellen auf denen ich reite, sind die des Lago Maggiore.« Nicht schlecht gegeben, vor allem einem pseudo-progressiven *juste milieu*, das gestern wie heute trotz diskretem eigenen Wohlstand auf die Cordhosen-Lastenrad-Attitüde ostentativer »Konsumkritik« kaum verzichten mag. Dennoch: Er ist jetzt

nicht unbedingt ein Sympathieträger, da jener »ölig gewordene Charme«, den Hilde Spiel – nur ein *klein wenig* rachsüchtig – in ihren Lebenserinnerungen dem späteren Hans Habe bescheinigt, tatsächlich aus manchen dieser Fotoaufnahmen herauszutropfen scheint: ein backenbärtiger Biedermann mit nunmehr gelichtetem Haar, mit geöffnetem Mund recht unvorteilhaft in die Kameras bleckend oder allzu selbstherrlich vor seinen Bücherwänden aufgepflanzt. (Und das bei ihm, Meister der Habitus-Kritik, der in seinen Romanen doch stets genau wußte, welche Kleidung und welche Mimik/Gestik er seinen Figuren zu verpassen hatte, um die von ihm gewünschte Wirkung zu erzielen.)

»Wir haben ihn gehaßt«, sagt heute Hans Christoph Buch, geboren 1944 und damit einer jener Schriftsteller, die in den Jahren um 1968 begonnen hatten, die literarische Bühne zu betreten. »Aber nicht aus Konkurrenzneid, denn weder in der APO- noch in der Suhrkamp-Welt tauchte Habe auf, der in *Bild* und *BamS* Kolumnen schrieb, mit dem Wort ›neue Nazis‹ allzu sorglos um sich schmiß und dann irgendwann sogar eine ›Ode auf Axel Springer‹ schrieb, die viele in unserer Generation, falls wir solches überhaupt wahrnahmen, mit hämischem Gelächter quittierten. Ob Vietnam-Krieg, den Habe zu rechtfertigen schien, oder die Nobelpreise für Heinrich Böll und Willy Brandt, die die undogmatischen Linken unter uns ja begrüßten, der vermeintliche ›Springer-Mann‹ aber wütend angriff: nichts wollten wir mit einem solchen Typ zu tun haben. Die Konservativen, so unser damaliger Blick, halten sich also einen rabulistischen Unterhaltungsromancier, eine anachronistische Krawallschachtel.« Und setzt dann hinzu: »Und nichts wußten wir vom Hans Habe des Exils, von der Flucht und den Armee-Jahren, nichts von den frühen Romanen, von der *Stern*-Attacke nach dem Krieg, und natürlich auch nichts von den Büchern, in denen er schon ganz früh den Rassismus auch innerhalb der westlichen Demokratien beschrieben und verurteilt hatte. Tja …«

(Doch waren nicht sogar dem *Monat*-Gründer Melvin Lasky, der Habe nach dem Krieg traf, und Ernst Cramer, 1939 als einziger seiner Familie aus Nazideutschland noch lebend Entkommener, der den späteren lebenslangen Freund als vorgesetzten Ausbilder im legendären US-Camp Sharpe kennengelernt hatte, die beinahe wortgleichen Beschreibungen eingefallen, als ich sie – unabhängig voneinander – in den späten neunziger Jahren befragt hatte? »Oh, er war ein Autor von großer Brillianz und Eitelkeit. Und es bereitete ihm geradezu physisches Unbehagen, irgendwo zu sein, ohne sofort erkannt zu werden.« Während Stefan Heym, der in seinen Memoiren auch jene Szene schildert, in der Hans Habe auf der soeben befreiten Pariser Place de la Concorde noch ein letztes Feuergefecht mit einem Nazi-Heckenschützen aufnimmt, meine Gesprächsanfrage mit einer Honorarforderung beantwortet hatte. Und dann ein paar Jahre später, die Episode war längst vergessen, in seinem Häuschen in Berlin-Grünau Tränen in den Augen hatte, als die Rede auf das damalige Axel-Springer-Aufsichtsratsmitglied Ernst Cramer kam, vormals Sergeant Cramer – und auf ihren damaligen Chef, jenen Lieutenant Hans Habe. »Nicht, daß ich die beiden sonderlich gemocht hätte. Aber stellen Sie sich vor, diese drei damals noch ziemlich jungen europäischen Juden in ihrer Armee-Uniform, in ihrer Angst, aber auch in ihrem Mut. Und …«)

Und so bleiben, wieder einmal, die Bücher. Allerdings nicht alle – voluminöse Unterhaltungsschmöker wie *Das Netz, Im Namen des Teufels* oder *Die Botschafterin* scheinen vor allem (eilig) geschrieben worden zu sein, um den Lebensstandard zu halten, und auch ihre anschließenden Verfilmungen lassen den heutigen Zuschauer einigermaßen ratlos zurück – trotz Star-Aufgeboten mit Elke Sommer, Klaus Kinski, Peter van Eyck, Christopher Lee und Nadja Tiller.

Gerade deshalb verblüffend, was alles *keine* Patina angesetzt hat. Als 1976 im Knaur Verlag in fünf dicken gelben Taschenbuchbänden Hans Habes *Leben für den Journalismus* erschien, mutmaßten seine ihm weiterhin erhaltenen Kritiker (besser wäre wohl von Verächtern zu sprechen), hier bekränze sich – in gesammelten Texten aus fünf Jahrzehnten – ein Wichtigtuer selbst mit Lorbeeren und versuche womöglich gar einen »konservativen Egon Erwin Kisch« zu geben. Unfug, da bereits der junge Habe, der 1934 eine Reportage über den Mord am österreichischen Bundeskanzler Dollfuß geschrieben hatte, weder politisch noch stilistisch epigonal unterwegs war (wie die jüngste neudeutsche Bezeichnung dafür lauten würde). Was ihn mit Kisch verband, den er ebenso wie Alfred Kerr lebenslang bewunderte, war die Neugier auf Realität und die Gewißheit, daß eine solche auch erzählbar war. (Was ihn von ihm trennte, war die schlichte Tatsache, daß Habe keiner Partei angehörte, deren ideologische Linien und Umschwünge es genau zu beachten galt.) Rhythmische Satzstruktur, konturierte Figuren- und Milieuzeichnung, *straight to the point* noch in der Artikulation von Zweifeln angesichts all der dramatischen und ambivalenten Geschehnisse, von denen lebendig und ohne Reporter-Klischees zu berichten war: Umstürze, Putsche, Kriege, Revolten.

Dazu Portraits, Gespräche und Interviews mit den Größen jener Zeit, die der junge Reporter auch neidlos als solche anerkennt. Mit André Gide, Literaturnobelpreisträger Iwan Bunin und Arthur Schnitzler, den er 1931 noch kurz vor seinem Tod trifft und von diesem, der sich als »kleiner Bruder von Sigmund Freud« bezeichnet, den Satz hört: *Kollektivismus ist der Versuch des Dilettanten, sich in der Masse zu verbergen.* Dann als Sonderberichterstatter einer ungarischen Zeitung auf »Sturmfahrt im Zeppelin«, 1938 in Paris zu einer Begegnung mit dem exilierten Alexander Kerenski und im gleichen Jahr an der französisch-spanischen Grenze, als die letzten geschlagenen Republikaner aus Franco-Spanien ankommen.

Die Einsamkeit dieser zutiefst erschöpften und oft schwer verwundeten Männer trifft auf dörflich-kleinstädtische französische Bonhommie (oder schlecht kaschierte Abneigung), und ein vornehmlich auf deutsch schreibender ungarisch-jüdisch-katholischer Reporter erspürt sofort, was sich hier manifestiert – die Müdigkeit der alten Demokratien angesichts der

»Kriege anderswo«, die mißverstanden werden als vermeidbare Anachronismen, interne Konflikte oder erneute Ausbrüche jener Wallungen, die man doch spätestens nach dem Ende des sinnlosen Ersten Weltkriegs hinter sich gelassen haben müßte.

Was die Franzosen auf ihrer Seite der Pyrenäen derweilen *so* nicht zu artikulieren vermögen, die in Genf beim Völkerbund akkreditierten westlichen Diplomaten säuseln es per Depeche umso eloquenter in die Welt hinaus: kein erneuter Krieg in Europa, keine Ideologisierung wie einst 1914, stattdessen Kompromiß und Ausgleich. Habe, im Auftrag des *Prager Tagblatts* als festangestellter Korrespondent in der betulich anmutenden und von altem Geldadel geprägten Stadt, vermutet indessen richtig: Nicht etwa Pazifismus und die humane Sorge um womöglich erneut in Schützengräben geopferte Individuen treibt die Abgesandten um, sondern pure Bequemlichkeit. Auch ist ihr ostentatives Beharren auf Neutralität und Äquidistanz in den meisten Fällen lediglich Heuchelei und Schwindel. Und so ist es ausgerechnet der erklärte Nicht-Kommunist Hans Habe, der hier den großbürgerlichen Antikommunismus jener Leute als das durchschaut, was er in Wirklichkeit ist: eine mehr oder minder kaschierte Sympathie für Franco, den man in Spanien blutig gewähren läßt, und für Mussolini, dessen Massenmord im Abessinien-Krieg zuvor auch keinen gesamteuropäischen Aufschrei provoziert hatte. (Noch Jahrzehnte später wird sich Hans Habe voller Empörung an die damalige Isolation von Haile Selassie in der gediegenen Konferenzstadt erinnern, in der der äthiopische Kaiser sogar zum Adressaten rassistischen Spotts geworden war. Und sich gleichzeitig fragen, weshalb der inzwischen alt gewordene Herrscher nun sein eigenes Volk kujoniert und zur Ablenkung den Popanz einer »israelischen Gefahr« erfindet, gegen die man »gemeinsam« vorgehen müßte. (Zickzack der Geschichte.)

1965 erscheint Habes Roman *Die Mission,* der von der gescheiterten »Konferenz von Evian« erzählt, bei der sich im Juli 1938 die 32 teilnehmenden Staaten *nicht* darauf hatten einigen können, eine größere Anzahl jüdischer Flüchtlinge aus Deutschland aufzunehmen. Mit einer Ausnahme – und diese war ausgerechnet die diktatorisch regierte Dominikanische Republik – weigerte sich die in jenem französischen Ort nahe der Schweizer Grenze versammelte »internationale Völkergemeinschaft«, die deutschen Juden vor dem drohenden Tod zu bewahren. Aus mangelnder Vorstellungskraft, aus Antisemitismus, aus dem bösen, alle guten Absichten paralysierenden Geist bürokratischen Kleinkleins und tagespolitischer Opportunitäten? Habes psychologisch packender Tatsachenroman beschreibt dieses fast schon vergessene Vorkapitel zur Shoah – und ist ebenfalls größtenteils vergessen. (Eine berührende Wiederentdeckung gelang 2019 ausgerechnet in einer Bildergeschichte, die davon erzählt, wie sich muslimische Flüchtlinge aus Syrien mit jenem damaligen weltweiten Wegschauen beschäftigen – und mit Hans Habes Roman.)

Wie für Friedrich Torberg und Fritz Beer ist deshalb auch für Habe das Jahr 1938 *der* Kulminationspunkt, an dem sich alles entscheidet. Äthiopien mag weit weg scheinen, und Franco in Spanien längst Tatsachen geschaffen haben – was aber ist mit den deutschen Juden, die im zur Falle gewordenen Nazi-Deutschland festsitzen? Und was mit der von Hitler bedrohten Tschechoslowakei? Und was, wenn offenbar wird, daß das Genre der Konferenzberichte und Reportagen, das Defilee der deprimierenden Fakten, ab nun vielleicht nicht mehr hinreichend ist? Da die Zeichen an der Wand ohnehin nicht wahrgenommen oder lediglich als »Zeitungsartikel von außerhalb« konsumiert werden. Doch könnten etwa Romane, die nicht allein vom Was erzählen, sondern auch psychologisch dem Wie und Warum nachspüren, mehr Wirkung erzielen?

Die Geschichte hat darauf längst Antwort gegeben, quasi mit einem Nein in Majuskeln, doch sind es gerade solche Bücher, die zumindest eine *Brücke* sein könnten – in das Heute von Xi, Trump, Erdoğan, Assad und Putin, in die Gegenwart eines seit 2014 geführten Angriffskrieges in der Ukraine mitsamt aller westlichen »Kompromißformeln« für »Einfrieren, Gesichtswahren, Deeskalieren« etc.

Hans Habes Roman *Tödlicher Friede* erzählt von jenen sechzehn Tagen zwischen Mitte September und Mitte Oktober 1938, in denen sich das Schicksal der Tschechoslowakei entschied – was hier in der Wiedergabe freilich eine sprachliche Ungenauigkeit ist, denn es waren ja die Westmächte, die in dieser Zeit entschieden, Hitler »Schicksal« spielen *zu lassen*, seine Erpressungen hinzunehmen, aufgeschobene Drohungen als Konzilianz zu mißdeuten und tatsächlich zu glauben, das Opfern der ČSR bringe »Peace For Our Time«. Mit der Detailkenntnis des Völkerbund-Korrespondenten und den Instrumenten eines bereits in jungen Jahren überraschend versierten Erzählers wird in dramatischen Szenen beschrieben, in welchen Etappen sich der Verrat vollzog – und das ausgerechnet an jenem Land, das als die einzig funktionierende Demokratie Mittelosteuropas gelten konnte.

Es beginnt damit, daß das britische Außenministerium bekanntgibt, man habe an die Mitarbeiter in der Prager Botschaft Gasmasken verteilt. Auf Hitlers Ultimaten an Prag folgt eine hektische britische und französische Reisediplomatie, deren Hin und Her etwa über den Rhein durchaus skurrile Züge annimmt. Je mehr Leerlauf indessen, desto gelassener die Atmosphäre in Genf: Unsere Profis werden 's schon richten. (Und ungehört die leise Stimme eines jüdischen Exilanten, der als unbekannter zwangsemeritierter Professor dem Dritten Reich rechtzeitig entflohen ist und nun in seinem kargen Genfer Hotelzimmer zu sich selbst spricht: *»Einer gewöhnt sich daran, Postbote zu sein, der andere Ultimaten zu senden. Statt rechtzeitig die Uniform des Soldaten anzulegen, gefällt sich der Westen allmählich in der Uniform des Briefträgers.«* Ohne es mit dem Parallelisieren allzusehr zu strapazieren: unmöglich, bei solchen Sätzen *nicht* an die ununterbrochene europäische Reisediplomatie zwischen dem ersten Angriff auf die Ukraine 2014 und dem zweiten vom Februar 2022 zu denken.)

Außerdem, und auch das wird bei den Genfer Diner-Veranstaltungen, in Clubs und Cafés keineswegs nur hinter vorgehaltener Hand geraunt: Hat jener Hitler nicht irgendwie auch ein wenig recht, waren die Folgen des Versailler Vertrages nicht allzu bitter, ist die »Heimholung« der Sudetendeutschen nicht eher ein Akt der Konsolidierung als der Aggression, und täte man der – unter uns: ziemlich kleinen, unbedeutenden und bis 1918 ja nicht einmal existierenden – Tschechoslowakei nicht eher einen Gefallen, das Dritte Reich solcherart für »klare Grenzen« sorgen zu lassen, umso mehr Berlin nach einem solchen »Kompromiß« ja auch in zukünftiger Bringschuld gegenüber dem Westen sei, wolle es nicht sein Gesicht verlieren? (Man liest und reibt sich die Augen. Milošević' massenmörderisches »Einsammeln« der vermeintlich serbischen, Putins ebenso verbrecherisches »Einsammeln« der russischen Erde auf der Krim und im Donbas – einschließlich der westlichen »Experten«-Interpretation, *same story, same shit.*)

Während deutsche Kanonen bereits auf Pilsen zielen, an der Grenze Kampfverbände aufmarschieren und im *Völkischen Beobachter* jeden Tag neue erfundene Geschichten über Mord und Vergewaltigung an »unschuldigen Sudetendeutschen« erscheinen, sieht die Welt im frühherbstlichen Genf nicht nur klimatisch äußerst freundlich aus: Wieder nämlich sind ja »draußen« die Profis beim Führer bzw. deren Abgesandte bei dessen Abgesandten, auch wenn die uneinsichtige Prager Regierung deren Friedensdiplomatie leider nicht immer zu schätzen weiß.

Irgendwann marschieren sogar drei Offiziere der Wehrmacht in voller Montur durch ein Genfer Restaurant, obwohl sie derlei offiziell gar nicht dürften, sich das, auch hierin die Grenzen des bislang Gängigen immer weiter verschiebend, aber durchaus erlauben können: mehr als mild ironisches Kopfschütteln über die ach so zackigen Deutschen ernten sie nicht. Ohnehin nimmt in den Vergnügungsstätten gerade ganz anderes die Aufmerksamkeit in Anspruch. Der Siegeszug des *Lambeth Walk* hat begonnen, und kein Café-Orchester, keine Cabaret-Sängerin, ja noch nicht einmal der Klavierspieler im Bordell (gleich hinter der calvinistisch geprägten Stadt auf französischer Seite gelegen), die darauf verzichten würden, die eingängige Melodie unters Volk zu bringen. *Any time your Lambeth way / Any evening, any day / You'ill find us all / Doing the Lambeth Walk, oi!*

Westeuropäische Völkerverständigung im rhythmisierten Tingeltangel, *make love not war,* Geschäftsleute, Journalisten und Diplomaten nebst Gattinnen, Geliebten, Zufallsbekanntschaften. Und siehe da, sogar rüder Egoismus darf nun die gezinkte ethische Karte ziehen: *Herr Hitler meint, daß die Tschechen die Minderheiten unterdrücken. Und der Lord, der in Prag war, ist der gleichen Ansicht. Der Lord sagt, daß man in den Sudeten deutsch spricht. Na also … Man war doch nicht sein ganzes Leben lang Pazifist, um jetzt wegen der Tschechen Krieg zu machen.*

Und der Erzähler Hans Habe muß gar nichts inszenieren: Der europäische *danse macabre* tanzt sich wie von selbst, und alle, alle stampfen und singen begeistert mit.

(Erinnerung des Lesers an jene *Nuits retros* in der Pariser Discoteque *Le Queen* an den Champs-Elysées, damals in der ersten Hälfte der neunziger Jahre. Trubel, Flirten, gute Laune und Dalidas posthum mit ein paar modernen Soundbytes aufgepushte Stimme, die mit Champagner-Girren eben diesen *Lambeth Walk* zum Vortrag bringt und die mondäne Crowd zum Tanzen und Mitsingen. Während in London Premier John Major und ganz in der Nähe im Präsidentenpalast François Mitterrand dem Schlächter Slobodan Milošević eine diplomatische Brücke nach der anderen zu bauen versuchen, die liberalkonservative Bundesregierung wie abgetaucht scheint und deutsche Linke vor allem damit beschäftigt sind, gegen einen UN-Blauhelmeinsatz zu polemisieren. Das entsetzliche Leid der bosnischen Muslime – verdrängt, geschrumpft zu einem »Resultat des Bürgerkriegs«, und selbst das Massaker in Srebrenica zwar pflichtschuldig verurteilt, doch ohne jegliche Konsequenz. Bis der Dokumentarfilm eines französischen Juden, bis Bernard-Henri Lévys *Bosna!* zumindest Frankreich aufrüttelt und anschließend selbst die greise Präsident-Sphinx zum Umdenken zwingt. Bis nach weiteren Massakern an Zivilisten – so etwa auf dem Marktplatz von Sarajewo – am Morgen des 30. August 1995 endlich NATO-Kampfflugzeuge aufsteigen und dann in nur wenigen Tagen dem Spuk eine Ende bereiten. Während nur wenig später westeuropäische Jugendliche die Trennung Robbie Williams von Take That betrauern, der Berliner Senat ob dieser Tragödie sogar ein »Sorgentelefon« einrichtet und in *Le Queen* weiterhin die charmant untote Dalida zum *Lambeth Walk* animiert.)

Vergessen und Verdrängen, so beschreibt es Hans Habe, ist wie Steinewerfen ins Wasser: Es breitet sich aus, *muß* sich ausbreiten. Doch wer sieht hin, wer sah hin – und wo sonst in der Literatur aus und über jene Zeit ist eine Völkerbund-Szene wie diese erinnert? *Der spanische Außenminister, dessen Land seit mehr als zwei Jahren in Blut und Feuer untergeht, spricht von Menschlichkeit, von Witwen und Waisen, vom Bombardement offener Städte und den unschuldigen Opfern eines schrecklichen Krieges. Niemand beachtet ihn. Nicht nur die Angreifer, so ruft der Mann in den Saal – er blättert um –, tragen die Verantwortung, sondern auch ihre Komplizen, die Komplizen durch Duldung. Aber aus dem Saal kommt kein Echo, er ist voller Duldung und Komplizen. Die Gleichgültigkeit scheint den Redner zu erwürgen. Noch einmal versucht er, die Zuhörer aufzurütteln. Dreißig Tote und hundertvierzehn Verletzte, gestern, in Barcelona – sie sind tot, morgen werden Tausende sterben! In den Rängen der tschechoslowakischen Delegation sitzt jetzt ein hagerer grauhaariger Mann, allein in einer langen Bank. Er hat den Kopf in die Hand gestützt, und der oben, auf der Tribüne, wendet sich ihm zu: Das Opfer von gestern grüßt das Opfer von morgen. Der Saal, dessen Akustik weltberühmt ist, hat keine Akustik.*

Ebensowenig wie sich die britischen und französischen Emissäre, die nun zunehmend ungeduldig von der Prager Regierung fordern, die Chance eines »Kompromiß-Friedens« nicht ungenutzt zu lassen, es sich vorstellen können, daß nicht einmal ein Jahr später auf dem Hradschin die Hakenkreuzflagge wehen würde. Friedenssehnsucht wird jedoch nicht denunziert, und zu den eindrucksvollsten Passagen zählt im Roman die Schilderung des friedlichen Genf, seiner anmutigen Seepromenade und der kopfsteingepflasterten Altstadtgassen. *Die Stadt war so still, wie es nur Schweizer Städte zwischen zwölf und zwei Uhr sein können. Aus den Kaminen der Dächer stieg ein bläulicher Rauch, als dampften lauter Suppenschüsseln.* Fragt sich deshalb, was zu tun ist, um solch anheimelnd Ziviles bewahren zu können – vor allem in Städten und Ländern, die *nicht* wie die Schweiz durch ihren Neutralitätsstatus geschützt sind. Die hiesige Freude indessen, als am 30. September 1938 in München schließlich von Daladier und Chamberlain jene »Übereinkunft« verkündet wird, die Hitlers Forderungen nachkommt, beschreibt Habes Roman als eine Mischung aus Gesundbeterei, Zynismus, Naivität und jener Ignoranz, die die lokalen, stets berechenbaren Gegebenheiten als das global Gültige mißversteht. Freilich gibt es auch echten Enthusiasmus, so wie ihn einige Monate später Friedrich Torberg in seinem romanesken Abgesang *Auch das war Wien* darstellen wird – ein Ist-ja-noch-mal-gut-gegangen-Aufatmen, eine fast schon hysterische Freude, ehe danach schließlich doch … (Und am Schluß noch einmal jener Emigrant, der, ohne über hellseherische Fähigkeiten zu verfügen, das Gegenwärtige und das Kommende derart klar sieht, als einer der wenigen in der Stadt und womöglich in der westlichen Welt. *Wer von diesen Tanzenden, Lachenden, Liebenden, Jubelnden sollte daran denken, daß ein kleines Volk verschachert worden ist, ausgewogen wie das geschlachtete Vieh? … Wie oft soll ich sagen, daß ich kein Feind des Friedens bin. Nur des Friedens, der dem Unmenschen gestattet, seinen Krieg vorzubereiten. Morgen wird die Welt jubeln und übermorgen in Schlaf verfallen.)*

Tödlicher Friede erschien im Zürcher Europa Verlag – am 31. August 1939. In einem Nachwort aus dem Jahr 1976 geht Hans Habe nochmals auf die Publikationsgeschichte ein, auf den Protest der deutschen Botschaft, das Einknicken der Berner Regierung und den Weitervertrieb des Romans unter wechselnden Namen auf den Umschlägen. Einer davon wird nun auch jetzt, in der deutschen Erstveröffentlichung, beibehalten: *Staub im September.* Habe geht nicht darauf ein, weshalb dieser so eminent wichtige Zeitroman erst jetzt in der Bundesrepublik erscheinen kann. (Obwohl ansonsten um keine notwendige oder mitunter auch überflüssige Polemik verlegen; Larmoyanz ist seine Sache nicht.) Aber er zitiert mit Joseph Wulf einen anderen Außenseiter – Auschwitz-Überlebender, Historiker, trotz seiner zahlreichen Veröffentlichungen vom Wissenschafts- und Medienbetrieb der sich von Jahr zu Jahr aufgeklärter dünkenden Bundesrepublik geschnitten und erneut traumatisiert, schließlich 1974 sein Suizid in Berlin-Charlottenburg. In Wulfs Dokumentation *Literatur und Dichtung im Dritten Reich* ist nachzulesen, welchen schriftlichen Auftrag Joseph Goebbels, aufgeschreckt durch die Verbreitung des von der Schweiz auch nach Deutschland geschmuggelten Romans, am 5. April 1940 der Reichsschrifttumskammer erteilt hatte: *»Sämtliche Bücher von Hans Habe sind zu verbieten.«*

Mit den Progressiven der mittsiebziger Jahre – sofern sie die Neuveröffentlichung des Romans im etwas entlegenen Freiburger Walter Verlag überhaupt bemerkt hatten – aber dürfte es sich Habe spätestens mit einem historischen Vergleich erneut verdorben haben. *Ich betrachte »das Zetern der Pharisäer«, von denen einst schon Heine sprach, und die mich heute Antifaschismus lehren wollen, mit Gelassenheit … Das Appeasement der dreißiger Jahre hat zum Krieg geführt, die »Entspannung« gefährdet den Frieden.* (Tatsächlich war in jenen Jahren der vermeintlichen »friedlichen Koexistenz« die Übermacht der sowjetischen Waffen, konventioneller und SS-20-Raketen, immer mehr gewachsen, ehe der NATO-Doppelbeschluß von 1979 auf diese Schieflage reagierte.)

Hysterischer Hans Habe, Schreibtisch-Stratege? *Tödlicher Friede* war in vierzehn Sprachen übersetzt worden; ein wenig reißerisch, doch nicht gänzlich unzutreffend nannte es die *Herald Tribune* »den Roman, vor dem Goebbels zittert«. Beendet hatte Habe das Buch in der Bretagne; noch am Tag des Kriegsausbruchs stellt er sich den französischen Militärbehörden zur Verfügung.

Nach dem Blitzsieg der Wehrmacht geriet Habe als französischer Armeefreiwilliger in deutsche Kriegsgefangenschaft, vermochte aus dem Lager in der Nähe von Nancy zu fliehen, inmitten des Auflösungs-Chaos seine damalige Ehefrau wiederzufinden und danach via Spanien und – nach langen bangen Wochen des Wartens in Lissabon – im November 1940 in die Vereinigten Staaten zu entkommen; als einer der bekanntesten Antinazi-Autoren war er auf eine von Präsident Roosevelts Listen gesetzt worden und hatte zusammen mit seiner Frau amerikanische *emergency visa* erhalten. Doch ist es weniger seine 1955 erschienene Autobiographie, die noch heute verblüffend augenöffnend ist, sondern jenes Buch, das er damals sogleich nach seiner Ankunft in New York zu schreiben begonnen hatte und das in den USA unter dem Titel *A Thousand Shall Fall* zum Bestseller geworden war. *Ob tausend fallen* erschien 1947 dann bei Rowohlt, doch scheint es seither vergessen zu sein. (Dabei würde eine Lektüre gerade für jene neuen Pharisäer lohnen, die gegenwärtig mit der infamen These hausieren gehen, die langjährige Beschäftigung mit dem Nationalsozialismus habe eine Thematisierung des Rassismus behindert: Die Juden, wie subtil, insinuierend und verklausuliert auch immer, gleichsam des »Sich-Vordrängelns« bezichtigend.)

Habe gelingt es in der Gefangenschaft, seine jüdische Identität zu verbergen, doch neben der Solidarität unter den Lagerhäftlingen gibt es auch die Fortdauer jenes Zwists, der schon in den Wochen zuvor offenbar geworden war. Denn für welches Frankreich hatte man überhaupt gekämpft – und lohnte, ab nun unter ungleich schwierigeren Besatzungs-Bedingungen, ein fortgesetzter Widerstand, da doch die Pariser Regierung unter Petain nicht nur einen Waffenstillstand, sondern sogar eine Art Brüderschaft mit den Okkupanten geschlossen hatte? War also nicht schon zuvor dieses Frankreich verfault und korrupt gewesen, und wenn Ja – wer trug daran Schuld, eine liberalistische Linke und die »wurzellosen« Juden, wie die Rechten vermeinten? Oder gar eine übernationale Bourgeoisie, in deren Händel man sich nicht einmischen sollte, wie zahlreiche kommunistisch geprägte französische Soldaten glaubten, die noch immer unter dem Einfluß der Rechtfertigung des Hitler-Stalin-Paktes standen, die per Kreml-Anweisung allen Antifaschismus für obsolet erklärt hatte?

Was zeitgleich Fritz Beer, Manès Sperber, Arthur Koestler oder der ungarische Historiker François Fejtö erlebt hatten, die sich als staatenlose jüdisches Antinazis von rechter *und* kommunistischer Seite scheel beobachtet sahen, hatte auch Hans Habe erfahren, vor und inmitten der Kampfhandlungen und nun im Lager. Und beschreibt die Anspannung all seiner Sinne und das nie nachlassende Gefühl umfassender Bedrohung. Indessen: Dieses Dulag (Durchgangslager) Dieuze ist noch kein KZ. Noch also gibt es reale Chancen des Untertauchens und Fliehens – sofern man denn weiß ist. Denn die mitgefangenen Soldaten afrikanischer und arabischer Herkunft werden durch die siegreichen Besatzer sogleich separiert, häufig sogar zur stillen, kaum eingestandenen Erleichterung ihrer weißen Kameraden.

Unvergeßlich grauenhaft, *wie* es beginnt: Ein nächtlicher Appellplatz, auf dem die verschiedenen Regimentern entstammenden schwarzen Soldaten *en masse* Aufstellung nehmen müssen, ehe dann später – zur Abschreckung *aller* Gefangenen – vierzig von ihnen herauskommandiert werden und unter dem Kegel eines bedrohlich über sie kreisenden Scheinwerfers laufen müssen. Ein tschechischer Mitgefangener krallt seine Hand in Hans Habes Arm, doch statt der erwarteten Gewehrsalven ertönen plötzlich im Umland die Kirchenglocken. Auf der Landstraße vor dem Lager ruft ein Motorradfahrer »Der Frieden! Der Frieden! Es ist Frieden«, und bald spricht sich die neue »Übereinkunft« herum, die Frankreich, nunmehr als besiegtes Land, mit dem Dritten Reich geschlossen hat: Kollaboration. Noch Schlimmeres kündigte sich an, und wer – wie Hans Habe und zahlreiche seiner Zeitgenossen – auf *diese* Weise »Frieden« erfahren hatte, der würde einer solchen mißbrauchbaren Vokabel wohl in Zukunft noch weniger Vertrauen schenken als zuvor.

Den schwarzen Soldaten wird die schlechteste Baracke im ganzen Lager zugewiesen und mit einem zusätzlichen Gitterzaun aus mannshohem Stacheldraht umzogen. *Sie bekommen kein Stroh und stattdessen »reduzierte« Nahrung. Das Dach hat Löcher, aber es wird nicht ausgebessert. Wenn es regnet, stehen*

Pfützen in der Baracke und die Schwarzen schlafen im Wasser. Wenn der Franzose ein »Untermensch« ist, so der Schwarze der Untermensch der Untermenschen.

Die Deutschen – die bereits im Ersten Weltkrieg französische Soldaten aus den Kolonien rassistisch als frauenschändende und tierhafte Wilde ausmalten – nennen das Areal »Negerdorf« und fotografieren ohne Unterlaß. Und Hans Habe sieht es und wird davon nach seiner Flucht berichten, Szene für Szene eine Widerlegung der späteren Nachkriegslüge von der »sauber gebliebenen Wehrmacht«. *Die deutschen Soldaten erscheinen, am Gürtel jene Photoapparate befestigt, die mancher Häftling als sein einstiges Eigentum wehmütig erkennt. Sie photographieren die Schwarzen in allen Lebenslagen. »Neger auf der Latrine« ist der beliebteste Gegenstand der neudeutschen Kunst. Die gelungenen Photos werden an die deutschen Zeitungen eingeschickt … Zuweilen wird ein Schwarzer aus dem »Dorf« geholt und in das Verwaltungsgebäude gebracht. Ich muß dann mit, als Dolmetscher. Im Festsaal werden für die deutsche Wachmannschaft Kurse über die »schwarze Rasse« abgehalten. Über ihre Minderwertigkeit. Der Professor – Hauptmann Kohlrusch – behauptet, die Befreiung der Schwarzen und die Emanzipation der Juden seien die beiden größten Kulturschanden der letzten Jahrhunderte. Der Hauptmann nimmt den Kopf des Schwarzen in die Hand und dreht ihn herum, damit er von allen Seiten gesehen werde, wie ein Globus. Er erklärt etwas, die Ohren betreffend und führt den Schwarzen am Ohr durch den Saal. Der moderne Anschauungsbericht erzielt einen vollen Erfolg. Die Soldaten klatschen Beifall.*

(Wohl kein Zufall, daß in der amerikanischen Verfilmung des Buchs solche Szenen völlig fehlen und lediglich weiße Gefangene zu sehen sind. Hans Habe aber wird, als er später Zeuge von Rassismus in der US-Army wird, deren Uniform er doch trägt, genauso hinschauen und in seinem ersten Nachkriegsroman *Weg ins Dunkel* vom Schicksal eines afroamerikanischen Soldaten erzählen.)

Im Juni 1941 – inzwischen befindet sich Habe in West Point bei New York – schließt er das vierhundertseitige Buch ab. Wer mag – und im Nachkriegsdeutschland der Täter, Mitläufer und deren Nachkommen werden das viele mögen –, kann natürlich über Habes Hang zum Pathos wohlfeil spotten. Dies aber sind die Zeilen, mit denen sein aufrüttelnder Bericht endet. *Mein Hoffen: Den britischen Verfechtern der menschlichen Ideale. Den Piloten der Freiheit in der Royal Air Force. Den Matrosen der Demokratie in der Royal Navy. Den Frontsoldaten des Menschentums in der Armee seiner Majestät, George VI. Sie tragen die Fahne weiter, die unserer Hand entglitten ist.*

Sein abschließendes »Thank you, America!« aber ist nicht allein Hoffnung, sondern auch die dringende Bitte, das riesige Land möge endlich vom Isolationismus ablassen. Im Dezember 1941 kommt es schließlich zum japanischen Angriff auf Pearl Harbour und zur deutschen Kriegserklärung an die Vereinigten Staaten. Hans Habe, zuvor Freiwilliger in der Französischen Armee, stellt sich nun unverzüglich auch der US-Army zur Verfügung.

In seinen Erinnerungen scheinen jedoch die Kampfhandlungen an der Front – er ist in Nordafrika eingesetzt und danach in Sizilien und am Golf von Salerno – weniger starke Spuren hinterlassen zu haben als seine Zeit in den US-Camps Ritchie und Sharpe, in denen vor allem deutschsprachige Exilanten auf ihren Einsatz in Europa vorbereitet werden: *Hinter* der Front, als Verfasser von Flugblättern, als muttersprachliche und mentalitätspsychologisch versierte Verhör-Spezialisten gefangener Nazis. Vieles von dem, was der 1922 in Hildesheim als Günther Stern geborene Germanist Guy Stern (einer der Nachfolger von Fritz Beer als Präsident des deutschen Auslands-PEN) dann 2022 in seinen Memoiren *Wir sind nur noch wenige. Erinnerungen eines hundertjährigen Ritchie Boys* ausführlicher beschreiben kann, konnte Hans Habe in seinem 1977 erschienenem Buch *Im Jahre Null* nur andeuten; noch galt damals eine militärische Geheimhaltungspflicht.

Was hier erzählt wird über das physische, vor allem aber mentale Training junger Männer und einstiger Flüchtlinge, die in diesen Camps im Bundesstaat Maryland und in der Nähe von Gettysburg vorbereitet werden auf die Rückkehr nach

Europa und auf die Konfrontation mit voraussichtlich äußerst geschickt lügenden Tätern, ist freilich auch bei Habe spannend genug. Er lernt Ernst Cramer kennen, bald sollte auch Klaus Mann eintreffen, und die Begegnung mit Stefan Heym scheint – von Autor zu Autor, von Ego zu Ego – weniger konfliktbeladen als von gegenseitiger Achtung geprägt gewesen zu sein. Feiner Spott indes inbegriffen: »In der Armee der Vereinigten Staaten«, schreibt Heym in seinen Memoiren, »war es nur wenigen Generälen gestattet, nach eigenem Geschmack geschneiderte Sonderuniformen zu tragen – und dem Lieutenant Habe«. Selbstverständlich bleibt es nicht bei einer Kostümshow; das Zurückdrängen der Wehrmacht nach der Landung in der Normandie ist kein Selbstläufer und wird immer wieder durch dramatische Rückschläge aufgehalten. Die von Habe auf der Pariser Place de la Concorde abgefeuerten Schüsse auf ein verbliebenes Scharfschützennest der Deutschen wird dabei fast zur Abenteueranekdote, doch die letzte Wehrmachts-Offensive in den Ardennen bedroht dann schließlich auch seine Einheit der Informationskrieger.

Die von ihm gegründete *Feldpost,* ein winziges Mitteilungsblatt zur Information deutscher Soldaten über die wirkliche Kriegssituation, »wurde auf eine höchst seltsame Weise befördert: sie wurde den ›Abonnenten‹ mittels Artilleriegeschossen zugestellt«. (Ironie der Geschichte: Manche von Habes Polemiken der siebziger Jahre klingen so, als glaube der Verfasser noch während der Willy-Brandt-Jahre der Bundesrepublik an die Effizienz der Methode.) Als im Dezember 1944 die Panzer des SS-Generals Sepp Dietrich nur noch wenige Kilometer vom Rundfunkhaus in Luxemburg stehen, in dem das Aufklärungsmaterial geschrieben und gedruckt wird und ein Rückzug der »Propaganda-Truppe« ansteht, wissen Heym und Habe, daß sie im Augenblick der höchsten Gefahr aufeinander zählen können. *Was uns bei einer Gefangennahme durch die SS-Mannen erwartet hätte, ist kaum auszudenken. Doch kein einziger meiner Leute wollte Luxemburg verlassen. Ich wählte neun aus. Und obwohl einer von ihnen, Stefan Heym, nach dem Krieg und inzwischen der DDR verschrieben, den Bronze-Star zurückgeschickt hat, bedauere ich es nicht, ihm nach der sogenannten Ardennen-Offensive diese Tapferkeitsauszeichnung überreicht zu haben. Wenn später von politischen Differenzen zwischen dem »Kommunisten« Stefan Heym und mir gesprochen wurde, ist das unzutreffend. Wir schrieben gegen den Nationalsozialismus, wir förderten die Sache eines freien Deutschland, wir versuchten vor allem zu informieren: alles andere war uns gleichgültig.*

Danach beginnt etwas, das der 1932 in Köln geborene Lyriker Jürgen Becker Jahrzehnte später in Verse bringt. *Fading der Stimmen / das Rauschen auf der Mittelwelle. Im Januar 1945 / Radio Luxemburg nachts: die amerikanischen Truppen / stehen acht Kilometer vor Köln. / (und heimlich hörte ich weiter Rag Time und Glenn Miller; nichts / wußte der Fähnleinführer).*

Damit nicht nur die Fähnleinführer etwas zu wissen bekämen über die Verbrechen ihres Führers und die eigene Mitverantwortung, zieht Habes Truppe mit der US-Army in Deutschland ein und gründet, unter Militärregie, Zeitungen wie schon ab Anfang April 1945 den *Kölnischen Kurier* und die *Frankfurter Presse*, aus der die *Frankfurter Rundschau* hervorging. Informationsblättchen zuerst, die sich unter Habes Gestaltungselan (und nicht immer zum Vergnügen seiner kaum feuilleton-affinen Vorgesetzten aus dem Mittleren Westen) bald zu Referenzorganen entwickeln: Hier konnten nun Deutsche nicht nur lesen, welche Anordnungen die Militäradministration erließ, sondern in den darauffolgenden Wochen und Monaten auch, welche Fragen sie sich selbst zu stellen hätten, spätestens jetzt. Von *Non-Fraternisation* und einer »Wir sind als Besatzer gekommen, nicht als Befreier«-Politik hält Lieutenant Habe schon deshalb nichts, weil er die Herausforderung spürt, längerfristige Arbeit leisten zu müssen. Zwar hatten die Deutschen selbst sicherlich »am meisten unter Hitler gelitten« – das jedenfalls erzählten ihm viele sogleich in Frankfurt und München, in Stuttgart und Würzburg, in Bamberg und Bremen. Sie nun aber mit einer »Kollektivschuld« zu konfrontieren anstatt individuelle und gesellschaftliche Verantwortlichkeit anzumahnen, hieße in der Konsequenz lediglich, neue

Ausweichmanöver zu provozieren: Wenn tatsächlich alle gleich schuldig gewesen wären, würde ein nachträgliches Wegdukken sogar noch erleichtert. Viele dieser Überlegungen finden sich dann in der Münchner *Neuen Zeitung*, quasi Habes Meisterwerk inmitten des emsigen Gründens von 18 Zeitungen. (Auf welchem Niveau in diesem bald auflagenstärksten Blatt Festlandeuropas debattiert wurde zwischen Emigranten, Remigranten und jenen, die 1933 in Deutschland geblieben waren, was z.B. Alfred Kerr und Friedrich Luft damals schrieben, Hermann Kesten und eine junge Frau namens Hildegard Brücher – es ist nachzulesen in dem 2005 von Wilfried F. Schoeller herausgegebenen umfangreichen Textbuch *Diese merkwürdige Zeit. Leben nach der Stunde Null.*)

Daß in der Redaktion alsbald allerlei bildungsbürgerliche Schönschreiber jener Sorte auftauchen, die im Vorstellungsgespräch »den Ursprung von Hitlers Greueltaten im amerikanischen Bürgerkrieg entdecken«, zu Kriegszeiten hingegen – Lieutenant Habe ist auch Rechercheur – nach dem Massaker im tschechischen Lidice den Massenmörder Heydrich verherrlicht hatten; es war damit zu rechnen gewesen. Daß die Schubladen der Autoren der »Inneren Emigration« größtenteils leer waren und selbst der integre Erich Kästner, Feuilletonchef der *Neuen Zeitung*, sichtlich fremdelte mit der Tatsache, daß allein dank der Bücher der Exilschriftsteller die deutsche Literatur weiterhin auf hohem Niveau fortbestand – es stellte, obwohl irritierend, keine größere Überraschung dar. Selbst das wütende Schimpfen von Hermann Hesse, des »Eremiten von Montagnola«, da Habe beim unautorisierten Abdruck eines seiner Gedichte eine Zeile vergessen hatte (»Eine Barbarei!«), und er deshalb bis zum amerikanischen Präsidenten zu gehen drohte – eine Posse, die Habe immerhin zu späteren Überlegungen über Hesses »Innerlichkeits-Kitsch und Existenzschnulzen« animierte.

Ein wirklicher Schock dagegen, auf welche Weise sich viele der jungen deutschen Kriegsgefangenen verhielten, die später unter dem schmeichelhaften Begriff »skeptische Flakhelfer-Generation« subsumiert werden würden. Habe hatte sie häufig in ihrer doch recht komfortablen Gefangenschaft besucht, sie auch danach nach München eingeladen in Neugier auf ihre Erfahrungen und sogar die Gründung einer Zeitung initiiert; *Rat und Tat*. Was er selbst von den Klügsten und Reflektiertesten unter ihnen hörte, die doch nur ein paar Monate in der Wehrmacht gedient hatten, war indessen erschütternd. *Diese jungen deutschen Intellektuellen lehnten Haltung und Gesinnung ihrer Väter ab, aber sie waren frei von Scham. Sie erkannten und verkündeten zwar die Menschenunwürdigkeit des Nationalsozialismus, doch war ihr Kampf gegen die Hitlersche Ideologie akademischer Natur, ihr Kampf gegen den »Kolonialismus« der Amerikaner umso praktischer. Sie sagten, die Amerikaner seien nur im Konkurrenzkampf für die Absatzmärkte Feinde Hitlers geworden. Liberalismus und Demokratie erschienen allen offenbar als kapitalistische Finten. Keiner schien zu ahnen, daß sie, indem sie das Hitlersche Gedankengut ablehnten, vom Hitlerschen Extremismus dennoch zutiefst, wenn nicht unheilbar vergiftet worden waren.*

Daß kurz darauf aus dem Umfeld von *Rat und Tat* Hans Werner Richters Zeitschrift *Der Ruf* hervorging, der, unter der Leitung von Alfred Andersch und Richter, wiederum zur Keimzelle der *Gruppe 47* wurde, verleidet Habe zu der launigen Bemerkung, wider Willen habe also vielleicht sogar er, wenn auch indirekt, zur Gründung dieses losen und doch karrierefördernden Autorenkreises beigetragen, den er ab da publizistisch bekämpfen wird. Eine Übertreibung, gewiß. Doch auch sein Satz von der »fatalen Verbrüderung von Linksintellektuellen und Nationalisten«, die er bei diesen selbstgerechten jungen Leuten beobachtet hatte? Nicht unbedingt. War in jenen Jahren nicht auch der temporäre Exil-Rückkehrer Hans Sahl von Hans Werner Richter bei einer Party mit der spitzen Bemerkung empfangen worden »Ja, allein mit Coca Cola geht es bei uns nicht«? Die stur beibehaltende Ignoranz, die vom Leben und Schreiben der (vor allem jüdischen) Autoren der Weimarer Republik so gar nichts wissen wollte (eine frühe Ausnahme hier noch Alfred Anderschs programmatische Schrift *Deutsche Literatur in der Entscheidung*), dafür im Gespräch mit Hans Habe von »bürgerlicher Pseudo-Intelligenz« raunte und dekretierte, man müsse »traditionslos beginnen« – es bedeutete ja nicht selten eine erneute Austreibung oder zumindest Marginalisierung jener um ein paar Jahrzehnte älteren (und um zahlreiche Erfahrung reicheren) Autoren. Desillusioniert schrieb Habe damals an Thomas Mann: *Diese jungen Leute hassen ihre Väter. Aber die Feinde ihrer Väter hassen sie noch mehr.* Diese Feindschaft gegenüber jenen, die während der Nazi-Zeit »draußen« gewesen waren, vermeintlich privilegiert in den »Logen- und Parterreplätzen des Auslands« (Frank Thieß) – sie kam keineswegs allein von rechts.

Vielleicht geradezu logisch, daß Habes wichtige Nachkriegsromane *Wohin wir gehören* und *Weg ins Dunkel* dann nur in der Schweiz erschienen (und in Deutschland erst zu seinem Lebensende in einer Werkausgabe) und der Roman *Off Limits* von 1955 zwar ein Bestseller war, von der Literaturkritik im Dunstkreis der *Gruppe 47* jedoch noch nicht einmal durch Ablehnung gewürdigt wurde, während Volkes Stimme sich in Leserbriefen wie folgt artikulierte: *Schreiben kann er ja, das muß der Neid ihm lassen, aber haben wir es wirklich nötig, uns ausgerechnet von dem Morgenthau-Boy Hans Habe einen Spiegel vorhalten zu lassen? Was ermächtigt diesen Herrn, der in amerikanischer Major-Uniform spazierengegangen ist, jetzt plötzlich als »deutscher Schriftsteller« aufzutreten, wo D-Mark-Honorare dank unserer Tüchtigkeit wieder interessant geworden sind?* Vielleicht störte ja beide – die Altnazis ebenso wie ihre forsch »zivilisations- und amerikakritischen« Söhne – daß sie in Habes Romanen auftauchten, so wie sie waren, keineswegs als Karikatur, da in ihrer einander gleichenden teutonischen Hartleibigkeit erschreckend genug.

Seine Kritik an solch milieu- und gesinnungsübergreifender Mentalität (die als eine Art Querfront bis heute fortdauert und nicht nur an den vielgescholtenen »Stammtischen«, sondern auch in Redaktionen und Talkshows ihre kruden antiwestlichen, gern auch »israelkritischen« Ressentiments ausstellt) hatte jedenfalls nichts »Konservatives«. War nicht sogar ein erklärter Linker wie Gerhard Zwerenz in späteren Jahren zu einem ähnlichen Urteil über die Emigranten-Abwehr in der Gruppe 47 gelangt? *Entgegen allem äußeren Gehabe war die neue Literatur nicht grundsätzlich neu und weniger antifaschistisch als vielmehr deutschtümelnd bis unpolitisch-tiefsinnig.*

Auch der Soziologe Nicolaus Sombart hatte für jene Gruppen-Abneigung gegen das Exil, die oftmals einherging mit einer Aversion gegen das Ironische, unterhaltsam Urbane, kurz »Asphaltliterarische«, eine Beschreibung parat, die allerdings selbst nicht gänzlich frei ist von Klischees: *Die Weihrauchschwaden verzogen sich aus dem »geistigen Raum der Nation«, und an ihre Stelle trat der Mief eines ostelbisch-kaschubischen Kleinbürgertums. Früher hieß es: »Wo sich anfängt der Masur, dort sich aufhört der Kultur.« Jetzt erfuhr man, daß sie dort anfing.*

Dabei wäre es auch anders gegangen. 1948 schrieb die afroamerikanische Zeitschrift *Ebony* über Hans Habes Roman *Weg ins Dunkel,* der soeben im Original in New York herausgekommen war: *Daß ein Weißer ein solches Buch geschrieben haben konnte, ist beinahe ein Wunder.* (Kleine Nebenbemerkung: In den Jahren danach war für lange Zeit Hans-Jürgen Massaquoi Chefredakteur von *Ebony* – ein 1926 in Hamburg geborener Afrodeutscher, der durch glückliche Umstände die Nazizeit überlebt hatte, ebenso wie sein Jugend- und dann lebenslanger Freund Ralph Giordano.) Der vor allem im Nachkriegsitalien berühmte John Kitzmiller, der 1957 bei den Filmfestspielen in Cannes als erster Afroamerikaner mit dem Preis »Bester Schauspieler« ausgezeichnet wurde, hatte es als seinen Lebenswunsch bezeichnet, die Rolle des Roman-Protagonisten Washington Roach zu spielen. Dazu ist es nicht gekommen, doch immerhin gab es eine Off Broadway-Adaption von *Walk in darkness*, mit dem späterhin vor allem für seine TV-Rollen bekannten Clarence William III.

Hans Habe mußte in seiner Armeezeit seine afroamerikanischen Kameraden nicht nur genau beobachtet, sondern ihnen wirklich zugehört haben. Tatsächlich ist *Weg ins Dunkel* aus der Perspektive derer geschrieben, die auf ihre Teilnahme am Weltkriegs-Freiheitskampf stolz sind, sich jedoch von den Freiheitsversprechen innerhalb der amerikanischen Armee verraten fühlen. Die der Segregation in den Staaten entkommen wollten und sich nun hier in »Schwarzen-Bataillonen« wiederfinden, deren unglaublicher Mut mit der paternalistischen Formel abgenickt wird, dies wären »feine Bataillone«. Mit dem rassistischen Subtext: *Obwohl* sie aus Schwarzen bestehen. Hans Habes Romanheld, der Soldat Washington Roach, ist in einem Camp in der bayerischen Provinz stationiert, wo Wochenausflüge nach München das Highlight des Monats darstellen, weiße Vorgesetzte unverhohlen auf dem Schwarzmarkt mitmischen, deren schwarze Untergebene dagegen aufpassen müssen, sich nicht einmal bei den kleinsten Schmuggeleien erwischen zu lassen.

In der Umgebung: dörfliche Archaik, von der (Nazi-)Moderne nur oberflächlich heimgesucht, doch in ihren stumpfen Ressentiments keineswegs eine Idylle. Mitunter gibt es in der Dorfkneipe sogar Grund zum Triumphieren: Wenn die schwarzen Soldaten zwar Ausgeherlaubnis erhalten haben, im Unterschied zu ihren weißen Kameraden jedoch »Tanzverbot« – aus ebenso archaischer Furcht vor dem »Schwarzen, wenn er erst erst einmal seinen Körper bewegt«. Hämischer Blick der bayrischen Dörfler auf die uniformierten Befreier, von denen die einen auf dem Tanzboden mit einheimischen »Frolleins« ihre Runden drehen und als »Geschenke« camouflierte Prostitutionsangebote in deren Ohren flüstern, während die anderen nur dasitzen dürfen, ihre Hände um die Knie gekrallt, um zu verhindern, daß sich die Füße vom Boden erheben, um ebenfalls zu tanzen. Sieh an, so über die Bierhumpen einander auf bayrisch zugeraunt, machen uns Vorwürfe »wegen der Judensach'« und sind doch selbst …

Während Soldat Roach von den Verbrechen zwar gehört hat, mit Juden jedoch vor allem seinen ehemaligen New Yorker Arbeitgeber assoziiert und die ebenso ausbeuterischen Vermieter in Harlem und in der Bronx. (Über zwei Jahrzehnte später wird sich unter anderem der jüdisch-amerikanische Romancier Bernard Malamud in seinem Roman *Die Mieter* eben diesem tragischen Spannungsverhältnis widmen. So wie 1992 die Schriftstellerin Eva Demski in ihrem großen Roman *Afra* vom Aufwachsen eines afrodeutschen GI-Kindes in einem bayrischen Gäu erzählt, dessen klaustrophobische Atmosphäre an das Dorf in Habes Roman erinnert.)

Irgendwann aber lernt auch Washington Roach ein *Frollein* kennen, auch wenn sich die Bauerntochter nicht als ein solches bezeichnen mag und außer »Chesterfield« und »Milky Way« kaum englische Vokabeln kennt. Roach, der im Camp-nahen Bauernhaus stets mit Geschenken vollbepackt auftaucht, freut sich an der Devotheit des Bruders der jungen Frau: endlich ein Weißer, der vor *ihm* kutscht. Das, was er für ein Liebesgefühl hält gegenüber jener Eva, möchte er indes von Vergeltungsphantasien freihalten: Für ihn ist sie *keine* Beute. Wohl aber er für sie: eine Chance, den armuts-kargen bäuerlichen Kokon zu verlassen und irgendwann nach *New York* zu entkommen – auch wenn Roach fair genug ist, ihr zu sagen, daß er in *Harlem* wohnt. Die Eltern, die ihren als solchen gar nicht wahrgenommenen Rassismus für eine Weile vergessen, sehen in Roach vor allem den reichen Amerikaner (nicht wissend um seine immer halsbrecherischeren Schmuggler-Aktivitäten) und stimmen schließlich sogar einer Heirat zu.

In Habes Beschreibung von ungeheuer, beklemmender Intensität: Washington Roach und seine schwarzen Kameraden an diesem groben Tisch (dessen Speis' und Trank *sie* aus dem Camp herausgeschmuggelt hatten) und unsicher, ob sich nun Vertrauen, Freundschaft und Harmonie manifestieren oder ob im Laufe der Stunden, bei Schnaps und unter dem Geigen-Gefiedel des rotgesichtigen Nachbarn, nicht doch auch hier *Redneck*-Pogrom-Stimmung aufkommen könnte. (Eine Szene wie jene in Hermann Brochs *Verzauberung*, in der paganische Lustbarkeit in Mord endet, vor allem aber: eine Szene, wie sie in der gesamten deutschen, eben von jener *Gruppe 47* geprägten Nachkriegsliteratur ohnegleichen ist.)

Katholisch war geheiratet worden, doch erkennt die Armeeführung »Mischehen« nicht an. Washington Roach – bald sogar Vater einer kleinen Tochter, die er bei jedem »Ausgang« in den Armen wiegt, auf ihn selbst beschämende Weise froh, daß das Kind »eher weiß« ist – verstrickt sich immer tiefer in

Schmuggeleien, um seine kleine Familie zu ernähren nebst den immer rüder fordernden Schwiegereltern. Schließlich wird er ertappt und vor die Wahl Kriegsgericht oder Expatriierung gestellt. Stattdessen taucht er unter und wird aufgrund seiner inzwischen erworbenen Kenntnisse für eine Weile sogar zu einer Art König des lokalen Schwarzmarktes. Trotz Roachs fortgesetzter Unterstützungslieferungen sieht dessen Frau alsbald ihre hochfliegenden Zukunftspläne platzen – und gibt das Kind zur Adaption frei.

Kolportage, wie es in späteren Jahren Marcel Reich-Ranicki Hans Habes Büchern vorwerfen wird? Womöglich ein vorschnelles Urteil, auch wenn der Autor von *Weg ins Dunkel* das Kind dann ausgerechnet von einer zwangssterilisierten jüdischen KZ-Überlebenden adoptieren und die beiden mit Ex-Soldat Roach zusammentreffen läßt, der sich inzwischen auf der Flucht befindet und bis nach Frankreich gelangt ist.

Das kurzzeitige Aufatmen, das er dort als Schwarzer erlebt, ist freilich *kein* Kitsch – Habe beschreibt hier jene ganz spezifische, andere und bessere Atmosphäre, die einige Jahren darauf dann afroamerikanische Schriftsteller wie James Baldwin und Chester Himes dazu bringt, sich für eine Weile in der Französischen Republik anzusiedeln. (Nicht zu vergessen den ebenfalls nach Paris ausgereisten afroamerikanischen Romancier William Gardner Smith, dessen Roman *The Last of the Conquerors* in jener unmittelbaren Nachkriegszeit in Deutschland spielt und sich wie ein Pendant zu Habes Buch liest.) Der Kolportage-Vorwurf: Vielleicht, damals wie heute, ja *auch* Beleg für ein allzu stures Verweilen innerhalb der Mauern des deutschsprachigen Literaturbetriebs, dem das Übermaß des Geschehens »draußen« so häufig Unbehagen und schmale Lippen bereitet.

In einer dramatischen, doch nicht didaktischen Dialog-Szene sind dann die »Jüdin und der Schwarze«, der Vater und die Adoptiv-Mutter, sie selbst und damit geprägt von ihren je eigenen Traumata – und doch gleichzeitig noch mehr, fragile Chance eines nicht-aufrechnenden Verständnisses, die Habe indessen nur andeutet. (Eine Szene, er erwähnt es später mit großem Bedauern, die der afroamerikanische Regisseur der Theater-Adaption herauskürzen wird.)

Roach, aufgrund eines von ihm nicht direkt verschuldeten Todes eines Militärpolizisten in der amerikanischen Zone gesucht und schließlich in Frankreich aufgespürt, wird in Ketten per Schiff in die USA zurückgebracht und dort zum Tode verurteilt. Einen kurz vor seiner Hinrichtung paternalistisch säuselnden Herrn vom »Nationalverband zum Schutz der farbigen Minderheiten« wirft er kurzerhand aus der Zelle, erinnert sich jedoch daran, daß – trotz aller bösen Erfahrungen – dennoch nicht »die ganze Welt« von Anfang an gegen ihn gewesen war. Denn auch Solidarität hatte er erfahren, etwa von seinen schwarzen Kameraden und dem weißen Militärgeistlichen, der in einem ins Gefängnis geschickten Brief dann sogar von seinen erfolgreichen Bemühungen berichtet, Roachs Tochter und deren liebevolle Adoptivmutter in die Vereinigten Staaten zu bringen. Gute Menschen, aber nicht genug, um den strukturellen Rassismus des Systems zu brechen; Washington Roach, eine Binde um die Augen, wird im Gefängnishof exekutiert.

Hans Habe, nach der *Stern*-Attacke 1952 für kurze Zeit in die Vereinigten Staaten zurückgekehrt, hält dort vor jüdischen Organisationen Vorträge über Senator Joseph McCarthy, den er »faschistischer Methoden« zeiht – ohne dabei das Faktum sowjet-kommunistischer Infiltration zu kleinzureden. (*Ich habe an der Invasion von Salerno nicht teilgenommen, um mir von Senator McCarthy sagen zu lassen, was ein guter Amerikaner ist. Ich bin Antikommunist, und zwar nicht jüngeren Datums. Ich war vermutlich schon Antimarxist, als dieser Senator meinte, Marx sei einer der Brüder des bekannten Lustspiel-Teams.*)

Jahre später besucht er, unter Verbergen seiner jüdischen Herkunft, die Zentrale des Ku Klux Klan und schreibt auch darüber eine Reportage – Szenen wie aus Spike Lees *Klansman.* Frühzeitig hört er vom Haß dieses Milieus gegen Martin Luther Kings Bürgerrechtsbewegung und gegen die Reformpolitik John F. Kennedys und seines Bruders Robert. (Die beiden werden dann, nach Präsident Roosevelt, die neuen Helden

Habes, und sein 1964 veröffentlichtes Buch *Tod in Texas* ist eine Eloge, und in manchen Passagen beinahe ein Requiem auf die amerikanische Demokratie, beunruhigend aktuell. *New York ist nicht Amerika. Vielleicht ist das die amerikanische Tragödie.*)

Zur gleichen Zeit vertieft er sich noch einmal in Margaret Mitchells »Südstaaten-Klassiker« *Vom Winde verweht* und findet Muster eines infamen Rassismus', »anti-humanitär und politisch gefährlich«. Daß er dann in Pasolinis *120 Tagen von Sodom* eine Erotik-Travestie mit faschistoidem Einschlag wahrnimmt und der Betrachtung ein »Natürlich rufe ich nach dem Staatsanwalt« folgen läßt – für linke Habe-Gegner erneut die Bestätigung ihres Bildes vom »reaktionären Kalten Krieger«. Was freilich ein Zerrbild sein könnte: In seiner keinem anderen deutschsprachigen Autor vergleichbaren Beschreibungspräzision rassistischen Denkens und Verhaltens war Habe alles andere als ein »ewig Gestriger«. Dazu einer, der am Ende seines Leben, Bilanz ziehend im Buch *Erfahrungen*, auch dem Wohlfühl-Kitsch sein Mißtrauen ausspricht. *Wenn ich für die Gleichberechtigung der Schwarzen nur aus Furcht vor der Verfolgung der Juden einträte, aus einem Minoritätsgefühl – ich schämte mich meiner Freundschaft für die Schwarzen. Die Erkenntnis von Tugend und Schaden einer Gesellschaft kann nicht abhängig sein von der eigenen Abstammung.*

Für den *SPIEGEL* vom Oktober 1966 firmierte der Autor hingegen als »Habe, in Ascona engagierter Anti-Antisemit«, was gegenüber der ein reichliches Jahrzehnt zurückliegenden *Stern*-Aufforderung, den »Schuft hinaus aus Deutschland« zu treiben, nur an der Oberfläche konzilianter war – die Invektive, geboren aus dem gleichen Ressentiment, hatte noch an Giftigkeit gewonnen. Ein doppelt verneinender Geist, angesiedelt am Lago Maggiore, lehre also »uns Deutschen« erneut Mores, so der in sechs Wörtern geschaffene Assoziations-Raum, ehe dann Kurz-Bericht gegeben wird von Hans Habes jüngstem Roman *Christoph und sein Vater.*

Dieser ist eng angelehnt an das reale Leben von Veit und Thomas Harlan und den Versuch des Sohnes, aus dem Schatten des einst prominenten NS-Regisseurs von *Jud Süß* und *Kolberg* zu treten. Deren Geschichte wird im *SPIEGEL*-Artikel noch einmal ausführlich nacherzählt, wobei zwischen den Zeilen durchaus Bedauern anklingt, daß sich der 1937 geborene Thomas Harlan durch Habes Fiktionalisierung offenbar *nicht* instrumentalisiert fühlt. Zum Buch selbst, das seinem jungen Protagonisten von München in einen israelischen Kibbuz folgt, von da in ein Warschauer Archiv der Nazi-Kriegsverbrechen und zurück nach Deutschland, wo er (fatalerweise unter Mithilfe seines manipulationsstarken Vaters) ein aufklärerisch intendiertes Stück auf die Bühne bringt, jedoch nur ein einziger Satz – Manifestation von Abneigung anstatt argumentierende Rezension. *Mehr als diese Parallelen aber machen Habes Roman – Stil wie gehabt – nicht interessant.*

Dabei hätte *Christoph und sein Vater,* wäre es in dieser Bundesrepublik *nicht* wie gewohnt mit rechten/linken Dingen zugegangen, einer der literarischen Referenztexte für all die (Un-)Möglichkeiten, ehrlichen Versuche und zahlreichen Fallstricke einer sogenannten »Vergangenheitsbewältigung« sein können. Allerdings stört der Roman des jüdischen Remigranten die bis heute gängige ahistorische Heilserzählung, daß »erst mit '68 das Schweigen über Auschwitz gebrochen worden« sei. Daß man sich während der nachfolgenden Jahrzehnte auf diese Weise gegenseitig und neu-selbstbewußt auf die Schulter klopfen würde, war zwar 1966 noch nicht zu ahnen. Wohl aber war klar, daß die Wahrnehmung des »Mannes aus Ascona« schon jetzt entschieden enervierte. Da sie ja nicht nur das Lügen- und Rechtfertigungsgeflecht der nach 1945 größtenteils unbehelligt gebliebenen Nazitäter und ihrer mehr oder prominent Mitlaufenden aus Kultur und Wirtschaft in den Blick nahm, sondern auch bereits das Hochfahrende von deren Söhnen, die sich gegenüber ihren Vätern allzu moralisch rein dünkten.

Ein junger Mann mit Igelhaarschnitt und ungefaßter Brille führt das Wort – man kannte diese jungen Intellektuellen, die wie auf Kommando die jungen Siegfriede abgelöst hatten. Eine Generation von abgebrühten Idealisten, die es sich zum Verdienst anrechnet, daß die Versuchung sie nicht angefochten hat, obwohl das gar nicht an ihr liegt, sondern an der Versuchung: diese hat keinen langen Atem und muß jedes Mal zehn oder zwanzig Jahre verschnaufen, ehe sie wieder auftritt. Eine feindliche Generation, die zwischen Vätern und Söhnen einen Pestkordon zieht – aber warum so strenge Vorsicht, wenn diese abgebrühten Idealisten sich gefeit wähnen gegen die Krankheit ihrer Eltern?

Christoph (ergo Thomas Harlan) ist in Hans Habes Beschreibung jedoch kein empathieloser Sprücheklopfer, sondern einer, der unter dem antisemitischen Schund wie »Jud Süß«, den der Vater während des NS-Regimes auf die Kinoleinwand gebracht hatte, geradezu physisch leidet. Und bei alldem reflektiert genug ist, sogar seinen eigenen Aufenthalt in einem Kibbuz skrupulös zu hinterfragen: Was, wenn er es sich mit diesem Quasi-Überwechseln auf die Opferseite zu leicht macht? Mit welcher Zuneigung beschreibt Habe die Bewohner jener Siedlung des linkszionistischen Hashomer Hazair, größtenteils junge, schweigsame Überlebende der Shoah, die mittellos aus allen Teilen Nachkriegs-Europas gekommen waren, um sich nun hier in Eretz Israel eine neue Existenz aufzubauen. Es sind die mittfünfziger Jahre, von der syrischen Grenze am Golan wird häufig scharf geschossen, Menschen sterben, doch widersteht der junge Christoph jener anmaßenden Gefühligkeit, die sich nun sogleich eine neue Identität erschlichen hätte. Er lernt Traktorfahren und Feldarbeit, und auch wenn er trotz aller Alltagssolidarität letztlich *kein* Teil ihrer Welt sein kann – zumindest weiß er, daß diese Kibbuzniks ihm näher sind als die sogenannten »eigenen Leute«.

Gerade dann, wenn diese auf »Verständnis« machen, in Gruppenstärke nach Israel strömen und sich dort (an sich selbst) freuen, da man sie in Haifa einen »Friedens-Baum« pflanzen läßt. *Besser der Friedensbaum als die Gaskammer, doch zugleich eine fatale Verwechslung, für die Deutschen bequem.*

Einer von ihnen ist Christophs ehemaliger Klassenkamerad, der nun als Journalist arbeitet. Und so aufgeräumt-breitbeinig wie er auftritt (»Ich schwöre dir, in unserer Redaktion ist kein einziger, der kein Antinazi-Nazi wäre … Ich bin ohne Vorurteile hierhergekommen … Ich habe nichts gegen die Juden. Die Juden haben etwas gegen mich. Hier habe ich keine Sippenhaftung erwartet ... Wir haben auch in Deutschland die Nase voll, das kannst du mir glauben. Wenn uns die Amerikaner wieder in Uniform stecken wollen, ohne uns ... Aber schau mal, tolle Mädchen hier in Haifa. Tolle Mädchen, ich hätte es nicht für möglich gehalten.«) – so wie dieser da in jenem kleinen Straßencafé auf der israelischen Seite des Mittelmeers thront und schwadroniert und analysiert und Noten vergibt, das gesamte Gespräch okkupierend, ein teutonisch gutes Gewissen auf Reisen: Kein Wunder, daß sie nicht nur im *SPIEGEL* diesen in »Ascona Engagierten« gehaßt hatten. Daß nicht Rowohlt-Fischer-Suhrkamp etc., sondern der eher randständige Kurt Desch Verlag den Roman – wie auch die Bücher des nun gleichfalls in Locarno lebenden Robert Neumann – verlegt hatte und späterhin nicht etwa die *Zeit* oder der Rundfunk Habes Texte brachten, sondern die *Welt, Welt am Sonntag* und *Bild am Sonntag* (was dann in jenen immer polarisierteren Jahren Habe nicht immer gut tat, die Genauigkeit seiner Formulierungen oftmals minderte – und ihn von denen, die er doch eigentlich erreichen wollte, noch weiter entfernte.)

Es waren die vermeintlich aufgeklärten Kultur-Schranzen der Republik, die sich in Habes Beschreibung gemeint fühlten, zu Recht. Besonders wütende Väter-Söhne werden nur wenige Jahre später zur RAF stoßen und im Ausland dann nicht mehr in einen Kibbuz gehen, sondern in die jordanischen Ausbildungslager der PLO – von wo aus sie auf die Kibbuzniks *schießen* konnten, deutsche Wiederholungstäter. (Während die Nachkommen der sanfteren Schranzen, nunmehr im ökologisch bewußten Hippster-Outfit statt mit Igel-Haarschnitt, vorstellbar sind als jene, die – »Wir kommen ohne Vorurteile« – sogleich nach der Landung in Tel Aviv sich im Landrover weiterfahren lassen in die besetzten Gebiete, um sich von dortigen NGO's aus dem »globalen Süden« verständnisvoll anzuhören, daß das israelische Vorgehen heute ja durchaus mit den einstigen deutschen Vernichtungsverbrechen usw. usf.) Und einer wie dieser Hans Habe, »engagiert in Ascona«, hatte den Beginn dieser Wucherungen bereits vor über einem halben Jahrhundert beschrieben.

Christoph, inzwischen zurückgekehrt aus dem Kibbuz und aus Warschau, betrachtet ein ihm fremdes Land voll neu entstandener Reihenhäuser, emsig ausschreitender Aktentaschenträger und eines großen Schweigens. *Lederhandschuhe, Aktentaschen, Volkswagen: Rangabzeichen des deutschen Wunders.* Wer diese Passagen liest, wird die Nähe zu Heinrich Bölls Blick auf jenes Nachkriegsdeutschland bemerken – und bedauern, daß Habe sich in den Folgejahren an dem literarisch zweifellos bedeutenderen Romancier in zunehmend rüpelhafter Weise abarbeitete, ihn der Sympathie für Terroristen und (ausgerechnet Böll!) der Kälte gegenüber osteuropäischen Dissidenten zieh, seinen Rücktritt als Präsident des Internationalen PEN forderte und dergleichen Unersprießliches mehr.

Andererseits findet sich weder bei Böll noch bei anderen Autoren (seiner und der Nachfolgegeneration, ja vielleicht sogar bis heute) jener Beschreibungsmut Habes, der eben nicht nur die verschwitzte und gleichzeitig sterile Welt der Täter, Mitläufer und Verdränger sichtbar machte, sondern auch das Milieu derjenigen, die nach einem anderen Deutschland strebten. Kein Zufall: da diese Jüngeren just auch die potentiellen Leser der neuen gesellschaftskritischen Romane waren, hätte – damals wie heute – kein Schriftsteller gut daran getan, deren schmeichelhafte Selbstbilder infragezustellen. Außer Hans Habe (und in Essays und im Publizistischen Ludwig Marcuse oder Friedrich Torberg, die freilich von den Söhnen derer, die sie einst aus Europa vertrieben hatten, längst schon als »kulturkonservativ« abgestempelt worden waren).

Christoph jedenfalls fühlt sich auch unter den – vermeintlich oder tatsächlich – Aufbegehrenden überaus fremd. Dabei geht er im abendlichen München oft und gern aus, hat zahlreiche kurze Affären, freut sich am ausgelassenen Boogie-Woogie-Tanzen seiner Generation, atmet befreit auf beim Anblick deutscher Mädchen, die mit schwarzen GI's über den Tanzboden fegen, frequentiert intellektuelle Gesprächsrunden, schaut hinein in die Welt der Igelharschnitt- und Rollkragenpulloverträger. Tausendmal besser als die verlogene Atmosphäre in der Bogenhausener Villa seines NS-Vaters, der schon wieder Oberwasser wittert und zusammen mit einem ebenso belasteten und nun erneut Ton angebenden Wirtschafts-Mann doch tatsächlich seinen Sohn mehr oder minder verklausuliert darum bittet, seinen »Einfluß bei den Juden« (denn war er etwa nicht in diesem Kibbuz gewesen?) geltend zu machen, damit der Vater irgendwann wieder mit einer neuen Filmidee … Tausendmal besser als das. Und so folgt Christoph lieber den renitenten Debatten der Gleichaltrigen, vor dem Hintergrundsound leiser oder lauter Jazzmusik – und empfindet doch Unbehagen. *Es erschreckte Christoph, daß er zwar fast immer mit allen einig war und alle mit ihm, daß sie sich aber in den leeren Räumen der Gemeinplätze trafen, wo man einig sein kann, ohne einander zu verstehen. Der Sohn des Industriellen, in Rebellion gegen den Vater, konnte gegen den erwachenden Nationalismus wettern, aber er sagte dann, der Nationalismus der Amerikaner unterscheide sich in nichts vom deutschen – und was sollte Christoph erwidern, da es doch richtig war und nur insofern falsch, als man nichts von einem amerikanischen Auschwitz gehört hatte. Der Sohn des Rechtsanwalts sprach von seinem Vater nie anders als von dem »alten Nazi«, aber wohnte bei dem »alten Nazi« und plante, dessen Kanzleinachfolger zu werden. Jemand sagte, ganz Deutschland sei für die Judenverfolgungen verantwortlich, doch sei, wenn man schon von schlechten Eltern spreche, auch die Unterdrückung der amerikanischen Schwarzen von schlechten Eltern.*

Bemerkenswert, wie wenig sich seither in puncto rhetorischem Selbstbetrug geändert hat. Auch wenn inzwischen aus den »alten Nazis« »alte Umweltschweine« geworden sind (deren erdgasgeheizte Eigentumswohnungen man dennoch gern übernimmt) und vor den politischen Kabaretts, in denen die gesellschaftskritischen Pointen über die Dummheit »der Politiker und der Masse« unisono beklatscht werden, inzwischen wohl kaum noch »Porsches und Sunbeams und MG's« parken. *Wenn das Wort Uniform ausgesprochen wurde, bekreuzigten sich alle, aber fast alle trugen den gleichen Haarschnitt – und keinem gefiel, was dem anderen nicht gefiel.* Geblieben auch die geradezu zwanghafte Relativierung der Shoah, inzwischen »Kontextualisierung« genannt. Was damals der abstrakte Verweis auf die Afroamerikaner war (deren Leben und Geschichten sich übrigens Hans Habe genähert hatte, jedoch nicht jene Münchner *jeunesse critique*) besorgt nun die ebenso pauschalisierende Rede vom »globalen Süden«. Hinzu kommt jene Pazifismus-Travestie, die jegliche Verantwortlichkeit einnebelt und sich damit in die Nähe der NS-Relativierer begibt – »wenn etwa der Bombenkrieg so dargestellt wird, als wäre es das gleiche, ob man die Welt überfällt oder die Welt gegen den Überfall sich zur Wehr setzt«.

Hatte während ihres Deutschlandbesuchs von 1950 bereits Hannah Arendt die hiesige Art beschrieben, Meinungen für Tatsachen zu nehmen und Tatsachen für Meinungen – und das Ganze dann als »Demokratie« mißzuverstehen – so bemerkt nun Hans Habe ganz Ähnliches. *Die Unduldsamkeit gegenüber jeder Antwort war ebenso deutsch wie die Forderung, jede Antwort zu dulden … Diskussion plus D-Mark gibt Demokratie: deutsche Mathematik.*

Als sich Christoph eines Abends während des Oktoberfestes plötzlich eingekeilt findet zwischen all den grölend und verschwitzt Heranströmenden, die singend und lachend mit ihren randvoll gelb gefüllten Maßkrügen fuchteln und ihre Zähne in riesige Bratwürste hauen, da flüstert er, um sich Mut zu machen, immer wieder den Namen des Kibbuz Ani Omer. Denkt an das Mädchen, das er dort geliebt hat, erinnert sich der *Chaverim,* der im guten Sinne Genossen, dort auf den Feldern und abends im Speisesaal. (Und auch diesmal: Keine Szene wie diese in der ansonsten – was nicht allein dem israelischen Romancier Yoram Kaniuk aufgefallen war – nahezu völlig *judenfreien* deutschen Nachkriegsliteratur.)

Nicht zufällig vertraut sich Christoph dann einem an, der bewußt außerhalb Deutschlands lebt – in einem lässig-luxuriösen Haus in der Nähe von Paris. Danach treffen Christoph und jener Kasimir Nessor, (nichtjüdischer) Autor eines antimilitaristischen Bestsellers, den die Nazis einst außer Landes gejagt hatten, immer wieder aufeinander. Nessor ist das liebevolle Portrait von Hans Habes Ascona-Nachbarn Erich Maria Remarque, und wie dieser dem desorientierten jungen Christoph beisteht, hat es so ganz und gar nichts von verteilten Vademecums-Weisheiten. Stattdessen hilft er ihm dezent, einer unproduktiven Vater-Fixierung zu entkommen: Weder sei er schuld daran, daß sein Erzeuger der Lieblingsregisseur von Goebbels gewesen sei, noch sei es auch nur irgendeine Leistung, daß er als Sohn nun kein Nazi wäre. Daß die Wehrmacht mitnichten »sauber« gewesen war und der behauptete deutsche Abscheu vor den Naziverbrechen einhergehe mit einem ungebrochenen Kult um »unsere Soldaten-Männer, Vater und Söhne« – schlimm genug, doch das sei die Schizophrenie der Anderen. Während sich Christoph darum bekümmern müsse, die Zäsur nicht an der falschen Stelle zu setzen: *»Der Trennungsstrich wird in Deutschland horizontal gezogen, er trennt die Jahrgänge und sollte doch vertikal gezogen werden und die Gesinnungen und Taten trennen. Sie sind mein Sohn, nicht der Sohn Ihres Vaters – daran ist nichts Außergewöhnliches.«*

Diese Literarisierung Remarques ist mehr als ein Freundschaftsdienst für jenen Autor, der nach dem Krieg Teile von Habes Fluchtgeschichte im Roman *Die Nacht von Lissabon* verarbeitet hatte. Eher schon ist es der noble Versuch, dem Mechanischen (*und* Entlastendem) des sogenannten »Generationenkonfliktes« eine Alternative entgegenzusetzen, die nicht mit »Getue und Jargon« (Ludwig Marcuse) hantiert, sondern an die Wurzeln geht der so zahlreichen – und bis heute fortwirkenden – ideologischen Verkantungen und emotionalen Hartleibigkeiten.

Denn nur keine Larmoyanz: *Daß Ihr Vater für Sie kein Vorbild ist, macht Sie noch nicht gut. Für die jungen Deutschen sollte es nicht genügen, ihre Väter zu verdammen. Sie müssen sich auch die Ähnlichkeit aus Herz und Gesicht reißen. Lassen Sie sich nicht entmutigen, und machen Sie es sich nicht zu leicht! Skeptizismus ist keine Garantie gegen falsche Begeisterung, und ein gutes Gewissen ist des Intellektuellen unwürdig. Wer nur um sein eigenes*

Gewissen sich kümmert, kann, und sei es noch so rein, von einem reinen Gewissen nicht sprechen.

Frage: Wären Thomas Harlan, dem Vorbild jenes Christoph, womöglich viele Jahre des selbstquälerischen Zickzacks erspart geblieben, hätte er – im realen Leben, nicht lediglich als Romanfigur – tatsächlich einen solch souveränen väterlichen Freund gehabt wie jenen Kasimir Nessor alias Erich Maria Remarque? (Gar nicht zu reden vom zutiefst unglücklichen Bernward Vesper, Sohn eines prominenten völkischen NS-Dichters, dessen posthum nach seinem Suizid 1971 erschienenes Mammutbuch *Die Reise* vielleicht weniger in sich verkapselt und, trotz aller Abwehrbewegungen, erdschwer germanisch geblieben wäre, hätte auch er die Chance gehabt, auf jenen klugen und großherzigen Schriftsteller zu treffen.)

Freilich ist Christoph nicht gänzlich allein. Die Gleichaltrigen, die vor den Kinos gegen einen neuen Film seines reuelosen Vaters protestieren (und von der Polizei mit Gummiknüppeln auseinandergejagt werden), *diese* könnten vielleicht tatsächlich seine Freunde sein. Ebenso wie jene, die bei einer Faschingsfeier, als Christoph aufgrund seiner beginnenden Theater-Aufklärungsarbeit von jungen Nazis gewalttätig angegangen wird, sogleich mit bajuwarischer Verve dazwischenfahren und dem Angegriffenen beistehen. Danach finden sie sich auf einem Polizeirevier wieder, und so wie Habe die Wachhabenden beschreibt, besteht wenig Zweifel daran, welche Uniform diese noch ein paar Jahre zuvor getragen hatten. Wenn sie könnten, wie sie wollten … Doch selbst der noch in vielem rudimentäre Rechtsstaat der jungen Bundesrepublik, der im Justizwesen dazu durchsetzt war von alten Nazis, bot bereits robusten Schutz. Christoph und seine jungen Zufallsfreunde nämlich würden *nicht* erschossen werden oder verschwinden – und daß sie zuvor den attackierenden Nazis nicht mit Zurückweichen, sondern mit hochgerissenen Fäusten geantwortet hatten, war kein Vergehen, sondern zwingende Notwehr.

Mit welcher Sympathie, ja beinahe Liebe der als »Reaktionär« geschmähte amerikanische Ex-Lieutenant Hans Habe seinen jungen Christoph *hier* Halt suchen läßt: *Er hätte rufen wollen: Geht nicht weg, bleiben wir zusammen! Ich muß wissen, wer ihr seid, wir müssen uns kennenlernen. Vielleicht seid ihr letztlich nur vierzig oder fünfzig – vierzig oder fünfzig, das ist viel.* Ihretwillen bleibt er schließlich in Deutschland, beginnt an eine weitere Reformierbarkeit dieser Bundesrepublik zu glauben. *Er begann, seinen Koffer auszupacken.*

Der Ruf blieb ohne Echo. Im Gegenteil, die Zurückweisungen nahmen sogar noch zu. (*Mehr als diese Parallelen aber machen Habes Roman – Stil wie gehabt – nicht interessant.*)

Doch nicht etwa »'68«, sondern bereits die Reaktionen auf den Sechstagekrieg von 1967 markierten eine weitere Zäsur. Erneut sah der angebliche »Linkenfresser« Habe die unseligen Verbindungen, wenn einerseits die rechtsextreme *National-Zeitung* unter Titeln wie »Wir werden Palästina befreien« ihre Spalten großarabischen Propagandisten öffnete, Francos Außenminister seine Solidarität mit den völkermordwilligen Regierungen der arabischen Anrainerstaaten Israels bekundete, linksradikale Studenten »Schlagt die Zionisten tot / Macht den Nahen Osten rot« skandierten – und linksliberale Medien Moshe Dayan als grinsenden, einäugigen Piraten karikierten.

Und kein Opportunismus, sondern Überzeugung, daß er in Axel Springers eindeutiger Position bei der Unterstützung des bedrohten Israel nicht nur einen Rettungsanker, sondern einen Kompaß sieht. Doch hatte ihn auch gewiß keiner dazu gezwungen, in den Folgejahren seine weiterhin gerechtfertigte Kritik oftmals selbst zu entwerten durch seltsame Rundumschläge oder unnötige Prozeßhanseleien. (So etwa gegen Rolf Hochhuth oder Friedrich Dürrenmatt, dessen nach dem Yom Kippur-Krieg 1973 entstandener Israel-Essay *Zusammenhänge* das Fortwirken eines sich »progressiv-antizionistisch« gebenden Antisemitismus doch in kristalliner Präzision beschrieben hatte, weshalb dieses Buch dann ebenfalls durch das Raster des hiesigen Rezensionsbetriebes gefallen war.)

Das Verhältnis zu Israel, die Unterschätzung des sowjetischen Expansionismus in Zeiten der Entspannungspolitik, schließlich die partielle Unverantwortlichkeit so manch moralisierender Intellektuellen-Statements, das waren Hans Habes publizistische Themen der letzten Jahre, auf sie kam er immer wieder zurück. Hätte er sich darauf beschränkt, seine Position als erklärter »Liberalkonservativer« wäre in jenen siebziger Jahren vermutlich noch immer als (un)verschämt rechts mißverstanden worden. Nur hätte er es sich erspart, in eilig, wenn auch pointiert heruntergeschriebenen Glossen und Kolumnen jene Spießer-Ressentiments zu bedienen, die ihm doch eigentlich *contre ceur* hätten gehen müssen. Auftragstexte waren das gewiß nicht, eher schon darf hier der Furor eines Autors vermutet werden, der sich an all denen rächen möchte, die ihn denunzieren oder schlichtweg ignorieren – freilich über einen fatalen, geradezu pawlowschen Affekt-Umweg, der nur selbstbeschädigend sein konnte: Was *die* loben, durfte nicht gut sein. Nach dieser Logik galt ihm der Film *Little Big Man* mit Dustin Hoffman als »Leidenfledderei«, Philip Roth s *Portnoys Beschwerden* als »Onanisten-Prosa« und dergleichen mehr, gipfelnd in einer onkelhaften Warnung, die so gar nicht zu diesem quecksilbrigen Autor paßte: *Mit dem Bild eines nackten Mädchens lockt man sie in den Keller, und mit der Mao-Bibel kommen sie wieder heraus.*

Hier blieb ein konsequenter Verteidiger der Republik erheblich unter seinem Niveau. Allerdings nicht durchgängig, denn auf Reporter-Fragen gab es von ihm zumeist luzide Antworten und Positionsbestimmungen. *Ich bin von der Richtigkeit dieser zwar reformbedürftigen, aber auch reformfähigen Gesellschaft überzeugt ... Links von mir steht alles, was den Fortschritt mit gewaltsamen Mitteln herbeizuführen versucht, und rechts von mir steht alles, was den Fortschritt mit gewaltsamen Mitteln aufzuhalten versucht. Ich bin ein »Extremist der Mitte«.* Markig? Vielleicht, aber auch nicht unplausibel. Und gewiß nicht »Zeitgeist«. Daß er noch auf dem Totenbett seinem Freund Ernst Cramer mit großer innerer Bewegung sagte, daß sein Widerstand gegen den RAF-Terror und dessen Sympathisanten (die es ja tatsächlich gab, auch wenn ihr Kreis häufig arg willkürlich gezogen wurde) natürlich keinerlei Präferenz für irgendeine

Rechte entsprang – wer wollte es in Cramers bewegendem Nachruf wirklich nachlesen? Vergessen inzwischen sogar die kluge Kritik von Hans Habes ehemaliger Jugendfreundin Hilde Spiel, diesem sei es in seinen zahlreichen Polemiken ab Ende der sechziger Jahre nicht immer gelungen, die Trennlinien zwischen romantischen Weltverbesserern und den nihilistischen »Kindern der Gewalt« wirklich sichtbar zu machen.

Umso erhellender, was dann in jenem letzten Lebensjahrzehnt Habes *auch* zu lesen war – und noch heute beunruhigende Gültigkeit hat. Frühzeitig stand er einer wirtschaftlichen Verknüpfung mit der Sowjetunion kritisch gegenüber und widersprach gleichzeitig der apokalyptischen Rede, Entkopplung bedeute automatisch sogleich Krieg. *Koexistenz ist ein Nebeneinander-Leben, nicht ein Zusammenleben. Moskau aber rechnet mit einem Pazifismus der Satten, der einen Frieden um jeden Preis akzeptiert. Ebenso ist Moskau von den tiefen isolationistischen Tendenzen überzeugt, die das amerikanischen Volk beherrschen. Die Verwechslung von Koexistenz und Kollaboration gehört zu den tragischen Irrtümern unserer Zeit.* Habe insistiert darauf, daß der verketzerte »Kalte Krieg« immerhin einen »heißen« verhindert hatte und jegliche verständnisinnige Partnerschafts-Rhetorik mit einem System, das eine menschenverachtende Groß-Diktatur ist, »den Krieg nicht verhindert, sondern ihn durch ständige Ermutigung des Aggressors näherbringt«.

Während noch im Mai 2022 der mittlerweile 99 Jahre alte Henry Kissinger, als langjähriger Diktatorenfreund und -Rechtfertiger weiterhin von Völkerrecht und Menschenrecht arrogant abstrahierend, der überfallenen Ukraine empfahl, doch ein paar Landesteile im Osten um des lieben Friedens willen an Rußland abzutreten, hatte bereits 1976 Hans Habe geschrieben: *Henry Kissinger ähnelt den* appeasers *von 1938, ist aber noch zynischer. Kissinger sagt Entspannung und meint Isolationismus.*

Ich schlage Feueralarm. Das hätte ich mir nicht träumen lassen. Es ist eine jener üblen Farcen der Weltgeschichte, die einen am Sinn jeglichen historischen Geschehens zweifeln lassen und am Ende verzweifeln machen. Wenn nun Deutschlands linke Demokraten so weit gehen, daß sie nicht nur ihren eigenen Staat als ein schon halb und halb faschistisches gesellschaftliches Gebilde ansehen, sondern in Bausch und Bogen alle von ihnen benannten »formalen« Demokratien – und unter diesen vor allem den furchtbarer Gefahr ausgesetzten Zwergstaat Israel! – als faschistisch, imperialistisch, kolonialistisch betrachten und dementsprechend behandeln, dann ist für jeden Zeitgenossen nazistischen Schreckens der Punkt erreicht, wo er die Verpflichtung hat, einzugreifen – was immer sein Eingriff bewirke. Das sowohl politische wie jüdische Nazi-Opfer, das ich war und bin, kann nicht schweigen, wenn unter dem Banner des Anti-Zionismus der alte Antisemitismus sich wieder hervorwagt. Hans Habe, »wieder einmal sehr markig«? Nein. Diese Zeilen stammen von einem zutiefst entsetzten Jean Améry, geschrieben im Winter 1976 in Brüssel, knapp zwei Jahre vor seinem Suizid. *Und am Ende verzweifeln machen.*

Die damaligen »jungen Demokraten«, an deren Israel-Feindschaft der Shoah-Überlebende Améry eben *auch* zugrundegegangen war – nach dem erfolgreichen Marsch durch die Institutionen inzwischen längst pensioniert und in faktischem, wenn vielleicht auch nicht immer eingestandenem Frieden mit dem derart pensionärsfreundlichen »Gebilde« Bundesrepublik. In vielen Fällen freilich bei beibehaltener »Israel-Kritik« (das Wort findet sich mittlerweile selbst im Duden, und zwar als einzige Länder-bezogene Kritikvokabel), die für ihr »Man wird doch noch mal sagen dürfen« weiterhin breiten Resonanzraum erhalten und deshalb auch weder eigene Reisen in das hoch komplexe Land benötigen noch Kenntnis der permanenten Debatten innerhalb Israels. Dazu die Nachkommen der einstmals Jungen: Quietschbunt gewandte *Documenta*-Funktionär*innen und sonstige Kurator*innen mit einem Faible für die Projektions-Vokabel »globaler Süden« (ergo Hunderte völlig unterschiedlicher Länder – mit Ausnahme Israels), akademische und journalistische Aktivist*innen, die die antiisraelische Boykottbewegung BDS mehr oder minder offen unterstützen – allesamt jedoch mit dem gleichen pathologisch guten Gewissen, wie es Mitte der sechziger Jahre schon Hans Habe im Roman *Christoph und sein Vater* beschrieben hatte und im gleichen Rekurs auf »Antimperialismus/Antikolonalismus«, dessen bösartige Rabulistik bereits Jean Améry zur Verzweiflung getrieben hatte, ihn, den Linken und erklärten Gegner israelischer Besatzungspolitik.

Was in all diesen Jahren an »Israelkritik«, NS-Vergleichen und Terror-Rechtfertigungen Teile der hiesigen »Nahost-Debatte« prägte, hatten dann allerdings weder Jean Améry noch Hans Habe miterleben müssen. Verblüffend genug (oder vielleicht auch nicht), hier beide in einem Atemzug zu nennen – Améry, dessen Abschied von einer empathielosen Linken inzwischen fast ebenso vergessen ist wie Leben und Werk jenes Hans Habe. (Wobei dieser, als antizipiere er Jean Amérys berühmten Essay über *Ressentiments*, bereits 1955 in seiner Autobiographie geschrieben hatte, daß er sich *selbstverständlich* zu seinen Ressentiments gegenüber dem »Krebs des Nationalsozialismus« bekenne: *Es ist blödsinnig, zu untersuchen, warum jemand etwas gegen Krebs hat.*)

1970, in einer Rede beim israelischen Schriftstellerverband in Tel Aviv, erinnert Habe daran, daß es Zeiten gegeben hatte, in denen Juden allein bei der Linken eine Heimstatt gefunden hatten. Im Bewußtsein, daß die Linke die Minderheiten, die Unterdrückten und Verfolgten vertrete – was angesichts der ideologischen Begrenztheiten zahlreicher Linker und deren prosowjetischer Haltung zwar vielleicht schon damals eine Illusion gewesen sei, aber selbstverständlich nichts relativiere am Antisemitismus der Rechten. Inzwischen werde man – nicht nur in der Bundesrepublik – zum Zeugen einer Umwertung. Unter dem Deckmantel der berechtigten Kritik an der israelischen Besatzung der Palästinensergebiete (und in völliger Abstrahierung von deren Vorgeschichte) habe man mit jenen Palästinensern eine neue »verfolgte Minderheit« entdeckt, die nun – endlich! – die Rolle der Juden eingenommen habe. *Das intellektuelle Zauberkunststück macht es möglich, aus dem späten, verbalen Protest gegen die Ermordung von sechs Millionen Juden eine »prinzipielle Sache« zu machen: Jetzt, auf einmal, fällt es den Intellektuellen ein, daß sie gar nicht nur die jüdischen Opfer beweint hatten, sondern sich nur gegen eine allgemeine Ungerechtigkeit gestellt hatten – Hokuspokus, nun können sie für die »unterdrückten Araber« eintreten.* Entsolidarisierung und Geschichtsrelativismus im Namen einer »Kontextualisierung von Auschwitz« – Habes Befund ist über ein halbes Jahrhundert später noch immer deprimierend aktuell.

Es hatte eine gewisse Logik, daß er diese Rede weder vor abweisenden deutschen Studenten noch beifällig nickenden Honoratioren gehalten hatte, sondern vor seinen israelischen Kollegen, von denen er sich verstanden wußte – nicht obwohl, sondern *weil* sie Linke waren. In deren Linkssein, in deren Solidarität mit den unter KPdSU-Chef Breschnew verfolgten und an der Ausreise gehinderten sowjetischen Juden, aber auch in deren Kritik an Rechten wie Menachem Begin erkennt Habe einen gänzlich anderen Impuls, bei ihnen fühlt er sich zu Hause. 1971 erscheint dann sein Erlebnisbericht *Wie einst David. Entscheidung in Israel* – ein Jahr vor dem Olympia-Massaker von München und fünf Jahre vor der Selektion jüdischer Passagiere in der nach Entebbe entführten Air France-Maschine durch deutsche Terroristen.

Max Horkheimer bezeichnete das Buch als »dichterische Reportage« – nicht im Sinne einer Fiktionalisierung, sondern einer Verdichtung, die das Atmosphärische nicht zugunsten der Analyse hintanstellt und nicht ein Bild, sondern *Bilder* jenes Israel zeichnet, das Habe von Eilat bis Haifa, von Aschkelon bis Jerusalem durchstreift – zusammen mit seiner Frau Licci, mit der er seit 1955 verheiratet ist. »Seine exakte Darstellung schließt wahres kritisches Denken ein«, schreibt Horkheimer, und so ist dieses Buch – vergleichbar Saul Bellows *Nach Jerusalem und zurück* von 1977 und Ralph Giordanos 1991 erschienenem *Israel, um Himmels Willen Israel* – in seinem lebhaften, doch stets reflektierten Duktus *nicht* gealtert, auch wenn sich danach unendlich viel verändert und Hochdramatisches ereignet hatte.

Im Frühjahr 1991 entdeckte ich als ein damals zwanzigjähriger Gymnasiast die dtv-Taschenbuchausgabe von Habes Buch in einer Bücherkiste in einem Konstanzer Antiquariat. In der Stadt waren die weißen Bettlaken, die in den Wochen von Saddam Husseins Angriffen auf Israel über zahlreichen Fensterbänken studentischer WG's hingen, längst wieder eingerollt, und auch der Grünen-Sprecher Ströbele hatte sein Amt aufgeben müssen, nachdem er Saddams Raketen als »logische, fast zwingende Konsequenz der Politik Israels« bezeichnet hatte. Bald darauf würde der einstige RAF-Anwalt dann wieder in den Talkshows sitzen und u.a. Ralph Giordano darüber belehren, wie sich Israel zu verhalten habe. Jetzt aber lag da dieses Buch, schon beim Hineinblättern entstieg eine faszinierende, mehrdeutige mediterrane Welt, war eine Autorenstimme zu hören, die weder kühle Durchblicker-Objektivität behauptete noch sich in eiferndem Schönfärben erging. Wer also war dieser Hans Habe? Da die eigene Israel-Reise kurz bevorstand und bereits Ralph Giordano und Edgar Hilsenrath in Briefen allerlei gute Tipps und Ratschläge übermittelt hatten – könnte man nicht auch ihn kontaktieren, via c/o des Verlages? (Zur Erinnerung: es waren die Jahre *vor* Internet und Wikipedia – und zu ausgedehnten sonnenlosen Bibliotheks-Recherchen fehlten dem jungen Mann Lust und Zeit.)

10. Juli 1991. Ascona (Schweiz), Via Rondonico 11.

Lieber Marko Martin, ich habe Ihren Brief erhalten, der mir vom Verlag in München übermittelt worden ist. Leider kann ich Ihnen nur Trauriges mitteilen. Mein geliebter Mann Hans Habe ist bereits seit 1977 tot. Ich verwalte seine Werke, aber leider habe ich mit Israel inzwischen nur noch sporadisch Verbindung. Auch möchte ich Ihnen nahelegen, daß sich im Land seit dem Erscheinen des Buches viel geändert hat. So möchte ich Sie bitten, mit mir in Verbindung zu bleiben, damit ich Ihre Eindrücke erfahren kann. Das interessiert mich sehr. Ich wünsche Ihnen eine gute Reise! Nehmen Sie diesen meinen Brief mit, vielleicht bringt er Ihnen Glück. Ihre Licci Habe.

Licci Habe, geboren 1915 in Bratislava als Lici Balla, ehemalige Schauspielerin, fast einzige Überlebende ihrer im Holocaust ermordeten Familie – »die sechste Frau und Witwe«, wie sie im Nachwort zur Neuauflage von Hans Habes Memoiren schrieb, selbstbewußt und mit souveräner Ironie davon Bericht gebend, daß an ihrer Seite der einstmals libidinös so Flatterhafte zur Ruhe gekommen sei. Nach seinem Tod versteigerte sie manche seiner teils skurrilen Souvenirs, die sich in der Villa in Ascona angehäuft hatten, was den *SPIEGEL* vom Dezember 1978 noch einmal zu hämischer Hochform auflaufen ließ. Das Haus – »in Wahrheit eine Portierloge voller feudaler Abfälle des verröchelnden Abendlandes«. Und dessen nunmehr alleinige Bewohnerin Licci Habe, Witwe und Überlebende der Shoah – »Hans Habes Frettchen im weißen Nerz«.

Ihr freundlicher Brief von 1991 (Licci Habe wird noch vier weitere Jahre leben) aber hatte mich tatsächlich begleitet und gewiß auch Glück gebracht – auf der ersten großen Reise nach Verlassen der DDR, bei diesem Aufenthalt in Israel, dem seither fast jeden Sommer ein weiterer gefolgt ist.

Habes beinahe letztes Buch *Erfahrungen*, eine Art zweiter Autobiographie in Form von Notaten und Kurzessays, fand sich dagegen ein paar Jahre später für hundert Franc in der Bücherkiste eines Pariser Antiquariats in der Rue de la Bûcherie – versehen mit dem berühmten runden Ladenstempel, der dem Helden von der Place de la Concorde sicherlich gefallen hätte: *Shakespeare and Company. Kilometer Zero Paris. Sylvia Beach Whitman.*

Jene *Erfahrungen* sind geradezu eine Bitte um »kulturelle Aneignung«, eine Ermutigung der Jüngeren, »uns den Rohstoff unserer Erfahrung zu entlisten, zu entreißen, nach Gutdünken zu verarbeiten – Erfahrung ist nie Arroganz, höchstens die Schlußfolgerungen, die man aus ihr zieht, sind es«.

Deshalb auch keine epische Selbstbespiegelung, sondern die Etappen seines Lebens eher noch einmal skizzenhaft vergegenwärtigt. Die Jugend in Wien, die Haßliebe zum Vater (dessen Selbstmord 1951 im inzwischen stalinistischen Budapest beinahe als Befreiung begriffen wird), die journalistischen Anfänge und die Flucht nach Prag und Genf. Das dortige Völkerbund-Rhetorikkarusell – inklusive jenes Rassismus', der faschistische italienische Journalisten dazu gebracht hatte, den äthiopischen Kaiser mit Eidotter zu bewerfen. Und vor allem noch einmal die bitter gebliebene Erinnerung an den 1938 endgültig verpaßten Moment, Hitler zu stoppen. *Nicht Krieg war die Alternative des* appeasement *von 1938, sondern der Pestkordon. Niemals hätte Hitler den Krieg gegen die Welt gewagt, wenn er gewußt hätte, daß sie gegen ihn aufstehen würde. Wenn sie die Verfolgten aufgenommen hätte. Wenn sie sich entschlossen hätte zum totalen Boykott des Hitlerreiches: keine Einfuhr deutscher Waren, keine Ausfuhr fremder Waren nach Deutschland, kein Tourismus ins Kanibalenreich, kein Kulturaustausch mit Barbaren, kein Wettspiel mit den Grinsenden.*

Danach die Flucht nach Frankreich, die amerikanische Armeezeit, die Nachkriegsjahre. Begegnungen mit Roosevelt und Truman, doch all das nicht (mehr) im flamboyanten, sondern eher im Kammerton beschrieben – mit offensichtlicher Freude an einem solchen Beschreiben, das nicht prunkt und auftrumpft, sondern weiterhin Angebote macht, auch stilistisch: Seht her (falls Ihr wollt), auch so ging es im 20. Jahrhundert, auch das ist eine mitteleuropäische Biographie und erzählbar in durchaus konventioneller Sprache, im Vertrauen darauf, daß wir uns zumindest über die Bedeutung der Wörter einig werden könnten. Auch dann, wenn es irritierend zu lesen ist, mit welch ablehnender Distanz die Begegnung mit Willy Brandt erzählt wird, obwohl dieser doch als linker Antikommunist und, dies vor allem, ehemaliger Emigrant Hans Habe hätte nahe sein müssen. (Oder ging es dann doch um einen gefühlten Ego-Wettstreit?) Ungleich interessanter Habes Interpretation des Abgründigen im damaligen »Willy-Kult«: *Nun war es keine Belastung mehr, daß Brandt Emigrant gewesen: War er nicht stellvertretend für alle in die Emigration gegangen, war er nicht stellvertretend für sie heimgekehrt, wie also sollte die Welt den Deutschen nicht verzeihen, da ihnen Willy Brandt verziehen hatte? Konrad Adenauer hatte sie von der bösen Misere befreit, Willy Brandt vom schlechten Gewissen … Sie hatten auf das Monument des Nobelpreisträgers »Deutschland« geschrieben. Nicht der Emigrant wurde rehabilitiert, man rehabilitierte sich durch seine Rehabilitation.*

Dann noch einmal Privates. Die Ermordung seiner Tochter Marina 1970 in Hollywood, die als permissive Lässigkeit der Behörden erfahrenen Ermittlungen, die von Habe vermutete Nähe des Täters zur Charles-Manson-Bande. Selbstprüfung des trauernden, wütenden Vaters – und Zurückweisung allzu naheliegender Küchenpsychologie. *Ich weiß, wann ich mich vom konservativen Liberalen zum liberalen Konservativen wandelte – ein Ereignis war es, kein Erlebnis: Der Sechs-Tage-Krieg.* Somit der entscheidende *turning point* die De-Solidarisierung weiter Teile der westlichen Linken einschließlich so mancher Liberaler mit Israel, das Im-Stich-Lassen des Landes im Angesicht der höchsten Gefahr – Ägyptens Präsident Nasser hatte 1967 ebenso eindeutig angekündigt, »die Juden ins Meer zu treiben« wie 1991 Saddam Hussein, »Israel in ein Krematorium zu verwandeln«. Wobei Habe die rechte Schizophrenie ebenso im Auge behält, die (zumindest in jenen damaligen Monaten) den Kampfesmut der Israelis als nationalistischen Chauvinismus mißversteht und belobigt – unter Beibehaltung der eigenen ranzigen Animosität gegen »den« Juden.

Habe, der bekennt, erst auf israelischen Boden sein lebenslanges Gefühl der Heimatlosigkeit verloren und dem »Weltmann«-Habitus Adieu gesagt zu haben, verfällt jedoch in kein »right or wrong, my country«, sondern besteht weiterhin – ganz ähnlich wie Jahrzehnte später Ralph Giordano – auf dem Primat das Ethischen, das solidarische Kritik nicht nur einschließt, sondern sogar bedingt. *Und doch genügt es mir nicht, daß Israel lebt, daß es stark bleibt und tapfer, daß es jedem Angriff zu widerstehen vermag und zu bauen im Hagel. Ich bange auch, daß es gut und gerecht bleibe, der Tradition verbunden im Fortschritt und treu der bedrohten Sache der Freiheit.*

Allerdings schreibt hier weiterhin ein Außenseiter, der diesen Solitärs-Status auch skizziert, ohne Wehleid. Als 1911 Geborener trotz frühzeitiger Roman-Veröffentlichungen zu jung, um als ein prominenter »Wien-Weimarianer« aus dem Exil nach Europa zurückgekehrt zu sein, und gleichzeitig bereits zu alt für die Jüngeren, die ihn mit ihren ideologisierenden Gruppenbildungen zu fatal an deren Väter erinnern, als daß er sich ihnen anschließen möchte. Hinzu kommt der Ekel vor einem intellektuellen Populismus, der im Gestus der Widerständigkeit in hingestreckte Radio- und Fernsehmikrofone Wohlfeiles posaunt, etwa – ein Beispiel unter vielen – die Forderung »Kinderheime statt Aufrüstung«. *Warum wird verschwiegen, wie man sich das vorstellt, die Umbuchung des Budgets von Rüstungen auf Kinderheime – oder die Verteidigung von Kinderheimen in Ländern ohne Waffen gegen Länder, die nicht daran denken, Spielzeug statt Bomben zu erzeugen? Idealismus ohne Realismus ist eitler Lippendienst und geistiger Firlefanz. Mein Ärger über die Spinatintellektuellen ist mein Ärger über die Moral ohne Nutzanwendung.* (Weshalb fallen dem Lesenden von heute gleich mehrfach gegenwärtige Fernsehgesichter zur aktuellen Illustration von Habes damaliger Beobachtung ein – mit Ludwig Marcuse und Friedrich Torberg jedoch nur zwei Intellektuelle, die zu jener Zeit ebenso treffgenau von der Spielfeld-Seitenlinie argumentierten?)

Ohnehin mißtraut Habe dem Volkserzieher-Gestus vieler Intellektueller und vergleicht diese mit dem weißen Plantagenbesitzer aus *Onkel Toms Hütte*: Nur aus *seinen* Händen dürfen die vermeintlich Ungebildeteren ihre Freiheit empfangen. Außerdem: *Das Bild, das die Intellektuellen von der Zukunft entwerfen, ist das Bild einer Zukunft für Intellektuelle. Aber wer im Namen der öffentlichen Meinung auftritt ist ein Rechtsanwalt ohne Mandanten.* Und wie viel Salbaderndes und halb und flach Gedachtes die arrivierten Ketzer von sich geben! (Und wie der alte Ex-Lieutenant, wie Erika Manns »lieber Hansi« nun noch einmal zu analytischer Hochform findet, wohl wissend, daß im *juste milieu* auch dieses Buch ignoriert werden wird wie zuvor die Romane – oder wie Ludwig Marcuses ebenfalls an Lichtenberg geschulte Aphorismen.) *»Wo es Stärkere gibt, immer auf Seite der Schwächeren« ist nicht nur ein außerordentlich dummer Grundsatz – so dumm, wie beinahe jede Sentenz, in der das Wort »immer« vorkommt – er ist auch unsittlich, weil er die Möglichkeit, daß das Gerechte stärker sein könnte, ausschließt. Eine gute Sache kann, aber muß nicht die schwächere sein, ihr Erfolg ist* *kein Grund, sie zu verlassen, die Minorität ist so wenig fehlbar wie die Majorität.*

Es sei deshalb eine kluge Entscheidung seines Freundes Erich Maria Remarque gewesen, sich von den Meinungsproduzenten in der Bundesrepublik ferngehalten zu haben, wofür allerdings auch er einen Preis hatte zahlen müssen. Als er 1970 stirbt, ist Hans Habe der einzige seiner Kollegen, der ihm auf dem Dorffriedhof oberhalb Asconas das letzte Geleit gibt. Der Pfarrer sprach italienisch, und italienisch sprachen auch die anderen Trauergäste: *Alle Handwerker des Ortes waren da und der Bäckerjunge und der Kurzwarenhändler und die Ladenmädchen und der Apotheker und die Wirte. Sie sagten nachher, es sei ein schönes Begräbnis gewesen, keiner dachte daran, daß man einen großen deutschen Schriftsteller zu Grabe getragen hatte.*

Ebenso imponiert ihm die Würde des hochbetagten exilspanischen Schriftstellers und Diplomaten Salvador de Madariaga, den Habe seit seiner Zeit als Völkerbund-Korrespondent kennt und der nun im benachbarten Locarno lebt. *Eines Tages sagt er, daß er nach Francos Tod Spanien besuchen werde. Er ist sechs Jahre älter als Franco. Es ist der Rechten, die er verabscheut, nicht gelungen, ihn in die Arme der Linken zu treiben. Weder läßt er sich von der Mitte abbringen, noch akzeptiert er die Mitte als einen Brei von rechts und links.* (Salvador de Madariaga überlebte schließlich den mörderische Generalissimo um drei Jahre, hatte noch die späte Genugtuung, sein nunmehr freies Heimatland wiederzusehen und sogar, mit vierzigjähriger Exil-Verspätung, seine Antrittslesung an der Königlich Spanischen Akademie in Madrid zu halten.)

Folgt alsdann eine Betrachtung über die »Langhaarigen«. *Mit den wilden Hippies könnte ich auskommen. Die milden sind mir ein Gräuel. Sie sind eine Mischung aus Torquemada und dem Heiligen Franziskus von Assisi. Sie argumentieren mit Hegelscher Dialektik und mit dem Lächeln eines Evangelisten. Oder sie weichen der Diskussion mit wissender Toleranz aus: Laß den alten Trottel doch reden.*

Freunde konservativer Aversionen dürften dennoch enttäuscht sein, denn was Habe bei den Jüngeren irritiert, ist nicht etwa das Individuelle, sondern die Gleichförmigkeit von Gesinnung und Habitus – »verängstigte Mitläufer, die sich vor ihren Altersgenossen fürchten«. (So wie der polnische Emigrant Czesław Miłosz in seinen beinahe zeitgleich entstandenen *Visionen an der Bucht von San Francisco* sich ebenfalls nicht etwa über das sexuelles Aufbegehren, sondern über den ideologischen Puritanismus der »Aussteiger« mokiert hatte, dabei nicht ohne ironische Lässigkeit seine Berkeley-Beobachtung zu erwähnen, daß hier nicht selten mit dem Geld der verhaßten Väter ausgestiegen und forsche Gruppenrede geschwungen wurde.) Habe schreibt: *Ich würde gegen den Gesinnungs-Langhaarigen auch polemisieren, wenn er sich morgen die Haare kurz schneiden ließe, dafür aber ein anderes Parteiabzeichen tragen würde. Von einer »Verfolgung« der Langhaarigen ist mir nichts bekannt, es sei denn in jenen Staaten, denen paradoxerweise die Sympathie der meisten Langhaarigen gehört.*

All das erbittert ihn, der sein Leben im Kampf gegen Hitler riskiert hatte, bis zuletzt, und auch wer mitunter irritiert sein mag, wie lineal-straff hier eine Linie gezogen wird (und die eigene Definition kaum hinterfragt) – die Prägnanz der Sätze ist bemerkenswert. *Ich kann mich mit dem Revolutionär durchaus auseinandersetzen. Mit dem »Gesellschaftskritiker« jedoch, der sich, wie viele Intellektuelle, als Reformer ausgibt, aber das Haus abzureißen gedenkt, das eben auf Leistung und Wettbewerb und Konsum beruht, mit dem unredlichen Revolutionär, der sich, indem er die »Gesellschaft« bekämpft, nicht zu einer anderen Gesellschaftsform bekennt, fällt mir die Diskussion schwer. Dieser Ideologie ist es gelungen, die »Gesellschaft« zu diffamieren, ohne sie zu definieren.*

Manès Sperber hatte jene Heuchler einst als »Aberiten« bezeichnet, deren Schutzbehauptung »Ich bin kein Kommunist/Nazi/Rassist … *aber*« schließlich auf das Entscheidende zusteuert; und auch Hans Habe hat sich die Usancen eines schein-progressiven Diskurses so genau angesehen, daß seine Ergänzungen wohl bis heute Gültigkeit beanspruchen können. *»Ich bin kein Kommunist, aber …« (Ich bin Kommunist in der* *westlichen Welt.) »Ich billige Diktatur nicht, aber …« (Ich bin Faschist.) »Wir müssen uns auf Europa besinnen.« (Wir müssen die Amerikaner vertreiben.) »Ich bin für Meinungsfreiheit.« (Für die Freiheit meiner Meinung.) »Ich bin für Protest und Demonstration.« (Im Westen.) »Ich als Intellektueller …« (Du als Dummkopf.) »Du vereinfachst …« (Ich möchte im Trüben fischen.)*

Habe attackiert punktgenau – und keineswegs anachronistisch. *Ach, diese fatale Politik des Wind-aus-den-Segeln-Nehmens, mit der man dem Sturm nie ausgewichen, immer nur in die Gewitter gesegelt ist! … Ich würde meine Kinder lehren, daß alles Böses unter der stillschweigenden Duldung des Guten geschieht; schwieg das Gute nicht, würde das Böse nicht geschehen. Die Trägheit des Herzens schließt alle anderen Sünden in sich ein. Die Stillen im Lande sind Komplicen.*

Er, keineswegs »ein Stiller im Lande«, aber barmt, klagt und orakelt nicht, und auch sein Leben betrachtet er – nicht zuletzt dank seiner Frau Licci und nun tatsächlich großen Liebe – als ein erfülltes. Selbst die Alpträume, die ihn mitunter peinigen, sind konkret; so konkret, daß sie inzwischen Wirklichkeit beschreiben. *Ich sehe eine chinesische Schulklasse, alle heben die Fäuste, alle gleichzeitig, skandierend sagen sie auf, was man ihnen einbläut; tausende Araber hüpfen wie hochgezogen an Tausenden von Schnüren von Marionettenspielern, fort sind die Kolonialherren und die neuen Kolonialherren tragen Generalsuniform; im Stechschritt marschieren die Kolonnen über den Roten Platz vor dem grauen Kreml …*

Die letzten Worte eines »Kalten Kriegers«? In Sachen Menschenrechte und Verteidigung. Habe macht keine Konzessionen, wohl aber Angebote. »Die Traurigkeit könnte uns einen«, schreibt er (und damit gleichsam den Satz von der »Solidarität der Erschütterten« vorwegnehmend, den der tschechische Philosoph Jan Patočka, ein Husserl-Schüler und 1977 Mitbegründer der *Charta 77*, prägen wird.) Was, wenn seine Gegner auf der Linken – mit der Rechten hat er ohnehin nichts zu bereden – ihren gerechtfertigten Protest gegen den Vietnam-Krieg, das Schah-Regime, die griechischen Obristen und die lateinamerikanischen Juntas nicht etwa aufgeben oder mildern, sondern … *ergänzen* würden, um einen klaren Blick in Richtung Rußland und bis nach China und Kuba? So viel Unrecht, Unterdrückung und Mord und deshalb, drängend und beinahe verzweifelt, noch einmal die Frage: *Könnte uns nicht zumindest einen, was eint, die Traurigkeit?*

Echolos verhallt, bleibt auch bei Hans Habe das Freiligrathsche *Trotz alledem und alledem und alledem.* Bleibt überraschend vieles aus seinem Werk, bleibt das Nicht-klein-Beigeben und die widerständige Gewißheit, »daß wir nicht geboren sind, um das Schicksal zu akzeptieren«. Albert Camus hatte es bezeichnet als ein »Dem Menschen Gründe zu geben gegen sein Schicksal«, und Hans Habe, geboren 1911 als János Békessy in Wien, gestorben 1977 in Locarno, hatte *sein* Resümee fast wortgleich gezogen.

Jenseits der Gemütlichkeit
Friedrich Torberg (1908–1979)

Sag' zum Abschied mehr als nur leise Servus. Als Friedrich Torberg am 10. November 1979 starb, gab es noch einmal den ganz großen Tusch. Sondersendungen im Radio und Fernsehen, seitenlange Nachrufe und Würdigungen in den Zeitungen. Für die Londoner *Times* war er einen der Letzten der österreichisch-jüdischen Literatur, die mit Schnitzler, Kafka, Brod, Zweig, Polgar, Werfel und Karl Kraus Weltrang erreicht hatte und nunmehr endgültig zu Ende gegangen sei. Marcel Reich-Ranicki nannte den 1908 als Friedrich Ephraim Kantor in Wien zur Welt gekommenen Schriftsteller »einen Querkopf mit Esprit, ein österreichisches Wunder und ein deutsches Ärgernis«. Am Ehrengrab, gelegen in unmittelbarer Nähe zu jenem von Arthur Schnitzler, sprach dann sogar der seinerzeitige sozialdemokratische Bundeskanzler Bruno Kreisky. Jüdisch wie Torberg, jedoch ob seiner ablehnenden Haltung gegenüber Israel keineswegs ein »geistiger Weggefährte«, trug Kreisky nicht allein Versöhnliches, ja noch nicht einmal dem Anlaß gemäß pietätvoll Preisendes vor, sondern schlichtweg das Zutreffende: »Friedrich Torberg war verwurzelt in der Welt von gestern, aber er hat ein großes Stück hinübergerettet in die Welt von heute, und er hat uns ein Erbe verwaltet, das nicht vertan werden sollte.«

Zutreffend, jedoch – was bei einem Intellektuellen *und* versiertem Machtmenschen wie Bruno Kreisky kein Zufall sein konnte – auch unvollständig. Heute würde man vielleicht von »framing« sprechen: Der Zeitdiagnostiker wird zum Anekdoten-Autor, der Mentalitätskritiker zum Aphoristiker, der Warner zum unterhaltsamen Grantler. Was sich bei Bedarf sogar noch steigern ließe – und sich deshalb in manchen Nachrufen auch gesteigert *hatte*: Der kritische Intellektuelle und antitotalitäre Jahrhundertzeuge als rachsüchtiger Wadenbeißer, als

Giftspritze und notorischer Prozeßhansl. Da jedoch Friedrich Torberg – Romancier, Theaterkritiker, Parodist, Glossenschreiber, Dichter, Erzähler, Publizist, Zeitschriftengründer, Übersetzer, Schallplattenbesprecher – die meisten der ihm zugeschriebenen Qualitäten und Charakterschwächen tatsächlich besaß, schien es durchaus plausibel, daß sich dann auch jeder *seinen* eigenen Torberg machte – zu dessen Lebzeiten wie nach dessen Tod.

(So unterscheiden sich auch zwei Torberg-Biographien, die eine von Frank Tichy aus dem Geist des Ressentiments geschrieben, die andere von David Axmann im Stil einer nahezu grenzenlosen Bewunderung verfaßt – lesenswert jedoch beide.) Fatal wirkungsmächtig freilich die als Lob getarnte Reduktion – »in der Welt von gestern verwurzelt« war schließlich nur ein *yesterday man.* Wobei es Gründe hatte, Friedrich Torberg nicht erst zu seinem Lebensende als einen solchen zu bezeichnen; huldvolles Historisieren schützt vor den Zumutungen des Argumentierens.

Allerdings mußte man ihm dafür keineswegs erst »etwas in die Schuhe« schieben – es war seine schiere (Über-)Produktion und sein sorgsam gepflegtes Selbstbild als Zigaretten rauchender und Kaffee vertilgender Vielschreiber, fröhlich-bissig-anarchronistischer Kakanier, der die Unikum-Zuschreibung geradezu zwingend zu machen schien. Und war es nicht tatsächlich so, daß der große Ruhm – weit über die Intellektuellenszene hinaus – erst mit seinem Anekdotenbuch *Die Tante Jolesch oder Der Untergang des Abendlandes* gekommen war? (Hei, wie erstand da in Schnurren und Pointen die schrullig-vielfarbige Welt der Doppelmonarchie und ihrer Kaffeehausgäste wieder auf, da doch »der Untergang Österreichs eine der katastrophalsten Humorlosigkeiten der Weltgeschichte war«.) Gab es nicht Ende der sechziger Jahre sogar eine *Playboy*-Buchreihe, in der Torbergs früher Roman *Die Mannschaft* noch einmal aufgelegt worden war, die autobiographisch grundierte Geschichte eines erfolgreichen, doch renitenten … Wassersportlers? Dazu der *homme à femmes*, der mitunter sogar die Klatschspalten der bunten Blättchen füllte: im Cabrio mit Johanna von Koczian auf Spritztour oder mitsamt Exfrau und neuer Gefährtin auf Israel-Reise. Oder der selbstbewußte Völlerer, der sich doch tatsächlich als Grabstein-Inschrift ein »Essen war seine Lieblingsspeise« gewünscht hatte …

War es nicht auch »einfach köstlich«, daß er sogar auf Schallplatten präsent war, auf denen der Torberg dann den Torberg las und die Nadel über ein stilistisches Feuerwerk glitt, oder sich ganze Familien in Österreich und der Bundesrepublik ihres ausgeruhten Philosemitismus versichern konnten, da sie doch nun alle mit anhörten, wie der Torberg mit der Paula Wessely den lustigen Israeli Ephraim Kishon liest, den er zuvor übersetzt und dessen Bücher er populär gemacht hatte?

(War das der gleiche Torberg, der im Jahr 1938 zum Flüchtling geworden und zwei Jahre später in Frankreich in die Tschechoslowakische Auslandsarmee eingetreten war, ehe er über Lissabon weiter fliehen mußte in die Vereinigten Staaten? Vielleicht war das inzwischen ebenso vergessen wie die große Reportage, die er Anfang der sechziger Jahre über die emotionalen Zwangsjacketts in der Bundesrepublik publiziert hatte. Während in Österreich Torbergs Roman mit dem nur scheinbar gemütlichen Titel *Auch das war Wien* erst nach seinem Tod verfilmt worden war, ebenso wie *Der Schüler Gerber*, das Romandebüt von 1930.)

Für andere hingegen blieb Torberg der Mann, der als seinerzeit einflußreicher Publizist mit dafür gesorgt hatte, daß Brechts Dramen bis in die sechziger Jahre hinweg auf österreichischen Bühnen nicht aufgeführt wurden. Der Hilde-Spiel-Feind (obwohl sich beide nichts geschenkt hatten in ihren wechselseitigen Beschuldigungen als »CIA-Agent« bzw. »fellow traveller der Kommunisten«), Krawallbruder und / oder Anekdotenonkel, schließlich der »Kommunistenfresser«, mit dessen Argumenten man sich schon deshalb nicht auseinandersetzen mußte, da vorgetragen in oftmals maliziösem Ton. Daß da in den Nachkriegsjahrzehnten jedoch einer schrieb, spottete und oftmals auch wütete, der schon in den dreißiger Jahren gegen Nazis *und* Kommunisten polemisiert hatte und im »Kippjahr« 1938 erleben mußte, wie der demokratische Westen die

Hitler-Gefahr sträflich unterschätzt und seine geliebte Zweitheimat Tschechoslowakei ausgeliefert hatte – es wurde damals nur von wenigen konzediert und ist heute nahezu vergessen.

Dabei war Friedrich Torberg, der im Unterschied zu Familienangehörigen und nahen Freuden den Nazis noch knapp entronnen war, nicht allein Zeitzeuge, sondern – wie Leo Lania (oder Hans Habe, obwohl sich die beiden *nicht* schätzten) – auch Autor wichtiger Zeitromane. Das Warnen vor den ignorierten Gefahren des Totalitarismus war ihm zur zweiten Natur geworden, ohne daß das spannend Erzählte dabei zum Pamphletistischen geschrumpft wäre. Und wie Habe hatte danach auch Torberg die Blindheit vieler westlicher Linker und Liberaler angesichts der expansionistischen Sowjetunion gegeißelt, ebenso wie die Routinen einer intellektuellen Resolutions-Hoffart und eines neuen, diesmal von links kommenden Antisemitismus – der heute fälschlicherweise oftmals noch immer als »neu« gilt.

Schon der damals 21jährige Torberg hatte – bewundert von Kurt Tucholsky und Robert Musil – mit dem Gymnasialroman *Der Schüler Gerber hat absolviert* eine Art Diktatur *en miniature* beschrieben, errichtet von einem sadistischen Mathematiklehrer, geduldet von seinen moderaten, doch feigen Kollegen und zum größtmöglichen Schaden eben jenes Schülers Gerber, der schließlich aus Verzweiflung in den Tod springt. Knapp ein Jahrzehnt später befand sich der Autor auf der Flucht – und schrieb da bereits an seinem Roman *Auch das war Wien,* der das Umkippen von Gelassenheit in Fahrlässigkeit, von Gemütlichkeit in Indifferenz anhand der Wochen vor und nach dem »Anschluß« 1938 erzählt. *Mein ist die Rache,* im amerikanischen Exil entstanden, versetzt das große Thema der Persönlichkeitszerstörung von einem Klassenraum in ein deutsches Konzentrationslager – und wiederum erkannten ältere Kollegen wie Franz Werfel und Max Brod sofort den Rang dieser Novelle.

Nur scheinbar führt 1950 der Prag-Roman *Die zweite Begegnung* auf die andere Seite, da es nun ein ehemaliger Antinazi-Kämpfer ist, der vor und während des kommunistischen Februar-Putschs von 1948 zum Opfer stalinistischer Verfolgung wird. (In der Tat verblüffend, wie jenes heute nahezu völlig vergessene Datum damals nicht nur die Politik, sondern auch Schriftsteller aufgewühlt hatte: Stefan Heym mit seinem freilich eher apologetischen Roman *Mit den Augen der Vernunft*, Leo Lania im Jan-Masaryk-Roman *Der Außenminister*, der in Tel Aviv lebende Dramatiker Max Zweig in seinem Stück *Medea in Prag* – oder eben Friedrich Torberg in der *Zweiten Begegnung*. Ebenso verblüffend wie die Tatsache, daß im akademischen und Rezensionsbetrieb inzwischen zwar nahezu jede Zeile von Paul Celan um- und umgewendet worden ist, jedoch Autoren wie Leo Lania, Hans Habe oder Friedrich Torberg kaum noch präsent zu sein scheinen.)

Was schließlich den späten Bestseller um die berühmte *Tante Jolesch* betrifft – das vermeintlich in Schnurren dargebotene Tun und Lassen diverser Käuze könnte über das Eigentliche hinwegtäuschen, denn auch hier ging es zuvörderst um das Erinnern und Bewahren. »Sie alle hat es gegeben«, schrieb Torberg, dessen Mutter und die ältere Schwester im Ghetto von »Litzmannstadt« – (so hatten die deutschen Besatzer kurzerhand die polnische Metropole Łódź umgetauft) – ermordet wurden, über seine Protagonisten, »und es gibt sie alle nicht mehr, weder sie noch die Gefilde und Kulissen, in denen sie sich bewegten«. Während in dem ein Jahr vor seinem Tod erschienenen Nachfolgeband *Die Erben der Tante Jolesch* dann oftmals noch nicht einmal mehr die Kulissen intakt sind – Flüchtlingswaggons, Konsulatsvorzimmer in Südfrankreich, billige Pensionen in Portugal, in denen der Verfasser nicht um der Anekdote, sondern um des reinen Überlebens willen Zuflucht gesucht hatte.

1908 in Wien geboren, schien für jenen Friedrich Ephraim Kantor anfangs durchaus »ein Leben im Kontext« möglich. Frühe Wortspiele, da der aufmüpfige Knabe ausgerechnet in der *Porzellangasse* zur Welt gekommen war – überdies just in dem Gebäudekomplex, in dem auch Sigmund Freud lebte. (Daß er später aus den Silben des Vaternamens Kantor und des mütterlichen Geburtsnamens Berg sein Pseudonym Torberg formte, scheint indessen weder auf Ödipus-Komplexe noch Vatermord-Wünsche hinzudeuten, sondern auf die souveräne Liebe zum liberalen Elternhaus, in dem die jüdischen Feiertage und die Chanukka-Leuchter ebenso wichtig waren wie die Bettlämpchen für die Gute-Nacht-Lektüren der Grimmschen Märchen oder Gustav Schwabs nacherzählter Altertums-Sagen.)

Wasserballer beim Wiener Sportclub Hakoah, nach der Rückübersiedlung seiner Familie nach Prag dann auch dort Sportler – und was für einer: 1928 mit der (ebenfalls jüdischen) Mannschaft Hagibor tschechoslowakischer Meister im Wasserball; natürlich steuerte *er* die Tore zum 2:0-Sieg bei. Jahrzehnte später wird er dies als »schönsten Tag seines Lebens« bezeichnen – sogar noch vor jenem Kaffeehaustag, »an dem mir innerhalb einer Viertelstunde Karl Kraus von Alfred Polgars guter Meinung über mich erzählte und Alfred Polgar ein gleiches von Karl Kraus«.

Daß er zuvor im deutschen Gymnasium in Prag-Smíchow bei der Matura durchgefallen war (diese freilich ein Jahr darauf wiederholen konnte), war nicht nur kein Problem, sondern Initiation einer ganz frühen Schriftstellerkarriere: *Der Schüler Gerber hat absolviert*, so der Originaltitel von 1930, machte Torberg schlagartig nicht nur im deutschsprachigen Prag, sondern auch in Wien bekannt. Und auch da hatte es ein Kontext-Zuvor gegeben. Bereits 1927 hatte der damals ungemein Gutaussehende beim legendären *Prager Tagblatt* als Sport- und Theaterkritiker zu arbeiten begonnen und Bekanntschaft, oftmals sogar Freundschaft, mit den Großen seiner Zeit geschlossen: Alfred Polgar, Joseph Roth, Egon Erwin Kisch. Und natürlich mit Max Brod, der auch ihm sogleich ein väterlicher Freund wurde, herzlich und diskret: Ohne Torbergs Wissen hatte Brod das Manuskript des *Schülers Gerber* an den Wiener Zsolnay Verlag geschickt – mit der noblen Bitte, im Fall einer Annahme die Nachricht direkt an Torberg zu schicken, bei Ablehnung jedoch nur ihn, Max Brod, zu informieren. (Trotz aller gesellschaftlichen und auch persönlichen Krisen: Jahre des Feinsinns, wohl erst im nachhinein als solche zu erkennen.)

Das ungeliebte Studium der Rechtswissenschaft nach drei Semestern abgebrochen, doch nun auch in Wien reüssierend. Bald schon Stammgast im Café Herrenhof, wo zwischen den zwei Romandebütanten Friedrich Torberg und Hilde Spiel die ersten Rangeleien beginnen, aber auch die lebenslang währende Freundschaft mit den ungleich älteren Hermann Broch und Franz Werfel. (Hatten sie erspürt, daß der charmante *womanizer* tatsächlich mehr zu bieten hatte als ein Hoppla-jetzt-komm-ich?)

Selbst das Jahr 1933 bedeutete keine existentielle Zäsur, das große, ungeschlachte Piefke-Deutschland schien noch weit weg – auch wenn Torberg in Wien und Prag sogleich Vorträge gegen das Naziregime hält und in einem Zeitschriftenartikel fordert, daß sich alle Schriftsteller eindeutig gegen Hitler bekennen und Heinrich Mann ihre Solidarität aussprechen müßten, der soeben in Berlin zum Austritt aus der Sektion Dichtkunst der Preußischen Akademie der Künste genötigt worden war. Sogar Thomas Manns anfängliches Zögern wird kritisiert; anstatt das neue Regime anzuklagen, scheine es dem Nobelpreisträger zuvörderst darum zu gehen, daß sein *Joseph*-Roman in Deutschland erscheinen und gelesen werden dürfe. (Knapp zwei Jahrzehnte später, 1949, wird er Mann für ein ähnliches Taktieren geißeln – nun gegenüber den Machthabern in Ostdeutschland, für deren pompöse Goethe- und Schiller-Feierlichkeiten sich der *Zauberer* festredend einspannen läßt, wiederum ohne ein Wort zur entstehenden Diktatur zu verlieren.)

Kurz vor und nach der Machtergreifung der Nazis erscheinen zwei erneut erfolgreiche Torberg-Romane, die in einer seltsam intakten Welt spielen, trotz ausführlich geschildertem Seelenschmerz. *... und glaubten, es wäre die Liebe* erzählt in Tagebuchaufzeichnungen von Lust und Leid junger Menschen und *Die Mannschaft* vom Auf und Ab dies- und jenseits des Wasserball-Bassins. (Später, auch im Rückblick auf jene Jahre, wird Friedrich Torberg schreiben: *Wer sich nicht um die Politik kümmert, muß damit rechnen, daß sie sich eines Tages um ihn kümmert.* Dazu, als nachgetragenes Aperçu zu der Zeit als

Wassersportler: *Ich halte den Mannschaftssport für die einzig geglückte Anwendung des Kollektivprinzips.*)

Die einzigen Achsenmächte, die tatsächlich zu existieren scheinen, sind weiterhin Prag und Wien, die Cafés und Halbwelt-Orte der beiden Städte – und in und zwischen ihnen der selbstbewußte junge Friedrich Torberg. Um den Antisemitismus wissend, ihm jedoch selbstbewußt mit jüdischer Herkunft und zionistischem Bekenntnis entgegentretend, k.u.k.-Nostalgiker schon damals, jedoch einer »österreichisch-tschechisch-deutsch-jüdischen Kultursymbiose« nicht nur nachträumend, sondern sie aktiv lebend, ja sogar symbolisierend: »Ich bin eine feine Monarchiemischung« – freilich eine, die sich dem Militärdienst entwindet, indem für eine Weile erfolgreich »verrückt gespielt« und deshalb sogar ein kurzer Aufenthalt in einer »militärischen Irrenanstalt« gewagt wird.

Später kommt dann sportlich-kollegiale Bestätigung sogar vom ironie-freudigen Robert Neumann, der nach der Lektüre der *Mannschaft* schreibt: *Oh weh, dachte ich, da will sich ein Kaffeehausjud als Sportler gebärden. Jetzt weiß ich, daß Sie ein Sportler sind, der als Kaffeehausjud posiert.*

Apropos Pose: Als der junge Torberg einmal Alfred Adler traf, der den genialisch frühreifen Verfasser des *Schülers Gerber* hatte kennenlernen wollen, hatte der Begründer der Individualpsychologie bald ein Gähnen unterdrücken müssen – zu banal fand er die jetzigen Wehwehchen und Amouren-Verstrickungen des ebenso aufgekratzten wie zur Melancholie neigenden Tausendsassas. Und sparte sich dennoch Ratschläge, da er den Fall offenbar nicht für hoffnungslos hielt: Der Bursch' wird schon noch erwachsen(er) werden.

Was sich im Fall Torbergs dann typischerweise im Spottgedicht *Der Kunstreiter* manifestiert, gerichtet gegen Lion Feuchtwangers Sympathie für die totalitäre Sowjetunion – und zwar bereits 1935, *vor* Erscheinen des Buchs *Moskau 1937*, in dem Feuchtwanger allzu bereitwillig an einer Schmutzkampagne gegen den kritischen André Gide mitwirkt und schließlich sogar die stalinistischen Schauprozesse rechtfertigt. Früher Sarkasmus auch für Brechtsche Posen: *Steh auf, Prolet! Die Ketten sind zerrissen! / Ich sing Dir was von Schächten und von Schloten! / Ich geig dir was vom Streik! Ich muß es wissen, / denn meine Noten sind soziale Noten. / Ich mach das Lied, du reiß die Welt in Fetzen! / Steh auf, Prolet! Und laß mich setzen.* Gleichzeitig bekommt auch Rilkescher Lyrismus treffsicher eins übergebraten: *Strophen gibt es, die singen / sich von selbst zu Bett. / Und du träumst von verblichnen Dingen, / von Bändern, und wie sie sich schlingen, / durch einer Madonna Korsett.*

Dann kam im März 1938 die verharmlosend »Anschluß« genannte gewaltsame Annexion Österreichs. Friedrich Torberg befand sich zu diesem Zeitpunkt gerade wieder einmal in Prag, was vermutlich sein Leben rettete. Man hatte bereits in seiner Wohnung nach ihm gesucht, und nur unter großen Risiken war es seiner Schwester Ilse (die später ins damalige Palästina emigrierte) noch gelungen, zumindest einige seiner persönlichen Sachen aus dem besetzten Österreich herauszuschmuggeln. Begann in jenem Monat das rasante Altern Torbergs, der – verschärft durch einen ungesunden Lebens- und Arbeitsstil – ab da immer mindestens zehn Jahre älter aussehen wird als er in Wirklichkeit ist? Auch ganz andere Verse waren jetzt zu schreiben, von Ferne grüßen Mascha Kaléko und Max Herrmann-Neiße. *Ich bin von großer Müdigkeit befallen, / und alles, was ich weiß, ist mir zur Last. / Der Menschheit Jammer hat mich angefaßt / Und kommt in immer kürzern Intervallen.*

Tatsächlich werden die Intervalle immer kürzer, und nur wenige Wochen später, am 29. September 1938, an dem der Westen die Tschechoslowakei an Hitler verrät, schreibt er an einen Freund: *Ich fühle mich prinzipiell in Frage gestellt, und das nicht etwa in meiner Eigenschaft als Jude oder als Schriftsteller oder als Mann, sondern als Inhaber von Atmungsorganen.* Das kommende Jahr verbringt Torberg dann als Emigrant in Zürich – stets in Angst, ins monatlich größer werdende Nazireich ausgewiesen zu werden, da sein tschechoslowakischer Paß nun nicht mehr schützt. Und so flieht er weiter – nach Frankreich, wo er im Sommer 1939 angelangt. Als Hitler ihm auch dorthin zu folgen droht, meldet er sich (wie zur gleichen

Zeit sein Landsmann Fritz Beer in London) als Freiwilliger für die Tschechoslowakische Auslandsaarmee, die in der südfranzösischen Stadt Agde ein Ausbildungslager unterhält. Der ehemalige Militärdienstverweigerer und Kaffeehaus-Charmeur unterzieht sich – wie einige Zeit später Klaus Mann in einem US-Camp – klaglos der harten Ausbildung und wird danach sogar zum Unterleutnant befördert. Sein schon damals manifestes Herzleiden verhindert jedoch einen Einsatz, so daß er bereits im Mai 1940 wieder aus dem Militärdienst entlassen wird. Nach Hitlers Überfall gelingt es ihm schließlich nur mit großem Glück, das von drei Seiten eingeschlossene Paris zu verlassen und sich in den vorerst noch unbesetzten Süden durchzuschlagen. Danach vom französischen ins spanische Baskenland, unbeschadet durch Franco-Spanien, und in Salazar-Portugal ein erstes, noch skeptisches Aufatmen.

Da in Lissabon – eine irrwitzige Gleichzeitigkeit – gerade die Weltausstellung stattfindet, werden viele der Flüchtlinge, denen die Welt auf ihren eigenen Körper plus Koffer und Paß geschrumpft ist, außerhalb der Hauptstadt untergebracht. Torberg findet Zuflucht in Porto und gelangt dann dank der Hilfe Erika Manns und des amerikanischen PEN-Clubs auf eine Liste von »Ten Outstanding Anti-Nazi Writers«, auf der sich u.a. Franz Werfel und Alfred Döblin finden, Alfred Polgar und Heinrich Mann. Auf dem Schiff, das ihn im Oktober 1940 von Lissabon nach New York bringt, befindet sich dann auch sein Kollege Leonhard Frank, nach dem Krieg Autor des Romans *Links, wo das Herz ist.* Dem damals bereits 58jährigen Frank war es zuvor in Frankreich gelungen, durch die deutschen Linien bis hinunter nach Marseille zu fliehen – an der Seite von Leo Lania. (Andere Kontexte, Zickzacklinien der Heimatlosigkeit und permanenten Flucht.)

Bei seiner Ankunft in den Vereinigten Staaten hat Friedrich Torberg bereits ein vollständiges Romanmanuskript bei sich, doch die Hoffnung auf eine amerikanische Veröffentlichung wird sich nicht nur bei diesem Buchprojekt zerschlagen. Während der vorherigen Fluchtmonate in Prag, Zürich und Paris geschrieben, wird der Roman mit dem täuschend betulichen Titel *Auch das war Wien* in den kommenden Jahrzehnten selbst vom Autor vergessen und erst 1984 aus seinem Nachlaß veröffentlicht werden. Unter welcher Existenzangst muß Torberg an dieser Geschichte vom Ende aller bisherigen Gewißheiten gearbeitet haben! In Cafés, Zügen und Hotelzimmern, von Ausweisung bedroht und dazu in der Sorge, das Geld für Miete und Nahrungsmittel (in seinem Fall kamen Unmengen Kaffee und Zigaretten hinzu) irgendwann nicht mehr aufbringen zu können. Hektisch und fragil müssen die Umstände gewesen sein, unter denen Torberg geschrieben hatte – ebenso hektisch und fragil wie die Monate vor und die Tage nach dem »Anschluß«, von denen er da erzählt in der Liebesgeschichte zwischen dem jüdischen Bühnenschriftsteller Martin Hoffmann und der nichtjüdischen Schauspielerin Carola Hell. Und doch oder gerade deshalb: Welche Ruhe und Konzentration. (Ganz ähnlich wie in Fritz Beers Autobiographie oder in Primo Levis Schreiben: Je schneller und sich überschlagender die Zeitläufte, je realer die eigenen Gefährdungen und Todesängste – umso genauer und überlegter der Bericht davon, da der Chronist seine selbstauferlegte Pflicht ernstnimmt und Kryptisches oder expressionistische Exaltation keine Alternativen sein können.)

Es beginnt im italienisch anmutenden Salzburg und gleitet dann hinüber ins wienerische Wien: Bühnenautor und Schauspielerin necken und umkreisen einander, als wär' das Leben ein Couplet, dann sind sie ein Liebespaar und finden sogar eine gemeinsame Wohnung in der freundlichen, an Beethoven erinnernden Eroicagasse im Vorort Nußdorf. Das alles passiert freilich keineswegs allzu hurtig, denn Torberg, obwohl nun schon auf der Flucht, läßt sich Beschreibungszeit: Das zumindest für zwei Liebende idyllische Vorher soll nicht durch das nachfolgende Geschehen zur unwesentlichen Fußnote degradiert werden. (In solcher Gegenwehr auch das ein *engagiertes Schreiben.*) Also geht's mit Carola und Martin in die Heurigen, in Cafés und auf Theaterbühnen, kleine Mißverständnisse kommen und gehen und hinterlassen umso größere, durch leise Ironie beglaubigte Innigkeit, und wenn Martin angesichts eines besonders schönen Moments seine Sorge nicht verhehlen kann, das hier alles vielleicht zum letzten Mal zu erleben, meldet sich flugs einer seiner Freunde mit einem zünftig-aufmunterndem »Bist teppert 'worden?« und witzelt die bösen Vorahnungen hinweg. Bewahrt denn nicht sogar sein Bühnenverleger, ein österreichisch-ungarisch-jüdischer Bonvivant mit dem schönen Namen Robert Sovary, Contenance und weiß von allerlei Regierungs-, Wirtschafts- und Pressevertretern zu berichten, die ihm mit der Aura jahrzehntelanger Kennerschaft erklärt hatten, weshalb jener Hitler im Moment überhaupt kein Interesse habe, sich dieses Österreich einzuverleiben und aufzuladen? Andere freilich sehen im Zögerlichen der rechten Schuschnigg-Regierung geradezu eine Einladung zum Einmarsch und antizipieren das Kommende: *Wann der Hitler schon im Bundeskanzleramt sitzt, werden die dorten noch einen Bericht ausgeben, daß er sich nur die Möbel anschaut. Aber aus Wien weggehen? Man muß sich vorstellen, daß man nicht mehr ins Café Herrenhof gehen wird, wo einem der Kellner Alois die Zeitungen bringt.* Schwer vorstellbar, obwohl doch schon jetzt die unabhängigen Schweizer Zeitungen spätestens am Kiosk konfisziert werden und selbst im Stammcafé nicht mehr am Zeitungsständer auffindbar sind. (Wenngleich immer noch zu lesen, diskret vom Lieblingskellner herbeigebracht – na immerhin.)

So geht es dahin, und als Carola eines Tages ein Gast-Engagement für Berlin bekommt, ist zwar ihr Geliebter, der überdies ab und an in antinazistischen Exilzeitschriften publiziert, besorgt, aber sie doch nicht: berühmte Schauspielerin, österreichische Staatsbürgerin, unpolitische Nicht-Jüdin – sollen die Piefkes doch kommen. Was diese dann selbstverständlich auch tun, im Foyer des Deutschen Theaters und danach beim Premieren-Dinner: Gestatten, gnädige Frau, eine Ehre, Sie bei uns zu haben, aber wenn Sie auch fürderhin … Carola, noch immer weniger entsetzt als verblüfft ob der kaum kaschierten Drohung, ruft danach tatsächlich ihren Martin in Wien an, um ihm das soeben Erlebte zu erzählen. Und wundert sich auch noch dann mit einem »Das gibt's ja nicht«, als sie am nächsten Morgen von zwei Gestapo-Männern aus dem Hotelbett geholt und zum Verhör gebracht wird, wo bereits ein Protokoll der gestrigen Telefonunterhaltung angefertigt ist: Verspottung der Reichs-Autoritäten gegenüber einem jüdischen Reichsfeind. Noch aber will das Regime keinen Skandal riskieren und begnügt sich damit, lediglich die Instrumente vorgezeigt zu haben; am Anhalter Bahnhof darf Carola wieder den Zug nach Wien besteigen.

Dort gibt dann auch Carolas Mutter Entwarnung – Ihr seht's, gar nicht *so* schlimm, dieses von den Medien verteufelte Deutschland – und ihr Hausfreund, ein seit Ewigkeiten pensionierter k.u.k.-Oberst, sekundiert, während die Kuchengabeln anheimelnd über die Teller kratzen und der Geruch frischgebrühten Kaffees durch den kleinen Wohnsalon zieht. »Er war es nicht gewohnt«, beschreibt Joseph Roths jüngerer Kollege Torberg den jovialen Alten und sagt damit wohl auch seinem bisherigen Kontext ein bitteres Servus, »sich mit präzisen politischen Sachverhalten auseinanderzusetzen, und es bereitete ihm Mühe, ihnen zu folgen«. Doch ist der Oberst a.D. zumindest kein Antisemit, mag den jungen Martin und seine geliebte Carola und verachtet die preußischen Nazis schon aus historisch-ästhetischen Gründen – immerhin.

Bei alldem aber wird Martin das unbehagliche Gefühl nicht los, daß sie um ihn herum arg leicht zu reden hätten – Meinungen und politische Präferenzen können sich ändern oder lassen sich verstecken, ein Jüdischsein indessen nicht. Aber wie ein solches Gefühl in Taten umleiten, wohin – mit überschaubarem gemeinsamen Budget – fliehen, da ja eine Vorahnung keineswegs die Garantie ist, besser gewappnet zu sein? *»Beweisen« ließ sich gar nichts. »Beweise« gab es in solchen Zusammenhängen immer erst dann, wenn es zu spät war … Nachher hat es immer so kommen müssen, wie es gekommen ist.*

Und wie könnte er sich überwinden, da doch *hier* Heimat und Muttersprache sind, für den Glaubenslosen beinahe Religionsersatz. Je akuter die Gefahr, desto intensiver der gesellschaftliche Drang, diese gesundzubeten: Gäbe es nicht momentan Spannungen zwischen Hitler und der Armeeführung, läge nicht die Möglichkeit einer Palastrevolution in der Luft – gerade jetzt? Und gibt es im österreichischen Bundeskanzleramt nicht »unausgesetzte Fühlung mit den Gesandten Englands und Frankreichs«, halten diese nicht mit Berlin weiterhin alle (wie man heute sagen würde) »Gesprächskanäle offen«? In den Unterströmungen aber lauert schon die Resignation, die – Martin Hoffmann ahnt es – sich auch bald in Begeisterung verwandeln könnte, sobald Hitler Fakten geschaffen hat.

»Wien, was ist das: Wien?« fragt sich der Protagonist, der im althergebracht Gemütlichen nun stärker denn je das tendenziell Hinterfotzige und Scheeläugige des »Küßdiehand Gnäherr« bemerkt – »jene Servilität, welche die plumpe, plebejische Kehrseite aller guten Eigenschaften des Wieners ist, und die Wurzel all seiner üblen«.

Gute Freunde Martins sind plötzlich vereist und begegnen ihm mit vor Angst flatterndem Blick, der mondäne Bühnenverleger wird nur noch wenige Tage leben, und selbst Carola spürt den atmosphärischen Umschwung bei den Theaterproben. Da gleichzeitig aber noch immer urige Kneipen- und Kaffeehaus-Aperçus à la »Alkohol, mäßig genossen, ist auch in größeren Mengen unschädlich« unter Beifall die Runde machen: Martin, müde seiner Zweifel und Ängste, will an die Fortdauer des Normalen, des Gängigen, des Alltäglichen glauben, vertrauend auf das Schützende von dessen Schwerkraft, und vermag es doch nicht.

Spätestens jetzt wird deutlich, weshalb Torberg zuvor solchen Aufwand betrieben hatte, um die zuerst schäkernde, dann romantische und schließlich profunde Liebesgeschichte derart detailliert aufzurollen vor dem Hintergrund der schönen Stadt Wien: Weil nun etwas bricht. Und bricht nach einer historischen Schrecksekunde unerwartet schnell. *Dann war auch das Allerletzte schon hineingestorben in die Stille, verschluckt von ihr und begraben, versunken tief und tot in dieser halben Stunde, die abgeblockt lag zwischen Nichtmehr und Nochnicht, in einem rätselhaften unheimlichen Stillstand – bis sie krachend aus der Zeit hervorbrach, und krachend brach die Zeit dann los, brach über die Stadt herein und war eine andre Zeit … Es war auch keineswegs so, daß dies alles sich bloß hätte aufpfropfen wollen und abgeglitten wäre, ach nein. Sondern es war eingedrungen in die Stadt, und die Stadt nahm es auf, schmiegsam und willfährig, und versank darin, und war eine andere Stadt.*

Gäbe es von Friedrich Torberg nur diese Passagen und die folgenden, in denen er – exakt ein halbes Jahrhundert *vor* Thomas Bernhards *Heldenplatz* – den illusionären Machtrausch der Wiener, die »seine Wiener« ab da nie mehr sein können, beschreibt und lautmalerisch zu schrecklicher Geltung bringt: allein das würde seinen Rang bestätigen. Hysterisches, tobendes Wien, Geifernde mit offenen Mündern, zuckende Körper und aufs Pflaster knallende Stiefel, triumphierende Hausmeister, sich überschlagende Stimmen und inmitten dieser Veitstänze – Carola und Martin, aus der Wohnung und ihren Arbeitsstätten vertrieben, auf der Flucht, einander bei den Händen haltend, doch auch das nicht mehr lang. Weil Friedrich Torberg sich und den Lesenden nichts erspart und schon bei der Niederschrift 1938 geahnt haben muß, daß die Szenen am Wiener Ostbahnhof nur die Vorboten sind für noch Entsetzlicheres: Bereits vor der Sperre am Perron, von wo aus die Rettung verheißenden Züge nach Prag abfahren sollen, die Befehle und Handbewegungen der Uniformierten – die Juden ausgesondert und sogleich verhaftet, die meisten Arier nach Prüfen der Reisedokumente passieren lassend. Nach rechts, nach links, in der Mitte stehenbleiben; bereits der Bahnhofssaal wird von den neuen Herren mit den geschulterten Karabinern segmentiert und zum Selektions-Ort verwandelt. Und Martin, der Carola in der Obhut eines guten Freundes auf dem Weg zum reservierten Zugabteil glaubt und damit auf der Fahrt nach Prag, wo sie dann einander bald wiedersehen würden – Martin hält sich angesichts des so rasch und gewaltsam Hereinbrechenden geradezu manisch an einer nur scheinbar unwesentlichen Frage fest: Was sind das für Zeiten, wenn gültige Fahrkarten und ordnungsgemäße Reisepässe keinen Wert mehr haben?

Der Kontext zerbricht unter den Schreien der Bewaffneten und im Wehklagen der Abgeführten, »das kann unmöglich wahr sein«, aber natürlich ist es durchaus möglich und als solches dann wahr. *Jetzt ließen Vernunft oder Zweckmäßigkeit einer Überlegung sich erst nachher erweisen: wenn der Zweck schon erreicht war. Und dies, einzig dies, war auch der neuen Logik gemäß. Es geschah die vollkommene Umkehrung, es kehrte sich alles um und um, in einem zuckenden, brüllenden Reigen, kehrte sich um, um sich umzukehren, der Höllenreigen an sich, zu keinem anderen Zweck als dem der er selbst schon war, zum Zweck des eigenen Mittels, des Zeichens in der er stand, er stand im Zeichen des Zeichens.*

(Putinsches *Z* oder Hakenkreuz, an denen jedes Nachfragen und Reflektieren irrewird und irrewerden soll – doch einer wie dieser Friedrich Torberg hatte es beschrieben. Und sah schon damals voraus, wie »die Geschichte mit dem Hakenkreuz am Stephansdom« von den anderen später erzählt werden wird: Als ferne Legende oder eingekapselte Episode »im Lesebuch, vom Ministerium für Kultus und Unterricht allgemein approbiert«, den Schülern zur Belehrung, Historisiertes zum Auswendiglernen und solcherart dem Vergessen besonders effizient anheimgegeben.)

Martins Fluchtversuch über die österreichisch-tschechische Grenze mißlingt; er wird Carola nie wiedersehen. Als er abgeführt wird, erinnert er sich seines alten Lehrers, der ihn einst vor seinem dreizehnten Geburtstag auf die Bar Mizwa vorbereitet hatte. Jiddisch hatte er gesprochen und einen anderen Rabbi zitiert, und der Knabe hatte es als religiösen Trost verstanden und mißverstanden, obwohl es doch ein Mutmachen war und eine Aufforderung, über die Jahrhunderte hinweg. *Er hot es gesugt. Der Sadagurer hot es gesugt. Jidn, hob nischt kejne moire.*

Juden, habt keine Angst, hatte jener Rabbi von Sadagora gesagt. Und der Wiener Rabbiner des jungen Martin hatte es wiederholt, und der beinahe schon Erschossene des Jahres 1938 hatte es sich ins Gedächtnis gerufen. Und Friedrich Torberg hatte es aufgeschrieben – noch *vor* Jizchak Katzenelson und *vor* Simon Dubnow, der 1941 im Rigaer Ghetto noch in seinen allerletzten Lebensäußerungen zur Chronistenpflicht aufgerufen hatte. *Jidn, shraybt und farshraybt / Juden, schreibt und zeichnet auf.*

In allem, was später kommen wird, im Nachkriegsösterreich und im Schreiben gegen alten Judenhaß und den neuen, der sich nun »Antizionismus« nannte, in Torbergs Wut und Witz und Furor, in all dem wird als Kern immer wieder *das* aufscheinen: Ich, ein Überlebender, zeichne auf, warne und vergleiche. Und Nein – ich kann es mir nicht erlauben, Angst zu haben.

In den Vereinigten Staaten wird Torberg nicht wirklich heimisch. Wie viele andere gerettete Autoren bekommt er anfangs einen jener Hollywood-Studioverträge, die sich eher als eine Art bezahlter Büro-Präsenzpflicht herausstellen; die Drehbücher der Alteuropäer haben in den wenigsten Fällen eine Chance, verfilmt zu werden. Anders als manche seiner Kollegen weiß er aber zu differenzieren. Ist es etwa die Schuld der USA, daß ein jüdischer K.u.K.-Bewunderer sich nur unter Lebensgefahr über den Atlantik retten konnte – und werden es nicht erneut die angeblich »materialistisch-kulturlosen« Amerikaner sein, die dann *ihr* Leben dafür einsetzen, damit Menschen wie er zurückkehren können auf den vermeintlich derart verfeinerten Alten Kontinent, der sich zurzeit in den Händen mörderischer Barbarei befindet?

Und was die oft *strange* anmutenden hiesigen Sitten betrifft, so rettet sich der Autor des *Schüler Gerber* ins Maliziöse, das ihn auch unter kalifornischer Sonne nicht verlassen hat: *Wenn ich so seh', wie einer dieser baseballschwingenden Brocken seinem Professor zur Begrüßung mit dem Ausruf »Howdy, Doc!« das rechte Schulterblatt eindrischt, bin ich jählings für die Schülerselbstmorde.*

Am »American way of life« gefalle ihm am besten, »daß mich niemand zwingt, nach ihm zu leben«. Und anstatt schmallippig Konsumkritik zu betreiben, konstatiert er launig, daß dieser »riesenhafte Aufwand von Technik, Erfindungsgeist und Kostenpunkt« eigentlich nur das zu erreichen sucht, »wo man in Mährisch-Ostrau anfängt: man kann leben«.

Die elegischen Gedichte aus dieser Zeit sprechen eine andere, strengere Sprache, und schon die Titel nebst Jahres- und Ortsangabe zeugen von Torbergs Zerrissenheit. *Sehnsucht nach Alt-Aussee/ In Kalifornien 1942, Kaddisch 1943, Seder 1944.* Zu dieser Zeit sind bereits die Mutter und die ältere Schwester Sidonie im KZ Litzmannstadt (Łódź) ermordet, und auch wenn die *Wiener Sonette* noch einmal Heimat herbeirufen, weiß der Emigrant: *Aber wo ich auch gehe, / Flattern die dunklen Gewänder der Toten um mich.*

Zwei wichtige Bücher entstehen in der bis 1951 währenden Exilzeit – die Novelle *Mein ist die Rache* und der Roman *Hier bin ich, mein Vater.* Antinazistische Widerstandsliteratur im doppelten Wortsinn, denn hier besteht ein Autor darauf, daß sich individuelle Verantwortlichkeit weder delegieren noch religiös oder rationalistisch klügelnd wegdiskutieren läßt – und daß am Ende dennoch ein Dilemma bleibt. *Mein ist die Rache* erzählt von Geschehnissen in einem deutschen Vorkriegs-KZ nahe der holländischen Grenze, dessen sadistischer Kommandant es sich zur Aufgabe gemacht hat, die in einer Spezialbaracke abgesonderten Juden dazu zu bringen, Selbstmord zu begehen. Ohne daß ein anderes Prinzip als das der eiskalten Auslöschung erkennbar wird, werden in Abständen Häftlinge zum Kommandanten gebracht, verbal entwürdigt und danach zusammengeschlagen und gefoltert, so daß sie in ihrer Pein schließlich sogar den Tod als Erlösung sehen – mit zynischem Lächeln reicht dann der Lager-Obere den Strick. Währenddessen in der Baracke noch immer interpretiert, überlegt und auf ein vages »vielleicht« gehofft wird. (»Aber er kann doch nicht achtzig Menschen …«)

Kommandant Wagenseil gibt sich indessen bei jedem der tödlich endenden Verhöre vollkommen kühl und unbeteiligt, eine Art Pendant zu jenem Dr. Pannwitz in Primo Levis Auschwitz-Bericht: »Die jüdische Weltverschwörung besteht darin, daß es Juden gibt. Und sie wird solange bestehen, als es Juden gibt.« Der fast schon bürokratische Sermon Wagenseils, der daran geht, Mensch für Mensch in der »Judenbaracke« auszulöschen, hat allerdings nichts von einer »Banalität des

Bösen« – dagegen spricht sein Eifer beim Auslöschen jeglicher Individualität. (Liegt in dieser Zeichnung des Lagerführers womöglich der Grund, daß sich die mit Torberg befreundete Hannah Arendt als Verlagslektorin im Schocken Verlag letztlich gegen eine Veröffentlichung in englischer Sprache ausgesprochen hatte, ohne längere Begründung? Hätte sie eine genauere Lektüre der Novelle womöglich später davor bewahrt, auf Adolf Eichmanns Selbstbeschreibung des gefühllos operierenden Dienst-nach-Vorschrift-Bürokraten hereinzufallen, ohne seine äußerst erfindungsreiche Vernichtungsenergie wahrzunehmen?)

Unter den Häftlingen befindet sich auch ein gewisser Joseph Aschkenasy, der zuvor noch über G-ttes seltsame Ratschlüsse und dessen Allein-Privileg auf Rache gepredigt hatte. Aber spielte nicht gerade das den Wagenseils dieser Welt in die Hände? *Das ist es, was sie so sicher macht: das wir immer nur auf die göttliche Rache vertrauen, immer nur, immer wieder, immer noch, seit Jahrtausenden ...Mein ist die Rache, spricht der Herr. Aber es gibt vielleicht Fälle, in denen er noch hinzufügt: immerhin sollt ihr euch ihrer nicht gar so eilig entschlagen, sollt sie nicht gar so eilig Mir aufbürden.*

Und so beschreibt Friedrich Torberg, der als 21jähriger seinen *Schüler Gerber* noch an der Bösartigkeit des allmächtigen Mathematiklehrers hatte verzweifeln und in den Tod springen lassen, nun ein Aufbegehren: auch gegen die lähmenden Selbstzweifel, die dem dröhnenden Hohn des Lagerkommandanten und dessen Spott über »jüdische Feigheit« nichts entgegenzusetzen vermögen. Sind diese erst einmal niedergerungen – während nun auch der Häftling Aschkenasy gefoltert und zu demütigenden »Übungen« gezwungen wird – ist klar, gegen wen sich die Mündung des Revolvers richten muß, den ihm der Kommandant schließlich voller Verachtung reicht, im Glauben, er hätte nun einen weiteren Juden gebrochen. Aschkenasy schießt auf den Peiniger, vermag im nachfolgenden Chaos zu fliehen und sich danach quer durch das (noch unbesetzte) Europa durchzuschlagen, auf ein Schiff nach Amerika. Und erzählt dann am Hafen von New York einem anderen Flüchtling diese Geschichte, in der es freilich kein triumphales Ende gibt. Hat er, fragt sich Aschkenasy, mit seiner Entscheidung das Leben seiner damals noch lebenden Mithäftlinge »nur« vorzeitig beendet, hat er ein sinnvolles oder unnützes Zeichen gesetzt?

Torbergs Freunde Franz und Alma Werfel, Hermann Broch, Erich Maria Remarque und (in Tel Aviv) Max Brod hatten die Novelle begeistert aufgenommen, die in den USA nur in einem winzigen Verlag und in einer Auflage von 550 Exemplaren erschienen war. 1947 wurde sie dann auch in Wien publiziert, erhielt weitere positive Kritiken, geriet jedoch bald in Vergessenheit, und selbst eine Wiederveröffentlichung in einem Erzählungsband von 1968 fand kaum mehr Interesse.

Heute wieder gelesen, stellt sich eine entscheidende Frage. Und betrifft *nicht* die Glaubwürdigkeit jener Flucht aus dem Lager, die von Torberg in nur wenigen Sätzen, doch durchaus plausibel erzählt wird – auch Anna Seghers' *Siebtes Kreuz* berichtet ja von einem, dem es gelungen war, dem KZ zu entkommen. Wirkt jedoch die direkte Begegnung zwischen Täter und Opfer, so wie sie in der Novelle geschildert wird, inzwischen nicht einigermaßen anachronistisch – angesichts all dessen, was die Welt inzwischen weiß über den *industriellen* Massenmord an den europäischen Juden, die von den Nazis forcierte »Schicksalslosigkeit« (Imre Kertész), die aus Menschen Nummern und Zahlenkolonnen und schließlich Asche gemacht hatte?

Allerdings könnten sich hinter der Analyse der »Anonymisierung« auch jene Abertausende Täter verstecken, die nun angeblich ebenfalls kein Schicksal und keine Wahlfreiheit gehabt hätten. In Wirklichkeit, davon erzählen Imre Kertész, Primo Levi, Tadeusz Borowski und Jorge Semprún in ihren Büchern, hatte es unzählige »Begegnungen« zwischen Tätern und Opfern gegeben, von der ersten Verhaftung vor der Deportation bis hinein in den Lageralltag. Überdies: Die Shoah hatte nicht allein in Vernichtungslagern, die dem Modell eines »Systems« entsprachen, stattgefunden, sondern ebenso in den Dörfern und Städten, in den Waldgebieten und Schluchten der zuvor von der Wehrmacht eroberten Länder und Regionen.

Unzählige Wagenseils hatten dort gewütet und gemordet, um – allenfalls äußerlich kühl – nun im Schutz des völkischen Kollektivs ihre ganz eigenen Obsessionen auszuleben. Friedrich Torberg aber hatte aus dem Exil heraus diesen Typus beobachtet und umkreist, hatte ihn kenntlich gemacht anhand seiner Verbrechen – und damit bereits 1942 die spätere Ausflucht, man wäre doch nur ein gesichtsloses Rädchen in einem »System« gewesen, eindrucksvoll Lügen gestraft.

Die Frage nach der individuellen Verantwortlichkeit treibt ihn auch die weiteren Jahre um, bis über das Kriegsende 1945 hinaus. Inzwischen in Manhattan lebend, mit der zwölf Jahre jüngeren Marietta verheiratet (Trauzeugen waren Alma Mahler-Werfel und Mariettas Vater, ein ehemaliger Bewohner von Torbergs Wiener Porzellangasse), ist ihm beizeiten klar, daß der »Zivilisationsbruch« des Nationalsozialismus nicht dafür herhalten darf, die Frage nach dem eigenen Tun und Lassen für obsolet zu erklären und zum Verschwinden zu bringen in einem grauenvollen »Großen und Ganzen«. Und wieder geht er – mitunter zwar ein wenig arg naturalistisch, vermischt mit einem schieren Übermaß an Reflexion – ins Detail, geht in seinem Roman *Hier bin ich, mein Vater* abermals zurück ins Wien des Jahres 1938. Der bejahrte Vater des Protagonisten ist ins KZ Dachau gekommen – um den Vater zu retten, soll der Sohn nun Spitzeldienste leisten. Dieser läßt sich verzweifelt auf die Erpressung ein, doch ist zu diesem Zeitpunkt sein Vater längst schon tot. Von den Nazis nach Paris geschickt, versucht er die Seiten zu wechseln und die französischen Behörden zu informieren, doch mißtrauen diese ihm ebenso wie die Emigrantenzirkel der Hauptstadt, wo man bereits um seine vorherigen Spitzeleien weiß. Schließlich in Paris verhaftet, begeht er Selbstmord, doch die Verstrickungen seiner Existenz sind damit nicht aufgehoben oder historisch geworden – Friedrich Torberg, dem seine Gegner oft nachgesagt hatten, ein bei aller Spottlust ziemlich manichäischer Doktrinär zu sein, entläßt die Lesenden mit Fragen anstatt Gewißheiten. (Und wie Hans Habe in seinen Romanen wird auch Friedrich Torberg, der vermeintlich Hyperpräsente, mit diesen Büchern ein Solitär bleiben in der deutschsprachigen Nachkriegsliteratur.)

Kurz vor seiner Rückkehr nach Österreich schreibt Friedrich Torberg den Prag-Roman *Die zweite Begegnung*, eine Reaktion auf den kommunistischen Februar-Putsch von 1948. Was die Geschehnisse davor und danach betrifft, ist der Autor – immerhin in *New York* lebend und anders als Stefan Heym nicht zuvor auf Recherchereise in der stalinisierten Tschechoslowakei – erstaunlich gut informiert. (Man sollte allerdings davon Abstand nehmen, diesen luzid antitotalitären Roman von 1950 mit Stefan Heyms zwei Jahre späterer Rechtfertigungs-Epik *Mit den Augen der Vernunft* zu vergleichen; es könnte die Lektüre von Heyms Büchern auf immer vergällen, und das wäre schade und auch ungerecht.)

Erzählt wird die Geschichte des Heimkehrers Martin Dub, der nach dem deutschen Einmarsch 1939 aus Prag geflüchtet war und sich in Frankreich (wie Torberg selbst, wie Fritz Beer) der Tschechoslowakischen Exilarmee angeschlossen hatte. Seit einer schweren Verwundung hinkt er, doch nicht allein aus diesem Grund ist es ihm unmöglich, nach 1945 in seiner Geburtsstadt wieder an die vorangegangenen Zeiten anzuknüpfen. Seine ehemalige Geliebte Wera ist inzwischen die Frau eines aufstrebenden kommunistischen Funktionärs, und sein ehemaliger Schul- und Studienfreund Jan, einst ein utopie-begeisterter Hitzkopf, stellt inzwischen sein Charisma dem Machtapparat der KP zur Verfügung. Martin indessen ist, nach seiner Ende der dreißiger Jahre vollzogenen Abkehr vom Kommunismus, weiterhin Sozialdemokrat und schreibt für unabhängige linke Zeitungen, auch wenn er erfahren muß, wie deren Radius immer mehr eingeschränkt wird. Nach dem Putsch und dem gewaltsamen Tod von Außenminister Jan Masaryk (der hier, einige Jahre vor Leo Lanias Roman, wohl erstmals in Prosa thematisiert ist) muß er schließlich untertauchen.

Die Notizen, die er in dieser Zeit schreibt, machen einen Gutteil des Romans aus; Friedrich Torberg wird hier später eine gewisse Unwucht konstatieren, ein Übermaß intellektueller

Reflexion. Man möchte dem Autor widersprechen, da gerade jene Dachstuben-Notate, heimlich niedergeschrieben, von stupender Klarheit sind und den Roman außergewöhnlich machen. Die wieder aufflammende Liebesgeschichte zwischen Martin und der zögernden, als arg unpolitisch gezeichneten Wera, fällt hingegen etwas ab, so impressionistisch zart auch das Porträt Prags gelungen ist und so eindringlich die Beschreibung der Verwandlung der einstmals magischen Stadt in eine weitere stalinistische Filiale. (Deren Bevölkerung hatte anfangs ebenso reagiert wie 1938 »vor München« oder die nicht-nazistischen Wiener vor dem »Anschluß«: Aber nein, *die* können das doch nicht, bei uns ist so etwas unmöglich, das ist nicht machbar. *Und dann wollten und konnten sie es eben doch und machten es auch.*)

Martin und Wera gelingt nach endlosen Gesprächen, wochenlangem Einander-Nicht-Treffen und zahlreichen Mißverständnissen schließlich die Flucht über die tschechisch-bayrische Grenze. Doch selbst das Sentimentalische könnte, ähnlich wie im Roman *Auch das war Wien,* als Einspruch zu lesen sein: Der Mensch ist mehr als ein *zoon politikon,* ist stattdessen ein Bündel widersprüchlicher Emotionen, die nicht lediglich irgendeiner Partei anzulasten sind. Wie später dann auch bei Leo Lania oder Hans Habe: Der Zeitroman bietet mehr als Thesen.

Und doch ist das, was dieser Martin Dub in seiner bedrohten Zufluchtsstätte reflektiert, von einer Stringenz, die sich durchaus messen kann mit den Überlegungen von Dojno Faber, dem *alter ego* von Torbergs Freund Manès Sperber in der Romantrilogie *Wie eine Träne im Ozean.* Auch wird hier retrospektiv keine Besserwisserei betrieben, denn geradezu mit Zärtlichkeit erinnert sich Martin daran, wie er einst zusammen mit seinem Kumpel Jan nach einer Gerechtigkeitsformel für die Gesellschaft gesucht hatte, angeödet (ähnlich wie Alice Rühle-Gerstels Romanprotagonistin) vom bräsigen Besitzstandsliberalismus der Älteren, die den Jungen mit geradezu beleidigender Nachsicht begegnet waren. Doch *tempi passati,* wo es jetzt längst nicht mehr um Generationskonflikte und noch nicht einmal um unterschiedliche, streitbar auszudiskutierende Gesellschaftskonzepte geht, sondern allein um die Frage, wann und in welcher Form der Kotau zu leisten ist vor der nun allmächtigen und dominierenden Kommunistischen Partei.

Eine Entwicklung mit Ansage. Wie später Fritz Beer in seiner Autobiographie, so beschreibt auch Friedrich Torberg, welcher Menschentypus hier alsbald Karriere macht. *Waren es nicht dieselben, die damals in der Emigration ihre großen und kleinen Machenschaften in Szene gesetzt hatten – und die jetzt in die Posten und Pöstchen des aufgedunsenen Regierungsapparates sich hineinmanövrierten, mit denselben Ambitionen wie damals, wenn auch häufig in anderem Auftrag? Waren es nicht dieselben, die damals im Ausbildungslager in Frankreich einen Freiwilligen-Transport aus Palästina mit antisemitischen Spottchören begrüßt hatten – und die jetzt den (ohnehin nicht sehr zahlreichen) jüdischen Heimkehrern einen ganz ähnlichen Empfang bereiteten?* Doch hatte es auch unter jenen jüdischen Heimkehrern nicht zu knapp solche gegeben, die sich dem neuen Regime verschrieben – und dann trotzdem, was Friedrich Torberg 1950 bei Erscheinen seines Romans zwar ahnen, aber noch nicht wissen konnte, in den Malstrom der antisemitischen Schauprozesse gerieten; elf der vierzehn Hauptangeklagten des Slánský-Prozesses waren Juden.

Drei Jahre vor Czesław Miłosz' *Verführtem Denken* veröffentlicht, wird in den Tagebuchpassagen der *Zweiten Begegnung* zudem die Frage verhandelt, was Kommunismus wirklich bedeutet – nicht allein in der deprimierenden Praxis, sondern bereits als Idee. Friedrich Torberg, der selbst nie Parteikommunist war und deshalb auch weder Dissident noch »Renegat«, läßt seinen Romanprotagonisten hier an die Wurzel gehen in der Analyse des fundamental Nicht-Ethischen jener Ideologie. *Der Mensch ist nicht gut. Er ist aber auch nicht so schlecht, wie er sein könnte. Und das ist immerhin etwas. Es ist, wenn man will, sogar eine Grundlage, eine minimale, der Erweiterung und Verfestigung dringend bedürftige Grundlage, von der man ausgehen kann, um den menschlichen Zustand zu bessern. Wenn man will.*

Der Kommunismus will nicht. Er zieht es vor, diese Grundlage zu vernichten – was auf jeden Fall leichter und lohnender ist, als sich mit ihren schwachen Möglichkeiten abzugeben – und ersetzt sie durch eine andere, noch nie dagewesene, die mit dem »Guten im Menschen« schon deshalb nichts zu tun hat, weil sie den Begriff des »Guten« nicht anerkennt und dem Begriff des Menschen einen neuen Inhalt gibt, wie es geschrieben steht: am fünften Tag aber schuf Gott die ökonomischen Voraussetzungen. Der Kommunismus denkt auf die Nützlichkeit hin. Er ist es vorgeblich für die Menschheit und in der Tat um seines eigenen Beweises willen. Er ist die Nützlichkeit als Selbstzweck, das Perpetuum mobile der Nützlichkeit, die schauerlichste Onanie der Weltgeschichte.

Wer diesem Programm als Intellektueller folgte, so das Resümee, werde irgendwann den Kommunismus aufgeben müssen – oder sich selbst. In diesem Fall, zynisch gesprochen: noch einer, auf den es nicht ankommt für die Vertreter »kollektivistischer Opferbereitschaft«. Der Progressive dagegen, so sinniert der verfolgte Sozialdemokrat Martin in seinem Dachstuben-Refugium, müsse deshalb umso stärker für die *Reform* der Gesellschaft arbeiten, dürfe aufgrund des erklärten Antihumanen der kommunistischen Ideologie nicht vor dem Totschlag-Wort »Konterrevolutionär« zurückweichen, sondern stattdessen die Überlegung wagen, »ob eine Revolution, die sich die Förderung durch moralische Erwägungen so energisch verbittet, nicht in der Tat besser verhindert würde«.

Es bleibt nicht bei solchen Erwägungen, war er doch bis zuletzt in Prag Zeuge davon geworden, auf welche Weise die Macht immer weiter vorrückte, sich einnistete und damit nicht nur die Räume, sondern auch die Wörter okkupierte. Vor über siebzig Jahren geschrieben, klingt es wie eine Beschreibung von *Russia today*.

Schon deuteten sie das Gesetz nach Willkür und Gefallen und deuteten es so, daß jeder, der es anders deutete, zum Söldling der internationalen Reaktion wurde, zum Agenten im Feindesdienst. Schon bezichtigten sie die anderen genau jener Übeltaten, die sie selbst zu begehen im Begriffe standen, schon war, was sie begingen, keine Übeltat mehr, sondern Übeltat war es, es als Übeltat zu bezeichnen, schon forderten sie nicht den eigenen Freispruch bloß, sondern die Verurteilung der anderen.

Demokratie dagegen ist weniger Allheilmittel als eine Barriere, um das Schlimmste zu verhüten und, wie langsam und inkonsequent auch immer, aus der Geschichte zu lernen. *Die Demokratie trifft Vorkehrungen, daß begangene Fehler nicht wieder begangen werden; die Diktatur trifft Vorkehrungen, daß begangene Fehler nie wieder als Fehler bezeichnet werden … Es gibt keine Regierung, wo die Züge pünktlich sind. Es gibt nur Regierungen, wo man nicht sagen darf, daß sie unpünktlich sind … Im übrigen steht der Begriff der Demokratie keineswegs für vollkommene Freiheit. Er steht für die Möglichkeit der Freiheit gegen ihre garantierte Unmöglichkeit.* (Eine antitotalitäre Lesart von Karl Poppers »Falsifizieren« bis Raymond Arons und Isaiah Berlins »negativen Freiheiten«, von André Glucksmann bis Vacláv Havel, der dann in den achtziger Jahren just in jener Polizeistation nahe des Prager Betlehem-Platzes verhört wurde, die bereits in Torbergs Roman Erwähnung findet.)

Auch deshalb sei es »die falsche Alternative der dialektischen Taschenspieler«, die Auseinandersetzung zwischen Faschismus und Kommunismus als Hauptmerkmal der Geschichte aufzublasen, wo es doch in Wirklichkeit um den nie endenden Widerstreit zwischen Diktatur und Demokratie gehe. Torbergs alter ego fühlt sich zu dieser Aussage berechtigt, da er nicht aus dem Ohrensessel die Weltgeschichte kommentiert, sondern zuvor sein Leben riskiert hatte im Kampf gegen den Nazismus – und nun von den Stalinisten verfolgt wird. Credo eines gerade deshalb freien Menschen: *Es ist die infamste kommunistische Demagogie, daß ich nicht gegen Stalin sein könnte, ohne für Franco zu sein. Ich kann gegen Stalin sein, wie es mir paßt. Aber für Stalin kann ich nur sein, wie es* ihm *paßt.*

Wobei Demokraten gegenüber den Demagogen häufig wehrlos erscheinen und auch die Demokratie als ganze – »eine Übereinkunft zwischen zivilisierten Menschen, die entschlossen sind, bestimmte Regeln einzuhalten« – oftmals schlecht gewappnet ist. Friedrich Torberg, 1950: *Im Fußball ist es verboten, den Ball in die Hand zu nehmen. Im Rugby ist es erlaubt. Die*

Demokratie muß sich darüber klarwerden, daß sie mit Fußballregeln gegen ein Rugbyteam spielt. Sie muß aufhören zu spielen. (Fast überflüssig zu erwähnen, daß seinerzeit auch diesem Roman kein Erfolg beschieden war. Nicht in den USA, sondern in Westdeutschland bei S. Fischer erstveröffentlicht, konnten naturgemäß »Antibolschewisten« vom Schlage alter Nazis oder Nazi-Mitläufer mit der Geschichte des Martin Dub ebensowenig anfangen wie Linksliberale, die den Kommunismus zwar auf eine vage Weise »nicht mochten«, dessen Herrschaftstechniken jedoch völlig ignorierten. *Man muß so gegen die Nazis sein, daß die Kommunisten keine Freude daran haben, und umgekehrt. Ich gebe zu, daß das sehr anstrengend ist. Aber es geht.* Es ging, aber auch Friedrich Torberg hatte dafür einen Preis zu zahlen.)

Wenn Torberg in den kommenden Jahrzehnten, die ihm bis zu seinem Tod 1979 noch blieben, weniger als intellektueller Warner wahrgenommen wurde denn als intrigant-pöbelnder oder hinreißend wortspielerischer Hansdampf-in-allen Gassen, lag das freilich zum Teil auch an ihm selbst. Selbstverständlich gab es einen kecken Spruch dazu, um diesen seinen »Fünfspalt« zu erklären: *Er machte immer zu viel auf einmal, und da ihm nichts davon überzeugend mißlang, hörte er bis an sein Lebensende nicht auf damit.* Und was er alles machte: Die Zeitschrift *FORVM* wurde unter seiner Ägide – als Chefredakteur, Theater- und Debattenkritiker, Glossenschreiber und Rezensent – zur führenden Kulturzeitschrift Österreichs, den bislang eher unbekannten Schriftsteller Fritz von Herzmanovsky-Orlando beförderte er zur festen, wenn auch schillernden Größe der österreichischen Literatur (selbst wenn er als Herausgeber zuvor einiges »umzuschreiben« hatte, frei nach dem Motto »Im Original ging halt vieles verloren«). Dazu katapultierten Torbergs Übersetzungen den ungarisch-stämmigen Israeli und Holocaust-Überlebenden Ephraim Kishon in die Bestsellerlisten des deutschsprachigen Raums (sogar in der DDR gab es irgendwann Kishon-Ausgaben). Auch selbst konnte er mit der *Tante Jolesch* und deren Folgeband immense Verkaufserfolge verbuchen, die den einstigen *run* auf den *Schüler Gerber* sogar noch übertrafen.

Dazu die Hunderte oder womöglich gar Tausende Briefe, die er schrieb und von denen Auswahlbände posthum erschienen: Umfangreiche Zeugnisse seiner lebenslangen Freundschaft mit Hermann Broch, Franz Werfel, Max Brod und Manès Sperber, Korrespondenzen voller Zuneigung und gegenseitigem Respekt mit Nelly Sachs und Paul Celan, dazwischen Klatsch und Tratsch, gediegener und fein ziseliert kaschierter Rufmord, Literaturbetriebsintrigen, Sprachspielerisches *und* Grobheiten in Fäkalsprache, doch auch immer wieder das Eigentliche – diese nie nachlassende Sorge um das Schicksal der Demokratie. Wann fand er eigentlich die Zeit, all das zu schreiben, wie viel Hektoliter Kaffee und Tonnen Zigaretten waren nötig, um beinahe in jeder Zeile derart *vive* zu sein und auf der Höhe der eigenen Ausdrucksmöglichkeiten?

Vor allem: Wie viel Lebensjahre kostete dieser Raubbau, um ein solches Universum aus Worten zu errichten? Mochte der Sechzig- oder Siebzigjährige auch verläßlich spotten (»Würde ich gesünder leben, könnte ich jetzt schon 85 sein«) – nicht nur die Zeit arbeitete gegen ihn, auch der Ruf, den er sich bei zahlreichen seiner Zeitgenossen erworben hatte. Mochte er auch zu denen gehört haben, die die literarischen Qualitäten Peter Handkes frühzeitig erkannt hatten, mochten seine Präsenz in Radio und Fernsehen noch immer für hohe Einschaltquoten und seine ausgedehnten Lesereisen für volle Säle sorgen – irgendwann schien sich das Bild eines »Pensionisten der Weltgeschichte« (seine eigene Wortschöpfung) verfestigt zu haben, dazu das eines wadenbeißenden Grantlers gegen Thomas Mann und eines rabiaten Brecht-Boykotteurs. Nicht zu vergessen, daß *FORVM* als Partnerzeitschrift von Melvin Laskys in Berlin erscheinendem *Monat* und Francois Bondys Pariser *Preuves* Teil des »Kongresses für kulturelle Freiheit« war und als solche ebenfalls eine Zeitlang via Ford-Foundation aus den Töpfen der CIA bezahlt wurde. (Wobei Torbergs brachialer, die persönliche Invektive selten scheuender Antikommunismus besonders François Bondy entschieden *contre ceur* ging und der

Wiener »Brecht-Boykott« auch im *Monat* Ablehnung erfuhr, in einem ebenso scharfzüngigen Essay von Joachim Kaiser.)

Verwerfungen und Querelen, über welche die Geschichte längst hinweggegangen ist, heute höchstens noch für Kulturhistoriker von Interesse. Aufschlußreicher hingegen, mit welchen *Argumenten* der »Kalte Krieger Torberg« damals Position bezog, welche tatsächlichen Gefahren er klarsichtig analysiert hatte.

Bereits 1947 hatte Torberg an Max Brod geschrieben, daß er den Kommunismus als »die große Gefahr unserer Zeit« sah – dies im Unterschied zu Thomas Mann, dessen allzu eiliges Wort vom »Antikommunismus als Grundtorheit der Epoche« noch heute gern zustimmend zitiert wird. Die Begründung wurde im gleichen Brief mitgeliefert: *Nicht obwohl, sondern weil ich Jude bin. Indem nämlich jener famose »Endzweck« des Kommunismus den Fortbestand jeglichen Judentums ebenfalls ausschlösse; und zweitens: indem nämlich jeder wohlgesinnte Nichtjude mir sonst vorwerfen dürfte, daß ich gegen Hitler nichts einzuwenden hätte als seinen Antisemitismus.* Klug und dennoch zu kurz gedacht: So manche Nicht-Juden würden nämlich auf jeden Fall »nichtwohlgesonnen« reagieren, den Antikommunismus Torbergs – ohne sich die Mühe des Argumente-Abwägens zu machen – als »hysterisch« denunzieren und gleichzeitig seinen Widerstand gegen Hitler nahezu völlig ignorieren. (Bittere Ironie der Geschichte: eine weitere Parallele zu Hans Habe, auch wenn die beiden Eloquenten einander nicht eben zugetan waren.)

Der Konflikt mit diesen Leuten war unvermeidlich, wie Torberg wenig später konstatieren mußte. *Nach und nach breche ich mit all diesen kostbaren Zeitgenossen, die für Stalin sind, »weil er doch nichts gegen die Juden hat« (was auch nicht wahr ist) – und von denen ich infolgedessen annehmen muß, daß sie auch für Hitler gewesen wären, wenn er nichts gegen die Juden gehabt hätte.*

Im übrigen war der Protagonist seines Prag-Romans *nichtjüdisch* – und hätte somit auch die Wahl gehabt, 1938 nicht zu flüchten und sich unter der Nazi-Besatzung anzupassen. Die

Erinnerung an den Mut dieser Menschen – in der Literatur, im »realen Leben« – macht Torberg zunehmend unwirsch gegenüber jenen, die im demokratischen Nachkriegsösterreich alle Annehmlichkeiten genießen und gleichzeitig unverdrossen verkünden, daß die UdSSR und deren Militärmacht und Ideologie *keine* Gefahr darstelle. So blieb Torberg einer der wenigen, die nicht müde wurden, »eine brutale, panslawistisch-imperialistische Diktatur als das zu agnoszieren, was sie ist«. Und die Frage zu stellen, wie man den großen Frieden mit den Nazi-Tätern, der sich in Österreich bald nach dem Krieg durch nahezu alle Institutionen zog, berechtigterweise anklagen konnte – und gleichzeitig zu der Tatsache zu schweigen, daß die sogenannte »Entstalinisierung« durch Chruschtschow außer dem Bauernopfer Berija, der kurz nach Stalins Tod hingerichtet wurde, keinem der kleinen und großen Verantwortlichen der seinerzeitigen Massenmorde auch nur ein Haar krümmte.

Im *FORVM* finden sich deshalb – neben Essays, Kolumnen, Theaterbesprechungen, Roman-Vorabveröffentlichungen – auch immer wieder Betrachtungen über den Charakter der Sowjetunion, die sich nicht in rhetorischer Anklage erschöpfen. Die fortdauernde Parteiherrschaft und das Primat der repressiven Ideologie werden eingehend analysiert, zum Teil mit Originaltönen, die eigentlich jeglicher westlicher Naivität die Augen hätten öffnen können. So etwa die in Torbergs Zeitschrift auszugsweise abgedruckte Rede des Genossen Chruschtschow beim Neujahrsempfang 1957 im Kreml: *Im Kampf gegen die Imperialisten sind wir alle Stalinisten. Stalin hat so viel Gutes getan, daß man seine Fehler übersehen muß.*

Das geschah zwei Monate, nachdem sowjetische Panzer in Budapest eingerollt waren, um die dortige Regierung zu stürzen und den Volksaufstand niederzuwalzen. Doch während Chruschtschow die Seinen auf noch größere Entschlossenheit verpflichtete, mußte Friedrich Torberg bereits in der Januarausgabe des *FORVM* konstatieren: *Die Empörung über die ungeheuerlichen Vorgänge in Ungarn beginnt abzuflauen.* Dabei hatte es die Zeitschrift in den Wochen zuvor und danach nicht bei Empörung belassen, sondern Ungarn-Flüchtlingen konkret geholfen, Spenden gesammelt, für Studenten Stipendien und Gastfamilien organisiert und Sprachkurse auf den Weg gebracht. Während die Hilfsbereitschaft in der Bevölkerung groß blieb, machte sich unter manchen Intellektuellen bereits wieder eine »Ja, aber«-Haltung breit, die davor warnte, »zu eskalieren«, zur eigenen Absicherung jedoch bekannte, natürlich keine Sympathien für den Schlächter von Budapest zu hegen. Torberg ließ sich davon ebensowenig täuschen wie von den kolportierten Meldungen, daß inzwischen sogar Jean-Paul Sartre und Pablo Picasso gegenüber Moskau auf gewisse Distanz gegangen seien. *Wir wissen nicht recht, warum es denn »jetzt«, nach Budapest, »nicht mehr weitergehe« und warum es nach Posen, nach Ostberlin, nach den Slánský-Prozessen und nach hundert anderen Infamien noch weitergegangen war. Und wir fragen uns insgeheim, wie viele tausend Leichen man diesen anspruchsvollen Herrschaften denn noch ins Haus liefern müsse, damit sie entdekken, daß der Kommunismus eine Diktatur und Diktatur etwas Abscheuliches sei.* (Das Blättern in den dicken Foliobänden der *FORVM*-Reprints läßt mitunter die Vermutung aufkommen, man läse in einer Publikation unserer Tage – nur müßten dann Posen, Ostberlin und Budapest ersetzt werden durch Grosny, Abchasien, die Krim, Aleppo und Charkiw. Und das damalige behauptete basse Erstaunen manch westlicher Intellektueller durch die abwiegelnde »Ja, aus *heutiger* Sicht …«-Rhetorik des deutschen Bundespräsidenten Steinmeier.)

Der englische Schriftsteller Stephen Spender fühlte sich von der Doppelmoral jener Resolutions-Intellektuellen ausreichend provoziert, um in einem bitter satirischen Kurzroman mit dem Titel *Die Engagierten* dieses Milieu zur Kenntlichkeit zu entstellen. Bis heute nicht in Buchform erschienen, hatte das *FORVM* den Roman in mehreren Folgen abgedruckt, in der Übersetzung von Friedrich Torberg. Diesem schien dann auch späterhin – nachzulesen etwa in seinem Buch *Apropos* – das »pazifistische Mißverständnis« derart diskurs-dominierend, daß er sich damit immer wieder auseinandersetzte. Doch schrieb hier kein zackiger Schreibtischstratege, sondern auch weiterhin der Genießer, Bonvivant und Kaffeehaus-Fan, der freilich aus eigener Erfahrung wußte, daß solch zivile Welt nicht allein mit zivilen Mitteln zu verteidigen ist. Eine Idealisierung »des« Westens war das nicht, wohl aber die permanente Erinnerung daran, was eine unvollkommene Demokratie von der absoluten Diktatur unterscheidet. *Solange wir sagen können, daß auch bei uns gelogen wird, können wir auch etwas dagegen tun; indem wir die Lüge im eigenen Lager wahrnehmen und anprangern, bekämpfen wir sie bereits. Es ist eine groteske Grandezza, die das übersieht oder es für einen quantitativen Unterschied nimmt statt für einen fundamentalen.*

Unermüdlich machte Torberg jene »Appellanten, die so gern im Frieden fischen«, darauf aufmerksam, daß ein System, das in seinem Inneren keinerlei Selbstkontrolle und Opposition duldete, *per se* kein glaubhafter »Gesprächs- und Verhandlungspartner« sein könne, da dieser an einmal gegebene Unterschriften ja nicht im geringsten gebunden war. »Aufrufe zur Wahrung gemeinsamer Interessen« litten demnach an einer stupenden Nicht-Wahrnehmung der dortigen Machtstrukturen, die nur ein Interesse hätten: »Gespräche« zu *deren* Bedingungen. *Demokratie als »Diskussion« zu verstehen, sichert sie nur nach außen, nicht nach innen.* Überdies: Müßte nicht zuvörderst klar definiert werden, was »Frieden« eigentlich bedeutete – das gewaltfreie Austragen von politischen Konflikten innerhalb einer demokratischen Gesellschaft oder der Friedhofs-Frieden etwa im »befreiten« Budapest« mit seinen ermordeten Zivilisten und dem Potential, erneut in bewaffnete Aggression zu führen? *Während wir den Krieg in mehreren Variationen geliefert bekommen, wollen uns die Lieferanten mit einer einzigen Ausfertigung von »Frieden« abspeisen. Darum erscheint es mir dringend erforderlich, den Begriff »Frieden« zu präzisieren und ihm wenigstens den Zusatz »in Freiheit« mitzugeben.*

Eine dieser argumentativen Überlegungen hatte Friedrich Torberg bereits 1952 veröffentlicht. Ein Vierteljahrhundert später in Buchform erneut publiziert, hat der Verfasser dem Text eine winzige aktuelle Unterzeile beigegeben, Zeugnis einer Resignation: *Seither hat sich nichts geändert.* (Hatte nicht bereits der 21jährige in seinem Debütroman anhand eines

Klassenzimmers das Dilemma beschrieben, in dem sich bis heute liberale Demokratien befinden? »Welch eine Schmach«, sinniert der vom despotischen Mathematiklehrer gepeinigte Schüler Kurt Gerber, »oben steht ein einziger und sagt ›wir‹ – und unten sitzen so viele und sagen ›ich‹.«)

Auch die vermeintlich »geläuterte« Bundesrepublik der frühen sechziger Jahre fand in Torberg einen Skeptiker. Die 1963 publizierte Reportage *Deutschlandfahrt* – später noch einmal veröffentlicht in seinem (keineswegs nur kalauerndem) Buch *Auch Nichtraucher müssen sterben* – beschreibt eine Mentalität, die trotz aller emsig friedlichen Wiederaufbau-Energie und beginnender »Vergangenheitsaufarbeitung« ziemlich verstörend geblieben ist. Ein mit Hannah Arendts Resümee ihres Deutschlandbesuchs von 1950 vergleichbares Fazit von Beobachtungen zwischen Passau und dem Ruhrgebiet, zwischen Frankfurt und Köln, einschließlich eines Transit-Abstechers nach Westberlin: fortdauernde Empathielosigkeit.

Man ist weder willens noch in der Lage, »sich in den anderen hineinzuversetzen«. Man wünscht so genommen zu werden, wie man ist. Ein fehlendes Ambivalenzbewußtsein – von der Gabe der Selbstironie ganz zu schweigen – so daß man in der Nazizeit mühelos hatte beides sein können, »Parteigenosse und Jean Paul-Leser, Humanist und Antihumanist, Büchersammler und Lagerkommandant, sorglicher Familienvater und sorglicher Hinrichtungsquoten-Erfüller«. Mitunter, so Torberg, dämmere den heutigen Deutschen etwas über diese Abspaltung, würde jedoch nicht etwa analysiert, sondern verschwiemelt dem Bereich des »Tragischen« zugeordnet. *Das kontaktlose Nebeneinander von Emotion und Ratio lenkt die ehrlichsten, intensivsten Versuche zur Gewissensforschung und Vergangenheitsbewältigung in ausweglose Sackgassen, macht den Deutschen zum leidenschaftlichen Bekenner falscher Schuld und zum störrischen Leugner der richtigen, ist selbst schon Teil der schizophrenen Situation, gegen die er ankämpft. Bei aller bohrenden Bereitschaft zur Selbstanalyse: er bohrt von seiner dualistischen Wurzel weg, nicht auf sie zu. Er wird sich nie auf den Grund kommen, immer nur auf die Folgen.* In bundesdeutschen Kulturgeschichten und Rezeptionen hatte dieser Text dann ebensowenig »Karriere« machen können wie die Darstellung westdeutscher Jungoppositioneller in Hans Habes Roman *Christoph und sein Vater.* Wie hätte es auch anders sein können, wo sich die Verfasser solcher Studien doch fallweise mitgemeint fühlen mußten in dem, was da zwei deutschsprachige jüdische (Exil-)Intellektuelle aufgespürt hatten an fortdauernden deutschen Verquastheiten.

Neben dem pazifistischen macht Torberg noch ein weiteres »Mißverständnis« aus: das philosemitische. Nicht Nörgelsucht treibt ihn an, sondern die Verwunderung über alte und neue Konventionen (nicht nur) im deutschsprachigen Theaterleben. Weshalb nämlich Lessings zweifellos gut gemeinten und zu seiner Zeit aufklärerischen *Nathan, den Weisen* derart inbrünstig zur Aufführung bringen und dies zum Ausweis der eigenen tadellosen Gesinnung machen? Doch was sind die Konsequenzen, wenn »Menschen nicht *mit* ihrer Eigenart, sondern *auf Kosten ihrer Eigenart* dargestellt« werden? Eine Travestie universeller Menschenrechtswerte, wenn etwa Sultan Saladin und Nathan in ihrer Weitherzigkeit beinahe austauschbar werden und letzterer von einem Mönch dieses seltsame »Lob« empfangen darf: »Nathan, Ihr seid ein Christ!«

Bis hinein in die jüngste Gegenwart sieht Torberg dieses Muster: Vom dramatisierten *Tagebuch der Anne Frank* über *Korczak und die Kinder* bis zu Rolf Hochhuths *Stellvertreter*: Juden quasi als ethische Hochleistungssportler, moralische Übermenschen (oder zumindest als patriotische Erster-Weltkriegs-Veteranen, deren Diskriminierung nach 1933 damit als besondere Schande dargestellt werden kann). *Um den Juden für das Publikum schmackhaft zu machen, wird er mit Qualitäten ausgestattet, die seinen Anspruch auf menschliche Behandlung und menschliche Anteilnahme erst so recht untermauern; ohne diese Qualitäten würde sein Anspruch hinfällig.* Was aber, fragt Torberg, wenn Anne Franks Vater »kein so sympathischer und kultivierter Herr« gewesen wäre und seine Tochter nicht von solch sensibler Sanftheit? Ganz ähnlich in Max Frischs seinerzeit vielgespieltem Stück *Andorra,* in dem konkreter Antisemitismus plötzlich nur noch ein »Modell« sein darf. Oder, wie es damals im Programmheft der Zürcher Uraufführung zu lesen stand (und auch heute zu lesen sein könnte): *Heut oder morgen kann der »Jud« Kommunist heißen, oder Kapitalist, oder Gelber, Weißer, Schwarzer, je nachdem.*

Ebenfalls gut gemeint, doch ebenso nivellierend. Selbst wenn, so Torberg, Jude-Sein und Judentum als Begriffe der Eindeutigkeit entraten mögen, eines ließe sich mit Bestimmtheit sagen: *Sie sind keine Modelle, sie sind keine austauschbaren Objekte beliebiger Vorurteile, wie ja auch der Antisemitismus kein beliebiges, austauschbares Vorurteil ist. So billig geben's weder die Juden noch die Antisemiten.* Zu Peter Weiß' zum linken Kultstück avancierter *Ermittlung,* das ob seiner Fokussierung auf »kapitalistischer Ausbeutung« statt auf eliminatorischen Antisemitismus sogar in der DDR-Volkskammer (sic!) mit einer szenischen Lesung geehrt wurde, nur soviel – als Zitat die grauenhaft treffende Charakterisierung durch Helmut Qualtinger, frei nach Pirandello: *Sechs Millionen suchen einen Autor.*

Und so, wie zur gleichen Zeit Ludwig Marcuse beobachtete, daß ein ostentativer Besuch solcher Theaterstücke keineswegs einher ging mit einer besonderen Empathie für das von seinen arabischen Nachbarn tödlich bedrohte Israel, so muß auch Friedrich Torberg eine unsägliche Inkonsequenz konstatieren. Schon vor dem Sechstagekrieg zieht er Parallelen zwischen der gegenwärtigen Situation Israels und derjenigen Polens kurz vor Hitlers Angriffskrieg. Weshalb es also nicht ernstnehmen, wenn der »Pyramiden-Hitler« Nasser nahezu täglich durchs Radio brüllt, die Juden ins Meer treiben zu wollen? Vernehmliches Schweigen der maßgeblichen deutschen Intellektuellen, obwohl sie doch gerade hier ohne das geringste persönliche Risiko hätten aufzeigen können, wie ernst es ihnen wirklich war mit ihrem »Nie wieder«. Stattdessen dann umso lautstarker die Kritik an Israel, nachdem die arabischen Vernichtungspläne vereitelt worden waren. Fast wortgleich zu Marcuse und Hans Habe beschreibt Torberg hier neue, seltsame Konstellationen (die in aktuellen Variationen andauern):

israelfeindliche Stellungsnahmen vermeintlich linker Studenten, flankiert von Statements »akzeptabler Juden« wie Erich Fried und eben Peter Weiß – und all das in Bundesgenossenschaft zu »feudalen Ölkönigen, faschistoiden Diktaturen und judenfeindlichen Ostblöcklern; im Zweifelsfall akzeptieren sie die *Stürmer*-Schlagzeilen des *Neuen Deutschland* und somit der *Deutschen National- und Soldatenzeitung*. Im Zweifelsfall machen sie lieber gemeinsame Sache mit den Nazis, als daß sie sich's mit den Kommunisten verderben wollten. Aus diesem Dilemma wird ihnen kein dialektischer Trick heraushelfen.«

Wobei Torberg mit dem letzten Satz irrte. Die keineswegs klammheimliche Sympathie in zahlreichen deutschen Kulturinstitutionen für die antisemitische Boykott-Bewegung BDS, eine rechtslinke »Man wird doch noch einmal sagen dürfen, daß ...« und machistische Palästinenser-Demo-Slogans à la »Juden ins Gas« mögen sich oberflächlich betrachtet in Parallelwelten abspielen, kommunizieren jedoch miteinander – inzwischen im Rekurs auf einen (solcherart radikal entwerteten) »Antirassismus« und auf das Mantra »Dem globalen Süden zuhören«.

Als 1968 bei S. Fischer Friedrich Torbergs Erzählband *Golems Wiederkehr* erschien, war das Interesse bei der jüngeren Generation gleichsam Null: Weshalb lesen, was da ein vermeintlicher »Reaktionär« an Prosa verfaßt hatte. War das nicht der gleiche, der radikalisierten Studenten, die dem angeblich repressiven System »die Maske herunterreißen« wollten, um damit dessen »Faschismus« zu enthüllen, bereits diese Aperçus mit auf den Weg gegeben hatte: *Gewissermaßen: Und brauchst du nicht willig Gewalt, dann zwing' ich dich dazu. Oder auch: Und willst du nicht faschistisch sein, dann schlag' ich dir den Schädel ein.*

In den Erzählungen dagegen weder Spott- noch Sinnsprüche, keine bloßen Illustrationen von Meinungen. Erstmals in der Bundesrepublik erschien nun die KZ-Novelle *Mein ist die Rache*, gefolgt von der Prag-Geschichte »Nichts leichter als das« eines jungen Sozialdemokraten, der sich nach dem Februar 1948 in einem Haus am Moldaukai verstecken muß – und noch

Jahre später, inzwischen längst im Westen, unter der drückenden Last leidet, damals womöglich unfreiwillig einen seiner Fluchthelfer in Lebensgefahr gebracht zu haben.

1967, ein Jahr vor Erscheinen des Bandes, hatte Friedrich Torberg endlich wieder die geliebte Stadt besuchen können – die Reform-Monate unter Alexander Dubček machten es möglich. Ähnlich wie für Fritz Beer war die kurze Heimkehr an die Moldau jedoch nicht nur ein Moment der Euphorie, sondern auch eine Wiederbegegnung mit der Vergangenheit und der eigenen Familiengeschichte. Unter den fast 78.000 Namen, die an einer Wand in der Pinkassynagoge an die Opfer der Shoah erinnern, finden sich auch diejenigen von Torbergs Mutter und Schwester. (Ein Jahr später, nach dem sowjetischen Einmarsch, wird die Synagoge – angeblich aufgrund schadhafter Bausubstanz – geschlossen und wird dann erst nach der demokratischen Revolution von 1989 wieder zugänglich.)

Ganz in der Nähe, im ehemaligen Ghetto, spielt auch die Titelgeschichte des Bandes: *Golems Wiederkehr*. Die Nazis planen, während sie die Judenvernichtung weiter vorantreiben, ein Museum, das an das ausgerottete Volk erinnern soll – in denunziatorischer Absicht. Dennoch braucht man zum Sammeln und Katalogisieren jüdische Hilfe, so daß sich bald »Arbeitsbeziehungen« entwickeln, wie sie jedoch perverser kaum vorstellbar sind. Und Friedrich Torberg, der unsichtbare Beobachter und Chronist, mittendrin: Die Konkurrenz zwischen Partei, SS und »Museumsleuten«, dazu die unterschiedlichen Verhaltensweisen der gewaltsam hergeschafften Juden – nichts entgeht ihm. Er folgt ihnen auf den jüdischen Friedhof und danach hinunter zwischen die gotischen Bögen der Bierschenken auf der Kleinseite, dann zurück bei Nacht über die Karlsbrücke, wo ein geistig behinderter jüdischer Halbwüchsiger schließlich zur Überraschung eines Nazimannes die hebräischen Lettern auf der Statue des gekreuzigten Jesus entziffert. Noch als der Junge in der Altneuschul des berühmten Rabbi Löw von den Deutschen totgeschlagen wird, ist Friedrich Torberg bei ihm, um Bericht zu geben, um auch dieses unscheinbare Menschenleben vor dem Vergessen zu bewahren, um der kalten Hybris der Ausrotter das entgegenzusetzen, was ein Schriftsteller dem entgegenzusetzen vermag.

Ein guter Freund von Torbergs späten Jahren ist der junge Karl Fürst von Schwarzenberg (dessen vollständiger Name wie von Joseph Roth oder Leo Perutz erfunden scheint und doch völlig real ist: Karel Jan Nepomuk Josef Norbert Bedřich Antonín Vratislav Menas). Der 1937 in Prag geborene hochgewachsen-schnauzbärtige Sproß eines weit in die Jahrhunderte zurückreichenden Adelsgeschlechts ist dann häufig an Torbergs Seite, wenn dieser Geburtstage feiert oder Staatspreise erhält. Und ist *kein* Nostalgie-Bild. Da Schwarzenberg doch seit 1968 der tschechischen Opposition beisteht, klandestin gedruckter Samisdat-Literatur ein sicheres Archiv bietet und auf westeuropäischer Ebene immer wieder Aufmerksamkeit für das Geschehen im Ostblock zu wecken vermag.

Friedrich Torberg starb am 10. November 1979 in Wien – genau ein Jahrzehnt vor dem Berliner Mauerfall. Er, der einst gespottet hatte, bei gesünderem Leben wäre er schon Mitte achtzig, hätte diese vielleicht tatsächlich erreichen können – und wäre dann mit seiner Frau und Fürst Karl wieder durch sein geliebtes Prag gelaufen, wo man den Freund *Karel* nennt, inzwischen *Kanzler,* das heißt Bürochef, hoch oben auf der Burg, dessen prominentester Bewohner Václav Havel heißt, wiederum besser bekannt als *Vásek.* (Und ja, auch Leo Lania und Willy Brandt wären womöglich mit von der Partie gewesen, und Ketzer Torberg hätte es sich wohl kaum nehmen lassen, irgendeine maliziöse Sentenz herauszuschnippen, damit es nicht allzu harmonisch wird.)

Dazu ist es nicht gekommen, doch noch immer kann es geschehen, daß Prag-Besucher in den abendlichen Gassen auf einen inzwischen bejahrten Tweedjacket-Träger stoßen, Pfeife unter dem buschigen Schnauzbart und freundlich-aufmerksamer Blick: Karel Schwarzenberg, ehemaliger Außenminister der Tschechischen Republik, der gar nicht *so* erfolglos versucht hatte, das Wertegebundene zurückzubringen in die Diplomatie. Wegen seiner deutlichen Worte bereits 2015 vom Putin-Regime mit Einreiseverbot belegt, kann er nun durch eine Stadt gehen, wo an vielen Gebäuden ukrainische Fahnen hängen. Oder eine riesige blaugelbe *Hands off Ukraine, Putin!*-Banderole über dem Portal der Salvatorkirche vis-à-vis der Karlsbrücke. Auf der Halbinsel Kampa, ganz in der Nähe einer Stellwand, auf welcher die Genealogie derer von Fürstenberg aufgezeichnet ist, leuchtet auch die berühmte *Lennon Wall* des Malteserordens in den Farben der Ukraine, davor junge Menschen aus aller Welt, die fotografieren und auf aushängenden Zetteln ihre Gedanken zum gegenwärtigen Angriffskrieg niederschreiben, nun auch sie Chronisten. (Während sich in der einstigen Weinstube *Zur goldenen Spinne,* wo sich im Roman *Die zweite Begegnung* die jungen Widerständler getroffen hatten, im Sommer 2022 noch immer eine Corona-Teststation befindet. Und wie zu Torbergs und Alice Rühle-Gerstels Zeiten ruckelt die Tram Numero 11 hinauf nach Vinohrady.)

Friedrich Torbergs letzte Reise aus Wien aber hatte ihn im September 1979 nach Jerusalem geführt. (Unwahrscheinlich indessen, daß er dort auf Stefan Heym getroffen wäre; die DDR hätte seinerzeit dem kritischen Romancier wohl kaum einen Aufenthalt im »Feindstaat Israel« gestattet. Und selbst wenn – die beiden Ketzer und Machtkritiker wären wohl kaum darüber einig geworden, »wie weit«, in den Worten Wolf Biermanns, »man zu weit gehen soll«.) In Anwesenheit von Bürgermeister Teddy Kollek, dem gebürtigen Wiener, hatte Torberg in einem Forschungsinstitut eine Rede gehalten, doch zeitgleich war eine Bombe der PLO in der Ben Yehuda Street explodiert. Bei allem Entsetzen – Torberg war vermutlich kaum überrascht gewesen und hatte sich mit Sicherheit die großäugig-naive Frage eines *Warum?* verkniffen. Denn weshalb sollte das, was er zeitlebens an Terror und Gewalt erfahren hatte, plötzlich zu einem Ende gekommen zu sein? Er hatte ja über die Jahrzehnte hinweg angeschrieben gegen die Illusion eines »Es ist vorbei« – und auch daran erinnert, daß »Diskussion« und »Gespräch« kein Selbstzweck sein konnte.

Da er bei alldem dennoch kaum zu Pathos neigte, hätte er die Frage, ob sein Insistieren auf Wachsamkeit und reflektierter Verteidigungsfähigkeit wirklich je gehört worden war, auf seine ganz eigene, Torbergsche Weise beantwortet: *Wer niemals »Du überaltertes Gerümpel einer bürgerlich-individualistischen Weltanschauung« geschimpft wurde, der weiß wahrscheinlich gar nicht, was er dran hat und wie sehr er sich dazu bekennen soll. Es ist eine vortreffliche Parallele zu »Jud, Jud, spuck in' Hut«. Und so will ich 's denn pflegen und hegen.* Und da für ihn Widerständigkeit undenkbar war – ohne Witz und Bescheidenheit *keine* Zier –, gleich das noch hinterher, ein selbstbewußter Kollegen-Gruß durch die Zeiten: *Insgesamt tut es mir wieder einmal leid, daß ich nicht 150 Jahre eher auf die Welt gekommen bin. Wenn ich mir z.B. vorstell', daß ich dem Hölderlin einen Brief geschrieben hätte – und schon wär 's nix gewesen mit der geistigen Umnachtung …*

Fritz Beer

Kann Sprache schuldig sein?

Beitrag zu einer PEN-Debatte, Düsseldorf, Mai 1994

Sprache ist niemals unschuldig? Das ist eine jener Weisheiten, die faustische Tiefe vortäuschen, aber umgekehrt genauso zutreffen. Ich fühle mich provoziert. Ich schlage zurück. Sprache ist niemals schuldig.

Sie ist ein Instrument. Wie ein Messer. In der Hand des Chirurgen ein Segen, für den Amokläufer eine Vernichtungswaffe. Eine Nachkriegsstudie behauptete, Joseph Goebbels und Martin Buber hätten zu neunzig Prozent die gleichen Wörter und die gleiche Syntax verwendet; der Nazi-Kollaborant Jean Cocteau schrieb besseres Französisch als der Linksexistentialist Jean-Paul Sartre; die Sprache, in der der Norweger Knut Hamsun und der Franzose Jean Giono einfühlend die Beziehungen von Menschen zur Natur beschrieben, diente ihnen auch zum Lob Hitlers. Einer der größten deutschen Sprachschöpfer, Martin Luther, hat die Bibel mit der gleichen Wortgewalt übersetzt, mit der er gegen Bauern und Juden hetzte. Und schließlich — wage ich, dies vor einem PEN-Publikum zu sagen? — geißelt die *FAZ* den PEN nicht in der gleichen Sprache, in der die *Frankfurter Rundschau* ihm hofiert? Bitte, entsichern Sie nicht Ihren Revolver.

Sprache ist unbestechlich. Man kann sich in ihr nicht verstecken, denn sie verrät immer die wahren Gedanken der Menschen; enthüllt Schwindler genauso wie Genies. Ein Versprecher ist kein Zufall; ein Blähwort entlarvt Gedankenarmut; politischer Jargon Schablonendenken; abgewetzte Metaphern, tiefsinnig klingende, nach Belieben auslegbare Begriffsbildungen, labyrinthische Sätze, die sich wie Sturzbäche über den Leser ergießen, sind Verkleidung für Gedankenverwirrung, Unehrlichkeit und Verdrängung. Wenn ein ostdeutscher Autor in einer verworrenen Rede die Wiedervereinigung als »Anschluß« bezeichnet, ist das nicht eine polemische, in ihrer Übertreibung deshalb legitime Metapher? Die historische Wende mit der Ausdehnung der Nazidiktatur auf Österreich gleichzusetzen, drückt eine totale Ablehnung, eine Verleumdung der parlamentarisch-demokratischen Ordnung der Bundesrepublik aus. Aber dem Autor fehlt der Mut, sich offen zu seiner Sehnsucht nach der überwundenen DDR-Diktatur zu bekennen. Gott sei Dank gilt es in der von ihm verschmähten Bundesrepublik nicht als unehrenhaft, von der Geschichte widerlegte politische Ansichten zu hegen. Es ist bloß ganz außerordentlich dumm. Auch wenn der Autor sich hinter einer dunstigen Stil-Äquilibristik versteckt. Genau diese verrät ihn.

Nein, Sprache ist unschuldig. Schuldig können nur wir sein, die Schreiber und Sprecher.

Schreiben in gewalttätiger Welt? Ja, war denn die Welt jemals nicht gewalttätig? Stand in der Zeit, in der Westeuropa verhältnismäßig gewaltlos war, nicht ein großer Teil der anderen Welt in Brand? Schwelte Gewalttätigkeit, wie unterirdisches Sumpffeuer, nicht gerade dort weiter, wo die Welt in Frieden zu liegen schien? Im Friedhofsfrieden der Diktaturen, der linken, rechten, postkolonialen und postkommunistischen? Explosionen entzünden sich doch nicht in einem moralischen und machtpolitischen Vakuum. Wenn so viele von uns ihren emotionellen, politischen und wirtschaftlichen Zündstoff nicht sehen wollen, erweist sich die Behauptung als Schwindel, daß künstlerische Sensitivität uns Schriftsteller zu einer tieferen Einsicht in die Motivation der Menschen und die Mechanik der Weltereignisse verhilft und wir deshalb den Anspruch verdienten, gehört zu werden.

Wie falsch haben Autoren diese gewalttätige Welt doch oft kommentiert! Die gutmeinenden, friedensliebenden, humanistisch orientierten, despotenhassenden, leiderfüllten, täglich neu empörten Dichter! Sie tun sich so schwer mit ihrem Verhältnis zur Macht und Gewalt. Sie lehnen beide ab, weil sie ihre saubere Weste nicht bekleckern wollen. Wäre nicht manches Leid und Unheil verhindert worden, wenn wir die Mechanik der Macht und Gewalt besser verstanden hätten!

An diesem Punkt muß ich bekennen, daß ich in den dreißiger Jahren aus einem Pazifisten zum Kriegshetzer wurde. Zum erstenmal 1936, als ich für den Krieg der spanischen Republikaner gegen Franco »hetzte« und die damals noch umstrittene These vertrat, daß die Freiheit von Prag, wo ich lebte, von Paris und London vor Madrid verteidigt würde. Das zweite Mal 1939, als ich nach der deutschen Okkupation meiner Heimat nach London flüchtete und entsetzt feststellte, daß meine politischen Freunde und die englischen Pazifisten die Einführung der Militärdienstpflicht und verstärkte Rüstung ablehnten; daß der Vorsitzende der Labour Party mit Hitler verhandelte; und die Erinnerung an das Grauen des Ersten Weltkriegs zur Illusion verführte, Hitlers Friedensbeteuerungen ernst nehmen zu können. Zum Beispiel auch im Internationalen PEN, auf dessen Welttagung 1933 in Dubrovnik der englische PEN-Präsident, H. G. Wells, und der französische, Jules Romains, für eine Aussöhnung mit den Nazischriftstellern plädierten, die doch »so viel Entgegenkommen gezeigt hätten«. Der nach London geflohene Stellvertreter des Führers, Rudolf Heß, erklärte in seinem Verhör, Hitler sei die Entscheidung zum Angriffskrieg durch die Erwartung erleichtert worden, daß die von englischen Pazifisten, Sozialisten und rechtskonservativen »Appeasern« unterminierte Verteidigungsbereitschaft ihm eine blutlose Eroberung Großbritanniens ermöglichen würde. Haben Sie sich einmal überlegt, daß wir die relative Freiheit, die wir heute genießen, unter anderem dem »Reaktionär«, »Militaristen« und »Imperialisten« Winston Churchill verdanken? Müssen wir Liberalen, Linken, Antifaschisten und Antirassisten ihm für seine Haltung nicht danken?

Die Westmächte und mit einiger Verspätung schließlich auch die Sowjetunion haben gegen Nazi-Deutschland nicht Krieg geführt, weil es eine grausame Diktatur war, die zuerst das deutsche Volk und dann einen großen Teil Europas unterjochte, sondern weil das Dritte Reich ihre nationale Existenz, ihr Großmachtinteresse bedrohte. Aber so geht es in der Weltpolitik, die den Hintergrund unserer Literatur bildet, ja immer zu. Sie wird von widersprüchlichen, multikausalen

Motiven bestimmt, während wir allzu leicht verführt sind, sie in Schwarz und Weiß zu malen, als gut oder böse zu interpretieren. Sollte es uns nicht zu denken geben, daß der Algerienkrieg durch den großen französischen Nationalisten de Gaulle beendet wurde? Daß er und der konservative Adenauer den hundertjährigen deutsch-französischen Zwist beendeten; daß Israels Aussöhnung mit Ägypten vom rechtsradikalen Premier Begin betrieben wurde; daß der als Sieg über den USA-Imperialismus gefeierte Rückzug der Amerikaner aus Indochina dem Chmer Rouge die Ermordung von einer Million Kambodschanern erleichterte, sechzehn Prozent der Bevölkerung?

Nach dem Krieg, der Sowjetblockade Berlins und der Bildung der NATO fiel einem unserer friedensliebenden, gewaltverurteilenden Kollegen die Losung ein: »Lieber rot als tot.« Mußte das damals in den Ohren hier anwesender Kollegen, des Tschechen Ivan Klima und Russen Andrej Bitov, und der Millionen indirekter Opfer dieser Losung im GULAG und auch in Bautzen, nicht wie Hohn und Verrat geklungen haben?

Es ist unmoralisch, wenn Moralisten sich gegen die Unmoral nicht wehren, falls notwendig auch mit Gewalt. Es *gibt* gerechte Kriege. Den amerikanischen Unabhängigkeitskrieg gegen Großbritannien zum Beispiel; den Krieg gegen Hitler; den Krieg gegen die fünf arabischen Armeen, die 1948 den neu gegründeten Staat Israel vernichten wollten; und viele andere. Manchmal verändert der Verlauf des Krieges seinen Charakter. Karl Marx hielt 1870 Bismarcks Feldzug gegen Frankreich zuerst für fortschrittlich, weil er zur deutschen Einheit führte, aber nach der Schlacht von Sedan für reaktionär, weil er zum Eroberungskrieg ausartete.

Ich habe als Freiwilliger in der Tschechoslowakischen Auslandsarmee fünf Jahre lang alles Kriegsgrauen miterlebt. Meine Nase riecht noch heute die Verwesung unbeerdigter französischer und deutscher Soldatenleichen. Aber meine Ohren hören auch noch immer die Argumente der gutgläubigen und – ach! – so leidenden gutwilligen Friedensfreunde, die die Lehre der Geschichte nicht erkannt haben: Jedes Machtvakuum zieht den Angreifer an. Vielleicht werden wir morgen aus den Sowjetarchiven erfahren, daß das atomare Wettrüsten um zehn Jahre früher zu Ende gekommen wäre, wenn es im Westen nicht so viele gegeben hätte, die eifrig und voll moralischer Empörung für einseitige atomare Abrüstung des Westens schrieben und mobilisierten und damit im Kreml die Illusion erweckten, seine Gegenleistung sei unnötig. Wer von Ihnen, die dem Westen jetzt Appeasementpolitik gegenüber den Serben vorwerfen, war gestern bereit, für militärische Intervention einzutreten? Oder gar heute für einen deutschen Truppeneinsatz? Sie schreiben und sprechen überzeugend darüber, wie sehr Ihr Herz für die bosnischen Muslime blutet. Aber die schmutzige Aufgabe, sie zu retten, möchten Sie den anderen NATO-Ländern, dem amerikanischen »Imperialismus« überlassen. Ihre humanistischen Kastanien sollen die anderen aus dem Feuer holen, damit Sie prinzipientreu bleiben können.

Das alles ist sehr traurig. Ich sage es nicht gern, denn ich weiß keine Antwort auf unser moralisches Dilemma. Ich sage es in der kleinen Hoffnung, Sie zum Nachdenken zu veranlassen, bevor Sie wieder zur Feder greifen.

Zum Weiterlesen – eine kleine Auswahl

Fritz Beer

Das Haus an der Brücke. Erzählungen. Wuppertal: Arco Verlag, 2011.
Kaddisch für meinen Vater. Essays, Erzählungen, Erinnerungen. Wuppertal: Arco Verlag, 2002.
Hast Du auf Deutsche geschossen, Grandpa? Fragmente einer Lebensgeschichte. (1992)

Hermann Broch

Die Verzauberung. Suhrkamp, 1994.

Hans Habe

Drei über die Grenze (1937)
Ob tausend fallen (1943)
Weg ins Dunkel (1951)
Christoph und sein Vater (1966)
Wie einst David (1971)
Erfahrungen (1973)

Stefan Heym

Der König David Bericht. C. Bertelsmann, 2021; Penguin, 2022.
Ahasver. Penguin, 2018; C. Bertelsmann, 2021.
Lasalle (engl.: *Uncertain Friends,* 1969; dt. 1974)

Leo Lania

Der Außenminister. Wien: Mandelbaum, 2020.
Land im Zwielicht. Wien: Mandelbaum, 2017.
Welt im Umbruch (1953)

Primo Levi

Die Atempause. München: dtv, 1994.
Der Ringschlüssel. München: Hanser, 1992.
Das Periodische System. München: dtv, 1991.
Wann, wenn nicht jetzt? München: dtv, 1989.

Ludwig Marcuse

Mein zwanzigstes Jahrhundert. Zürich: Diogenes, 2002.
Nachruf auf Ludwig Marcuse. Zürich: Diogenes, 1993.
Argumente und Rezepte. Ein Wörter-Buch für Zeitgenossen (1967)

Alice Rühle-Gerstel

Der Umbruch oder Hanna und die Freiheit. Berlin: Aviva, 2022.
Verlassenes Ende. Gedichte. Innsbruck: Löwenzahn Verlag, 1998.
Kein Gedicht für Trotzki. Tagebuchaufzeichnungen aus Mexico (1979)

Anna Seghers

Erzählungen in fünf Bänden. Berlin: Aufbau Verlag.
Wiedereinführung der Sklaverei in Guadeloupe (1949)
Die Hochzeit von Haiti (1949)
Crisanta. Mexikanische Novelle (1951)
Das Licht auf dem Galgen (1968)
Das wirkliche Blau. Eine Geschichte aus Mexiko (1968)

Hilde Spiel

Rückkehr nach Wien. Ein Tagebuch. Wien: Milena, 2009.
Die hellen und die finsteren Zeiten. Erinnerungen 1911–1946 (1989)
Welche Welt ist meine Welt? (1990)
Städte und Menschen (1971)
Flöte und Trommeln (1947)

Friedrich Torberg

Auch das war Wien. Wien: Milena, 2015.
Hier bin ich, mein Vater. Wien: Milena, 2015
Die zweite Begegnung (1950)
Golems Wiederkehr (1968)
Auch Nichtraucher müssen sterben. Essays, Feuilletons, Notizen, Glossen. (1985)
Apropos. Nachgelassenes, Kritisches, Bleibendes. (1981)

Bei den zurzeit nicht lieferbaren Titeln ist das Erscheinungsjahr der Erstausgabe angegeben, bei lieferbaren die letzte, noch aktuelle Auflage.

Bildnachweise

Einband
Trauerzug für den tschechoslowakischen Außenminister Jan Masaryk, Sohn des Staatsgründers Tomáš G. Masaryk, im Rahmen des Staatsbegräbnisses am 12. März 1948, aufgenommen vom Nationalmuseum oberhalb des symbolträchtigen Wenzelsplatzes (Václavské náměstí).
© imago / CTK Photo Czechoslovakia, Prague

S. 22 – Ludwig Marcuse und seine Frau Erna (»Sascha«). Fotografie von Stefan Moses. Bildvorlage: Stefan Moses/Deutsches Historisches Museum. © Münchner Stadtmuseum, Sammlung Fotografie, archiv stefan moses

S. 52 – Alice Rühle-Gerstel und Lew Trotzki (Lev Trockij) im Patio des Blauen Hauses während einer Pause der Dewey Commission, 8. April 1937, Coyoacán, Mexico City. Aufnahme aus dem Privatarchiv von Marta Marková, Biographin und Nachlaßverwalterin von Alice Rühle-Gerstel.

S. 118 – Anna Seghers – wohl Ende 1943, Anfang 1944 – fotografiert von Walter Reuter (1905–2005). Reuter – Fotograf der *AIZ – Arbeiter Illustrierte Zeitung* –, als Soldat und Kriegsberichterstatter auf Seiten der demokratischen Regierung im Spanischen Bürgerkrieg – konnte mit seiner Frau und seinem Sohn im März 1942 von Casablanca aus nach Mexiko flüchten. Dort wurde er zu einem Pionier des modernen Fotojournalismus, der neben Seghers zahlreiche Zeitgenossen, darunter Diego Rivera und Gustav Regler, portraitierte. © Privatarchiv von Anne Radvanyi.

S. 149 – Anna Seghers: *Die Hochzeit von Haiti.* Zwei Novellen. Erstausgabe, Berlin: Aufbau, 1949.

S. 150 – Hermann Broch. Fotoatelier Brühlmeyer, 1.1. 1937.
© Österreichische Nationalbibliothek

S. 168 – Primo Levi mit Philipp Roth

S. 199 – Leo Lania in k.u.k. Uniform zur Zeit des Ersten Weltkriegs. Quelle: Leo-Lania-Nachlaß (Leo Lania Papers), Wisconsin Historical Society, Madison, USA.

S. 238 – Stefan Heym in US-Uniform

S. 292 – Fritz Beer gemeinsam mit seiner Frau Ursula nach der Verleihung des OBE – Order of the British Empire – an ihn durch Prince Charles vor dem Buckingham Palace, Juli 1979. Aus Fritz Beer: *Kaddisch für meinen Vater. Essays, Erzählungen, Erinnerungen.* Wuppertal: Arco Verlag, 2002. S. 16.

S. 331 – Fritz Beer als Vertreter der ausländischen Presse mit Prince Charles. In Fritz Beer: *Kaddisch für meinen Vater,* S. 54.

S. 332 – Hilde Spiel. Aufnahme aus den dreißiger Jahren.

S. 376 – Hans Habe auf dem Cover des *SPIEGEL*, 27. Oktober 1954, ihm in den Mund gelegt: »Ich stelle mich aus!« (vgl. dazu S. 381)

S. 432 – Friedrich Torberg, New York, um 1945
Privatarchiv Edith Axmann-Spielberger

Autorenfoto, hintere Flügelklappe – © Harry Louiserre

Fritz Beer
Das Haus
an der Brücke
Erzählungen
Arco

Bibliographische Information der Deutschen Bibliothek: Die Deutsche Bibliothek verzeichnet diese Publikation in der Deutschen Nationalbibliographie; detaillierte bibliographische Daten sind im Internet über http://dnb.ddb.de abrufbar.

Der Arco Verlag unterstützt die
Kurt-Wolff-Stiftung für eine vielfältige
Verlags- und Literaturszene.
www.kurt-wolff-stiftung.de

Einbandgestaltung:
Praxis für visuelle Kommunikation, Wuppertal
Satz: Michael Baiculescu, Wien
Druck und Bindung:
MCP, Mazowiecki Centrum Poligrafii, Marki
Printed in Poland
ISBN 978-3-96587-038-3

Arco Verlag GmbH, Obergrünewalder Straße 17, D-42103 Wuppertal
Arco Verlag (Wien), Lorbeergasse 10/12, A-1030 Wien
Tel.: 0043 (0)1 715 46 06 / Fax: 0049 (0)202 2634 000
www.arco-verlag.com | service@arco-verlag.com